铜陵市文联 编

五松

听风

WUSONG
TINGFENG

（三）

合肥工业大学出版社

铜陵2018年度文学作品选

一本书的心相世界

李国彬

近年来，常想一个问题：编辑和编辑家有何区别？

基本感觉是，编辑只能算工匠，要成为家、成为编辑家，就必须有思想。那么工匠和思想家做出来的活有否差异呢？当然有，《五松听风·三》就是一本有思想的书，可以居"家"阅读。

一句话很难诠释

这本书却完成了对一句话的完美解读。

每每描述一个地方的文学盛景，总缺不了这样一句话：这个地方有文学气氛，或者说"该地文学气氛浓厚"云云。如此讲者多，道者众，但细想者不知有几人。我以为，我们常说的"文学气氛"不是一个模棱两可的大概念，也不是工作总结中的形容词，当包括如下几个方面，这几个方面的每一点都要能细数，有颗粒的感觉，那就是：有一批实力作家。有一批叫得响的作品。有推手和支持者。要经得起后来人的鉴赏、继承和推波助澜。从以上这些方面看，这本书是有维度和存量的。在这本书里，我们既可以看到编撰者的创意、眼界和公心，也能感受到支持者的胸襟、情怀和善举，同时更能深切体会到一个团队的力量、智慧和精神。一本好书的价值在于，她最终要有其精神意义和象征意义。不用说，这本书是可以得到两个"提"的；一本书宽不过一尺，高不过十寸，但要容得下对文学人的尊重，对文学的重视，对文学的憧憬和远望以及对几代人希望的肩负和承载。掐指一算，都到了：这本书有气量，呈磅礴状，着大格局。

完成了一次集合和选拔。

该书分为小说、散文和诗歌三卷，400 多页，约 60 万字，收录了 72 名作者的近百篇作品，算是大制作。毋庸置疑，这部书是对铜陵作家的一次"清算"和总结。最为亲切和自豪的是，经过编辑的层层遴选，《安徽文学》曾经高调推出过一些的作家均忝列其中，而铜陵的知名作家以及在全国有一定影响力的作家也大都在此上船，并坐上了交椅，如洪哲燮、崔国发、程保平、陈七一、朱斌峰、钟小华、王陵萍、余徐刚、谢思球、何荣芳、曹应东、查炜、董改正、吴笛等等。这些熟悉的名字在目录间交相辉映，如花绽放，代表和体现了铜陵的创作实力，不能说不是一种欣赏。其中，有些作家早就身后有旗，在创作中形成了自己的风格，如朱斌峰、王凌萍、钟小华等。他们是自我的，唯一的，也是一个地方的文学符号和记忆点，实属难得。

总结后必然绽放，美丽无法收场！

这本书是可以用一面大橱窗来比喻的。向阳之下，橱窗里琳琅满目，令人流连忘返。这是铜陵作家的光芒，也是这本书的底气。

我喜欢《水塔有妖》气息和叙事风格。朱斌峰在小说叙事艺术的继承、融合和创新上是有贡献的，他所有的才情都和自己的文字浑然一体，然后下潜到生活的底部，将生活的真谛依次打捞和托举而出。我们无法想象的生活和无法想象的表现方式往往被他轻拿轻放，宛如游蛇。

小说中的三核是缺一不可的，那就是故事的核、情感的核和思想的核，《深情的鱼刺》在设计母亲这个形象的同时，精心打造了一个有关情感的硬核，并形成了一种旋涡，它紧紧吸附着读者，让他们由此而深深感动，逼着我们去参透文学的用意和壁垒。这是母亲的能力，当然也是作者的能力。

《大象的眼泪》凭什么来征服一个陌生的读者，因为它本生就具备陌生感。我注意到，这篇小说谈到了味道，陌生感难道不是一篇小说最为醇厚的味道吗？

我很少写散文，是因为我看不了现在的散文，自己又不愿意那么写，于是就很写不好。看过青麦的《影恋》，我的心还是为之一动的，我想到了一个词，那就是：心旌摇曳。作品中寻常而紧密的情感罗织，打破了许多旧的平衡，形成了更有文学意义的倾斜和忐忑，文学不需要一种震荡吗？不就是一个打破平衡的过程吗？

洪哲燮的《青铜马记》，谢思球的《宣纸》展现了诗人独特的控制力和想象力。一个要骑着青铜马穿越人生，一个拦住了你我，硬让我们和一张白纸对话。这些神思和远眺是有超越意义的，值钱！他们写的时候不知可有人候票，今日读来，已感到相见恨晚了。

还有很多，很多，我忽然想到了那个骚人之词，便任它"大珠小珠落玉盘"了……

总之，文学也是需要血性的。铜陵的这帮作家果真敢作敢为，他们的文学创造力和艺术张力都是尖锐的，只是不知这本书的封皮到底有多厚，我们乐得看到他们最后的刺穿与突破。

现实之下与现实之上

作为一个文学人，其思想深入泥土的深度决定了他在现实之上的高度。

《老憨》《笈里的时光》《七彩淮水》《村庄二维码》《查湾》《码头记》……

请这些作家移步中堂。

你们看清了吗？他们的腿上必定带有泥泞，——他们去了生活的深处。这就是一个作家的最为正确的姿态，是一部作品可以获得情感认同和身份认同的老本。

确切地说，这也是这本书给我的阅读安全感：打开这部书，炽热的生活的气息便扑面而来，无数五彩斑斓的灵魂则引领着我们不断地去追寻和奔跑，——谁不愿意迷失在这这种乱花丛中呐？另外，因为"土壤"肥沃、厚实，文学的抵达就成了理所应当的一件事了。看了《青鳍》《路过》，我想到：文学既可谗美，也可疗伤；看到《黄》《一江春水》，我们认为文学就是一次返乡和重塑；看了《乡村裁缝母亲》《沉默》，我们深情地呼唤：那些迷失的蝴蝶，可以都回来了，阳光之下，丑恶不济，终将灰飞烟灭，——散去。

古今中外，古往今来，出版图书的数量可谓汗牛充栋，我们为什么还要出书。这是编辑家应该在事前问的，因为读者必定会在事后问之。看完这本书后，我们大致心里有数了。

来，你是哪位仙家，吹口气，让她现出真身，再飘飘荡荡地流传下去。

目　录

小说卷

散文卷

诗 歌 卷

小说卷

深情的鱼刺

曹应东

1. 当母亲那天早晨出现在池塘边的时候，就注定后来的事情一定会发生。

母亲出现在池塘边的目的并不是买鱼。虽然这池塘里也养着鱼，但其主要用途是给下游的农田提供水源的，鱼只是它的衍生产品，纯属野生放养，不提供随到随买服务的。当然，这一池塘水也是可以浣衣洗菜的。尽管村里已经接通了自来水，但这并不能改变母亲每天清晨去池塘浣衣洗菜的习惯。沧浪之水清兮，可以濯我缨；沧浪之水浊兮，可以濯我足。可以濯缨濯足，那浣衣洗菜自然也没有问题。这虽不是沧浪之水，但本质和功能是一样的。白白放着这样一池塘不交费的水不用岂非是暴殄天物？我想，除了习惯因素，母亲大约还有这样的一层意思。

我清楚地记得，小时候我总喜欢陪着母亲去池塘浣衣洗菜。

人一走到池塘边，稍大一点的鱼听到脚步声便溜之大吉，忙不迭地向池塘更深处潜伏；但偏偏也有一些小杂鱼人来疯，不仅不逃，而且从石缝里、草丛中、树荫下争先恐后地冒出来聚拢着围观，看能不能分一杯羹？母亲先洗菜，双手拂去漂在水面上枯叶杂草，再将一片片青菜叶在水里来回摆动着清洗。这时，呆头呆脑的小鱼儿纷纷来来往往地穿梭着浮出水面探头觅食，在眼前的水面上画上一道道鳞光闪耀的弧线。洗好了菜，母亲又操起棒槌捶衣，那连绵不绝的清脆的捶衣声顺着浣衣石再传到水里，霎时惊得小鱼儿四处逃窜，一个个如惊鸿照影，倏忽而逝，好不容易才形成的道道优美弧线顷刻间便化为乌有。我以为这是母亲和小鱼儿在默契地做着游戏呢。这个游戏，周而复始，循环往复，让我眼花缭乱，乐此不疲。那时的我，充其量也只是站在池塘岸边的傻乎乎的小鱼呢。

母亲如往常一样，也是去浣衣洗菜的。那时，东方泛出鱼肚白，五彩的云霞大片大片地在天际聚散变幻。母亲挽着竹篮，一步一步地走在初春的风中。刚入春，风还没有被捂热，吹在脸上，冰冰凉凉的。母亲原以为和往常一样会看到清清的一池塘春水在风的吹拂下在眼前荡漾开一道道涟漪，但却没有。母亲看到的是从污浊的水中纷纷跃出水面的鱼。水已经只剩下池塘底部很少的一点了，并且还正在越来越少。鱼群只好拥挤在一起，显然不约而同地意识到了危险即将来临，不由得惊慌失措，时而四下乱撞，时而一跃而起。

母亲笑了。快过年了，到了该收获鱼的时候了。一夜之间，池塘里的水就快被抽干了。

就在母亲微笑的一瞬间，那条鱼高高地跃起在清晨最亮的一束光里。母亲在心里赞了一声，好大的一条鱼！

2. 那条鱼在高高跃起的时候，肯定是预测到了后来的命运。那惊艳一跃大约是以实际行动表达对即将到来的不公正命运的无声控诉和抗争吧。

那是一条大青鱼。母亲指着鱼介绍说，这是池塘里最大的鱼。说话的语气里有着几分藏不住的骄傲。我知道，在我们那里，最大的那条鱼通常是承包池塘养鱼的人留着自己享用的，除非是村子里受人敬重的人要买才有可能相让，并不是谁有钱谁想买就能随便买到的。

此刻，鱼已经以零散的形式出现在餐桌上了。

红烧鱼头，糖醋鱼块，酸菜鱼，一鱼三吃。可能是野生鱼的缘故吧，质地优良的食材让小妍本就可圈可点的手艺发挥得淋漓尽致。看在眼里红的红绿的绿，如花团簇锦，一缕缕香气袅袅地从红与绿之间升起，直飘进人的五脏六腑，让周身十万八千个毛孔都顿时舒坦无比；鱼肉甫一入口，便叫人舌底生津，唇齿留香，再也放不下手中的筷子了。

我吃鱼的时候，一般是不说话的。这并不是我注重餐桌礼貌。相反，边讲话边吃饭是我一直都改正不了的坏习惯，而且现在和将来也基本上没有要改变的计划和打算，唯有在吃鱼的时候例外，那是因为我害怕鱼刺。在这方面，我是有心理阴影的。

倒不是自己有被鱼刺严重伤害过的经历。尽管也曾经几次被鱼刺卡住过，但都不严重。及时地选择性地采取吞饭、咽菜、喝醋、呕吐等相关措施后便立竿见影地化险为夷了。因此，并不足以给我留下心理阴影。

之所以有心理阴影，是因为我小时候曾近距离地看到过一个醉汉由于被一根鱼刺卡住差点丢掉性命。那是一根相当大的鱼刺。相当大到底是多大不太好说。我只能清楚地看到，他咽喉处两边凸起，显然，那根鱼刺横在那里，从两边凸起的程度看大有穿透皮肉呼啸着透体而出之势。醉汉躺在一张门板上，张大着嘴，一嘴的血，眼珠快要突出眼眶了，嘴和鼻子都在拼命地喘着粗气，一刻不停，似乎要是一停下来就会永远停下来一样。我猜，那根鱼刺一定小不了。

那是正月初二的中午。我正在外婆家给外婆拜年。那醉汉是被抬着来找外婆的。山里交通闭塞，如果步行到几十里外的镇医院，恐怕人早没命了。况且，当时的镇医院是否具备在喉咙这个紧要的部位大动干戈的条件和能力，尚是未知数。

事实证明，找外婆求救是十分正确的选择。醉汉是被抬着进外婆家的，过了不到片刻，却是自己走着出门来的，并且喉咙那里皮未破血不流。这让所有被拒之门外屏息等待的人震惊不已，当然也包括我。外婆究竟用了什么手段？没有人知道。依我看，那神秘的手段竟是比喉镜取鱼刺还要干净利落些。

那醉汉是自己拉开屋门的。他双脚一迈出门槛，立即转身朝屋内的外婆双膝跪下，只听咚的一声，磕了三个响头，额头上殷红一片。

我真的不该说这段往事的。

小妩假装嗔道，外婆用的是什么高超手段你一定知道，快说呀，卖什么关子？

这时，我正在津津有味地品着一块鱼尾巴上的肉，这里的肉是活肉，味道尤胜一筹。看到小妩噘着嘴着急嗔怒的样子，我心里一嘚瑟，情不自禁地笑了一下。就是这一笑坏事了，一根狡猾的鱼刺在这一刹那逃过了我舌头和牙齿的联合把关，飞快地毫无声息地溜进了我的食道。

3. 母亲的手机打过来的时候，我的车子刚过高速收费站。车轮压到隆起的减速带上，轻微地往朝上一颠，又往下一震。这一瞬间，喉咙处的那根刺像是要提醒我它的存在似的，在那里痛了一下，针刺的一样。

我是去过医院的。在用尽我所知道的方法，甚至还上网百度了一些稀奇古怪的法子尝试过，都无一例外地宣告无效后，我只有去医院。但我没有想到是，在医院排队取鱼刺的人那么多，长长的一队，一直从耳鼻喉科排到眼科。眼科的门前冷落与耳鼻喉科的人潮涌动形成了鲜明的对比。也难怪，这个季节里吃鱼的人比往常多，出意外的比例也就相应地增大些。

我相信，耳鼻喉科这个月至少可以比其他科室多拿些奖金了。多拿奖金，人的心情应该很好，这个时间段去沟通起来应该更容易些。

虽然喉咙那里的痛很难让我脸上露出笑容，但我还是挤出我认为是恰到好处的微笑。这微笑让眼前这位美丽的护士很讶异。她睁大眼睛问我，你，有什么事？

这简直就是废话。到这里来难道是走亲戚？但我显然不能这样和一位美丽的护士说话，这不符合我的身份，我毕竟是一家公司的业务经理，虽然我们拥有二十一人的公司有二十个业务经理，我只是二十分之一而已。只有那第二十一人才不是业务经理，是的，他是老板。我们的产品在六百公里之外的那个城市出了故障，急需排除。非常不幸的是，我正是负责那个城市业务的经理。那个不是业务经理的第二十一个人严厉地警告我，如果我不能在明天天亮之前赶到那里，并且妥善地解决好问题，我就不用再回公司了。实事求是地说，许多时候，我是从内心深处不想回公司的，但问题是，如果真的不回公司了，我每个月房供和车供又从哪里来呢？

我问道，王珏美女，我能不能插个队？

王珏吃了一惊，忘了回答我的问话，而是反问起了我，我们认识？你怎么知道我的名字？

我故作神秘地一笑，然后用手指了指她美丽的胸部，那里，在左侧接近那一优美隆起曲线的部位挂着一个小小的牌子。她低头看了一眼，先是有些想笑的节奏，接着脸就慢慢地黑了下来，说，这个，我说了不算。你问问排队的各位可行？天快黑了，又这么冷，谁不想早点回家？都想。当然，如果大家认为你插队行我也没意见。大家说，行不行？

这种诱导式的提问，答案是可以想象的。

我只有带着这根鱼刺去出差了。车子每颠一下，喉咙那里就痛一下，颠一下痛一下。

母亲的手机是从来不主动拨打的。主要原因是母亲年岁大了，又不识字，手机号码是那么长长的一串，她根本就记不住。我将常用的联系电话都存储在她的手机通讯录里，试图教会她在通讯录查找号码，可总是充耳不闻，过目便忘。所以她手机的使用功能一直停留在传呼机时代。即便是接听，也是随意性的。这不能怪母亲。你想，你还能要求她在菜地里种菜，在塘边洗衣，给鸡群喂食时都要带上手机吗？我也多次请求她和我们一起在城里生活，但无一例外地被她坚决地拒绝了。母亲认为在这个村子，她生活习惯了，离不开了。她认定自己若是离开了熟悉而亲切的土地就会生病。

现在，她竟然主动打过来了。不知什么时候，她竟记住了我的号码。

妈。是你吗？我在出差的路上呢，刚上高速，有事吗？第一次接到母亲的电话，心里高兴之余，更多的是担心。如果没事，母亲怎么会主动联系我呢?

车的隔音效果相当不错,高速行驶并不影响蓝牙电话的效果。先是吱吱地响了几声,接着就清晰地听到了母亲的声音。

母亲似乎没有料到这么快就会听到我的声音,明显一愣,咳嗽了好几声,才出声说,都快过年还要出差呀。没事,没事。本来想让你在手机上帮查查,看能不能找到什么治疗鱼刺卡喉好法子。

你被鱼刺卡了?我赶紧问。我懂母亲的意思,她要我找的好法子显然是排除了众所周知的常用措施。

没有,没有。母亲又咳了两声,才解释说,是方家奶奶被鱼刺卡了。

可惜,外婆的医术失传了,连母亲也不会,否则,母亲根本就不用向我求援的。我记得方奶奶的儿子好像也在小妩工作的那家房产公司上班,我听小妩提起过。我就对母亲说,等我下高速让小妩通知方奶奶的儿子。我安慰母亲,劝她说,不用担心,到了医院,虽然比不了外婆,但只要花五十块钱,不动刀不吃药,利用喉镜、压舌板、镊子还是可以轻而易举地取出那根鱼刺的。

母亲没有马上答应,而是思考了一下,又咳了两声,才告诉我她的意思,方家奶奶不想打扰她儿子的工作,才没有通知儿子。我们就不要多事了吧。

4. 母亲前后共住了七天院,费用六千,平均每天八百多;我喉咙里的那根鱼刺取出来花了五十块。两项合计六千零五十块。

大约三个月的房供和车供就这么没有了。按理说,我看着手里厚厚一叠交费发票,应该沮丧才是。但却没有。我心里虽是为母亲遭的罪难过,可却是一点也没有因为花了这么多钱而沮丧的意思。因为我知道,钱是有价的,而爱是无价的。

小妩责怪我,说我的电话要是打早点,事情可能就没有那么严重。我也想早点呀。本来想一下高速就给小妩打电话的,告诉她方奶奶的事,让她通知方奶奶的儿子赶紧回家看看。但路上业务单位来了好几个电话催我,催得我心里火烧火燎的,心里一着急就把打电话这事给忘了。等想起来,已经是第三天的事了。母亲当时已经一天没有下床了,发着高烧说着胡话,病情已经变得十分严重了。真该谢谢方奶奶的儿子。他一刻也没有耽误,当机立断地将我母亲送进医院急救,否则,后果难以想象。现在想想,还让人不寒而栗。

母亲见到我,脸上挂满了歉意。她嗫嚅着说,知道你和小妩都忙,本想给你们省点事。这下可倒好，不仅没省事，还花了许多冤枉钱。哦，对了。我这次住院花了多少钱？

美女护士王珏的目光在我和从我喉咙里找取出的那根鱼刺之间不停地移动，移动的频率由快到慢。我心里直发毛，鱼刺都已经取出来，难道还有什么问题吗？那是一根牙签般大小的刺，分着叉，带着血，犹如一条小蛇吐出的信子。

王珏摇着头，咋着舌说，要我说呀，你们母子两人都是奇葩。一个呢，喉咙里插着根偌大的鱼刺像个无事人似的忙活了十来天。当妈妈的呢，就更牛了，被鱼刺卡了，为了不给儿子添乱，自己用手抠，硬是生生地把自己抠进了医院里抢救。

人体食道有三个狭窄处。最常见的是，鱼刺卡在第一狭窄处，也就是入口处。吞咽时，食道附近会疼痛，症状是吞咽困难；第二狭窄处，大概是在入口附近，这是最危险的地方。因为这里的食道外贴着主动脉弓，一旦鱼刺刺破食道壁，就可能造成致命性大出血；第三狭窄处，就是食管道出口了，一般比较少见。

幸好，你们母子两人都属于第一种情况。王珏总结说。

出院那天是腊月二十四，是南方的小年。

小妩做了几个拿手菜。按小妩的说法，有三层意思，一是祝贺母亲康复；二是为我接风洗尘；三是欢度小年喜迎春节。传统风俗，无论是过小年还是过大年，桌上是少不了一道红烧鲢鱼的。

这道菜我们一口都没吃。按照传统习俗，过年的当天这道菜是不允许吃的。在这个特定的时间，红烧鲢鱼作为一道菜，有着其独有的荣耀，使它超越菜的本质，升华到一种美好的祝愿了：年年有余。现在，或许已经实现了年年有余的缘故吧，老规矩执行得也没有那么严格了，吃或不吃随意。但我们还是一口也没吃，原因很简单，母亲很传统，我们也跟着学会了传统，我们也非常愿意做恪守传统的人。这一点，过去是，现在是，将来肯定也是。

水塔有妖

朱斌峰

1

关于水塔有妖的传闻，是在那个夏夜随着萤火虫飞出来的。

水塔高耸在南山半腰，与北山的碉堡遥遥相对，似乎可以把它们比作矿山的乳房，只是——碉堡是空洞的，那个小日本留下来的石头房里只有黑狗白狗在草窠里耍流氓；水塔却是丰盈的，汩汩流出水来，喂养着整个矿区人家。这是个国营煤矿，一排排红砖平房高高低低地堆在山脚下，挤挤挨挨地分列在柏油马路旁，跟鸡窝似的。这无甚稀奇，我只是想不明白：那大山下究竟藏着怎样的迷宫？井下铁轨是怎样在巷道里穿梭的？水塔里的水是怎样从地下管道流入各家各户水龙头的——作为十三岁的男伢，我没法不好奇，毕竟我们都热爱秘密。

水塔下那个孤零零的院子，矿上人都叫它水泵房，里面住着一个老头和一条狗，他俩都是守塔人。老头似乎很老了，据说他从监牢放出后，就一直在那儿守着了。狗很黑，白天蜷在老头的腿边，一到半夜就跳上高高的水塔，抻长脖子发出狼嚎般的叫声，让矿区的夜晚更静了。我一直想爬上山顶低头俯视水塔，可母亲不肯让我去，她说山上有狼，大头的父亲就是被狼叼走的。我在心底嗤笑她：骗谁呢？谁不晓得大头的父亲是被矿井的黑洞吞去了？可我不敢笑出声来，也不敢反驳她，因为她是矿上卫生所的医生，她说谁病了谁就病了，由不得人不信。我只能生闷气，一生气就狂做数学题，就跟矿工们采矿一样，用细细的铅笔尖把那些数学应用题的谜底挖出来。我不知道除了这个法儿，还有怎样的游戏能让自己高兴起来。母亲既为她的儿子骄傲，因为那个瘦削苍白的男伢是矿上闻名的神童；又为她的儿子忧心，因为那个迷迷瞪瞪的男伢不爱开口说话，让他在矿工们面前背诵古诗都会结巴。母亲说我很不健康，可我并不同意她的观点。

我知道任何貌似沉默的东西，比如石头、井架、四周的大山都在说话，只是大人们听不见而已。守塔老头就是这样，他整日没一句话，也许是坐牢坐得太久，舌头生锈了。矿上人私下里叫他哑巴老头，可我把《新华字典》里的生僻字找给他认，他都能脱口而念出来，还能说出那些字的意思。他总把自己关在小屋里写申诉信，说他以前虽然表面上是国军士兵，其实是中共潜伏在国军内部的地下党。我不太相信他说的这个故事，因为他跟灯光球场露天放映的电影里地下党的形象差得太远了。大人们也不肯信他，都说他脑瓜有病，并告诫伢子不要走近他的水泵房。我之所以偷偷接近他，就是因为大人们那些隐秘的告诫让我对他产生好奇了。守塔老头对我不错，可黑狗跟我不熟，那家伙一见我总是扑腾前爪吠叫，很不友好的样子。

水塔下有着这样的老头、这样的黑狗，出现个妖怪就不足为奇了。

2

水塔上怎么会出现妖怪呢?

据目击者说，那天深夜，月亮爬上岭上的井架，仿佛被铁架顶破了，流出水渍般的白。天上的星星、地上的萤火虫飞来飞去，让矿区显得更矮更暗，跟蛰伏在山下的怪兽似的。目击者举着手电筒，被一小片摇来晃去的光亮牵着往前走，走了许久，总觉得哪儿有些不对劲，忽然想起没有听见守塔黑狗的叫声。于是，他停住脚，向不远处的水塔望去，果然，水塔上不见黑狗的影子，却飘着一个白色的影子。也许是月光过于朦胧，也许是水塔太高，那团影子模模糊糊。他摸摸眼睛，仔细看去，依稀可见白影是一个披头散发的女子在跳舞。他愣住了，踮着脚尖往上看，看着看着，那个女子竟然飞了起来。目击者噢地叫出声，手慌脚乱地奔跑起来。他边踏乱手电筒光，边高喊：啊? 水塔上有妖怪! 水塔上有妖怪——他越叫越欢，越跑越快，惊得矿山家属区的灯火亮起。

这个目击者就是大头，他是趁着夜色去山间田垄捉青蛙的。他没有听过《小蝌蚪找妈妈》的故事，只把青蛙当作夏天最爱的肉食。这个意外的发现让他比青蛙还鼓噪，他觉得这个沉闷的矿区早就该发生意外了——意外总是会让人兴奋的，比如井下小煤车脱轨。虽然他不敢肯定那晚是否看见了妖怪，甚至心虚那团白影只是自己的眼花，却咬着牙信誓旦旦地对矿上人说：我真的看见水塔上有妖怪在跳舞！有人怀疑大头在胡说八道编故事，这是可以理解的，谁让他满嘴谎话呢？

大头比我大两岁，身子壮实多了。他的头其实并不大，只是把头发剃光，让那光葫芦水落石出而已。在很久以前，大头看上去还是个规规矩矩的伢子，只要一犯错，他的父亲就会用军用腰带把他抽得像陀螺。他痛，却不敢龇牙，只是倔强地犟着脖子盯着父亲，恍若隔世的仇人。可自打父亲没了后，他就变本加厉变得顽劣起来，连学校里爱踢学生尾骨的体育老师都拿他没办法。于是，矿上人不无惋惜而又愤怒地说：没爸的伢子，真可怜啊！没爸的伢子，没家教，无法无天啊！可我知道大头没有变，他还是那个满脑瓜炸药的人。我与小伙伴们并不亲近，从不参与他们热衷的游戏，比如推着铁圈满街疯跑——他们兴奋着，追逐着，似乎以为自己在推着地球在跑。那在我看来盲目而聒噪，就跟矿食堂里一喝醉酒就昂立街头豪情万丈高唱老歌的瘸腿伯伯一样。我就不明白他们为什么不能安静些，只有安静下来才能听见花开的声音啊。可我喜欢跟大头玩，他吹一声口哨就能把我从家里唤出来，因为他是个能把稀奇古怪的想法付诸实践的人，因为他能制造出让人着迷的玩意儿。他总琢磨着从矿上捎来轴承做滑板车，从车队拿来旧轮胎当游泳圈，从机修车间寻来铁珠做钢珠枪，甚至从炸药房偷来炸药做炮仗。我想，若无意外，大头顺利长大后，会成为合格的武器制造工人，当然他对这个远大的理想未必满意。

两年前的深夜，我被家里鱼缸的小红鱼叫醒了。我迷迷糊糊醒来，睁开眼看见：鱼缸里盈满了月光，比白天更加透明了。鱼缸在摇晃，越摇越快，越摇越大，就跟在膨胀一样。小鱼们慌乱地游动着，拖曳着红色的影子。我恍惚听见它们急促而细微的尖叫，知道一个秘密就要开口了。果然，当玻璃鱼缸嘭的碎裂时，一阵黑色的喊声从井口方向传了过来：不好了！井下塌方了——大山就像被那喊声狠狠地砸了下，整个矿区颤动起来。当我趿着鞋匆匆跟着大人们涌到井架下时，空旷的煤场上聚集起好多矿工家属。他们被一盏高挂的灯光撕扯着，就跟一群骚动的鸦群似的。我们等啊等，等着小煤车沿着锃亮的铁轨把受难者运回地表上。可直到晨光渐起，灯光愈发惨淡，仍一无所获，好几个矿工就那样被井口吞没了。人群开始散去，就像小河缓缓流动，只剩下几个妇人嘶哑的号啕浮在煤场上。我迈着迟钝的脚往回走，忽地看见岭上松树下有一条人影，那是个男伢，正抱着树抽搐着身子。我停住脚，试探地喊：大头？男伢定住身，慢慢转过脸来，正是大头。我以为他哭了，可他脸上没有过多的悲伤，只有圆鼓鼓的眼睛下角挂着一滴水。我心里咯噔一下，就记住了他的眼睛，就知道他的父亲从此不会再从井下爬上来了。我结结巴巴：大头……回家吧。他狠狠地盯了我一眼，转身向南山的水塔方向跑去。他跑得飞快。一下就没了影子。我回到家，发现小红鱼们已躺在一汪水里，睁开圆眼，尾巴都不拍打了。它们的眼睛跟大头一样，仿佛孤零零的星星。

后来，大头的右眼珠换成玻璃球了。那场井下塌方事故发生后，大头就变得不愿跟人说话，一下课就站在学校围墙边的松树前，投掷着弹簧刀片，一下一下，扎得松树满是伤口。他的身影沉默而孤单，刀片钉在树上像战栗的鸟翅。终有一天，那飞出去的弹簧刀片从树上突然反弹回来，刺伤了他的右眼。于是，他的右眼珠只好换成玻璃球，比原来的眼球还大，还圆，还愤怒，只是没了那种星星般忧伤的光泽了。因为那玻璃眼球，我更觉得应该把大头当作形影相随的伙伴了。

我问过大头：没了爸……你难过吗？

大头慢慢闭上左眼，只睁着右眼，半晌才说：不！我不难过！

我惊讶：为啥？

他牵牵嘴角：没有爸，就没人管，我想干啥就干啥。

我信了，他那毫无表情的玻璃球眼骗了我。

我也看出大头对我格外好，若换成别人提及他的父亲，他早就恶语相加，甚至张牙舞爪扑上来了。

半晌，他睁开左眼，换成了笑嘻嘻的表情，耍了个猴子的模样：我就是齐天大圣孙悟空！你们谁都不是！

我想他的话是对的，因为孙猴子是从石头缝里蹦出来的，因为我们都有父亲。

可大人们都说大头爱撒谎。大头曾跟来矿上走亲戚的乡下伢子说，说他的父亲是海军船长，在远方蔚蓝的大海上航行；说他的父亲很疼爱他，每次回来都会给他带些海螺，而海螺就是大海的耳朵；说他的父亲在执行特殊任务，不能常回家，并叮嘱乡下伢子切不可把他父亲的事外传出去。乡下伢子不知怎么就把这事漏出来，一时传得满矿区的人都晓得。于是矿上人都笑，说大头是个满嘴谎话的伢子。可我并不这么认为，因为海军的事儿，还有海螺就是大海的耳朵的话，是大头听我说的。其实，大人们最爱说谎，比如矿广播站的播音员就像二大爷家养的叫八哥的鸟儿，只不过他们说谎说得名正言顺而已。但我不能确定水塔有妖的事儿，是不是大头说谎了。我只觉得水塔是整个矿区离星星最近的地儿。

3

矿上人终究相信了大头的话,他们很容易被一句话煽动起来,当年就曾呼喊口号差点把矿工俱乐部的屋顶掀翻了。他们补充说,有矿工下夜班时看见水塔上黑狗不叫,白影绰绰,可能是两只妖,至于为什么是妖不是鬼,因为妖是白色的,鬼是黑色的。他们私下说,那也可能是一对男女在塔上偷情,女方就是矿上广播站的广播员,那个女子是酒醉的矿工们热衷讨论的对象,至于男人是谁,他们心照不宣却不肯说出来。他们甚至细致地描绘出那对男女在水塔之上星光露霓的场景,一脸的妒忌与向往。当然,也有人怀疑那是个投毒犯——一个曾被打作右派的前中学老师、现在的锅炉工,总往矿机关大院里跑,请求保卫科前去水塔蹲守抓捕投毒犯,以防止水塔里流出的自来水含有蒙汗药。他说得小心、诚恳、心有余悸,仿佛是个预感到灾难即将发生的先知。可保卫科正忙着调查炸药库失窃案,没空搭理他。而矿工们早已习惯了他的神神叨叨,对他的话一笑了之,都说他又发疯病了。于是,矿工家属们三三两两去水泵房院落前,向守塔老头打探消息,仿佛那个白妖是老头放出来的。

大头尾随理发店胖姨走到水塔下时,正是日光羽毛般凋落的黄昏。水塔像往常一样投下一片含义不明的影子,一盏灯黄黄地亮着,就跟山上的野菊花似的。

那时,我正在水泵房里的灯下跟守塔老头下象棋。守塔老头是个臭棋篓,我不明白他下了一辈子象棋,为什么连蹩马脚都不懂,却总爱缠着我下棋。我钓鱼般下了几着,在他皱着眉头想招时,随手拿起桌上的帆布包,想看看他整日在写啥玩意儿。那只灰蓝色的包,上面有个金光灿灿的天安门城楼,老头总把写好的申诉信齐齐整整地放在里面。

老头像被火烫了,站起身伸手就夺。

我跳开,隔着半米的距离看着老头。

老头嘴唇嗦嗦着:别……别乱动!这包金贵着哦。

我不屑:切,这有啥稀罕的?

老头结巴了:这包……是我在北京……带回来的,这儿……买不到的。

瞧着老头萎琐的模样,再看看帆布包上霞光中的天安门,我根本不信他的鬼话，嘻嘻笑起来：就你，还去过北京？

老头见我不信，真急了，鹅样伸长脖子，急切地说了起来，像被冤枉的犯罪嫌疑人，急欲寻找证据证明自己的清白。他越说越利索，说着说着佝偻的腰杆直了起来，浑浊的眼睛清亮起来，就跟换了个人似的，从矮老头变成了瘦削的教书先生——我想，他那用膏药粘住脚的老花镜应该换成金丝眼镜了。

老头说，他早年见过大市面，在南京读过书，在北平打过仗，在新疆喂过马。他说他在广州参加了红军，后奉命掩名改姓潜入国军，在和平解放四川时，又随川军投诚了。可是，他的上线牺牲了，他没法证明自己中共地下党的身份，就被新政府投进了监狱，直到年老才被放了出来，到煤矿当了守塔人。他的话就像斑驳的光影，在我眼前飘来散去。我陌生地看着他，眼前越来越朦胧，恍惚觉得他正融入身后白石灰的墙壁，成为一张遥不可及的照片了。

突然，老头昂起头唱起了歌：八月桂花遍地开/鲜红的旗帜竖啊竖起来/张灯又结彩呀/张灯又结彩呀/光辉闪出新世界——他歌声欢快，却唱出了一脸的泪水，然后蹲下身哦哦地哭了，在哭声中又变成了守塔老头。

我就像做了一场梦，把帆布包递到他手上，小心翼翼地说：莫爷爷，你说的那个你……和现在的你，哪个是真的呀？

老头停住哭泣，站起身摸摸我的头，看向窗外的水塔，叹了句：伢子，等你长大了，就懂得哪个我是真的了。

我顺着他的目光看去，只见水塔壁上一大片水泥脱落了，露出红砖，那工字形错落的墙缝里长着绿绿的苔藓，就跟老头脸上的老年斑一样——那应该是日光照不到的角落吧。

就在这时，院外传来嚓嚓的脚步声，大头跟着理发店胖姨来了。

胖姨很有礼貌地摇动铁栅门，明知故问地喊：莫老爷子，在屋吗？

守塔老人慌忙将帆布包塞进衣柜，在灯下慢腾腾地踱着圈，就是不肯出去。

胖姨又唤了几声，便知趣地停住叫唤，低声咕哝：这个孤老头，就不爱见人。

胖姨身后的大头急了，探出头，猛地喊了一嗓子：天王盖地虎！

我在屋里忍不住，脱口而出应道：宝塔镇河妖！

守塔老头身子一颤，停住转圈，看了看我，这才踱了出来，木然地看着院门外的人。

胖姨讪笑着，支吾着，忽地大肥手一推大头：大头，你问。

大头挺挺胸：莫老爷子，你晚上有没有看见水塔上的妖怪呀？

老头愕然张大豁牙的嘴：啥？妖怪？

大头擤擤鼻子：是啊！就是白色的妖怪！

老头慌不迭：没有，没有，天下哪有妖怪啊。

胖姨凑上前，一脸诡秘：那你是看见人了？是矿上的广播员，是啵？

老头又是一愣，连连摇头：没……也没看见人，谁上水塔做什么？

大头双手叉腰：莫老爷子，你不老实！水塔上就是有妖怪，要不，这些日子黑狗咋不在塔上叫唤了呢？

老头支吾着：哦，你们是说小黑啊，它病了，病得有些日子了。

胖姨不满地瞥瞥老头，又抬眼瞅瞅水塔，转身走去。

我没有走出小屋，手里攥着一粒棋子，透着窗户看向院外。我看见理发店胖姨扭着肥大的屁股走下山去，身影真像要下蛋的母鸡。大头朝屋里的我做了个鬼脸，颠儿颠地跟着胖姨跳去。

忽地，我的眼神一跳，倏地看见不远处的树林里有个白色连衣裙一闪，那是小蓝，矿上广播员的女儿。她的母亲在高悬矿区之上的喇叭里发出声儿，很悦耳动听，总让矿工们欢欣鼓舞，让矿工家属们愤愤不平——她躲在树林里偷听什么呢？她又不是长着耳朵的蘑菇。

4

也许任何人看到小蓝都会眼神一跳的。

那个夏天，小蓝很白，总穿着白色连衣裙，走起路来马尾辫一跳一跳的，看上去像蝴蝶，在煤球般的矿区伢中间很抢眼。小蓝是随犯了错误的父母从大城市下放到矿上的，她的父亲——那个矿学校的音乐老师，爱把白皙瘦削的身子，倚在操场的松树上拉手风琴，又细又长的手指在黑白琴键上弹跳着，让一首首曲子风一样卷出来，她就跟着琴声哼唱：长夜快过去/天色蒙蒙亮/衷心祝福你好姑娘/但愿从今后/你我永不忘/莫斯科郊外的晚上——小蓝还会唱《铃儿响叮当》《红莓花儿开》，还会跳舞，于是她的身影频频出现在矿山联欢晚会上。当被油漆染得五颜六色的大灯泡亮起，她站在矿工俱乐部的高台上，牵着连衣裙裙角微微鞠躬，然后嘴里就会栖上黄莺。当然，她也会被老师涂成红脸蛋，在舞台上旋转红裙子，领着一群胖妞模仿朵朵葵花向阳开。而那时，我们只会扯着嗓子唱：我在马路边捡到一分钱/交给警察叔叔手里边——因而，小伙伴们一见到她就会不自觉地垂下头，就连大头见到她都会勾下头搓着手，跟做错事似的——也许有一种美让人不敢正视，比如夏日午后的日光。但我喜欢直视小蓝的眼睛，她眼里有着淡淡的雾，让我觉得她离我很近却又遥远。

我最忘不了的是：每每早操过后，学校的喇叭就会播放起小蓝讲的《猴子捞月》的故事，说一只小猴子看见水井里有个又大又圆的月亮，吓坏了，高喊：不好了！不好了！月亮掉进井里了。于是，一群猴子跑过来，在老猴子的带领下，用脚钩住树，一个接一个挂成一串，钻进井里捞起月亮来……她的普通话字正腔圆，很好听。每每听到她学着小猴子喊"不好了！月亮掉进井里了"，我就莫名心慌，虽然故事的结尾我早就知道：月亮仍好好地挂在天上，井里的月亮只是个影子。

有个冬日，我和小蓝在学校围墙下晒太阳。

我问她：小蓝，你说，我们为什么要在马路边捡一分钱，交给警察叔叔呢？

她望着天上的云：因为……一分钱硬币上有国徽啊。

我又问：你真的是从大城市上海来的吗？

她点点头。

那……上海究竟有多大？

她咬咬嘴唇：上海真的很大……黄浦江边有好多高楼大厦……还有好多玻璃，好明亮的。

我这才知道：这世上除了黑还有白，除了到处煤黑的矿区，还有满是玻璃的地方，那个地方白得让人向往，那个地方玻璃反射着日光，不像矿山的大雪总在掩盖什么。

我若有所思地哦了声，不知还能问什么。

半晌，她幽幽地说：其实，黄浦江也是一面大玻璃镜……

我懵了：江水怎么是镜子？江里不是有船行鱼游吗？

她嘴唇抖了抖：江里是有鱼，我祖父就……就成了那条江里的鱼了。

我想她没有说谎，我记得有本书上说鱼是人类的远祖。

可她眼里慢慢蓄满了泪：黄浦江真的是大镜子……我祖父是大学里的教授，可自从被人批斗后就总待在江边，一天又一天，像是在照镜子，照着照着，就跳进江里变成鱼了。

我发傻：你祖父会不会……跳进江里捞月亮呀？

她忽地嘤嘤哭了，我不知所措。

她又哽咽地说：这是我俩的秘密……你千万莫说出去哦。

我使劲地点点头。

她终于停住哭泣，向我伸出了小手掌。我只有怯怯地伸出自己的手，与她击掌而誓了。当我的手在她掌心一触而过时，一种又滑又软的感觉从手指一下子传遍了全身，让我心惊肉跳，让我觉得她就是一尾鱼。我这才懂得：为什么有人要保守秘密了，原来秘密是让人心惊胆战而又快乐的。

其实，我还知道小蓝的另一个秘密，那是大头告诉我。

有天晚上，夜已深，大头又青蛙归来。当他背着一蛇皮袋青蛙摇着手电筒走回矿上地磅房时，看见一辆绿皮汽车满载一车煤滑行而来。车灯摇摇晃晃，照亮着前面的柏油马路，那让大头一阵恍惚，觉得绿皮汽车是在搬运夜色。车灯越来越近，大头在瞎眼的路灯下站住，关掉手电筒，等待着绿皮汽车挟着风从身边驶过。车灯就像瀑布射来，大头眼睛一炫，忽地看见车前奔跑着一个人。那人穿着白色连衣裙，在车灯里跑得飞快，就像被灯光撵着——她就是小蓝。大头心儿一下子提了起来，担心绿皮汽车会将小蓝吞没。他愣了片刻，醒过神来，慌忙放下蛇皮袋追过去，可前面已没了汽车和小蓝的影子。大头怀疑自己被车灯照花了眼，眼里出现幻觉了，可他在返回的路上捡到了一只鞋，那是粉红色的凉鞋，上面系着塑料蝴蝶，那只能是小蓝的。

大头悄声说完这事后，歪着头问我：你说，小蓝为啥大半夜在马路上跑呢？

我疑疑惑惑：你没看错吧？

怎么会看错呢？大头睁大眼睛：我抓的那些青蛙……也看见她了。

那……她会不会是在锻炼身体？

切！又不是早晨，谁会在深更半夜锻炼呀？再说，小蓝胆小，她怎敢一个人跑在黑灯瞎火的大街上呢？

我左思右想却寻不到答案，脑瓜里像是钻进一只蚂蚁。

大头却笑了，恍然大悟地说：她可能真的是女特务，半夜去搞破坏吧。

在学校里，小伙伴都说小蓝很好看，好看得像个女特务。如果你在灯光球场跟我们一起看过电影《羊城暗哨》《深入虎穴》《铁道卫士》，就知道小伙伴们说得有理了。那些反特电影里，女特务都很漂亮，打扮得洋气花哨。小蓝长得好看，而且并不根正苗红——她父亲是个被遣送到矿上的人，她理所当然就有女特务的嫌疑了。可就算是女特务，她深夜奔跑能有什么阴谋行动呢？

我和大头一头雾水，觉得小蓝很神秘，但我俩约定：就算她是女特务，我们也不去矿保卫科告发她——单调沉闷的矿区能有她这样一个女特务也挺好。

小蓝真是个猜不透的谜，这个黄昏，她去水泵房前的树林里究竟要偷听什么呢？难道她也听说她母亲、漂亮的广播员有可能就是水塔上的白妖？

5

在夜晚来临之前，一声长长的口哨声把我从家里唤了出来。我走到路灯下就看见了大头，那口哨就是他吹出来的。

大头四顾无人，低下头对我说：我们得捉住妖！

我摇摇头，不想狗拿耗子多管闲事。

大头以为我怕妖，挺挺胸：你莫怕，我练过武术，就算有妖，我有一捉一，有二捉二！

我晓得他家床头堆满了《武林》杂志，晓得他每天早上都要举石磙子，但并不认为他那样下去有什么好，当年矿上有个青皮就因为练了一身横肉，在"严打"时期被戴着口罩的公安打头了，浪费了一颗子弹。

大头见我不说话，急了：你不是对啥都好奇么？你难道不想知道妖怪长啥模样么？

我心动了，恍惚看见一个影影绰绰的妖像阿拉伯数字"8"一样扭曲起来，便点点头。

大头咧开嘴笑了，一巴掌拍在我的肩上：对了，这样才是好兄弟嘛！

我被大巴掌拍得摇了摇。

大头抬头看天，若有所思：你说，妖怪究竟长啥模样呢？

我没应声，悄悄走回家，留下犯傻的大头，还有越来越浓的夜。半晌，大头的哨声又起，就跟打水漂似的掠得夜色波澜四起。

既然要捉妖，首先得解决守塔黑狗。我晓得：水泵房之所以不能轻易靠近，不是因为守塔老头，而是老头养的狗。那条黑狗全身黑，只有额头上长着一撮白毛，按大人们说那是恶虎转世，很凶煞。我曾担心：假若没有守塔老头的喝止，黑狗准会冲到街上见人就咬，让矿上人都得上狂犬病。我也想过：假若没有黑狗壮胆儿，守塔老头会不会害怕得夜不能寐？虽然那条黑狗有些日子没在水塔上对着月亮狂吠了，可它潜在夜色里就是一种来历不明的危险，若不除掉它，捉妖行动就是畏途。

我和大头在地磅房前密谋着。我俩都知道：我们不能像矿保卫科那样用铁棍猛击恶犬的头部，将黑狗一棍击毙，因为那适合杀狗义士光明正大使用，而我俩只能秘密进行。大头为屠狗专门做了钢珠枪，还从炸药库偷来一些黑黑红红的火硝，只要一扣枪的扳机，钢珠就会射出，钻进两米以外的杉树里。这不稀奇，当年武斗流行时，矿上的造反派就自制过枪支、手雷，坐上八辆绿皮汽车，去小城武装造反过。我不喜暴力，建议智取黑狗，就是用鱼钩拴上涂着药的肉骨头，放在黑狗出没的路上，让黑狗误食药饵毒杀之。作为医生的儿子，我知道矿食堂里的瘸腿伯伯有一种药，狗吃了它肚会变大，导致呼吸困难而死。我俩各抒己见，最后以抓阄的方式选择了我的药毒法。

夜深了，矿山又落进黑色的梦里，星星点点的灯火忽明忽暗，仿佛偷窥的眼儿。我和大头带着药饵鱼钩、钢珠枪出发了。我们经过小蓝家后窗时，听见她在背诵一首诗：远远的街灯明了/好像闪着无数的明星/天上的明星见了/好像点着无数的街灯/我想那缥缈的空中/定然有美丽的街市——就像给入睡的矿山唱摇篮曲儿。我们经过矿保卫科时，看见四个穿警服的叔叔正在打扑克牌。我们经过街上的邮电所时，听见绿漆斑斑的邮筒里仿佛有小鸟在里面扑腾着翅膀。我们终于爬上半山，爬上大树，窥视水泵房了。

水塔下，黑狗蹲在生锈的铁栅门前，尖尖的耳朵转动，似乎很警觉。院内小屋里，守塔老头又在双线信纸上一笔一画地写着什么，信纸下垫着蓝色复写纸，就跟矿上财务科会计似的。一盏45瓦的灯泡在他白发稀疏的头顶上，模仿着落日。说实话，我挺可怜守塔老头，他总是那样写啊写，然后把那些信纸投进矿邮电所寄向远方，却没有收到一封回信，就像个拙劣的养鸽人，辛辛苦苦养了一大群鸽子，可放飞后一只鸽子都没回来。水塔上却什么也没有，那个白妖大抵尚未登台上场吧。

我们没有心情仰望高高在上的水塔，只将目光聚向铁栅门前的黑狗。大头是个钓鱼老手，他挑着鱼竿，把药饵骨头慢慢伸向黑狗，颇有耐心地等待着。他细眯着左眼，右眼玻璃眼珠愈发显得冰冷而突出。我紧紧抱着树干，警惕着黑狗跃起。我毫无把握黑狗是否看见我了，也担心母亲带着苏打水的喊声从山下的街上传来。月色越来越黑，黑漆漆的山上风声夹着不知名的夜鸟叫声传来，让我怀疑那些隐约的山野里藏着鬼魅的影子。我真怕黑狗睡着了。

忽地，树枝猛地一颤，大头低喝：好！倒……倒了！我闻声看向黑狗，果然，黑狗正向地上趴去，嘴被肉骨头撑起，挣扎的叫声就像漏出的风，呜呜咽咽。它的肚子越来越大，四条腿终于支撑不住，颤抖着身子趴了下来。我和大头跳下树，一步一步移向黑狗，小心谨慎，仿佛黑狗是守塔老下埋下的地雷。黑狗睁大眼睛瞪着我们，眼珠缓缓转动，转着转着就转不动了，尖尖的耳朵耷拉下来，额前的白毛被风吹起。大头小心地拉着鱼竿，把肉骨头拽了出来。黑狗哀号一声，摆摆尾巴，摇着身子似乎要站起来。快跑！大头扔下鱼竿，拉着我转身奔跑起来。我能听到身后风呼呼地响，恍惚觉得黑狗跟黑色的闪电一样追过来，红红的舌头像隐藏在嘴里的火焰。我们越跑越快，跑得气喘吁吁，跑到无边的夜色里。我忽然发现，那么多人喜欢遁入黑色，原来是黑色能给人安全感啊。

黑狗还是死了。第二天早晨，它被麻绳拴着脖子挂在树上，骨肉已经不知去向，只剩下了空空的黑皮。守塔老头蹲下树下，抱着膝盖，咧着空洞的嘴却没声儿，只是眼角几滴泪在表示他在号啕。好几个大人走过来，理发店胖姨扭着肥屁股，劝老头莫要伤心，不就死了一条狗嘛。穿着旧军装的矿工很内行地说，偷狗贼的刀功不错，狗皮剥得完好无损，可以做一顶狗皮帽。食堂里的瘸腿伯伯端着搪瓷缸走过来，皱皱鼻子：天上龙肉，地下狗肉，这偷狗贼有口福呢。守塔老头蹲了半晌，才站起身，没看狗皮一眼就蹒跚走进水泵房的院落。他的背影似乎又佝偻了几分。

好几日，我和大头走在街上看矿上人的肚子，观察有没有人的肚子像黑狗一样鼓起来，可除了小卖部那个怀孕的阿姨和保卫科长本来就大腹便便外，没有一个人有偷吃黑狗的迹象。难道那种药饵对人无效？当然，我们不便怀疑孕妇和保卫科长，他俩的肚子大得有理。

6

于是，矿上又有流言蜚语传出，说守塔黑狗是被水塔上的白妖掏空身子的——要不怎么会剩下那么一张干干净净的狗皮呢？豆腐店阿婆神神道道地说，妖怪吃人也会留下人皮，以便扮成人的模样。于是，天一黑，大人们不再让伢子出家门了。于是，小伙伴们白天一见面，就会相互捏捏脸皮，验证一下对方是不是妖怪假冒。我总是躲闪着小伙伴伸过来的手，每每看见一只手像鸟翅扑来就一阵心慌。我不是怕疼，而是担心自己的脸皮一旦被揭开，里面会露出父亲一样的脸来，那样我就长成大人了。

其实，自打看到风中的狗皮后，我好几天晚上都在做噩梦。我梦见自己就是《西游记》里的小妖怪，头上长出两个犄角，鼻上串着铜铃铛。大头则是个绿头发的妖怪，拿着被开水煮过的刀，剖开树上黑狗的肚皮，扒下狗肉和内脏，刀尖滴下露珠一样的血。我愕然地看着大头，抬脚想逃，可脚被地面吸住了。我张嘴想喊，可发不出声儿。我挣扎着，直到一头大汗地醒来。窗外，没有守塔黑狗的狂吠声，显得更黑了，仿佛已经睡死过去——难道矿山也被药麻倒了？

其实，自打看到风中的狗皮后，我就觉得自己就要长大了——因为，在我们矿区只有大人才会用药，比如矿卫生所医生、我的母亲总是把白白黄黄的药片开给人吃，豆腐店阿婆总是煮桃叶水喂给发癫的前中学老师、现在的锅炉工喝，矿工们总是以酒当药抵御井下的湿寒……我真不知道，假若没有药，大人们会怎样生活。而我也学会用药毒狗，这岂不是长大成人的征兆？

那天晌午，我蹲在半山水库堤坝的台阶上，看水中随波荡漾的脸，并不时抓挠脸皮，防止水草爬上自己的脸。

忽而，一个怯怯的声音飘过来：你……你在干什么？

我吓了一跳，扭头看见身后的小蓝。她隔着十三个台阶俯视着我，眼神有着淡淡的忧伤，那种表情是矿上别的女伢没有的，仿佛水浸在了她的脸上。我明白过来，她是担心我会像她祖父一样跳进水里变成鱼儿。

我不好意思地笑笑：我不干啥，只是想看清楚水里的石子儿。

那你……为什么总不停地抓自己的脸？

我……脸发痒。

痒？是生痱子了吧？扑点痱子粉就好了，

不是啊！我急急辩解，我知道自己是男伢，涂脂抹粉还不笑死人了。

她一脸关切，眼睛在我脸上寻找着什么：那……你的脸为什么痒呢？

我……我觉得……好像有啄木鸟在脸上啄来啄去。

嘻！她笑了：你的脸又不是生了虫子的树皮，啄木鸟啄它做什么？

我抓抓后脑勺，不知说什么。

她深深地看了我一眼，哀伤又漫了出来，幽幽地说：脸痒不要紧的，你妈是矿卫生所的医生哦……你不要总看着水，不要把水当作镜子，那很危险。说完，像刚成年的小媳妇似的轻轻叹了一口气。

我怔怔地看着她，发现女孩真是易变。

她低下头，脸红红的，嘀咕：你这么看着我干什么？

她脸上长着细细的绒毛，仿佛是桃子。我突然很想摸摸她的脸，便迟疑地说：小蓝……我能摸摸你的脸吗？

干吗？她嗔起脸：你是不是怀疑我是妖怪变的？

我张口结舌，慌忙摆起手：不，不，我不是这个意思……

她狠狠地瞪我一眼，扭身走去。

我傻傻地看着她的白色连衣裙飘去，心里蓦地生出那种叫烦恼的东西来，担心她不再理我，会离我越来越远。

我悻悻地往家走，绕过水塔，下了山。

我刚到街上邮电所前，就看见大头靠在路灯柱上迎候着我。我记得那一排路灯是被他用钢珠枪一夜之间打碎的。

我想避开大头，可他开口了：你总往水库跑，做啥子？

我……我脑瓜转动：我去看看，研究研究水塔是怎么从水库吸水的……老师不是说过么，吃水不忘挖井人，要饮水思源呢。

大头怪怪地笑着：那你琢磨出来了吗？

我摇摇头。

大头环顾四周无人，伸长脖子低声说：听着！别管那水库、水塔的鸟事了，我们的捉妖行动还要继续呢。

我心跳一下加快了，咬着唇拼命摇起头来。

大头恶狠狠地吐了口痰：哼，胆小鬼！

我跳起：我不是！

你就是！你就是个只会跟猫说话的胆小鬼！

我生气了，血涌在脸上：谁是胆小鬼？不就是捉妖吗？谁怕了？

其实，我真的有些害怕，害怕在捉妖的路上遇见黑狗挂在树上的皮。

大头满意地点点头，扭身闪去。我松了口气，可他走了两步，又转过身一脸诡秘地笑：嘻！我晓得你去水库干啥。

我急了，以为他窥出了我的心思：我……我就是去给水塔找水源的啊。

切！你骗我！我看见你跟小蓝在水库边了。

就算是，又怎样了？我结巴起来。

大头将两个手指翘起，嗫着嘴，长长地吹了声口哨而去，那哨声欢快而热烈地在长街上呼啸着，在我耳边回旋着。我仿佛误入了锯木场，满耳都是尖厉的锯木声，满眼都是纷纷扬扬的木屑。我捂着耳朵奔跑起来。

那个夏天的白昼真是太闷了，日光灼热得没有一丝儿空隙，凉风似乎被地下的矿井吸去了，雨水好像被水塔储藏起来了，只有夜晚跟白昼较着劲儿，愈发地黑愈发地凉。

那时正是白天，日光明晃晃的。我奔跑在长街上，矿食堂墙壁上"革命无罪　造反有理""大干红五月"标语一闪而过，矿工俱乐部橱窗里《少林寺》电影海报分外抢眼，矿机关大院楼顶红旗呼啦啦地飘，从柏油路面蒸腾上来的气味张牙舞爪。我跑着跑着，觉得一场大雨正乘坐黑云越来越近，凉风的气息就像矿区谣传的消息在漫开。我没有停下来看蚂蚁慌乱地搬家，只是在奔跑中翕动着嘴，就像冒出水面吐泡泡的鱼。我在喊：雨来了！要下雨了，要下大雨了——

7

自从黑狗消失后，我有些日子没敢去见守塔老头了，听说他还像往常一样整日写写画画，只是买了顶草帽。其实矿上的灯房里挂着一排排矿灯帽，那种帽子形似钢盔，比蜗牛的壳还硬，帽前有灯能射出一道雪亮的光柱。矿灯房阿姨很好看，她就像一个专门擦亮星星的人，每天都要给那些帽子按上星星，让我们的父辈总有一种头顶光明前行的硬气。可守塔老头没有资格戴矿灯帽——也许他白发稀疏的头更适合草帽吧。我见过他戴白礼帽的模样，那是藏在帆布包里的一张发黄的黑白相片，相片上一个少年穿着西装，腰板挺直，头戴礼帽，眼神发亮，守塔老头说那就是当年的他。我很诧异：莫不是时光特意留下那张相片，与他现在衰老的模样来做对比的？但我想象不出守塔老头戴着草帽的样子，忍不住想去水泵房看看。

黄昏，我踅踅摸摸走到水泵房铁栅门前，探头探脑地向院子里窥去。屋里没人，一顶崭新的草帽挂在墙上，就像一只鼓凸的黄眼珠。我猜想守塔老头去街上邮电所寄信了，转身想溜走。可一声咳嗽传出，接着老头的声儿追来：躲什么躲？进来吧，已经没有狗了。

我吓了一跳，这才看见老头默坐在院角的石凳上，面前的石墩上仍然摆着象棋，仿佛红黑的棋子在棋盘上生根了。老头看上去没有我想象的那样悲伤或凶狠。我挺挺胸，推开铁栅门走了进去，在他对面的石凳上坐了下来，拿起一粒马夹在指间耍着，不敢正眼看他的脸。

老头默默地看着我，目光在我身上下了一场黑雪。

老年人真的比少年更习惯于沉默，我终忍不住，指指身边高高的水塔：那……那上面真的有妖吗？

老头的脸在黄昏的日光下有些模糊，他龇起豁牙的嘴：你说呢？

我？我不信世上有妖……那是大人编出的谎儿，来骗骗伢子的。

我这么说，是因为豆腐店阿婆总是吓唬偷吃她家豆干的伢子说：伢子，不能偷吃，要不就有妖怪把你们的小手指掰了，跟吃生姜一样咔咔吃掉哦。其实，她那笑眯眯的说话样儿，是吓不着人的。

老头眼窝更深了：是啊，那是无稽之谈！世上哪会有妖？妖怪都是人们把心里的魔放出来，自己吓自己的。当然，也有人希望有妖，希望妖怪就像《聊斋》里的狐狸精……若真有那样的妖就好了，那种妖远比人更可以亲近。

我迷惘地看着他：你是说，有的妖怪比人好？

老头眯起眼，欲言又止，但还是开口了：伢儿，我给你讲个故事吧。

好啊好啊！我很喜欢听故事。

老头眯着眼说开了：好多年前，我所在的部队被敌人打散了，我们十来个战士就藏在大山里，等待机会突围。我们没了粮食，又饿又乏，就在树林里采来蘑菇，放在行军锅里熬汤吃。那时我正闹肚子发高烧，喝了一口蘑菇汤就吐了，就昏昏地睡着了。等我醒来，发现热气腾腾的行军锅早已凉了，战友们都永远地睡去了……

永远地睡去了？我睁大眼睛。

是啊。他们都被蘑菇汤毒死了……那时是早春，天真冷啊。

老头说着，抱抱瘦小的身子，似乎在发冷，让我觉得他身子里钻着一条蛇。

我冷啊饿啊……当我把战士们掩埋后，当地的游击队就来了，他们救了我，又把我抓起来了……再后来，这桩事就成了我是叛徒的罪证了，哎——

我听不出他的叹息有多沉重，只是奇怪地问：那蘑菇跟妖怪有啥关系？

老头嘎嘎地笑了，笑得皱脸上挂起了眼泪：那蘑菇就是我命运里的小妖怪啊，捉弄人的小妖怪啊。

我不喜欢看他那种笑模样，那看上去很陌生：那你……为啥总往外面寄信呢？

老头收住笑，抖抖索索地点烟：我……是在等一封信。

等啥信？

这个……老头有些口吃了：你还是小伢，说这些你又不懂。

我不服气：哼！你小瞧人，我懂！

老头斜睨着我：你懂什么？你是不是听矿上人说的？说我就是为了平反，就是为了让政府给我恢复名誉，落实政策？……我都老成这样了，还要那些做什么？

我站起身：不！那是大人们胡说。你在等一封信，让那封信飞来，说出蘑菇的秘密……因为每封信里都藏着一个秘密!

老头激动起来,一把抓住我的手。他抽搐着瘦削的双肩,手抖得太厉害了,可抖了半晌,手一滑,又瘫坐下来。

我低下头看着他,这才看清老头曾被我忽略的样子:他头发花白,眼神黯淡,眼睛下面挂着两个眼袋。

老头仰天长叹:我只是想要个真相啊!可我恐怕等不来,等不到那封信了。他眼神空空地看天,天上没有一只鸟。

我肯定地说:莫爷爷,你会等来的,因为秘密总是要漏出来的!

老头牵牵嘴角笑了,笑得有些好看了。

我想了想又问:莫爷爷,人老了,老是啥感觉?

老了……老了,就觉得自己活在长长的梦里。老了,就不做梦了。

我哦了声,夜色便从山顶漫了下来。我跟守塔老头打了声招呼,赶忙向山下跑去,我知道母亲在唤我回家了。

那天晚上,我睡在床上一直想着守塔老头等信的事儿,想着想着,就觉得一只鸟叼着蓝色条纹的信飞来了。我追过去,去抓那封信,可是鸟越来越高,急得我大喊大叫醒来,惊得母亲从隔壁房间走过来,熟练地给我量起体温说我发烧了。我不理睬母亲,我看见窗外一只萤火虫飞来飞去。我想:我得去小城邮电局或者更远的地方,帮守塔老头寻回信了,毕竟我药死了他的黑狗。而去远方远比捉妖重要,因为老头颤抖的样儿就像深秋的落叶了。

8

准确地说,我和大头第二次捉妖行动是在正午开始的。

那天正午,日光灼人,长街上蒸腾着热浪。街上没有人影,也许天太热,人们都躺在家里睡午觉吧。我和大头拖着短短的影子在街上闲逛。走过小卖部时,我们看见小蓝站在柜台前吮吸着冰棒,白色连衣裙就像池塘里的莲花。我们情不自禁地走过去,装模作样地看向柜台后的木箱,那木箱塞满了保温的棉絮,一掀开就有凉凉的雾气散开。

大头舔舔厚嘴唇,低声问我:你带钱没?

我在裤兜里摸了半天,才摸出两分硬币,掏了出来。

大头泄气了,嘀咕:没钱吃个球呀。

我和大头只有恋恋不舍地离开小卖部,可没走几步就听见塑料凉鞋呱叽呱叽跟过来，回头一看，小蓝正拿着两支绿豆冰棒追来。她笑吟吟，只把冰棒往我和大头手里送。

我和大头眼神一碰，想伸手却不好意思。

小蓝声儿很凉爽：还不快接着？冰棒要化了。

我和大头这才迫不及待接过冰棒，三口两口就嚼完了。

我细着声儿：我……我会还你钱的。

大头嘿嘿笑，迸出句：以后谁欺负你，告诉我，我帮你揍他！

小蓝笑出两个酒窝，摆摆手，转身风一样吹走了。

我和大头傻傻地看着她的背影，醒过神来，又向前逛去。

我俩溜进理发店，因为那儿有一台吊扇，吱吱呀呀转动，能带来几许清凉。胖姨正在给小男伢剃瓦盖头，剪刀在男伢头上咔嚓咔嚓地响，像在收割杂草。她一边利索地铰着剪刀，一边跟坐在长椅上的男伢妈叽叽咕咕说着话儿。男伢妈不时捂起嘴，发出鸽子般的笑声。

我敢保证，那水塔上的妖精就是广播站的骚蹄子！咱们矿上女子，有谁敢半夜去水塔上……干那种伤风败俗的事儿？

唔唔，是呢。

那骚蹄子是从大城市来的，放得开，又招惹男人……不是她，能是谁？

就是就是！嘻嘻！

我和大头仰着脸听着，都知道矿上女人嘴里的骚蹄子就是小蓝妈。但我不知道为什么那些妇人说起她时总咬牙切齿，满嘴仇恨。那些妇人今天能为一块煤球吵吵起来，明天又会在一起说说笑笑，可小蓝妈见人就笑，从不跟她们拌嘴，为什么会被全矿妇女当作仇人呢？

胖姨和男伢妈根本没有把我和大头放在眼里，仍兀自说着。

你说，那骚蹄子跟别人干那种事，咋不藏着掖着，为啥要去水塔上呢？

这个……谁晓得呀。她整出的西洋景还少？

也是也是。

我可不是凭空乱说……那晚，我家那口子夜班回家，就看见骚蹄子在水塔下的树林里转悠，还踮着脚向塔上看……你说，她一个女人家深更半夜去山上做啥？

那为啥水泵房的黑狗不咬她，肯让她…两个人上塔？

那条黑狗……也许……也许也怕手枪呢。

是哦是哦。也许那黑狗也好色，见着她就不肯叫唤了，嘻嘻。

胖姨和男伢妈都吃吃地笑了，似乎在压抑着某种快乐。

我知道矿上只有一把手枪，就挂在保卫科长的腰上，但不愿意相信黑狗会怕保卫科长。我还想听下去，可身边的大头站了起来，他满脸通红，头上汗珠沁了出来，忽地抓起电吹风向墙上的玻璃镜砸去，嗵的一声，玻璃镜在女人的惊叫中哗地碎了。我还在发愣，大头拉起我就跑，逃出了随之而来的胖姨咒骂声。

我们跑到地磅房前站定，喘着粗气。

大头气汹汹的：哼！那些婆姨的嘴真毒！

我点头，我知道有些声音是有毒的。

大头眺向山上的水塔，声音有些忧伤：我们一定要把妖怪捉住。

我张张嘴：你是为……为小蓝的绿豆冰棒吗？

不是！那些婆姨在胡说八道，我不信塔上的妖怪会是小蓝妈。你信吗？

不信，当然不信！我把头摇成了拨浪鼓。

那我俩就得捉住妖怪，还小蓝妈清白。今晚我俩就去捉妖！

好！我挺挺瘦棱棱的胸脯，一股清凉的绿豆气息从嗓子里滑出，那应该是月光的味道。

到了夜晚，月亮升上山顶，洒下朦朦胧胧的灰白，让水塔耸立得更加突兀了。没有黑狗在塔上夜吠的夜晚，真的很静。我和大头又坐在水泵房前树林里，坐等守塔老头睡去。我们不用去看院里的灯火，只等着屋里干干的咳嗽声停下来。老头睡觉不打鼾，他连睡觉都很小心，不会像矿工们肆无忌惮地打着呼噜，但他忍不住咳嗽。我的目光随着长了白毛的山脊起伏，大头双手枕头靠在树上眯着眼看天，天上的星星也似睡非睡着。

忽然，大头一跃而起：好了！莫老爷子睡着了！开始行动！

我转过脸犹豫地问：要不要等白妖出现再去捉呀？

大头掏出钢珠枪：不用，我们现在就攀上水塔，那妖怪一定藏在水塔里。

我只好抱住树干溜下地，就在这时，不远处有人高喊：快！快抓狗——接着，一束束矿灯从长街向山上乱摇而来，矿灯的穿梭处一个白影在奔跑，那是一条白狗。

我和大头面面相觑，只得等那群人追逐白狗远去。

我们都知道，守塔黑狗的死唤醒了大人们的什么，于是，矿保卫科成立了打狗队，小蓝妈每日早晨都在喇叭里，用好听的普通话广播狂犬病的危害，说人被狗咬了会得狂犬病，那种病潜伏期特别长，可长达五十年才会发作。我不信她的话，我想：假若她的话是对的，那么我就可以这么理解：每个人的身上都有狂犬病，要不人老了怎会都老成狗的模样了呢？但我的理解并不能影响保卫科打狗队的热情，他们围追堵截，伏击包围，冲向矿家属区所有的狗。他们每打死一条狗，不仅能得到矿上的奖金，而且有狗肉吃——幸好他们不让人看见被剥得干干净净的狗皮。当时，我还没有预感到：二十多年后，一个打狗队员会成为名誉小城的狗肉馆的大老板。

等着保卫科打狗队雪亮的矿灯消失后，我和大头再次聆听水泵房里的动静时，守塔老头已被吵醒了，一阵阵咳嗽声不停地传出来。大头无奈地摇摇头，我们的第二次捉妖行动就这样夭折了。

那天晚上，我梦见守塔黑狗活过来了，它从这个山头蹿向那个山头，起伏着黑色的影子，不时仰头对着月光拽长脖子狂吠。母亲说过：狗对月亮发出狼嚎，是在呼唤山野里的伙伴，是动物返祖现象。可我喜欢听那狗叫声，在那发白的叫声里沉沉地睡熟了——那是我在那个夏天睡得最香甜的夜晚。

9

不知为什么小蓝会央我带她去水泵房，女伢的心思真是奇怪。

我说过守塔老头是个古板的怪人，他从不轻易让人踏进水泵房院子，除了矿上的水电工，能进入那个院子的恐怕只有我了。老头不知为什么会对我另眼相看，他一见我就会喝住黑狗邀我进屋，要么从铁皮桶里掏出几粒花生给我吃，要么让我陪他下棋，要么跟我有一搭没一搭地拉呱，一度让我怀疑自己是他失散多年的孙子。他曾让我看一页线装书上的古文，等一支烟吸完就要我默写。虽然那些文字大多是初次相识，但我还是一字不差地把它们画了下来。老头激动了，连声说好。其实，那对我来说并非难事，我在看那古文时，就像照相机一样把那页纸清晰地印在后脑勺里，我只是把它们描画下来而已。何况我的父亲记忆力好，他曾是学《毛选》积极分子，能大段大段背诵毛主席语录。老头又出了道数学题，就是鸡有两只腿，兔有四只腿，鸡兔一共多少腿，问鸡多少兔多少。我咬咬圆珠笔杆，就把那些鸡兔数了出来。老头更惊讶了，连声说：难得难得！其实，我只是在脑瓜里，沿着一星萤火虫般的亮光，在草地上找到那些鸡兔而已。

于是，老头常常摸着我的头说：这么好的脑瓜，可惜了，可惜了——仿佛我的头是品质上好的西瓜却馊了。

我就问：莫爷爷，有啥可惜的？

老头笑：你啊，太聪明了！

我不信：那……为啥矿上人都说我傻呢？

我这不是谦虚，因为我爱盯着人问"为啥呢？后来呢？"因为我总懵懵懂懂地游在街上，连绿皮卡车的喇叭声都听而不闻，所以矿上好多人明里叫我神童，私下里叫我小傻。因此，母亲常常让我当着矿上人的面背诵唐诗，就像急于证明自己清白似的。

老头又伸出手摸我的头：你是我一生见过的两个天赋最好的人之一。

那另一个是谁？

那个就是我的战友，他记忆超群，只要看一眼敌人的布防图，就能把他记下来画出来，报送给组织……他是不可多得的谍报人才啊。

那我也要成为像他那样的人，战斗在敌人的心脏。

不，现在是和平时期，不需要谍报人员了。

我有些着急了：那我能成为什么样的人呀？

老头深深地看着我：你这天赋，如若能接受良好的教育，一定能成为高级知识分子的……否则就浪费禀赋了。

我不高兴了：我才不愿意成为啥知识分子呢！那些臭老九还不是被打倒了，住牛棚了？我就算再傻，也不肯成为他们那样人！

老头却不生气，仍然对我特别好，允许我随时进出他的院子。

但是，矿上人不肯走进潮湿阴暗的水泵房，仿佛那是吞吃人的深井。那么，小蓝为什么要去那儿呢？她说她想看看水塔的样子，这话能信吗？莫非她也对水塔上的妖怪感兴趣了？

我只好带着小蓝走向水泵房。小蓝跟在我身后走走停停，就像好奇却又怕误入陷阱的麋鹿。走到水泵房院外时，我推响铁栅门，唤起：莫爷爷，莫爷爷——半晌，院里才有了动静。当守塔老头从暗淡的光线里浮出来时，小蓝短促地叫了声，那喊声吓了老头一跳。他打开铁栅门上的铁锁链，把我和小蓝放了进去。我在石凳上坐了下来，老头吸着香烟，小蓝低着头并不东张西望，一时院子里很安静。四周，石头垒成的围墙，由于长年风吹雨打，颜色越来越斑驳了。

半晌，小蓝开口了：莫爷爷，您是有学问的人……您说，人总梦见什么，是不是就要变成什么呀？

老头停住吸烟，哦了声：你这伢子怎么会有这种想法？

因为……因为我祖父活着的时候，总梦见鱼，后来就跳进黄浦江变成鱼了。

老头上上下下打量小蓝：那你总梦见什么？

我……小蓝有些害羞：我总梦见，我在上海少年宫的舞台上跳舞，可舞台越来越高，让我害怕，我怕自己摔下去，像天鹅一样摔断翅膀。

老头垂下眼皮：伢子，你不用怕，梦是反的。你会像白天鹅一样飞起来的。

真的吗？小蓝忽闪着眼睛：我还能飞回上海吗？

能！一定能！老头坚定地点点头，我从没见过他那么坚决的态度。

小蓝开心地笑了，忽又转过脸问我：你总梦见什么呀？

我挠挠后脑勺，对自己的梦自惭形秽：我总梦见狗。

老头笑了：梦见狗好啊，狗是世上最有灵性的动物啊。

我也开心地笑了。

小蓝仰起脸：莫爷爷，那您做梦吗？

老头眉毛翘起：我呀，做过的梦就多了，我梦见自己骑着白马，挎着长枪，冲锋陷阵；梦见自己骑着白马，衣锦还乡，却找不着家门；梦见自己骑着白马，在新疆草原上放牧马群……

小蓝嬉笑：莫爷爷，您总是梦见白马，难道您要变成马吗？

老头眉开眼笑：那匹白马……不就是跟我一起守塔的黑狗嘛！说着抖动稀疏的胡须大笑起来，一时小院里传出从未有过的笑声。

小蓝乐疯了，在老头的哄诱下开始唱起歌来。她唱：叮叮当 叮叮当/铃儿响叮当/多快乐啊多有趣/我们坐在雪橇上——她唱：小小少年/很少烦恼/眺望四周阳光照——老头也从未那样快活过，乐得脸上褶子都开了。我也从没觉得日子可以那样欢快，手舞足蹈起来。水泵房小院似乎着魔了，变成梦了。我们唱着笑着，忘了那是个有妖出没的地儿，忘了时光在流动。

直到黄昏带着夜色而来时，我们才噤住声，又回到了黑色的小院。狂欢之后，就是莫名的疲倦，就像所有的快乐都放空了。回家的路上，我和小蓝都沉默着，情绪比来时更低落了。而那时，西山顶上正燃烧着一团火烧云，红彤彤的云就像一只只红鸟在扑腾着翅膀——我不知道那是落日的灰烬还是新鲜的霞光。

10

夏日将逝，夜晚的月色愈发白了。我依稀听见寂静的学校里，传来早操时播放的运动员进行曲，那种蠢蠢欲动的声音盖过了山间水田里的蛙鸣。当然这不是最后一个夏夜，萤火虫仍在飞来飞去。大头显得很急躁，他说再不捉住水塔上的妖怪，恐怕那妖就会被秋天的西风卷跑了。我也很烦躁，那神秘的妖怪就像未解出的数学题硌得我难受，这跟患有洁癖的母亲面对一个擦不去的污点一样。幸好随着最后一条狗被打死，矿保卫科打狗队解散了。于是，我们的第三次捉妖行动悄悄进行了。

还是深夜，我和大头像上一次一样钻进水塔前的树林里，骑在树枝上，居高临下偷窥着水泵房里守塔老人的动静。他仍在昏黄的灯泡下一如既往地写着申诉信，为了能用蓝色复写纸誊写出一式三份，他看上去很用力，瘦枯的手指扭曲着，而且写不了几行字就会停下来，活动几下手指骨节，就像老鹰在舔着爪子。他把写好的信纸放进帆布包里，再藏进柜子里，然后喝茶，上床，咳嗽，似乎要把心脏咳出来——那单调、迟缓的动作真的让人疲倦。

老头终于在我昏昏入梦前睡着了，我和大头滑下树，悄声走近铁栅门。那个院落虽然不大，但严严实实地把水泵房和水塔圈住了，石头围墙随着坡地起伏，虽然只有一人多高，但墙顶水泥上扎着碎玻璃，墙下长满了硬刺的灌木，想必跟传说中的监狱有几分相像吧，因此我和大头只能破门而入了。铁栅门真是太老了，大头鼓起手臂上的肌腱，一用力就把两根生锈的竖杆扭弯了。我这才知道：有些锁链形同虚设，哪怕它是响当当的永固牌。我俩猫身从铁栅门洞里钻进去，蹑手蹑脚，准备从守塔老人的屋下穿过，跳上水泥台阶爬上水塔，再沿着塔内的铁梯钻进水塔里，去捉那个白色的妖怪。

可我们的计划落空了，当我们走到小屋窗前时，突然听见守塔老头高叫一声开始说话了。我们倏地站住，一时不能确定那是不是他在梦里发出的。他的声音漫漶不清，警觉，恐惧，还夹着几分愤怒。

当我总算听出那是在喊"抓贼啊"时，守塔老头已出现在我们的身后了。他怀里紧紧抱着帆布包，身子蜷曲着，看上去比我们还害怕。他抖抖索索：屋里的东西，你们爱拿啥就拿啥吧……就是不要偷我的帆布包啊！

我贴在墙壁上缩着脑袋，不知所措。

原本想拔腿就跑的大头却从阴影里走了出来，嬉笑：莫老爷子，别怕，是我。

是你……老头目光里仍闪着警觉，把帆布包抱得更紧了。

大头拉着我的手臂把我拽出来：还有他呢。

老头瞄着眼，仔细看着我，手松了下来：你们……你们深更半夜到院里来，做什么？

我们是追兔子，追一只兔子进来的。大头说谎从来不用打草稿。

兔子？老头被噎住了，翻起眼儿。

就在这时，一阵歌声从水塔上传来，声音含糊不清，但肯定是歌声。

大头低呼：呀，妖怪出来了！

我惊讶地抬头向水塔上看去，果然看见一条白影在塔顶上翩翩起舞。也许是夜色太黑，月色太白，看不清那妖的模样。

老头哦了声，一阵抽搐倒在地上。

我想把老头扶起来，可大头拽住我：快！快去捉妖啊！

我跟着大头咚咚咚地跑上水泥台阶，向塔顶攀去。我有种在梦中腾云驾雾的感觉，如果不是脚步那么踏实，我真怀疑脚下不是水泥台阶，而是月光。

水塔顶上，传来一声女子的惊叫，把夜晚撕开了一条缝，也把我的心撕开了一条缝。我和大头攀上塔顶，却不见白影。

塔下，老头惶恐地喊：不要啊，不要啊！你俩快下来啊！

我不知道他是为我们攀上高塔而担忧，还是为妖怪被捉而担心，但他的喊声有种绝望，就跟三岁的娃娃被抢走心爱的玩具似的。

我还是发蒙着，大头警觉地发现那块通往塔里的水泥板被掀开了。他拽着我钻入那个露天的小洞，顺着铁锈斑斑的铁梯螺旋而下，进入塔里。塔里很黑很黑，却高挂着一盏一百瓦的大灯泡，就像一轮黑夜的太阳。平台四周围着一圈铁栏杆，下面就是古井一样深深的水，就跟跳水运动的跳台似的。那水就是从水库吸上来的，就是要流入矿区人家水龙头的。我提着心，终于在高高的平台上看见妖了——她竟然是小蓝。她穿着白色连衣裙，伏在铁栏杆上，捂着脸呜呜地哭着。

我和大头明白过来，这世上真的没有妖，所谓的妖怪或许只是好看的女子在跳舞而已。

我们想走上前，可小蓝尖声喊：你们别过来，别过来！边喊边看向脚下的深水。

大头停住脚，似乎怕惊醒什么，轻声喊：小蓝，别害怕，你走过来，走过来呀。

我也轻声唤：小蓝，别怕，我们回家吧。

小蓝仍在呜咽。

我和大头互望一眼，齐声说：小蓝，我们保证不会把今晚的秘密说出去的！

小蓝停住哭声，满脸泪花地对我们一笑。

我们也笑了，可笑还没绽开，小蓝却扭身跨过铁栏杆跳下去，落向深井般的水里。

我在嘭的落水声中，看见那个夏夜爆炸了……

那个夏天终于过去了。

后来，我和大头常常爬上夜晚的水塔。

看着山下的矿区灯火，我总觉得自己就像站在小岛上，我想着守塔老头出走前说的话：你们难道不知道小蓝患有梦游症吗？她在水塔上跳舞，你们为什么要吓醒她？我一直没法回答这个问题，我知道在小蓝跳水后，矿上工人给塔里的铁栏杆刷了一层绿漆，在那古井般的深水里放了一车皮矾粉净化塔里的水。我真想站在塔上对着月光喊叫，就像当年的守塔黑狗那样。

而大头说，他要做另一个守塔老头。

高　手

钟小华

1

牛司令，你一天到晚讲你狠，你可能一拳打死牛？

这里的狠，不是狠毒，是厉害，力气大、成绩好、水平高的意思。说某某狠，不是骂，是夸。

牛司令哈哈一笑，脸上那刀刻一般的皱纹，刹那间如秋阳下的菊花般灿烂，可惜这菊花就像昙花一样，只是一现。他说，小华子，你这小伢懂什么，一拳打死牛？你就是有牛给我打，我也不能打呀。偷盗耕牛犯法，打死耕牛不是更犯法？牛司令边说边伸出一只手，在小华子头上轻轻拍了两下。牛司令的手，除了大拇指稍短，其余四根手指差不多长，粗、短，手掌厚、硬，手背指关节处的老茧，更是铁硬铁硬的。

生产队放牛、管牛的牛司令，喜欢讲故事，最喜欢讲自己的故事了。故事的中心思想，他是一个会武术的人，好狠，一个人能打好多人。

牛司令自然是绰号，之前的绰号叫牛头，是他自封的，牛们头头的意思。大伙觉得叫牛头不由得想起马面，不好听，于是改叫他为牛司令。队里人喜欢给人起绰号，平常称呼也喜欢叫人绰号，有开玩笑、戏谑，也有佩服、羡慕的意思，更多的是亲切。

牛司令手下的兵，就是生产队里的十来条牛，其中一条大牯牛与众不同，别的牛毛色是灰色的，这条大牯牛毛色黝黑发亮。翻过半部《水浒》产生过离家闯天下念头的小华子，给它起个黑旋风的绰号。黑旋风身高体大，雄壮伟岸，鼓着一双又大又圆又有神的眼睛，顶着一对又大又弯又尖利的犄角，不但好看，也很实用，跟别的牛打（抵）角没有输过；母牛见到黑旋风，魂都不在身，不晓得怎么走路了。黑旋风打架狠，犁田、耙田也过劲，一个顶俩，很得村里人稀罕，牛司令更是当着宝贝，逮到机会就给它吃独食。小伢子们不懂事，只晓得称勇斗狠，跟别的队里小伢子斗嘴时说，我们队里的大牯牛黑旋风，打（抵）角不晓得好狠。

跟《水浒》里的黑旋风李逵一样，大牯牛黑旋风性子野，在队里最听牛司令的话。石磙子说，黑旋风的眼睛不是牛眼，是狗眼，晓得县官不如现管。

农闲时节，牛司令的司令部——牛棚就成了队里人的俱乐部。生产队场基边上，有一溜土墙草屋，左边长长的一个大通间，是牛们的集体宿舍。牛舍异味有是有，不大。队里人夸牛司令爱"兵"如子。牛司令说，算了吧，别给我戴高帽子了，哪个不晓得牛粪除了是极好的肥料，也是很好的燃料，等不到我打扫，就被你们抢走了。小华子后来在一篇文章中写道：干牛粪火不急不躁，持久绵恒，熬出来的白米粥，黏稠香软，就着酸脆的腌菜，把肚子撑得溜圆……

牛司令的单身宿舍在中间，不大不小的一间，用土墼隔成两小间，里面的一间是卧室，外面的一间厨房兼堂屋。右边几间是仓库，一间是农具库，放着耕田用的犁、耙，灌溉用的水车，收割用的禾桶、打稻机，扬稻谷用的风车等大型农具；一间是临时粮库。大场基上，是顽童们做游戏的好地方，半大小子小华子已经对做游戏没有兴趣了，他喜欢往牛司令的屋里跑。大人们下棋、打牌、呱嗒（聊天），小华子们不喜欢也参与不上，他们喜欢听牛司令讲故事，特别是打仗和打架的故事。

2

这个礼拜天，是个大晴天，没有上学的小华子，在家里哪能待得住，照例跑到牛棚玩，见牛司令已经坐在屋外面的墙根下讲故事了，小华子忙竖起耳朵，听到牛司令又在讲自己有多狠，小调皮的忍不住，就将牛司令的军。

牛司令跟队里大多数人家是本家，多数人按辈分喊，是要喊爹爹的，跟北方人的爷爷一个意思。小华子，这个工人大爹爹家的小调皮鬼，比同年龄段的小伢子高一辈分，正儿八经地称呼，小华子喊牛司令伯伯。

牛司令往前走了两步，望望大伙说，这样吧，我画个圈，哪个来跟我跶跤子，我叫他在圈里倒，他就在圈里倒。

这里的人打架，从来不比拳脚，都是通过跶跤子决胜负，不管是有仇恨的真打，还是吃饱了饭没事干的友谊赛，都是以一方倒地，或者双方都倒地却有一方被人骑在身下为输，大人、小伢都一样的规矩。

小华子问牛司令，我们要是在圈外面倒怎么算？

牛司令哼了一声，不屑地说，你们在圈外面倒，都算我输。

比死蛇还懒的小华子一听，跟家里来了贵客一样来劲了，自告奋勇地说，我拿叉扬来画圈。

牛司令手一摆说不用，他往下一蹲，左腿为轴心，伸出右腿，脚尖点地，身子一转圈，在干硬的地面上，画出一个簸箕大的圆圈。

你！牛司令画好圈站起来，用手点着石磙子说，你不是狠吗，就来跟我比一下。我输了，拿一包光明的纸烟给你，你是自己吃，还是散给大伙们吃，那是你的权利；你要是输了，拿一包腰鼓的纸烟来，我不会吃独食的，肯定散给大伙吃的，放心，你也冒（漏）不了。

被牛司令点到的石磙子，不由自主地往后退了两步，头摇得像拨浪鼓，说，我相信，不比。

石磙子个子不高，骨骼粗壮，敦敦实实跟石磙子一样。饭量大力气大，挑一担柴到街上卖，一称有两百斤，买家当然不相信，两百斤，这怎么挑来的呀？是不是一早挑来，把石头包进去再捆好？打开来一看，那有什么石头，都是实打实的硬柴。一担柴有两百斤，那是石磙子捆得又多又紧。那一次，队里为了跟一个人口很多的生产队，争夺两部很吃香的电影放映权，石磙子在几个小伙子的掩护下，一个人挑着放映机、发电机、片子（拷贝）、幕布等电影放映设备，不负队里老小的期望，健步如飞八里路，让队里破天荒地在全公社获得一次电影首映权，而且这电影还是大伙都喜欢看的战斗片子跟神话片子。

石磙子力气大这不算什么，主要是他抵得一手好杠，这是小伢子们骄傲的资本，跟别的队小伢子斗嘴时说，我们队里的石磙子，抵杠不晓得好狠。

这抵杠是什么玩意？抵杠是当时农村青壮年劳力喜欢玩的一项活动，由两名参赛者，蹲在两个同心圆内，腋挟手握一根五尺来长、成人手腕粗细的杠子，如果没有木杠，就用扁担代替，毛竹扁担不行，须实木扁担，以结实坚韧的檀木扁担为佳。参赛者面对面，通过摆、挑、压，还有腾挪步子或者借对方的力量，把对方挑、抵摆出大圆，或者使对方肩膀、背部、屁股、手、头体侧面着地为胜。抵杠可以训练人的臂力、腕力、腰劲，训练人的耐力和应变能力。

那年冬天挑圩埂，石磙子和隔壁生产队的一个俊小伙子杠上了，先是比赛挑泥土，十来趟下来不分胜负。工地上带队的公社武装部长，怕这两个小牤牛僵持下去累坏了身子，也为了活跃一下气氛，就让他两个用抵杠分个输赢。先是随手拿起一根檀木扁担较量，不几个回合，檀木扁担"咔嚓"一声断成两截，有好事者立马取来茶杯粗细的杉木杠子。两个人杠来杠往，好一番恶斗，可谓棋逢对手将遇良才，最终石磙子棋高一着，险胜。

俊小伙子口喘着粗气，等呼吸稍微正常后，从搭在柳树枝上的上衣口袋里，捏出一张半新不旧的钞票，递给同样还在喘着粗气的石磙子说，讲好的，输的人给赢的人两包光明纸烟，这里离代销店还有一段路，我给你五毛钱，你回去顺路自己去买吧，剩下的六分钱也不用找给我了，买几个水果糖吧。

石磙子本来想俊小伙子要是给自己两包光明纸烟，自己只要一包，另一包散给大伙吃吃。这伙计虽然输给自己，怎么讲也是个抵杠好手。现在，石磙子见他这么大方，反而一包纸烟都不好意思要了，更何况五毛钱？一个整劳力一天的工分也不过五毛钱。石磙子忙把俊小伙子递钱的手推回去，拍拍他的肩膀说，友谊第一比赛第二，你要是带了纸烟，就拿出来给大伙吃吃，没带就算了。

不打不相识，输了的俊小伙子到石磙子家做客，跷二郎腿坐上席；赢了的石磙子到俊小伙家做客，却不敢放肆，蹩手蹩脚，因为对手成了石磙子的大舅老爷。当然，这是刚开始，再后来，石磙子的姑爷地位巩固了，喝起酒来，不但跟大舅老爷划拳，也跟老丈人划，有一次不知是喝高了还是口误，居然对老丈人喊起哥俩好来，惹得老丈母和大舅嫂偷笑。老丈人倒是不在意，大舅老爷也不在意，大舅老爷的俊俏妹妹却嗔怒了，挺着大肚子，涨红着脸，二话不说，上前不轻不重地揪了一把石磙子的耳朵，嗔道，再没大没小，把你的耳朵揪下来炒炒当下酒菜。

石磙子长得粗壮，心眼倒细，肚子里打着小九九：赢了，固然能得一包光明，可是对名声用处不大，赢一个老头能光彩到哪里去？万一要是输了，一包腰鼓纸烟输得起，名声可是输不起，自己毕竟是成名人物。虽然牛司令放牛娃出身，但是传说他小时候在石罗山放牛时，跟老庙里的一个和尚学过武术。

也就是讲，不管是牛司令输，还是石磙子输，脸上都不好看。

3

听起来牛司令是在吹牛，看起来不是，不说这圈画的，跟圆规画出来一样的圆，关键这圈印子画得深，一般人不说用脚尖了，就是用叉扬画，还得用点劲。

嗯，牛司令画的不是圈，是圈套，老头大大的狡猾。

唉，戏是好戏，可惜没有人演对手戏。大伙见石磕子这个狠人都没有接招，叹息一声，准备散场。

你们不比，我来！

人群里冒出一个人来，哪个？大伙一看，原来是住在大队林场的芜湖下放知青小戴。这小戴中等偏上的个子，身材不胖不瘦，岁数二十出头的样子，白净的脸上散布着几粒红红的酒刺，大概是兴奋，这酒刺就红得发亮了，像要干架时小公鸡的鸡冠子。

传说小戴的父亲是戴安澜的警卫员，小戴自然有两下子。小戴的武术怎么样，大伙没有见识过，倒是见识过他的医术，治跌打损伤的医术。小调皮鬼小华子，跟高年级的同学跶跤子，把一条胳膊跶断了，小戴正好来学校，找一个当代课老师的女知青玩，见状把小华子那条断了的胳膊摸摸捏捏，一拽一推，在小华子的一声惨叫中，就把断胳膊接上了；然后剥下两块杉树皮在断处夹上，解下自己回力球鞋带子绑好，找女同学要来一根布条，把小华子打上杉树皮夹板的胳膊吊在颈子上。

小华子胳膊好了以后，再去跟那个高年级同学跶跤，居然跶赢了。论力气，小华子不如高年级同学，就用巧劲，一闪身，闪到高年级同学身后拦腰抱住，作势抱起要往下摔。高年级同学低头弯腰，用双手去掀裆下小华子的脚，这脚一旦被掀起，小华子肯定是往后仰倒的。小华子赶忙松开自己抱人家腰的双手，也弯腰抓住人家掀自己脚脖子的双手，往前一送，小华子觉得自己没怎么用力，高年级同学就狗抢屎一样往前扑倒了。

高年级同学不服气，爬起来后要跟小华子再跶一跤。这第二跤小华子赢得更干脆，他两只手分别抓在高年级同学的两只肩膀上，紧接着自己主动往后仰到，在仰倒的同时，伸出左腿轻轻蹬在高年级同学的小肚子上，高年级同学就从小华子的身上飞了出去。对了，这一招就是所谓"兔子蹬鹰"。

小华子的妈妈一边挑拣鸡蛋，一边嚼（骂）小华子，你个小趟炮子的，不好好念书，就晓得打架惹祸，得亏你爸爸不在家，不然的话，你不死也要塌掉一层皮。半大小子小华子不理解，自己明明是妈妈的惯宝宝，为什么妈妈还要嚼这样狠毒的话，趟炮子比挨枪子还毒呀，挨枪子还有个囫囵尸首，趟炮子那可是尸骨无存呀。

小华子的妈妈挑拣出六个不大不小的鸡蛋。嗯，为什么是不大不小的鸡蛋呢？大的，不舍得；小的，拿不出手。小华子的妈妈把鸡蛋装进围兜里，正要出门，想了想，拿起板凳放到碗橱前，人站到板凳上，把糖罐子从碗橱顶上捧下，掐了几勺子如雪似霜的白砂糖，足足有二两，找来半张干荷叶把糖包起来，塞进放鸡蛋的围兜里，嘴里咕哝，老母猪吃稻，一报还一报。

高年级同学从小华子身上飞出去后，落地时额头磕在草稞里面的一个土坷垃上，开了一道口子，虽然口子不深，但是淌血了。老规矩，小伢惹祸，大人赔礼。

尽管小华子没有承认，同学们还是传小戴教了小华子几招。

队里人相信，会治跌打损伤的不一定会武术，会武术的一般都会治跌打损伤。

现在，传说中会武术的小戴，要跟扬言自己武术好狠的牛司令趿跤子，大伙跟看战斗片子一样来劲了。甚至有人打赌，赌两根腰鼓纸烟，一个讲牛司令赢，一个讲小戴赢。

小戴脱掉外面的衣服，露出有两道白杠的红球衣，对牛司令说，我跟你摔跤，大概会输的。不过，我对你讲的"要他在圈里倒，他就在圈里倒"这句话不相信，你要我在圈里倒，我偏要在圈外倒。

牛司令对小戴说，这跤怎么个比法，是一跤定胜负，还是三跤两胜？

小戴说，你年纪大了，我们就一跤定胜负。

4

石磙子是牛司令没有出五服的本家侄子，他心里猜测牛司令能武，亲眼见识过牛司令能文，那次牛司令的两个外甥闹着要分家，托人带信来要牛司令这个母舅去主持。虽然牛司令现在只是个生产队看牛的老头子，但是老话讲，天上老鹰大，地上舅舅大。外甥家办大事，母舅必须到场的。

牛司令的外甥，论起关系，也是石磙子的老表。牛司令接到信后，喊石磙子陪自己去主持外甥分家，石磙子是大队党支部委员，算大队干部，有身份。

　　牛司令带着石碡子到了外甥家，两个外甥是住在一起的，不住在一起还谈什么分家。大外甥媳妇伤风感冒，鼻子不通，嘴巴很客气，说，麻烦舅爹爹跟表伯伯了，中午在这吃饭，没有菜，不要见怪。说着，擤了一把鼻涕，就地一甩，啪的一声响，一只来回游荡的芦花大公鸡，虽然漂亮、威武，神气活现地，原来也是个馋嘴货，以为是什么好吃的，忙飞跑过来啄。

　　皱着眉头的牛司令，指着这只大公鸡问，这鸡是你们两家一起养的，还是哪一家养的？

　　大外甥媳妇生怕牛司令，把这大公鸡当着两家的共同财产分了，赶忙回答，不是两家一起养的，是我一家养的。

　　牛司令说，老话讲，公鸡公鸡你别怪，你是人间一道菜。没有菜？这公鸡不是菜是什么？我们又不是大地主、资本家，吃什么山珍海味。

　　半天没有作声的大外甥，这才对他老婆说，还不逮鸡杀去？

　　牛司令手一摆说，不用了，按我脾气，我真不想在这吃顿饭，只是怕以后名声不好听，我不好听，你们也不好听。我不好听，是做母舅的到外甥家，一顿饭都没有吃到，丢面子；你们不好听，是做外甥的一顿饭都不舍得给母舅吃，太不懂规矩了。

　　石碡子这时拿出大队干部的派头，插了一句嘴：不懂规矩，还喊什么母舅来分家？

　　牛司令说，鸡不舍得杀，鸡蛋总有吧？炒一盘，再到菜园里扯两把蔬菜炒炒就照（行）了。

　　说要分家，其实也没有什么好多家当要分。饭桌上，牛司令提议，两个房间，以前怎么住，现在还是怎么住；堂屋一分为二，中间的一道墙，两个外甥合伙砌。其余的橱啊柜的、碗啊盘的，尽量平均分成两股子，编上一号、二号，两家拈阄子，拈到一号的就得一号的东西，拈到二号的就得二号的东西。

　　男人吃过饭去处理分家大事，女人到大锅里铲锅巴吃，大外甥媳妇忽然惊叫起来：这口大锅还没有分，舅爹爹你看怎么分？

　　牛司令说，怎么分？跶碎了分，一家分几块铁，摇拨浪鼓的来了，给小伢子换几个水果糖吃。

　　听了牛司令的分锅方案，不但两个外甥和两个外甥媳妇讲好，就连大队干部石碡子心里也觉得好。

　　牛司令却脸一板，说，好个屁，真是败家子。说着，从咔叽布中山装口袋里掏出一张五块的票子，问，你们这口锅，可值五块钱？见外甥和外甥媳妇们都摇头，就说，那我花五块钱，把你们这口锅买了。我们队里正好有一条母牛马上要下小牛，我把这口锅买回去煮黄豆给它吃。对了，这五块钱哪个收下来？

两个外甥同时把手伸出来，互相望了望，又同时把手缩了回去。

牛司令摇摇头说，拿剪子来。他把这张五块钱的票子，整齐地对折了一下，用剪子从中间的折印处一分为二地剪开，对两个外甥说，你们也不要为难了，一人一半。

5

不管是人跟人之间的抵杠、趿跤子，还是牛跟牛之间的打（抵）角，都不像下象棋有个和棋，不分个输赢是不罢休的。

牛司令跟小戴的趿跤子比赛，在僵持了好长一段时间后，终于有一个人被趿倒了。尽管牛司令用脚画出来的脚印子，被他们两个踩得模糊了，但是大伙还是清楚，这个人是倒在圈外的。

牛司令输了，输得没有瓜皮啃。

因为根据牛司令定的规矩，人家要是倒在圈外，都算他输，何况人家没有倒，倒的是他自己。

小华子就是调皮，也不管牛司令什么长辈不长辈的了，讲起了风凉话，牛司令，牛皮吹炸得了吧，还不赶快把光明纸烟给人家？

牛司令叹了一口气说，唉，长江后浪推前浪，老话讲得好，拳怕少壮。

石碓子沉默不语，望望牛司令，又望望小戴，再望望牛司令。

小戴神采飞扬，像干架干赢了的小公鸡。

牛司令说，我老头子讲话算话，我到屋里拿烟去。小戴忙拦住牛司令说，我搞好玩的，算了，算了。牛司令一侧身，小戴居然没有拦住。牛司令拿出纸烟，一只手递烟给小戴，一只手拍着小戴的肩膀说，吃不吃是你的事，给不给是我的事。小戴，我问你一句话，我要是年轻十岁，你能不能趿得过我？小戴说，不能，肯定不能。

6

燕子回来了，红花草像地毯铺在田野里，映山红真的把石罗山映红了……星期六只上一上午的课，后两节课是作文课。小华子用一节课看同桌好友搞来的手抄本《一双绣花鞋》，一节课写作文，写好作文《春》交上后，也就到了放学的时间，他飞跑着回家，一到家，就闻到一股非常好闻的肉香味。小华子仔细嗅嗅，这香味不是猪肉香，不是鱼肉香，也不是鸡鸭鹅的肉香。小华子叫起来，妈妈，你这是烧什么好吃的？把我鼻子都香掉了。

小华子长这么大，第一次吃牛肉。这是一小盘干红辣椒煸炒牛肉，香气浓烈，味道鲜美，小华子吃得额头上冒出了汗，很自然地比平常多干了一碗饭。小华子当时吃得痛快，第二天不但不痛快，还很难受，他的身上起了许多疙疙瘩瘩的疮，疮不大，有点痒，有点疼。

小华子的妈妈说，噢，牛肉是发的。嗯，身上毒气发出来也好，热天就不会害疖子了。妈妈讲得对，从此以后，小华子不但没有害过疖子，再吃牛肉后身上也不长疮了。

让小华子嘴巴享受皮肤难受的稀罕牛肉怎么来的？不是爸爸从城里带回来的，而就是生产队分的。

大牯牛黑旋风死了，被牛司令打死的。小华子很遗憾，偏偏从这个学期开始，五年级学生不在本大队上学，到隔壁大队上学了，不然的话，他也不会错过那精彩、惊险的一幕，可以掌握事情的真相。

常胜将军，打（抵）角从来没有输过的大牯牛黑旋风也有败走麦城的时候，它输给了情敌，一条比它年轻的青毛牯牛。输就输呗，谁知黑旋风的心理素质太差了，它疯了，口吐白沫喘着粗气，跑进学校里，就要往戴着红领巾做广播体操的学生人群里冲，冲撞、踩踏……

牛司令把黑旋风打死，有两个说法。

说法一：说时迟那时快，飞奔过来的牛司令，一拳打在黑旋风的脑门上，气势汹汹的黑旋风顿时轰然倒地。

说法二：说时迟那时快，飞奔过来的牛司令，捡起一块石头砸在黑旋风的脑门上，气势汹汹的黑旋风顿时轰然倒地。

小华子跟本队其他半大小子一样，相信第一种说法。小华子的同桌好友是隔壁队的，却坚持第二种说法，两个半大小子抬起杠，哪个都不相让，那就跶跤子决胜负，什么过肩摔、拦腰摔、别腿摔，小华子连赢三跤。同桌死犟，被跶得不晓得丑地淌起了金豆子（眼泪），还是不承认牛司令能一拳打死牛。小华子同样不晓得丑，也淌起了金豆子（眼泪），他是气的，后来找老师调了座位，宣布跟前同桌豆腐渣贴门对——两不沾。

牛司令打死黑旋风，队里小伢们洋洋得意、扬眉吐气，一来难得地吃了牛肉开了荤，二来证明了牛司令没有吹牛。大人们，尤其是石磙子，却苦着脸垂头丧气，耕牛是集体财产，公社来人了，调查牛司令打死耕牛的事。

知青小戴自告奋勇，说，我去跟公社调查组说。几天后，大队部的高音喇叭播放了县广播站的新闻稿《牛倌拳打疯牛勇救祖国花朵》。

7

牛司令回来了，带回一件很贵重的奖品，一台半导体收音机；小戴也回到芜湖，在安徽师范大学念书，他是贫下中农推荐的。

小华子等半大小子们嚷着要拜牛司令为师学武术，牛司令脸一板，眼瞪得如牛眼，好凶，说，好好念书，别胡闹。

一 念 无 悔

何荣芳

1

一念无悔，有段时间没看见你了，去哪混了？

隔了千山万水一起打《英雄联盟》的搭档"俺的个神"，在微信里呼叫"一念无悔"。

在监狱混。

"俺的个神"发了一个惊讶的表情。随后就问：你是怎么进去的？

我是考进去的，"一念无悔"回答。

呵呵呵呵。对方发了一个偷着乐的表情。我早就知道你会进去。你太聪明，却不守规矩，不进监狱就该进美利坚外交部了。

"一念无悔"急了，老子真是考进去的。"俺的个神"立即给他复制过来一个段子。大意是说一个年轻人在高考时作弊，被逮进监狱，里面的犯人问他是怎么进来的，年轻人回答：我是考进来的。

"一念无悔"撇撇嘴，如果不是身上穿了警服，他恐怕就已经爆粗口了。"一念无悔"懒得理她，下了微信。

下了微信的"一念无悔"，就成了"米豆豆"。就是上这么一会微信，也是违规的。单位有规定，进了监区，就不能带手机。

米豆豆没有说谎，他真是考进来的，他被校友祝桑纯拉去参加公务员考试，他算是陪考，结果精心准备了八个月的祝桑纯没有被录取，米豆豆"一不小心就考上了"。

一不小心就考上了，是"王桂华同志"的原话。那天，他一只胳膊架在她的肩膀上，叫了一声"王桂华同志请看"，把另外一只手上的录取通知舞得像春风中的郁金香。"王桂华同志"手舞足蹈，哟，一不小心就考上啦？

刚开始穿上警服时，米豆豆的确兴奋了一阵。米豆豆个头勉勉强强一米六八，跟瘦竹竿似的老米比，要矮了一个脑袋。如果不是小眼睛长得跟老米一样，老米真会悄悄去做亲子鉴定的。长得马马虎虎，有点对不得起父母。但警服一穿上身，人立马显得英姿飒爽；大盖帽一戴，个头也蹿高了一截。一直抱怨他没有继承父母外貌上优点的"王桂华同志"，见了笑得合不拢嘴，逢人就打开手机，把米豆豆穿制服的照片送给人看，仿佛花匠喜欢打开园子门，向人显摆她满园的姹紫嫣红。"王桂华同志"把米豆豆穿制服的照片还发到了朋友圈，赢得了一连串的点赞。因为没有对照片做说明，也有两个老眼昏花的阿姨跟帖问：这小子到小区做保安去了？"王桂华同志"回复云：当上警察了！阿姨咧嘴傻乐，拉倒吧，就那小子也能当警察？

"王桂华同志"把这些内容送到米豆豆鼻尖下，米豆豆气得跳了起来，涨红着脸对她发火，谁叫你乱发我的照片？我告诉你，我的照片就是……这是纪律你懂不懂？

"王桂华同志"撇撇嘴，什么破纪律？你怪别人错看你，你吊儿郎当的痞性不改，连我都要怀疑你这身警服是真的还是假的。

假的，就假的。你以为我稀罕啊？

2

米豆豆之前没有想过要当警察。要当警察也应该是特警，飞檐走壁，冲锋陷阵，那多帅气。怎么就到监狱来了呢？天天跟一帮獐头鼠目、猥琐龌龊的人打交道，有多窝心啊。

读高中那会，米豆豆迷恋打电游，上大学时学的就是软件编程。他曾看过一个报道，说一个大学生做了一款游戏编程，一下就挣了一百多万。一百多万，就像吊在树上的一块大馅饼，惹得米豆豆跃跃欲试。你想呀，有了一百多万，他就可以不再惦记鼎盛乐行里的那把 WASHBURN（勇士）吉他了，大闪电似的琴身，玫瑰木的琴颈和指板，好酷。

米豆豆还有一个爱好就是唱歌，玩乐器。他的初恋女友曾说他的嗓音像李宗盛，且没有李宗盛说唱不分的毛病。初恋女友肖扬说，她就是在大一联谊会上被他的一曲《真心英雄》所打动。那是元旦佳节之时，大一新生欢聚在大礼堂，米豆豆穿着一件烟灰色的风衣，拎着一把电吉他大大方方地上场了。

> 在我心中曾经有一个梦
> 要用歌声让你忘了所有的痛
> 灿烂星空谁是真的英雄
> 平凡的人们给我最多感动……

他把一张青涩的脸故意皱出李宗盛的沧桑来，嗓子里好像特意垫了一张老树皮。把李宗盛的音色和歌唱时的神态，都学得惟妙惟肖，惹得场下的女生一连串地尖叫。那个短头发大眼睛的女孩子肖扬，就是在联谊会散场后，等候在学校食堂边把他截住的。两人的关系从要电话号码开始，到三更半夜趴在被窝中发信息、一起看电影买零食、再到校门外小旅馆开房滚床单，恋情热烈得犹如涨停板的股市绿线直线上升。如果不是他家房子太小，遭肖扬嫌弃，说不定他俩现在已经真正地洞房花烛了。

米豆豆最大的爱好还是打电游，摇身一变为"一念无悔"披挂上阵，打《英雄联盟》能打得对手闻风丧胆。他上大三那会，打电游的最高纪录是，两天两夜没下火线。也就是在那两天两夜里，他和"俺的个神"成了搭档。起初"一念无悔"不知道"俺的个神"是女的，一旦"俺的个神"有失误，他便骂对方是猪一样的队友。"俺的个神"委屈地哭鼻子，"一念无悔"奚落道，怎么像个小娘娘。对方回复，小主我本来就是娘娘。"一念无悔"立即礼貌起来，把她当作凤毛麟角恭而敬之。"俺的个神"在联盟战斗中很快成长起来，两人的配合也越来越默契。"一念无悔"想攻城略地，"俺的个神"就是他的左膀右臂；"一念无悔"想保存实力时，"俺的个神"就自觉地充当炮灰。"一念无悔"对这个搭档越来越满意，以至于一上电脑打《英雄联盟》就要呼她，兄弟，我们去杀几局。好嘞，"俺的个神"立即便跳了出来。如果她恰巧有事羁绊不能和他并肩携手，"一念无悔"往往就会力不从心，丢盔卸甲。所以，"俺的个神"如果没来，"一念无悔"情愿坐在网吧里听歌慢慢等。渐渐地，"一念无悔"发现他玩电游已离不开俺的个神了。

考上警察是个意外。

刚上大学那会，老米同志就开始给儿子规划蓝图：要准备看公务员考试的那些书了，等你大学一毕业，就去考公务员。那时，干瘪的老米正襟危坐在沙发上，把自己杵成一截硬邦邦的木柴棒，夹着烟的手垂在裤裆旁。老米亲力亲为地给儿子买了《行政职业能力测验》和《申论》，以为儿子一直在认认真真看书。只有米豆豆自己知道，穿上警服对他来说是无心插柳，完全是祝桑纯一手导演策划的。

祝桑纯是他的高中校友，比米豆豆高两届，两人在篮球场上打过一架，后来就成了哥们。祝桑纯是有领袖情结的人，他在一所中学当老师，把老师当得三心二意，一心一意盘算着考公务员，时时刻刻憧憬着科升处、处升厅的美好未来。周末他常常约米豆豆去他的学校打球。打完球，祝桑纯就会向米豆豆抱怨他现在的工作。……抱怨完工作就抱怨女朋友，说他的女朋友有公主病，还蛮不讲理。米豆豆说，既然不满意就分了呗。祝桑纯很老成地叹气，说你不明白，也不是说分就能分的。米豆豆说，你把她当鸡肋啊？祝桑纯就低了头不停地挠脑袋，好像脑袋上突然长出了一群虱子。

杏花闹枝头的时候，米豆豆又和祝桑纯打了一场球。两人坐在篮球场看台上喘气时，祝桑纯突然心血来潮地说道，哥们，都毕业大半年了，你还在网吧里晃荡？陪我一起参加公务员考试吧。祝桑纯喝干最后一口可乐，一个远投，瓶子不偏不倚地砸进了篮筐里。

米豆豆说，我可没有那打算，朝九晚五太刻板，多没意思。

你爸爸不是很想让你去考吗？

对呀，他一直梦想着我能实现他的夙愿。他在企业待了半辈子，买栋六十几平方米的房拿不出全款，直到去世前还在吭哧吭哧地还房贷。

王桂华同志是说你考不上吧？

是的。王桂华同志一直小觑我的能耐。

那你就考给他们看看啊。考上了去不去是你的事，对不？好歹也能证明，我能，我行，我就是不稀罕。

这个可以有。要是考上了，我也可以拽一回。

谁知就考上了呢？考上了，就身不由己地往前走了，等到一套崭新的警服穿上身，他就舍不得脱下了。镜子中的自己突然多了几份英气，腰杆也挺直了，帽徽下的眉眼也端正了。"王桂华同志"围着他左三圈右三圈地转着看，咧嘴傻乐，好像怎么也看不够。挂在墙上的老米，虽然没有说什么，但常常板结的面容似乎也像三月阳光下的土地，丝丝缕缕地冒着春意。

3

米豆豆说不稀罕警服是违心话。小时候看电影电视剧，总被警察身上那套笔挺的制服和腰间别的那一把手枪所吸引。帅气，英武，正能量，曾使无数男孩生向往之心，让无数女孩生爱慕之情。米豆豆小时候，是有过穿警服梦想的。

上班不到一个月，他就又领了好几套警服回来了。一进门，他就大声喊："王桂华同志"。"王桂华同志"系了围裙，拿了一把芹菜慌慌张张地从厨房跑出来。么事吵？着了火似的？

你看！你看！他把装衣服的玻璃纸抖得哗哗响。这是夏执勤，这是冬执勤。他把冬执勤取出来，穿在身上，立正，敬礼。"王桂华同志"咧嘴笑，也不怕焐出痱子来，转了身又去厨房摘菜了。米豆豆跟在"王桂华同志"身后，兴奋地嘚吧嘚吧，他拧开水龙头，把衣服胳膊伸到水下淋，你看，你看，淋不湿的。等到"王桂华同志"没空搭理他了，他就自己站在穿衣镜前，挺胸，扭脖，左看右看，甚是满意。过不多久，他又到厨房骚扰"王桂华同志"，嘿嘿哈哈地舞起了他刚刚学会的一套擒拿拳。

嘿！"王桂华同志"歪着脖子让开了他的拳头。哈！他又把"王桂华同志"逼到了墙角。"王桂华同志"恼了，菜烧煳了臭小子。拿了锅铲作势要打，他才意犹未尽地又去照镜子。自拍，发给"俺的个神"看。哇塞！原来是真的考上了啊。"俺的个神"拍着一双小手，还给了一个么么哒。

警服，让他爱不释手。但要说他特别喜欢这工作也是违心的。

米豆豆起初是想把他看管的对象当常人看的，但进监区上班的第一天，他们就给了米豆豆一个下马威。那天，米豆豆跟老同志一起去检查犯人宿舍。米豆豆走进去时，一个兜腮胡的老家伙蹲在地上，翻着一双深陷的眼睛恶狠狠地盯着他，盯得他身上汗毛都竖了起来。他本来想把目光挪开的，但一挪开就意味着胆怯。他的目光抖了抖，就勇敢地和老家伙的目光对上了。两人的目光好像焊接了，死死地相互抵着，暗暗地较劲。他的目光坦率，但有几分稚嫩，像三月的柳枝。老家伙的目光阴郁毒辣，像经年的荆棘。米豆豆渐渐抵挡不住，他觉得他的身子都在摇晃了，背心里冒出了一层细汗。

耿坏种！队长发现了不对劲，厉声喝道。

到！老家伙条件反射似的从地上蹦了起来，啪地来了一个立正。

给我把床铺整理整齐了！

耿坏种乖乖地去整理自己的床铺。米豆豆这才从耿坏种阴冷的目光中解救了出来。

耿坏种其实叫耿槐中，队长的淮北口音叫起来像骂人，大伙知道耿槐中不是个好鸟，所以也就乐意随了队长的北方口音，叫他耿坏种。犯人欺负新警察，队长说不稀奇。那帮人一肚子坏下水，智商不低，处世不守底线，所以才进监狱了，无意犯错进来的毕竟是少数。所以我们一刻都不能掉以轻心。米豆豆点点头，觉得队长说得有道理。

初到单位时，米豆豆听老队员说犯人的事，觉得很有趣，曾兴致勃勃地问：我可以写写他们吗？老队员说，再干一段时间你就不会有这想法了。现在米豆豆真的没有这种想法了。和那帮人打交道总让人不愉快，又因为心里绷了一根责任的弦，压抑也就难免了。

让米豆豆最冒火的是那个外号叫老油的家伙。老油不老，三十来岁，米豆豆第一眼看到他时，就联想到了老鼠。老油脸皮灰塌塌的，目光飘忽闪烁，使人不由得要想到老鼠。这只老鼠在食堂就餐时都不老实，米豆豆就亲眼看过他把邻座碗里的一条鱼顺到了自己碗里，还撺掇一个抢劫犯吞鸡骨头。等到那个抢劫犯真的吞了鸡骨头，老油立即大声喊报告，说抢劫犯想自杀。老油跟老警员说话时毕恭毕敬，跟米豆豆说话他就不立正。

还有更过分的。这天米豆豆在门岗值班，午饭后他看见管教干部窦艳带着一队犯人去上工，米豆豆赶紧拿了安检仪出了值班室，他用力把那扇大铁门卡啦卡啦推开时，他们就已经走到门边了。窦艳朝米豆豆点头笑了笑，就整队报数，领着一干人犯缓缓过安检。米豆豆挥动小球拍似的安检仪在他们胸前扫一遍，又在他们身后扫一遍，他的两名队友警备在一旁。老油走到米豆豆身边，身子扭一下，又扭一下，米豆豆停了手中的活，无言地瞪视着老油。老油朝米豆豆嬉皮笑脸地哈哈腰，见米豆豆仍然凛然地瞪视着自己，这才挺了挺腰，老实了。老油后面的耿坏种站到米豆豆面前接受安检时，目光意味深长地朝米豆豆胸前瞥了一下，米豆豆一低头，发现胸牌没了，立即惊出一身冷汗。米豆豆一个急转身，伸出安检仪拦了老油，安检仪竟嘟嘟地鸣叫起来。老油从衣袖里掏出米豆豆的胸牌，双手捧了，毕恭毕敬地送到米豆豆面前，一脸懵懂地说，我不知道啊，不知道怎么跑我口袋里来了。犯人们哈哈笑起来，把一支队伍笑得七扭八歪，还有犯人打起了呼哨。米豆豆血往上涌，一张小脸瞬时绯红，他一拳就朝老油的那张老鼠脸上挥过去。老油很配合地顺势往地下一躺，嗷嗷大叫，杀人啦！警察杀人啦！窦艳厉声喝道：尤健！老油这才条件反射蹦起来，来了个立正：到！犯人的队伍又笑得东倒西歪。

一周后，老油刑满释放，而与此同时，单位的内网上却挂出了对米豆豆的通报批评。

米豆豆不仅当众丢了脸，还受了处分，心里那个憋屈没法说。和祝桑纯在球场上好无章法地乱蹦了一通之后，米豆豆用食指顶着篮球跟祝桑纯说，我想辞职。当初竭力鼓励他参加公务员考试的老校友，果断地说了句，辞吧！

米豆豆停止了对篮球的旋转，托了它看着祝桑纯发呆。

4

想辞职的想法，米豆豆也跟"俺的个神"说了。那时他已经换了身份，是网游大神"一念无悔"，他们已经在沙场大获全胜，正坐在各自的电脑前休息。

别呀。"俺的个神"发了一个惊讶的表情图。你穿警服的样子比以前帅多了。

你知道我以前咋样？

"俺的个神"突然沉默了。

"一念无悔"再邀请她打一局《英雄联盟》时，"俺的个神"那边也没有反应。"一念无悔"能打《英雄联盟》的机会毕竟不多，要上班呢。此后有段时间没有再在线遇到"俺的个神"，他也并不觉得奇怪。

班，让米豆豆上得心烦意乱，火气冲天。听说过一个班要上 24 小时的吗？米豆豆的班就是。前十二个小时还好，能看到蓝天白云，能听到杨树叶子在风中鼓掌，能听到黄嘴雀在树枝间长长短短地唱歌。但到了晚上，除了固若金汤似的黑暗，就是昏昏欲睡的灯光了。自然景观销声匿迹，没有电视看，又不能开手机，视野贫瘠得让人焦躁。每两个小时巡查一遍，月白风清的夜晚还好，如果是春冬时节，风斜雨大，那简直就是受罪了。

这个时候正是冬季。米豆豆从夜幕里走进值班室，放下强光手电，哗哗地搓着两手，又去揉被风咬得红肿的耳朵。队友大舒朝沙发边挪了挪，把正对着取暖器的位子让给了米豆豆。米豆豆坐下，把湿了的鞋垫掏出来，放到取暖器前，又把湿了袜子的脚架到取暖器前，青烟似的蒸汽张牙舞爪地窜出来，队友们立即捂了鼻子笑骂他臭得跟死鱼似的。米豆豆不笑，米豆豆说，老子过几天就辞职，不受这个罪了，也不难为你们了。大舒说，天天把辞职挂嘴上，也没见你动真格的。

想辞职这想法是真的有，作为独生子女的米豆豆，什么时候吃过这种苦呢？动真格的，米豆豆还下不了这决心。就像前女友肖扬说的那套旗袍式蚕丝连衣裙，紧绷绷地穿在身上，显得身材妙曼多姿，能赢得很多回头的目光。但紧绷绷地也让人难受，连胳膊都不容易举起来，洗澡脱衣时更是受罪，常常就卡了，上不得下不得，那时就恨不能找把剪刀咔咔地把它给剪了。但脱下后又舍不得剪了，照样洗干净熨平整，重要场合还是想穿它。米豆豆觉得，现在他身上的这套警服，就像肖扬的那套连衣裙了。

下了晚班，米豆豆通常会把整个白天睡得昏天黑地。晚饭桌上，"王桂华同志"就会用关切的目光绑架他，目光甚至带着点躲躲闪闪，除了心疼还有愧意。老米则板着脸躲在墙上的镜框里，铁石心肠地对他视而不见。

但是想辞职的想法，很快就又改变了。

这天米豆豆上完 24 小时主班后，没能睡一整天。"王桂华同志"站在阳台接电话，忘了压低的嗓门惊扰了米豆豆的清梦。挂了电话，"王桂华同志"摇着欧洲版的身姿跑向棋牌室救场去了，米豆豆却再也睡不着了。摁亮手机发现已经是下午一点多，胃似乎有点不舒服。饭菜照例热在锅里，一边翻开手机一边填饱了肚子。饭后无所事事时，米豆豆就突然觉得好长时间没有和"俺的个神"打联手了。带上门便去了小区附近的网咖，他觉得在那里打游戏比在家里打过瘾。

坐到电脑前，米豆豆的身份就成了"一念无悔"了，他立即呼唤"俺的个神"。

你还活着？"俺的个神"问。

活得好好的。

哈，我还以为你牺牲了。"俺的个神"在千山万水那边乐着。

我牺牲了你就那么开心？

No！no！no！你没有牺牲我才开心的。你若是牺牲了，我会为你守一辈子寡。

虽然"一念无悔"知道这话不靠谱，但心底还是泛起了春水般的感动。他给"俺的个神"送了一朵玫瑰花，顿了顿，又送去一个吻。心里正忐忑着是不是做错了什么，"俺的个神"已经张开双臂扑了过来——她发过来一个绿孩子。

有空我们见见？"一念无悔"心狂跳不已，试探地发出邀请。

行。我已经在网上寻找你那边的工作了，也许要不了几天就会过去……这天他们没有打《英雄联盟》，一直用手指在说话，蚕茧吐丝一样，没完没了。

米豆豆从网吧出来时，太阳已经懒洋洋地要收工了，晚霞涂红了半个小城，有鸟急匆匆地朝城外飞去。米豆豆双手插在裤兜里，皱着脸在老街上晃荡，嘴里小声哼唱着：在我心中曾经有一个梦，要用歌声让你忘了所有的痛……

走到宜家小超市前，柜台前站着一个熟悉的影子。老油？

是老油。老油买烟，趁老板娘转身拿货的刹那，老油手臂一晃，柜台外货架上的两瓶可乐被他顺进了袖筒里。

尤健！米豆豆一声厉喝，老油立即条件反射地啪地来了一个立正：到！他一扭头，看见了米豆豆。见米豆豆穿了便服，老油立即松弛下来，嬉皮笑脸地凑过来，干部，您出来散步？

老实点！把你袖筒里的东西拿出来！

嘿嘿。老油把两瓶可乐从袖子里抖落了出来，还没有等老板娘反应过来，他立即冲出店门，溜到了街上。米豆豆又叫了一声"尤健"，老油只好在街角站下，缩肚塌肩，尽量把瘦长的身子低成米豆豆一样高。

干部，就两瓶可乐，还是作案未遂，您不至于还要把俺逮进去吧？

你这毛病不改，逮你是迟早的事。我问你，为什么没有回老家去，还在这里流窜？

报告干部，我不是没有路费吗？

发给你的路费呢？

被人偷了。

真的假的？

哪敢在干部面前说假话呢？

米豆豆从皮夹里取出两百元钱来，老油扭扭捏捏地接了。

这么长时间还没有把你改造过来？怎么还干坏事呢？

我也不想干啊？老油一只手抽打自己的另一只手，哭丧着脸说，我也想改啊，谁不愿意做更好的自己呢？可就是不由自主啊。下次再也不敢了啊。

看着比自己高出一头的老油点头哈腰的怂样，米豆豆荡起了一种满足感，还夹杂着一种硬硬的成就感。当警察似乎也挺好的，他想。

5

促使米豆豆再次想到辞职的是大学室友的一封邀请函。

大学四年，一直在米豆豆头顶上放屁的"上铺"突然打来电话，磕磕巴巴地请米豆豆加盟他们的团队。"上铺"肠道不好，说话结巴，那时同学们都笑他"两头表达"，但学业上还是他肯下真功夫，毕业之后就去了一家软件编程公司，是大学同学中第一个买房买车的人。杭俊辰怕自己在电话中表述不清，随后就给米豆豆发了一封电子邀请函。这一回米豆豆能够下定决心了，大房子在向他招手，鼎盛乐行里的那把 WASHBURN（勇士）吉他也在向他招手，大闪电似的琴身，玫瑰木的琴颈和指板，好酷。米豆豆对待身上的警服，不再像祝桑纯对女朋友那样，一万个不乐意却还在磨磨唧唧。米豆豆突然明白：生活中我们处处将就，那是因为我们还没有找到更好的，或者更好的还没有看上我们。

米豆豆把辞职信递给队长时，队长瞄了一眼，操着一口北方侉音骂道，你娘的矫情！你睡没睡醒啊？赶紧去医院陪护犯人，耿坏种肠子坏了。说着，随手把米豆豆的辞职信揉了，扔进了垃圾桶。

耿坏种不是肠子坏了，是胃坏了。他脸色发青，满头的汗水，把自己曲成一只虾，在病床上滚来滚去。医生拿着片子站在队长面前，说耿坏种胃里有一根钉子，三公分长哩，只怕是不容易排出来。

队长问耿坏种，吞钉子舒服吗？耿坏种哎哟哎哟地叫唤，从牙缝地挤出一个细溜溜的句子，食堂饭菜里的。队长说，你还想诬赖食堂啊？我看你是良心坏了。

耿坏种上了几趟厕所，钉子到底还是没有排出来，只好做手术了。

这些天，米豆豆和队友们就轮流陪护着耿坏种，和米豆豆搭班护理耿坏种的通常是小吴和大舒。小吴是个新兵蛋子，不爱说话，像女孩子一样爱红脸。大舒也只有三十来岁，却像个小老头似的花白了头发。据说老婆因为生产时大舒没能在身边，生了孩子不久就回娘家住去了，两口子一直在闹离婚。大舒脾气不好，多云转阴是他的招牌脸谱，米豆豆就从来没有看见他笑过。

做了手术的耿坏种，神态非常安详，眉宇间洋溢着一种满足和惬意。好像他不是躺在病床上，而是躺在海边沙滩上的躺椅里，正沐浴着湿漉漉的海风和温暖的阳光。

是想出来啵？米豆豆情绪好的时候也跟他聊天。耿坏种说，想。

想，你就好好改造争取减刑啊，哪能这样呢？白白花了政府很多钱，你自己还遭罪。耿坏种垂下眼睑，似乎有些不好意思。病床上的耿坏种，不断地差遣几个警察，一会儿让倒水，一会儿要上厕所，一会儿说躺着难受，要警察帮着把床摇起了；还不停地喊饿，说政府不能虐待病人，不能不给吃。米豆豆说，医生说你现在不能吃，我们得听医生的。等到医生允许他吃流食了，米豆豆就跑出医院，穿过马路，找到一家粥馆买了一碗稠稠的稀粥，还特意对老板娘要了一点咸萝卜丝和咸豆角，用一只塑料碗盛着，一起提到耿坏种的病床前。

耿坏种弱弱地靠在床头，让米豆豆给他端着碗，他用塑料勺，一口一口地舀着喝。大舒说，让他自己端着。耿坏种喝了一半，却不肯再吃，说自己是病号，病号是要增加营养的。大舒一摔大盖帽，咬牙骂道：你以为你立功了？还得犒劳奖赏你啊？

耿坏种显得很委屈，可怜巴巴地用眼神求助米豆豆。米豆豆说，算了，算了，都消停点吧。大舒努力吞咽了几口口水，好像把一团火气硬生生地给吞咽了下去。

耿坏种消停的时候，米豆豆和同事便窝在陪护椅上休息，当着犯人面，很多话都不能说，大家便看书或者看手机。米豆豆想"俺的个神"了，便在微信上问，你在干吗？

在整理屋子。

哦，变勤快了。

不是，刚刚租了房子，要收拾一下。

离家出走了？

是找到新工作了。

米豆豆向她表示祝贺，然后又跟她叨咕，队长他妈的太霸道，在他手下没有言行自由。

"俺的个神"给他发了一个抱抱图，问他怎么了，看上去这么委屈。米豆豆便把辞职信的事说了。

"俺的个神"不再吭声，只邀请他一道上线打一局《英雄联盟》。他说不行，现在还在执勤呢。

什么时候下班？

下午四点。

我们见面吧。

你是到我们这座小城来工作了。

嗯啦。

米豆豆很兴奋，说下了班就去找她。然后他们又约了见面的地点，相互留下了电话号码。

米豆豆下了班，麻利地冲了个澡，对着镜子吹干头发，刮胡须，从衣柜中找了件铁锈红的小西装套上，他很想穿上警服去见她，但单位有规定，非执勤时一律不许穿警服。米豆豆在镜子中看了看自己，这才匆匆忙忙地出门去。"王桂华同志"在他身后追着问，晚上不回家吃晚饭了？

不了。米豆豆的回答灌进"王桂华同志"的耳朵时，人早已噔噔噔地消失在楼梯口了。

翠湖公园的英雄塑像旁，果然站在一个女生。米豆豆挺了挺胸，做了两次深呼吸，嗅了嗅手中的三支玫瑰花，这才疾步朝那女孩走过去。

在距离英雄塑像 30 米左右的一棵香樟树后，米豆豆停住了脚步。他发现站在英雄塑像旁的女孩是肖扬，她的短头发被风缭乱了，一双大眼睛焦虑地左顾右盼。米豆豆的双脚钉在了地上,一双清澈的眸子慢慢阴郁了下来,像天空中聚集了一层乌云。心里沉沉的,像搁了一把硬器,他感觉到了胸腔中隐隐的钝痛。这种痛跟当初肖扬离开他时的感受完全不一样,那时候他以为自己被海水卷了,意识一旦清晰,人就被呛得不行,所以他就蒙头大睡,一连睡了三天,他落水狗般慢慢爬上了岸。

疼痛让心结了一层痂,结过痂的心是回不到从前的。千不该万不该,肖扬不该在这么长时间里,对他隐藏了"俺的个神"的真实身份,让米豆豆有了一种被耍的感觉。

米豆豆后退了两步,把手中的三支玫瑰花丢进了路边一只绿皮垃圾箱里,一转身毅然离开。

6

米豆豆早上起了个早,在厨房里做蛋羹。"王桂华同志"被蒸笼里咕嘟咕嘟的声音吵醒了,系着衣扣走了过来。今天没让人催起床,太阳从西边出来了?

米豆豆嘿嘿地笑了,说了句"王桂华同志早上好。"

早上好。你在干吗呢?"王桂华同志"揭了锅盖,透过弥漫的热气,看到了花瓷碗里的"蛋羹"。这哪里是什么蛋羹啊,搅碎的蛋液已经蒸成了一块硬邦邦的蛋糕。

做蛋羹要添水的呢,你个傻小子,就知道吃。米豆豆说,不是自己吃,是做了带给做过手术的犯人吃。"王桂华同志"气鼓叨叨,你爸生病那会也没见你这么孝顺过哩。一面又重新搅了两个鸡蛋,添上水放进蒸锅中。米豆豆一条胳膊肘架在她的肩上,很想告诉她,上完今天的班,我就要换工作了。将来我挣了大钱,好好孝顺你。但是他说不出口,只嘿嘿地傻笑了两声。

耿坏种接过米豆豆递过来的保温桶,拧开盖子,一股久违的香气扑面而来,黄澄澄凝脂般的蛋羹上撒了一层细碎的青葱,煞是好看。耿坏种迫不及待地舀了一勺送进了嘴里,吱溜一下就直接吞进了胃里。吃了两三勺他就停下了,放下勺子,拧上盖子。

怎么啦,舍不得吃?米豆豆的同事大舒问。

太淡了。耿坏种咂咂嘴,有点失望。

大舒瞥了耿坏种一眼,我看你是不晓得好歹。

我现在能吃饭了，就不想吃流食了嘛。早几天做的话，我肯定能吃完。耿坏种小心地争辩着。大舒听了，呼地站起身，把鸡蛋羹哗地倒进了床底的垃圾袋里。

这个上午，米豆豆不再搭理耿坏种。

小吴在看自己的手，翻过来覆过去，漫不经心地看，像办公室里那些上升无望的老同志，端着一杯茶水漫不经心地翻开报纸。大舒窝在沙发上睡觉，口水从嘴角挂下来，扯面一样慢慢伸长。昨夜他陪护摔断了腿的老娘，一夜没睡哩。米豆豆翻开手机，在看"上铺"发来的资料。

报告干部，我要大便。耿坏种压低声音，生怕惊扰了舒警察的好梦。

不是刚刚大便过吗？米豆豆扭过脸来问。

报告干部，我便秘。刚才没有拉下来。

米豆豆只好解开他床杆上的脚铐，脚铐的一头还锁在耿坏种的脚上。耿坏种弯了腰，拎了脚铐慢慢挪进病房里侧的卫生间。米豆豆就靠在卫生间的门框上继续看手机中的资料。

耿坏种窸窸窣窣地退了裤子，坐在马桶上吭吭哧哧。

报告干部，这里太臭，麻烦你离远点。

米豆豆横了他一眼，没有挪窝。

报告干部，你站我面前，我拉不出来。又过了一会，耿坏种憋红着脸，吭吭哧哧地说。米豆豆把身子侧了侧，把大半个身子侧向了病房里。

米豆豆继续看"上铺"发来的资料，耿坏种在他身后的吭吭哧哧、窸窸窣窣渐渐地变成了背景音，慢慢邈远了。

扑通！闷闷的一声响，像风刮落了一只大蜂巢。米豆豆一激灵，扭头一看，身后的卫生间里已经没有了耿坏种，马桶边扔着一副镣铐，仄仄的窗上生锈的铁丝网不知道什么时候已经揭开。米豆豆扑到窗前，下面，一楼门楼的阳台上正蹲着耿坏种。米豆豆大叫一声大舒，脑中飞闪的一念，是身上的警服。他毫不犹豫地从三楼窗口跳了下去，正落在耿坏种的身边，一条腿疼得站不起来，就匍匐着伸手抓住了耿坏种的一只脚踝。正准备往下跳的耿坏种，随手抓起脚边的半块砖，狠狠地朝米豆豆脑袋上砸去……

豆豆！豆豆！

喊他的声音好远好远，混沌般的世界白茫茫的一片，黏稠而厚重，只有呼唤他的声音在穿越。米豆豆使劲睁着眼睛，几番努力却只睁开了一道缝，他觑见"王桂华同志"慌乱的神色，她的眼睛睁得那样大啊，嘴角也张开了，一张脸夸张地变形着。

他抽了抽嘴角想对她笑一笑，"妈妈……"

一江春水

汤 流

1

我是在汛期回家的。那段时间，雨铺天盖地，电视上手机上到处都是雨，号称几十年不遇。我身在几百公里外的北方城市，艳阳高照，心里潮湿不堪，纠结万分，每天诚惶诚恐，如坐针毡。来自家乡的水患消息真真假假，多如牛毛。今天不是这个圩就是那个塘告急，明天不是这个堤就是那个岸管涌，就连县城附近的一个大圩也溃破了，洪水漫进老城区，低处的居民楼浸在水中，电线杆上拉着渔网，部队在城区紧急构筑二道坝。

我就在这时接到村委会主任冉祥的电话，让我做做我娘思想工作，说乡里动员洲上群众转移，临时安置到县城几所地势高的学校里，我娘死活不愿意走，如果出事了他不好向老同学交代，也负不起责任，即便不出事，眼下这也是一项政治任务。我明白他的意思，立即打消外出散心的念头，连夜往回赶。我怕我回来晚了，江堤一破，家就不见了，娘就被洪水冲走了。

一路辗转，到达省城的时候，就像到了另一个世界。雨哗哗地下，一座城市被雨牢牢控制着，能看见的东西上都扯着一层厚厚的动态的雨幕。因为有水毁路段，往县城的高铁停开，只有几辆大巴冒雨绕道前往。据说，这是省城通往我们县城唯一的一条陆上通道。没办法，慢就慢点吧，只要能把我安全送达县城，只要我还能回到洲上把娘接出来，其他的我不管了。

我家就住在县城对面的江心洲上，县城是个滨江城市，到县城就能望见那个生我养我的在水之洲。如果说平常它是镶嵌在江面上一颗绿宝石，现在，风雨飘摇中，它像一枚欲走还留的荷叶，风稍大点就能把它卷起掀翻。它有一个古怪的名字铁铜，让人担心它一掉进水里就不见了。可先人不这么想，也许他们看到了这片土地金属般的质地和光泽，把从江水中先后露出来的沙洲命名为铁板洲铜板洲。在漫长的时间里，铁板洲铜板洲渐渐融为一体，人们就叫它铁铜了。最近几十年，在它的东南边又冒出一个小洲，人们叫它玉板洲。无垠的沙滩宛若黄金江岸，枯水季节，可以步行上去欣赏那片遗世风景，专家测算这是长江中最大的一片沙滩。不过，知晓的人不多。许多人习惯了站在远处张望，一眨眼就把它关上了。

到家的时候，娘吓了一跳，怪我事先不打个电话，像从水里冒出来的，浑身湿淋淋的。她找来旧衣让我换，又跑去锅屋生火做饭。我制止了她，这时候来不及跟她撒娇也来不及嗔怪。我翻箱倒柜帮她找了几件衣服就要走。娘明白了什么，说哪里也不去。我说好，我大老远跑回来跟你一起做水鬼也值了。娘生气了，说我咒她不要紧但不能咒自己，她嫁过来几十年了，经历过多少回大水，也没见过哪年江堤破了。现在人过金贵了，动不动就跑。我说小时候大水，你不也早早把我送到江北的亲戚家吗？娘说那时你小，跑不动。我说现在你老，也跑不动。娘不吱声，我又说，前几年大水把下游的凤凰洲冲了，你不记得了？幸亏人员撤离得早，否则伤亡惨重。娘说凤凰洲不比咱铁铜，它那江堤才多高？我说你真以为铁铜是铁做的铜做的，洲头这几天崩岸不断你不会不知道吧？娘说你咋知道？我没有回答，只说把你一个人丢在洲上，万一出事了，叫人怎么说我。娘这才把几只鸡喂饱了，把半袋谷子敞口放在圈里，又到里屋磨蹭了半天，摸着那口松木棺材喃喃自语，真要破了，就瞎了一副好寿材。

我哭笑不得，那是娘七十大寿的时候，我托人从木材市场买来最好的松木，又请来乡里最好的木匠，花了好几个工精雕细琢打制而成。那几天，娘很开心也很精神，在周围老人羡慕的目光中，像是完成了人生最后一件大事。就连村头老瞎子，也挂着拐杖，贴着墙根，颤巍巍地过来，皱巴巴的老手从棺木这头摸到那头，鼻子嗅来嗅去，瘪嘴不停嘟囔："好木料，结实，香，睡着踏实……"娘咧嘴笑，打趣道，家去把漏风的当材劈了，让冉祥帮你打个新的。老瞎子是冉祥母亲，早年白内障让她的一只眼睛彻底失明。她的棺木打得早，材质不好，被虫蛀了，钻风了，这成了她的一块心病。而我终于卸下一桩心事，自从我大去世后，我似乎还没做过什么让娘高兴的事。我安慰她说，真要冲了，再给你订一副楠木的。

娘白了我一眼，她找来一把大铜锁，把门锁了。我们冒雨走在洲中泥泞的小路上，两边沟沟汊汊蓄满了水，也有地块上了水，玉米立在水中。一路上没碰到什么人，大多数人转移走了。疯狂的雨点敲打着死寂，阒然无声中，只有死神在天上看着我们。我忽然有点害怕，此刻洲中之水一旦与江水里应外合，就是灭顶之灾。上了江堤，才看见几个巡堤的来回走动。有个穿雨衣的过来说，亲娘，你终于出来了。仔细打量发现是冉祥，雨水紧贴着他的脸，把他塑造成另一个样子。见到我，讶异半天，说了什么却没听清。

要说我娘也是固执，大半辈子守着这个江心洲，生生不离半步。我实在想不通这鬼地方有什么好。小时候吃根油条，穿件花衣裳都要涉水渡江去对面的县城买，出行不便自不必说。恼人的是，夜晚来临，县城里明晃晃的，洲上乌漆麻黑，煤油灯和萤火虫装点着夜晚，耳朵里尽是哗哗的水声和过往船只的汽笛声，以至于多年后，只要我一做梦，梦里还有这两样背景声。虽说这几年条件改善了，自来水、汽车轮渡、网络相继开通，但年轻人生活在别处，老弱病残窝在这里，像守着农耕社会最后一块基地。何况，我大也走了，这多少让人触景生情，满目生悲。那些年人们防范意识差，洲上沟汊里都是血吸虫。那玩意儿看不见摸不着，又极不老实，动不动跑到人身体里。一开始我大也没什么感觉，等肚子一大去检查，肝硬化晚期，挣扎了几年消化道出血而亡。我悲怆万分，原本想上完大学，找个好工作嫁个好人让我大享点清福，没想到世事难料，刚大一就经历了丧父之痛。等我毕业工作结婚，娘愈发老了。我劝她要么找个老伴，要么跟我走，免得孤单单的，她不同意，说在洲上住惯了，种种菜养养鸡，不愁吃不愁穿，自在。我拗不过她，只好顺着她。

2

到了县城，我没让娘住进学校，我去看了一下。学校像临时避难所，教室里都是人，乱糟糟、湿漉漉的，一张席子往地上一铺，一块毯子往身上一搭，就是床和被，虽然提供免费吃喝，但也有免费蚊虫。在众人讶异的目光中，我把娘拉到附近的一个小宾馆里住下。

一连几天，雨都没有停，上游洪水又来势汹汹。三号洪峰过境前，防汛指挥部将响应级别提高到 I 级，同时发布通知，要求进一步严肃防汛抗洪救灾工作纪律，严格执行 24 小时值守制度，对擅离职守、工作不力、有禁不止、有令不行、贻误防汛抢险救灾工作、造成严重后果的，严肃追究有关领导和相关责任人的责任。

为安全起见，洲上巡堤人员陆续撤出。小城里的气氛日见紧张，白天人们密切留意水情，一颗石子能激起轩然大波；傍晚纷纷出动，忧心忡忡地来到护城墙边，看看陌生的水。护城河水位高出城区一截，成了名副其实的悬河。

娘懒得去看水，我怕她闷，陪她去安置点找老瞎子聊天。冉祥等人在清点接收爱心人士捐赠的救灾物资；见到我，退到一边小声说，城里几个同学想接我聚聚。我说灾情严重，你们又忙，不能打扰你们。他说不是现在，等水位稳定下来再安排；忙归忙，饭还是要吃的，你好不容易回来一趟。我说既然这样，干脆来个小型聚会，把在城及周边同学都接来，毕竟有些同学十几年没见了。

冉祥说，行，但有个人你接。

谁？

陆克风。

我脑子像陈旧的硬盘转了又转才把陆克风调出来，显然，他已不在内存里。高中那会儿，我们洲上三个同学结伴去县城上学。一路上冉祥是话痨，黏在我左右说这说那，陆克风不前不后地跟着，很少参与我们的谈话，喊他就定定站住。有次冉祥打赌说，你要是能把他逗笑或者把他撺走，我就不上渡船，从长江里裸泳过去。我说算了吧，谁稀罕看你的白屁股。冉祥每次上下渡船都献殷勤似的拉我一把，嘴上说怕我打滑摔了，其实他想捏我的手。很多次被我无情地打回去，陆克风看了脸红红的，像这事是他干的一样。

他不在这儿？

在另一个安置点上。

我要来电话，拨了过去。陆克风声音闷闷的，像感冒了，又像搁了十几年没用；听到是我，哼啊两声，现不出半点兴奋。我说陆克风啊，想不想我啊，我可想死你了。他幽幽地笑，又哼啊了两声。我有些不满，淡了兴致，直陈同学聚会之事，希望他参加。他问都有哪些人，我一一报上姓名，以为他有意前来，说冉祥美意，由他牵头组织。陆克风原本不高的音调陡然断了一截，淡淡地说，我一病人，不能吃不能喝的，不凑那个热闹了。我一惊，问怎么了？他不吱声。我说一起聊聊天也行啊。他说我不会说话，便挂了。

我跑去找他。陆克风坐在草席上，见到我说，你来了也没用，我不去就不去，不是针对你，我不想见到有些人。我看他话里有话，但在大庭广众之下又不便细问，只好问他怎么病了，他说没啥，糖尿病。

我有点不知所措，摸摸他身边玩耍的孩子，东拉西扯地陪他枯坐了一会儿。临走时，我留下一点钱让他买点营养品，他瘸着一条腿站了起来，左拉右拉拉不过我，下午让他老婆张姨送了回来。

后来的聚会落入了俗套，没人在意陆克风来没来，在段子的催化下，在酒水和口水的浸泡中，聚会从始至终气氛热烈，高潮迭起。我有点醉了，醉的后果是在歌厅里被冉祥搂着跳了一段舞，合唱了一曲《痴心爱人》，还有一个后果是后来显现的，我随口倒的苦水经过多次复制黏贴，变得旁逸斜出，许多细节生动丰满得连我自己听了都很陌生。

收获也有，我动了在洲上开店的想法。冉祥席上吹牛说，铁铜的春天要到了，别看现在水深火热，等水退了，秋天一到，将是另一番景象。我说不就是田啊地啊，外加一片沙滩、一片树林、一片草地，有老牛啃嫩草吗？跟以前一样啊。

男人们一阵爆笑，说我总结得太好了，尤其最后一句好，县里只想着把铁铜打造成休闲娱乐沙雕基地，没想到要在情侣上做文章，老同学有前瞻意识，老牛啃嫩草多好，有诗意，有激情，有轰动效应，铁铜这么一宣传，不愁成为长江中的马尔代夫，我们也就有财源了。

我这才知道铁铜被列入县旅游开发计划，前期规划已经出炉。等江水一退，巨型广告牌就要在县城各主要路口、渡口竖起来。画饼充饥，但先要把饼画出来，剩下的事，谁知道呢。

而洪水是个慢性子，八月中旬才缓缓退去。我们终于又回到洲上，娘养的十几只鸡只剩下一半，其间我曾数次冒险回去给它们喂食，但仍有一部分不知去向。这没什么奇怪的，当人都不能自保时，那些牲畜就自寻出路了。

乡邻们一如既往夸我孝顺，陪老娘陪了许多天。娘一开始听了挺受用，后来疑心渐起，问我怎么还不回去，不要工作不要家了，小宋怎么也不来个电话。我说请了长假，以后不回去也有可能。娘问这是什么话，我没告诉她，就像以前娘一再问，为什么不要孩子。我含糊其词，有些事不说比说好，往后说比现在说好。

3

开店的事要找人参谋一下，电话冉祥的时候，他在开会，说下午有空带我绕洲转一圈。

午后我靠在娘的小竹椅上晒太阳，阳光暖暖的，初秋的风吹得人昏昏欲睡，鸡鸣狗吠遁了。小洲像一个摇篮，泊在江水里，无休无止地摇啊晃。婴儿般的宁静从记忆深处涌来，慢慢裹了我。我仿佛找到了身体里久违的节律，安心地睡了一觉。

醒来冉祥骑着电瓶车带我穿行在江堤上，阳光洒进林间空地，斑驳灵动。他骑得很慢，在一处湾地停了下来。苇丛茂密，苇絮翻飞，冉祥若有所思。我明白他的意思，但有些东西已无翻动的必要，时间如一块石头，压住就好。我说找你做正事呢。

冉祥自顾自地抽了一支烟，重新上车，到了洲头，指着南边江水中绵延数里的意杨林说，看见了吧，那片沙滩离我们几十米，水很浅，不久就能从这里步行上去。到那时，就热闹了。又指着北边的渡口说，那里将建一座大桥，已列入县"十三五"规划，前期准备工作已经开始。要开店，这里是绝佳位置。人来人往，不愁没有客源。门面也帮你想好了，就这家。

他指着路边一户大门紧闭的人家说，这家人搬到县城住了，房屋准备出售，一直无人理会，我看你完全可以先租用几年，简单改造一下，挂个牌子就能用。

我仔细观察了一下，此处不仅是人流汇聚点，而且离乡政府和洲头村村部都不远。桥头工地上已搭建了几个简易工棚，虽然现在还看不到几个人，但一旦开建，这里必将人声鼎沸。难得的是，门前还留有一片空地。这对习惯于把房子建在大堤上的洲上人家来说，简直有些奢侈了。

不得不说，冉祥的眼光是老道的，一切甚合我意。我把自己的想法向他和盘托出，准备一店多用，集餐饮超市旅游于一体，旺季时主打农家乐，淡季时主营超市。

冉祥说好，但也不必纠结什么淡季旺季，开店这个东西全在人的经营，尤其在洲上开店，更不能拘泥于形式，要想方设法通过各种手段带动小店发展。比如可以从生态休闲亲子游入手，跟附近种植养殖农户搞好关系，针对性地开展草莓采摘、西瓜采摘、葡萄采摘、垂钓等活动，吸引游客。这里属县城周边地区，许多人有周末出游的潜在意愿，怎么把他们吸引过来才是最重要的。

这个你不用担心，我说，网络自媒体时代，坐在家里就能策划营销，这是我老本行。

冉祥说，看好你，提前祝你生意兴隆，财源滚滚！话说回来，你能回来发展，开心的是我，难过的也是我。

我知道他又要开始怀旧了，转移话题说，上午开什么会呢？大忙人。

别提了，一提我就火。别人抗洪救灾受表彰，老子差点受处分。

不会吧？我看你挺积极的。

屁。你看是不是陆克风那孬种干的？

怎么会呢，到底怎么回事？我听不懂啊。

不是他是谁？聚会没参加，瞅准机会举报我抗洪期间擅离岗位，违反饮酒规定。幸亏那时汛情稳定了，事先也请了假，聚会安排在周末，而且是私人掏腰包，要不我跳到黄河里也说不清，这个破主任也就当到头了。

你确定是他？没根据的事不能乱猜。

你想想还有谁准确知道我们聚会的时间地点？难道有人跟踪我？真要那样，我他妈也太牛逼了。

冉祥越说越激动。我说你别那么大火好不好，不是没事吗。

事是没事，冉祥说，但在全县抗洪表彰大会上接受批评教育也不是什么光彩的事。陆克风那狗日的，处处跟我对着干，高中就落下这毛病了。

你想多了吧。

真不是。冉祥说，高中时他喜欢你，这没问题。我俩好上后，他有点嫉妒有点难过也没问题。关键是十几年过去了，我们都有新生活了，他似乎还没咽下这口气，这太不正常了。就说他那瘸腿，知道怎么回事吗？被炸药炸的。早年在家偷做鞭炮，被人举报，村里睁一只眼闭一只眼算了。这几年监管越来越严，做不下去了。让他洗手不干，不听，结果在一次事故中伤了左腿，还被罚了款。他不思悔改，居然说我盯上了他，打击报复他，真他妈不可理喻！

同学之间，凡事往好处想吧。你俩这样，我也难过。再者，你当村主任，说不定什么地方得罪人了，有人暗中找机会报复你也不是没有可能。

不说这个了，说多了影响心情。

冉祥继续带我绕行小洲。不快被风吹散，他吹起了口哨。我发现，当以游子归来的身份打量这片土地，竟有别样之美，古朴宁静涤荡身心。

想不到，今天还能骑个小电驴带你。

想不到的事多呢。都想到了，生活就没意思了。

那是。经你这么一说，我对明天又充满了期待。

期待什么呢？当乡长？

冉祥不再言语，口哨时断时续，他把我送到家门口就离开了。

晚上做了一个梦，还是跟冉祥在一起，叽叽咕咕不知说了些什么。恍惚中他抱住了我，十几年前的一幕在梦中重演。那时父亲去世不久，我回来看娘。返校前冉祥过来安慰我，我们沿江边乱走。残阳如血，在我眼里铺了一层又一层迷茫。冉祥拥着我，低低的话语让人恍惚。他说他决定不再复读，放弃学业去参军，已通过体检。他要保护我，要成为我永久的依靠，他让我好好的。

夜幕降临，天地孤寂，悲伤如一条没有出口的暗河。我有气无力地坐进苇丛边的小船里。波浪若有若无，我的心里没有一点动荡。冉祥吻我，吻我的眼泪，吻我身上遍布的凉意，试图用单薄的胸怀覆盖我、温暖我、感化我。我木然以对，直到他笨拙而慌乱地进入我的身体，才蓦然醒悟。但为时已晚，世界裂开一道缝隙，黑暗和亮光同时显现。

后来冉祥在军营里写来无数封信，有忏悔，有道歉，更有追求，他说只要我同意，他愿意用一生来践行承诺。我没有理会他，我告诫自己不要去想那些谈不上对错的事，时间会掩埋它们。我之所以拒绝冉祥，一个重要原因在于，父亲去世后，我决心不再回来。而冉祥很快退伍还乡，像一枚钉子钉在原地。

4

小店取名"云水谣"。开业前，我印了上千份广告在大街小巷发放，又进驻本地市民论坛，开通了"云水谣"博客和微信公众号，把小洲历史、人文、风景、特色种植养殖都搬了上去，并发起了试吃活动。一时间，"云水谣"风生水起，慕名前来的观光食客络绎不绝。

为做出特色，我决定不定期开展一些活动，把方案发布到网上，吸引县城及周边市民参与。大厨小丁和负责采购的小陆对我的提议一拍即合。第一次活动是挖山芋，挑选的农户家种有红心红薯、白心红薯和紫心红薯。我将三种红薯的特点、营养成分一一加以分析，让小丁以它们为食材，针对性地做了几道菜，拍了照片放到微信公众号上，还附带介绍了紫薯粑、山粉圆烧肉等特色小菜的做法。作为福利，所有参与者可以低于市场价回购所挖山芋，并免费索取相关菜肴的操作手册。时值周末，许多父母带孩子来体验生活，挖山芋成了亲子活动。我灵机一动，跑去跟县城几所学校签订协议，让他们组织孩子们来洲上开展户外课，活动地点由我负责联系，中午在店里就餐。这一招实现了双赢，孩子们先后参加了采摘菊花活动，观看了扳罾捕鱼表演，连荷塘挖藕也深深吸引了他们。洲上世外桃源般的生活完全偏离了他们的日常。视野拓宽了，素材丰富了，写作文不再是挖空心思的事，户外课成了孩子们最大的期待，我也有了一批稳定的客源。

第二次活动赶上了天时，狮子座流星雨即将暴发。今年流量大，每小时天顶流量近 100 颗。我网购了天文望远镜和帐篷，精心制作了电子海报"夜不归宿"。论坛里喧哗一片，"陪你去看流星雨，露营沙滩"成了小城热门话题。

那天天公作美，一弯新月斜挂在天边，瞄了人间几眼姗姗离去，满天星斗渐次活跃起来。孩子们铆足了劲在沙滩上奔跑打闹，远离书本，他们卸下负重，笑声轻盈许多。我拿出望远镜，他们一下子聚到我身边，我教他们识别星体，跟他们讲神话故事，他们眼里星星点点。

年轻人三三两两，小丁小陆还有几个女孩子披着夜色，沿着沙滩向前漫步，最美的年华需要有这样的夜晚点缀。中年人在林中空地支取帐篷，完了聚在一起闲聊，怀旧和展望伴着嘴角的烟火明灭。

九点一到，篝火燃起，歌声回荡。伴着《阿细跳月》，几个年轻人示范了一下，引领大家跳起舞来。人们自觉地手拉手围成一圈，三步一蹦跳、拍掌、旋转。火光映红了所有人的脸，笑容里都是暖意。一曲终了，一曲又起，太阳部落演唱的《让我们回去吧》让人沉醉。歌声里，我恍惚觉得自己像一个飘浮的气球缓缓着地，从未有过的踏实感富足而充盈。中间休息时，冉祥起哄让我讲两句，我说大家都知道生活不只是眼前的苟且，还有诗和远方。对我来说，走出去是一种寻找，回来也是一种选择。心中有诗，哪里都是远方。比如这样的一个夜晚，就是我们可以抵达的远方。我又说，乡村的夜晚跟以前相比变得陌生而沉寂，这不是它本来的样子。我不知道有什么东西已经逃离，也不知道有什么东西正在填充进来。但无论如何，这里有广阔的星空，有奔流的长江，它们在我们身上烙下印记，是荣耀也是宿命。就在这时，过往船只灯火点点，汽笛声声，一切似乎回到了从前。

零点一过，狮子座流星雨开始了大暴发，肉眼就能目测一颗颗流星划过天际，孩子们惊叹不已。没有人知道，浩瀚宇宙，它们来自哪里，去往何方，即便是最后的旅途，也自带光芒。

动静大了，乡里分管文教旅游的副乡长也特地跑来，夸我做得好，有头脑有胆识有情怀，鼓励我把"云水谣"做成铁铜的一个品牌，不仅要自己创业，还要促进就业。

事实上我又雇了两个小伙子外出送餐，还请了张姨来店里打下手。只是请张姨时，颇犹豫了一番。上次陆克风让她来还钱，一面之交让我割舍不下。她跟我差不多大，生得比我老，乍看大我七八岁。前些年断了爆竹生意后，她和陆克风窝在洲上种稻、种棉花、种玉米、种大豆，也种孩子，但种不出好日子。陆克风病倒，她一个人扛起了生活重担。洗菜洗碗端盘子是个脏活，我怕抹了他们面子。电话时吞吞吐吐地，陆克风倒很爽快，说没问题，在你那儿我放心。

张姨身手利索，天生一副好嗓子，有时忙里偷闲来那么几句，店里立马群情骚动。《天仙配》是她拿手曲目，即便系着围裙，也盖不住一招一式的风范与功底，与她对唱的男声多自叹不如。我录了两段放在网上，有人评论说，就凭这声音，得多喝几杯酒；也有人说，声情并茂，不愧为喝长江水长大的。可我不行，随便唱什么，跑调能跑好几里路。我问她怎么唱得这么好，她说以前上过黄梅戏学校，后来半途而废了。

我鼓动她联系市黄梅戏剧团里的同学，开展了两次送戏下乡活动。舞台就搭在店门前空地上，洲上父老乡亲很多年没看过戏了，一大早搬来小凳子围坐在一起。锣鼓声一响，他们情不自禁地跟在演员后面唱，那些经典曲目在他们心里生了根，虽然尘封多年，但一经触碰便咿呀作响。而洲上的绿色菜蔬环保无污染，令演员们赞不绝口。他们拍照发朋友圈，赞食材赞环境赞服务赞大厨手艺，说要让市里的名家们周知，有空下来走走看看，问我愿不愿意成为他们在这里的落脚点，我求之不得！

走上正轨，忙碌成了主题。一般头天晚上联系菜农第二天一早送来食材，备不齐的要临时采购。食客有进店就餐的，也有在沙滩上流连忘返需要送餐的。"云水谣"小旗子迎风猎猎，成了沙滩上另类的风景，而店里更是出现排队就餐的盛况。

5

娘在一天中午赶来，见我忙得焦头烂额，转了两圈回去了。自从"云水谣"开张，我少有时间陪她。万事开头难，冷落她非我本意。我让小丁炖了鱼汤，炒了两个她爱吃的菜，晚上回家陪她吃饭聊天。

娘一脸不高兴。

我说怎么了，不乐意我赚钱？

娘说你一天到晚就晓得赚钱，也不晓得背后别人怎么说你。

说我什么了？我可是合法经营呢。

别我说东你说西的，你还是回去吧。

赶我了，这里不是我的家？

要贫嘴，要是小宋和你一起回来，你愿意住多久就多久。

我望望娘，她整张脸都在叹气。

有人瞎说什么了？

这你别管，跟我说句实话，是不是跟小宋离了？

我不是过得很好吗？

过得好不好我不管，能不折腾就不折腾。你是不是有毛病？上次让你们要个小孩，一直没有动静。这些年我一直担心我年轻时的毛病传给你，我那时怀的是葡萄胎，村里人见识少，说是怪胎，见我躲得远远的。多次流产、清宫，想死又死不成，到四十边才养了你。现在有人说你还不比我，又说因为这个小宋才不要你的。不管是猫是狗，你好歹得生一个。

娘停了筷子抹眼泪，这饭吃得又苦又涩。我左思右想也想不出流言蜚语的出处，无非上次聚会有人问我那位呢，我随口道人生不如意十之八九，被我踹了。几天工夫，就发酵变味到不忍卒听了。

事实上回来之前我刚经历人生的汛期。七年之痒，我的婚姻在第六年戛然而止，原因难以启齿。如果不是冉祥的那个电话，说不定我正周游全国，也说不定在国外散心呢。

但不甘是有的。前夫小宋和我在同一家光电公司上班，他在技术部，我在市场部。虽说大学里我学的是市场营销专业，但毕业后我并没有急于将自己推销出去，也没去读研，父亲离世让我黯然长大，我必须先挣钱，养活自己也养活娘。跑营销，拓市场，我成了公司有名的拼姐，出差如同家常便饭。

有次小宋作为技术部代表跟我们一起前往另一座城市布展。一行人当中，其貌不扬的他并未引起我的注意。我们各就各位，前期准备工作进展顺利。但公司一款主打产品被安放在展台顶端，有点主次不分。我爬上人字梯，想把它换到醒目位置。一不留神，身体右倾，人字梯说倒就倒。在即将坠地时，他不知从哪里冲出来，一个鱼跃，虽然没有抱住我，却起了缓冲作用，还结结实实当了一回人肉垫子。我无大碍，他被砸得不轻。英雄救美成为公司美谈，在同事们有意无意的玩笑中，我和他走到了一起……

有段时间，我萌生了要个孩子的念头，也许孩子的出生会让他慢慢摆脱心魔。但这想法本身就是巨大的冒险，他变得越来越阴郁。世界不在那儿，家也不在。曾经我以为我是可以成为一个家的，会有人长久地住进来，但他不是那个要回家的人。

而这一切无法向娘诉说，这些年我们的交流止于问候。娘在心头挂着，但她的生活脱离了我的日常。我出现在她口头上的频率也远远超过站在她面前。神龙见首不见尾，我和娘隔着的何止是一片天空。

我决定回去住，多陪陪她。娘七十多岁，陪一天少一天。我委托张姨留下来看店，有什么事通知我一声。张姨应承下来，我说不急答应，你回去跟陆克风商量商量。她说不用，你俩同学，还不知道他啊，他就一闷罐子。当天张姨就住进了店里。

几天后，张姨神秘地说，晚上十点多有人敲门，猜猜是谁？

谁？

冉祥。那人真鬼，问他么事，说没事，进来后又东张西望，问你怎么不在。我说你回去陪老娘了。他什么也没说，买了一包烟就走了。

我想起上次也这个点，冉祥说去接儿子下晚自习，顺便来看看。一个蹩脚的借口，他儿子平常住校，周末才回家。我没让他吃闭门羹，只让他呆了五分钟，说有点不舒服，他知趣地走了。

哈，为咱小店做贡献来了。我对张姨笑笑。

没那么简单，那人……你防点。

不会对你有什么想法吧？

有想法也是针对你。张姨把皮球踢回来。

6

寒假一到，沙滩上变得热闹起来。大大小小的车辆从洲头排到渡口，有人干脆将车停在县城，雇个摩托车前往。为应对大好局面，乡里提前做了准备，一方面拓宽村村通公路，另一方面在洲头修建了一座大型停车场，但拥堵现象时有发生。

我约了几个留守孩子前往沙滩，拍几张照片发到"云水谣"公众号上。"云水谣"公众号开始了转型，铁铜的碧水蓝天、田野河流、老屋祠堂、猫狗花草成了主题。照片一经推出，点击率一路飙升，点赞留言转发的不计其数，也有人不吝打赏。在外打拼的铁铜人，纷纷关注"云水谣"，没事就上来闲逛。"云水谣"安抚了他们盛开的乡愁。每一幅照片都与屏幕背后的那些眼睛遥相呼应。

越往西地势越高，这符合江水从西往东流的动力学原理。流沙最先在西边停留聚积，继而分开江水，形成西高东低狭长的流沙带。我和孩子们一鼓作气爬上沙山，但眼前一幕让我们目瞪口呆。几辆越野车不知何时开上了沙丘。它们像一只只兴奋过头的巨蟹喘着粗气在沙滩上横冲直撞，有一辆陷在沙子里，动弹不得，伴随而来的却是一阵狂笑和尖叫声。宁静被打破，人们纷纷避让，沙滩上到处都是凌乱的车辙，汽油味随风飘散。折腾够了，几个年轻人走下车来，打开啤酒开怀畅饮，拆开小吃狼吞虎咽，烟头扔得到处都是。阵风吹过，饮料盒、包装袋在沙滩上翻飞乱滚。他们将空啤酒瓶当手雷，比谁在沙滩上掷得远。

我用长焦拍下他们的举动，和孩子们一起绕到风口下面捡拾垃圾。休息了一阵，他们又跑到沙洲中央的树林里，锯了一棵固沙的意杨，拖到沙滩上。分成几截，点上汽油，生生燃起来，浓烟冲天而起。火一熄灭，他们掏取木炭烧烤，一片净地被玷污得乱七八糟。

回来我挑选了十几张照片发到"云水谣"公众号上，就事论事，希望人们增强环保意识，敬畏这片土地，共守一方净土。又电话乡里，建议他们在沙滩上临时放置一些移动公厕、垃圾桶等，必要时增添人手，清理垃圾，监督那些不自律的游客。

乡里回复难度很大，毕竟沙洲旅游还停留在规划起步阶段，要增添人员设备就要投入资金，而乡财政预算一年就那么多，年初并未考虑到这块，只能等来年了。

"云水谣"上炸开了锅，许多人义愤填膺，恨不得立即人肉出肇事者痛揍一顿，幸亏当初把一些涉及个人隐私的照片做了模糊处理，但隔着屏幕，依然能感受到不平之气。

也有人留言说小题大做，搞旅游开发就应该宽容些，放开些，游客放肆图个乐，没什么大不了的。这是在哗众取宠，博眼球赚人气，说不定背后有什么目的。但我还是在店内店外挂了两块牌子，善意提醒游客尽量不要在沙滩上制造垃圾，实在不可避免，要自我回收，爱惜家园在一举一动之间。

有人点赞，也有人不屑一顾。有天一帮人聚在店外，对着牌子指指点点，看不出态度，进来后说要尝尝老板娘的味道。我说不好意思，老板娘不会烧菜，要烧也是清淡寡味的，大厨味道好。为首一人说，寡味好，老子还没尝过呢，你烧一个来。我说开玩笑呢，便递上菜谱，他们点了几个特色菜，又纠缠起寡味来。我说真要这样，我烧一个白菜吧，不收钱，送你们的。酒过三巡，一人"啪"地吐出一个山粉圆来，嚷道，怎么搞的，里面有沙子。另一个则吐出一口白菜心，说也有沙子。其他人附和说，我们进黑店了，到沙洲吃沙子来了。

我仔细打量他们的神态，回想他们的前言后语，越发觉得有点蹊跷。

便委婉地说，我不能保证绝对没有沙子，偶尔有也是小概率事件，真要那样，我道歉并赔偿损失，但要说几样菜里都有沙子，是不太可能的。在征得他们同意后，我尝了尝盘子里面的菜，并没有什么异样，便提醒他们有没有搞错。

为首的那人说，你不该尝盘子里的，要尝就把我们吐出来的尝一下。

我说，你这要求过分了，凡事要有一个起码的尊重和信任。

尊重和信任？凭什么？

我说，善意。

别把善意挂羊头卖狗肉，你曝光别人的时候只有快意吧。

我似乎明白了什么，努力让自己镇静下来，说就事论事，你想怎么办。

这个不由我，问题出在你那里，这个取决于你。

我说好。简单点把你们吐出来的菜用清水漂洗，如果杯底有沙子，我愿意赔偿损失并公开道歉。如果没有，你们照常买单并当面道歉就好。复杂点请市场管理局负责食品安全卫生的专业人士来现场检测。你选择哪个？

他说我不跟你兜圈子，你把我们吐出来的尝一下就行。

我说这就不讲道理了。

那得看跟什么人。

大厨小丁看不下去，从操作间里出来，拉开我说，别理他们，他们是来挑衅的。

几个人围住小丁，说小子猜对了，我们就是来挑衅的。小丁刚想推开眼前指指点点的手，拳头雨点般落下来。

我赶紧拨打报警电话，冉祥带着村里文书恰巧走过来。

都住手。冉祥吼了一声，有事说事，不要无理取闹。

那帮人丢下小丁，转而围住冉祥。当是谁，原来是大主任，上次汛期喝酒没把你撸下来算你牛。今天又跑来凑热闹，消息挺灵通的。怎么样，心痛老情人了吧？

冉祥一言不发，直接一拳过去，为首的那人倒下去。其他人拿起杯子、盘子、酒瓶加入进来，一场混战在警车的鸣叫声中结束。

7

冉祥妻子傍晚找到我。

我说对不住嫂子，让你受惊了，也对不住冉祥，让他受苦了。医疗费我认，让他安心静养。

她说不为这事，过来找你说几句话。

我说嫂子有什么话尽管说，有什么要求尽管提。

她说我一农村妇女，没什么文化，说话直来直去，你听了也别生气。

我说不会的。

她说好。俗话说，苍蝇不叮无缝的蛋，俗话又说，猫都爱尝腥，现在的男人也这样。要说冉祥被打，那是活该，自作自受，看他下次还敢不敢多管闲事。但我不解的是，像妹子这么漂亮，这么有文化的人为何窝在这鸟不拉屎的地方，就不怕别人说闲话？

我说嫂子你误会了，我和冉祥是同学。

同不同学我不管，可自从你回来，冉祥就变了个人，像掉了魂一样。有时夜里出去，问他去哪，他说村里有事，鬼才相信一个破村有那么多屁事。再者满村都传你和他有关系，你说我是信呢，还是不信？

我说冉祥干吗，我不了解，别人说什么，我也不能制止，但我保证没有做过对不起嫂子的事。

这话我爱听，就怕口是心非，要说我也不是捕风捉影无事生非的人，但我还是把丑话说在前面，我们都是女人，你不为难我，我不为难你。你要做了什么丑事，别怪我到时在村里出你洋相。你不为自己考虑，也要为你娘考虑。

冉祥妻子丢下话走了。

后来我才知道那天冉祥和村里文书路过小店，其实是在挨家挨户做摸底登记工作，原本他们以拖待变，等过完年再说，没想到上面催得紧——摸底登记一结束，就要宣传发动，明年5月1日后一律施行新政。

老人们还不知情。他们守了一年，盼着在外打拼的儿女们早点回家过年，但上面希望抓住这短暂的团聚时光，加大力度，先做通子女工作，再由子女做老人工作。

进入腊月，外出务工的人们陆续回家，村里在路口、渡口、村部拉上横幅。人们起初不以为意，没人抬头研究那些红布条上的文字。直到工作组进驻村里，召开动员会，大家才弄清怎么回事。

轻松的人不多，大多数人愁眉苦脸，思量着回去该怎么说。也有人想不通，一路上骂骂咧咧。宣传车队则绑着喇叭慢慢转悠，口号响彻小村。老人们开始有点好奇，倚门张望，侧耳倾听，后来被惊醒了，朝着车队狠狠吐口沫，关起门来生闷气。

冉祥过来找我，让我帮忙把市黄梅戏剧团里的那几位再请下来，演出新戏，舞台还搭在店门口。老人们在家封闭了多日，个个面色沉郁，听说唱戏的又来了，勉强搬个小凳子出来透透气。锣鼓声一响，唱的不是熟悉的腔调，看到一半，老人们渐渐明白了葫芦里卖的是什么药，起身离去。个别的留在原地，小凳子一摔，破口大骂冉祥不干人事，看个戏都要说火葬，要烧让他娘的先烧。

晚上回家娘的脸阴阴的，没等我开口，娘说你和冉祥演双簧，一个提供场地，一个借唱戏做宣传，不被骂才怪。

我说没办法，冉祥也挺难的，他一个村干部，在政策面前，该怎么做得怎么做，甚至要起带头作用。

难？他娘才叫难呢。冉祥这几天都在跟她磨嘴皮子，让她同意，说这样他在村里说话才有分量。老瞎子见到我就哭。

我猜到了，也一直不敢跟你提这事。

提不提都一回事，我不同意，他们就没法子。

再次见到冉祥的时候，我说你们就不能向上面提提建议，不搞一刀切，按年龄段来，或者设一个缓冲期，老人老办法，新人新办法，这样容易接受些，执行起来也好操作些。

冉祥说提了也没用，上面决心把这事推行下去，容不得更改或推延，更难的还在后面。

年在不咸不淡中到来，气氛略显诡异。表面上大家走亲戚拜年没什么异样，私下里背着老人交流该怎么办。有人说，出了元宵就要去打工，还能怎么办。有人说，随大流，大家签就签，反正不带头。也有人说，我无所谓，就怕老的想不开。还有人说，谁为这事进家门，就骂他祖宗八代。

冉祥在找突破口，有文化的先谈，觉悟高的其次，没文化也没觉悟的，采取迂回策略——子女有工作的找子女，子女无工作的找亲戚。先打通外围，再展开强攻。反反复复，终于有人熬不住签字。打开了缺口，没签的老人惶惶不安起来，骂完签字的人，又骂回冉祥，累了，陷入可怕的沉默。

集中销毁前几天，我让江北的亲戚找个理由把娘接走了，我怕她受不了。村干部全体出动，还临时雇了个木匠跟在后面，进的第一家是冉祥家。老瞎子声嘶力竭，大骂冉祥不肖之子，又哀号自己命苦，前生不知作了什么恶，到头来要被一把火烧掉。冉祥向她磕了几个头，又扇了自己几个耳光，示意木匠抡斧上前。一斧头下来，碎屑和粉末纷纷下掉，老瞎子欲哭无泪，绝望地瘫倒在地。冉祥沉着脸让人把她扶到一旁，把破损的棺材抬出门外。

进陆克风家的时候，冉祥有意回避了。陆克风揣着一把铁锹站在门口，谁进去跟谁拼命，村里找来他家诸多亲戚说情，陆克风毫不松口。没办法，村里后退一步，把他作为"钉子户"暂时搁置起来。

几天下来，几十口伤痕累累的棺木堆在洲头沙滩上，娘的那口也在其中。风掀起阵阵沙尘，棺木上蒙了厚厚一层灰，像从地底下挖出来不久。冉祥对着棺木一通跪拜，让人浇上汽油，把老人们最后的念想付之一炬。

8

像是有预感，娘在老瞎子出事当天回来了。刚进入家门，就听得那边断续传来鞭炮声和哭声。娘问是不是老瞎子走了。我说你不要管别人，你要好好的。娘哭，说你怎么说话的，你们这些人，生生把人往绝路上赶，又说对不住老瞎子，要是早点回来，老瞎子就不会走。她执意要去送送老瞎子。

老瞎子的灵堂设在家里，娘跌跌撞撞地赶去。冉祥夫妇上来行了一个下跪礼，娘并未理睬。进入堂内，隐隐一股异味。老瞎子身盖红绸，脸搭毛巾，一动不动地躺在门板上。娘扑倒在地，声泪俱下，说可怜的老姐姐，怎么说走就走，怎么舍得丢下我；又说对不起老姐姐，没有早点回来；还说去那边享福吧，那边没有烦心事了。

我怕娘多说无益，又担心她的身体，便劝回了她。她的精神明显差了许多，看东西恍恍惚惚的；有时起身去空落落的里屋，一坐半天。我知道她心里难受，宁愿她大骂我一顿，但她什么也不说。平静无边无际，我惴惴不安。我丢下店里事务让张姨打理，不前不后地跟着娘。我怕一有闪失，娘就跟老瞎子一样，走上不归路。

老瞎子非正常死亡很快传播开来，虽然冉祥对外宣称老瞎子是心脏病突发去世的，但欲盖弥彰，村里人对农药的气味了然于胸。在冉祥家里，人们迫于礼节并未掩鼻，但都知道怎么回事。一方面可怜老瞎子，辛辛苦苦把冉祥拉扯大，却换来这样的结局；一方面痛骂冉祥不是人，活活逼死了老娘，如果不带头，方法不激进，老瞎子不会想不开；另一方面又暗中观望，现在离大限 5 月 1 日还有一个多月时间，冉祥会不会买一口棺材赶个"末班车"，厚葬老瞎子，以了老瞎子夙愿，也为自己赎罪。但出乎所有人的意料，冉祥主动将老瞎子遗体运到殡仪馆，老瞎子成了村里第一个火化的人。

村里人议论纷纷，赞成的有，反对的更多。陆克风嗤之以鼻，说老子一眼就看出他的鬼心思，为了自己屁大的官，亲娘都不要，我就不买他的账，看他有什么法子。娘后来也说，老瞎子白走了。她走是有征兆的，很多天前就不吃不喝，见到人就说地下老鬼在催她，怎么劝都没用。又说她那么怕痛，生前总是担心火化时痛得受不了，会蜷着身子爬起来，想先走躲过一劫，没想到还是拗不过不肖之子。我倒不怕痛，就怕烧得没形儿，到时你爹在下面不认得我。

我说你想得太多了，日子还长呢，我们慢慢悠悠地过。但娘总是犯晕，常常说着说着就睡着了。我不无担心，拿开店跟娘相比，娘是我全部的家当。我甚至产生了把店面转让给张姨的想法。

一天上午进店，九点了也不见到张姨身影，刚想问她去哪了，手机响起，张姨带着哭腔说，你快来村部一趟。村部离这不远，骑电瓶车十分钟路程。风穿过耳畔，呼呼作响，像有什么东西不停砸在心里。

我赶到时，村部外人头攒动。大家都向二楼会议室张望，并不靠近。张姨也被挡在楼梯下，瑟瑟发抖。陆克风一夫当关万夫莫开地堵在会议室门口，情绪激动。在众人语焉不详的诉说中，我大致明白了事情的原委。陆克风今年申请低保没有通过，这是他第三次申请了，而有些条件比他好的都过了。今天村委开会，陆克风前来讨要说法。冉祥当面驳斥和羞辱了他，说像他这样不支持村里工作的落后分子就不配享受低保，要想享受也行，回去把那口棺材主动交上来。陆克风转身回去了，再来时，身上就绑了炸药，包括冉祥在内的四个人被困在会议室里，而炸药是前些年做鞭炮私藏的。

人命关天，我扯开嗓子站在一楼向陆克风喊话。我说陆克风你别激动，我们同学一场就像兄弟姐妹一样，有什么事当面说开就行，有什么困难我们共同想办法。你上有老下有小的，千万别犯傻。

陆克风说，他是猪狗不如的东西，连亲娘都不要，也配做我兄弟。你来得正好，有一事问你，你说这狗东西是不是在打我老婆主意，他经常晚上十点多去店里干什么？

我说你误会了，他打我主意。

这时，远处传来警车的鸣叫声。我心里一惊，一声巨响从天而降，飞起的碎片和尘土让众人伏地避让。陆克风当场身亡，冉祥等人不同程度地受了伤，铁铜在我心里永久决堤了。

一年后娘突发脑出血去世，我将她火化后留取一小勺骨灰做了一个香袋，我要把娘带在身上。关掉小店，我前往遥远的一座西部城市，一个微信名为"一江春水"的铁铜人在那里打拼，邀我前去发展。我们在"云水谣"公众号上相识。

　　时值春末，江水一天天上涨，玉板洲又成了长江当中一个若隐若现的轮廓。我拍了几张照片登上了开往远方的列车。漫漫长途让人沉沉睡去，午夜列车停靠在一个不知名的小镇上，伸手一摸，装有手机、钱包、身份证和香袋的手包不见了。那一刻，窗外灯火寥落，我这个失去身份又无根的人，像一尾鱼漂浮在陌生的土地上。

影　恋

青　麦

突然很想去远行，仿佛从前丢失过什么，我想在旅途中寻找回来。出现这个想法是从下班后开始的。十八点三十七分，终于忙完，离开办公室，关好门，坐电梯下到一楼大厅时，那些材料仍在我脑子里翻腾着，它们的耐心和执着使我沮丧。站在马路边，回望公司办公楼，它高高耸立着像个巨人，我们注定无法平视。

大约十五分钟左右，终于等来一辆空车。这辆出租车是一辆蓝色的大众，司机是女的，三十岁左右，头发染成焦黄色，眼神疲惫而警惕。她扭头斜睨一眼，问我去何处。我告诉她目的地后，我们之间便再无任何交流。她启动了车子，此时马路到处都很拥堵，每辆车都行驶得困难，但谢天谢地，她还是顺利把我送回了小区。

众所周知，接下来的事情很俗气也很必要，我的动作顺序依次是：付车费，开车门，迈右腿，低头，出左腿，下车，全身而出，关车门，上五楼，摘钥匙，开防盗门，进屋，关防盗门。早晨我从这出发去公司，那是一天的开始。现在，我又回到这里，这很像画圆，合拢后，一天也就结束了。

冲过澡，走到阳台上，我点着一支烟吸起来。此时，暮色早已降临，并逐渐变得深沉。对面单元楼每家的厨房里，大部分都有人在忙碌着，一阵阵油烟和水蒸气从墙壁上油烟机出口冒出来，小区因此充满了烟火的气息。对面五楼厨房里的同类，那个看上去四十来岁的男人正在炒菜，他还像个真正的厨师那样颠勺，火焰嘭的一声扑满整个油锅，好似一大朵火焰花从油锅里盛开，盛大而隆重，瞬间映红他含糊不清的脸，就好像他不是炒菜而是在表演一样。

盛宴皆色香，厨房却烟火。这样揣测着，我走回卧室，把窗帘合上，没开灯，室内幽暗。我佯装成一截干木，被某外力强推，轰然砸在床上。

我跟床无冤无仇，但它确实很结实。我趴着，闭上眼，感觉头很沉，带动身体下坠，某些意识却开始膨胀，似乎有什么正在脱离我——好像另一个轻盈的我，正慢慢地漂浮起来，俯视着下面这个名叫唐武的家伙：他趴在床上，一动不动，好像睡着了，又好像死了一样。

自从大学毕业来到这个城市工作，特别是从一些应酬场合静下来，我总觉得自己正在丧失什么，或者正在与什么同流合污，一面在融入，一面想摆脱，很撕裂也很分裂，但我束手无策。其实，我的工作不错，薪酬也还可以，周末与同事们聚餐，酒后大家去唱歌，身边有不错的女孩，彼此打情骂俏，开着不轻不重的玩笑；然后再去吃夜宵，吃完出来，在空旷的街上吼几嗓子，然后打车回去睡觉，等等。也许，幸福不过如此。可是，在某些时间段，我总会忽然悲观地意识到，许多看似华丽、端庄、隆重的事情，其本质很无聊、很扯淡、很没意义。

躺在床上，十五分钟后，我做出两个决定：一是准备下周辞职。二是马上出去吃饭。总之，不能跟肚子作对。

我独自在一个偏僻的小酒馆里喝酒。买单后，老板有些担心，要替我喊出租车，我冲他摆摆手，然后就像只鸭子一样，摇摇摆摆地走出小酒馆，晃晃荡荡地出了巷子，深一脚浅一脚地横穿马路。我一边肆无忌惮地走着，一边默默无声地傻笑着，是一个十足的酒鬼模样。在此过程中，刺耳的刹车声和喇叭的尖叫声不时传来，但他们只是咒骂，皆不愿真心撞死我。在醉意朦胧中，我忽然发现，这个城市在夜晚的装饰和掩护下，看上去竟也流光溢彩，有一些妩媚，还有一些风情，像一个涂脂抹粉的女人，可以使你产生欲望和冲动，但心里其实并不喜欢。

两周后，我办好一些必要的手续，处理掉一些物品，退掉出租房，喝了几场大酒，与一些人做真心或客套的告别。可不管怎样，我终究是鼓足了勇气，将自己从这个城市里挣脱出来，并尽力抹掉一些留存的痕迹。如此，我似乎是在与一场噩梦和半场人生诀别。三年来，我好似一直在等这一天，背着已经泛白的双肩牛仔包，我做出要浪迹天涯的姿态，仿佛要去寻找丢失的什么。

我并非想要回到父母的城市，我不喜欢那个缺乏想象力、整天灰蒙蒙、充斥着硫黄烟和尿素味的城市。我选购了一些礼物，假装路过家里，妈妈即吃惊又欣喜，她急急地去菜场采购，然后又匆匆地回来，忙了一下午，做了一桌子菜肴。

我说，妈，你这是把我当成一头猪了么？

她却像个小姑娘一样开心地笑了。她说，小武，自从你离家上大学和工作后，我一直都觉得你一个人在外肯定不好好吃饭，好不容易逮住你一次，我得给你多烧些好吃的才行，你看你现在比以前瘦多了。妈妈说完还叹了口气。

我笑了，说，你看，我结实着呢。我当然不敢吐露实情，我骗她这次是出差路过，住一晚就得走。妈妈眼神立刻黯淡了，她总能在一秒前高兴，一秒后就忧郁。爸爸依然寡言少语，保持着一贯的"王者"沉默。

晚上，我睡在我从前的房间，屋里很干净，被子也很好闻，显然妈妈经常晾晒和打扫。我睡得很香，很踏实，一夜都无梦。

上午，我坐直达公交车去火车站，在隔窗与妈妈挥手分别时，鼻子忽然一酸，我赶紧扭过头来，视线刚好落在前面大叔的秃顶上。我又一次离开家，离开这个城市。我很高兴又离开了，无论是何种方式的离开，我总能装出很高兴的样子。

我现在彻底是个自由人了，我可以远离那些理智、琐碎、庸常的工作和生活了，我打算先去经历一次漫长而随性的游荡。我想要的状态是这样的：随意在某个地方，背上包就走，放下包就睡，不要规律，不要理智，全凭感觉和冲动，漫无目的，就如布朗运动。所以，半个月过去，我从东游到西，从南跑到北，不为工作烦恼，不被琐事缠绕，也不看谁的脸色，更不为情所困。后来，当我从古都西安再次南下，一路游荡到江城武汉时，我当即去了仰慕已久的武汉大学。可惜现在不是春天，看不到盛名的武大樱花，只能看见三三两两的男生和女生，或匆匆或悠闲地从樱树下走过。

从武大出来，我心情很不好，找了个背街的小酒馆，叫了两个炒菜，要了两瓶啤酒，后来又点了一碗牛肉面，还放了三勺辣椒油。喝完吃完后，我出了一头汗，还流了一些鼻涕和眼泪，但心里爽快多了，又继续在江城大街上逛荡。路过一座汽车站就进去看看，想了解一下都有通往哪里的车。我随意往电子大屏幕瞄了一眼，竟看到一个正闪烁着红色光芒的城市名字：黄金城。

我对这个地名很熟悉，它很多次地从朋友的嘴里说出来，而且她也曾经计划让我过去玩，却意外地一次也没有成行——大学还没毕业我们就分手了，此后也再没有见面。

我一直觉得黄金城里那个叫金银花的火车隧道是她虚构出来的，在世上根本就不存在。可是，如果确实存在的话，它也许只存在于一首诗歌里。该诗作者是我大学女友，我们最后一次见面好像是上辈子的事情。我有时会记起她，在我想起她的时候，我很痛苦和绝望。

立刻去黄金城！这个念头像毒瘾在我体内迅速发作，使我情绪极度亢奋，并使我陷入某种无法抗拒的幻觉。我拨开人群，闯到售票窗口，喊道：买一张明早去黄金城的车票！我的声音肯定很大，小窗口里面的女售票员吃惊地瞪了我一眼。

这是一班早晨六点半发车的跨省长途卧铺大巴。此刻，我好像和大巴合二为一了，我把肉身完全托付给了它，这似乎有些不可思议。我突然疑心自己正沉溺在一场穿越和寻觅之旅的网络游戏中，而这现实中的长途大巴就是网游里行进的载体，它载着我的魂魄往另一个世界行进。我不在乎那是什么样的地方，哪怕是蛮荒极寒之地，哪怕是烈焰不毛之地。从现在开始，我似乎进入了一种混沌的状态，但我又清晰透彻地感到，时间如此安静绵延和无限，我好像正在抵达和接近什么，而又永生不能接近和抵达。

暮色将要来临时，我在幻觉和臆想中到达黄金城。走出车站，站在黄金城的大街上，竟感到熟悉而陌生，好似前生或梦境中来过。现在，我如梦方醒，才明白，我此趟旅程绕来绕去、兜兜转转，其实，我潜意识里就是想来这里，来黄金城。原来，我至今仍心存幻想。过了这么多年，我并没真正放下。现在，我感觉有些疲惫，还有些虚脱。

在旅馆里，一夜醒来，我有一种复活的感觉。洗漱完毕，在旅馆餐饮部吃了些简单的食物，我就匆匆从旅馆出去了。我像一个贸然闯入的旅人，盲目而满怀期待地走在这个小城里，对一切都感到新鲜有趣。站在大街上，随意就能看见城中的好几座山岭，它们葱茏茂盛，与城市搭配得很好。山不高大，但显得玲珑巧妙，像江南秀气的女孩子。

此时，我正走在一条东西向的小马路上。它漫不经心地穿过一个较大的社区，小马路两头低中间高，还有些窄，但汽车驰得飞快，行人一律慢悠悠地在人行道上走着。两旁长满了高大的法国梧桐，主干显然被干扰过，很像巨人的一只只长臂，使劲伸向天空，仿佛是想摘取或祈求什么。

凭感觉应是在往西走，街道这时开始下坡，我把目光从天空落下来，左边出现一个菜市场，人行道上有些行人在走。一个拎红色手包独行的黑色短发女子迎面走来。看着她，我有些愣住，然后又突发奇想，于是我咧着嘴，面带笑，上前拦住她。

她显然很意外，使劲地看着我，开始有些惊讶，但随后报以浅笑，并不说话。我说：你好，对不起！我刚到此地，请问，您知道金银花隧道在哪吗？

啊！她睁大了眼睛，说，金银花隧道？是风景区吗？不知道，我不知道。

哦，算不得风景区，那是一个地方，难道，你不是本地人吗？

不是。我只是在这里工作还不太久。

不好意思，打扰了，再见！

没事，哦，再见！

她很快走远，在人群中消失。

三天后，当我百无聊赖地徘徊在黄金城的另一条小巷时，我和那个短发女子竟再次相遇，不过她的头发已染成了金黄色。虽然我不喜欢，但她染发后确实更妩媚了，还有些俏皮。我微笑地看着她，她也愣愣地看着我，不过，她已经一眼认出，我就是那天那个唐突地问她黄金城金银花隧道在哪的奇怪家伙。我咧嘴哈哈笑起来，她竟然有些羞赧了。

我赶紧说，你好，可以请你喝杯咖啡吗？

这个叫黄金城的小城，一面濒临长江，三面被群山环抱，盛产几种有色金属，有些单纯守旧，也有些浮躁时尚，三十块钱车资就可绕全城一圈。一个非常普通的小城，不知为何竟起了如此金贵的名字。我决定在这停留一年或者半载。我租的这套旧公寓，还算便宜，它处于一个老旧社区深处，边上还有一个缺乏维护的小花园，使得花草树木有些野性和生机勃勃。这套房子虽然陈旧狭小，但重新给墙面刷上涂料，打扫干净布置些家具后，看上去也算赏心悦目，还有一股沉稳安宁的气息，适合暂住。

我很高兴如今沦落成一个自由撰稿人。凭借在媒体工作的大学同学的人脉，我同时为几家报纸杂志撰写专栏，挣些生活费。我开始越发喜欢这个职业，它能给我自由，它使我的时间完整而破碎，我喜欢规整而无序的生活。此时此刻，一天之中，一月之中，甚至更长的时间里，我可以随时掌握时间，什么事都可以随时开始，也可以随时结束。

后来，我知道了那女孩子叫槿，留一头精致的短发，喜欢换着颜色染发，眼睛不是太大，但还清澈灵动。她是湖南人，大学毕业后，考公务员来到黄金城。我在黄金城没有朋友，有时就约她，她还算给我面子。也许是礼貌，她也约我，我们一起吃饭，或陪她逛街，然后我们逐渐熟悉。这样的来往，曾一度使我吃惊，很怀疑自己，但我已经尝够寂寞的滋味，打算坦然接受。我能感觉出来，她是喜欢我的，当然，我也喜欢她。她知道我有在电脑前抽烟吃零食的习惯，有时会给我带来东西，可我很少给她买礼物，只是请她吃饭喝咖啡，偶尔也去散步。

我们接下来很自然地同居了，但仍各自独立居住。有时，我去她那里，大多数时间，都是她来我这，她笑着说：那么，我们就糟蹋你的房子吧。饭点时，我们去外面就餐，碰到心情不错时，就自己去菜场采购，动手做些简单的菜肴，或者对着食谱玩点花样。晚饭后，照例去散步，去僻静的社区和陌生的巷子，走很远的路，却不觉得累和烦。

散步回来，各自冲过澡，相视一笑，静静拥抱住，互相吻住对方。脱掉衣服，她躺下来，像一件艺术品，精美绝伦，我唯有震撼和膜拜……

后来，她就熟睡了，好像一个玩累了的孩子。可她并不知道，她身边躺着的只是一具男人的空壳，没有血肉，也没有温度。我失眠了，睁大眼，呆愣愣地看被楼板阻隔的夜空，仿佛在窥视另一个虚幻的世界。

我给了槿一把钥匙，以方便我不在时，她可以来我这里。槿在一个区政府机关做文秘工作。她是一个有些情绪化的女孩子，温柔起来风情无限，可生气时，即使是半夜，也会跟我干仗，我虽然很恼怒，但仍选择妥协。一夜过去，我们又和好如初，仍旧如胶似漆。

无论怎样，在她兴致很好的休息日，我们都会像一对真正陷在热恋中的情侣，手拉手慢慢地沿着黄金城最繁华的长江路散步，这条马路很长，东西方向贯穿整个城区，一直走到尽头时，就会来到长江的岸边。

江上有许多轮船在行驶，江面繁忙而有序。有时候，离岸稍近的船上会站着一些水手或船员，我们看他们，他们也看我们，有些寂寞而放浪的水手会冲着我们挥手。槿就兴奋得蹦跳起来，并示意他们游过来。有一个船员就做出要跳水的姿态，但并没真跳下去，然后船员们大笑起来，冲我们使劲地挥手。槿也一边疯笑着，一边原地跳起来，像个天真无邪的少女。

可我对此无动于衷，只是冷静地看着，就像在看一场没有感觉的演出。那些船注定要走远，船员们也慢慢变得模糊不清。

这时，槿已安静下来，她转过身，回头望着身后的城市发了一会呆。我抽着烟扭头看她背影，也不说什么。又过了一大会儿，她突然说：一想到我可能一生都要在这个小城市里工作，我心里就会突然烦恼郁闷起来。唐武，你心里是怎么想的呢？你这个表面天马行空其实内心幽暗的家伙，真想不通，你怎么会喜欢这么个死气沉沉的小城市呢？

然后，她俯身过来，转成嬉皮笑脸地对我说：唐武，我怎么觉得，你他妈是专门来黄金城勾引我的呢？

是的，小姐。我仰脸看着她，微笑而认真地说，专为此事。

槿俯下身搂住我脖子，整个人趴在我背上，她凑在我耳边轻轻地说：你个臭男人！随后，她直起身来，有些放肆地咯咯地笑起来。

我似乎慢慢习惯这样的生活了。我甚至以为，我们可以一直这样，而不用去考虑琐碎麻烦的婚姻。

有一天，我们吃过晚饭，天慢慢变黑，路灯如往常一样亮起；马路上，车辆依然川流不息，亦如往常。槿在小阳台上站了一大会儿，抽完一根从我口袋里摸出的烟后，她突然转身走回来，到我跟前时，先是犹豫了一下，然后才用低沉而有力的声音说：唐武，我可能要离开黄金城，我想去上海工作。你知道的，去上海是我的梦想，我要去大上海！

我当时在看一本名字叫《暗店街》的小说。这是一本从旧书摊淘来的旧书，之前一直想买都没有买到。因为是旧书，它有一股陈年旧箱子里的腐败气味。我能知道这本书得感谢已故作家王小波，他在自己的小说《万寿寺》的开头处提到它。此时，槿跟我说话时，我也正在想：是否多年以后，我也会像那个叫居伊的主人公一样，我的过去一片朦胧呢……我无法预测我的未来，正如也不能左右过去一样。尽管我已非常沉浸在该书中，但是，槿说的每个字我都听清楚了。我随即合上书，直视槿的眼睛，可她躲开了，背对着我。

不错呀，很有上进心。我说。

她说：那你跟我去！

我不去。

你不愿跟我去？

不是，我只是不愿去上海。

为什么？

我不喜欢住在大城市，不为什么。

那就是你不爱我？

这跟不去上海是两码事。

你喜欢异地恋？

我不喜欢异地恋。

那你跟我去上海！

我不去。

跟我去！

我不去。

那我们，就只能，结束啦！

好啊。我没一丝犹豫地说。

你，竟然——说——好——啊?！槿瞪着我，拖长音调大声地嚷起来。她被我气得再次背过身去。我如此平静而淡漠地回答，一点也不照顾她情绪，难怪她如此恼怒。

是啊，我只是遵从你。看着她的背影，我说，你要明白，我是希望你幸福的。

她转过身，气恼沮丧地说：我事先尝试猜测，可我又猜准了，你果然依旧麻木。不过我想，我们都不是那种守旧的人，所以我也从不奢望你会告诉我什么，正如你从不打听我的过去一样。可是，你如此的淡然和冷漠，真的叫我失望和难受。不过，终究是我先说了这话，你，你不会恨我吧。

怎么会呢？我说，我怎么会恨你呢？槿，你是这个小城赐予我的甜蜜和快乐，我感谢还来不及。槿，我对你的祝福是真诚的。

我知道，你永远都不会听我的话的。槿说，也许你不相信，我心里，一直是爱你的，即使是现在，我说这话时，我依然是爱你的。

我相信。谢谢，我也爱你。我说。

这晚，槿竟没走。她仍像往常一样做着一些事，譬如：洗碗，擦地，洗澡，洗衣服。然后，她像真正的女主人一样，脱衣，上床，用遥控器打开电视，嗑着瓜子，看得津津有味，根本不是要分手走路的样子。

我却突然觉得有些别扭，好像这不是我的家，而是在别人的家一样，似乎她男友或丈夫会随时回来。我吸着烟，站在黑暗的阳台上发呆，天上看不见星星。

我正出神时，槿从后面搂住我，她贴在我后背上，像一贴充满中药香味的膏药。我迷恋这气味，它能让我暂时忘记现实。我稍微犹豫了一下，就果断将她转过来，使劲吻住她……我们是两棵向上生长的藤蔓，脆弱而坚硬，柔弱而顽强，在黄金城这棵树干上相遇，然后紧紧缠绕在一起，往上攀缘，好像真的要生生死死一样。

可能我中魔了，我突然停住……槿当然没料到，她疑惑地看我。但我扭过头去，我在等待着槿爆发。她躺在那里，固执而狐疑地看着我。

我很奇怪，她竟没发脾气，这违背常理。当然，这也可能是火山爆发的前兆。她肯定很想杀死眼前的这个男人，或者要抽他几个重重的耳光，至少也要把嘴巴打歪。其实，我是知道的，槿一直习惯事后吃避孕药的。我突然那样做，要么变态，要么魔鬼附身。

我心情开始黯然，说：对不起。我刚拿起一盒抽纸，她却猛然抢过来，一甩手扔到我脸上：流氓，畜生！然后，她迅速从床上起来，牙齿紧咬着下嘴唇，抱起衣服，怒气冲冲地进了卫生间。

我拖过床单，把自己盖住，坐在床上抽烟。槿在里面待了比平时要长许多的时间，我正疑虑和担心时，她从卫生间出来了。我小心翼翼地看着她，但她并不看我。待我从卫生间洗浴出来后，我以为她可能走了，没想到，她正襟危坐在沙发上，一副非常严肃或者要跟我探究什么的样子，当然也是随时准备离开的样子。

我穿好衣服，还是不知该说什么，只好仍说：对不起。

也好，唐武……显然，槿在强压住怒火，她说，我知道你心里从来没有过我，你只是贪图我的身体。我不怪你。当然，你也不用这样假惺惺的内疚，你并不欠我，或者，我们互不相欠。可我只想知道，你刚刚为何要那样，你是把我当成什么了？你这样就高兴了，是不是？是不是！

不是！那只是你自己想的！我也冲她吼道，你给我好好地听着，我告诉你，我不是畜生，也不轻贱任何人！

她满脸都是不信任，她愤怒地说，那为什么？为什么！

因为，我是爱你的。我说，你知道的，有时候，我们无法控制自己。

放屁！撒谎！她说，我总算明白了，你只是贪图我身体，从不愿意进入我的内心，当然，你也一直紧紧藏着自己的心。你对我一直都是虚伪的，我很高兴狐狸终于露出了尾巴！

很好，很好。我说，你说得对，我不会辩解的。你知道的，在这个世界上，辩解是最苍白，最没有意义的。

多漂亮的解释呀！好，你等着，你等着！

等什么？等什么！我吼起来，并用嘲笑的眼神鼓励她，说，你根本不用等，就现在，抽屉里有一把刀，我昨天才磨过的，你知道，它还算锋利！

你以为我不敢！槿瞪大眼睛，紧抿着嘴唇，脸部扭曲起来。犹豫了一下，她突然像一只敏捷的麋鹿，快步跳到桌子前，从右边的抽屉里，迅速拿出里面的水果刀，打开，抓在手里，一步一步地向我走来。

我站着根本没动，槿的手却在颤抖。我微笑地看着在她手里那把叫张小泉的水果刀，打开时有一拃长，平时是削水果用的，大部分都是槿削给我吃，我敢肯定她从没想到还能派上别的用场。我觉得此时我的样子很像在鼓励她要勇敢些一样。现在，我敢跟老天爷打赌，槿只是在恐吓我，她并不敢动真格的。

这看起来真他妈像一对恋人在玩一个有些刺激的游戏。

槿举着匕首，突然像个疯子一样，使劲把头摇了几下，并尖声大叫着向我扑过来，目标是我的肚子。但快要靠近时，她手势急促地落下来，刺向大腿。我一点也没防备，我以为她是吓唬人的，但显然我成功激怒了她。

我弯着腰腿一软，整个人就坐到地上了。我本能地用手捂住受伤处。她现在好像有些傻了，站在客厅中央，不知所措地捂住嘴巴，仿佛眼前这事是别人做的，而她恰巧撞见这一幕，使她很吃惊。

我坐在地上，朝她吼起来：还不快滚！你是不是想让我打110？

我说这句话后，槿就镇定下来了，她说：我可不能丢下你不管，你要报警尽管报吧，不怕。她说完后，打电话要了救护车。

大约二十多分钟以后，一个穿白大褂拎急救箱的男人被槿带进来，他看着屋里的场景，似乎一下子就懂什么了，熟练地一边处理伤口，一边说：幸亏没伤到动脉，怎么搞的吗？真是好日子过多了，小两口打架，怎么能真动刀子呢？这是能随便开玩笑的吗？

我看了槿一眼，说：医生，不是你想的那样。是刀太锋利了，是我不小心扎在腿上的，谢谢你！

医生很奇怪地看着我，显然他认为这个回答很有毛病。可能，他觉得我还应该得去另一家医院看看。

在医院里，例行消毒上药包扎后，医生建议最好要住院观察，但被我坚决拒绝了。

此后几天，我除了必须要赶专栏的稿子外，其他时间就专心养伤。我预约了护士上门换药，想吃东西时就叫外卖来解决。槿有时会带来饭菜，但每一次都被我直接扔进垃圾桶里了。

槿说：你可以恨我，但你不能跟饭菜有仇。这是我最后一次看你，我过几天就要去上海了。

我说：那我祝你一路顺风，前程美好。

槿把我房子的钥匙丢在桌子上。她打开门，走到门口，正要开门出去时，她突然停住，转过身，又走回来，直视着我，说：我可以最后问你两个问题吗？

你问吧！我说，别这样，我不习惯。

我们初次遇见时，你为何要突然问我，你知道黄金城金银花隧道在哪吗？

没什么，只是随便问的。那只是找你搭讪的借口呀。

我不相信？

你何需相信！

好，就算这样！那我请问你，刘，琴，琴，是谁？

你，你说什么?！我有些震惊：你怎么知道这个名字?！

哼，是你在睡梦中喊的。刘琴琴是谁？她冷笑着说，我太傻，我一直忍着，曾打算永不说穿，可是，现在，我不那么想了，我就是一个大傻瓜，但我真的很嫉妒！

你何须嫉妒？我冷冷地说，如今，这只是一个虚构的、不存在的女孩的名字。

扯淡！你就继续扯淡吧！你就是个大骗子！槿说完，意味深长地看着我。她的眼神好似将放出射线，要将我穿透。然后，她再不说什么，转身关上门走了。

过一会儿，我心情平复后，拖着伤腿趔趄地挪到窗前，楼下空空的，只有一辆黑色的奔驰牌汽车正在驰离我这栋旧楼。

后来，我有时就想，槿扎错了地方，她应该往我心脏上扎，那儿已麻木了很久，那样我就会感到痛，而且还有可能将我结束。我非常清楚，在与她同居的这些日子里，我确实并非全心全意地爱着她。只有在跟她做爱时，我才能感到她是存在的，而其余的时间，她只是一个影子，一个叫刘琴琴的女孩子的影子，我只是跟一个亲爱的幻觉的影子在恋爱和生活。

在黄金城，这场恋爱，就是旅途中的一场梦。而我是一个冷血动物，已冰凉麻木很久，只贪恋那个名叫槿的影子的身体和气味，错误或故意把她当成另一个女孩子。现在我梦醒了，她也去上海寻梦了，我还暂时留在这里。我虽然很愧疚，但并不真的为此难过。我想，养好伤，我也该离开这里了。

现在已是冬天，我坐在沙发上，想起是夏末时遇见槿的。我还记得，当时，我微笑着，有些嬉皮地，拦住那个留着漆黑短发，眼睛明亮、那时还不知道名字叫槿的女子。她窘得脸颊通红，尽显娇羞，甚为可爱。我当时很欢喜，就像在大学里遇见喜欢的女生一样。那一刻，我恍然觉得，她就是刘琴琴，一个已经不知唐武是谁的刘琴琴。

也许，我是妄想能在黄金城遇见一个叫刘琴琴的女孩子，她留着漆黑而精致的短发，嘴唇抿着，眼眸晶晶闪亮，神情倔强。而她是这个叫黄金城的小城里唯一知道金银花隧道在哪的人。我很想遇见她，我还想看着她的眼睛，认真地对她说：你能带我去金银花隧道吗？

阿婆的心事

何钱文

1

兴旺爱吃糖烧肉。从小到大，兴旺吃得最多的，大概就数村里陆阿婆做的糖烧肉了。每当嘴里"淡出鸟"，兴旺就深一脚浅一脚地跑到阿婆院门边来回晃悠：

阿婆阿婆，水缸里有水没？

阿婆阿婆，我帮您扫院子吧？

阿婆阿婆，我替您择菜好不好……

陆阿婆孀居多年，一个人住，吃素，信佛，行路怕踩着蚂蚁，三句话不离阿弥陀佛。养女翠芬多年前去杭州打工，后来就嫁给了杭州人。杭州女婿吃皇粮，女儿在杭州城开了家鞋店。杭州城和双溪镇隔了千山万水，多年来，女儿女婿除了按日子寄些钱物回来，脚是经年难踩阿婆家一趟门槛。

陆阿婆一听就明白了：小孬货嘴又馋了。小孬货是陆阿婆给兴旺取的外号。没爹娘的娃娃可怜咯！阿婆心里叹息了一声，面却不改色，故意不停手中的针线。

阿婆阿婆，水缸里有水没？阿婆阿婆，我帮您扫院子吧？阿婆阿婆，我替您择菜好不好……

兴旺以为阿婆耳聋，急了，跑到阿婆面前蹲下来，双手一阵乱摇。

瞅着兴旺的囧样，阿婆终于憋不住了，拍着膝盖上气不接下气地一通大笑……哈哈哈……小孬货……哈哈咳咳咳咳咳……笑死……阿婆了。笑够了，咳完了，阿婆摸着兴旺脑壳说：小孬货来得正好，阿婆水缸里没水了，帮阿婆挑担水，可照？

没问题。

小孬货嗳，明儿帮阿婆劈些柴火，可照？

好呋！

……

第二天，兴旺还贪在猪窝一样的床上打呼噜，陆阿婆已经杵着拐棍挎着竹篮出门了。阿婆小脚，行路慢，披星戴月出门，是要去十里外的双溪街。平常只有初一、十五的日子，陆阿婆才去双溪河畔的水府庙里烧香礼佛。等陆阿婆买好肉挑拣好生腐，到铺子买好红糖，双溪街的早市都快散了。每回都有过路人指着铺外长凳上歇脚讨水喝的阿婆竹篮好奇：

阿婆阿婆，您老人家不是吃素么？

您又买肉又买糖，难不成闺女回来看您啦？

陆阿婆摇头，不是老太婆吃哟，是我那小孬货想吃糖烧肉了。

晓得晓得，那个愣娃没爹没娘，可怜啰。

您老人家真是菩萨心肠！

阿弥陀佛，观世音菩萨护佑……

2

一晃就是几年，陆阿婆仅剩的几根黑发全部变白，腰佝得比以前更厉害，走道时，眼睛几乎触了地。兴旺呢，也长成了健壮小伙，但还是跟原来一样，四六不着调，胡天胡地混日子。阿婆眼瞅着牛高马大的兴旺，心里就着火般急。阿婆着急兴旺将来没日子过。只要撞见兴旺，陆阿婆就拉住兴旺的手不松。阿婆说，小孬货嗳你真不能吊儿郎当混了你一个小伙早晚要成家立业养家糊口的你再瞎混将来哪有女子跟你过日子哟！阿婆说，小孬货你得学门手艺老古话讲荒年饿不死手艺人你瞅瞅咱这十里八乡的手艺人哪一户日子过得不红火……阿婆絮叨的次数多了，兴旺也在冷被窝里翻来覆去认真思量起来。十里八乡各色手艺人家的日月就在兴旺脑壳里不停跃晃。兴旺最羡慕隔壁庄的泥瓦匠左大海。左大海手艺好，在双溪镇这一片儿名头很响，兴旺就常被盖房修屋的人家喊去挑砖递瓦，给左大海打下手。不说左大海家漂亮媳妇和新盖的小洋楼，光是平日里每户主家对他三请四接的恭敬样儿，就够兴旺眼馋的了……

　　兴旺帮阿婆劈柴时，阿婆又像往日一样絮叨地劝。兴旺就很不好意思地对阿婆说了心思。陆阿婆听后，眼睛乐成一条细缝儿，阿弥陀佛，小孬货你只要想学好，阿婆帮你想办法。面上笑，阿婆心里却打起了鼓。那年月，乡下娃学手艺和娶媳妇都是头等大事，讲究"父母之命、媒妁之言"，万一半路不学了或出了啥事儿，也能有个说法凭据。阿婆一个古稀老太做"媒妁"分量肯定不够。但小孬货懒汉的名声摆在那，谁都不愿意惹麻烦。要不管吧，又不忍心，毕竟小孬货是自个看着长大的……送走了兴旺后，阿婆瞅着黑漆漆的屋顶，叹了一夜气。太阳爬得老高了，鸡寨里鸡鸭吵翻了天，阿婆才想起起床。安顿好鸡鸭，哆嗦着洗把脸，陆阿婆也没心思做早饭念佛了，匆匆锁上门，阿婆要去村口的老剃匠徐老爹家。老远的，就看见徐老爹像个皱巴的石人一样坐门口石墩上嗮太阳。阿婆招呼了一声后，在徐老爹隔壁另一只石墩上慢慢坐下来。东拉西扯几句后，阿婆就把兴旺想学手艺的事跟徐老爹说了。陆阿婆说，阿弥陀佛，小孬货有爹娘生没爹娘管的，咱老辈人得帮他出出头，不能眼瞅着他废了。阿婆说，这可都是无量功德哩！徐老爹手拍胸口刚要接话，里屋却传来一声重重的咳，旋即，院门口刮起一股旋风，阿婆揉眼的工夫儿，徐老爹的小儿媳妇已经冲到院门口：婆婆心口又不舒服了，公爹快进屋看看；边说边白了被阳光染得金黄的陆阿婆一眼。徐老爹叹口气，叫阿婆先坐会儿，自个闷头背手跟在儿媳身后进屋，半上午没出来。

　　陆阿婆吃了瘪，杵着拐棍慢慢踱到村口老槐树下闷坐。一个村待一辈子了，谁不知道谁呢？阿婆昨晚思谋来思谋去，只有徐老爹最合适。徐老爹是左大海的嫡亲舅公，他只要出面和左大海说情，不看僧面看佛面，左大海不答应也得答应。再说，徐老爹给两儿盖楼建房，从搬石头建地基到上梁粉刷搬进来，哪一天少了小孬货影子？最苦最重的活，哪一项没有小孬货？叫别人帮工都是要么将来换工、要么直接给工钱的。徐老头和那些使唤兴旺的人家一样，除了每顿给小孬货备一碗糖烧肉，甩一包纸烟，几曾舍得给过小孬货一毛钱？还怕别人说闲话，堵人家嘴说，将来给小孬货家换工。小孬货一人吃饱全家不愁的光棍儿，家徒四壁，有么值得帮的工?!阿婆气得浑身打哆嗦。缓了好一会儿，阿婆心情才平复了些，又自个劝自个，阿弥陀佛，也不能怪徐老头。老头是少见的耿直人，年轻时说一不二，看见不平事就要说，性子就跟野马一样。谁想到临老了，被两个年轻的儿媳制住了。瞅着刚才的阵势，老头是愿意出面的，他精明的儿媳大概是嫌他惹麻烦吧？唉！人老了，都没用了哦！

　　陆阿婆正叹息着，肩膀被人拍了一下。凝住神，面贴面地凑近了看，原来是风风火火的村妇女主任胖桃子。阿婆眼神不好心事又重，桃子何时来的？阿婆居然不知道。桃子从镇上开完会刚回到村口，看见白发苍苍的陆阿婆孤坐发呆。桃子心肠一软，以为阿婆又在想她两年没回的闺女了。陆阿婆年纪大了，又不识字。翠芬每回寄钱物回来，阿婆都托桃子去镇里代领。桃子以为阿婆又在想女儿了，刚想开口劝几句，阿婆却一把紧紧捏住桃子的手，混沌的眼睛里射出一道闪电的光。桃子被陆阿婆盯得有些发愣。陆阿婆却孩子样兴奋得语无伦次，桃子呀是我的大桃子呀，阿弥陀佛太好了桃子你真是阿婆的及时雨。

陆阿婆忽想起桃子是左大海的表姑，左大海的漂亮媳妇儿，当年还是能言善辩的桃子强媒硬保说成的呢。陆阿婆想，桃子要是答应去说，左大海不答应也得答应。陆阿婆拉着桃子坐下，紧捏着桃子手不松，语无伦次地说了兴旺想学手艺的事。

这是好事呀！风风火火的妇女主任不像迟暮的徐老爹，想都没想就答应了。临别，桃子拍胸脯说，阿婆放心，这事儿包身上了！今晚就叫小孬货去我家，老子带他找左黑鱼去。

晚上，穿着无袖连衣裙，身上喷了花露水的左大海漂亮媳妇儿给桃子和兴旺一遍遍沏茶添水，客气得很。兴旺瞅见左大海新楼里一尘不染，条几桌椅摆得井井有条，想到自个那像牛圈一样的窝，就禁不住感慨——这才是他娘的人过的日子哟！兴旺还是头一次到左大海家串门，头一回近距离闻到漂亮女人身上的神秘气息。左大海媳妇弯腰给他倒水的一刹，兴旺乜见深深的白乳沟儿禁不住有些恍惚。连喝了几口滚烫的茶，兴旺才清醒过来。他知道左大海媳妇儿今晚的客气，不是冲他光棍儿兴旺，那都是看桃子的面儿。可任凭桃子唾沫横飞说烂了嘴，左大海皱着眉眼儿，跟他后面中堂上的对联字一样：咬定青山不放松。左大海先推说，兴旺年纪大又浪荡惯了，早错过了学手艺的时辰，他左某人肯定管不住的；后来又推说，兴旺跟他后面做过不少回小工，他熟悉得很，干活舍得下力气，是个好小工，真正的不是干泥瓦匠的材料。伶牙俐齿的妇女主任立即针锋相对，那左师傅你告诉我什么样的人是干泥瓦匠的材料呢？左师傅你当年学手艺的时候好像比兴旺年纪还大吧，兴旺好歹也混了半个初中吧？条几上的座钟敲十二下的时候，呵欠连天的左大海终于松了口，勉强答应了。出门时左大海告诉桃子说，桃表姑，看您老人家的面儿，先试两月再说，您看行不？

行！眼疾手快的桃子揪了下垂搭眼皮儿的兴旺胳膊。

小孬货，快叫师傅师娘。

3

连着一个多月鸡刚叫完三遍，兴旺还在周公梦里遨游四海，晨曦中一身风露的陆阿婆已经在兴旺屋外敲窗户了。陆阿婆知道兴旺懒散惯了，睡起来，闹钟也叫不醒。等兴旺跑到左大海家时，左大海媳妇儿才打着哈欠开门。兴旺佝腰叫了声师娘后，就照着阿婆叮嘱，拿起院里笤帚，将左大海楼上楼下一处不落地清扫一遍。等师娘烧好开水，兴旺给左大海刷净杯子，泡上热茶，左大海这才起床洗漱，慢悠悠吩咐兴旺，今儿去哪块地锄草、哪块地施肥。每次吃中饭，师娘和两个虎狼一样的半大小子总是先吃，等兴旺回来时，锅里只剩些冷羹剩饭了。这些不用阿婆劝，兴旺都能忍着。那时，十里八乡学徒的，哪个不如此！左大海只让他试两月，那是看桃子面儿，要是换别人，最少要试一年。一年后师傅才会带你上工地，到了工地也是给师傅打下手。到第二年，师傅才会教你点真功夫。兴旺抱怨的是，即使他尽心尽力做着，"狐狸精"师娘还是鸡蛋里挑骨头，不是嫌兴旺桌椅擦得不干净，吃饭跟饿痨鬼一样，就是抱怨地里的草没锄净，化肥撒得不匀……兴旺一个天不理地不管的浪荡汉何曾受过这等窝囊气？一肚子委屈的兴旺就跑到陆阿婆家诉苦，阿婆那个狐狸精太难伺候了、阿婆阿婆我是去学手艺又不是他家雇用的长工……呜呜呜……过去地主家雇个用人还给顿好饭我还不如用人呢……每回说着说着，兴旺的眼泪就会流下来。陆阿婆叹息着，摸兴旺脑壳劝，莫哭了小孬货，村里谁谁那个谁谁还有谁谁，你别看现在人模狗样的，他们那时学手艺比你还苦呢！小孬货你再忍忍，熬过这两月就好了。阿弥陀佛大慈大悲的观世音菩萨保佑我小孬货顺顺利利少受点罪。

没料到，试用期满那天，陆阿婆早早地炖好糖烧肉还没来得及高兴，兴旺就被左大海领人五花大绑捆了回来。碰巧，徐老爹抱着小孙子和几个老人在村口闲扯。徐老爹看见后急慌慌撵过去问，左大海黑着脸不答，左大海边上的一个本家堂弟指着兴旺，您问这小孤畜；说完又朝瘫一团的兴旺肚上踹了几脚。边上的人赶忙挡阻，徐老爹喝问鼻青脸肿的兴旺咋回事？兴旺目光直空空的，任他们如何问，就是不理，像聋了一样。等陆阿婆上气不接下气撵来，兴旺已经被徐老爹松了绳索。陆阿婆瞅见鼻青脸肿、血糊糊的兴旺吓坏了，老远就扔下拐棍，像只抢食的老母鸡一样踉跄着扑过去，一把抱住兴旺嚎起来。失了魂的兴旺这才还过神来，一头倚在阿婆怀里，哇的一声跟着陆阿婆捶天捶地。

好半天后，人们才陆续知道了真相。原来，今天试用期满，早晨，兴旺在阿婆阿弥陀佛的念叨声中一步三跳地跑去左大海家。左大海洗漱后，拍拍兴旺的肩，拿出新打的一副家伙什，笑眯眯地递给兴旺，叫兴旺今儿跟他一道上工去。兴旺刚跨上破嘉陵，屁股还没坐稳，左大海媳妇从厨房急慌慌跑出来拦住他俩，当家的等会儿，刚才摘菜发现稻禾长了虫，叫小孬货今儿先去地里打农药，明天再去工地不迟嘛。

…… ……

4

…… ……

兴旺还像从前那样，没事就到阿婆家帮阿婆劈柴碾米担水，帮阿婆做些体力活。只是人不像在人群里嘻哈热闹，兴旺一到阿婆这里就变得沉默讷言了。陆阿婆瞅在眼里，心就突突冒酸水。陆阿婆原本思谋着，兴旺苦熬几年学成个手艺，再托桃子帮忙打探说个媳妇过日子，应该不是难事。那样阿婆也就功德圆满，彻底放心了。可谁能想到！好长一段时间，阿婆食不甘睡不下地揪心着兴旺。阿婆知道小孬货秉性不坏，就是没人帮衬，没爹娘管教，就是懒了些傻了些，不知道为自个谋划。阿婆这些年孤家寡人的，要不是小孬货帮衬……

人可不能没良心哟！

一夜未眠的阿婆对着堂屋的观音菩萨许了个重重的愿，阿婆求大慈大悲的菩萨显灵，护佑阿婆帮小孬货说房媳妇。阿婆对菩萨说，有个女人晚上给小孬货焐焐脚，说说话，小孬货心里的苦就能慢慢融消了哦。可这几年，村里的姑娘们都像春天的燕子，都一股脑儿飞进城市打工去了，只有到腊月过年边才飞回来待几天。飞回来那几天都是眼睛看着天，日夜记挂着城里。仅有几个在家的，早就被远近的殷实户瞄上了。最烦人的是，附近人家哪个不知兴旺根底？陆阿婆每每刚起开话头，听众们个个像摇拨浪鼓一样摆手，不让阿婆说了，哪个都不愿把闺女"往火坑里推"。初一十五上水府庙祈佛，陆阿婆也顾不得佛规，碰见熟人就凑头迎上去。平常日子，村里哪里有婆娘扎堆，陆阿婆就踮着小脚竖起耳朵凑过去。陆阿婆托婆娘们留个心眼，帮小孬货物色物色。阿婆说，阿弥陀佛大慈大悲的观世音菩萨护佑，哪怕给小孬货物色个二婚寡居的，也算积了天大的功德哩。

徐老爹的婆娘回江南娘家时真物色到一位。女方叫杏子，比兴旺大五岁，人精明利索，瞅着照片，长得也还标致。只是命运不济，男人半年前遇上车祸去世，丢下了一双刚走稳路的一对双胞胎小儿女。阿弥陀佛观世音菩萨护佑，那可真是天定的缘分咯！阿婆乐得前仰后合，无牙嘴里的口水湿了半胸。徐老爹婆娘笑着说，这老婆子真吃错药了，不知道的还以为小孬货是她亲孙子呢。就算亲奶奶，也没这样操心的！边上的妇女们叽叽喳喳。笑够了，徐老爹的婆娘正色说，娘家人说过几天过来看看哩。陆阿婆又开始如着火般急，这可怎好这可怎办！小孬货家徒四壁，女方来了准准看不上的！

老婆子，莫急出病来。散了时，唠嗑的婆娘们不约而同拍胸脯，阿婆阿婆，不用您说，小孬货都帮过我们，我们也都要帮他的。

隔日，鸡窝里的鸡才刚打鸣儿，合谋了一夜的阿婆又踮着小脚披星戴月地去了双溪街，阿婆急着要给兴旺买几身新衣服装点门面儿。碰巧，回家相亲的油漆匠钱大宝特意迟走了两天，把兴旺那三间旧瓦房里里外外都滚上了雪白的涂料。村里的木匠汪让兴旺把他刚打好的一套还没上漆的组合橱搬回了家。妇女主任桃子正月里新结婚的儿子媳妇都进城打工去了，桃子叫兴旺把他儿子新房里的彩电冰箱沙发统统搬了回去……半月后，杏子爹挑着竹箩扮成收鸡蛋的小贩进村暗访。他还不知道，自个前脚刚踏进村，就被村口老槐树下眯眼晒太阳的陆阿婆瞄上了。陆阿婆活了一辈子，远近收鸡蛋的小贩哪个不识？江南口音的杏子爹刚吆喝三五声，阿婆心就笃定了。阿婆悄悄招呼身边玩耍的小孩儿，快快快，快通知小孬货准备。

装模作样的收了几家鸡蛋后，杏子爹和装作卖鸡蛋的婆娘们搭讪讨水喝，喝着喝着话题自然就牵扯到兴旺身上。婆娘们自然都众口一词夸赞兴旺，有的说他本分忠厚，有的说他相貌堂堂，有的夸他善良勤劳，有的说他脑子灵光。婆娘们都把兴旺吹成了一枝花，还是一枝炙手可热的鲜花。聊得正欢时，刮了胡须理了发，穿戴得干干净净的兴旺"刚巧"骑着钱大宝的新摩托车从大伙眼前一冲而过，引得杏子爹朝摩托留下的那团尾气不住回头。婆娘们互使眼色再接再厉，多好的一个娃，就是可惜了自小没爹没娘管，要不……唉！

目送笑眯眯的"小贩"变成小黑点消失，被夕阳染得一身火红的"总导演"陆阿婆才哆嗦着站起来，望着火红的村道舒了一口火红的气，阿弥陀佛观世音菩萨护佑，小孬货婚事算成了哦。陆阿婆在老槐树下像尊泥菩萨一样默坐了半月，就为了等今天。

没几天，江南那边就传来了消息，娘家人非常满意。巧舌如簧的桃子领着兴旺和杏子在江南大酒店见面后，有些木讷的兴旺反而让杏子倍觉欢喜，或许杏子早就喜欢上了也不一定？大婚那天，村里守在家的男女扶老携幼，纷纷撵来帮忙。人要衣装，佛要金装。人们这才发现，穿了西装吹了头型的兴旺竟然也器宇轩昂，乍一看还有点电影明星的风采。人逢喜事精神爽。村里好久没办过这样热闹的流水席了，尽管这酒席钱都是徐老爹和陆阿婆挨家挨户收的份子钱。大伙都为兴旺高兴，也都觉得兴旺能有今天都有自己的一份善心在里面。用阿婆的话说，都是"修了功德的哩。"大伙闹完了新郎逗新娘，逗完了新娘又逗新娘子带来的那双一个模样的小儿女……陆阿婆和徐老爹代表兴旺家长坐在上席，兴旺小夫妻给阿婆鞠躬敬酒时，阿婆心里那个乐啊，深陷的两个瘪腮里都笑出了花儿来。

双溪镇风俗，新婚第三天，丈母娘要到女儿家回门，新娘要跟母亲回家住几天，再由新郎把新媳妇接回。谁也不想，杏子前脚刚出村，桃子家就霹雳咔嚓闹开了。原来桃子进城打工的儿媳怀了孕，没提前打声招呼就回来了。桃子儿媳回来瞅着空荡荡的房间就摔了杯子，跟她婆婆撕破了脸。平时风火泼辣巧舌如簧的桃子此刻像一个偷了东西被抓住的贼，低头蹲在院落里，任由儿媳一声高过一声的骂，头都不敢抬。屁大点的村子，不一会就传到正躺在新席梦思床上看电视的兴旺耳里。兴旺六神无主，急忙跑去阿婆家问，阿婆能怎办？！阿婆急得围着堂屋一个劲地转圈，阿弥陀佛这可怎办这可怎好？阿弥陀佛我的及时雨要遭殃咯。转了好半天后，陆阿婆才想起来叮嘱兴旺，小孬货，赶紧的，把人家东西送回去啊。兴旺刚跑出院门，陆阿婆又叫住兴旺，酒肉糕糖还剩没？兴旺点头。陆阿婆催促说，赶紧每样备个双份，我先去桃子家劝劝。真是造孽哦！

陆阿婆风急火燎地撵到半道，混沌的脑壳里忽然打了道闪电，小孬货带的礼物肯定不够。桃子的儿媳她见过，精脆脆的，一看就是个厉害角儿。在原地打了半天转后，陆阿婆又风急火燎地折了回去，抖抖索索地从箱底拿出翠芬去年从杭州寄过来的那床蚕丝被。去年桃子从邮局取回时，桃子打开包装，陆阿婆抓起来看了半天摸了半天后，又叫桃子原封不动包了起来。阿婆觉得那床被子太好了，阿婆舍不得盖。陆阿婆那时心里就谋算着，将来就披盖这床被面……可现在！阿婆叹息了一声。等阿婆气吁吁撵到桃子家时，兴旺和几个帮忙的人正往桃子院里抬沙发。桃子儿媳双手叉腰像女将军一样横挡在房门口，横眉冷对千夫指，死活不让兴旺将东西搬回她房间。陆阿婆拍拍胸口喘口气，挤出一脸笑迎着气咻咻的小媳妇走过去，阿弥陀佛，小媳妇积了大功德，天上的观世音菩萨都看在眼里哩。小媳妇不理天上的观世音菩萨，更不理会一脸赔笑白发苍苍的阿婆，反而人来疯般一浪接一浪地蹦跶起来，你个老婊子，凭么把我陪嫁的东西给别人用？你问过我了吗谁给你的权利你这叫犯罪你知道不？你个老不死的家里家外都念不清你给老娘滚你跟那个孤种过去吧……桃子羞得恨不能找条地缝儿钻进去。陆阿婆一把强拉住小媳妇的手，哆哆嗦嗦地将那床蚕丝被的盒绳搋在小媳妇手上，开始赔着笑脸说好话，陆阿婆大概一辈子都没说过这么多好话吧?! 边上看热闹的婆娘们也都看不下去了，都嚷嚷小媳妇有点过分了。好不容易的，大伙才按住了疲惫不堪的小媳妇。

兴旺刚把精疲力竭的阿婆搀扶到家，乜见木匠汪红着脸搓着手儿，站在阿婆门口来回地晃，一副欲言又止的样子。兴旺赶紧跑过去递烟，原来木匠汪借给兴旺的那套新家具是别人定做的，还没上漆，交货的日子眼瞅着要到了。

隔日清晨，陆阿婆领着兴旺提着备好的礼品去了木匠汪家，阿婆又说了许多阿弥陀佛功德无量的话，千恩万谢地送还了木匠汪的家具。如此一来，兴旺原来挤得满满的豪华婚房里，除了阿婆送的一张席梦思新床，几床杏子陪嫁过来的红被褥，一下子又变成荡荡的空。杏子回门回来，一下子瘫跌在地上，好一顿惊天动地的闹，吓得怀里两娃比赛似的哭。左邻右舍纷纷跑过来，七嘴八舌地劝：

好好过日子么，瞧，把两娃吓的！

得了吧！兴旺一个纯小伙还配不上你一个二婚老娘们。

你让她跑，老娘就不信了，她还能找到比你强的！

陆阿婆闻讯后，匆匆灭了灶膛火，上气不接下气地搋过来哄，小媳妇听阿婆劝，小孬货有的是力气，以后日子好着呢！

小孬货？谁是小孬货？疯婆子你叫谁小孬货！

……

你们谁再叫小孬货，姑奶奶就跟谁急！

5

徐老爹两儿媳妇都是针尖对麦芒、眼里不容沙的精明主儿，老两口夹在两儿媳中间，像风箱里的两只老鼠，里外不是人，两头都受气。终于，在两儿媳再一次指桑骂槐"世界大战"后，徐老爹忍无可忍，压抑多年的脾气像火山一样爆发了。徐老爹雄赳赳气昂昂地和两儿媳"激战"一番后，鸡啄米一样戳着门槛上耷拉脑袋的两儿，老子不和你们过了，你们爱咋的咋的!

徐老爹要请泥瓦匠盖间偏房,老两口单过。夜里一合计:还缺个下力的帮手。那会儿正是最忙的双抢时节,年轻人几乎全进城打工去了,守在村里还能动弹的人,都在地里不分日夜地忙。找谁呢?

小孬货么!多做点糖烧肉,一叫一个准儿。他老婆娘想都没想就说出了口。

徐老爹趿拉着拖鞋连夜跑兴旺门外喊,小孬货,明儿帮我做几天小工啰。床上的兴旺张嘴刚要答应,怀里的杏子一把死死地捂住兴旺半边脸。杏子扭头冲门外回说,那个谁谁谁,你找小孬货跑我门口家吼么?

老子找小孬货又不找你!徐老爹这会儿已经找回了年轻时的影子,逮什么对什么。

没空!

你你你,你们!忘恩负义的家伙!小孬货你也不想想这些年我对你咋样!没有老子你能有今天!不说别的,光糖烧肉你在老子家就吃了多少回!

我呸!还想当年!杏子终于忍不住了,像只发怒的母狼一样冲下床呼啦一把顶开窗户,想当年我当家的也没少帮你白干活!回完,杏子也不管院外一蹦三尺高的徐老爹,"嘭"的一声关上窗户,拉灭了灯火。

整天忙着"内战"的徐老爹不知道,兴旺已经在双溪街的木料加工厂干两月活了。兴旺没技术,只能负责装车卸货干力气活,早出晚归的,一天一百元工资,中午吃一顿厂里的小食堂。杏子呢,在家种地带孩子,得空就去双溪街新开的编竹厂领回些竹篾条,编些竹筐竹篮竹篓贴补家用,编成换了现钱,杏子就去双溪街割点猪肉,买点生腐,买袋红糖,顺便跟铺主人讨口水歇会脚。有熟人瞅着杏子脚边竹篮好奇,小媳妇,这不年不节的,你又买糖又买肉,家里来客啦?

瞧您说的,非得来客才买糖买肉么?杏子顿顿又说,我当家的喜欢吃糖烧肉哩!

晓得晓得,兴旺那娃娶了个好媳妇儿!

兴旺还真有福气!

兴旺结婚后也真就变了一个人。结婚前叫三十遍也起不了床,现在是鸡鸣三遍即起,都不用杏子叫,就像定好发条的闹钟。下了床就放鸡喂猪扫院子,哄两娃穿衣服,马不停蹄地骑自行车上班。下班回家天已擦黑了,兴旺进门也不歇口气,架好自行车后就拿起锄头铁锹,脚步生风到地里干农活儿,直到星月满空,才像归栏的牛一样慢慢回家。上班后,兴旺每日厂、家、地来回转，忙得像个不停转的陀螺，就没空去阿婆家了。偶尔，晚上睡床上时忽想起阿婆来，兴旺就会感慨一番，说阿婆孤家寡人的，叫杏子抽空去看看。杏子呢，就揪兴旺的耳朵骂，你个蠢蛋，人家杭州城的闺女多有钱，不知雇个保姆呀？

你这保姆还当上瘾了，老太婆一个月给你多钱？！

转眼就是一年。兴旺家由原来的清锅冷灶，变成了笑语喧哗鸡鸭满院，日月就像他的名字一样，有些兴旺的意思了。阿婆呢，倒没怎么显老，还是往日那模样。或许人老到一定年岁，连苍老都不爱眷顾了吧！这天上午，陆阿婆提院里井水时，脚下打滑摔了一跤。阿婆躺在湿漉漉的泥地里挣扎半天，愣是没爬起来。那会儿正是秋忙，邻舍们个个风急火燎地在地里忙，谁也不知阿婆摔倒了。幸亏桃子路过，又凑巧撞见了。桃子急慌着喊人叫车的，将陆阿婆送进双溪镇医院，医生拍完片子说是小腿骨折。桃子是直肠子婆娘，汗流浃背安顿好阿婆，转过脸拿出手机，拨通了杭州城里翠芬的电话。桃子在电话里将翠芬夫妻一顿开天辟地的臭骂，臊得翠芬夫妻俩连夜开车赶了回来。下车已是清晨，医院门口已经陆陆续续地摆起了早点摊子。桃子端着搪瓷缸，正准备给阿婆打稀饭。两人陡一见面那会儿，桃子暗算了下，翠芬夫妻俩该有三年多没回了。桃子也不知咋的了，心里的怒火像泼了汽油一样呼啦一下子就蹿了上来。桃子摔了搪瓷缸就戳着翠芬鼻子骂，你们这一对狗男女，光知道自个快活光寄钱有毛用！阿婆一个老太太吃素念佛能使你们多钱？还不都一分不少的给你们存着。阿婆这回要是就这么走了你们良心上能安你们能堵住天下人的嘴……桃子越骂越气，要不是几个陪床家属拉拽住了，差一点就薅了翠芬那一头金黄的波浪卷发。翠芬呢，刚拉开车门，高跟鞋还没挨着医院里的地，尖锐的哭声就溅出五六里远，搞得围过来的人还以为哪家闺女回来奔丧呢。杭州男人下车后，默默跟在翠芬屁股后面，低头使劲看地。

伤筋动骨一百天你不晓得吗？

早干吗去了！查房时，戴眼镜的年轻医生也没好脸色，冲翠芬夫妻俩直瞪眼。陆阿婆接上骨打了石膏后，翠芬夫妻俩端屎接尿，低眉顺眼地在医院伺候了一个星期，年轻医生的脸色才缓和点。医生说，问题不大了，阿婆可以接回家静养了。意外的是，娘俩却闹开了。翠芬这一回死活要接阿婆去杭州城享福。翠芬第一天来就和值班的护士诉苦，不是我不接老娘去杭州，你们不晓得我老娘死犟死犟的，非要窝在土窝里，我有么办法！翠芬踩着蹬蹬响的高跟鞋向来探视的桃子抱怨，店关门这多天得损失多钱？老公单位又催他上班了孩子的婚房正装修没人盯着——急死人急死人急死人！怎么办怎么办怎么办！！！陆阿婆却像局外人一样，面无表情地闭眼念经，任翠芬如何劝，就是不松口。逼急了，顶多回一句话，倦鸟归林，落叶归根。桃子来了，陆阿婆才抹泪偷偷对桃子说了不去的理由，端别人的碗受别人的管。我年轻时都没去杭州，现在老了就更不去了！我在家里还能四处跑跑转转，真要到了杭州城，我一个老婆子谁也不识，他们讲的话我又不懂，一个人整天闷在屋里，只怕活不到年哩！又僵了两天后，杭州女婿黑着脸，坐在医院门口的台阶上，一根接一根地抽烟。阿婆躺在病床上闭眼念佛，翠芳蹲在过道里抹泪。桃子给出了个主意，要不，翠芬你俩先回杭州吧。阿婆这边先托人看护，等阿婆痊愈了再说！折中的办法，娘俩都认可。可找谁看护呢？翠芬睃了一眼桃子，给桃子作揖，我的好大姐，你给我帮忙照顾几个月吧？我一定多付你工钱的。桃子叹口气，无奈地掰着手指说，翠芬我知道你难，可我比你更难！一不说我兼着琐事比苍蝇还多的妇女主任，二不说我像使唤丫头一样照顾刚满月的孙子还种着六七亩田地。单说我家那小妖精儿，你觉得她能不让我伺候她娘而去照顾阿婆?! 桃子媳妇的事儿翠芬这几天也耳闻过，心想能治住桃子，确实不是一般人物！可除了桃子还有谁呢？阿婆亲戚都隔得远，再说没个贴心人照顾，翠芬也不放心。两人蹲在医院走廊里，将庄里人从头到尾估了个遍。到最后，两人一对眼珠儿一拍手同时跳了起来：小孬货么！桃子格外感慨地说，阿婆对小孬货那么的好！

6

他姑，那哪行呢！兴旺上班去了。杏子在猪圈，正抓着棍儿搅猪食。

弟妹算我求你了。给姐帮帮忙吧。翠芬急得要给杏子磕头作揖。

他姑不是我不帮忙，别说阿婆了，就算村里其他老人有个头疼脑热的，能帮的忙我们肯定要帮。又搅了几下猪食后，杏子直起身接着说，可是他姑，话又说回来了，老话说伤筋动骨一百天哩，一百多天三四个月，端屎接尿喂吃喂喝，哪会儿能离了人伺候？说完，杏子拍拍手上米糠指着院子说，他姑你看看我这个穷家，我当家的每天上班，我又要带娃又要种地，还得挤抠出空儿来编竹笼贴补家用，我们真没得时间的。

旁边一直不言语的桃子忽然插话，他媳妇儿不白照看的，付工资，一月两千块，比你种地编竹笼要强得多吧？

杏子闻言肩膀耸了一下，又拍拍手上的糠，跺跺脚，回过头盯着桃子眼睛，不紧不慢地回说：桃婶，这不是钱不钱的事；阿婆年纪大了，万一有个闪失，谁受得了？

不怪你，我们不怪你！翠芬和杭州男人异口同声同时摇手。

真不行！杏子还是不愿，急走几步到院门口，抓起院角里锄头就要出门。

三千。翠芬一把拽住杏子胳膊，脸色通红，眼睛瞪得圆圆的。

真不是钱的事！杏子眼睛里突然打了下闪电，抬起的脚步又放下了。

翠芬急得要哭了，回头一个劲向桃子使眼色。桃子正要开口帮衬，乜见杭州男人突然扔下手中烟，用脚死命踩了踩烟蒂儿，回头冲杏子伸出五个手指，用生硬的普通话一字一顿地说，五千，行不行？给个痛快话，不行的话我们也不耽误你时间了；说完，又用力朝地上吐了口唾沫，这回仁至义尽，她不答应也得答应！

真是看在乡里乡亲的面儿上，要不然，我真不愿惹这摊事。杏子低下头，声音一下子软了。

当天下午，急吼吼的翠芬夫妻开车将阿婆接回村，杭州男人也没让车歇火，抬下阿婆后就钻进车里抽烟，翠芬交代杏子几句后，又回屋和阿婆叮嘱起来，车里的杭州男人一个劲摁喇叭，翠芬泪眼婆娑地跑出来，又泪眼婆娑地一头钻进轿车回杭州去了。陆阿婆当天就由着兴旺夫妻接手照顾。白天，杏子做完家务，就抱着儿女拖捆篾条来阿婆家生火做饭，帮阿婆洗刷。阿婆醒了，杏子就编着竹篮陪阿婆聊会闲天儿。待陆阿婆迷迷糊糊困睡了，杏子趁隙拖拽着一双哭啼的小儿女，风风火火地撵到自个地里忙抢一会儿。

没几天，流言蜚语像三月的柳絮一样在村里飘开了。婆娘们三五成堆的，都戳着兴旺一家的背影儿指指点点。说兴旺那小狗日的真敢开天口，要阿婆那么多票子！说杏子那小狐狸精真精明嗳，里里外外两不误！

陆阿婆腿骨虽打了石膏，动荡不得，人却一点也不糊涂。除了动不了必须要人伺候的事外，其余的，能自己来，就尽量自己来，能不叫唤人，就尽量不叫换人，阿婆这一辈子都是这么过来的。开始那几天瞄着杏子心焦着田地，陆阿婆就忍痛装睡。几天后，阿婆也懒得再装了，杏子一来，就索性叫杏子去地里忙去，自己反而帮她看护乱爬乱撞的两娃。晚上，兴旺下班回来了，杏子就拖着孩子撵回自个家，换兴旺来照看阿婆。

兴旺在阿婆床脚铺了捆竹帘，搭了个临时地铺，早上起来再把竹帘收起来。兴旺干了一天重活，身子一沾竹帘床就打起震天响的呼噜。陆阿婆年纪大了，觉本来就少，挠个痒，侧下身，打石膏的腿就钻心痛，又被兴旺呼噜声烦着，夜夜都睡不好觉。每个晚上，阿婆都是眯一会儿，醒一会儿，醒一会儿又眯一会儿，前程后事像炒锅里的蚕豆一样在脑壳里啦啦嘎嘎胡乱蹦跳。每回兴旺夜里来换班，阿婆瞅着兴旺胡须拉碴，又黑又瘦，阿婆心里就疼。陆阿婆一疼起兴旺就埋怨自个——小孬货白天要干重活，晚上还要照看自个这无用的废人，不瘦才怪哩！疼着疼着，阿婆就会祈求观音菩萨让自个快点好起来。阿婆暗暗对菩萨许愿，等自个好了，无论如何得给小孬货多做几回糖烧肉，好好补补身子。有时腿疼得实在受不了了，阿婆又暗暗祈求观世音菩萨显灵，干脆让自己睡过去算了。真要睡过去了，好歹在自个住了一辈子的窝里，好歹身边有个送终的人了。

大象的眼泪

唐俏梅

1

Hopeless Lingerie！

"无望"？"性感"？

庄严脑子里反复闪烁着这几个刚从文珊那收获的新词语。

文珊是她的大学同学兼闺蜜，刚从澳洲回来，这两套包装得如同玫瑰花蕾般的 Hopeless Lingerie 精致机棉内衣就是她送庄严的礼物。

庄严，何为无望？

文珊，风情万种。

庄严顿了顿，怎么个玩法？

文珊，不玩小清新，也不玩岁月静好！

庄严，那性感呢？

文珊，只爱颓废。黑暗的浪漫感。亲爱的，这正是你的无望！

庄严立马偃旗息鼓了。

文珊总是能够于谈笑间就让她的"樯橹"灰飞烟灭。她明白文珊的意思。文珊说过，你真要这么孤独下去？没有了盛可以，你就没有了自己的人生？她忍不住想哈哈大笑，文珊，其实你也还是有很多不懂我的地方。

拆开包装，一套黑色，一套红色。黑色的是半罩杯，确实性感。红色的杯罩是集中型的，能凸显乳沟的丰美。什么只爱颓废，黑暗的浪漫感，文珊这是打定主意要把她往霹雳娇娃的路上引啊，庄严无可奈何地摇摇头。

对内衣其实她也是讲究的，好的内衣一拿到手上就能想象出它穿到身上的效果，这一点她还是很有自信的，不是自信这来自澳洲的内衣品牌，而是自信她那傲人的上围。但它们搭配的内裤却还是让她犹豫了，其实就是丁字裤嘛。她用两根手指捻起内衣玩味了会，嘴角不由展露一丝丝冷笑，她想起了她的前夫，准确地说是她的亡夫盛可以曾经说过的话。有次他睡前翻阅一本时尚周刊，指着上面模特穿着的这种丁字裤，说庄严你知道吗，以前的内裤和现在的内裤有什么区别？庄严不解，他似乎根本也没想让她回答，说完一个人独自呵呵了半天。庄严只好也跟着呵呵，她清楚地记得当时自己的内心是有多么的失望，这就是十年夫妻日益寡淡的情趣。这么有前戏的对话，却没能让盛可以燃起一把激情的欲火，甚至都没有朝庄严伸出一根肥胖的调情的手指。

平淡夫妻就非得百事衰？庄严转过身的瞬间，两眼甚至都蓄上了委屈的泪水。

白痴般的盛可以，他越是没心没肺的样子，对庄严来说就越生无望与孤独。他伤害的不仅是她作为一个妻子的角色，更重要的是，他伤害了庄严作为一个女人，尤其一个漂亮女人的底色。

说白了，他让她，感觉到了一种糟糕。

当年盛可以追求她的时候，大街小巷正流行庞龙那首《你是我的玫瑰花》，他可以每天来单位守候她下班，可以每天都对她哼唱那几句"你是我的玫瑰你是我的花，你是我的爱人是我的牵挂……"那时她和初恋男友分手还不到半年，心里又苦又涩，正是荒草蔓延的时候，身为高干子弟的盛可以首先俘虏了她的父母，继而又整天单曲循环般唱得她六神无主，糊里糊涂地就做了他的玫瑰他的花。她那时怎会想到，再美的花也会有干枯的一天，枯了的花就是败叶的待遇，尽管她依然还拥有着鲜活的容颜，尽管盛可以也并没有拿她当败叶对待，但她觉得，在他眼里，自己活得就算是花，也更像是一朵干花了。表面光鲜，内里干涩，这种哑巴吃黄连般的婚姻生活，庄严终是没有勇气去打破，她掩饰得很好，就连文珊也是没有瞧出什么异样的。

公平地讲，还真不能说盛可以对她不好，他是对她太好了，好得都没有章法，好得庄严就差要往梯子上爬了。这话是盛可以的姐姐，大姑子盛可爱经常当着庄严面念叨的。

庄严一直没弄明白，盛可爱说的梯子，到底在盛可以那里是体现在什么地方，她爬不爬是一回事，但大姑子盛可爱在她眼里一点都不可爱倒是事实。盛可爱比盛可以要大上近十岁，所以常常没事就喜欢彰显自己长姐如母的地位，到家里来巡视一遭，再附上一番声情并茂的评论。说，庄严你也就是嫁进了我们家，也就我们家能迁就你出得了厅堂却入不了厨房，明摆着嘛，准是整天都在外面胡乱吃饭，随随便便就把我弟弟给打发了。不然你看看盛可以的肚子嘛，那可是越来越壮观的趋势，这是好事呀？这典型的垃圾食品惹的祸哇。

庄严就去看歪倒在沙发上看电视的盛可以，还真的有点不忍直视了，曾经那么风流倜傥的人，怎么就悄没声息的胖成这样了呢。都说女人过了三十岁，身上所有的好东西开始往下掉，但她还没掉呢，他倒掉得如日中天的了。惊心归惊心，她还是很憋屈，为什么盛可爱不能认为是她太能干？是她的巧妇之手生生把盛可以"炊"出了这么过剩的营养？就厨房那点事，庄严说我还真不是吹的，盛可以是太喜欢赖在家里吃我做的饭了，不信你问问他，敢情他连满大街饭馆的门朝哪开都是不知道的。

盛可爱满目狐疑，拿眼上下打量着旗袍加身曲线玲珑的庄严，说你真要是侍候得好，为什么盛可以能胖得这么可以，而你却纤细苗条得像个姑娘般？

庄严禁不住哑然失笑，盛可爱啊盛可爱，你这究竟是夸我呢，还是损我呢。

盛可以原是在一个研究所上班，只听说那里有着高深大院，出入的都是资深学者，至于具体研究什么庄严到现在也搞不清楚，她这才意识到，她其实对这个相伴十年终又离她而去的男人所知甚少。她嫁他，当初除了六神无主，再就是看上了这个男人的俊朗，无疑，十年前的盛可以的外在标签是完全可以承受高富帅这三个字的，众人口中金童玉女的组合，也确实满足了庄严一个年轻女人所有的虚荣心。她就如文珊口中所说，钓着金龟婿了，偷着乐吧。但文珊也曾打趣过，可别一入侯门深似海呀。

文珊这话算是未卜先知还是一语成谶？

有很多次，话都到嘴边了，庄严还是用她的优雅的兰花指，抹去了内心的冲动，她其实真的想告诉文珊，她这十年婚姻真的就是一半海水一半火焰过来的。盛可以是有能力保证了她的丰衣足食，但却没有努力去保持他们曾经的如胶似漆，他们的婚姻，明里好比住着锦绣华庭，暗里早就是着锦衣夜行了。他们的情感和身体，在这十年中，不知不觉都相互朝着越来越陌生的方向移动。

盛可以不抽烟，不酗酒，甚至也不风流，但他整个人却是冷的，远的，虚的。她不想承认什么婚姻就是爱情的坟墓，这话沾满了世人的唾沫，让她觉得恶心。她更贴切的感觉是，婚姻就是把披着岁月外衣的杀猪刀，轻易就取走了男女间那种相看两不厌的精血，只剩下两副冰冷的骨骼，举着相濡以沫的幌子行走在人世间。这种感觉似乎又过于悲观了，这一般是庄严觉得非常绝望的时候的想法。更多的时候，庄严觉得她和盛可以两人的生活，又很像是在练太极，看似你来我往，实际却泾渭分明。她想过，也主动过，可是盛可以不给她开门啊，他那里似乎根本就没有门，他用他的散漫的眼神，和淡漠的交流，让她爱恨无途。在别人眼里，他们俩只会是相敬如宾，只有她自己清楚，那真的就是相顾无言啊。哪怕就是在床上，他们也只是例行公事，草草了事，接着相安无事。

这种寂寞锁清秋的日子，庄严的骄傲是不允许她对外界流露出一丝丝的软弱，只能任由孤独，一天一天地累积，如同火焰，越来越强烈地炙烤着她的内心。但是在盛家的屋檐下，除了丈夫盛可以，那么无法言说，除了大姑子盛可爱，那么不大可爱，公公婆婆对庄严还是非常好的，可以说体贴入微，尤其她的婆婆，宠她胜似亲生女儿，庄严都怀疑过盛可爱那么喜欢没事找她的碴，会不会是因为嫉妒她呢。婆婆还一直跟儿子念叨，这一辈子，都不能对媳妇动口，动手，动粗，要想着别人家千娇百媚养大的女儿，你给娶回来了，你要是不疼，人家父母的心可就痛了。庄严听了眼里就会蒙上一种雾气，懂得这是一种福气，如大海深沉，要珍惜，自个儿心里就是有苦，也只能苦不堪言了。心想您儿子孝敬，是做到了，他确实是既不动口，也不动手，更不动粗，但他也不动心了，您知道吗？

只是有几次，庄严和婆婆亲亲热热挨在一起看着电视的时候，她会发现一旁盛可爱看她的眼神很是复杂，有点意味深长，有点遮遮掩掩，似乎还有点幸灾乐祸，难道她是看出来了，她庄严和她弟弟盛可以的生活，正在走向貌合神离？

看出来有什么了不起，你要是能说出来才好呢。庄严尽管鼻子里在冷哼，但浑身却不由自主有些发凉，盛可爱这种近乎窥视的行为让她觉得非常的不自在，觉得盛可爱就像一只猫，一只潜伏在暗处的猫。她不喜欢猫，总觉得猫是阴险的，浑身带着夜气，一旦你看见它，就发现它早经在打量你，吓你一跳。

她恐惧这种感觉。

2

火焰也罢，海水也罢，庄严撑着，是心有所戚。

说到底，庄严心里也是有愧的，结婚十年，她和盛可以却一直没有孩子。不是她不能生，他们是有个儿子的，但出生不到一个月却莫名其妙地夭折了，又怀了一次，偏又查出胎儿畸形，后来就再也怀不上了。在这件事情上，盛家人的态度竟然惊人的保持一致，体谅她，谁也不提跟孩子有关的半个字，似乎有没有孩子，对他们这个家庭来说不成问题。这种看似善解人意却又出乎常理的关爱，对庄严来说，却衍生出另外一种深重的孤独，这辈子不能拥有自己的孩子，好比茫茫人海唯她茕茕孑立，那种前不着村后不着店的蛮荒，让她深深体会到的反而是世界的薄凉，而非人性的深情。

却不知道这一切原来也是有秘密的。这种秘密说破了就是真相，如果不说，它就永远只是秘密。盛家人显然选择了后者。

但只要是秘密，总有一天还是要暴露的，事情得从大姑子盛可爱的家事说起。

别看盛可爱和盛可以是姐弟，但基因在他们间似乎出了差错，盛可以长得那么一表人才，可他的轮廓一搬到盛可爱虎背熊腰的身上，却很是差强人意，有种误入歧途的感觉。盛可爱应该就是那种天生的男人婆相了，她的名字倒成了对她的讽刺，也不知道当初公公婆婆是怎么想的。庄严第一次见到盛可爱夫妇的时候，就直观地领会了果然是有婚姻颠倒配的说法。相比盛可爱的剽悍，她的丈夫大明清瘦矮小，面色白皙，一股书生样，每一次在盛家出现，都安静得像是盛可爱的小跟班，不呼不应，倒也并不给人唯唯诺诺的猥琐样，这点庄严是从他偶尔露出的笑容中感觉出来的。他的笑容和他的人一样，青涩，干净，有淡淡的忧郁感，一个中年男人有着这样的笑容，庄严无端觉得他是委屈的。他们有一个女儿，叫慧儿，庄严嫁进盛家时这个当时已六岁的小姑娘还给她当过花童呢。慧儿越长越像爸爸，娇小秀丽，庄严都替她松了口气，总算没有延续她妈的路子。盛可爱的自以为是在庄严那里不讨喜，但看她对女儿和丈夫倒还亲和，虽仍然一副当家作主的样子却并不跋扈，遇事总要清着嗓门追问丈夫和女儿一句，说你爷俩别光顾闲着，这么办可行啊？大多时候那爷俩充其量就是个摆设，丈夫并不搭腔，女儿也不响应，任由她一个人长袖善舞好了，她也不恼，还总是乐此不疲地问，倒显得有些低眉的意思了。庄严一旁看着很是稀奇。要是正好被盛可以撞见，他会显得很烦他姐的样子，就会说，德性，就装吧，都装吧。

庄严一头雾水，他难道不希望他姐姐一家和和美美的吗？婆婆听见了会赶紧过来替他收口，说，不是一家人不进一家门，你就少掺和吧。有时盛可爱自己也会朝她弟弟翻白眼，说你有本事管好你自家。庄严觉得她这一扫帚似乎将自己也扫进去了。

　　不幸的是慧儿上高一那年出了一场车祸，也正是这场车祸庄严才算看出点了端倪。慧儿双腿骨折，受伤很重，输了很多的血，医院血库备血不足，需要从家人中间抽取，但慧儿的血型竟然和父母完全不匹配。就是说，这孩子并不是他们的亲生女儿？庄严以为自己发现了天大的秘密，兀自心跳了半天。可是盛家人，包括和蔼可亲的婆婆脸上却风平浪静，似乎这事不足为奇。

　　那天晚上从医院回去后，盛可以倒是很罕见地对她亲热了些，竟然拉她坐到他身边，握着她的手，还无言地摸了摸她的头发，说了句莫名其妙的话，说，庄严，我们得原谅这世上的一些事情。

　　庄严以为他这是要替她姐姐遮羞了，心想就盛可爱那副管家婆的样子，怎么看也不像是能红杏出墙的人啊。后来无意中一次听到公公和婆婆的对话，她才恍然大悟。当时房门没有关紧，庄严洗了水果想送过去的，就听公公在轻叹，说，到底不是亲生的，我看慧儿那孩子和可爱也不是太亲呢，领养的时候都三四岁了，已开始有记忆。唉，只能怪我们的家族有这种要命的遗传病。婆婆的声音像是哭泣过后，有着明显的鼻音，说，我真悔呢，要是早知道你们盛家有这种隔代遗传的病，就不该生下可爱和可以。苦了这两孩子，也苦了大明和庄严，这辈子他们都难有自己的亲生儿女了。做的什么孽哦！公公说，都是命吧，命里无时莫强求。大明是个感恩的人，他愿意娶可爱，愿意去领养孩子，都是因为他自小父母双亡，感念我们接济他长大成人，还送他读书成才⋯⋯

　　庄严不清楚自己是怎么离开的。当她苍白着一张脸回到家时，盛可以也只是奇怪地看了她一眼，并没有问询或者关心，他那隆起的肥胖的腹部突然就刺激了庄严的神经，她顺手捞起沙发上的一个靠垫，狠狠地砸向了盛可以那同样肥胖却还英俊的脸。盛可以讶异于她的疯狂，但他仅是呆了呆，就颓然地跌坐到沙发上。他们相互绝望地瞪着，许久，她听到了自己的喉咙里终于爆发出一连串呼噜呼噜的声音，像是小时候动物园里听到的大象受惊时的嗷叫，很奇怪，她明白，那并非哭泣。

　　她已经哭不出来了，她觉得自己正浑身滴水地站到了火焰中心，而周遭寂阒，生命在此刻唯剩无望。

　　至那以后，她有了一个习惯，喜欢在无人的时刻，一遍又一遍地抚摸着自己隐在旗袍下面平坦的腹部，那里本应该有着一个母亲最温暖最柔软的时光。痛定思痛，她似乎有些懂得盛可以的颓废了。没错，他肯定是选择了接受和保守家族的秘密。她似乎也有些懂得盛可爱的窥视了。因为盛家的这点秘密，她是不相信她的，她不相信庄严的美丽能为她弟弟停留多久。

只是大家都没有想到，盛可以那么年轻的身体，尽管肥胖了点，却是说病就病，说走就走了。如果不是盛可以的突然离世，庄严不会想到自己的人生还可以经历另外一番境地，她还可以逃离盛家的秘密。

对于盛可以的离世，她的悲哀是真实的。她在昏天黑地的背后，却又深深地呼出了一口浊气，这一口气似乎让她有重新活过来般的轻松，她觉得自己有些恶毒了。那一刻，她甚至厌恶自己的轻松感，它的存在，似乎让她活成了一个不祥的女人，一个不惜福、不善良的女人。

谁还会与她一样这么想呢，也就盛可爱会吧。

盛可以的葬礼上，在悲怆的哀乐声中，庄严迷迷糊糊地好像听到了盛可爱在对她说话，她说，记住这花的颜色吧，记住！庄严低头，看到了自己胸前那一朵刺目的白。她一阵眩晕，四周黑色的人群散发出来的气浪，把她一步更近一步地逼向盛可以躺在鲜花丛中的遗体。他的面容英俊平和，理容师几乎没怎么对他进行妆点，只是苍白得有些过分。她想伸手抚摸下他，在抬手的瞬间，却感受到他的身体寒气逼人。

她退缩了，他依旧，在用他的冰冷拒绝了她。

3

盛可以虽然走了，但给庄严留下了一大笔存款，遗嘱上表明由她全额继承。婚后庄严就辞职回家做了全职太太，从未经历过柴米油盐的忧心，对金钱她是缺乏经验，也缺乏概念，钱多钱少都一个样。但婆婆一句话点醒了她，她说，庄严啊，可以没能陪你活到老，是他对不住你，但他给你留了活到老的保障。今后，你要好好的啊。

她为这番话又痛哭了一场，痛哭过后庄严还是不能原谅盛可以，不能原谅他竟然用了这种骤然别离的方式，来永远地拒绝她的眼泪与痛苦。她悲哀地发现，这场婚姻中，盛可以的高明之处，是他用一场死亡来向庄严诠释了它的终极意义，他没有让她成为弃妇，但他让她成了寡妇。

寡妇的生活，除了更加的孤独，她还能做些什么？

文珊说，庄严你出来吧，出来呼吸下新鲜的空气。

庄严却提不起劲头，说，我出去我能做什么呢。

当时电视开着，遥控器在她手里被无意识地摁来摁去，在调到一个公共频道时，她突然被吸引了，电视里正在播放美国国家地理的记录片，讲述是的其中的一集《象族》快结尾的部分，当大象的身影从摄影机前慢慢远去，她听到解说员在说，"大象的生活充满了庄严的孤独，温柔的举止和无尽的时光。"

庄严的孤独，温柔的举止，无尽的时光，这些带着她精神和身体元素的词语，瞬间直击她的灵魂，她似乎听到了一种来自远古的幽微的呼唤，顿时有了醍醐灌顶般的透彻与明朗。她突然想起了什么，激动地扔下遥控器，去了书房，上上下下一通翻找，终于在一个角落里找到那本《大象的眼泪》，这还是她大学时代买的书，那个风花雪月的年纪，她只是简单地把它看成是一则与大象有关的爱情故事。因为从小喜欢大象，与大象有关的东西，她都舍不得丢弃，比如文珊送她的生日礼物小飞象玩偶，比如初恋情人送的象牙发簪，还比如这本书，她都随着嫁妆一起带过来了。玩偶记得是慧儿来玩，见小姑娘喜欢就送了她，发簪因为不小心摔断而隐身抽屉，只有这本书，因为经历了遗忘倒还保存得完好，如今重读，她对书中的大象萝西以及主人公雅各布、玛莲娜之间的爱有了更切肤的认识。雅各布，玛莲娜，萝西，两人一象在书中舞动、飞跃、空翻、转体，因为爱与共鸣，他们共同创造了一个个光辉耀眼的瞬间，相互依赖，相互信任，最终一起寻找一条既浪漫又骇人的出路。为了成全雅各布与玛莲娜的爱，大象萝西杀死了狠毒的驯兽师，他是玛莲娜的丈夫，而玛莲娜并不知晓这其中的秘密，是雅各布隐瞒了一切，他像忠于爱情一样忠于对萝西的守护。

"背叛一个秘密不比背叛爱人更糟糕。"

"假如生存迫使我们不得不藏起秘密，那最好是因为爱，而不是恨。"

庄严轻轻地合上了书。她凝视着摆在书房桌上的盛可以遗像，眼睛再一次湿润。

谁的眼泪在飞？是大象的眼泪，也是庄严的眼泪。

第二天，她带着盛可以留给她的部分存款，给文珊发了一条信息，我要出来了！

文珊开心地欢呼着，说，亲爱的，我要代表满世界的阳光来迎接你。

庄严很感动，即便她失去一切，也相信文珊的友情定会不离不弃。

在离家不远的一条幽深的巷子里，有一间正在转让的小冷饮店，很拙朴的房子，檐角下悬着自制的风铃，风铃上一个个造型各异的小玻璃瓶，里面不知道塞了些什么，风过的间隙，有隐隐的干草香味飘出来。庄严的心一动，贪婪地深呼吸了几口，这地方让她感觉很舒服，她决定租下它。

文珊从庄严迷蒙的神色中已经猜出结果，于是冲她抛了个媚眼，说，不用再千里寻它了吧。

庄严娇羞地笑了下，她此刻的心情如同待嫁的少女。她对文珊说，如果我将它改装成一间咖啡馆，你会有什么好的建议？

文珊上下打量着她身着旗袍的样子，说，中西合璧也未尝不可，咱们走它个复古风吧，现在比较流行这风格。

庄严兴奋起来，她围着房间开始走动，说，我喜欢赭红色的墙砖，这边再来幅热带雨林的壁画怎么样？这些想法来自她小时候去动物园看过的亚洲象的记忆。房子可能闲置一段时间了，随着庄严的走动，从窗棂射进来的光，照亮着飘浮的灰尘，庄严置身其中如同默片中的人物，既虚幻又真实，文珊盯着她的背影，不由泪凝于睫。

庄严给咖啡馆起的名字就叫"象族"，她想让在这个城市里深陷各种各样孤独的人，能有一个自由的地方，安放他们温柔的举止和无尽的时光。这名字一开始文珊不能理解，但她知道庄严自幼喜欢大象，喜欢就好，庄严决定出来不就是想要做点自己喜欢的事嘛。

要开咖啡馆的事庄严事先没有告诉盛家任何一个人，不告诉公婆，是不想他们担心。不告诉大姑子盛可爱，是不想她多心了。但咖啡馆正式开业的前一天，庄严还是去了公婆那里，她不能忽略他们对她海一样深沉的亲情。无巧不巧，盛可爱一家也都在。公婆听了咖啡馆的事，脸上果然都是担心的表情，婆婆拉着她的手说，干吗要让自己这么操心哦，可以不是都替你打算好了吗？许是想起了儿子，婆婆的泪流了下来。庄严也塞了鼻子，但她不想解释什么。盛可爱的丈夫大明只是谨慎地看了她一眼，没有说话。自从慧儿车祸致左腿残疾以后，这个寡言的男人更加沉默了，连那种委屈的笑容也不再展现。庄严心里一痛，她想起了盛可以在世时的状态，唉，盛家是又要出现一个木乃伊似的男人吗？家庭的变故让盛可爱也变得苍老多了，性格倒更加尖刻。她一开口庄严就闻到了火药的气味，当然还有那种猫的气息。

她直视着庄严，说，我们盛家的厅堂够大了吧，你还要出去抛头露面为的哪般？

庄严垂着眼睑不想与她对视，内心一方面承认有点怕她，一方面觉得这种对峙也真的没有意义。她只能冷飕飕地笑，心想，你直接问我为的哪个不更好，这样遮着掩着不就是要欺负人吗？她转身向大门走去，边走边装作很轻松地说，明天欢迎大家光临啊。

带上防盗门的那一瞬间，她听到盛可爱气鼓鼓的声音还在继续，说妈你看看，这都你惯的，我弟弟在时，宠得她是想爬梯子就爬梯子，如今他不在了，她哪有点收敛的意思了？我看她是忘记自己的身份了。

婆婆好像在呵斥她，说你不说话没人当你是哑巴。

庄严迸出了一连串眼泪，她几乎是小跑着离开的。

"象族"咖啡馆除了一些耳熟能详的咖啡品种，如 Caramel Macchiato（焦糖玛琪朵），CafeMocha（摩卡咖啡），Cappuccino（卡布奇诺）等，庄严还亲自设计了一道非常独特的品种，叫 Elephant Tears（大象的眼泪），文珊谓之"全球，唯一，限量版"，是借助咖啡拉花的工艺，在牛奶和咖啡彼此缠绵的基础上，拉出一颗硕大的泪珠造型，蓝色的泪珠，很有悲情的浪漫主义色彩。这道咖啡实际是上庄严完全为了满足她自己内心某种隐秘的情结，她必须得做好它，为此还曾专程去了北京拜师学艺。

文珊不太明白她干吗这样煞费苦心。她站在自己的思维里，认为庄严这还是难以逾越内心的表现，私下总是会说，庄严，你真要这么孤独下去？没有了盛可以，你就没有了自己的人生？

庄严总是微笑不语，她想文珊有一天会明白的。

有了"象族"，庄严终于可以不用天天守在那套盛可以留给她的豪华公寓里，她也不是要逃避，那里毕竟是她的家，还有如雪在那等着她的呵护与宠爱。她就想有个自由呼吸的地方，一个小天地一个小角落都行。用文珊的话说，家里与店里，好比是暮鼓晨钟与夜火阑珊的区别。

庄严本以为自此人生新的境地会在"象族"全面展开，但人生怎么可能那么如意呢。开门做生意，来者都是客，庄严再怎么不乐意，也不能拒绝盛可爱那彪悍的身体。她经常性的不请自到，说是来帮忙，更像是来巡视，并保持她一贯的批评风格，首当其冲的是咖啡馆的名字，说叫什么不比叫"象族"好听？搞得就像个动物园。当然庄严最引以为傲的那道"大象的眼泪"是被批得最彻底的，她倒不当着庄严面说，她直接奔顾客去了，那大嗓门，渲染力极强，说，方圆百里没谁有我们家咖啡正宗地道了，既优惠又实惠，小本经营嘛，也就图点快乐，图个人缘，你好我好大家好嘛。

庄严被惊得目瞪口呆，这架势真是超越了她对盛可爱的一贯印象，无尖刻不可爱啊，难不成盛可爱性情大变了？她禁不住有点小感动，心想到底是一家人嘛。可是还没等她眼睛湿润，盛可爱那边却已是话风突变了。她接着对顾客说，做生意最是要讲诚信，我友情提醒啊，那道"大象的眼泪"就是个噱头，没啥滋味的，没点头，我们家已准备撤掉了。她这一会儿晴一会儿雨的，庄严觉得心脏真受不了，想你原来就是黄鼠狼的嘴脸啊，一股浊气上涌，气得差点吐血。

还好有顾客替她圆场，先是一对年轻的小情侣，说，可千万别啊，我们就是冲着这道 Elephant Tears 来的，这也是你们"象族"最与众不同的地方，我们喜欢呢！我们也喜欢萝西，是它成全了一段爱情。

旁边另一位中年男人也开口了，又像是在自言自语，说，"萝西是那样一个爱笑的生灵，它的眼睛会说话，可是，在奥古斯特的暴行下，日日哀鸣"。他的声音很温和，在咖啡馆轻缓的音乐声中，很有种伤感的柔情。听他说的这些话，庄严明白他肯定也看过那本《大象的眼泪了》，而且很透熟。这是一位懂得 Elephant Tears 的人，她注意到他应该还是第一次来，因为凡是来过的客人她几乎都有点印象，尤其是点过 Elephant Tears 的。她对他没有印象，就忍不住隔着吧台多看了他两眼，他像是有所感应似的，冲着她微微一笑。庄严有些不好意思，脸红了下。盛可爱被他们这么一说，傻了，她根本听不懂啊，不关英文听不懂，萝西又是什么东西？正有点尴尬，眼里却恰好瞄见了那个男人在对庄严微笑，再看看庄严，脸色也有点不自然，她鼻孔朝天地哼了声，心想果然有情况。出乎意料地走过去把那个男人面前的咖啡给撤了，声音明显有点硬，说，对不起，你这样的客人我们不欢迎。她这种非常不礼貌的行为不但把中年男人给惊呆了，也把庄严的怒火给点燃了。

她竭力优雅地走过去，低声请求那个中年男人多原谅，千万不要介意，一边暗暗使劲拉着盛可爱往后厨走。虽然内心充斥着怒火，但她那身素色旗袍裹着的腰肢走起来还是那么曼妙，男人忘了生气，看着看着就有些呆了。庄严像是知道他在看着，她努力地挺拔着身姿，因为用力拉着盛可爱的手，她那白皙的胳膊都有点发红，手腕也有点发酸，她从来还不知道自己竟然能有这么大的力气。到了后厨，她沉着声说，既然你口口声声"我们家"，那你眼里我究竟在哪？"象族"是我的！它是我的孩子！我谢谢你的关心，今后没事你别再来了。

第一次面对庄严义正词严的责问与拒绝，盛可爱很不习惯，向来她的挑衅庄严一贯是温顺的，她不由恼羞成怒，说，你别忘记了，没有盛可以的钱，你能有哪门子的"象族"？还孩子？你天天在这欢歌笑语的，你还记得盛可以吗？还记得他就剩张照片孤单地摆在你们家里吗？

她的话像一根根锋利的小剑，射得庄严浑身是血，她一直想摆脱掉的那种被禁锢住的孤独感，让她觉得眼前发黑，一阵天旋地转，她赶紧扶住了身边的墙壁。模模糊糊的视野里，她看见盛可爱摇摆着她那庞大的躯体越走越远了，她那宽厚的背部，像是不堪重负般，竟然有些了佝偻。

庄严悲伤地想，难道让亲者痛你真的就快乐吗？

4

一粒一粒解开盘扣，烟灰色的丝绵旗袍无声地滑落，像黎明前那最后一抹夜色的消失，露出了洁白柔美的身体，如同一束光，刹那照亮了室内的安静与寂寞。

Hopeless Lingerie！"无望"好啊。"性感"好啊。

庄严立在梳妆台的穿衣镜前，她决定还是要感受下文珊送的内衣。在穿上丁字裤的时刻，禁不住热泪盈眶。她久久凝神着自己在内衣的衬托下更加凹凸有致的身体，感觉每一寸肌肤每一条血管似乎都渐渐在苏醒，在挣扎，在呼喊。这是自盛可以离世一年多后，她第一次这么有意识地看着自己的身体，她有些怜惜它们了，长期被冷落的孤寂，在这时候分明有着揭竿而起的冲动，她甚至渴望，渴望着一场冲锋与陷阵。

门外有扒门的声音。一下接一下，声音很温柔，但执着，是如雪在提醒她呢。如雪就这脾气，应该是到午饭的时候了，对于吃饭这小家伙可是坚决不含糊，不见食物誓不罢休，平日里庄严就是再忙也疏忽不了这事。今天她就是不想去开门，就想耗耗如雪的耐心。她得承认，如雪心里还是很想念文珊的，这让她有些吃醋了。

说到这里还是交代下吧，如雪是条狗哦。小母狗，贵宾犬，毛长，被修成泰迪毛型，再加上通身雪白，走起路来摇摇摆摆地很是婀娜多姿，有种顾盼生辉的韵味。文珊去澳洲前托付她代养，后来因为怀孕的缘故，如雪就由她正式接手了。

再想想昨晚如雪对待司马的态度，它似乎不太喜欢司马。

昨晚司马来访，外面当时正下着瓢泼大雨，进门的时候浑身差点湿透，庄严很是过意不去，只因为她那一句没太正经说的话，司马竟是当真了。

我那是病中说的话啊。庄严必须得为自己找个托词，心里才能安稳些。这几天庄严像是中了流感的症状，头痛发热，鼻塞流涕的。司马的突然出现确实令她惊慌失措，再加上病痛，思维一时很是混乱，她当时真实的想法是想着快点摆脱他。昨晚本是文珊约着吃饭，她这次去澳洲待了三个月，给庄严的礼物是先她一步直接快递回来的，她们俩还没见上面呢。

昨天因为感冒症状加重的缘故，庄严白天在家躺了一天，她不想去医院，不喜欢那里浓烈的消毒水味，盛可以最后的时光就在医院度过的，先是在消化内科，确诊后又转去肿瘤病区。在这里，每天看到的死亡真是太多太平常了，生命的脆弱让她对医院有了深深的畏惧，避之唯恐不及吧。到了傍晚的时候，身体仍然没有好转的迹象，她原本打算去"象族"看看的，咖啡馆以前都是她一个人亲自打理，文珊空了就来帮忙，时间长了，不知道是因为咖啡馆走的回归自然的氛围，还是她这个老板清雅独特的美丽，反正生意是越来越火爆，半月前招了一个乡下进城打工的女孩，女孩有些粗俗的形象原本并不符合庄严的理想，但她的乡下口音庄严听着似曾相识，这让她于时间的长河中，影影绰绰照出了初恋情人司马的脸庞。女孩倒还勤快，但真的少了份灵秀，工作起来总是有些拖泥带水，偶尔会有客人向她抱怨，庄严就微笑着上前替他们续上一杯，依然是一身素色的旗袍，光洁通透的肌肤，让人想起玉质的茶壶，她衣袖尽处的手臂，伸出来像茶壶里倒出来的清水，看得客人呆了，静了，也就笑了。说起来咖啡馆是个讲究情调的地方，但这情调究竟是什么东西呢，与盛可以的婚姻中，缺少情调大概也正是他们的硬伤吧。庄严不知道怎么跟这个乡下来的女孩表达清楚，那些只可意会不可言传的情意与情味，或者说情趣与格调。就像刚开始的时候她问女孩，你知道这一杯咖啡意味着什么吗？女孩不是不聪明，她用她的狡黠的语气说，意味着我要让客人喝完了这一杯，还想着它的下一杯。她看着女孩，没出声。女孩先还笑着，接着就有些紧张了，低下头用家乡话轻轻咕噜了句什么，庄严猜该是责怪她自个儿的意思吧。她拍了拍女孩的手，说，放松！慢慢学着吧。

庄严也不知道女孩可听明白了她的意思，女孩还那么年轻，年轻就像子弹，可以穿透这个城市所有的夜色；她也相信她的"象族"，会让一切都有可能的。

"象族"她去不了，文珊约她吃饭她也不得不放弃。她在微信上给文珊留了言，还拍了自己苍白憔悴的面容。

准备好如雪的晚餐，自己却什么也不想吃，看着外面的万家灯火，再听听雨声喧哗，感觉身体在一阵阵发冷，内心的孤独感似乎又在蠢蠢欲动，大有卷土重来之势。盛可爱中间来过一次电话，虽然她总是让庄严不得安宁，但有时也会表现出点温情，得知庄严不舒服就问要不要她上门来服务下。庄严慌忙拒绝了，心想不来骚扰才是对我最好的安慰。放下电话她发了会儿呆，去书房把盛可以的遗像拿了起来，端详了会，两行泪水悄然而出，也分不清，这是因为思念还是因为孤独。心里竟然慌慌的，她是有多久没有想起他的模样了。

庄严默默流泪的时候，如雪很乖巧地一直在身边陪着她，它那双看着同样湿漉漉的眼睛里，有着天真无邪的温情。庄严不由紧紧地抱住它，风声雨声里，此刻她们就是彼此唯一的亲人。

这时文珊的电话追过来了，文珊说，亲爱的你还是给点面子吧，我娘俩可都还饿着肚子呢。庄严了解文珊，她才不会饿着肚子，如雪这小吃货的德性，就是被文珊这前吃货主人调教出来的。

庄严说，我这带病之身可不是开玩笑的，要是没把牢关，不小心传染了咱儿子怎么办？万事以咱儿子为上，明白吗？

文珊说你这干妈可不要做得太好哦，我这做娘的都还不知道怀的是男是女呢，你就咱儿子长咱儿子短的了。

庄严说我有预感，这来的定是我前世的小情人。

文珊就在电话里得意地笑，说你这小情人还要等段时间才能见面，今晚你要是能来，我保证你有老情人可以立马相见。

庄严一愣，诧异得很，难道司马来了？她知道文珊说的老情人除了他别无人选。

他们仨大学时是一个班的同学，大学毕业后她选择留在省城，而他回了乡下老家，四年的校园恋情最终就这样也无风雨也无晴地无疾而终了，此后他们再无相见。这几年有关他的消息很少，只听说他在当地政府部门官居要职，他何时来的省城？文珊可是刚刚才回国的啊。

就在她还迷糊当中，文珊的电话中已传出了一个深沉的男声，好久不见。

她呆了呆，十年过去了，司马的声音已然有了一种陌生的成熟与稳重，这简单的四个字问候让她禁不住有些失落，起码她没有听出一种当属他们两人的情感起落的音调，难道当初的美好真的已成过眼烟云？其实庄严也并没有希冀多年以后再次出现的司马，能重新带来温柔与深情，她只是有些凄凉。她打量了下栖身的这所一百多平方米的豪华公寓，此刻所带给她的除了四野而至的暮色，和远空滚滚而来的暴雨，就只剩下一种深深的空寂，这种空寂不仅放大了她的病痛，也放大了她的形单影只。一道闪电过后，如雪悄悄地偎到了她身边，伸出温暖的舌头舔了舔她光裸的脚踝。她忍不住俯下身，把如雪重新抱入怀中，嘀咕了句，我们俩做伴呢。

什么？你在和谁说话呀？小木桩！

又是一道闪电从眼前遁过，庄严趁机闭紧了双眼，只为司马唤的这一声"小木桩"。

也难为司马还记着她的这个绰号。当初这个绰号还是文珊起的，当年她刚一亮相大一教室，时任班长的司马的目光就没有离开过她，久了同学们都看出司马喜欢上了她，而庄严那却始终风平浪静，清纯又美丽的笑容并没有过多地为了司马而停顿。文珊实在看不下去了，直接去问她，说庄严你这样雨露均撒到底是何用意啊。庄严不解地瞪着她。文珊说你是真不知道还是装不知道呀，司马可是在为你日渐憔悴呢。庄严这才羞涩地醒悟过来，说我哪知道他是在喜欢我呀，他又没来跟我说。文珊说真是服了你，你还真是对得起你这个姓，小木桩一个！你要是不喜欢司马就跟他说清楚吧，我这敞开胸怀还等着接收呢。没办法，文珊嬉皮笑脸的性格是与生俱来的，说完这话她自己不脸红，倒把庄严臊得脸红脖子粗的，说我不是不知道他的意思嘛。后来司马为了感谢文珊替他捅了这层窗户纸，特地请她们俩去校门外的小饭馆里豪华地饱餐了一顿，同时也宣布庄严这棵"小木桩"，版权从此归他所有了。

别再这么叫了吧。庄严有些软弱地回应着司马。她不想再展开更多的回忆了，刚刚为亡夫盛可以流的泪迹尚未干呢。

"小木桩"这世上只你一人，我不这么叫你要叫谁呢。司马的语气中似乎没有一点这十年光阴的阻隔。

庄严终是有些感动。她硬是捺住了这种情绪，故意调整出一副轻松愉快的语调，说今天实在是抱歉啊，改日去"象族"吧，我请你喝咖啡。

我等不了改日。我现在就想见到你。

庄严听到电话里文珊在偷笑的声音。她禁不住有些羞恼，司马你这算什么呀，难不成你还想说这么多年一直都还在爱着我？你这么突兀地出现，玩的是什么套路呢。她绝对相信，文珊肯定已把她的境况跟司马交代了个底朝天。司马这样的表情达意，在庄严心里，就有些轻佻了，换句话说，有些不尊重她的感受了。

她把刚才那点感动收了起来，说，往事都已随风，见与不见有何区别呢。

有。司马的声音很坚定。

庄严冷笑了下，心里暗忖，司马你再这么纠缠下去，我看你的心真的就是司马昭的心了。但她嘴里脱口而出的却是另外一句，寡妇门前是非多，你懂的吧。

为了曾经的相爱，她还是不想伤害他的。

庄严，你不能这样说话。这次司马的语气也严肃了起来，你不来见我，那我去见你可以吧。

庄严的头突然一阵剧痛，紧接着听到书房里有什么东西跌落的吧嗒声她就含糊地说了句，好吧，你真这么坚持，十分钟内你要能出现我就见你。她原本只是为了应付司马，文珊约她吃饭的地方她知道，隔着几条街呢，他能飞过来？

给我三分钟就行了。她听到司马的声音明显变得欢快起来。

逗我玩呢？她撇撇嘴，赶紧去了书房，如雪紧随在她旁边，她差点就踩着了它。书房的桌上，她刚刚还端详过的盛可以的遗像，不知怎么就掉到了地面上，玻璃碎了一地，在灯光的映衬下，满目晶莹，但庄严却感了一股凛冽的恐惧，相片中的盛可以，仍然对着她笑得很俊朗。她刚想蹲下身去收拾，门铃却响了起来。她疑惑着打开门，还真是司马，浑身湿透，咧嘴对着她傻笑，两排有些发黄的牙齿上泛着狡猾的光。那一瞬间，庄严恍惚看见了当年的青春少年，那时候的司马，也是喜欢这样咧嘴对着庄严傻笑，只是那时候两排牙齿还很雪白，泛着快乐又皎洁的光。如今的司马显然有些老了，庄严一打眼就看见了他隐藏在发际的几根白发。她有些惊心，心想司马见我，是否也有这种沧桑感呢。她赶紧用手掠了下长发，借机缓和下双方的尴尬。

司马手中还拎着一个方便袋，他直接走向餐桌。庄严急忙去了卫生间，拿出大浴巾准备给他擦擦。司马接过浴巾胡乱擦了几下，又去了厨房，轻车熟路好像这里是他的家。刚刚还很安静的如雪，突然冲着司马叫了起来，看司马进厨房找东西的样子，它叫得更凶了。庄严看着有点好笑，这小东西还挺护家的啊。

她跟进去问司马，你这是要干吗呢。

司马从橱柜里拿出一个碗，又从方便袋里拿出一个食盒，打开了是一份熬得细腻的小米粥，盛了一碗递给庄严，说，别告诉我你吃过了，趁热喝点吧。他的眼里满是心疼与宠溺。

庄严慌忙别过眼睛，她觉得脑袋又隐隐作痛了。司马能找到她家，还有她生病的事，不用说肯定都是文珊的杰作。司马大概意识到了他必须得解释点什么，有点不好意地抓了下头，说文珊打电话的时候我们就在你楼下呢。见庄严不作声，他接着说，我来开会，明早就得回去了。这么多年，我一直没有忘记你，是我不让文珊跟你说的。

小米粥的味道很好，但庄严突然就食不下咽了。她端着碗在房子里四处走动，却找不到一句合适的话来迎接司马的情绪。司马的目光像当年追求她时一样，一直跟在后面纠缠着她。

如雪还在不停地对着司马低吠，它是一只有教养的贵宾犬，但它显然不认为司马也是一位贵宾，庄严觉得它这样太不礼貌了，想阻止它，想把它赶到书房里去。如雪在走进书房的那一刻，回过头幽怨地看了眼庄严，嘴里还在发出隐隐的咆哮声。看到地上还没来得及打扫的像片和碎玻璃，庄严的心突突地跳得厉害，那碎玻璃像是戳到了她的心尖上，带来一阵尖锐的刺痛感。她闭上眼，用力带上房门，把如雪和一地的狼藉关到了一起。

庄严抱歉地对司马笑了笑，从他进门，她都还没来得及向他展示一个主人的礼数，反而一直是他在照顾她，甚至在打动她。没错，司马今天来肯定是有目的，庄严想到这里反而不慌张了。

室外的连天雨幕中点缀着万家灯火，这人世间最寻常的温暖和悲伤不都是这样相互裹挟相互映衬吗？她稳了稳心神，勇敢地对接上了司马的目光，他身上那件做工精良的衬衫因浸了雨水已紧贴肌肤，很好地凸显了他那强壮的胸肌；往下，是略微有些发福的腹部，挺挺的态势倒是很适合一个中年男人的威武，庄严觉得有些脸红，她不自觉地就想起了曾经她依靠着它们的感觉。

司马很敏锐地就捕捉到了她内心的悸动，欺身上前，就想揽她入怀。

庄严吓了一跳，司马身体里的荷尔蒙热烈燃烧所带来的强劲的男人气息让她有些眩晕，尽管她内心是渴望的，但她的身体却不适应，这么多年循规蹈矩惯了，她不自觉就后退了一步，司马张开的双臂就落了空。庄严很是内疚，毕竟司马是为她而来，这份情意是不容忽视的，她尤其不能伤害一个爱她的男人，曾经的爱，现在的爱，她都不能忽视。她佯装咳嗽了几声，冲司马摆了摆手，说咱俩还是保持安全距离吧，这次的流感很凶猛，我这几天可是被折腾惨了。

司马目光迷离，他焦渴地看着眼前这个他爱过又放弃过的女人，在心里感叹，小木桩，你还是这样美丽呢。他陷在激情中难以抽身，当庄严再一次递上浴巾想让他擦擦身体的时候，他微仰着头，轻轻闭上了双眼，那意思很明显了。

庄严有些好笑，也有些不忍，男人撒娇的时候着实让人爱怜。正当她举起手准备擦的时候，手机突然响了，号码显示又是盛可爱打来的。她真不想接，可是她又不能不接。

盛可爱在电话里大呼小叫的，里面很嘈杂，她说，庄严你身体好些了没有，我出来给你买药了呢，马上给你送去啊。

庄严赶紧看了眼司马，说，你别来了，我好多了。我还在店里呢。

盛可爱倒是难得了，有将关怀继续到底的意思，说，你倒是爱惜下自己啊，那我等会儿去家里等你吧，这药都买好了。

来家里等我？什么意思？庄严一时没绕明白。就说你真的别来了，今晚客人多，我回去迟呢。电话里却传来嘟嘟的忙音，那边盛可爱早挂断了。

庄严惊慌的眼神让司马有些糊涂，他问，这是谁要来呀？

庄严气恼地回答他，一个非常不可爱的人。

男人？司马的语气有些戏谑，也有些醋意。

什么男人呀，我前夫的姐姐要来。

这意味着我只能离开了？他有些遗憾地再一次张开双臂，雄厚低沉的声音很有种蛊惑力，小木桩，让我抱抱你好吗？庄严一晃神，已被司马牢牢圈进了怀里，她想挣扎出来，浑身却因为生病一点力气也没有了。听到如雪又在扒书房的门，间或传出沉闷的呜呜声，她心里一痛，盛可以的遗像还躺那地上呢。

正当司马低头寻找她的嘴唇时，门铃响了，她趁机推开他，庄严屏住呼吸，难道盛可爱这么快就来了吗？

门铃响了会儿，没人开门，就歇了。庄严刚想松口气，不可思议的事情发生了，有人在用钥匙开门。可能不太熟练，钥匙在里面鼓捣了一会儿。她浑身都起了鸡皮疙瘩，不自觉就躲到了司马的身后，两手紧紧抓住了他的胳膊。

门开了，盛可爱出现在门口走廊的光影里，因背着光，面目有些模糊，那与盛可以十分相像的棱角让庄严心内惊骇，禁不住"啊"的一声尖叫，赶紧从司马的身后走了出来。客厅里大灯没开，米黄色灯带散发出来的光线很是朦胧，盛可爱也注意到了有人影立在阳台的落地窗前，她也吓了一跳，说，庄严你在家啊，在家干吗不开门呀？

盛可爱居然能直接登堂入室，这完全出乎庄严的意料，她直愣愣地看着她，不晓得怎么回答。盛可爱也看到了司马，这个陌生男人的存在，让她双目陡地圆睁，毫不客气地直接问道，庄严，这谁啊。

司马不愧是官场中人，应急事件处理估计也是常有的事，他很绅士地伸出手，自我介绍，你好，我是庄严的朋友，听说她身体不舒服特来看望一下。

朋友？盛可爱根本不睬司马伸过来的那只手，她的眼神明显有怒意了，庄严你不是说在店里吗？你干吗要撒谎？

庄严被她这招突然袭击搞得冷汗直流，又头痛脑热起来。她软绵绵地拉住盛可爱的手，让她坐下再说，盛可爱感觉到了庄严手心滚烫，想了想，欲言又止，一屁股坐到了沙发上。那位置以前是盛可以最喜欢躺的地方，庄严赶紧别过去眼睛。

　　门铃又响了起来。屋内三个人都奇怪地互相看了看，盛可爱不忘用眼睛狠狠地剜了下庄严。这时书房的门不知怎么就开了条缝，如雪从那里面欢快地窜了出来，真的是一个箭步就到了大门边，冲着外面"汪汪"直叫，居然还摇起了尾巴。

　　打开门，竟然是文珊来了，怪不得如雪那么激动，感情它是早早嗅出了老主人的气味。

　　文珊开心地蹲下身，三个月没见这小家伙，也想得慌了。看到盛可爱也在，再加上室内气氛明显压抑，她那脑袋瓜子火速转了几圈。走过去甜甜地喊了声，可爱姑姑也来了啊。又亲热地挽住司马的胳膊说，亲爱的，庄严这也没什么大碍，我们早点回去了，好让她休息。她这么轻描淡写的几句话，像一把无形的手，破了穴，解了招，那三个人全都松了口气。

　　庄严偷偷地朝她竖了下大拇指，文珊故意扭着腰身摆了摆臀，内心偷笑，小样，就咱这智慧！

5

　　庄严喜欢穿旗袍，近乎如痴如醉的地步，拉开衣柜各样旗袍琳琅满目，但旗袍材质无非两种，纯棉和蚕丝。棉质的文珊谓之婉约派，宽松随意，文艺中透着时光的清雅。蚕丝的文珊谓之豪放派，极致修身，两侧缝间隐见肌肤胜雪。庄严对旗袍的穿着打扮还有着自己的独到之处，她所有的旗袍都长及脚踝，一头长发及腰却从不高绾，任它如瀑倾泻肩头，纤细高挑的身材很好地诠释了东方女性的温婉气质。丝质旗袍是在盛可以离世后添置的，盛可以在世的时候，庄严没有想过棉袍之外的心思，就像她没有想过盛可以之外的男人。她是忠诚的女人，这点盛家人毋庸置疑。但对大姑子盛可爱来说，这可能只是之前，之后她明显不大信任庄严了，尤其庄严提出让她没事不要再出现在"象族"的时候，她就将目标重新定位到庄严住的公寓，她知道这个地方庄严拒绝不了她。每次都说是来睹物思人，庄严知道她就是"猫改不了吃腥"，是来打探敌情的。还总是有意无意地把她弟弟的遗像到处摆放。一会儿放到客厅的茶几上，一会儿又移到卧室里，连餐厅的酒柜上也摆过，说她弟弟生前不爱酒，太惰性了，男人还是要粗犷点，酒壮英雄胆，也许连命都会硬些吧。庄严想你这是要让盛可以和你一样，有事没事在这个家四处巡逻一遭吧。她心里不痛快，毕竟是在自己家里，也不好去点破她，想盛可以在世的时候，他对她都习惯了视若无睹，你现在却来这么折腾他，有意思吗？每次她总是待盛可爱一离开，在关上门后的那一秒钟内，飞快地就把盛可以的遗像重新转移到书房里，像框要么朝下一扣，要么往抽屉里一塞，她必须得通过这种方式，来破坏下盛可爱带来的凌辱之势，不然她担心自己有一天真的会疯掉。每次处理好遗像的事情，她躺到床上，都要好半天才能缓过神来。

试完那两套 Hopeless Lingerie 内衣，庄严又翻出了那件最喜欢的黑色丝绵旗袍，胸前手工挑绣着几枝粉白的桃花，旁逸斜出的姿态，既轻盈跳跃，又庄重典雅。里面搭配上那套黑色 Hopeless Lingerie 内衣，内衣线条紧贴肌肤的感觉似有股暗流奔突，野蛮娇憨，庄严闭上眼体会着它所谓的"无望的，黑暗的浪漫感"，心里低低呻吟着，不玩岁月静好，不玩岁月静好……

突然听到如雪在吠，门铃声随之而起。她顺手将那套红色内衣放在了床上，犹豫着去开门，心里有簇火花扑闪一跳，想起昨晚司马的那个未尽之吻。

出乎意料，是婆婆和大姑子盛可爱一道来了。

婆婆一进门就摸住了她的手，问，好点了吗？

盛可爱一屁股就坐到了沙发上以前盛可以常坐的位置，把手中的一把钥匙扔在了茶几上，说，当妈的面，你们家钥匙我还你了。

庄严心里冷哼，我们家？你尽管来去自由好了。

婆婆在一旁说，这事怪我疏忽了，钥匙是以前可以放我那以备不需的，昨天可爱说你生病了，我是想来看看你的，雨下大着呢老头子又不放心，就让她给你送点药过来，又说你不在家，所以我让她拿上钥匙来家等你了。这钥匙还是你自己收好吧。

明白了缘由庄严就有些气短，但她不想将自己对这件事的不满自个消化。这涉及尊严，那种被时刻窥视的感觉如芒在背如鲠在喉。就说，也用不上了，门锁我早上找人已重新换过。

婆婆的脸色明显就有些发白，庄严的心疼了下。盛可爱腾地就站了起来，说你动作倒是很快啊，这么快就想着将我们拦在门外了？

婆婆严厉地斥责了声，说，什么你们我们，庄严这么做也没什么不对。

盛可爱就冷笑着，说，妈你来看看吧，看看你儿子现在是什么样子。

就像有人指使一样，盛可爱话音刚落，如雪就颠颠地跑到书房门口，前爪一搭，门就开了。庄严的太阳穴猛地一跳，昨晚大家散后，她身心俱疲也就洗洗睡了，忘了将盛可以摔到地上的遗像收拾妥当。盛可爱大踏步地走了过去，她的步伐的速度与节奏显示着她内心极度的亢奋。

　　婆婆扫了眼地上，什么也没说，转身要去找扫帚来收拾。庄严赶紧上前，她背对着门，蹲下身去捡拾，屈辱的泪水却模糊了双眼，一不小心碎玻璃就扎了手，鲜红的血滴到地板上，像一只只触目惊心的眼睛。

　　盛可爱说你这是干吗，要演苦情戏吗？

　　婆婆也流泪了，说，庄严啊，以后这些东西就别再摆出来了，还有什么都给我吧，我带回去。门锁你换了也好，只是你一个人要用心收好，别轻易丢了。好好过日子，只要你好好的，比什么都重要。

　　盛可爱眼尖，她又看到了庄严放在卧室床上的那套红色内衣，说，妈，我们就别操心了，人家现在是自由身，日子已经过得鲜艳着呢。说完拉着她妈朝卧室里努了努嘴。

　　庄严脑子里轰的一声就炸了。她扔下手里的碎玻璃渣，说，你是不是就想提醒我是你们家的寡妇？是不是寡妇的生活就该这样的颜色？说完她进卧室一把抖开那套红色内衣，手上的血沾上去，立马就有了污秽的痕迹，她从抽屉里找出剪刀，咔嚓咔嚓几剪刀下去，红色 Hopeless Lingerie 的精致内衣成了一堆破布，如枯萎的花朵，无望地散落一地。还不罢手，又发狠地一粒粒地用力扯开身上旗袍的盘扣，当着婆婆和盛可爱的面，任旗袍滑落到地上，露出她白得晃眼的身体，也露出了那套黑色的内衣。此刻，浪漫不再，只剩疯狂与无望。她转着圈对着屋内大喊着，你满意了吗？你们满意了吗？

　　婆婆抱住了她激动得发抖的身子，也一迭声地哭喊着，庄严，你这是拿刀戳我的心啊。

　　盛可爱没想到会成这种局面，呆呆地怔住了，她慢慢退缩到门口，说我说啥了，我也没说啥啊。

　　如雪安静地站在书房门口，它那双看上去总是湿漉漉的眼睛里，依然是天真无邪的温情，它在安静地思考，似乎想弄明白，这人的世界里为什么总是要上演与眼泪有关的故事。

6

　　傍晚的时候，庄严一个人去了趟市郊的动物园。因为不是双休，游人很少，偌大的动物园里，听到的全是动物发出的各种声响，庄严行走其间显得异常单薄，但她表现得很坚定，她的及膝旗袍随着她的步伐，在脚腕处不停地旋出一个个生动的波纹。

　　她心无旁骛地走着，绕过老虎与狮子的领地，再穿过嘈杂的猴群，连那正搔首弄姿的孔雀她都没有流连，凭着小时候经常逛动物园的印象，她记得大象的区域应该就在那后面不远了。这时有动物园的工作人员跟上来，好心地提醒她快到关园的时间了。她只是笑笑，却没有停下来的意思。夕阳最后的余晖透过树叶的间隙，打量着她，抚摸着她，目送着她小心翼翼地朝着象区走去。

　　暮色越来越重，树影越来越重，她仿佛走在无尽的时光中。看到象群的那一瞬间，她终于难以自已，放任着泪水一再涌满眼眶。透过泪水，她看到了夕阳下正咀嚼着干草的大象们。大概有十几头亚洲象，厚重的身躯覆满红色的灰尘，矗立在寸草不生的泥地上，像一堵堵沉默的红砖墙。她凝望着它们，感受着它们呼出的气息，莫名地觉得，那会是一种比她的 Elephant Tears 咖啡更苦涩的滋味。在她眼里，它们不再是庄严和温柔的，它们赭红色的庞大身躯里，似乎隐藏着同样庞大的痛苦。

　　夕阳完全沉下去了，她听到了工作人员开始清园的喊声，她依依不舍地站到象群面前，拿出手机自拍了一张合影，那一瞬间的时光里，她仿佛与它们终于融为一体。

　　这时她才注意到手机里有两条未读信息。

　　一条司马的，很深情，也很煽情，他说，人生若只如初见。

　　一条文珊的，直奔主题，她说，亲爱的，今晚能一起吃饭了吗？

　　庄严想起在哪看过的一句话，世界上有两件事无法改变，一是女人嘴馋，一是男人风流。没办法，这就是活着的烟火。可是此刻，面对即将到来的夜晚，这烟火是多么地让她怦然心动。她想到了灰烬。想到了冷。也想到了绽放。这难道不正是她认真而又固执地创建"Elephant Tears"的初衷吗？

　　想到这里，庄严惊讶地听到自己的喉咙里又在发出一连串呼噜呼噜的声音，她激动地再一次面对象群，面对着它们的沉默与孤独，她突然迫切地想要用来自她体内的这一连串呼噜呼噜的声音，向它们呼喊。她想告诉它们，我不要做灰烬。灰烬它永远只能是火的遗孀，而我不是，从此不是，永远不是。

　　快速地擦干泪痕，她给司马和文珊同时发出了那张自己与象群的合影。动物园真的要关门了，她必须要赶快出园去，"象族"里此刻正灯火通明。

此老板与彼老板

吴国华

　　说扬子江宠爱江城，又说江城宠爱扬子江。这两种说法究竟哪种真实？若追根溯源肯定"江城宠爱扬子江"这句靠谱。因为那不说话的历史记载着先有长江，后来的后来才有江城的。至于有了江城之后的之后，这两种说法就不好说谱不谱儿的了，只能说马马虎虎地可以这么说。

　　江城坐落在扬子江的南岸，扬子江那滚滚的江水从江城的北大门前一路浩荡东去。悄悄从扬子江水里爬出来的那缕凉爽的微风，一阵接着一阵，悠悠地吹拂着江城。江城似个贪凉的孩子，整天就躺在那缕缕凉爽的微风里。尤其是闷热的夏季，那缕缕凉爽的微风着实让生活在江城的人们感到惬意、舒坦。

　　凡去过或生活在江城的人都晓得江城有一大特色，那就是开面馆的特多，多得可以说是洒满了整个江城的街头巷尾。即便是随便逛到哪个旮旮旯旯儿，也能看到不同名称的小面馆。

　　不晓得怎么回事，这么多的面馆天天都有人去吃，没人担心面条卖不出去。只是一会儿去这家面馆吃的人多一些，一会儿去那家面馆吃的人多一些。可当地的江城人却从不去光顾这些面馆的，他们吃面条要比那些过往江城的客人们讲究得多。

　　所有江城面馆的取材，都不是买来的成品筒筒面和挂面，他们选用的都是刚刚经过加工的机榨面或自己动手加工的手擀面，没有别的。面条分荤素两大类，荤的有：红烧牛肉面、蟹黄面、鸭腿子面、大肠面、青椒肉丝面、雪菜肉丝面、煎蛋面等等；素的有：青菜香菇面、黑木耳豆腐面、西红柿汁榨菜面、卤干子黄豆面等等。真要细数如同扬州小笼包子，罗列起来也不下几十种；不过没人有那闲工夫去点数。

1

"观澜一品"是个刚开发的住宅新小区,坐落在江城东面的近郊。新小区占地面积较大,有两千多套住宅房。小区内配备的各种设施较为齐全,绿化覆盖率、住居容积率以及住宅房的户型设计都十分考究和合理,可惜的就是房子卖不动,销售未能达到疯抢的境界。尽管江城城区的外延在不停地向四周拓展,这"观澜一品"新小区也蓦然变成了城区,但住宅房的销售还是没显现出有多大的人气,急得开发商不知花费了多少精力、砸了多少钞票仍营造不出旺盛的人气,现房变不成现钞开发商能不心急如焚吗?

开发"观澜一品"新小区的老板,是个姓董的浙江温州人。他年龄不算大,才刚刚四十出点头,做事很干脆,出手也大方,像个干大事人的样子。可现在让他伤脑筋的是房子做好摆在那变不出现钱来,这叫无奈之下的董老板想死的念头都有。但巧合的是在呼天叫地都不灵的这种节骨眼上,一个四川佬似乎无意中帮了他一个大忙。其实四川佬也是个生意人,不是孬子。亏本的事情他是不会干的,他才不会白白地去帮董老板个大忙。用生意场上一句时髦的话说,他俩只是互惠互利互有所图的生意伙伴,至于成为真正意义上很铁的朋友那是后话。

2

这个四川佬不是什么了不起的大人物,也没什么背景,仅是个在江城开了一家面馆的小老板。别小瞧他开的面馆,那家"食面埋腹"在江城可是赫赫有名。也别小瞧这个四川佬,江城那群吃有讲究的食面客和那么多开着面馆的店老板,没有哪个不曾认识他,也没有哪个人不晓得他手里那碗面条的分量。他的那碗堪称绝活。至于他姓周却没人晓得,都习惯喊他四川佬。四川佬他也不忌讳人家怎么称呼。他和他老婆都是四川人,至于是四川什么地方的人氏,又为什么偏要跑到这陌生的江城来谋生,好像没人去想过,更没人去考究。他夫妻俩在江城已生活了二十多个年头了。尽管夫妻俩都没有正式工作,但凭着四川佬手里那碗面条的绝活,把一家子的生活和日子装点得有滋有味。

一碗面条天天能卖得出去，而且叫人今天吃了明天还想要吃，甚至不吃让人觉得难受，这可真是了不得；况且他们每天挣到手的营业额有四五千块钱哦！

四川佬今年五十多岁，若是从外表和长相看上去好像还很年轻，只有四十五六岁那样子。他身体很结实，好酒，天天喝。只是他喝酒不讲究，只要是白酒都无所谓好歹。菜嘛就更好打发了，一碟花生米，外加一小盏臭豆腐乳便可动手开喝。他每天早晚两餐必喝，从不停歇，每餐四两，不多喝，从没醉过。

他几乎是每天早上四点钟便准时起床擀面，从没耽误过。天蒙蒙亮的时候，大约是五点半左右，他将面条擀好就再没他的事了。这时街面上还很少见到行人，他在店里那角落已坐下来喝酒了。他喝酒的时候，就算是天掉下来，他都不理会的。待酒喝完他就立马起身回家睡大头觉，把店丢给老婆，剩下的他就什么都不管不问。

四川佬这个人的性格有点不大合群，怪怪的。他一般大白天很少出门，有么非他不可的事情，他总是喜欢晚上去做，大白天很难看到他抛头露面的，让人觉得他神秘兮兮的。他话不多，喜欢把两句话常挂在嘴边上，一句是"酒是粮食精，越喝越年轻"；另一句是"不喝酒哪干得动活？"给人感觉挺温和。其实他的性格不算好，看问题和做事也往往和别人不大一样。就拿他独子高考没考上这件事来说，若换个其他做父母的那心里岂不是烦透到顶?！可他不但不愁，却反而喜形于色地暗自庆幸。瞧见人家父母高高兴兴地接到孩子大学录取通知书的时候，他也乐滋滋的，并满心欢喜地对儿子说："考不上好哦！你真比那些考上大学的人强得多，老爸我真要谢谢你！我今晚叫你妈好好地弄上几个菜，老爸想要好好地和你喝几杯。"

儿子被他弄得莫名其妙，不知他葫芦卖的是什么药。不过他的儿子本身就不是个读书的料，他压根儿也从没指望过儿子要考大学。四川佬的儿子根本就不晓得他老头子的心事。

俗话说知子莫若父。四川佬他晓得儿子是个老实巴交的人，为此他暗里一直很愧疚。觉得这都是从小对儿子要求做人必须老老实实、干事必须踏踏实实所惹的祸，养成了儿子做人做事特实在的怪毛病。儿子的这种性格到外面去肯定是要吃苦头的，也肯定是行不通的。不过，为替儿子避免这种担忧，四川佬他早就权衡思考过，与其看着儿子在外面撞得头破血流，还不如把儿子留在身边。只要儿子好好地经营那碗面，儿子将来的小日子会照样过得惬意、自在，省得大学毕业后还要去求爹爹拜奶奶地找工作。再说到大学毕业的时候究竟落地在哪里？还有些什么想法谁会晓得？况且就这么一个宝贝疙瘩，若不留在身边，逢年过节回家团聚一趟还得来回路上奔波。不仅如此，兴许自己老来还得要为带孙子跑来跑去。如此这般不如趁早省点心事，逮住没考上大学这个大好时机断掉他好高骛远的念头，替他物色个姑娘早点结婚把心思稳定下来，再趁他年轻吃点小苦挣两个小钱，照样能把将来的小日子过得有滋有味，图个清静自在有多好。

正因为四川佬的如意算盘是这么打的，所以晚上喝酒的时候，四川佬他边喝酒边对儿子说："这年头上不上大学没关系，有没有工作也没关系，但人活在这世上要吃要喝就不能没有手艺。老爸和你老妈都没上过大学，也都没过工作，可我们家现在的生活不比人家差。你若想要成家买房子、买车子，想什么时候弄就什么时候弄。老爸之所以敢这么说，凭的就是老爸有手艺这本事。"四川佬这时用筷子挟了一口菜塞进嘴里，停顿了一会儿接着又说，"你老爸和老妈我们渐渐也快老了，那祖传五代面条小菜配制秘方可不能在老爸的手里失传哦！再说大学毕业做公职也没什么意思。看看现在的公职人员已经就不好干了，吃不得，贪不得，连酒都喝不得了。哪有老爸快活自在。我看不如哪天老爸把手艺全传你，也省得老爸担心手艺失传，这样多好啊！"

听了这么一大堆的话，四川佬的儿子也基本上摸清了老头子一番话的用心。他没和老头子争辩，也晓得老头子这么多年来的不容易，也估猜到老头子和母亲肯定有着非同寻常的故事。傻瓜也能想到，一个五十多岁的男人和一个四十多岁的女人，相差十多岁能结合在一起，还背井离乡，说没故事怎么可能呢？只是他不晓得而已。尽管他曾暗下探听未果，也想到在不经意中探询一下父母，可他毕竟还是担心怕引起父母的一些不愉快。一番权衡之后，四川佬的儿子索性啥也不想不问不晓得算了，他还是要乖乖地听任老头子去摆布。

3

"食面埋腹"面馆坐落在江城景湖湾小区的荷花塘路。提起这家面馆，真是神奇。每天七点钟开始，江城里那些吃有讲究的好面食客们便起身从四面八方的每条街巷朝通往荷花塘路的"食面埋腹"面馆聚集，他们有迈着步子走路去的，又有骑着自行车去的，还有开着出租车、私家车去的，大约只十分钟的时间，那条宽松的荷花塘路面就被这四面八方聚集而来的人群挤得满满的。没有哪天不是这种景象。当然，这股聚集的人群也不全是好面食客。毕竟荷花路号称小商业街，何况还是江城最大的一家幼儿园所在地。也就是说，这股聚集的人群中有去开门营业的店主们，又有送子女上幼儿园的家长们，还夹杂一些买东西的顾客，但从人员数量上来说，不可置疑的还是好面食客们所占比重最大。而那些好面食客们没有哪天不是排着长长的队伍等候着那碗面，想不排队就吃到那碗面可不是件容易的事。正因为如此这般，荷花塘路那条街没有哪天不是被堵得严严实实。弄得交警队没法子，不得不每天派人到现场指挥交通。

交警的出现，荷花塘路的塞堵确实有了十分明显的改善。可是好景不长，没个把月的工夫，那些派遣而来的交警们渐渐地也爱上了那碗面条，只要交警们在"食面埋腹"面馆坐下来吃面条，荷花塘那条街不用眨眼工夫必堵无疑。说实话，荷花塘那条街天天都会发生间歇性的堵塞。

不过，随着时间久了，眼见多了，人们对每天发生的间歇性堵塞也就渐渐地习惯、理解、默认。

"食面埋腹"面馆的生意越来越牛，越做越红火。弄得不少江城人暗下看红了眼。好在这个四川佬很低调，为人做事也很小心谨慎，从不张扬。

可谁能晓得，城管的人不知动了哪根筋，轮番多次上门找碴子。可这个四川佬鬼精鬼精的，城管的人每次上门来他都是热喷喷的面条端上去，且态度还十分地诚恳，搞得几个城管的人有话说不出口来。不过也难怪，江城就巴掌大的地方，抬头不见低头见的，哪个愿做那无缘由的孬恶。再说四川佬平时为人做事就谨慎细微很到位，没缝隙让人找到碴子又怎么可能让人找他说事？可笑的是那些城管的人，碴子没找到，反而被四川佬的面条给俘虏了。这下弄得好，城管的那几拨人现在没哪一天不去吃的。真不知道是怎么回事，凡吃过四川佬面条的人都说四川佬的面条好吃，而且还都不约而同地说吃过一两次就忘不了。

曾有段时间，江城有那么几个人暗地里说四川佬的面条里放了罂粟壳，若不是食药局的人站出来说句公道话，还真不知那几个人暗地里想弄出什么样的花头来呢。

其实，四川佬家的面条和江城所有面馆的面条没什么两样，只是他家的面条是手擀机榨的。这种面条制作在江城并非他家独有，好多家面馆都有。至于荤素用料可以说也没差别，唯四川佬亲手配制的四川泡菜和四川辣椒油乃他家独有。尽管江城其他面馆也都有泡菜和辣椒油，但味道就是没法子和四川佬亲手配制的泡菜和辣椒油比，这点江城所有开面馆的店老板不得不承认、不得不折服。

"同行是冤家。"这话说得真不假。江城的确有好多开面馆的店老板先后对四川佬施心计，他们不声不响的，暗里打着小九九，不显山不露水的，不择手段地哄着、蒙着、拐着、骗着四川佬，可四川佬根本就不吃他们的那一套，更不会去下套。那些人哪个不是兴喷喷地来，又有哪个不是识趣地灰溜溜地走呢！后来有的人就干脆采取死办法，天天到"食面埋腹"店里去吃面条，趁机偷偷摸摸地瞅着、瞄着、瞟着、瞧着，企图瞟学点四川佬的手艺。可四川佬独门厨艺根本就不在店制作，尤其是那四川泡菜和四川辣椒油，他都是在家里制作好才搬到店里来的，谁也没法子和本事能把四川佬的秘方瞟学到。说实话，现在江城那些面馆做的泡菜和辣椒油，都是在四川佬面馆吃面瞟出来的仿制品。

后来也不晓得怎么回事，江城那些头头脑脑们对四川佬这家"食面埋腹"面馆也开始大有微词，说"食面埋腹"面馆越来越影响市容、越来越影响创建，必须限期搬迁。

此话传出前后不到半个月，一纸行文就下来了。头头脑脑们嘴巴大，找个理由发个文很简单。可主管部门犯难了。他们知道对照相关文件、规章制度要求是找不到一条依据的，还能做那种"莫须有"强制搬迁的事情吗？下面具体实施部门就更头疼了，他们研究来研究去，不是这也不行就是那也不行，反反复复地不知弄过多少遍。最后敲定的办法，还是老老实实、规规矩矩地上门动员做工作，除此没有什么好法子。

好在四川佬这人很识相，也还明智。他当场向政府表态同意搬迁。同时对政府承诺的三条处理意见也明确表示：一是不麻烦政府替他找经营场地，二是对搬迁歇业造成的损失他不要（即政府按每天 200 元标准计提补助）。四川佬只是对第三条（两个月内必须完成搬迁）提出了个人的看法。四川佬说如果门面物色得快，装修跟得上，哪怕只需要一个月，他也立马搬走不说二话；如果门面找得慢，装修也跟不上，那两个月的时间真的不够，到那时候再死皮赖脸地说这说那，倒不如现在提出来爽快，所以四川佬仅提出延长一个月的时间，其他没任何要求。

随后四川佬还明确表态：政府这边若是同意他的这点请求，哪怕三个月到期了他还没找到房子或房子还没装修好，不要政府吱声的，他会主动搬走的，绝不给政府添麻烦。除此没的任何要求。一言概之，也就是说四川佬对第三条只要求改一个字，那就是改"两"为"三"。

四川佬是个生意人，他鬼精得还了得，从他对政府工作人员的了解和判断，他就猜到自个提出的这点要求，政府是不会不同意的。别看四川佬表态得那么好，每天 200 元标准计提补助不要。其实，他暗里早就算好一笔账。两个月就平均按三十天一个月计算，两个月才补一万两千块钱。而他的"食面埋腹"面馆每天营业额呢？闭着眼睛保守一些算，按每天纯收入一千五百元计算，同样按三十天一个月，两个月就是九万元纯收入。这九万元纯收入不要，去要那包括补贴三口之家两个月生活伙食费的一万两千元块钱，还得摊名声。这岂不是脑袋瓜子进水是什么呢？别小看四川佬只要求推迟了三十天，这种表面上看仅只是时间问题，实质是还要剔除三口之家一个月生活开支之后的四万五千块纯收入。

再说这四川佬自儿子高中毕业回来那天起，一段时间来心里一直在捉摸着扩大面馆的事。尽管这只是他内心所想，没声张说，可偏巧这时候政府上门动员他搬迁，这种机会哪去找？能何乐不为！这种即有面子，又有里子的大好事，别人想找也找不到，他会不珍惜?！所以，这就不难理解四川佬那么干脆、利落、爽快地在政府承诺书上签字了。

好像是一夜之间，江城就有人晓得"食面埋腹"面馆要搬迁。随后没几天的工夫，江城那些好面食客们似乎没哪个不晓得"食面埋腹"面馆要搬迁。许多好面食客在这时候都表现出对四川佬很关心，有替四川佬鸣不平的，又有催四川佬赶紧找门面房子的，但更多的是叫四川佬搬迁新址后要打声招呼。不管好面食客们怎么说，四川佬或点头或说不急，从没把好面食客们说的话放心上去，他那神态看不到半点着急的样子，他照样像座山似的，稳稳当当地坐在那凳子上，挟着焖煮烂熟的黄豆米往嘴里塞，不间歇着咪着小酒，神仙般的享用着，让人觉得他那小日子过得确实爽朗朗的哦。

4

开发"观澜一品"小区的董老板也听到了"食面埋腹"面馆要搬迁的消息，先前也曾听说过"食面埋腹"面馆的面条是如何如何般的好吃，没人说过面馆人气旺这方面的事。所以董老板只是听归听，也一直没当回事。可昨天早上无意途经荷花塘路发现"食面埋腹"面馆那么旺的人气，让他一上午坐在政府会议室开会，竟然不知会议精神是什么，看他人是坐在会议室，心却飞到那面馆，一古脑儿地在猜摸、盘算那面馆经久不衰地旺盛人气是怎么形成的。不仅如此，他下午在自个办公室仍在捉摸盘算着……

是夜董老板他一直睡不着，早上五点多钟，他起身叫上驾驶员一同去"食面埋腹"面馆吃面条。但车子开进荷花塘路，发现整个街面是空荡荡的，很难见到人影子。他感到奇怪，脑袋瓜子想了想又看看手表，他才蓦然明白原来是时间太早，这时江城的大多数人还在床上做梦。车子很快在"食面埋腹"面馆门口不远处停了下来。

走进面馆，董老板第一眼就看到面馆旮旯里，坐着一个大师傅模样的人正在有滋有味地咪着小酒，直觉告诉他此人可能就是那个四川佬。经上前询问果然如此，咪酒的那人正是四川佬。董老板十分高兴，随即转过身对身后的驾驶员说："去，把车里那瓶好酒拿来。"

听完董老板自我介绍和说明来意之后，只听四川佬喊了一声说："老婆子，用大碗下两份牛肉面端过来，外加两碟黄豆米和泡菜。"

那驾驶员把一瓶精装 68 度"五粮液"呈上来，又很知趣地把自己那碗牛肉面端起来，一声不吭地到旁边去吃了。

四川佬看到这么好的酒，肚子里的酒虫子马上涌动得更凶，他无法拒绝酒虫子的诱惑，他不客气也毫无顾虑地接过已被董老板打开的那瓶精装 68 度"五粮液"，先给董老板后给自己都斟了满满的一大杯，随后他俩就边吃边喝边聊起来。

在他俩边吃边喝边聊的过程中，四川佬基本摸清搞准了"观澜一品"董老板的心事。

四川佬晓得了董老板是在为小区"观澜一品"房屋销售人气不旺苦恼着。这次专程来，就是想把"食面埋腹"面馆请到"观澜一品"小区的门面房里去，还答应说把最大的两间门面房装修好，免费提供给面馆使用。目的是借面馆那旺盛的人气，把"观澜一品"房屋销售的人气也带旺起来；并承诺使用周期不低于二十四个月。

5

俗话说福无双至。可这句话对四川佬来说却另当别论。四川佬确实很走运，这种只赚不亏的好事，四川佬的脑子动都没动就一口应诺咬定了。

其实，四川佬从在政府承诺书签字的当天晚上就开始已连续几个晚上找房子，他骑着那辆破旧的自行车，叽里嘎啦地把江城那些新开发、不怎么熟悉的小区都跑了个遍，但巧合的是四川佬却偏偏就选中了"观澜一品"小区那两间大的门面房。四川佬选中"观澜一品"那两间大的门面房，并不在于这两间门面房有多大，关键是看这两间门面房的旁边有个比较大的停车场，这个停车场起了关键决定性的作用，这样四川佬他再也不用担心车多堵塞的事。

其实，那个早上董老板在自我介绍是"观澜一品"的老板时，四川佬他当时暗下大吃一惊，他不晓得这个董老板是怎么摸透自己心事的？当随着继续听董老板的叙述，四川佬渐渐地明白并终于放下心来，原来这世上还真有那么巧合的事情，即便是人为的也没这般巧合。

那天早上四川佬问过董老板房价多少，他向董老板讨价还价了，还说再便宜一点就把那两间门面房买着。可董老板不松口，始终坚持要免费提供使用。四川佬拗不过董老板，是没办法的法子，就直不笼统地问董老板："那纯粹叫我给你帮忙，总也得让我得点赚头吧！假如我搬过去后，你的住房和门面房畅销两旺了，你快活了，可我又要得搬来搬去那就亏大了呀！"

"你已经得不少实惠了。"董老板说。

四川佬也晓得自己赚的便宜不小，可他想到的是假设自己面馆的搬入真的拉动了"观澜一品"新小区的人气和住房销售两旺，那自己赚的这点便宜与董老板的销售利润比，岂不是九牛一毛。

四川佬猜到董老板眼下的资金全被房产困住了，时下需求和渴望的是现金回笼。所以，四川佬不把话说呛，他觉得磨磨嘴皮还能捞点实惠。

"董老板，你是做大买卖的，总不能让我们这些做小本生意的仅为你做贡献吧。"

董老板觉得四川佬话说得有点道理，又想想是自己主动上门找四川佬说事的，只好又让让步承诺再送装修以及厨具、碗筷、桌椅板凳等需要配备的所有，一切不用四川佬操心。三个月内通知四川佬进门开业就 OK 啦！

董老板见四川佬好像还有点畏难情绪，就抬手拍拍四川佬的肩膀说："不会让老哥吃亏的，说不定哪天让我高兴了，我真的会把这两间门面房送给你的。"

四川佬根本就没把董老板说送门面房的话当话听，他觉得这哄人的话就像手里拿着一块糖果塞了一截到你嘴里，等你再想嗑第二口的时候就抽回去一样。

见四川佬还是不吭声，董老板又补了一句："如果同意就签合同明天开始施工。"

四川佬没说一个"不"字。他当场就像那天在政府承诺书签字一样，十分干脆利落地在合同书上签了字。

董老板自那天大清早在面馆吃了一碗牛肉面，第二天一大早他就想到"食面埋腹"面馆的面条，尤其是那泡菜和辣椒油。他想去吃，没吃让他觉得浑身难受。只是他担心被四川佬笑话。所以他强忍坚持着，好不容易熬过了一天。

自从第二次去"食面埋腹"面馆之后，董老板每天都叫驾驶员开着车，雷打不动地准点去面馆吃面条，只要不出差，人在江城，没有哪天不去吃的。他也成了一个标准的好面食客，也对四川佬的面条情有独钟。

四川佬这个人虽说很计较，会算计，但他察觉到董老板是个很好的生意伙伴，他觉得不能一而再只顾算小账，所以他对董老板来吃面条也网开一面，尽管董老板每天都要主动付钱，但四川佬始终坚持拒绝收款，还表态说只要董老板来吃面条将终生享受免费待遇，弄得董老板大有受宠若惊之感。

随着董老板和四川佬之间渐渐的接触和了解的增多，董老板感觉到这个四川佬其实做人办事还不错。四川佬也认为董老板为人做事也不差，两人慢慢地从生意伙伴的关系很快就发展成为无话不说的好朋友。

6

两个多月的时间眨眼工夫就过去了，离政府要求搬迁的最后期限就快要到了。能沉得住气的四川佬这天正打算要问问来吃面条的董老板，想不到董老板却抢先对他说，装修一新的新面馆明天早上五点十八分准点开张。还叫四川佬将主副食品等相关原料，无论如何得今天下午弄过去，趁机都过去看看面馆装修得怎么样？再看看配备的厨具、碗筷、桌椅板凳等物品是不是满意？有没有缺少的？同时，董老板他也想趁机请四川佬全家吃个便饭，就算是对自个免费吃面条的一种回请吧！问四川佬看行不行？

四川佬高兴得一边点头一边说好，感动得心里好像有个东西在一阵一阵地涌动……

当四川佬全家看到新面馆、厨具、碗筷、桌椅板凳等物件之后，全家三口吭都没吭一声，三人根本没得挑剔。董老板做事不仅大气且细节上也考虑得十分周全，让四川佬全家没得半句话可说。

当四川佬全家看完了新面馆，跟随董老板走进食堂包厢的时候，四川佬夫妻俩和儿子顿时被眼前那满满一桌丰盛的高档名贵菜肴看傻眼了，如海参、鲍鱼、石斑鱼等只听说过却没吃过，也有没听说过也没见过的。兴许是感动，或者是惊讶，那短暂的惊悚和瞬间的自愧汗颜在不经意中已悄无声息地从四川佬全家三人的脸上显现出来了。董老板看在眼里，明在心里，但他却十分巧妙自然得体地化解了四川佬全家那油然而生的窘迫，没让四川佬全家三人有丁点儿的察觉。四川佬明白这不是便饭，那菜肴分明是贵宾才能享用到的，也晓得董老板确实把自己全家当成贵宾一样，不然，他怎么可能花费这么大的气力和钞票来招待呢？

"董叔叔这么抬举我们一家人，我们全家除了要好好感谢董叔叔之外，真的要帮帮董叔叔一把。"四川佬的儿子说。

董老板不知怎么回事，对四川佬儿子所说的这句话，内心充满着无限的感激之情。虽说四川佬的儿子有十八九岁了，可这个年龄段还是一张白纸的年龄，言如心声，宛如原生态的蔬菜，没有杂质，更没有人为的去涂颜色。

兴许四川佬的儿子只是不经意中说的一句心里话。但作为过来人，董老板他十分感动，他默默地在心里告诫自己：就凭这孩子那句暖心的话，待自己有能力时一定要好好地帮一把这孩子。

而四川佬夫妻俩尽管坐在桌上没说什么感激的话，但夫妻俩回去躺在床上之后才发现彼此双方都真的是睡不着了，夫妻俩绝非为明天新面馆开张而兴喜得睡不着，而是为董老板那如此厚重的招待。

可以说四川佬夫妻俩已有十多年未曾出现过同时失眠了。自二十年前四川佬过失亡命案在身之后，失眠曾一度伴随着他夫妻俩，待逃匿江城到儿子出生多年之后才渐渐地恢复正常的睡眠。失眠的那种令人难熬的滋味他夫妻俩感同身受。然而到了该起床的时辰，四川佬夫妻俩却偏偏都睡着了……

7

四川佬的儿子在新面馆把面粉搅拌好，看时间已是早晨快四点了，还没见到父母过来，才急匆匆地拨通了四川佬的手机。

四川佬被一阵手机的铃响惊醒了，他倏地坐了起来，抓紧一边下床一边推了一下老婆说："赶快起床过去。不然就来不及了。"其实，对四川佬夫妻俩来说，觉睡得那样香不晓得醒，还真是稀罕！

当四川佬夫妻俩赶到新面馆，看到店门口的彩虹门、花篮、条幅早已装扮得十分喜庆。

四川佬他情不自禁地自言自语说了一句："董老板做事确实没话说。"

彩虹门、花篮、条幅这些事，四川佬夫妻俩压根儿就没提过，是董老板主动去办的。

四川佬夫妻俩像往常一样分工明确，一个在操作间做面，一个在做对外营业前的准备工作。

大约在五点钟的时候，新面馆开业前期的准备工作都已完毕。现在就等候好面食客上门了。

大约没到十分钟，也就是大概五点十分左右，突然一阵"咚、咚、咚咚、咚咚滴滴咚"的腰鼓声在新面馆门前响了起来，四川佬全家三口全然不知从哪儿来的十多个穿着一色大红衣服的中年妇女们，她们一边敲打着腰鼓一边踏着腰鼓的节拍在欢快不停地跳跃着，渲染、烘托在瞬间就把热闹喜气的氛围向四周宣泄了出去。不到半个时辰，新面馆门口就聚集了一大堆的人。

四川佬没想到董老板为新面馆开业如此煞费苦心。然后，更让四川佬没想到的是新面馆开张第一天，竟然做了一千多块钱的营业额。在这个入住不足百户的新小区，能做到这个分上已经是很不错的了。若是两千多套住宅都入住了，那营业额还了得。只是江城那些真正的好面食客们，却没能见到几位，这是怎么回事呢？四川佬觉得疑惑。

其实，四川佬哪里晓得？贴在老店门上的搬迁告示早被那些害家伙揭走了。江城的那些好面食客们压根就不晓得"食面埋腹"面馆搬迁到哪儿去了。

没过两三天的工夫，江城的那些好面食客们好像就晓得了，不少好面食客们都怪四川佬，说害得他们几天没吃到面条。

连日来，那些好面食客们疯传了，都说四川佬门道多、本事大，没有人看到他忙过什么，怎会一夜之间就换了一个这么好的新面馆。这让那些好面食客们个个唏嘘不已，难得其解。可四川佬他只是听归听，从不接茬，更不释白。

新面馆走上正轨后，四川佬的儿子每天都没有少吹嘘生活在"观澜一品"新小区是多么多么的好，交通上又是多么多么的方便，还说新小区的房价是多么多么的便宜、实惠等云云。而四川佬却照旧是每天只顾喝着他的自在酒，喝完他照旧是什么也不管不问。

董老板是天天去吃面条，也天天能听到四川佬的儿子在念经似的，不厌其烦地重复着"观澜一品"新小区的住房是如何如何的好。他晓得四川佬的儿子是默默地在帮着自己，董老板他心里十分清楚。

别小看四川佬的儿子这么闲扯，虽说看不到直接的效果，但间接的效果兴许还真是不小呢！新面馆开张不到三个月，那新小区"观澜一品"的房子就卖出了三十多套。

三个多月后，新面馆的生意额就做到了老店平常的水平。每天上午九点半之前，面馆总是挤满了人。不过，四川佬再也不用担心发生塞堵的事情了，他暗下偷偷地乐着。

董老板的心情也不赖，他觉得把"食面埋腹"面馆引入"观澜一品"新小区这个决策是十分正确的！尽管那两间门面房是免费给四川佬使用的，也花费了一点小钱装修和购买厨具等一些物品，但他觉得还是值得的，不感觉吃亏后悔。因为好歹这三个多月卖掉了五十多套房子，资金毕竟回笼了四千多万元。至于那两间门面房究竟是送不送给四川佬这件事，董老板心里确实是曾早已想好过的事，只是他没说出来，没人晓得而已。

8

这几天四川佬的儿子在高调玄乎，说房价要涨，而且还说每平方至少要涨四五百块钱。董老板坐在那一边吃面条一边听着，尽管他晓得四川佬的儿子是故意在瞎扯帮自己造声势，但话扯太无由头，经不起推敲。他突然觉得四川佬的儿子真天真、真敢扯，虽说这不是什么原则性的问题，瞎说说没的多大关系，但话说得一点谱子都没有。何况时下从一线、二线城市到三线城市，再到周边城市，房子都卖不动，怎么能说要涨价了呢？董老板想想觉得好笑……若房子每平方真的涨四五百块，那两间门面房肯定送给四川佬。不对，应该是送给四川佬的儿子。不过，四川佬的那个宝贝儿子真不差，人是老实巴交了点，但心眼特好。这点董老板心里明白，也感受到了。

现实生活的常态往往孕育着变态，变态中的事物往往不是随着人的理性思维去发展的。谁都没想到省城突然会进行行政区划调整，江城一夜之间划入五个行政乡镇进来，一种原有的常态在一夜之间悄然发生了变化。刚需购房者蓦然突显出来，"观澜一品"新小区及江城周边所有的房价一夜之间真的是每平方涨了五百多块钱。别说董老板没想到，就是天天喊房价要涨四五百块钱的那个四川佬的儿子也不清楚，他瞎蒙瞎扯竟然在一夜之间变成了现实。

董老板大喜过望，他那卖不动的房产一夜之间从烫手的山芋转变为香𠳿𠳿；那种透不出气来的压抑感、沉闷感，在一夜之间一切都烟消云散。

董老板他高兴地暗自决定，那两间门面房必须送给四川佬的儿子。还企望能有更多这样的机会呢！

9

四季更替，时运轮换。董老板高兴了，可四川佬这下却发愁了。他眼睁睁地看着"观澜一品"的房价一夜之间涨了五百多，恨死了自己先前没下手把那两间门面房买下来，说句不好听的话，真是把肠子都悔青了。他这几天一直急得要命，既担心董老板把自己免费使用的那两间门面房卖给别人，又恨不得立马将那两间门面房买到手。可董老板那里早就把涨价的公告贴出去了。

四川佬现在不仅发愁着急，而且还怄气。看周边大中小城市的房价都在往下跌，唯江城这地方偏偏在往上涨，他想不通。从公安路搬迁到这"观澜一品"新小区，前后仅仅只一年多的时间，竟然发生了这么大的变化；更想不通的是行政区划调整怎会把房价涨上去的？他沉不住气了，三步变两步地找董老板去了。

当四川佬推开董老板办公室的大门，这才发觉董老板办公室堆满了人，都是在找董老板要买房的。四川佬在董老板办公室等了十多分钟，根本就没得机会插嘴说话，这把四川佬急得不知如何是好。但他听到董老板对大伙说"房子确实卖完了"这句话后，四川佬像个泄了气的皮球，身子蓦然软了下来，全身像散了骨架子似的，一点神气也没啦。他垂头丧气地从董老板的办公室不声不响地溜了出来。

前后只几天的工夫，"观澜一品"新小区所有房子都售罄，只是四川佬不晓得自己免费使用的那两间门面房被谁买走了。

回到面馆，四川佬一屁股坐下来就开骂起来："他妈的，这个温州佬坏得死，明明晓得我想这两间门面房，他还偏偏不声不响地给卖了。这个龟儿子，一个十足的白眼狼！"

"你不是始终左一声右一声的要人家让价吗，能怪别人吗？再说这房子涨价后你也没对人家吭过声，能怨得了人家？"四川佬的婆娘一边抹桌子一边接茬说。

"就是嘛。人家董叔叔也是生意人，君子也要顾本的。"四川佬的儿子也掺和着说。

四川佬他本就堆了一肚子气，正逮不着出气孔，老婆说他不好出气，想不到儿子也在插话，这下正好逮到了出气的机会。

"你这个龟儿子，哪里轮到你来讲老子的?"四川佬一边骂一边将桌面上的醋瓶狠狠地向儿子砸过去。

四川佬的儿子边躲过老头子砸过来的醋瓶，嘴上边叽里咕噜地说："董叔叔这么做本来就没错嘛。"

突然，一阵急促的由远而近的警车鸣叫声，震耳欲聋般地呼啸而来……四川佬被这警车声惊吓得发呆了。瞬息间他似乎本能地感觉到了什么，他迅速站起身向面馆的后门跑了过去。

此刻，四名穿制服的警察从前后门冲了进来，他们蜂拥而上一下把四川佬逮个正着。他们迅雷不及掩耳之势就把四川佬的双手给反铐了起来，同时并宣读了四川省达县公安局逮捕令。随后，四川警方将四川佬押上警车便急驶离去。

四川佬在被押上警车之前，还扭过头来大声喊叫："老婆子，什么也别说了哦。得想法子花再多钱，也得把那两间门面房买过来。和儿子好好地经营好'食面埋腹'，不能白费了我们二十多岁的逃匿生活哦。"接着又对儿子喊，"小子，一定要照顾好你的娘，要对得起她。"

四川佬的婆娘和儿子都哑了，母子俩没一个晓得吭声，只晓得抹淌着的眼泪，眼睁睁地看着警方把四川佬逮走了……

四川佬的儿子还蒙在鼓里，不知老头子究竟犯了什么错。他无奈地流着泪，似乎是在问娘，又好像是在问苍天："我爸究竟犯了什么罪?"

四川佬的婆娘更是泣不成声，一阵阵的哽咽之后才慢慢地回过神来说："娃儿，你还小，待你长大成家后娘再来告诉你。"

四川佬的儿子低着头，双眼挂着泪，默默地听着娘说的每句话，可心里却又在想"娘为什么肯嫁给一个比自己大十多岁的男人而奔走他乡"这个老问题，可以说一直是梗在四川佬儿子心里的疙瘩。尽管他还不知其所以然，但冥冥中他猜测娘和老头子肯定有一段不同寻常的凄美故事……

四川佬被逮捕犹如一枚深水炸弹，瞬间在江城炸开了锅。人们像疯了似的传播着……

有人说："好好的生在天府之国不蹲，偏偏跑到江城来藏匿，原来是个逃犯。真是看不出来!"

还有人说："潜伏江城快二十年了，真是知人知面不知心哦! 看他平时说话办事做人的样子，不像是个逃犯呢!"

闻讯赶来的董老板还是来迟了，他没能见到四川佬一面。尽管他闻讯后是迅速赶过来的，但他还是后悔透了。

真是一波未平，一波又起。江城所有的人都没想到，董老板真的把那两间门面房免费送人了，只是这人不是四川佬，也不是别人，而是四川佬的儿子。

不少的江城人都说董老板是个大孬子，说四川佬出现这种情况了还把那两间大门面房白白地送给四川佬的儿子，真是让人看得糊里糊涂弄不明白。

可董老板却好像不顾及那么多，他听归听做归做，听做本身就是两码事。他总觉得没经历过风雨的人是感悟不了"祸福互依"的，更不会晓得"祸害祸人祸己，福善福来福往"的道理。他特意还是专程上门去告诫四川佬的儿子说："争口气，小子！好好地去侍候着你的娘吧。"

只是这一幕，恐怕四川佬这辈子也没法看到的。至于让四川佬十分揪心的那两间门面房，他暂时还不晓得已经在他儿子的名下……

老　米

汪　琦

　　三道街上，住着一些外乡人。

　　这些外乡人在我们和悦洲上补牙、看相、耍把式、卖梅花糕……还有几个乞丐。

　　我原先不知道乞丐也可以是一种职业的。他们捧着半片瓷碗，走街串巷，嘴里"呜隆呜隆"说着点什么，这就是他们的吆喝了。支持他们这份工作的，永远是那么几户人家，偶尔有遇上好事，或者期盼好事发生的人家，会冷不丁把他们叫住，从屋子里端出一碗热稀饭和两个腌菜粑粑，他们便拥有非常幸福的一天了。时间久了，他们似乎也没有改行的打算。

　　那天傍晚，我娘去大士阁里进香还没有回来，我在院子里逗弄三叔的"白大将军"——那只很英武的画眉鸟。

　　这时候，来了一位陌生的乞丐。

　　说他陌生，自然是我们之前从来没有见过。而判断他是乞丐，是因为他那一身装束，其实这是很不礼貌的武断——他的穿着只是破落，并不肮脏。他手里也捧着一只碗，却不是破碗，而是一只很漂亮的青花碗，甚至被擦拭得清清亮亮，在落日的余晖下耀着点光。

　　"我们家没有剩饭了。"我看着他，先张了口，"下午来了三个要饭的，早饭剩下的发糕、烧卖都给他们了。"

　　"我不是要饭的。"那人说，"我想进你们家院子里看看。"

　　"你要看什么？"

　　"看看它。"他指了指被挂在廊檐下的"白大将军"，"是画眉吧？听着声，就是只厉害的鸣鸟。"

　　"没错。"我一看他挺懂行，就打算让他进来看看。这时候，吴妈从厨房里出来了。

"干什么的?"吴妈看他一只脚已经迈进了院子,嗓子也提高了八度,"这会儿没饭给你!走走走!"

"我不要饭。我进来看看……"

"看什么?这儿有什么好看的?"吴妈举起铁勺就往外轰他,"讨饭有讨饭的规矩,不能跨过这道门。"

"我不是讨饭的。"这个人第三次重申他的身份。

"那你是干吗的?"吴妈上下打量着他。

"我……我不干吗,我就想看看这只鸟。"他说,"过去,我也养过一只画眉,像他这么大的时候。"他看着我。

吴妈愣了,看看他,看看我,又看他,确实从他的脸上没有看出什么歹念,就对我说:"乃衡,你看着他。"又转头对他说,"看完了鸟就出去。"

"好。"他说,"看完了我就出去。"

吴妈就回厨房继续做饭去了。过了一会儿,她想起刚才出来是要拿蒜的,便出来拿蒜,朝这里又多望了两眼。

他问我:"可不可以把鸟笼摘下来?我眼睛不好。"

我从墙边拿来长长的竿子,他把鸟笼挑了下来,放在地上。他也就席地而坐,盯着鸟笼看。

"你叫什么名字?"看了好一会儿,他突然转头问我。

"我叫童乃衡。"我说,"这只画眉是我三叔的,它也有名字,它叫'白大将军'。"

"它确实有将军的气度。"他又盯着鸟看了一会儿,突然又说,"我姓米,你叫我老米就行。"

"老米……好。"

这真是个奇怪的人,他看鸟看得很入迷,看着看着又冷不丁冒出一句话来。我们就这么有一搭没一搭地说了几句,他"噌"地站起来,拍拍屁股上的灰:"行了,今天看够了,我明天再来。"

"还是这时候吗?"我问他。

"差不多吧。"他头也不回,大步流星朝门外走去。

第二天,老米真的又来了。

他进门的时候,和正在院子里摘菜的吴妈点了点头,就像家里的男主人回来了一样。

　　我去拿竹竿，要把挂在廊檐下的鸟笼摘下来，他说："就挂那儿吧，我昨天看准了。"

　　我没明白他的意思。他也不多说，就在院子西角的青石条上坐了下来，从身后的包袱里掏出一张薄木板和纸笔来。

　　他是来画画的！

　　他画画的方法我从来没见过。他画的画，和我爹，和詹先生的画都不一样：那是很细的笔，笔头尖硬，他斜握着笔杆，轻轻往木板托着的画纸上一抹，就出来了锅灰一样颜色的线条——那笔竟然是不用蘸墨的！

　　他不用抬头，似乎也看到了我一脸的惊奇，边画边对我说："这叫铅笔，是西洋人发明的玩意儿。"

　　"噢……"我点点头，继续看他画画。没一会儿，我又问他："那你就是干这个的吗？"

　　"你是说，"他看我，"画画？"

　　"是啊。"

　　"算是吧。"他又把头埋了下去，"可我画画很凭高兴，只画我高兴画的东西。我不高兴画的东西，给多少钱也不画。"

　　"那你很高兴画鸟。"

　　"也不是所有鸟我都画。"他说，"我以前老画鸽子，鸽子你见过吗？南方人好像不怎么养鸽子，我过去在北平，北平人爱养鸽子，他们还在鸽子尾巴上绑个鸽哨——嗡嚯嚯嚯嚯嚯——真好听。"

　　"那你画鸽子，也是这样画吗？"我说，"鸽子扑棱着满天飞，它能老老实实让你画吗？"

　　"我画东西，是不用看着画的。"他停下了手里的笔，指着眼前的"白大将军"，"就说这画眉吧，它就算在待在笼子里，也是没一时半刻安分着的，我总不能转着圈盯着它画。我一定是先把它看够了，看进了脑子里，然后再画。画的时候，其实是照着脑子里，而不是眼前的画。我只用时不时打上两眼，补充点脑子里的细节，比如它这眼沙和白水，我昨天就没看准，今天来看两眼，就能画了。"

　　"噢噢。"我想起了詹先生画庐山。和老米不一样的是，詹先生一辈子都没到过庐山，他是照着前人画的庐山来画。詹先生家里有一百多幅庐山，谁背诗背得好，他就赏我们一幅庐山。

　　老米接着画"白大将军"，他的确不用怎么抬头，手下也极快，几乎是"刷刷刷"的，就往纸上抹了个大概。

　　"好啦。"他站起身，把画好的画递给我，"怎么样？"

我盯着看了半天，只能说："不太像。"

"哈哈，你说对了。"他笑了，"我的画的确是不够像，可你看它的神。"

要说"神"，那老米的确是把"白大将军"翘头摆尾的神韵画足了。看这画，就知道画的一定是我们家的"白大将军"，再不可能是别家的鸟。

"送你了。"他一扬手，把画塞进了我的手里。

"可……可是，我没钱的。"我说。

"我画画，常常没有钱。"

"你等等。"我返身跑进厨房，拿了两个包子，放进他漂亮的青花碗里，"我知道你不是乞丐。这是吴妈早晨从清泉楼里买回来的六鲜包子，我请你尝尝。"

"好。"他再没多说什么，像是我们粮店里的小工到了下班的钟点一样，潇潇洒洒地卷起地上的画具，走了。

老米来我们家的次数多了，和我熟了起来。吴妈也不再当面管他叫"要饭的"，改叫他"画画的"。

他在我们的院子里，总是能发现可以画的东西——草畦、天井、我娘养的三盆兰花，哪怕是空空荡荡的回廊，他也能画上半天。他的画，虽然知道画的是什么，可总是不够"像"，因为"不像"，吴妈就挤着眼睛说："画画的，你的画能卖出钱吗？"

"偶尔也有人买，"老米很老实，"大部分是卖不出去的。"

"那就对了。"吴妈笑了笑，走开了。

"在西洋，欧洲，你知道吗？那里的广场上，经常有人画画，他看到你了，也不和你打一声招呼，就开始画你，你在那儿站了一会儿，他很快就把你画好了。然后走过来对你说，'先生，请把这幅画买下吧！'"老米对我说，"我也这么试过，在码头，在兰馨剧院外面，没有人买我的画。遇上脾气不好的人，还会撕了画，再揍上你一顿。"

"不买就不买，为什么要揍人呢？"我替他抱不平。

"不知道。他们可能觉得我把他们画难看了。"说完他自己先笑起来。

"可你的画总是卖不出去，你要怎么……过活呢？"我看了看他被擦得锃亮的青花碗。

"你说吃饭？"他说，"我替人抄书，描绣像，《西游》《水浒》我都描过。这样的活我一年能干上三个月，其实也够吃饭的了。"

"那你为什么不一年到头都干这样的活？"

"因为……因为……"他"因为"了半天，"除了吃饭，我还有更多……像看鸟这样的事想做呢。"

可我看老米到底还是常常不能吃饱饭，至少，他今年还没有描够三个月的绣像。这从他糟糕的面色就能看出来。

很快，我给他找了一个很好的活计。

快到年关了，我爹在洲上的各家店铺都盘起年账，准备关张。关张前的最后一件事，是在各店铺的门板上贴门画。我向爹揽下了这桩"生意"：今年的门画不用派人上街买了，交给老米来画。

老米听了我的消息，却没有显出我想象中应该有的高兴——"门画吗？"他说，"门画，自然是很好的，很漂亮，可惜……"

"可惜什么？"

"可惜我没有画过。"老米把头低了下去，"我从来没有画过门画，我恐怕不会画。"

"嘻。"我以为有什么呢，"没画过怎么了？你在码头上画人，难道那个人你之前就见过，就画过吗？"我很为他有信心，"画吧！使劲画，我们家在和悦洲的三街十三巷上有二十多间铺子呢！"

老米把头低得更深了，"好，我试试。"

我为老米画门画的事很上心，除了拿笔作画，其他的事我都替老米办了：买颜料、大纸、油刷，找来几十幅门神的模子，连詹先生家里的那本《桃花坞木刻年画谱》也被我借了来。

老米不说话，他埋头画，一开始，他用铅笔先画线稿，后来他发现不能用铅笔，就直接使毛笔和油刷。他画得满头大汗，我一个劲地替他擦。

"不行。"连着画了六七幅，全部上过了色，老米却把头摇起来，"不行，不能画了，乃衡，真对不住你，我画不下去了。"

"怎么了呢？"我看这些门画，画得多好呀！我理解的"好"，就是"像"。这些神采奕奕、栩栩如生的门神，和街上买来的几乎挑不出什么两样。"怎么就画不下去了呢？"

"不对。"老米说，"我的感觉不对了。感觉，你知道吗？我画这些门画，就像……就像什么呢？就像在舂米，一下、接一下，这些画被抽掉了精神，它们是死的。"

我生气了，我替他找来的活路，怎么就成了画"死画"了呢？

"乃衡，谢谢你。"他说，"我画不下去了，谢谢你的好意。我有钱，你还是去街上买门画吧，拿着这些钱。是我耽误了你的工夫。"

我真的生气了，大声地对他说："我明白了！你就爱画那些卖不出去的画。什么是感觉？越是不像的，你的感觉就越好！越是像的，你的感觉就越差！你去画吧，画那些没有人买的画！"

过年了。我也有一阵子没见过老米了。

其实自打上回那事之后，他来我们院子里找过我一回。我在屋子里听见了他和吴妈说话，可我没出门。他留下了三块梅花糕，然后提高了嗓子，像是知道我就躲在里屋似的：

"那我就走了啊！"

"嘿，这叫什么？"等他出了门，吴妈嘀咕着，"这要饭的给主顾送吃的来了？"

"他不是要饭的！"我打开门，从吴妈手里夺过糕，"我也不是什么主顾，我们是朋友。"

大年初七，是洲上各商铺开张的日子，爹让我去粮店里为他们点开门爆竹。前一天飘了一整夜的雪，清晨推门，我差点被膝盖厚的积雪绊了一趔趄。

昨夜下了多大的雪呀！我想到的是老米——他那个不蔽风雨的茅屋，这一夜他是怎么过来的啊。

我心不在焉地点完爆竹，从我爹和三叔手里接过红包，飞速朝三道街上奔去。

茅屋的门虚掩着，我探过半个脑袋进去，低声喊了一句："老米？"

"呐！"那声音更低沉、更浑浊了。

我推开门，见到老米蜷在一堆破败的棉絮里，怀里捧着那个熟悉的画板。

"你来了。"老米想要给我腾出一个可以坐的地方，可他费力地动了动身子，竟牵扯出一连串令人心惊的咳嗽来。

"你病了？"我看他的脸色比以前更差了，比这会儿阴云密布的天气更糟。

"没事。"他说，"风寒嘛，等药铺开了张，拿两副药就好了。"

我看他手里还攥着半截铅笔，"你画什么呢？"

他下意识地把画板往身后掖，可还是被我看到了——那是什么？一个大大的人像，整张纸上除了一张脸，再没有别的内容了。

我从来没见老米画过这样的画。

"画人嘛。"他只好说，"人像，过去我也常画的。"

"你过去在码头上，也这样画的吗？"我不相信，"你能把人家眉角的痣也看准了?"

"别乱说。"他想来捂我的嘴,可稍动一下,似乎就耗费了他极大的气力,咳得也更加吓人。

他终于说:"这是遗像,给……给故去的人画的。"

原来这是他给自己找的新活路!

不知道从哪儿灌进来的风,嗖嗖的,呜呜的,我浑身打了几个寒战。

当然,给人画遗像,这也是一种活路,是再正常不过的事情。可不知道为什么,当我晓得了那画上的人已经……已经死了,就感到那眼神可怖起来,好像直勾勾地盯着我,一刻也不放松地盯着。

老米一定也觉察到了我的异样,他把画板反扣了过来,"过年都是有礼物的,我也有个礼物给你。"

他把一个蓝花布包裹着的小物件塞进我手里,"回去再看,这里没光,看不见。"

说完,他咳得更厉害了。他摆着手:"我要眯会儿了,你快回去吧,给我腾个地儿!"

回到家,我心里还是想着茅屋里的老米。

吃过午饭,外面的风雪愈加大了。吴妈又给我添了一件夹袄,屋子里的炉火被挑得更旺了。可不知道什么缘故,这屋子里越暖和,我越觉得窗外的风声刺耳,那风声简直就像老米骇人的咳嗽声,在我耳边一阵一阵地响着。我站起身,要往门外走,被我娘叫住了:

"干什么去?"

"我……我想给老米去抓点药,他咳得很厉害。"

"老米?哪个老米?"我爹从一堆账本里抬起头,雪太大,上午刚开张的铺子他也不得不先关了。

"一个要饭的。"吴妈说,"哦哦,不是要饭的,是画画的。"

"噢。"我爹似乎想了起来,我和他说过让老米画门画的事。他搔了搔头发,"外面雪太大了,你就不要出门了,让老杨抓两副药送去吧。"

谁的话都可以不听,父亲的话是不能有违的。

我被吴妈摁回到椅子上,看着她去通知门房老杨。

"再去清泉楼买两个包子吧。"吴妈刚出门,我隔着门又冲她喊了一句,"六鲜包子!"

吴妈回身,点了点头,我想她应该是听见了。

傍晚，我有些头晕。晚饭没吃下多少，脑袋似乎更沉了。我娘喊来了医生。

"发烧了。"朦朦胧胧地，我听见医生说。

"还想着出门呢！这在家里烘着炉子都病了。"这是我爹的声音。

"快把他背去床上躺着吧。"我娘把我扶上了吴妈的后背。

在床上迷迷糊糊睡到夜里，听见院子里大门"吱呀"被推开，还有马嘶声，是老杨回来了！

我几乎是光着身子，就冲进了院子里，"杨叔，老米他怎么样了？"

"小祖宗呀，你怎么也不披件衣服就出来了！"吴妈抱着床被子追出来。

"他啊，病得挺厉害，我给他抓了三副药，又添了床新絮。"老杨连着叹了两声，"我去的时候，他还在画着呢。那屋子里没光，啥也看不清……"

"行了。明天一早，等你好了，我陪着你去看老米。"吴妈连着把我和被裹扛起，又扛回了屋里……

第二天一早，我和吴妈踏着可能是和悦洲上有史以来最厚的雪，来到三道街。

街上一片静谧，安静得好像这是世界上第一个早晨。

我轻轻推那扇门，一下竟没推开，雪把这门也冻住了。

我拍打着门，呼喊着老米。

里面没有动静，连声咳嗽也没有。

我用力地捶打，终于破开了那扇门——老米依然蜷缩在那个角落里，只是——

只是他的身子已经硬了。

给老米下葬的那天，和悦洲上连飘了七天的雪终于停了。

我爹给老米立了块碑，碑前是一张像。那是老李给自己画的遗像，也是杨叔去看他，他在生命中最后的几个时辰里画的那幅像。

我捏紧了口袋里的鼻烟壶，竟然没有像想象中那样大哭一场。

鼻烟壶，是老米送我的礼物。我从来不知道老米还会在鼻烟壶里作画，画的还是"白大将军"。他会的玩意太多了，更多的是我不知道的。难怪他说，除了吃饭，他还有更多的事想做呢。

老米在和悦洲上没有亲人，除了我，似乎也没有什么朋友。那天，他的坟前出奇的安静，安静得好像他从来没有到过这里。

牧 牛 曲

章乐飞

1

老牛代耕年已久,自问此生亦无负。但愿卖牛心莫起,老牛不死耕不已。刘马踢稍许歇息,轻轻地默念起这诗句,像一头老水牛在咀嚼回味着什么,上牙床与下牙床左右磨合,发出微弱的"咯吱咯吱"声响。

刘马踢不再与村长争辩,算是默认了村长所说的道理。

其实,他也清楚,生来是犁田耙地的老牛现在已经卸下牛轭头,可宰可杀,变成案上的牛肉,锅里的美食了。只是,他固执地认为,他饲养的这头老水牛太特别了,二十多年朝夕相处,它似乎不是一头牛,简直是自己的老伴,怎么能生硬地拆散呢?就这么把它卖了,总觉得于心不忍,于心不安啊。村长一而再再而三地登门劝说是有道理的,不卖,你能与它相伴至死?

刘马踢咬咬牙,点点头。是对不起村长呢,还是对不住老水牛?他的表情是复杂的,有点像勇士上战场,是赴死的决心,终于下定了。

村长的一颗心放下了。他高兴地站起来,说,那我走了,宰牛的师傅我给你联系,你不要操心的。我现在给牛槽添些水,把点草,今晚你就不要过问了。

村长钻进对门的牛屋,不一儿又钻出来,对着坐在堂屋里的刘马踢喊:晚餐不要跛着腿去烧饭了,你外甥会送来的。

刘马踢"哼哼"地答应着,像个犯了坏事的小孩,十分的乖顺。

村长走了,堂心又恢复了安静。不,是寂静。寂静得连绣花针掉地下

147

的声音都能听见。孤寂伴着渐渐昏暗的光线在堂屋里一寸一寸地蔓延。

刘马踢端起桌子上的茶杯，咕咚咕咚地喝了几口。其实，他口不渴，是在打发这难耐寂寞的宁静。一丝内疚的歉意，抑或是内心深处涌上来的无端的凄婉悄悄地爬到眼角……他放下茶杯，抬起粗糙的大手抹了抹溢出嘴角的水渍，借势顺着脸腮向上，揉了揉双眼，心中漾起的波澜似乎还没有平复，又拿起桌上的双喜牌香烟，抽出一支夹在左手的中指、食指间，右手的拇指轻按打火机，屏住呼吸，双唇紧抿，狠劲地猛抽一口，满腹的心事似乎也顺着一缕缕一丝丝烟雾从他的鼻孔里、嘴巴里冒出……

"人不走运，放屁都砸破脚后跟。"他自言自语地嘀咕着，一只手又拿起桌上的大号瓶装的"正红花油"左瞧瞧右看看，扭开瓶盖，往架在板凳上的红肿的脚颈子轻轻涂抹。

那是大前天的事情。

那几天，他心情也好。国庆假日，紧挨村庄后面的国道通车，村庄里人似乎一下子多起来了，相互见面都是笑，都说，这公路修得好，漂亮，平整，那路面乌光锃亮的。他早早地吃过中饭，他要牵着他的老水牛到湖滩上溜达溜达，让老水牛也见个新鲜。到田畈中的湖滩要穿过刚通车的大公路，他想，我家的老水牛还赶上了，这新修的国道多阔气啊！

国道在村庄的北边，到田畈里不像以前那么便捷了。它像一条巨蟒横亘在村庄与田畈之间，把所有通往田畈的小路截段，若到田畈里必须转到村东头敞开的通道口。刘马踢牵着老水牛走到路口旁，望着这国道还是忍不住地啧啧惊叹。路基边隔一二米就有一棵常青灌木，应该是冬青树吧，他家院子里也有一棵，是他好几年前花三元钱买的。这么算来，光这树就要几十万啊！细细端详，它真像身着迷彩服的战士在呵护着这国道；树里边是绿色的护栏，那东西一定是铁质的，涂着绿色的油漆，绿得养眼；护栏上隔一段路绑着竹竿，竹竿上飘着红、黄、蓝、紫色的三角旗，旗随风舞，墨黑色的柏油公路似乎也跟着舞动起来了。

刘马踢望着西来东去箭一样过往的车辆，微笑又在脸上荡漾。从这里搭车向西到县城只要半个钟头，向东到市里只要十几分钟了。"我们镇已经划拨到郊区了，通公交车可能就在年底。"想到村长说的话，他还真有点难为情的，县城还是小时在那里读过两年书，后来一直都没去过。现在，路都修到家门口了，来天得闲，到县城去看看，也到市里去逛逛。他拉了拉、抖了抖手中的缰绳，向老水牛打招呼，你瞧瞧，这路多帅气！你没见过吧！

身后的老水牛没一丝儿反应。他转过身，又拉紧了牛绳。老水牛只是抬起头，伸直了颈子，没拿脚的意思。老水牛有点吃惊的样子，张着嘴巴，伸着舌头，眼珠子直转动，瞪得好大。咋啦！这平平整整的路，还不敢过？车子来了还让你呢。刘马踢边说边拉紧了牛索。木质的牛鼻串子一端缩进了牛的鼻孔里，一端随着绳索有半截裸露在外，昂起的头像有一根从天上放下的绳索被吊着一动不动。嗨嗨！它还真不走呢！马踢放松了拉牛绳的手，走近牛身左侧，举起牛鞭，话音落地，牛鞭"哗啦"一声落下。老水牛的后腿一弯，后两脚一跳，又稳稳地向右移一步落下。老水牛也来气了，缩了缩颈子，低了低头，向站立右侧的马踢猛然抵撞过来。刘马踢惊骇出一身冷汗，本能地向后一跳，左脚踩在路沿，趔向水沟。这一向都是晴天，水沟里没水，尽是些遗弃的修路时的石块。刘马踢的右脚悬空落在沟里不大不小的石块上，石块一歪，人一屁股靠在田埂上。

老水牛来劲了。它见主人走开了，牵引鼻孔的牛绳掉在地上，像脱缰的野马，撒开前腿，弯曲后腿，纵身向前一跃，越过路旁的小水沟，跳到稻田里，撒欢儿地奔跑起来。一眨眼儿，就越过稻田的尽头，在田与地交界处的地埂头有一口没一口地啃着地头上的枯草。

公路上来往车辆发出的呼啸声相互碰撞着，都鼓足了劲，吞没了鸟鸣，吞没了虫嘤，也吞没了老水牛啃草的嗤嗤声。

公路脚下的稻田是荒废了的，它是被新公路截断后剩下，像舌条一样的形环绕着一块旱地。有膝盖长的杂草枯了，一封书地铺在田里，厚实而平坦；旱地里是青翠嫩绿的油菜环绕着村庄，绿叶虽没铺满地面，远望，绿油油的，给村庄增添些许生机。老水牛好像也没心思啃地头埂上的枯草了，抬头望着公路，望着公路上飞驰而过的车辆。它见主人还没撵过来，又转了一丁点儿的角度，向坐在田埂上的刘马踢发出"哞哞"的呼叫。

刘马踢双膝落地，爬上田埂，手扶腿膝盖站起来。伸手拍打身上的灰土，右脚颈子里面像一根针刺了一下，一阵钻心的疼痛袭扰全身。脚颈子崴了？他复又坐在田埂上，用双手的食指和拇指捏了捏右脚颈子。心里默念道：不痛，骨头好好的，当是脚颈子扭了。他忍着痛，很费力地站起来，一辆银灰色的小轿车驰下国道，"嘎喳"一声停在小水沟的对面。

"舅舅，你咋啦？摔倒啦？"从车上下来的是村民小组长杨民，他是马踢的外甥。他见舅舅站在田埂上，踉踉跄跄的样子，便下车亲亲热热地询问道。

"摔倒了！你高兴了吧！"刘马踢没好气地吼了声。转身，迈步，一瘸一拐地向他的老水牛走去。

2

今天还回了句话，这次咋不偬了呢？杨民自言自语，像是自己说给自己听的。他见舅父没大碍，也转过身，钻进了小轿车，狠劲地关上车门：比他的老水牛还犟！

也不能怪杨民有疑惑，还在背后说了一句对舅舅不恭敬的话。从年初到现在，也有大半年了，杨民恭恭敬敬、亲亲热热地喊舅舅长舅舅短的，应该有几十次了。这当舅舅的，就是不理不睬，哪怕是在一张桌子上吃饭，这舅舅就像没看见杨民在场一样。

杨民夫妻一直在江苏的一家私营农场里打工，多少也积攒了点钱。小孩在一年级读书，大孩子开年要上初中了。父母都是八十好几的人，照顾孩子既力不从心，也惯坏了小孩子的坏脾气。近年来，一直有回家创业的念头，就是找不到合适自己的项目。

去年年底回家过年。见家门口的国道路基夯实了，他又在揣摩如何在家打拼。在舅父家玩时，见到一个外乡镇的种田大户要承包村民组的责任田，舅父一听就来火了，冲着来人直嚷嚷：谁不愿种你去承包谁的，就和谁说去，和我说没用。我田我自己种。他很不客气地把来人轰走了。杨民见状，客客气气地与客人攀谈起来，还把客人送到了村口。他从这位种田大户的口中了解到，极大部分村民都接触了，都愿意承包；若是统一承包，成片耕作，还是很划算的。

他回家把这事与妻子说了。决定不外出打工，准备承包本组的田地搞精品种植，也好教育孩子读书，照顾父母，还有这个单身的舅父。夫妻俩一合计，父母亲当然没话说。杨民连夜出击，就跑到本组承包田地最多的王瘸子大爷家。

王大爷走路有只脚是脚尖先落地，有点跛，人们都喊王瘸子或王跛子，他的真名到底叫什么，杨民到现在还不晓得。他知道王大爷比自己舅父小一岁，是属虎的，今年六十八了。他家妻子去世很多年，是他一手把一对儿女拉扯大的。两个孩子都争气，一个在政府机关上班，一个在学校教书。组里人家不种的田地大部分都是王大爷种了，有五六十亩。今年春耕结束，他把轧田的拖拉机从田畈里开回家的路上，一不小心，连人带机翻到了水沟里；虽无性命之虞，但大胯骨折了，腰扭了。儿女都很孝顺，坚决不许父亲承包别人家的责任田了，就是自家的几亩田地也不许他再耕种。听杨民要承包责任田，田里种稻，地里改种经济作物。他直竖大拇指，拥护，一百个拥护。不过，你要征求你舅舅同意啊！他是村民小组长。

杨民来到舅父家，把自己的主意和盘托出。舅父虎着脸说，在外挣钱好好的，你种田？你别把在外挣的钱打水漂漂了吧！刘马踢已经知道，杨民决定不外出打工，在家承包责任田了。他还不等外甥的话说完，就硬邦邦地堵住了杨民的嘴：你一定要种田，你家的田地我不种了，你种你的，我种我的。说完，就钻进他的牛屋，把杨民甩在一边。

杨民的母亲也来了几次，姐弟俩的话也说不到一起去。谈判的结果是他自己的三亩田地自己种，别人家的田他不承包了。做姐姐的看着孤苦伶仃、渐至老境的弟弟也只是深深地叹息：倔脾气害了他一生哦！

马踢是够倔的，更够犟的。马踢姐夫在大集体时代是生产队队长，在割资本主义尾巴的时代，说父亲倒卖耕牛，挨批挨斗，他作生产队队长的没有责任？他还在记恨他的姐夫，姐夫病恹恹的也十几年了，他脚没踏过姐姐家门槛。他固执地认为父亲的死，他是有一定责任的。杨民家的田地曾抛荒一年，一分钱的田租金都不要，叫他种，他也不种。后来，还是村长出面，说田地荒了，你当组长有责任，他才接了手。当然，田地在荒着，刘马踢的心也在痛着。

村长书记听说杨民回家承包责任田，很是高兴，便亲自上门，提供帮助。当清楚是杨民的舅父刘马踢在中间杠了牙时，村长笑了，他说，他舍不得放下那头牛。

去年，村里的敬老院办起来。刘马踢也属五保老人，是敬老院养老对象。考虑刘马踢身体康健，办事认真、公道，村支两委一致通过，想请他到养老院去负责后勤组的工作，村长与他话还没说完，他火冒三丈，我不缺胳膊断腿的，不沾这邋遢的名声。当村长说是请他到养老院负责后勤组的工作时，还是一个劲地摇头，我还是跟我的老水牛过，自耕自食，自由自在，不受别人的窝囊气。后在村长的再三开导下，才勉强答应，说今年还种一年，等明年再说。现在，舅舅与外甥顶撞上了，微笑挂在村长脸上。他想，今年的事应该不大。刘马踢说话是算数的。

村长拨通了马踢的手机，说晚上要到他家喝一杯。

这点马踢清楚，喝酒是假，说外甥承包田地的事情是真。现在哪家还没酒？这是看得起我呀！刘马踢高兴，也自信。桌上的火锅在冒热气，把对外甥的一肚子怨气溶化了。这么大的事不先跟我商量，而和组里其他社员串通好了。这不是拿我这组长不当回事吗？还是村长有水平，这面子账是要给的。再说，自己也年近七十岁了，何苦还黑汗淌黄汗流的风里来雨里去，腰包里有几万元，管老来零花钱够了。若不是老水牛缠腿也想去外面逛逛，看看外面的花花世界。

刘马踢叼着香烟在暗自盘算。村长拎着一瓶酒就进门了。

你还带酒了？

你是老马呗，我是小马啊！其实，我也老啦！村长边说边把酒瓶盒撕开，把各自的酒盅斟满。恭恭敬敬地举杯说，你当队长也有二十多年了，我当村长已有三十年了，我们俩在一起共事还不错吧！今天，我先敬你三杯。

嗨嗨！你今天还客气起来了。你别担心，我那外甥的事好说，听你的，这田不种了。也该歇歇了。马踢端杯，话一说完，酒杯也底朝天了。

这事好说，不说你会想通的。村长说完，又拿酒瓶斟酒，又举杯。杨民承包队里的田地，你应该高兴才是，我们脚下的土地终于有年轻人接着踩上来了。你种！你还能种它五年？十年？村长一仰脖子，又说，你不懂了，他用的是科学种植，用大棚种植，产值是小麦、棉花、玉米的几倍，几十倍呢！

酒咕咚咕咚地从喉管里入胃，话又从喉咙里涌出：杨民这小子在外头见过世面，有眼光，有创业精神。这就是农村农业的出路啊！政府也在鼓励，镇里、县里在扶持。这年轻人不错，是棵好苗子。

人老归人老，灵性还没老。村长来喝酒的目的刘马踢一下子就摸透了。刘马踢举起酒杯，眯缝着眼，说，呵呵！我知道了，你这是杯酒释兵权啊……马蹄端起的酒杯又放下了，放下后又端了起来。

村长端着酒杯，眼都不眨一下，直瞪瞪地盯着刘马踢，想听他往下说。他话没了，酒杯空了。

马踢的眉皱起来了，像一截城墙，眼角的皱纹堆得更厚，像一块三角形的瓦片贴在两侧。一双深邃的眼睛像二十前一样藏着的是疑惑，是迟疑。

二十年前，也是这样喝酒，村长赶鸭子上架，刘马蹄担当起东湾村民小组长的担子。

村民小组长（即生产队队长），在东湾自然庄历年来都是党员同志担任。马蹄可是"地主"的儿子，曾经还挂着"现行反革命"牌子游街的"四类"分子呵！如今，砖匠走了，漆工走了，木匠走了，连收入很不错的杀猪师傅也走了，村庄里的男人都走了。一个生产队只有刘马踢与王瘸子两个劳动力在家，还有就是刘马踢的姐夫半躺半卧在床上。

那些年当组长，比历史上任何时期的组长都难当。农业税要收，计划生育要计划，吵嘴打架要劝解。修渠挖沟是求爹爹拜奶奶地去挑土。为了解决农业税，马踢把自己衣袋的钱先垫上。这几年，党的"三农"政策调整得好，组长的差事要安静点了，村里还给组长有千儿八百的补贴。村长又动员他退下，一肚子委屈也只有村长知道。

谁叫我是党员呢？听你的！刘马踢语言是铁硬的，斟酒的手是笔直的。举杯，脖子一仰，底朝天，口朝地的酒杯，轻轻地放下。

村长知道，这老马嘴上这么说，心里还是有一肚子的委屈。

杨民承包田地的手续办好了。两卡车搭大棚的材料和打井的器具拉来了。他把舅父请到靠近村庄边的三十亩小麦地边，叫舅舅用牛把这块地翻过来，好尽快安装大棚，种植草莓。马踢一听外甥的计划就直吼吼，三十亩小麦，开年就是上手的财气。你这是灯草烧窑，不心疼爹娘的本钱啊！现在，这麦子是你的，你这样糟蹋青苗是要犯罪的！

杨民没法，又请来村长。刘马踢也没法，他相信村长，听村长的话。但这次，他对村长的话，"突突"像机关枪射出子弹，是不曾见过的咆哮：犁，犁，犁，我老水牛先享个口福，让它吃个饱。

麦地里一拨人在打井。

刘马踢驮着犁，牵着老水牛来到麦地。老水牛站在地沟里，低头，用嘴在麦苗上摆来摆去，直喘粗气。嫩绿的叶片儿在老水牛的嘴唇上、鼻孔间摇来晃去，像小孙子的手掌心摸着爹爹的胡须。老水牛不张嘴，不动牙。马踢见状，心更疼了，不停直骂：这个兔崽子，不如我养的牲畜啊！心里在暗暗地发誓：下次，再这样瞎折腾，天王老子的话也不听了。

麦地翻过来了，刘马踢的谩骂声也停息了。

杨民给舅舅1000元的牛工费，马蹄不要，算是给你尽义务，今后也别想再给你帮忙了。

3

春节过后，杨民很忙。

刘马踢现在也就放牛一桩事了，但他闲不住，他要找点事做，也很忙。

东湾组的田地都在村庄的北边，过去，刘马踢放牛到村北的湖滩去得多。忙时，耕田犁地及时；闲时，既放牛又可顺便照顾庄稼。现在没田地种了，村子北边又在修公路，到哪里去，多有不便。刘马踢就把牛牵到村南的江外滩，路是多点，也就多撒一泡尿的工夫，只是和村里的人见面少了。前些年，也到江外滩放牛，只要把牛牵过江堤，记得把牛牵回家就行了。如今，刘马踢不放心，他要守着。青年夫妻，老来伴嘛！同村的老伙伴们曾戏谑他，他也这样的自我解嘲。再者，看这势头，这牛是养不了多长时日了，假若有个闪失，于心难安啊！

江外滩是天然的牧场。牛在草丛间吃了睡，睡了吃。马踢在滩地上漫无目的地晃悠，闲着也闲着，何不整点荒地呢？江外滩曾经是地，大集体时就种过，每年种的小麦都有收成。收获夏粮就看江水了。这些年来，熟地都有抛荒的，江外滩的地就更没人问了。刘马踢清楚，只要不出现 1998 年、2016 的大洪水，种点黄豆、玉米还是有收成的。有牛有犁，开垦荒地，于刘马踢是手到擒来的事情。不过半个月，就翻出了三五块乌黑发亮的沙土地，足足有三亩的场地，只等清明，种瓜点豆了。

你别看马踢人倔，木讷憨厚，他心气也挺傲的。他开垦出这荒地，是憋着一股倔强劲，是有心让年轻人看看，让他外甥杨民看看，庄稼应该是怎么种的。

今年天气做得特别的好。晚上落雨，白天晴。种下的黄豆、玉米出苗是分外的齐，长势更是喜人，像婴儿的圆脸蛋，一天一个样。他只锄过两次草，黄豆的葱绿就把沙地铺满了。

刘马踢牵着老水牛爬上江堤，早晨的江风迎面扑来，人是分外的神清气爽。堤下的黄豆，绿叶满地，比周围的青草厚实多了。在黄豆里套种的玉米比黄豆禾高出一大截，像远处零星的芦苇一样摇摇摆摆，飒飒作响。有几棵玉米发育早点，冒出胡须了。刘马踢兴奋地扬起牛鞭，"驾！驾！"鞭落声起，老水牛乖顺地撒腿奔向江堤脚下的草滩地。

"啪！啪！啪！"刘马踢举手在半空中摔着牛鞭。意犹未尽，吼了吼嗓子。

太阳冒出江面啰！哟——嗬嗬——哟！

驾——驾——

清早赶牛到江滩哦！太阳见我笑呵呵呦！

牛儿爱吃露水草啊！牛娃喜欢唱山歌，唱山歌！

牛吃青草肥又壮，我唱山歌多快活，多快活呦！

我在这山边喊呦嗬！谁在山哪边学我唱噢！

要唱山歌对搭对哦，躲躲藏藏做什么呦嗬嗬！

邀你同唱山歌呦，唱唱山歌多快活——多快活——

……

不知是歌词忘了，还是江面上轮船响起的汽笛打断了他的思路，刘马踢粗犷嘶哑的山歌声戛然而止。

"呜呜——"的汽笛声又响起来，老水牛竖起耳朵，在聚精会神地听。恐怕它听不懂，到声音没了，才耷拉下耳朵，一口一口地啃着青草，磨合着老牙，仿佛它嘴里咀嚼的不是脆嫩的青草，是怎么也磨合不完的老时光。

"圩田易做，六月难过。"这是沿江圩区的口头禅。三四场暴雨后，江水像开锅的饭汤鼓起来了，低洼处的水凼，草滩与大江连成了一片。江水在涨。刘马踢种豆子的土墩子有两块地已经是四面临水了，如果江水再往上爬，就会上水了。他已经打听到街上的鲜嫩玉米棒子卖一元钱一根，只好把灌浆饱满的嫩玉米棒子扳下来，准备运到街上去买。他跑上跑下地忙了一下午，满满地装了四个蛇皮袋，架在牛背上。到村庄的小路被洪水淹没了，刘马踢牵着老水牛拐了弯，沿着村村通的水泥路往村庄走。

路过村敬老院门口，一群老人忙着和他打招呼。炊事员老刘见牛背上鼓鼓囊囊的蛇皮袋，说，今天不错呀，还搞了点意外之财。

刘马踢笑笑，停下脚步。老水牛也昂起头，扭着颈子，朝敬老院大门口张望。

刘马踢到敬老院来过几次，也较熟悉。镇敬老院能落户东湾村，村长功不可没，就凭这一件事，他对村长站得高、看得远的办事能力佩服得五体投地。去年重阳节，在敬老院慰问老人的活动他也参加了。在外创业有为的后生有的给老人发红包，有的买来新衣、新鞋、新帽，还有的人为行动不便的老人买来轮椅。其场面既热闹也感人。刘马踢不轻易流眼泪，那天，他流泪了。为他自己，为这些无儿无女的老人……

敬老院里晚饭比较早，太阳还挂在树头上，他们就吃过晚饭了。这时，手脚能动的在院子里散散步，谈谈白；生活不能自理的，护理人员肯定在忙着把他们梳洗。刘马踢望着门口的几位老人，又看看蛇皮袋里的嫩玉米棒子，心思又不平静了，自责与愧疚涌上心头。他对炊事员老刘说，这是几袋嫩玉米，搬下来吧，烀给敬老院里的老人吃。

老刘很是吃惊，是玉米棒子，是你种的？这么多，你舍得？

我在江外滩里种的。咋不舍得？刘马踢边说边和炊事员老刘把蛇皮袋搬下来了，又一口气抬到敬老院的食堂里。

晚晴一百日。半上午还下了一阵毛毛细雨，半下午太阳又出现了。即将坠入山凹的夕阳像个大脸盆，似一团火焰，喷薄出霞光，把天空染得红艳艳的。

"放牛的小伙子真快活，晚踏夕阳——归呦嗬——归呦嗬——"

刘马踢显得分外轻松，牵着老水牛，哼着放牛歌往家走。

一晃即是秋收。刘马踢忙了几天，江外滩的黄豆收了四五百斤，他留了一半，是给老水牛的越冬饲料，另一半又送给敬老院了。他计划还垦荒一点，多种点油菜，为敬老院的老人多备点食用油，这时，又和村长意见掐起来了。

刘马踢在江外滩垦荒的事在村里传开了，且收入都给了敬老院，个个都为他竖起了大拇指。但村里两委的领导不这么看，村长又多了一份担忧。

国庆节前几天，村长在江外滩找到刘马踢，告诉他，杨民的大棚种植在县里已经树为典型，规模还要扩大，市里县里的电视台还要来作专项报道。他见刘马踢开垦出这么一大片地时，又来气了，你在江外滩搞开垦种植是违法的，各级政府一直三令五申决不许在江外滩私自垦荒、建筑码头。你这样犁呀挖的，江岸水土流失了，自然生态破坏了，要是报到上级政府，是要挨处分的。

刘马踢不服。我光棍子一个，自耕自食，不向政府讨点要点，还违法？

你明天到村部去翻翻上级政府下达的文件，看看就知道了，可是我望风说的。村长猛吸一口香烟，接着说，一句话，这地不能再种了，牛也不能再养了，你这牛假若跑到国道上，问题可就大了。

刘马踢知道，村长是好意，是对他分外的关心照顾。这些年来，有谁这样真诚地对他说过。只是自己闲不得，与老水牛离不开。他牵着牛绳就觉得牵住了日月，就攥紧了厚实的时光，心思也如雪亮的日子随着亮堂起来了。现在，牛耕田地的时代结束了，难道就把它一脚踢开？村长的话是真心的，你还能抱着老水牛一起寿终正寝？是该放下锄头了，放下牛鞭了，就是不到养老院养老，也可帮养老院干点力所能及的事情啊！这样一想，温暖在脸上漾开了。

你还笑？我说的可是真的，就这块地的事，向镇里一汇报，我们就够喝一壶的。村长几乎是黑着脸了。

就是这骨头贱，闲不得，这把贱骨头是该放下了。他递烟，他点点头。

4

刘马踢一瘸一拐地走到老水牛身边。老水牛顺从地抬起头，他顺手拣起地上的牛绳，右手的牛鞭也落到了牛背上。你这个该死的，把老子的脚都扭了。刘马踢气愤地说。

老水牛似乎知道自己错了，站着一动都不动，任主人抽打。一鞭，二鞭，马踢举起的手臂停在半空，迟迟没有落下。右脚一使劲，一股钻心刺骨的疼痛涌上来，他又不安地弯下腰，摸摸脚颈子，皮外不红不肿的，咋这么痛呢。他试着用右脚落地站了站，顺向，疼又好一点；不顺向，又是揪心的疼痛。他闷闷不乐牵着老水牛慢悠悠地回家。

马踢的家在老庄子里，老村庄里只住有三两户老人，他家在最南边，显得分外的安静。合六间瓦房前是一间稻草屋围成的院子，院里院外收拾服服帖帖，干干净净。最显眼的不是院子里高出瓦房屋脊好几丈的两棵大刺槐树，而是低矮的稻草屋。隔壁邻村的人找刘马踢用牛翻地犁田，一询问，人们便手指村庄说，看见一间稻草屋就是了。你一进牛屋，一定连连称奇，这牛咋不拉屎撒尿呢？屋里的犁、耙类的农具摆放得整整齐齐的，稻草码放得青青丝丝；你闻到的也不是牛屎的臭味、牛尿的臊味，而是扑鼻的新鲜稻场味混杂着菜籽饼的油香味。

刘马踢把牛牵进牛屋，在牛桩上拴好；又在牛屋里拣拣扫扫，带上木门，来到院子里，拍拍身上的灰尘，又感觉到一阵疼痛袭来。见太阳已经挂在树梢上，他也就进屋忙着烧饭了。

一个人过日子，日子简单也复杂；单调也多彩。

电饭煲里有中午的一点剩饭，加点水，插上插头，即是烹饭；骨头汤在瓦罐里，舀些放进电炉的铝锅里，只等烧开，添盐添青菜；一瓶酱豆，豆是大青豆，是自己种的。熬一瓶，可吃三五天，拧开瓶盖即可伸筷子；早餐炒一碗花生米，佐稀饭也下酒，可管一日三餐；两菜一汤，晚餐也很丰盛了。现在，党员干部的工作餐也就这标准，刘马踢时常与他的老伙伴们说。是炫耀呢，还是自嘲，不管人家怎么说，只要自己很满足就是了。

酒杯是酱黑色，岔口形，一杯酒是一两八钱。这酒杯还是他父亲留下的，父亲年轻时就用这酒杯喝酒，到老年时没酒喝了，这酒杯躲在碗橱的一角，有几年没露脸了。马踢与他父亲恰好相反。他年轻时不喝酒。生产责任制后，他在生产队分得一头牛，就忙着把章家犁田、李家犁地的，人家管饭还管酒，这样喝着喝着，就喝上瘾了。喝到后来，嘴唇沾点、舌头舔点，他能说出是安徽的酒，是江苏的酒，是四川的酒；再后来，还能报上酒的价格。后来，人们请他去用牛，都准备好点的一瓶酒。但马踢有点怪，价格高点的酒是一两五，差点的酒是三两，生怕人家多破费。人们笑他是酒神，他也乐意。他说，就会这一点，是祖宗给的，一项是像帽子形状的酒杯，一项是"地主"的帽子。

　　一杯酒下肚，他感到右腿沉甸甸的，不由自主地把脚放到身边的板凳上，捋上裤管，摸了摸脚颈子上的踝子骨。他又倒了一杯酒，左手端杯，用右手食指沾了点酒在踝子骨上抹来擦去。酒可消愁解闷，也可活血化瘀。他想，又慢慢地品起酒的味道来。

　　酒足饭饱，移步收拾。右脚又沉重起来，碗懒得去洗了。一丝凄凉苦涩缠绕着酒味在胸腔里打着饱嗝。还是泡泡脚吧，兴许好得快些。冬天，穷人的孩子多泡脚。这受伤的脚，在热水里泡泡活络多了，遍身都血脉流动，暖烘烘的，旋即钻进了被窝。

　　酒是热的，水是热的；血液热起来了，肌肉热起来了；被窝热起来了，房间里的热气在上升，空荡荡的瓦屋里也弥漫起雾气，比往日显得温暖了。黑洞洞的夜空也有热气上升，缭绕腾腾似要与白花花的云朵相会。

　　马踢软绵绵的，轻飘飘的。有云朵在脚板下飘过，从小腿边飘过，他双脚在寻找着朵云落脚，在跨越，在奔跑。

　　这里，他来过，是县城中学初一的教室。

　　我姓刘，名字叫马踢。一九四九年，解放军渡江时，一个团部住在我家，一匹战马把我妈踢了一下，我就出生了。不过，我也就没见过我妈了。这一年出生的属马，所以，我叫刘马踢。

　　那时，是初生牛犊不怕虎的样子，是一脸的自豪，自信。

　　这年，刘马踢以语数全班第一名的成绩考起县城中学，第一次向老师和五十多名同学作自我介绍。语文老师最后点评说，刘马踢同学的自我介绍最精彩，语言清晰，声音洪亮。刘马踢，这名字还挺有故事的，是作家可以写篇小说的故事。作家，多么诱惑的称呼。刘马踢在暗暗地较劲，偷偷地写。他真的写出来了，不过不是小说，是作文。老师把题目改了，叫《马蹄的声音》在县教育局的油印刊物《战地黄花》上发表了。刘作家，同学们叫他。是马蹄踢出来的作家，同学们戏说。同学怎么说，他都高兴。他听到"作家"两个字，犹如看见了人生路途中的两朵花，眼角、嘴角都是微笑。

　　梦还在继续。

　　他奔跑着，又跑进了初二年级的教室，腿脚有点不听使唤地走到了批斗大会的讲台上。语文老师胸前挂着牌子站在操场上，一帮人也要刘马踢挂牌子站着。刘马踢来气了，颈脖上的青筋鼓多粗，不知哪来的勇气，他把挂在颈子上的木牌砸到地上，撒腿就跑，跑呀，跑呀。后面的人在撒欢地喊，拼命儿地追。"抓住辱骂解放军是牛马的小反革命啊！"这是班长举着吃饭的巴缸边砸边喊的声音；"抓流氓啊！他摸了嫦娥姑娘的屁股了！"

一会儿又觉得是吴刚举着砍桂花树的板斧在边追边喊。

他跑呀，他飞一般地跑，跑到了村庄里，跑到了家里。原来是村部，父亲也挂着一个黑黝黝的木牌子跪在戏台上，他摸父亲的腿，腿断了。吴刚终于撵上了，一板斧砸到他腿上……

刘马踢浑身一阵痉挛，"啊哟"一声，抬起的头又落到枕头上。

他摸了摸脑后勺，摸了摸颈脖子，汗津津的。脚颈子一阵阵是痛？是胀？是肿？一种说不清的难受裹挟着全身。他艰难地移动屁股，拖着双腿，坐起来，靠在床头，按下电开关；穿好上衣，掀开被角，右脚颈子红肿得跟小腿肚一样粗，脚背像块大馒头，五个脚趾头连成一个平面，似一把脱去斧柄的大板斧，让人毛骨悚然。他轻轻地挪动了一下右腿，两个脚踝骨里似有一个薄刀片插在里面。他抬头看看挂在墙上的电子钟，时针和分针都重合在二点处。

踝骨碎了？脚颈子骨裂了？还是骨头断了？刘马踢坐在床上，越想越害怕，越害怕越难受。肿胀的疼痛在肌肉里像闪电，忽闪忽闪的；又像是在血管里蹿上蹿下、穿来穿去，把他的心肺搅动得像挂在树头上。两个踝骨间，似有一把锯子在拉动，那锯一碰到骨头或血管，就是一阵钻心的痛疼，一种魂飞魄散的胀痛，一种濒临死亡的恐惧笼罩在头顶。

刘马踢侧身拿起床头柜上的手机，直瞪瞪地盯着墙上的钟，才三点呀。打给谁呢？打110？打120？他又责怪自己过去没把这些东西搞清楚。打给村长吧？村长是为人民服务的。打给外甥吧？他离这儿近一点，来的快些。他又有点懊悔，没听村长的话。若是住在敬老院里多好，村医疗室在一个院子里，喊一声，医生就来了。他咬了咬牙，再忍忍吧，等天亮才说。

马踢咬咬牙，忍了忍，没让眼泪流出来，和着上衣半躺下，卧在被窿里，眯上眼，等着窗户上的亮光。

疼。还在继续疼。是"剥皮抽筋"的痛疼，是一根筋在拽，在扯，在拉，拉着脑袋的滑轮在飞速的旋转，旋转……

他又想到刚才的梦。想到吴刚的板斧，说他偷看嫦娥的屁股。他暗自好笑，也暗自叹息。一生了，连女人的手都没摸过，咋摸了嫦娥的屁股？是想女人？是想老婆？这撕心裂肺的疼痛，若是有个婆娘照应兴许能缓解些吧！

想到自己的名字，刘马踢，多晦气呀！被马的铁蹄踢了，现在又被牛蹄踢了。是命中注定，要遭此一劫吗？

想到母亲。想到父亲。母亲的死与马有关。父亲的死与马也有关。父亲若不坚持母亲被马的铁蹄踢死，也许还能多活几日。一阵胀痛又顺着腿、腰、胸腔钻到心窝。难道我的死与这牛有关？"男遇三六九，女是一四七"，今年六十九岁，难道跨不过这道坎？

越想越怕，越想越难受。遍身的皮肤像刺扎了似的，脑袋里似有蜜蜂在"嗡嗡"地叫。

他又艰难地坐起来，已经快到五点了。他慢慢地移着屁股，把腿放到床沿下，穿裤子，穿袜子。右脚肿的连袜子都套不进去，一滴伤心的眼泪落到肿得亮晶晶的脚背上，又是一阵冰凉刺骨的胀痛，撕心裂肺地疼痛，像是一只魔鬼的爪在掏他的五脏六腑，就差没有嚎啕大哭了。他拿出手机，也不管天亮了没亮，拨打村长的手机。

是村长的声音，老马啊！有事啊？

我脚……断……了，你把车子开来，送我到医院吧。马踢近似哭泣。

脚断了？你在家里，脚——咋断了？我在儿子这里，今天可能回不来。我叫你外甥来吧，那你不能动啊！村长也急了。

也不过一根香烟的工夫，杨民夫妻风风火火地来了。杨民看了看舅父红肿的脚脖子说，骨头哪断了？应该是肌肉损伤，要不，就是有一点骨折。

到医院里不就知道了。杨民妻子催促着。

它就是钻心刺骨的疼呀！刘马踢哭丧着脸。

杨民背起舅父，来到车旁，把舅父送到了镇医院。

5

一场虚惊。

左邻右舍的大妈大爷送来鸡蛋、奶粉，隔壁村的交情朋友也跑来问寒问暖。刘马踢既惭愧又羞涩，也唏嘘不已。"人生七十古来稀。"看来，自己真的老了，是黄土埋到颈脖子的人了。

当村长在杨民处得到刘马踢"脚断了"的前因后果后，也捧着肚子直想笑。因为儿子忙着结婚的事，赶回家，他来看马踢已经是他脚崴后的第三天了。

村长走后。刘马踢把"正红花油"在脚颈子上涂涂，擦擦，又一瘸一瘸地走到牛屋里。老水牛叼起咀嚼的稻草，抬着头眼睛直瞪瞪地望着他。

刘马踢顺手在屋角拖下一捆稻草，坐在稻草上，也呆呆地望着老水牛。这是一头牯牛，是他一手拉扯大的，他与它在一起生活有二十多年了。

八〇年实行生产责任制，刘马踢与王大爷家分得一头老水牛，是母牛。一九九五年老母牛生下小牛犊，他们两家就不合伙饲养了，抓阄时，小牛犊归刘马踢。村里人都笑话他俩，是天排定的，老母牛可做王瘸子老太婆，小牛犊是刘马踢家的小兔崽子。是的，它是刘马踢的小兔崽子，一晃，就长成了壮小伙子，就成了壮劳力。它为马踢挣来了黄澄澄的麦子，金灿灿的稻谷，红艳艳的钞票。现在，要把它卖了，皮毛都不剩一点，思念都没有一丝，这就是劳作一生的老水牛的归宿。他摸摸揣在衣兜里的几千元钱，以为这次要砸在医院里了。原来，在医院里打针，拿药，是不要钱的，只要出示个身份证。五保户老人看病是免费，医生说。挣钱养老、防老，看来是过时的、迂腐的想法了。这钱是他和老水牛一起没黑没夜挣来的，老水牛没享受到一毫，现在还要把它卖了，把对它的思念都卖得干干净净。刘马踢呆呆地凝视着老水牛，摸摸心口，总觉得过意不去。这不是把自己的良心也卖了？

一夜无眠。

脚颈子不怎么痛了，脑袋有点昏沉沉的。刘马踢天没大亮就起床了，吃过早饭，又让老水牛吃好喝足，初冬的太阳才懒懒地升起来。

他想到敬老院去看看。

敬老院在村庄的东头，走小路，也不过十分钟。敬老院是个四合院，有东、北、西三排平房围拢，朝南是大门，一头是院墙，一头是工作人员的两间办公室。院子里靠大门口两侧是香樟树，树干有碗粗，当是移植来的，新枝苍翠碧绿；中间有个长方形花坛，分左中右依次栽的是三棵桂花树，树下是些不知名的花花草草。东湾村有五保户七户，十一位五保老人住着，隔壁村有二十多位老人也住在这里。

刘马踢来到大门口，炊事员老刘解下围裙拍打着身上的灰尘，看样子，他把早饭已经烧好了。

刘马踢走近，递根香烟，老刘接过，说，腿好啦？

好啦！刘马踢有点不好意思。

你是忙人，今个儿咋闲啦！

大冬天的，没得忙了，到你这里来要要……刘马踢话还没说完，口袋里的手机响了。他慌忙掏手机，喂，是哪位呀？对方在询问，你是刘师傅吧？咋不在家呢？是村长叫我来的，我来看看你家的老水牛。刘马踢亲切地说，你在我家里？好……好，我这就回来。

　　刘马踢赶回家。院子里的板凳上坐着一位壮实的，五十开外的中年汉子，他嘴里叼着香烟，低着头，专心致志地摆弄手上的手机。待马踢走近，他站起来，一支香烟就递到了刘马踢面前。自我介绍说，我也姓刘，我们还是宗亲家呢。我是养牛专业户，也是杀牛专业户。是村长叫我来的，来买你家牛的。他又接着说，你还养头牛，在全县找不到第二家了。牛我看了，膘肥体壮，还能剐点肉。刘马踢问这头牛值多少钱，那师傅很爽快。

　　8000元。

　　刘马踢摇摇头。

　　9000元！

　　刘马踢还是摇摇头。

　　你不诚心卖？我跟村长已经说好了的，再增加，那我就亏本了。

　　刘马踢递给他香烟，给他点火，自己狠劲地抽了口说，既然我俩是宗亲，你就帮我把牛杀了，我给你工钱。牛肉不卖给你了。

　　你卖？你能卖掉？刘师傅替刘马踢担心。

　　不。我不是要钱，钱多了，也没用。我把牛牵到敬老院去杀，牛肉留给孤寡老人，够他们吃几天的。刘马踢说得很慢，生怕这杀牛的师傅听不懂。

　　真的？刘师傅似乎不信。那我要与村长说一声，刘师傅拨打村长的手机。

　　就依了他吧，你给帮帮忙，工钱吗，我们村里与你结。这是村长的声音。

　　刘师傅放下手机，双手紧紧地拉着马踢的手说，工钱，我也不能要了。这个忙要帮，一定要帮。一个村庄有你这样的老人，才有生机，也是福气啊！

　　刘马踢笑了，轻松地微笑。他很客气递给刘师傅香烟，说，那就今天吧，趁热打铁，免得夜长梦多。

　　傍晚，刘马踢把牛皮、牛骨头、牛角装在大木箱里，用板车拖到自家的菜园地，把老水牛安葬在菜园地的拐角，像安葬去世的老人一样垒了坟头，他用铁锹拍打着被夕阳晒得干干燥燥的砂土，他要把这温暖的砂土夯得严严实实，好让老水牛安安稳稳、暖暖和和地躺在里面睡个囫囵觉。

　　刘马踢似乎也累了。他坐在老水牛的坟头边，从上衣口袋拿出一支双喜牌香烟，右手在上衣口袋里捏捏，在裤子口袋捏捏，又用夹香烟的左手在左边上下衣的口袋处按按，当是打火机忘记带了。他轻轻地叹息：这鬼记性。他把香烟横向在鼻孔下来回抽动，闻闻；又把香烟竖向的烟丝对着鼻孔，嗅嗅。一不小心，香烟抵入鼻孔折断了。他漫不经心地用手指捻着香烟，直把一根香烟捻碎，丢掉烟屁股，站起身，把手掌心中的烟丝撒到老水牛的坟头上，喃喃自语，你也抽根香烟吧。

老牛一生哎嗬哟无所求，
颈架轭头哎嗬哟昂头走。
拖翻泥土哎嗨哟团团转，
驮着日月哎嗨哟无尽头。
老牛一生哎嗬哟无所求，
颈架轭头哎嗬哟慢慢走。
啃一口青草哎嗨哟草还长，
喝一口清水哎嗨哟水自流。
……

这是刘马踢自己编的牧牛曲，歌词是自己的，音调也是自己的。犁田耙地时哼哼，给老水牛鼓劲，也给自己长长精神；放牛时唱唱，让老水牛平心静气地吃草，也打发着自己悠闲慵懒的时光。此时，他又自自然然地哼唱起来，不过，这时的音调是低沉的，是凄凉的。他知道，老水牛已经听不见了，就算自己唱给自己听的吧。

他与村长谈心时说过，来到这世上，没做过有益于他人的好事，也没干过有损于他人的坏事。为了一口吃的，一生与泥土打转转，与老水牛打转转。有时想想，他自己还不如他的老水牛。

人牛不见杳地踪，明月光含万像空。若问其中端的意，野花芳草自丛丛。一弯新月挂在树梢，柔和的月光洒在白菜、萝卜、芫荽、大蒜的叶片上，溶为一色，相映生辉。刘马踢轻轻移步，融入轻纱一样的月色里，他生怕把小路上的月色踩碎，慢悠悠地向村庄走去。

青　鳍

查　炜

1

　　丁湍等几个民警控制了一个损毁渔具的家伙，当时此人很淡定。

　　显而易见，拿下此人的并不是警察，而是几位渔民。据王宝五也就是当事的渔民讲，起先那人在江边游荡，和许多无所事事喜欢到郊区游乐的人一样，没有引起大家在意。正是生产季，王宝五夫妇把船划到离岸不远的迷魂阵边，小心翼翼地将固定在竹篙上的活水袋往船舱拖拽。那次他们运气不错，网到十来斤小鱼儿，剔剔拣拣，竟还有一两斤小鳜鱼和昂丁。正当他们忘乎所以，船帮突然左右晃荡，以为江暴来了，定睛一看，却是有人趴在船舷边，神经病一样扳动木船。王宝五下意识挥动竹篙敲打，那人也在所不惜，扳得更起劲。王宝五轻点竹篙，小船荡开去，滑落的人只好狗刨起来，激起爆破般水花。虽是浅水区，王宝五还是攥紧竹篙，以免那人遇险好伸篙搭救。可他并没触碰王宝五欲递还休的长篙，径直凫向水中迷魂阵，末了，稳稳当当杵在齐腰深的水里，摸出一把小攮子噼里啪啦割网线，看来是惯犯——王宝五注意到他顺着渔网纹路切割，既高效又省力，不一会儿就把迷魂阵搞了个簸箕大窟窿。王宝五很心痛，厉声呵斥，那人置若罔闻，气定神闲地继续切割，还唱起了小曲。他的手法简直有些妖娆，破坏的速度在加快。怏怏的倒是王宝五了，一筹莫展地踞在船头。邻近作业的渔民不愿坐视，张牙舞爪指教王宝五用竹篙去捅。又见王宝五拿篙尖捅得不得要领，几艘小船遂拢集过来，大家纷纷挺起竹篙，有的专打那人双手，有的敲他背脊，合力驱逐。诡异的是，那人抬头环视众人，似乎还朝大家报以微笑，仍不肯罢手，颇有舍生取义之势。

性急的几个渔民伙同王宝五轰轰隆隆下水，左扭右摆扑过去。考虑到那人有刀，渔民们呈扇形包围过去，先是打水仗一样向他掀起阵阵水花，场面倒有些欢庆。王宝五老婆受不了这样喜气劲儿，眼见迷魂阵窟窿越来越大，不禁厉声鼓动：你们傻啊逮住他逮住他，赶快逮住他。大家这才缩小了包围圈，准备把这神经病按捺在水里呛呛。正准备一拥而上，那人回转身来报似是而非的笑意，像奥运会标枪比赛一样，将手上的小攮子高举过顶狠狠掷出，绷紧身体一个猛子从簸箕大的窟窿钻进迷魂阵里。乖乖，丢掉匕首是销毁作案证据，不像神经病嘛！大伙儿为他这一跳忍俊不禁，严重破坏了当时义愤填膺的气氛。看他在渔网里潜泳时若即若离的影子，有人担心弄不好要出人命，赶快七手八脚去拉长长的笼袋。

把那人从活水袋掏出，大致情形仿若采收渔获。捕鱼捕到一个人，今天众人可是开了眼界。把那人脸朝下搁在船头，细心之人在他肚皮下垫起一块塑料泡沫，悄无声息注视着这个悄无声息的人。果然，他开始吐水了，哗哗地呕吐，溜圆的肚皮渐渐消瘦下去。直等他剧烈地咳嗽起来，有人毫不犹豫踢他一脚，骂了声气先消了一半。大家的意思还是要盘问盘问，远无冤近无仇的干吗要做出这等匪夷所思的事情。有人听不清他回答，伏在他嘴边问询，后来干脆把他搂在怀里，像电影里生离死别时贴着耳朵追问，仍是听不清。王宝五警觉地望着那个瘫软的人，感觉他嘴巴翕合的样子，像一条濒死的大鱼。

2

被拽上船时其实我很清醒，至于不停呕吐江水，也是迷惑他们的假象。我不知道为什么要把自己伪装得可怜兮兮的，或许怕他们群情激昂要揍我一顿，或者要我赔偿损失。除了身揣一把防身的小攮子，我身无长物，唉，一路而来我跟人干架无数，毕竟有足够挨打的经验，真要被多打一顿也无所谓。不过，我的确不太好过，好几天没吃东西了，身体很虚弱，也可能前一次干架的伤痛仍然潮气般游荡在肉体里，令我看上去更加羸弱。当然，我的狡黠是一种本能，强大的人有强大的自保手段，而弱小的人也要竭力保护自己，我只能装出那种熊样。这群渔民真不错，在我瘫软的身体上踢了不痛不痒的一脚就息怒了，有人还把我搂在怀里，那一刻他的体温让我冰冷的身体焕发出一点点暖意：我闭紧双眼，仍然感觉到他粗糙的大手摩挲着我的脸；尽管他余怒未消，他为我担心是真诚的，从他急切的呼唤可见。

人们的呼唤一度使我当真以为处在半昏半醒之中，身体的絮软也应运而生，仿佛我坐在高耸的悬崖边，坐在缭绕翻滚的云海旁，一旦他们放手，我就会荡漾开去，不知所踪。事实上，我利用人们的慌乱和无所适从狠狠地打了一会儿瞌睡。为把睡姿调整到最安逸状态，同时也为看上去更垂死一些，我有意识地放松身体并垂落两只胳膊，直到感觉全身很轻简直没有了重量。这是我的不地道。不过我太累了，似乎几星期几个月甚至几年来都没有睡过好觉。看来这一次下水我拼尽了全力，否则在水中我不可能只会采用毫无技术含量的狗刨泳姿，要知道我可是不错的游水高手。但是一开始坐在岸边我并没有下水的打算，那时江面上波平浪静，宛若玻璃，作为风景是值得嘉许的，这情境勾起我少许的浪漫主义。我津津有味地欣赏风景，并自欺欺人地以此抵消一路而来生发的饥饿和困乏。问题出在那艘吱吱呀呀的木船蹒跚地驶来，它在一种奇怪的渔网边停下：渔网露出水面篱笆状的那一部分，很像鲸鱼拱出的脊背，显得突兀。他们并不是从篱笆网里捕鱼，而是从一根插到江底粗壮的竹篙上拽起一个滚圆溜长的网袋，它被拖拽到水面时鲜有的昂扬格调令我震惊：它不是被渔民操控起水的，好像潜渊的蛟龙自发升腾而出，仿佛专为欢迎我到来。我跃入水中的确出于好奇心，那么之后的过激之举，比如扳动船舷以及割破渔网便很好解释了：我料定奇特的渔网里受困着另一条大江。我割开那架渔网跳进去，无非是模仿某些水生物的行为，我想用身体呼叫它——就像别人"喷喷"的呼唤小狗、"喵喵"的呼唤小猫一样。

有人托着我的脑袋质问我，以为我人事不省讲不清，其实我跟他们讲了实话：青鳍！我想大多数人都没听清，倒是那个若有所思的人，也就是搂我在怀的那个人应该听见了。我很满意损坏了他的渔网，而他竟没有暴揍我一顿。

3

王宝五他们将人湿漉漉地扭送至派出所（严格来讲是抬送至派出所），吓了丁湍一大跳。青鳍镇派出所长久以来的安宁得益于整个青鳍镇的安宁，这座滨江的小镇许多年来起居安详，民风淳厚，几乎没发生过什么大事件。丁湍的唐突还在于他毕竟是个年轻的民警，没见过大世面，况且已是下班时刻，他和几个更年轻的警察在值守，若是件棘手的事情他必须首当其冲。为弄清情况，丁湍迂回到二楼拐角处的落地窗向下张望，当看到一群人掼下一个湿漉漉的人，很是纳闷。他觉得被掼下的人有些不省人事，应该被送往镇卫生院或更大的医院，而不是派出所。一想到可能牵涉命案，民警丁湍不再游离闪烁，赶紧直面这群情绪躁动的人。

王宝五说明情况后，丁湍要求渔民们把嫌疑人挪一挪，最好直接挪进审讯室。被七手八脚抬举时，湿漉漉的人平淡地睁开了眼睛，仿佛这是应得的待遇。他好奇地仰望着人们，让民警丁湍察觉出一些端倪：他本可以自主地走向审讯室，他在被送往派出所的颠簸中一定恢复了元气，假如他曾经失去了元气的话。

照例是要问讯问讯的。渔民挤在审讯室里吵吵哄哄，是要不得的，丁湍试图劝离他们，竟然被大家一口拒绝。他们给出的理由很充分，这是个歹人，而且是个莫名其妙的歹人，他们要陪审。丁湍理解他们的义愤半是事已关己，半是出于好奇。一番交涉后，作为代表王宝五可以留下，但不能参与审讯，只能待在休息室等待消息。

湿漉漉的人由于饥饿或低体温开始瑟瑟发抖，有个民警征询丁湍的意见，是不是先弄干他衣服并给点儿食物再审讯。几个民警又为是先弄干衣服还是先喂饱他产生了分歧。丁湍轻拍桌面，坚定地指示：先弄干他衣服再说。不过大家为怎么弄干衣服又产生了分歧：是直接生火烤呢，还是为他换上干衣服再烤干他湿衣服。最后大家一致决定，给嫌疑人换上一套协警衣服，再为他泡一桶方便面。

丰衣足食后，那个低迷邋遢的人顿时有了朝气。有趣的是，坐在审讯桌后面的是几个民警，坐在椅子上的也像个民警。而且看上去正被审讯的警察气场更强大，他眼神中充斥的与其说是空洞不如说是一种睥睨：他散漫的目光落向哪里，都带给哪里模棱两可的疲沓。他空旷的眼光经略后，这间小小但紧凑的审讯室竟有散架的假象，追随他目光逡巡的警官们感受到了这样的不祥，丁湍不得不威严地咳嗽几声。他咳嗽之后温吞地喝了几口水，导致像咳嗽这样再正常不过的举动，突然有了刻意掩饰什么的嫌疑。丁湍也觉得这样下去审讯会越来越被动，他无法用目光俘获对方的目光，便不能像老同事们那样"占领高地"。虽然对方有时主动递来目光，可惜太散乱，像一张撒过来的破渔网，与民警们的目光纠缠错杂，反倒让丁湍极不适应。这种局面不能再持续下去了，丁湍主动豪饮一大口茶水，镇定地鼓起腮帮让它们细水长咽，好显示他们警方的果敢坚毅：莫衷一是和负隅顽抗是没用的！随之而来的开场白果然有了森然意味。

"姓名？"

没有回应。坐在审讯椅上的人木下来，目光像一片潮泛的雾气。

丁湍笃笃敲了几下桌子，再问：年龄？

仍没有回应。漫长的等待让记录的民警瞟向丁湍，目光充满狐疑。想起向上级汇报时领导交代的，必要时可以自行决断，同时也为在那帮更年轻的民警面前树立形象，他毫不犹豫出力拍了一下桌子。丁湍注意到对方挑衅地抬头睃了睃，并不在意。尽管有些气急败坏，丁湍还是苦口婆心跟他讲了很多政策，分析了很多条文，明确告诉这样下去肯定对他不利。

"青鳍。"果然嫌疑人开口了，出乎丁湍意料。

你说什么？丁湍问，他甚至半身探出审讯桌，像和对手锱铢必较地谈判。

"青鳍！青鳍！"那个人并不管民警们听不听得到，兀自絮语，像沉浸在一件有意味的事情当中，嘴角露出似是而非的笑容。那笑容与他略微苍白的脸不太谐和，看上去有些惨淡；要让丁湍直说的话，那神情简直让人感到惊悚。

像隔着遥远的河岸传来回答，丁湍只得连连追问。隔壁的王宝五再也沉不住气，闯进来高喊：青鳍！他讲的是青鳍！

"青鳍？什么青鳍？"丁湍看着硬闯进来的王宝五，不禁愣怔。

王宝五冲坐在椅上的人呵斥：少他妈鸟扯淡，你倒是讲讲为什么割坏我渔网，神经啊是不是？青鳍青鳍，青鳍早灭绝了！再说，老子渔网碍着你什么事？青鳍跟老子渔网又有什么关系？

王宝五的喧腾，无疑表明这帮年轻民警的审讯是失败的，起码趋向于失败。丁湍不好责问王宝五凭什么闯进"闲人免入"的审讯重地。不过如同在一幕舞台剧对台词的间隙，他倒可以趁机问问王宝五：什么是青鳍？

4

我不想提及与青鳍的初识，那是久远的事情了。这样讲好像我有很大的年纪，跟活了几百岁一样。其实我已记不清我多大年龄了，一个人干吗要记住自己的年龄？年龄这个东西无非是一种割裂，它加大了人生的可预见性，十分没意思：好比一口水井，弄个水桶打打水就行了，何必多事地使用有刻度的长绳去丈量它深浅呢？不过，忘我的境界除了让我们忽略许多不相干的思想和细节，还促使我们沉浸在一些重要的事情当中，比如相遇一头青鳍。当然我仍坚持不去复述和它的相识，只讲与它的分离。

从青鳍镇江畔入水时的矫健可以推断，我应该生活在长江边上。我的少年青年中年甚至包括老年时期都生于斯长于斯，深谙水性。换言之，我的两栖生活史就是水陆奔波史，我可能一半时间生活在水里，一半居于陆地。我陆上的定居点也许是临水的村庄，也许是一座滨江的城市，比如九江、铜陵、马鞍山、镇江，当然也可能是类似青鳍镇这样的江边小镇。倘若我有城市生活经历的话，一定是生活在它外围，城乡接合部啦，近郊啦，无一例外是在长江边上。长江，哦，多么雄壮的大地之标！能够与之耳鬓厮磨是何等幸运的事情：长江贯我身体而过，并在我体内凿錾出类似记忆般的诸多印迹（这也是为什么一路而来我总逆水而上，从不与长江离弃），甚至连我的怀旧、构思、下意识、欲念、愤懑、伤别离，都是湿漉漉的呢！我好比是一头流连在泥淖里的水牛，离了水源立马会免疫力下降。事实上阳春一过天气放热，我便常常泡在长江某处涧湾里，除了生理和心理的需要，当然还因为青鳍。那日，空气中的燥热传染病般在周围弥漫，江滩上飞舞着黑云般的蜻蜓，半途便干坼的数条小溪好像被它们渴饮了似的，在沙地上露出灰褐色的痕迹。遍布卵石的滩涂顿时带有反季节的冷色调子，照应着远天的阴沉和低迷。浓云泼辣地翻腾、挪移，制作匪夷所思的纷繁画面。云缝泄漏的光亮不时给云朵镶上奇妙的金边，总使天空上演绝妙的平衡和对称。从计量上推算，天空的深遥处有一个庞大的酝酿，我在水中保持仰泳的姿势，觉得阴天空有不可计数的鞭长莫及和小伎俩，一如水面的平静，也像一种刻意和别有用心。果然，青鳍急不可耐地要打破这种静谧，与通常稍微不同的是，这次它并不由远处的小点演变而来，没有拉长我虚迷迢遥的目光，倒像一枚感叹号蓦地出现在我面前。它忘乎所以的俏皮最终感染了我，并消穰了我的惊惧：它骨突柔滑的长吻旗帜般探出水面旋了旋，又隐没；随后它竖起尾部扎猛子拍打出别致的水花——它拱动脊背好突出背鳍的风华绝代和卓然不群，动作迅疾以致许多浪花来不及开放，使人误以为那不是一头青鳍，而是一支首尾衔接的青鳍之队。为目睹这奇观我不得不将仰泳换成踩水之姿，它开始围着我打转，吐出晶莹的水泡，并在水泡的掩映下闪烁眼帘俏皮地打量我，尽管它的视力近乎无！真淘气！投桃报李，为迎合它我也在水里小范围转圈，像和青鳍跳一支双人舞，情到深处，我们在共同制造的同心圆中汇合、亲近、抚慰，一度我们兄弟般彼此依偎：我伸出一只胳膊拥护着它，它侧脸向我报以微笑，还用尾部托起我。

令人动容的细节还有，我注意到青鳍眼窝的一滴泪水，实实在在的一滴泪水，在飞溅的水花和滚拂的水珠中仍被我分辨出来。要是能与它脸部的喜形于色相匹配的话，那自然是一滴快乐而幸福的泪水，问题是，我从那滴泪水中感受到了愁苦和惨然：我注意到它眼角绷紧，眼神虚脱，这表明它在竭力掩饰什么。青鳍因视力低下而拥有一套发达的声呐系统，几乎无所不能。那它究竟遇到什么不可解的困难？我与之坦言：需要帮助的话尽管开口，没有什么过不去的坎。青鳍摇头显然不是不相信我，而是不相信我的能力。在它眼中我始终是个凡人，能力尚不及它，能指望我什么呢？青鳍强颜欢笑让现场弥漫出感伤的调子，愈发和周遭的氛围契合：天空的乌云压得更低了，好像伸手就能从那堆垛上扯下几块布匹；甚至从云朵中看到一张惊悚的大脸，朝我们狞笑。转瞬之间，那张大脸无限开阔，露出云层中若隐若现的蓝，中了圈套的蓝被豢养在那巨大棚圈里，依附上浓烈的悲观主义：起风了，突如其来的大风像屈打成招，毫无缓冲地从云层稀薄的棚圈中放逐而出。水面掀起几尺高的浪头，扶摇中青鳍箍紧我身体，这温暖的举动让我感应到它的力不从心，我体察到虚弱包拢着它，直至我看到它柔滑皮肤上粗粝的划痕和糙糙的类似炎症的痂皮才信以为真。但它张开长吻吱吱地鸣叫酷似平和舒畅的欢笑，我甚至看到它上扬的嘴角，胜过任何一款开心的表情包！

等我回岸上拿到金创药再入水时，青鳍从水面消失了，抑或灰白的浪花在颠簸中遮蔽了它身形，它彻底和长江融为一体。江面一浪高过一浪，几乎要迫近压低的云朵；远处，江天一色造就一堵乌黑的大墙，逼仄凛冽。一艘万吨巨轮破墙而出，缓缓向上游驶来，高大坚固的船体委实是长江的霸王；它四周陡然出现的密密麻麻的渔船，让它格外不可一世：渐渐的，渔船越来越多了，它们横向发展的阵势最终令这艘巨轮相形见绌——"青鳍现，鱼汛连"，排山倒海般的渔船在江面一字排开，朝青鳍的反方向驶来，这无疑加剧了雷暴天极差的能见度。

我眼前一片混沌。

5

直面审讯椅上的人换了一张新面孔，丁湍和笔录的民警分坐两班，显得他像个重要人物。不过新面孔的神情是绚烂的，不那么作古正经。为缓和气氛的凝重，他甚至与丁湍交头接耳。王宝五亲见一辆警车接来这个来不及脱掉白大褂的人走进审讯室，现在桌后只露出上半身的这个人，便有点坐诊的意思了。但除了坐在审讯椅的人，疑似医生的人要求其他人都离开审讯室。丁湍会意地点点头，主动起身离开。接着是记录的民警。民警们与门口的王宝五错身时，紧盯着他，后者只好不情愿地跟随而去。

王宝五自认为错过的场景，得以在保密的情况下进行。此时审讯室里局面发生了很大变化：那个白大褂的确是个人物，他是省里来的医学专家，正穿梭于各乡镇卫生院，从事一项有关新时期人类心理健康方面的课题研究。他在清场后做的第一件事是搬一张凳子，坐到被审讯人面前。当然，他只当这个人是实实在在研究的对象。一名年轻的当地女医生促成了他与被研究者的会面，原来她的男朋友丁湍求助于他，他也急需这样的案例，一拍即合。白大褂和研究对象相对而坐，或者是平起平坐。他和声细语拉家常的谈话形式并没有取得预期效果，其间他不可避免地要谈及此人破坏渔网的动机，除了大面积沉默之外，得到的回应照例是答非所问的"青鳍"。

"青鳍？"白大褂诧异地问，"什么青鳍？是一种摩托车吗？"

随之而来的又是无边无际的沉默，浪费的时间据说能让候在外面的丁湍和王宝五他们抽掉大半包烟，甚至能够让他们凑份子去一家小酒馆像模像样地喝一顿。这沉默相当使人压抑，以致见多识广的白大褂鼻尖和眉骨皮肤上沁出茸茸的汗水。让白大褂鼓起勇气探究下去的，并不是眼前这个研究对象的特殊性，而是因为他的束手无策：这样下去会有损他全省顶级专家的颜面。打破尴尬的办法通常是转移视线，白大褂起身为研究对象倒了杯水，使用的是一次性纸杯。他把水杯端送到研究对象的手边，其间没讲一句多余的话；他必须让倒水之举显得毫无功利心，而是出于关爱。对方没有去接递来的水杯，他仍真诚地端送着，末了双方竟有些赌气的意思。

白大褂注意到接过水杯后对方嘴角不经意的抽动：这佶屈聱牙的信号让人欣慰，仿佛一杯水起了杠杆作用，能够撬动莫名的阻力，为他课题的研究带来突破。重新面对面坐着，对方依然全身绷紧，令白大褂心生隐忧，表明这人对外界任何虚拟和实质的刺激都无动于衷，像一块弹力尚好的橡皮按压后又恢复到原态。最难以置信的是（其实与白大褂担心的一致），研究对象从此倾心于纸杯，将水杯抟在掌心摩挲把玩；他几次把水杯抵到嘴边，却放下，继续不停摩挲、玩赏，对周遭充耳不闻。白大褂显然非常懊悔为对方倒这杯水，这个不起眼的道具可能坏了大事。白大褂觉得时间突然变得很垃圾，只供人浪费。他多么不甘心，却又身陷巨大的失望当中，无能为力之感在漫漶絮软的时间里被不断放大，不断恶性循环，终致他有失风度，恶狠狠断喝：够啦！我没有时间同你干耗！这样的话语风格其实和丁湍别无二致，到底让白大褂相当泄气。他毫无指望地垂下头，与其是向研究对象妥协，不如说是向自己妥协。

研究对象突然摆动身体，晃荡着水杯说："青鳍！"

白大褂看着对方夸饰的动作，不解地问："青鳍？"

"青鳍！"对方端庄地抿了一口水，仰起脸模拟鲸鱼呼吸般喷吐水柱。

"据说青鳍早灭绝了！"白大褂饶有兴致地坐回椅子，"哪还有青鳍？"

"青鳍！"那人一根筋地饶舌。

"没有青鳍啦！再说青鳍和你有什么关系？和我们的谈话有什么关系？"白大褂柔和地说，他觉得可能等来了契机。

"有！"研究对象终于要和白大褂合拍了，"否则这儿不可能叫青鳍镇！"

"那不过是个地名罢了。难道叫黄金镇非得有黄金？叫神仙镇真出过神仙？"白大褂笑了，越来越满意这样的谈话调子。他满面春风满怀期望地要将对方带向既定路子，但研究对象突然又被抽走脊梁骨一般委顿下来，坐在原处的像是他的皮囊。

白大褂的懊丧还在于，看似他是谈话主导者，却处处仰人鼻息。那飞旋于别人之手的纸杯却像转动在自己脑中，让人不堪。

迫不及待的丁湍迎向夺门而出的专家，纳罕地望着他疾步而去。连渔民王宝五也看出这个气度不凡的人碰了些软包。走出好远白大褂忽然站定，不耐烦地朝丁湍招招手。丁湍跑过去虔诚地望着他，其实是想听听他给出怎样冠冕堂皇的理由：大专家通常有法子掩盖自己的无可奈何。

"强迫症！严重的强迫症！"白大褂当机立断。

"强迫症？严重的强迫症意味着什么？"丁湍诧异地问。

白大褂无可奈何地直指脑袋，拔腿就走。

丁湍微微颔首，缓缓转过身来，看到尾随的王宝五瞪大铜铃般的眼睛，便也朝王宝五指指脑袋，并夸张地耸耸肩膀。

6

逃走意味着败露。

薄暮暝暝的街路散落着诱人的烟火气，正是阖家欢乐人伦齐天时刻。青鳍镇街道的空旷是真的空旷，除了照面几条不怀好意的狗，我几乎没遇见什么人，这使我的出逃相当顺利，并没有通常落荒而逃的惊惧和猥琐。估计远离派出所了，我放慢脚步，不由自主流连在这座滨江小镇，并深深折服于它的江南气质。后来，我站在一座拱桥上——桥下的流水定然算长江的一条支流——望着灰白天空上陡然升起的月亮：西天太阳尚未完全沉沦，它在东山上迫不及待地耀熠，使我的前程充满了不确定性。日月争辉为河两岸黛瓦粉墙的长街写意出美轮美奂的轮廓，像额外的两条河流。我讶异于自己不合时宜的从容，作为逃犯我应该胆怯、敏感，风声鹤唳，应该驾驶自己狂奔，况且我也赔不起渔网钱。在我看来，全程监控我受审的那个渔民若得不到赔偿，是绝不会离开的，白大褂怏怏而去之后，我看到他和那个民警嘀嘀咕咕，继而情绪激昂地争吵，大约不愿意轻易宽宥我。这与之前我认为他很善良大相径庭：我不知道哪个环节出了问题，或许我死猪不怕开水烫的无赖做派勾起他的怒火。这样一想我便体谅了他，体谅他不甘心无端受到损失。

我们都是有损失的人。

我是乘民警和渔民争执得不可开交之际逃离的。我看到民警不停用手指着脑袋，不知道是不是指谁脑子有问题。渔民的斥责没有激怒他，反而促使他更耐心地讲解、剖析，动之以情。他们专注于各自立场，都试图说服对方，这给了我逃脱的好机会：我像一条瘦削的鱼贴着墙根游弋，并顺利走出派出所铁栅栏大门，挤进暮色之中。我不得不逃离，如果再审下去，我担心更多的事情露馅，比如我曾经混进一家造船厂，利用放大镜察看了每一架维修的螺旋桨，细究其上丝丝毫毫痕迹，试图找到有关青鳍的信息。我几乎从每一架螺旋桨斑斑锈迹上都能看出居心叵测：它们正待维修的不是受损的形体，而是戾气。每一架螺旋桨都充满戾气，闪烁刺眼的光华，让我恶从中来。我找到一根钢钎，在午后寂静的造船厂大开杀戒，几乎将船坞里每艘船的螺旋桨轻薄的叶片敲出锯齿般豁口（有些整片扇叶都剥落下来），使船厂的狼藉更加狼藉。我在人们的喊杀声中全身而退，仍得益于上好的水性，我像一艘修好的船只扑进江水，何惧他们站在岸上叫嚣、诅咒、恐吓？寻找青鳍的征途中我着魔于这样的破坏之举：我火烧过化工厂储藏室，堵塞过滨江公园隐蔽的排污孔，我拆卸过危险品运输车的轮胎，凿錾过电鱼船的底舱，抢夺过小孩肥皂泡瓶罐……我极尽所能地破坏，这种情绪上的迁移并没有令我好受多少。由于我多少成为不稳定的因素，许多地方已把我列入危险分子，到处悬贴捉拿我的告示。我不能断定恶名是否远扬至偏僻的青鳍镇，一时技痒下水破坏渔民网具，显然增加了这种可能性。

　　注定奔波是我的宿命，寻找青鳍的渺茫一如青鳍命运的渺茫。痛定思痛，我不愿受困于一家派出所小小的班房，并非好汉做事不敢当——我要继续寻找下去，我和青鳍有一段青梅竹马的好时光，我们血液里隐秘的气质相似且相容，它中有我我中有它。不可否认的是，万物解码归一的终极指向不外乎是血缘，却为多数人忽视乃至不愿承认。溯江而上我跟许多人讲我要找青鳍，他们都不相信，异口同声地说青鳍早就绝灭了；得知青鳍和我相濡以沫的经历，他们要么鄙夷、惊异，要么不以为然。世人已经不太关心青鳍的命运，这使我万念俱灰。何止啊，世人连自己的命运都不关心了。站在青鳍古街雍容典雅的石桥上，有一刻我禁不住怆然涕下：落魄潦倒了一生，其实我已不在乎自己的命运，为什么还那么在意青鳍的命运？我问两旁的街檐，问粗粝的青石板路面，我问脚下婆娑的流水，问水中支离破碎的影子。水中的影子坼裂后的散碎导致我恍惚地认为，许多"小我"在不停离开我，到最后我一定囊中羞涩，空空如也。遗憾的是情况愈发糟糕：水面摇曳出更多或粗犷或娟秀或工整或写意或大或小或明或暗的影子，当中果然有其他人的影子。

　　迎着斜阳一路小跑过来，他们垂落在水面的影子拖在身后也有一股暮气。那个主审我的民警因为年轻跑得快一些，他和渔民拉开的距离小于渔民和白大褂拉开的距离，因此可以推断白大褂对于体力活是个勉为其难的人，百无一用。很明显他们是来追捕我的，在他们离我尚远、我们的影子尚未重叠的时候，我明智地厉声警告他们：别过来！我无力再跑，仅凭数日来一桶方便面的体力，再跑肯定不是那个年轻民警的对手。警告的同时，我张牙舞爪作势骑上石桥的栏板，摆出要跳河的样子。他们停下脚步，远远朝我打手势，好让我平复狂躁。带头的民警双手拢在嘴边当喇叭朝我呼喊着什么。古街的宁静终于被打破了，临河的居民纷纷冲出家门看热闹，瞬间挤满了河街，好像雨后暴露在路面的蚯蚓嘈嘈切切。现在虽然我是全镇的焦点，却一点不荣光，我既要对抓捕我的人保持警惕，又要应付人们的飞短流长。民警把白大褂推向前来，这一位当即转变成谈判专家，他又着腰实实在在喘了一会，才有气没力地朝我招手：你，你先下来……白大褂的出现让我稍稍淡定，那个渔民似乎也朝我摆手，显得诚惶诚恐。我犹豫着要不要从栏板上收回一条大腿，人群中却传来嬉笑：你倒是跳哇？量你没那个胆！有人跟着起哄，不久，整条街都热浪翻滚地起哄。这样一来最后我跳下河，与一大帮踏正步过来救场的武警战士没有关系，与警察、白大褂或渔民也没有关系，是民意！

　　我用颇具飞翔意味的起跳方式投水，倒不是作秀，我终究是个游水高手，何时何地都有那么个范儿。我的大义凛然和毅然决然彻底征服了藐视我的人群。没水的瞬间我听到了有人捶胸顿足的号叫，这让我心生温暖。彼时，我才料想到民警他们可能不是来追捕我，也没人要我赔偿渔网钱。我在河道里本能地挥舞手臂宛转起伏地游动，觉得像在青鳍巨大喉管里出没：我听到我心安详地起搏，像有一条青鳍在我身体里起死回生。

人们沿着河街追赶我、呼叫我，并试图搭救我，他们意识到可能集体谋害了一条生命，又或许最终想起至少应当做出痛改前非的姿态。当然他们的初心我并不想细究，我在水里上下翻飞、前赴后继，自顾不暇，哪有闲工夫在意那么多呢？

直到有人大吼：看啦，青鳍！随之而来的潮水般的惊呼声连连不断。即便排山倒海的声浪里，我依然抽空辨听出吼叫的人就是那个白大褂，他为我心理辅导了大半天，声音化成灰我也听得出来。

我管不了那么多了，在狭长的河道拱动起来，仿佛游动在一条青鳍的巨大喉管中……

注：铜陵沿江一带有称雄性白鳍豚为青鳍。

机　会

何亚兵

1

大厅里人头攒动，喧声起伏。一连三天，我和老王都泡在国展大厅里。由于经济形势持续不见好转，下岗失业的人越来越多，S 市搞了一个冬季大型招聘会。公司其实现在并不缺人，来招聘主要是给当地政府部门一个面子，毕竟人家发了邀请函，于我们也算是一种变相宣传。所以部长根本就没来。来的是老王，他现在是公司人力资源部的副部长。

我和老王早就认识了，不在现在这家听起来颇有名气的外资公司，而在五年前的一家民企。那时，我大学才毕业，学的是人力资源管理，这种专业听起来高大上，找起工作来却是掉进水里的鞭炮——给谁都不要。最后还是误打误撞，应聘文员进入了这家以外贸销售为主的民企。老王，就是这家民企销售部部长兼人力资源部部长。小公司，难免一人兼数职。

还记得那天，也是类似的一个毕业生招聘会，不过场面没这么大，人也没这么多。我满怀希望递出的一份份简历，基本上都被人随手撂在了桌子底下，一句"回去等消息"就给打发了。也是，一个普通二本的人力资源管理毕业生，除非自己家里开公司，不然谁会请你去当"组织部长"呢！

正当我不抱希望时，一个电话打了过来。于是第一次见到了老王，一个一看就是一副领导样子的中年人，西装革履，金边眼镜，职业派头很足。在一个拐角逼仄的展台前，老王正拿着我的简历看着，见到我就问："你是王亮？"看我点头，又说，"小伙子名字不错，我叫王明，咱们搞人力资源的就要心明眼亮。"我心想，这也忒能掰，两者有关系么？刚才投简历可没见着这人，看来他才是拿主意的头头。

机不可失，我的心热了起来，鼓起勇气"打蛇随棍上"说："王总，一笔写不出两个'王'字，给个机会呗！"老王没有直接回答，又指着简历问："这上面的钢笔字是你写的？发的文章不少哦？"我赶忙说："是大学业余写着玩的，就一点爱好。"我心想，估计就是这个加分了，看来这位王总也是个"文人"。老王笑着说："不错，不错，我们公司现在缺一个销售文案，你干不干？"虽然这和我的专业有点远，不过过了这个村就没有那个店了，赶忙应承下来。

于是，我和老王第一次成为同事。

2

这家民企不算大，新区那边有一个厂子，工人倒有不少，主要接一些外贸单子，也顺带做一些国内加工。公司在市区三环附近一栋大楼里租了一套房子，几个跑市场、搞销售的业务部门都在这边上班，人也不多，不过三十多人。老王因为一人身兼双职，手下"兵"还算不少，除了六七个整天外面跑的业务员，还有我、邵智、孙迅、陈虹、傅小伟五个人在一个办公室合署办公，除了邵智是销售部副部长，和老王年龄都差不多四十开外，其他几个人都不过二十五六，只有孙迅出来工作早一点，显得稍有点老成。

应该说，公司的气氛还是不错的。前几年外贸形势挺好，订单不断，销售部的压力并不大。我的主要工作就是按照以往的格式，一遍遍地做一些（或者说模仿抄袭）销售文案，最多在文字上多做一点推敲，虽然工资不高，但也不算累。老王虽然看似忙忙碌碌，其实过得也比较潇洒。可能是我们都姓王，也可能一个专业的缘故，他对我很关照，并不摆领导的派头。

"有什么好摆的？"老王笑着接受我的恭维，又悄声对我说，"我这手下几个兵，你以为好相与的？"老王一副全在掌握的样子，指着几个刚到下班的点就空了的办公桌说，"老邵是咱们马总的发小，以前给马总开车的，高中都没毕业，不照样当副部长？人家才是真正的领导心腹！"又指着另一张上面插了一支玫瑰花的桌子说："这个陈虹"，老王色色一笑，"知道老邵咱办公室谁都不怕，为什么就怕她么？这就是'任你兄弟关系感情好，不敌女人胸前两颗枣'，嘻嘻，哈哈哈，哦，这事可不要外传，公司知道的人就几个，上次还是老邵说漏了嘴！"其实，老王不说我也知道，这陈虹差点就把"我是二奶"四个字刻到脸上了，趾高气扬的。那天招聘我递简历，她只看了一下封面上我毛笔写的校名，就撇了撇嘴随手摞在了桌拐，都没放进那一摞"回去等消息"的一叠里，不过也幸亏如此，否则老王上厕所回来还真不一定能看到。

"再说，这傅小伟，你前面才进来的。你知道他怎么进来的？"我摇头，这小伙子有种天生的优越感，做起事来拈轻怕重的，欺负我新来，有事情就不客气地吩咐下来。"有人说他是新区工商局傅局长的侄子，我还纳闷人家大局长家的侄子到咱这破庙来干吗？还是老邵信息灵，偷偷告诉我，这家伙不过是傅局长保姆家的姨侄子，恰好也姓傅，这层关系才进来的。除了能吃会喝，做不了什么事，也不知道三年大专怎么上的！"

说着又指着陈虹对面孙迅的桌子和我，也只有你们两个是我想招的，算得力干将。我脸一红，赶忙客气："王总，您这是夸我呢！我什么也不懂，都靠您带着！"

老王摆摆手说："我是说真的，你们俩一个帮我主内一个帮我跑外，我才能这么轻松。你文字不错，做事认真，和我一样都是学人力资源的，文案这一块交给你不会有问题。上次那个陈虹弄的文案，抄起来连别人公司名字都不知道删干净，我因为太忙没有过一遍，结果闹出了替其他公司开展销会的笑话！"又说，"这个孙迅，跑业务不怎么样，但是很认真又不怕累，有他帮我盯着销售部那几个比鬼还精的业务员，我才心里有底呢！"我心想，原来孙迅才是老王的真心腹，这是真信任和倚重啊！

老王收拾好公文包，笑着对我说："下班了。小王，你还没谈对象吧？晚上出去喝一杯，我请客。"

那是我第一次单独和老王一起吃饭。几杯酒下肚，我想我应该也算老王的半个心腹了。结账时，老王和我争着买单。也不知是不是酒后胆子壮，我一把掰扯过老王说："王总，我还没感谢您把我招进来呢！早就想请您了，给个机会呗！"老王一笑，没再推让，拍着我的肩膀说："好小子，老王就让你小王一次！"

3

好景不长。随着经济形势的严峻，公司能拿到的外贸订单越来越少，有几笔订单之前都说好了，结果还是黄了，郊区的厂都开始"做三歇四"了。一开始，我们都没当回事。但随着情况越来越糟糕，几个常年在外面跑的业务员都纷纷坐在办公室里不出去后，我就是再迟钝，也能看出老王黑脸下烦躁的情绪了。

一天才上班，老王刚到办公室坐下。从总经理办公室回来的陈虹就带着一脸鬼神莫测的表情给老王传达起旨意："老板让你过去！"陈虹和我们不一样，每次喊马总都是亲切的"老板、老板"，这让我想起大学室友说起他们乡下婆姨喊丈夫不喊"老公"喊"老板"的事来，疑心起陈虹是不是和我室友一个地方人。陈虹说完也不待老王回话，"哼"的一声扭过身子就一屁股坐到自己的座椅上，可能坐得有点猛，把哪儿给坐疼了，捂住肚子"哎哟"了声，不过也没谁搭理她。只有孙迅坐她对面，可能不好意思装着看不见，问了一下，得了陈虹一双白眼也就不作声了。

办公室气氛很微妙也很压抑。大家心里都知道，马总这人，基本上不怎么到办公室来的，来，就肯定是有重要的事情。现在，最重要的事情，不说大家都知道。

平时根本不关心大事的傅小伟突然发声："邵总，您是马总老同学了，信息灵通，应该知道什么事吧？是不是公司效益不好要裁员？"老邵其实都没想这事，不过傅小伟这么一问，他也紧张起来，他老婆就在新区厂里做采购，平时油水还不少，最近却一直抱怨厂里订单少，库存都用不完，这个肥差清得跟水一样。看这样子，说不定还真是这个事。不过老邵当然不会承认自己不知道具体是什么事，神秘地回答说："昨天陪马总一起洗澡，马总早和我说了，你们放心，马总这人最是心善，等老王回来你们就知道了。"得，这话含含糊糊的，等于没说。旁边的陈虹估计也缓过来了，听了老邵的话，倒是冷笑了一声。对面的孙迅忧心忡忡地说："楼上楼下几家公司效益也不好，听说现在都在裁员呢？这形势，咱们又没什么一技之长，工厂都进不去。"

孙迅的话让大家都沉默了起来，谁也不知道谁在盘算什么。除了陈虹，她收拾了一下似乎这几天才新买的据说某品牌的包包，对着老邵说："我肚子有点不舒服，先下班了啊！"老邵自是无可无不可，满脸堆笑同意。

看着陈虹的高跟皮鞋的噔噔声消失在门外，想想还真是人比人气死人，都是上班族，好学历还真不如好脸蛋！何况学历还不咋样。

4

老王带回来的消息果然不妙。"三个臭皮匠，赛过诸葛亮"，办公室里几个人瞎聊，结果一来二去的，真聊到了点子上。其实，也不算瞎聊，形势如此，大家也早有预感，不过一开始没有预料到会这么快罢了。

老王告诉我们，马总说现在订单太少、效益不佳，一时半会估计难以转好，要持续很长时间。公司为了积蓄力量，必须开源节流，要根据以往大家的成绩和表现，留下一部分人，送走一批人。当然，为了感谢大家这么多年的付出，所有走的人都可以多领三个月工资，留下的人工资也要缩减几成。

大家听到这里，都急忙问，那咱们谁留谁走。

老王苦笑说："这个还没定，马总的意思是，暂时手头上活少的，平时表现一般的，这次就不留了。外面的世界很大，大家应该多出去看一看。"我知道老王为什么苦笑，这个是得罪人的事情，马总话说得漂亮，可是得罪人的事情还不得各个部长来干。偏偏老王最不想得罪人。"谁都不容易，再说，这些个部里的人，我让哪一个走？"老王私下里愤懑地对我说。

转天，马总又找了老王一次，这次明确了，销售部业务员七个留三走四，销售部和人力资源部办公室人员五个留三走二。得知具体名额，大家这次不吵也不问了，都在心底默默盘算起来。业务员那边，其实问题不大，搞业务销售的大多打一枪换一个地方，这边效益不好拿不到提成，人家还不一定肯留呢！倒是我们这些所谓的办公室行政人员，没有什么具体的业务能力，说句不好听的，谁来都能干，自然是"安土重迁"不想走的。

我扒拉了一下办公室的人，心想，我们五个，陈虹应该是最稳当的，看她这几天照样请假休息就知道了。之前孙迅代表大家去看望，还说精神好得很，脸色红润，根本没啥病，看来和"老板"这关系够瓷实；老邵应该也没问题，毕竟是马总的发小，没有功劳还有苦劳，再说马总这人据说心最善，应该不会让老同学兼发小背后戳骨头骂的；再就是傅小伟，人家好歹是局长家保姆的姨侄子，不看僧面看佛面，让他走，新区的厂还想开吗？不过，老王这么赏识孙迅，还要靠他做事跑业务，就不会力挺他？还有我，我自认来公司后主动承担了几乎所有的销售文案和文字工作，老王向来说让我做事最放心，就不能拉我一把？不过我知道，估计这个"二"，我和孙迅可能大一点，就是孙迅，留下的可能性也比我大一点。

想得越多，心里越乱。来公司快两年了，虽说并不认为自己离开公司就找不到工作，不过现在工作又轻松，领导又关照，还是挺想继续干下去。在突然可能降临的未知面前，人的反应往往是因迷茫而充满畏惧和惰性的。再说，从成绩和表现来算，凭什么就是我走人呢？我很想找老王问一问，可是又怕听到不好的消息，加上看到老王那张办公脸，也就没急着多问。

老王说周一会通知大家。我想今天周五，那么就周一见吧！大不了重新找工作，我就不信，我一个堂堂本科生，又有了两年工作经验，会找不到工作？我扫视了一下办公室里的人，大家都默然不语，陈虹照旧不在，只有孙迅和我可能有共同感受，我们都从对方的眼睛里看到了几分凄惶。

我望着老王，心说："老王，两笔写不出一个'王'字，一定要给个机会啊！"可惜，老王并没有看我的心理感应。

晚上，老王给我发了条信息："小王，对不起！"

5

周一早上，我没有到办公室收拾东西，因为我的桌上除了公司文件，几乎没有私人物品。不像陈虹和傅小伟，桌子上零食、杂志什么的就占了一半。我直接来到财务部，打算领取可以多拿的三个月工资，然后办好手续走人。我并不打算与他们告别，一个是交情不够，另一个是实实在在感到了一种羞辱，还有一种背叛、被欺侮的复杂感觉在里面。我想这不算我小心眼，估计他们还不想看到我呢！他们也应该知道我被"开"了，只是不知道另一个倒霉鬼是谁。

办手续并不复杂，核算工资的过程稍有点长。我隐约听到外面有争吵声，不过也与我无关了，我就快离开这里了。拿好会计扔给我的信封，捏一捏，还算不薄，至少几个月找不到工作，生活也应该没问题。我正要拔腿走人，突然看到老王气冲冲地走了进来，他的脸比之前更黑了。

我心想，他不会是来挽留我的吧！随即又自嘲太天真，怎么可能呢？

老王果然没料到我也在这，看到我明显愣了一下。不过一瞬间，他就回过神来，对会计吼道："把老子手续办一下，工资算清楚，少一毛就找你。"接着似乎是自我解嘲，又似乎是在对我解释似的说道："奶奶的，成天招人开人，结果自己被开了。"好像怕我听不明白，又无奈到自己都不敢相信的样子说："小王，你知道咱办公室走的是哪两个？"我心想，我本来以为会在财务部碰到和我一样沮丧的孙迅，谁曾想碰到的是你呢？老王不等我回答，用一种很尖利的奇怪语气说："竟然是我和你，两个贡献最大、做的事情最多、最有能力的人哦！"

我心想，老王把我和他相提并论，估计也是气急了。不过确实让我感到很诧异。这个公司虽然是民企，也不算大，但是因为地域的关系，管理制度还算是规范的，否则我也不可能对离开如此不爽。老王作为公司里身兼两个重要部长职务的人，不说是马总的重要心腹，起码也算是很信任的

"重臣"吧！谁想到，走的竟然是我们俩呢，一个办公室最高等级最重要的人，一个办公室最低等级的人，一个一开始就不在"走"的名单里，一个恐怕最早就在"不留"的名单里，实在是有点荒诞和黑色幽默。

老王见我没回他的话，以为我还在怪他没为我力挺争取，显得有点尴尬。我倒是真没这么想，稍加盘算，就知道当时老王的选择是无奈的也是理性的，换我我也这样。会计把装钱的信封递过来，让我交给老王，我信手一捏，觉得挺厚，至少是我的三四倍。我笑着对老王说："老王，你这可真不算少，该您请小王一次了！"这是我第一次没叫王总，也成了我直呼老王的开始。

老王先是一愣，接着也回神笑了起来，说："那是，咱们出去喝几杯，絮叨絮叨！"

6

几杯酒下肚，老王在小餐馆里开始话多了起来。不用我打听，老王就将经过一一道来，边说边骂，边骂边喝，几瓶啤酒三下五除二就干了下去。我心想，估计今天得送他回家了。

事情经过很复杂，听起来像是天方夜谭。原来周五老王接到马总最后的通知，最终权衡下，上报"走"的两个人名单，确实是孙迅和我。虽然那天在马总办公室里，他已经出言试探过马总，看能不能留下我和孙迅，哪怕留下一个也好。结果马总一句话，就让他笑脸变黑脸。马总半开玩笑地说："你工资高，要么把你工资开给他们两个，还有富余呢！"

于是事情就这么定下来了，就等着周一通知了。老王知道我们心里忐忑，当天晚上就给我和孙迅一人发了一个短信。我没有回，料到也默认了。孙迅收到信息，倒是给老王打了一个电话，很是不平和哀求了一通，老王说都听到孙迅电话里的哭腔了。但老王也只能好言相劝，最终让他也只能无奈接受现实。

老王还说："本想再劝一劝你，帮你推荐到其他公司去，结果左等右等没等到你电话，我想估计你是把我恨上了。"我笑说："没有，老王，真的没有，当初不是你给的一个机会，我也进不来。现在这种情况，啥也不说了，都在酒里吧！"我举起酒杯，一口咕咚下去，老王拿着杯子，也跟着一口咕咚了下去。那天，就记得最后，老王喝完酒抹着嘴边的啤酒沫说了一句话："问题出在孙迅身上！"

是的，问题就出在孙迅身上。周日晚，老王接到老邵的通知，办公室这边走两个：王明和王亮。老邵的通知不带烟火气，例行公事般，顺便显摆般提了一句，经公司研究决定，他老邵接任人力资源部部长，陈虹接任销售部部长，孙迅任销售部副部长。这个通知和决定把老王差点给震晕了，这他妈是做梦吧，这不是天方夜谭么？这谁走谁留，虽说是马总一言而决，可是建议权总在我吧，再怎么说也不能开到我老王头上来吧？还有这职务任免，我这个人力资源部长都不知道，就公司研究决定了？老王大概是气糊涂了，他都被开了，当然不需要他这个周一就走人的人力资源部长知道了。老王打电话给孙迅，想知道具体情况，却一直没打通！

那天，老王酒喝得似多非多。按说以他的酒量，这点酒也大概就喝了个六成吧，但是他的醉态足有十二成。我想他需要以这种形式来宣泄一下内心的愤懑和不解吧，一路上老王都在叫嚷着，但一到家门口，老王就静了下来，看来心里清楚得很。之前和我说过，老王女儿高三了，他老婆专门辞职在家陪读照顾，此刻应该是在家里。

没想到开门的是老王女儿，一个十七八岁的女孩子，眉清目秀，沉稳大气颇像老王，只是皮肤不像老王那么黑。看看他醉醺醺的父亲，又看看正搀扶着的我，赶忙让过身位，回头大喊："妈，快来啊，我爸喝醉了！"

把老王送到客厅沙发坐下，我就提出告辞。老王夫人一看就是那种贤淑顾家型的，有点唯唯诺诺，手端着茶杯担心地看着老王。老王明显是清醒的，得知女儿中午是回来换衣服拍毕业照的，也就没有多问。估计是女儿在，他就没再多说，只是指了一下我又指了一下自己，站在门口小声和我说："你先好好歇段时间。放心，给我个机会，我带你到一家大公司，咱哥俩再接着一起干！"

我未置可否，只是敷衍说知道了，就离开了老王家。走到街道上，正是大中午，太阳火辣辣的，车流呼啸而过。这时，我才突然感觉到了一种失业的滋味，不禁打了个莫名其妙的冷战！

7

老王没有食言，不到一个月就搞定了工作事宜，我和老王第二次成为同事。这次进的是一家外企在华的子公司，这家外企在国外名声不小。公司地点位置很好，在市区二环内，老王总是笑着抱怨离家远了，但是想一想比之前超过一截的待遇，这抱怨就显得颇有点自鸣得意。老王还是有水平的，多年的销售和人力资源管理经验帮了他的大忙，正好公司缺一个人力资源副部长，需要一个经验丰富、对国内特别是本市人力资源情况熟悉的人来担任，老王自然是舍我其谁，顺便还帮我解决了再就业的问题。这或许也是因为公司刚刚成立不久，还处于招兵买马的阶段，老王这种年富力强的成熟型员工，正好入了当时公司负责招聘的人力资源谈部长、现在公司谈副总的法眼。"你给我一个机会，我还你一个精彩！"老王招聘现场的一句神来金句，也成为公司里不少人争相点赞的一件美谈。

老王也确实干得不错，这几年公司业务逆势上扬、发展迅速，人力资源部到处搜罗人才也是出了不少成绩，这不，据说很快谈副总兼的这个人力资源部长头衔就要挂到他头上了。这次S市在国展大厅搞的冬季大型招聘会，公司虽然并不怎么缺人，但老王代替谈副总来就是一个信号。因此，除了我之外，我们人力资源部的几位年轻同事，对待老王明显多了一份客气和尊重。老王倒是没想太多，他向来认为"到手是功名"，没到手都是扯淡。看来，几年前的被开事件对他刺激蛮大。

本以为这次招聘就这么平平淡淡结束了，我和老王到外面吃完午餐回来替换同事后，无意翻起桌上的一摞简历，看到几个熟悉的名字后，这次招聘才真正变得有意思起来。这几个名字遥远却又清晰，像是来自过去的一道冷箭，射进了我和老王心中某个曾经郁结的地方。

"咦，邵智，傅小伟，还有孙迅，他们是组团来应聘啊！真奇怪，难道马总的公司倒了？"我诧异地说着，就手把几份简历抽了出来，想也不想就扔到了桌拐底下！老王一听这几个名字，就像被炸毛了的猫一样，弓着身子在桌拐下面把我刚扔的几份简历扒了出来，仔细看了半天，用很奇怪的表情吩咐我说："回头挨个通知他们仨，明天到部长办公室面谈。"不等我询问，又吩咐说："你不要打电话，免得他们听出你来，还有三个人面试的时间要岔开来。"

我正想问为什么，不是不招人么，找他们来叙旧啊？但是老王摆了摆手，鬼神莫测地笑着说："你不要瞎想，我就是想搞清楚当年我们走的原因究竟是什么，他孙迅是怎么把我给挤走了，他邵智、陈虹何德何能接替我的位子！"我想，得，这人还记着呢！不过，我也很好奇。

8

第二天，我请办公室的小孙做了通知和安排，说看到你们投递的简历，打算给你们一个机会，由人力资源部副部长亲自面试。老王按照计划，在不同的时间段，在部长办公室里与邵智、傅小伟、孙迅挨个谈了大半天，也不知道都说了些什么，每个人出来的时候表情都是若有所思。老王倒是仿佛听到了什么开心的事情一样，很有一种笑容满面、心满意足的感觉。

"老王，那公司破产啦？他们三个失业了？"我趁没人赶忙问。或许是因为我是他招来的，过去在同一家公司共事，又有同时被开的经历，老王就一直没让我再称呼什么"王总""王部长"之类的官称。对我，他很是放心！

"没有。现在说不清也说不完，我得理一理，晚上下班出去喝一杯，我详说给你听！"好吧，老王这明显是要我请客。我笑着说："领导给机会请客，这当然是荣幸之至了！"老王狠狠拍了我肩膀一下："是啊，领导给你机会亲近，你还不感恩戴德？臭小子，放心吧，我请客！"这其实是玩笑，这几年我和老王出去吃喝次数太多了，一起喝酒吹牛，早就是一笔写不出两个"王"字的交情了。

直到把一箱啤酒喝光，我也没理出个头绪出来。老王说得颠三倒四，我也听得杂七杂八。不过大概的轮廓是有了。这还要从那句"问题出在孙迅身上"说起。当时，我们离开公司时，很有一种被扫地出门的感觉，不好意思再和公司人联系，也没有关系特别要好的人可打听，加上要准备找工作，就把这个事情放下了，直到昨天从邵智嘴里才解了密。

邵智这个人，过去是马总的发小兼同学，关系很铁的，本来车开得好好的，油水也很足，用不着来销售部混日子的，据说就是嘴巴不怎么紧，被马总给弄到销售部来坐冷板凳的。今天，邵智一进部长办公室，看到老王就傻了眼，等回神过来，被老王客客气气地握手、倒茶、点烟还有寒暄问暖等一套"组合拳"给征服了，被征服的邵智有什么说什么，问一答十，"竹筒子倒豆子"般将老王想知道的都给说了出来。同样的招数用在傅小伟和孙迅身上，也是一样奏效。虽然三个人讲的内容不一样，侧重点不一样，还都有所隐瞒，但是一起验证整合，还是了解了个八九不离十。

当年的事情是这样的。周五下班前，老王在马总办公室里报的名单确实是孙迅和我，马总也同意了。但是老王出门后，一个电话打进来，最终改变了这一切。打电话的是陈虹。马总接到在家休息多天的陈虹的电话，明显感到电话那头与往日不同的兴奋和喜悦，平日甜甜的声音更加软糯起来："老板，我做了你喜欢的菜，晚上早点过来哦，我有好消息告诉你！"

说是好消息，但马总却不知为何产生了一种不好的预感。

9

陈虹确实没说谎，马总的预感也很灵。

马总在陈虹独居的房子里，一边享受着不错的晚餐，一边消化着不知是喜还是忧的"好消息"——陈虹说她怀孕了。

马总是有老婆的，而且和很多暗地里包二奶的老板差不多，都比较怕老婆。马总原名马国明，当年高中毕业就出来闯社会，机缘巧合之下认识了自己的老丈人，不但给了他出人头地的机会，把自己的工厂交给他打理，还把女儿嫁给了他，这对一个农村娃来说不啻于再生之恩了。虽说，这个女儿也不是什么千金小姐、大家闺秀，但也有中人之姿，学历不高但也通情达理。而且这么多年，对老马自己、老马家人也都不错，算是一个合格的媳妇。所以，老马即使后来生意做大了，又是拿地皮办新厂，又是开公司搞外贸，也没想过离婚什么的，最多也就偶尔外面偷偷腥，一直以来还是维持着一种中国式家庭惯有的平和。当年他老丈人就曾经断言——这小子，我看不像忘恩负义的样。

陈虹算是个例外。当年马总和老王一起出去招聘，第一眼看到陈红就打不过弯来，即使几句话一说，就知道能力水平实在不是做文案的料，也一举录用了。原因也确实很俗套狗血——陈虹太像当初高中班上那个瞧也不瞧马总、马总却一直暗恋的学霸了，就那种不屑的表情和"哼"的语气，简直是神乎其神——从相貌上看倒只有五六成像。学霸自然不是马总这种学渣所能亲近的，大学毕业后就到美国留学了，前几年回国还挽着一个美国老公衣锦还乡了——这事马学渣没亲眼见，但就是听说也刺激得他彻夜难眠。

于是陈虹的出现，简直如一道神谕：喏，你这么虔诚，这是老天爷给你的补偿！马总心想，老天爷真是太够意思了，我上辈子一定拯救了银河系！正瞌睡的马总怎么会不接老天爷扔来的枕头呢？一切故事都很自然，一切过程都很美妙。但是，天地良心，马总绝对没想过停妻再娶，也没这个胆。但问题是，陈虹很明显没有只做枕头的觉悟，她是有备而来，在马总半杯红酒下肚后提了两个条件：一是你离婚娶我，我怀的可是小子，你不是一直想有个儿子么？二是你给我五百万，我自己养孩子。总之，这个孩子我是不会拿掉的。

陈虹一出口就把马总想说的话全堵死了，而且她还击中了马总内心隐秘的心思，他那不知从何而来的封建思想，在妻子一连给他生了两个女儿后更加浓烈和隐秘了——为了讨好老丈人和妻子，还不得不说自己挺喜欢女孩子的，女儿乖、孝顺，是爸爸的贴心小棉袄……只有他自己知道，每次看到三楼那家虎头虎脑的小子，眼睛都要飞过去了。马总熟悉陈虹的性子，知道事不可为，现在想什么也不付出就把事情了了，是不可能的。而且马总心善，也做不出电影和小说里写的那些歹毒事，况且他也真的很想陈虹把这个曾千思万想的"小子"生下来。

于是马总早年跑江湖的经验和为达目的不择手段的务实作风在这一刻升华了，他答应陈虹给她三百万——但是，现在手头没这么多，可以先给五十万，剩下的打个欠条，但是接下来陈虹必须听他安排，找个人来当"接盘侠"——他不想他的孩子刚出生就被人说是"野种""私生子"，等以后有机会了再谈离婚结婚的事情。陈虹也熟知马总，知道这就是自己老板最大的让步了，她也不敢闹，因为是不是儿子她也没谱，毕竟有点早，不过这呕吐反应和孕形应该是男的——她都用手机在网上求证过好几个人了，况且闹大了一拍两散，自己也没任何好处。她知道，这是改变自己人生最好的机会！

10

对陈虹来说是一次机会，对孙迅来说则是一场噩梦。

马总灵光一现，想起让孙迅来当自己还没出生的儿子的爹，也不是没有考虑的急抓现用。对于马总来说，首要目的是把陈虹稳住，而且要把陈虹和孩子的事情摁下来，最大限度地剪除可能会影响到自己婚姻的可能情况。如果找个人和陈虹结婚，就能把孩子的事情顺理成章给解决了，而且也让陈虹日后去闹的可能性降低到了最低点——名义上的婚姻也是一种道德枷锁。

对孙迅，陈虹倒没什么意见。孙迅是公司里比较实在的，虽然没什么学历和大本事，相貌也不怎么样，但是还比较踏实，平时因为坐对桌，说话也多一些，何况，前一段时间"装病"在家请假休息，也只有孙迅来看望过，至少这一点陈虹是有好感的！哪一个女孩子不喜欢被男人照顾和捧着呢？

但是，怎么才能让孙迅心甘情愿来"接盘"呢？老实人不代表可以随意使唤。其实马总在消化陈虹说的"好消息"和谈判条件的时候，就已经盘算了一个局。他吩咐陈虹按自己计划的办,后续的事情他来安排。

于是,倒霉的孙迅结束了和老王的通话,正在为失业郁闷为找新的工作苦恼的时候,又接到了陈虹的安慰电话,并邀请他来吃夜宵,而且务必要来,有关于工作的消息要告诉他。孙迅正是情绪不佳,急需一吐为快的时候,加上陈虹家也去过,于是并没有推辞。后面的故事就像电影情节,喝了几杯红酒的孙迅不知怎么就不胜酒力、脸热心跳,不知怎么就觉得对面的陈虹如此可人、妖媚难躲,不知怎么就睡到了床上、一晌贪欢,不知怎么就发现严肃的马总和一样严肃的邵智邵部长坐在了自己对面,不知怎么就看得自己衣衫不整地躺在床上,旁边同样是衣衫不整、没有任何表情的陈虹。

接下来的故事就很简单了,马总扶着陈虹到了另一间房间后,受过嘱咐第一次参与老总如此隐私的邵部长,很是兴奋地给孙迅做起了思想工作。与陈虹结婚,工作不但不丢,还可以更进一步,接任销售部副部长,这个房子也算是送的,连新房都省了。何况,人家陈虹长得这么漂亮,你一个"三无"人员,能娶到也是福分。不等孙迅拒绝,邵智将刚刚点着抽了没几口的香烟,拿了下来在孙迅面前的烟灰缸里狠狠地揉了几揉,对看得胆战心惊的孙迅告诫说,或者等着人家告你强奸,有人证物证,还有照片,你何苦呢?

预想的反抗和争辩没有立即出现。老邵知道事情成了,心中暗暗得意,这几年和老马后面混,他那几招"鬼话人说"自己总算是得点皮毛了。不知出于什么考虑,孙迅如老马料想的一样,或许是为了工作,或许是因为害怕,或许还有其他原因,于是事情就这么定了。

事情进展很快,第二天他们就去照了结婚照、领了结婚证,双方家人或许因为时间和路途的关系并没有来,当天晚上由马总和老邵请他们吃了一顿,就算是成婚了。

于是,本来不必走的老王走了,不知是因为老邵想做部长,还是因为马总不想老王知道这些——谁让办公室里除老邵之外还有老王知道他和陈虹的事情呢?

11

现在看来,当年老王和我被"开"反而是件好事。这件事情之后,经济大形势并没有根本好转,公司业务持续不景气,加上老王的能力也不是老邵可以代替的，两年不到的工夫，就快要走上关门倒闭的边缘，关门应该是迟早的事情。

当然这里面和马总不作为也有关系。陈虹果然生了个儿子，孙迅虽然"喜当爹"也没什么办法，他根本管不到陈虹的事，甚至有点怕她，陈虹已经明确告诉他，可以随时离婚。后来，我才知道，此时此刻爱子的马总心理，慢慢在虎头虎脑的儿子身上发生了变化——有些钱他想留给儿子，也算是兑现当年答应陈虹的条件。于是公司里面的材料款、预售款就三不五时地被转移到陈虹的账户里了。这一切，自然和邵智、傅小伟、孙迅三个人无关，他们看到的只是公司确实不行了，该另谋出路了，于是一边在公司里半死不活地拖着，一边出来应聘，凑巧就被我和老王碰到了。

老王边喝边讲，讲得眉飞色舞，看来他倒是颇为快意。我试探着问老王说："总算是一报有一报咯，现在你应该解开心结了吧！"老王笑着说："哪有什么心结，当时就是奇怪，马国明宁可留孙迅也不留我，看来那时就已经想要把公司里面的钱往外面弄啊！"表面上业务一般或者不好，钱财转移起来可能更加发现不了。老王倒是比老邵几个人敏感得多，也可能是他的信息比较完备吧，据老王说，当年马总也是跑业务起家的，有他在，怎么可能业务越做越差呢？

我感觉，老王可能还有什么事情瞒着我。不久之后，我的感觉应验了。公司录用了邵智、孙迅和傅小伟三人，试用期三个月，但暂时没有安排具体的业务，也没见他们来上班。这大大出乎了我的意料，无论是为人还是做事，我都以为老王不可能把他们招进公司的，而且公司里根本不差人。不知道老王怎么说服谈总的。

我很想问问老王究竟是怎么回事，但老王没有直接回答，也没有随便敷衍，只是说了一句，"我只是给他们一个机会罢了！"我知道老王的性格，他或许是把这也当作了自己的一个机会，炫耀的机会？还是报复的机会？很难说清，我知道他不想说再问也问不出什么。何况，他们三个人即使到了公司，也不影响什么，无论是业务能力上，还是工作资历上，此时此刻我自问都已经在他们之上了。失去了"大吊车"的拉扯，我不相信他们的到来会有什么影响。

可后来发生的事情，让我发现自己还是过于单纯和自信了。很多时候，机会往往稍纵即逝，在你认为可以罔顾的时候，就注定了将来可能追悔的结局。我想，如果再有这个机会，我一定会制止老王的。

12

可惜我没有机会制止，事情败发在三个月后的某天，毫无征兆。

那天早晨，我刚要从家出门，忽然接到老王女儿的电话。老王女儿已经是本市一所重点院校的大四学生了，学的是会计，热门专业。老王女儿电话里的声音颇有点张皇，她有点上气不接下气地说道："亮哥，我爸被公安抓了，我妈急得犯病了，我该怎么办啊！"我闻听大惊，太突然了，一点心理准备也没有。只好安慰她不要急，我知道她妈心脏一直有点不太好，犯病了缓过来就没有大问题。现在她打电话过来，说明就没有什么大问题。就嘱咐说先送到医院住下来，我赶忙到公司了解情况。毕竟老王被抓肯定和公司的事情有关，不会其他原因，而且我隐约觉得和那三个家伙有关。

来到公司，却没有打听到什么有价值的信息。我也不能大张旗鼓地询问。正当我考虑要不要请假去外面找人打听的时候，谈副总从外面回来了，看到我在，欲言又止。我知道，他肯定知道一点内情。于是等他回到办公室，就借口送材料跟着敲门进了办公室。果不其然，谈总早上也被公安部门喊去谈话的，了解有关公司人力资源副部长王明涉嫌敲诈勒索的相关案件。谈总推说不清楚，做了一些无关痛痒的笔录后就回来了，他知道我和老王关系要好，于是也不瞒着我。

"老王，可能被设局了。"谈总少见地拿出一支烟抽了一口，缓缓吐出一段粗粗的烟柱。在谈总的叙述中，我才发现，原来他与老王竟然是校友，也正是这层关系。老王在这才如鱼得水，得到谈总的信任，某种程度来说，老王也是谈总向上走的"助力"之一，只是外人不知而已。所以，当老王从邵智三个人口中得知马国明公司的现状后，一个大胆的想法出现了，既能报了当初被开的"一箭之仇"，又能立功做出业绩，还可以推谈总一把，可谓一石三鸟。他说服谈总，把邵智三个人暂时录用，打算利用他们三个人设一个局，目标是马国明公司新区边郊厂子地皮。

老王的算盘打得很精，他知道邵智掌握马国明很多的隐私，孙迅对几年前的"仙人跳"和"喜当爹"肯定也是心怀不忿，再加上傅小伟在新区工商局的关系，内外胁迫威逼下，不怕马国明不就范。况且，老王心里还有个至关重要的判断没有告诉三人，他认为这时候马国明也想把资产贱卖变现，转移一些给自己与陈虹的私生子名下，老王的设局某种程度说不定正中下怀，他也可以借机顺势再转走一笔钱财。

一开始确实不出老王所料，进展很是顺利。可是不知道为什么这中间的交易被马国明那个多年不问事的老丈人察觉了，老头不愧是创业枭雄，跟着设了一个局掌握了其中的种种，然后一点情面也不讲，直接报案把女婿以及老王几个给抓了。好在老王坚持是自己的个人行为，与公司无关。加上邵智等几个人原来就是马国明公司的，还没有办理退职手续，这边也就是预录——各项人事手续当时老王故意打招呼没有办——所以，暂时没有牵连到公司和谈总自己。我疑心这就是当时老王说服谈总的一个默契之一，出了事情自己扛下来，绝对不牵连公司。

我没有多问，只是说："谈总，那我们怎么办？""还能怎么办？对方人证、物证都有，现在什么也做不了，只能等待最终的司法结果了。"谈总拿出一份文件看了起来，我知道这是逐客了，于是退了出来。

我还要给老王家人报讯。

13

报讯其实不是目的，我想去见一见老王，问清究竟怎么回事，直觉感到没这么简单。

来到医院，老王女儿王欣在病房门口候着，见到我来吁了一口气，赶忙问："亮哥，我爸究竟怎么回事？"我没有多说，只是说可能涉及一些业务上的纠纷，被请去协助调查了。老王妻子已经睡着，我就没有进去。我告诉王欣，既然事情已经发生，那就想方设法帮老王先出来再说。

第二天，我们委托了谈总推荐的单位法律顾问林律师，来到看守所，见到了老王。

我以为老王应该是非常惶恐和沮丧的，没想到所见到的情况还要糟糕，据林律师出来说，不过一天一夜，老王的两鬓都苍白了，很有点伍子胥一夜白头的感觉。老王见到律师，很是着急，一个劲地要求赶快保释他出去。但是，林律师的话浇灭了老王的渴望，因为数额较大，且情节尚未清晰，暂时还需羁押。在老王的叙述中，谈总的担心被证实了，老王确实掉进了一个局，准确来说应该是个局中局。

一开始，老王的"设计"是不错的，但问题还是出在孙迅身上，这个看似老实懦弱，实则毫无义气的"反骨仔"成了这个局中局的关键。孙迅根本就不是真的来应聘的，而是马国明的老丈人派来摸底潜伏的，这老头发觉到公司有问题，立马采取手段降服了孙迅，嘱咐他留意公司动向，于是孙迅发现邵智和傅小伟的动作，也就跟了过来，后面的一切自然也就被老头一手掌控了。

老王一开始还嘴硬，但是办案人员对情况异常熟悉，直接摊牌，将孙迅在其中的所作所为以及掌握的证据抛了出来，顿时让老王如遭雷击，千算万算漏算了孙迅，更小瞧了马国明那位白手起家的老丈人。

马国明自以为在外面包小三、养私生子，自己老丈人不知道，但是从他开始一心向外特别是转移资产时，就被他那个精明的老丈人察觉了。这位枭雄老丈人神不知鬼不觉地找到倍感屈辱和愤懑的孙迅，威逼利诱之下，立即将这个"会咬人不叫的狗"收服了。于是马国明转移资产的一些证据，特别是半推半就接受邵智、傅小伟胁迫，勾结老王套卖新区边郊厂子的情况，完全被自己的老丈人掌握。现在对老王最不利的情况是，马国明的老丈人再次以陈虹母子来胁逼马国明将一切都推到了他身上，"心善"的马总为了减轻罪责自然是不敢不从，而邵智和傅小伟在威逼下又转过来指证他。总之，老王身在局中，已经很难全身而退了。

到了现在，我才知道原来不是所有机会都是机会，有些或许是装了枷锁的陷阱。老王以为可以借机出口气，却没想到深陷囹圄。后来的司法过程很迅速，一切人证物证都很齐全，老王百口莫辩，加上公司也没有雪中送炭，直接以借公司名义从事违法活动的理由，开除了老王。而我作为老王的心腹，为防止此事影响公司形象，也被要求辞职，不过倒是在谈总的关照下，多拿了半年工资的辞退金。对谈总我并不埋怨，老王是 no zuo no die，夫妻尚且大难临头各自飞，何况不过是校友呢？至于我，即使公司不要求我辞职，我也不想再干下去了，在这个公司，我感觉不到半点成长的机会，无论是做人还是做事。

于是，我就这样离开了这家公司。临走前王欣专门从学校赶来为我送行，由于心情不佳我们没有多说什么，只是互道珍重。没想到的是，因着这场意外，多年后成为我们姻缘的开始。

14

祸兮福之所倚，福兮祸之所伏。无论祸福，总有人寻到机会，于是有人得利，也有人倒霉。

倒霉的老王后来判了两年，算是轻判了，只不过就苦了自己的老婆孩子。失去家庭顶梁柱的重压让这个家庭几乎难以为继，想必老王心中除了悔恨外就是浓浓的苦涩吧！马国明缓刑。马国明的老丈人倒是说话算话，狠狠敲打了一番后，又将女婿捞了出来，不过公司里大小事情是管不到了，空挂了个名字。估计他也不想管了，在老婆和两个女儿期待委屈的眼神中，发誓再也不敢"忘恩负义"了。现在主管业务的是孙迅，这个为马国明老丈人立了大功的家伙，把马国明转移到陈虹那里的资产都倒腾了回来，自己也落了不少，还顺利地在马国明老丈人的帮助下摆脱了陈虹，现在成为他在公司的代言人，算是"人生赢家"。离了婚又丢了工作的陈虹，拿了一笔补偿金就彻底消失了，特别是在见识到马国明老丈人各种不假颜色的类似于"意外"的手段后。

对这些我并没有太多的关心，到狱中看望过一次老王后，不久，我就离开了 S 市——我接到了 H 市的一份 Offer，这是一家跨国公司。很快，凭借这些年老王毫不藏私传授的经验，我很快适应了新的岗位和工作节奏。当我独自面对复杂纠缠的人际关系，我才发现机会不是谁给谁的，而是互相成就的，机会抓住了才是机会，给别人机会才有双赢。毕竟一颗种子丢下去，在发芽之前，长出来的是参天大树还是丛生杂草，谁知道呢？能做的，就是给个机会让它发芽，无论最后的果实甜或酸、多或寡。

一年后，或许是与 S 市解不开的缘分，随着公司业务的拓展，需要在 S 市成立一家新的全资子公司，我被公司委派过去"招兵买马"，并担任新公司的人力资源部经理。

与两年前的国展大厅一样，依旧是人头攒动，喧声起伏。由于公司的名头还不错，争相递简历的人很是不少，以至于这狭小的摊位空间被各种各样挥舞着的手和各色各样的简历给挤得有点窒息和闷热。我把审查简历的事情交给同事，离开摊位来到了厅外。这一年多来，由于一心想证明自己独当一面的能力，熬夜加班、承重负压已成了一种工作常态，自然烟与咖啡就成了最好的工作伴侣。我抽出一支烟来，摸摸口袋，却发现打火机落在展厅里面了。我正想把嘴里叼着的烟拿下来，一个吐着火苗的打火机伸了过来，点着后，我吐了一个美美的烟圈。这时，一份封面毛笔书写的简历递过来，随之传来的是那温热熟悉的声音。

"小王，给个机会！"

"嗬，老王！"

我想这不算巧合，在这个职场江湖里，没有再见，只有轮转，对于我和老王来说是这样，对于马总、孙讯、邵智、陈虹他们来说也是这样，一切因果早在当初就已经写下，在职场生涯里将初心轮转，最终归于某种平衡。

微篇小说三篇

杨邦贵

薄　雾

醒来了，绿莹莹的山，清凌凌的水。没有深深的呼吸，没有长长的伸腰，只有叶尖上颤动的露珠和溪水中升起的紫雾在宣告他们的苏醒和述说他们一夜甜蜜的梦香。

雅丽怎么还不来，早该来了。伍迪引长脖子向雅丽每一次出现的小路尽头眺望。伍迪的头发湿漉漉的；鞋子和裤脚都浸泡了露水。他数着月亮在天空中一寸一寸地移动；看着夜的帷幕徐徐拉去；山峦在晨曦中明晰，又在薄雾中淡化；小路渐渐地伸远，又悄悄地移近，晨雾笼罩了一切，万物变得朦胧悠远。等了多久，他不知道。伍迪没有看表，他觉得时间只能说明宇宙星体的运动，哪能计量一个人心神的驰骋。

后天，伍迪和雅丽就要办喜事了，两家都掉进了紧张和忙碌的漩涡。再苦再累的奔波也排挤不了伍迪心里如火如燎的渴望心情。他魂不守舍地熬度着漫长的日子，等待着人生最甜蜜的时辰。伍迪昨天去了市人事局，向他的老师报告了将要结婚的喜讯，他从老师向他祝贺时的表情察觉其中必有蹊跷。在他的反复追问下，老师把一切都告诉了他。伍迪一下从泰山之巅跌到马里亚纳海沟。失望、内疚、后悔和痛苦，交替地袭击着他，折磨着他。对蜜月的渴求瞬间变成了对婚期的害怕。

怪我伍迪吗？他扪心自问。他和所有的人一样，都是在自然而然的结论中毫无意识地产生了错觉，这个错觉和实际情况相差得如此遥远，是谁都始料不及的。不管怎么说，伍迪是这个错觉的主体和受害者。他心理十分难受，觉得自己欺骗了雅丽，欺骗了雅丽她爸爸，欺骗了所有相信他的人。伍迪知道得太晚了，在相距结婚期还有两天的这个进退两难的时刻，他不知该怎么办才好。昨天到今天，大脑里进行了上千次的假设和演绎，在情感和理智的十字路口彷徨徘徊。是保持沉默还是把这一切都揭开？他完全可以装着什么都不知道，等新娘进了洞房，木已成舟后再说明、道歉、赔罪一切都像演戏一样。如实地告诉雅丽，雅丽会原谅他，雅丽的爸爸妈妈会原谅吗？可以肯定，等待着他的将是合情的但却是不合理的，应该的但却是过头的审判。

伍迪伫立在杨柳树下，思忖着见到雅丽的第一句话。杨柳树那巨大、油绿而又凝重的树冠垂挂着缕缕轻纱，一直拖到白水溪那明镜般的溪水里，像踏着水晶地面步入教堂的新娘，晨风牵拂着新娘的绢纱，袅袅飘动。树冠的深处不时传来翠鸟的鸣啼声。

伍迪从省城参加全国公务员考试回来，一夜又一夜地等待着投石激起的浪花。终于等来了令人欢欣鼓舞的消息，他考上了，各科成绩都在90分以上，全省第三名。爸爸妈妈抖抖颤颤地捧着通知单，眼睛里满噙着混浊的老泪。雅丽激动得在他的脸上撒下一片狂吻。伍迪再到雅丽家，觉得腰板有了股强大的支撑力，周身也散发着耀人的光芒。雅丽她爸爸也高兴得晃着脑袋诌出一句半通不通的戏文："老夫胸中早有路数了，三个女婿中前途无量者唯伍迪也。"

雅丽爸有约在先：三个女儿的对象谁的职称考得高就先办谁的喜事。二姑娘的对象文涛虽说也考上了助理工程师，但都是县城里的小气候。三姑娘的对象方洪还在心神不定等待考试结果，等不等也甭想盖过伍迪。县算几品？省算几品？差得远呢。人家伍迪是全省第三名，全省多少人？几千万，出几千万人之头地，易吗？雅丽爸爸翻出一辈子积累的颂扬之词把伍迪裹了一层又一层，末了把烟杆一搁说："全国都在改革，广播电视里天天在讲高效米，高效米就是我们种的那种良种水稻，熟得快、产量高。一句话，快当、利索。我看伍迪和雅丽的喜事就这个月办了。伍迪，明天叫你爸妈过来合计，别忘了把你生辰八字带来。伍迪中了省里的探花，老夫也要重重嘉奖一下，那8000元的娶亲彩礼金免了。娶亲那天就把你那省里发的公务员通知书放在抬盒里，找四个娃娃高抬着一路吹吹打打地过来，让街坊四邻的也开开眼界。"

昨天，伍迪开始怎么也不相信老师的话是真的，他的公务员未能录取，说是他面试未通过。他弄不清这里面的缘由……脸蛋是爹妈给的，能怪我吗？再说好看的脸蛋能出大米吗？为什么报考政审都通过，名次已排出，怎么快等到报到上班时说面试未通过。伍迪激愤地咆哮，又戛然辄止，满腹的委屈和痛苦变成了泉涌的泪水。

"别灰心，这只是个意外。如果你真心地热爱党的事业，就应时时想着对她的奉献，而不要总想着她的给予。因为爱是奉献而不是索取，奉献的人永远享受追求的幸福，索取的人一辈子经受欲望的煎熬。继续奋斗吧，粮食会有的，面包会有的，只要你继续努力，会实现你的公务员的梦。"老师的风趣把他逗笑了。面对老师，伍迪除了自惭又还有什么可说的呢。老师 1978 年参加了工作，兢兢业业地工作了一辈子，他的青春，他的年华，他的毕生精力全都献给了党的事业。他学生、战友差不多全是局长、科长，可他还是个科室科员。明年他就要退休了，就要回到那深山里重新去扛锄头挖地。他在对社会作无私的奉献时丝毫不计较社会对他的回报。

离开了老师办公室回到家里，想起文涛和方洪他们，伍迪又感到不平和憋气，文涛都考上助理工程师，说别人不晓得，文涛的底子伍迪是再清楚不过了。他俩从小学一年级起就是同班学生，文涛是学校出名的"两多"生，挨训多，补考多。伍迪年年是三好学生，成绩是前茅。初中才读一年文涛就辍学了，跟着别人把山里山货贩进城里去卖。乡里办建筑队差个操嘴巴子跑腿子联系业务的，说开就是陪酒的，拎着黑包泡了几个工地，混了五六年，就是个助理工程师了，会不会工程预算都很难说。也说是硬考上的，那种考法真是难以想象。不管怎么说人家是响当当的助理工程师，有县政府的红头文件。后天的婚礼应该是二姑娘和文涛。

东方地平线上升起一个殷红的圆球，太阳的光芒透过淡淡的薄雾撒向大地，脚下的小路蜿蜒地伸向太阳，绯红的背景上迭现出一个飞奔的人影，那是雅丽。雅丽在张望，细心搜索着她熟悉的身影。她没有看见伍迪，伍迪在弥漫的薄雾之中，在温柔的轻纱里面。

薄雾在阳光的召唤下袅袅升腾，飞向天空变成洁白的云朵。大地看到了明亮的太阳。温暖的阳光沐浴着一对拥抱的情人。

别 无 所 图

王大嫂下班刚进门就愣住了，只见老婆婆擦眼抹泪的，急忙问道："妈！你这是怎么啦？""哎，不是我，是孩子……""啊？孩子怎么啦？""浑身发热，怕是感冒了。""什么？"王大嫂顿时一惊，忙把挎包一扔，伸手一摸孩子的额头，不由得倒抽了一口凉气："好烫呀！少说也有四十度。"王大嫂二话没说，抱起孩子就朝儿童医院跑去。

来到车站，王大嫂惊呆了。怎么？这时正是上下班、学生放学乘车高峰期。乘车的人排成两条长龙，还不见车的影子。王大嫂急得直打磨磨。哎！有啦！王大嫂突然想起前面不远有个出租车站！想到这儿，她拔脚就走。说也巧，果然有一辆出租汽车停在那儿。王大嫂就像枯木逢春似的，急忙扑上前去。她轻轻拍了一下车门："喂，司机同志，司机同志！"司机是一位年轻的小伙子，此刻他正在聚精会神地点着钞票，听到有人叫喊声，他慢慢地摇下车门玻璃，头不抬眼不睁地说："什么事？""司机同志，我的孩子病了，想用车。""用车？带钱了吗？"王大嫂忙摸摸衣兜笑着说："带了，有八块多呢？"司机听罢，冷冷地说："到儿童医院钱不够。""那得多少钱才够？""告诉你不够就不够，回家拿去吧！"王大嫂急了："同志，我孩子病得很厉害，能不能照顾一下？"司机鼻子一哼："哼！照顾？现在物价都在涨，我照顾你，可谁照顾我呀！说实在的，你要是钱多，甭说上医院，你要是没事来回转转圈玩我也拉，油太贵，钱不够我可没办法啦！""可我这孩子……""孩子？"司机眉头一皱："你的孩子关我什么事！这是出租车。出租出租，没钱不租。对不起，坐公共汽车去吧！"说着就把车门玻璃给摇上了。王大嫂好像三九天吃雪糕凉到心了。她长叹了一口气，无奈只好抱着孩子又朝汽车站走去。

回到车站一看，王大嫂那本来凉透的心，又"哗"的浇上一盆冷水。上下班的和回家学生越来越多，等来了一辆车，人们一拥而上，挤成一团，争先恐后，互不相让，王大嫂看势没敢靠前一步。怎么？她怕挤坏了孩子呀！正当王大嫂急得不知如何是好的时候，忽听背后有人喊了一声："大嫂，请上车吧！"王大嫂扭头一看，啊！是那辆蓝瓦瓦色的出租车。只见刚才那位司机把头探出车门外，正朝她喊着。王大嫂心头一热，忙说，"我……我钱不够。""我又没跟你要钱，你啰唆啥？快上车吧！"王大嫂听他这命令的口吻，看看怀里的孩子，也顾不得再说什么，低头就钻进车里。王大嫂刚坐稳，司机问道，"哪个医院？""儿童医院。"司机二话没说，加大油门，风驰般地朝前驶去。

来到十字路口，突然，指示灯由绿变黄，这是注意信号。可司机好像没看见，车速没减。这时，猛听交通警喊了一声："站住！"王大嫂心里咯噔一下：坏啦！这要是停下不让走，时间一耽搁，孩子……王大嫂焦虑的目光紧盯着司机。司机根本没停车，他一手扶着方向盘，一手飞快地摇下车窗，将头探出去对交通警大声说："对不起，我确有急事，送孩子去医院!""回来!""好!回来再说!"交通警纳闷啦:什么?回来再说?好,等回来我加倍罚款。这些出租车司机,挣钱都红眼啦!王大嫂目睹这一情景,非常不安,心想:司机都是为了我,为我孩子在抢时间哪!想到这儿,王大嫂就想说几句感谢话儿。司机回头微笑着说:"别担心,我回头跟他们讲讲情况就好了。"王大嫂心直口快:"同志,真太谢谢你了!干你们这工作也真不容易呀!""大嫂,其实,要不为了多挣两钱。我也不干这行。"王大嫂眉头一拧问道:"那你原来……""我在部队开了五年车,退伍回家后,罗锅上山——钱紧。没办法才开上了出租车。""挣钱不少吧?""反正人们都这么说吧,月月能进个两三千的,好像还可以,遇到婚丧嫁娶还有点外快。可每天都得干上十二三个小时,风里来,雨里闯,节假日歇不着,也不容易呀?再说我现在还没有成家,不拼命攒钱行吗?房价这么高,你说是不大嫂?"王大嫂听他这话,在心里解音儿,觉得有点不是味儿,自己平白无故,要是不图个啥,人家能拉着你吗?莫不是另有所图,她正琢磨着,突然,车子"嘎吱"一声停住了。王大嫂一怔:"怎么啦?""大嫂,到啦!"王大嫂这才看清,车子已经驶进了儿童医院的院内。她抱孩子下了车,急忙从兜里掏出钱包,顺手递过去:"给,钱在这里。"司机用手一推,笑着说:"算了吧!"王大嫂急啦:"这哪行!怎么能不要?不管多少你先拿着。"说着,又把钱包往司机手里塞,孩子看病我再想办法。这时,只见司机眉头紧锁,额头青筋暴起,二目圆睁,冲王大嫂吼道:"好!你给!你给!少一分也不行!车费 35 元,违章罚款 100 元,一共 135 元。你这点钱好干什么?够车费还是够罚款费,难道我上赶着送你孩子就图你这两钱吗?"王大嫂百思不解地问道:"那你……"司机用双手把钱包递到王大嫂手里,然后深沉地说:"大嫂,知道吗?你走后,我心里挺不是滋味,谁都有个急事什么的,我这么做可太没人味了,也丢了城市文明形象,所以,我就来了。我要图钱就不拉你了。你快去吧!快去给孩子看病要紧",说到这儿,他反倒从兜里掏出一张百元钞票,"大嫂,这钱你留下,给孩子看病用。"

王大嫂手里握着那张百元大钞,望着那辆开远的出租车久久发呆。

赵百万看电影

赵百万今天张罗着要去看电影,这可真是铁树开花,母猪上树的稀罕事。

这是个远离闹市只有十几户人家的小山村，方圆十多里找不到一个村庄。村里人过着日出而作、日落而息的生活，看场电影来回要跑二十多里路。

赵百万从不干这种傻事。他说："看那玩意儿不当菜不当饭的，放电影时看得满热闹，一散场，你该去哪儿去哪儿，谁给你干？没啥意思，没啥意思。"

是啊，赵百万自农村实行大包干后，整天忙个不停，忙了鱼塘，又忙猪圈，里里外外紧折腾。地里家里的活儿把他的心都拴住了，还有啥心思去看电影，大伙儿说他是没娶上儿媳妇急的。他嘿嘿一笑：儿媳妇我暂不敢想，先做三层大楼房是真，花香何愁蝶不来，有巢不愁没凤凰。我就不信那看电影能把圈里的猪看肥，鱼塘里的鱼看大。

今天傍晚，百万破例提前回家，急急忙忙地扒了几口饭，跟妻子招呼一声就骑车出了家门。

原来，下午乡电影队的小汪到他岳母家来，在村口遇到百万，他笑着说："百万大哥，今晚乡政府放电影有两个好加映片子，看了对你一定有好处，去不去？"百万只顾看他的鱼儿，头也不抬地说：不去。

小汪卖个关子："不去算了。这可是坐着就能把圈里的猪看肥、塘里鱼儿看大的好电影。"

"啥？"百万站起来。

"还是算了吧，反正你也不去看。"小汪故意推车要走。百万一把拉住他央求说："好老弟，到底是啥好电影"？

"《生猪饲养》和《鱼苗疾病防治》。嗨，你不去就算了！"小汪又敲了他一句，骑车走了。

要说养猪，百万在全村就是全县可数得着地。他养的猪，个儿大、瘦肉多，年出栏上市生猪在百头以上。养鱼更是没挑的。谁不知百万是个养猪、养鱼好能手？可光靠那点土经验哪够使。前些日子，那鱼塘里不知咋搞的，鱼苗背上好像长了许多白绒绒的毛儿，投下食料鱼儿也不吃，把他急得团团转。现在有这样的好电影能不去吗？去！古人说得好："磨刀不误砍柴工"，来回路二十多里，两个二十多里也值！

等百万来乡政府前的小广场一看，我的天呀，敢情这么多人哪！

"哼，兴许有一小半子是来看前边那两个加映片的。"他心里嘀咕着挤到放映机旁。

小汪一把拉住他，对身边一个年轻人说："吴队长，这就是我对你说的赵百万，他能来看电影可真不容易。"

　　"我是专为来看那两个加映片"。赵百万咧开大嘴，冲着队长笑了。大概因为百万是"稀客"，吴队长特意优待他一个放映机箱坐下。电影开始了。百万伸长脖子坐在那，两手放在腿上，半张着嘴，两眼紧盯着银幕。

　　当银幕上出现圆滚滚的肥猪、活跃肥大的鱼儿时，他兴奋地用手不住地搓着衣角，嘴里小声叨咕着讲解员说的口诀。

　　场灯亮了。赵百万恋恋不舍地站起来。吴队长一边熟练地换着片子，一边笑着问他："咋样？"百万连连点着头说："好！好！讲得在理，说得真切，好！"

　　小汪在旁挤了挤眼："下次还来不？"

　　"来，来！要知是这样我早就来了！"

　　吴队长笑了，若有所思地点点头。百万站起身："我得回家去看鱼塘，先走了。"小汪用手按住他说："先别走，下面这个电影对你有好处。"

　　正片《月亮湾的笑声》开映了。起初百万还闭着眼睛背他的口诀，渐渐他的眼睛睁开了，睁大了。片中主人翁"冒富"家的小日子可真火红，鸡、鸭、鹅满院，果树上长满了蜜橘、大桃，这多像自己家的小院。

　　百万睁圆了大眼看着，银幕上那欢快的唢呐声在夜空里回荡，在百万的心里漾起了甜蜜的波纹。

　　冒富大叔笑了。月亮湾笑了。

　　赵百万也笑了。

散文卷

凝固的风景（外一篇）

吴 华

曾经无限繁华的都市，如今仅剩下破败的断壁残垣，依然屹立在纷至沓来的游人面前。古老的麻石街上，一丛丛细小的草木顽强地从街铺石的石缝中探出头来，它们长了枯，枯了长，仿佛冷静的哲人一般，静静地看着历史的烟云飘移、消逝，静观着面前的鹊江——冬季露出两边堆满黄沙的滩涂，进入夏季汛期泛滥的江水奔涌向前地灵动。

曾经拥有"安徽四大商埠"之一响亮的名头，可是有着"小上海"的美誉，大通和悦洲上名闻天下的"三街十三巷"，以徽派商铺建筑的风格，立于天地之间，任凭沧海桑田，任时间的洪流为它冲刷出历史的质感，为我们注目的风景注入人文的灵魂，让我们脆弱的心灵震撼不已……

当白天的喧嚣褪尽，夜晚的大通在现有的零星灯光与夜空的月光映照下，多了一份独特的神秘色彩。没有昔日大都市辉煌的古镇，长龙山西瓜顶上依旧耸立着的天主教堂钟楼，仍在眺望着高悬鹊江之上的明月，柔和的月光与鹊江的江流都以自己的方式亲吻矗立着"大通"牌坊的亲水平台，这些古老与现代建筑的完美融合，更让游人于内心深处泛起别样的滋味。

宽阔、悠长的澜溪老街上，精致的店招下是日常经营着的商铺，街边晾晒的长江野生小干鱼，散发出咸鱼的鱼腥味；全球独有的正四方形古老的街铺石，静望着街上来往穿梭的车辆与行人；古老的百年老理发店里，两位七八十岁的老理发师一边替客人剪着头发，或是用他那曾为清人剃过大辫子的老剃刀为你刮胡子，一边漫不经心地跟你闲侃明清时期大通的各种历史掌故，让你听了都不舍得离去……所有这些，无不吸引着远道而来的游客，感受着古镇上的这份绝美街景。

老街上，徽派的白墙黑瓦与翘檐飞角的封火山墙依旧。沿街上在经营的商铺，依然沿袭着大通的商埠旧俗——前门临街、后门临江（鹊江、古时叫"大通江"的青通河），大白天都敞着门供游客、行人自由出入。徜徉在老街之上，唯有时间将历史定格在这里，让我们面对沧桑细细地品味……

旅行，虽未必会给我们带来天翻地覆的变化，但一定会让我们因这些历史的沧桑与人世的变迁触动我们的心灵，会让我们变得更加包容、更加好奇，从而让我们变得更加地看淡一切，会因此活得更加真实可爱，让人生因此变得更加丰富多彩而有意义。

走过山川，看遍风云变幻，我们的目光就会变得更加挑剔。

充满神奇的自然界与人类文明社会素来很难协调，但是有一点毋庸置疑，那就是自然界和人类社会都存在着美。因此，只要我们去旅行，比如像我现在这样，就这么静静地闲走在这条载入史册的和悦老街上。我知道，王阳明、黄炎培、曾国藩、李鸿章、彭玉麟等无数名人都曾在这条街上走过，也曾走过俗称"长毛"的太平天国农民起义军、烧杀淫掳的侵华日军与依蒋介石"焦土抗战"指令将和悦洲毁成一片废墟的川军，我相信你也一定会像我一样于心灵震撼之后，觉得不虚此行，收获多多！

建筑，是人类文明的精华，附着其上蕴藏着的智慧、技巧等无形财富，跟材料、物料等有形财富完美融合，最终形成我们眼前那美的景象。我以为，懂得发现它们，欣赏它们，就一定能让我们的旅行变得立体起来，让我们拥有别样的体验与收获。

邂逅古镇慢时光

宽阔悠长的澜溪老街，随处可见闲坐聊天、喝茶的老人，街上还会时不时地走过几个悠闲自在的游人；断壁残垣的和悦老街上，古旧残破的老房子遍布那曾经特别繁华的"三街十三巷"上，隐约可见的商铺字号、摇摇欲坠的残梁破墙，双休节假纷至沓来的游人，面对昔日繁华不再的喟叹，这便是我常见的古镇——大通，仿佛是一个被时光遗忘的古镇。

桀骜不驯、奔腾万里的长江自西向东滚滚东来，不料竟被绵延起伏的长龙山给挡住去路，只好低下高贵的头臣服于它，温柔地流淌在大通古镇的怀抱中，任浪花里辉映古镇厚重的历史人文风采。这座曾被称为"小上海"的大通古镇，位于青通河与长江交汇处，在水的灵秀隽永中移步换景，于明清时期逐渐发展成为安徽著名的"四大商埠"之一。可以说，从这里浩浩荡荡掉头北上的长江无疑是这座古镇的缔造者。

　　青瓦灰墙、店门敞开、前后通畅的澜溪沿街商铺里，你总是能看见有那么一两位老人坐在店铺里，望着街上匆匆而过的游人百无聊赖地打发时光，身边或有只猫或是一条狗也如主人一样在慵懒地打盹。慢慢地走过老街，远道而来的游人大多会在一些老字号店铺前停下前行的脚步：比如徜徉在"小上海钟表行"里，仔细端详那陈列的古今中外不同国家、不同时代的各式钟表，倾听古钟如今仍在悠扬的鸣响，甚或还会漫不经心与店主张老板聊上几句店史、镇上掌故。比如停留百年老店"大通理发店"中，瞧瞧德国进口的老式理发转椅，望望英国进口的"西洋镜"至今仍十分清晰地映出人像，一旦看到如今特别少见的荡刀布、清朝剃大辫子的百年老剃刀、佘查两家曾经的共墙石碑与至今仍保存完好的工具箱式百年坐凳等，游人们多是一样欣喜不已。如运气好，你还能看到两位老师傅（一位70岁、一位80岁）正在店里为客人理发、刮胡子，展示他们高超的"顶上功夫"。当你惊讶如此高龄还能为客人理发、刮胡子时，说不定店里正好就有几位九十多岁更高龄的正在下棋的老人，会对你的惊讶发出哂笑，然后他们会告诉你两位老人可不简单，他们的店铺、形象、手艺都曾多次被摄入专题片在央视四套"走遍中国""北纬30度"和央视七套"乡土"及上海东方卫视等栏目播映，是大通古镇上的大名人……，两位老师傅这时会谦虚地告诉你，咱们大通街名人多，不光我们两老头，他会随手一指就他——正下棋的老人，"王有德，是大通著名特产'大通茶干'的非遗传承人，96了，还能下象棋；他老太婆92了，现在每天晚餐还能喝个半斤白酒！牛吧?！"在一群老人的开心笑声中，游人也同时身心爽朗起来。当你走进中华老字号"夏洪兴老秤行"，面对墙上悬挂着大小不一的各种杆秤和一个秤盘自制的挂钟，店里既有可称200多公斤的大杆秤，也有中药店里称药材的特小秤；既有木杆秤，也有纯铜工艺秤；尤其那把100多年前的镇店老杆秤如今仍能使用，你能不惊奇？更对店主如今仍坚守手工制作杆秤钦佩。仿佛就在街角那么不经意的一转身，我们就跌进了古镇过去的老时光里。

　　黄昏时，站在大通古老的澜溪古桥上，我看到夕阳的余晖正铺满青通河水面。古镇上的名门望族佘氏家族曾在明代永乐元年（1403）出资兴建的"澜溪古桥"俏丽身姿倒映在河水中，乡贤厚德惠及后人，如今仍在为南来北往的行人提供方便！远处的"九华山头天门"大士阁传来一阵阵清远的钟声，在暮色里缥缈着……这钟声是那么清透、淡远、漫不经心，像是不沾染丝毫浮功燥火似的，只为羁旅之人敲响。

长龙山龙头的西瓜顶上，天主教堂的钟楼高高地耸立着，隔着祠堂湖荡漾的碧波，与神椅山上的大士阁遥相互对，是在畅想这钟声何时才能再次在钟楼上、在喧嚣的市声中响起吗？还是感怀这钟楼上急切敲响的钟声，可是大通人隐秘怀中、时常怀想昔日繁华的"小上海"的缕缕乡愁啊！这一刻，历史上众多诗人笔下出现过的黄昏意境如约而来，交错重叠，就这样升起在我的心头，如蛛网一样缠绕不开。在古镇黄昏，我如同在光阴之外，开始一段宁静时光，整理过往。大通，是东海海潮抵达的最远点，长江在这里拐弯，大海在这里回头。我在回想，我一直向前的人生之河，又是在哪拐的弯，变成如今这流向？

漫步前行，选一间临河或是临湖的小餐馆，慢慢地喝一杯皖南出产的绿茶，吃一碗大通渔民纯手工擀的小刀面，以怀旧的姿势倚在老式的木格花窗前，在古镇定格一段慢游时光，真是太过惬意。看远山如黛、河水清透，看柳枝温柔地与旅人缠绕，看湖畔芦花随风起舞，看灰黑江豚出没鹊江，看江上轮渡南来北往。茶，慢慢地从舌尖润到心上，氤开了过往；面，渐渐由牙床爽到胃里，品出了人生……

记得三年前，我曾陪大通古镇和悦洲上出生的知名作家黄复彩先生在大通采风。那一阵，每天陪他采访大通各界男女老少，风月无边、人间正道，什么都谈，气氛热烈。两年后，已退休的黄老师竟拿出两本特别厚重的大通题材散文集《和悦洲：小上海》和《乌篷船》，让我惊诧不已。想起本市日报副刊一位编辑老师曾笑问我，你每天在大通工作，掌握那么多大通好素材，怎么就不能把它写出来？还被远在安庆已退休的黄老师给挖了"金库"。为什么黄老师能成大家，而你不能？即便他已功成名就退休了，也仍然勤于思考潜心写作，所以他能产出那么多成果，这便是我们普通人与名家的差距所在。她说话语调不高，但有着一种不可抗拒的力量，如浮萍一样轻点我的心海，让我醍醐灌顶，惭愧不已。在自己最狂妄、最该奋斗的年纪，自己不能明了上进与坚持，当是我的悲哀。正是这种后知后觉，才注定我此生命运坎坷多舛，许多事放不下，淡不了。许多的欢喜悲伤，早已成为记忆。今生注定的，必然要经历，无论怎么挣扎，也还要仍然前行。环顾古镇各处不同的风景，我觉得鹊江上那一片耀眼的金黄，如同我的境遇。即便青春已不再，人生晚年也要像凋敝的古镇那样，再度绽放精彩荣光！

吃罢那碗小刀面，端坐小餐馆中。那杯茶早已被我喝得很淡，已如白水一般。黄昏里，在大通这个被喧嚣遗忘的古镇上，任眼前闲云来来去去，有这样的慢时光伴我慢慢老去。远处的寺院传来似有若无的诵经声，一个人静静地坐在窗下，看看自己喜欢的文字，或是这时约上几个朋友于窗前喝喝茶，笑谈岁月。这样的时光，当是流年里最奢侈的享受！人生舞台上的纷纷攘攘早已远去。即便别人再行色匆匆，于我有这清淡的时光抚慰就好。

古镇安静于一隅，无息无声。不时有片片落花，飘落于无涯的河流。我心似水；又如同天上云，且停且行。只愿今生能全身心融入古镇详和，安享余生……

大宋三味

董改正

之一　夜半之思

　　读书到夜半，饿得发慌，遍寻吃食不得，只好喝水哄骗自己，忽地忆起宋仁宗的"夜半之思"来。

　　仁宗赵祯办公到夜半，也如我一般饿了，想吃烤羊肉。不是现在的羊肉串，而是切成五七斤重的大块羊肉，叉在铁叉上烤炙。幻想中，一滴滴羊油滋滋地滴到火红的炭火上，不时燃起一阵好闻的青烟，令人喉管律动，舌下生津。

　　管事的太监见状，连忙过来请示，要不要立马宰杀，立时烧烤？

　　如果有一架飞机可以飞抵仁宗所在的一千年前的夜空，在满世界一片黑暗中，那时的东京汴梁却是灯火通明。夜禁制度取消，打开了东京深夜食堂的大门，许多市井传奇开始上演。在州桥夜市，自桥往南，当街有水饭、爊肉、干脯呈现。王楼前，悬挂着獾儿、野狐、肉脯和鸡。寻常肉鸭鱼、萝卜青菜豆腐之类，就不说了。像鳝鱼包子、鸡皮、腰肾、鸡碎等，每个不过十五文，很便宜。

　　如果再过个把月，正值夏月时，酒足饭饱之后，还要吃点甜点："水饭、水晶皂儿、生腌水木瓜、药木瓜、鸡头穰砂糖、冰雪冷元子、绿豆甘草冰雪凉水、杏片、梅子姜、香糖果子、间道糖荔枝、越梅、滴酥、紫苏膏、荔枝膏……"等等。水饭类似于酒酿，水晶皂儿是糖泡槐豆，冰雪冷元子是冰镇汤圆，绿豆甘草冰雪凉水就是冰镇绿豆甘草汤——不一一列举了，反正据孟元老记载，仅甜点这一块，现代人是要汗颜的。

　　回到仁宗这里。外面百姓玩得很嗨，吃得那叫一个丰富，烤羊算得了什么？作为一国之主，忙到现在，却饿得发慌，想吃羊肉？那就杀羊呗！可是仁宗叫住了小太监，说："等等……还是算了吧！"小太监不解地看着仁宗。

　　仁宗说了几句话，翻译成现代汉语是："我曾经听说，只要宫中一有需要，御膳房就把它作为成例去做。我一旦今晚要吃羊肉，那么从此以后，每晚他们都会宰杀一头羊等着。这样时间长了，要浪费多少食材啊！我怎能因忍不住一时的饥饿，而开滥杀的先河呢？"

　　到底还是没有吃到。

　　这是"忍"的胜利，是理智的胜利。

　　后人评价前朝帝王，认为历史上能当得起"仁"的皇帝，只有宋仁宗赵祯一人而已。其实大宋的许多制度，也是"仁"的体现，比如说不杀读书人，还比如说，太祖朝就规定，御膳房只准用羊，不可以山珍海味。所以，汴梁街上有獾儿、野狐肉卖，而仁宗却像献芹的老者，只知道羊肉好吃。

　　这里说说仁宗的仁。有一次用餐，他咔嚓吃到了一粒沙子，差点没把牙齿崩掉，他赶紧吐出来，对陪侍的宫女说："千万别声张我曾吃到沙子，这可是死罪啊。"换作晋灵公，十个厨师都不够杀。还有个故事，说的是当时四川有个读书人，献诗给成都太守，主张"把断剑门烧栈阁，成都别是一乾坤"。这是劝他造反。太守大惊，赶紧锁上此人，将他缚送京城。宋仁宗一见，笑了，说："这老秀才只是想做官罢了，给他个官吧！"授他为司户参军。

　　仁宗之仁，在当时就闻名内外。去世之后，国人大哭，讣告送到辽国，连"虏主"也握住使者的手，号啕痛哭，说："四十二年不识兵革矣。"因为仁宗对战争的厌恶，两国缔结条约，换了半个世纪的和平。这五十年的和平，为大宋后来的不断折腾还不致死打下了基础。仁宗的仁和他的功德，连有点好大喜功的乾隆帝也十分敬仰，将他列为最佩服的三个人之一，其余两个分别是唐太宗和康熙帝，成吉思汗和宋太祖都不在其列。

　　"仁"与"忍"读音相近，前者其实是后者的结果，但凡修养都必然与"忍"有关。恣肆我意者，快意恩仇者，当不得"仁"。试想，汴梁的大街上，百姓可以一饱口福之欲，烤羊不在话下，一国之君，吃个羊有啥？并且最高权力在自己手上。有权而不滥用，有欲而不放纵，由小而见大，见微而知著，防患于未然，皆是"忍"之结果。

哪个人没有夜半之思呢？夜半无人，监督失位，这个时候，面对潮水般的欲望，要对自己说"不"。一个人的"忍"，是对世界的"仁"，是对自己的残忍，更是对自己的慈悲。遏制而非放纵夜半之思，才不会增加胃的负担、血管的负担，而且，还可以消除不良"食物"带来的致病危险。

之二 猪牛之辩

施耐庵笔下的北宋，与孟元老的《东京梦华录》成书时间相当，比张择端《清明上河图》迟了大约五十年。不知写作时，施耐庵有没有查阅史书，武松也罢，鲁智深也罢，进门对小二的吩咐差不多都是："小二，五斤熟牛肉，筛四角酒来，有好吃的酒菜，尽管上来，须少不得你的银子！"似乎熟牛肉才是那时的主菜。但事实并非如此。

宋朝人首爱是羊肉。有一天晚上，宋仁宗赵祯办公迟了，饿了，想吃羊肉，但为了不开不正之风，吞着口水克己了，传为美谈。虽然太祖家法说得清楚，"饮食不贵异味，御厨止用羊肉"，不可以将那些譬如娃娃鱼之类的稀罕之物带到皇家食堂，但能让仁宗如此相思的羊肉，一定还是大宋的高端菜品。皇家向来是时尚的 T 台，民间向来有学习皇家的各种精神的自觉性，那么此时的民间，可以想见的是羊肉一定是属于 VIP 级别人群的。苏轼在惠州时，因为身份，买不到羊肉，只好买点羊脊骨回去，还说"骨间亦有微肉"。

牛肉呢？估计直到施耐庵先生写作《水浒传》时，依然不是菜品的主角，原因在于，牛是农耕社会的主要生产资料，《礼记·王制》说："诸侯无故不杀牛，大夫无故不杀羊，士无故不杀犬豕，庶人无故不食珍。"在西汉严令杀牛，违反规定要被处以重罚，甚至偿命。在没有大规模人工饲养之前，牛肉绝对不可以成为餐桌主角。

那么定是猪肉了？施先生为何写作牛肉呢？我想原因或许在于，这时候的猪肉居然比牛羊肉贵。据明代万历年间的宛平县长沈榜的《宛署杂记》记载，万历五年牛肉 1 斤 0.013 两纹银，猪肉 0.018 两纹银；万历二十年猪肉涨到 0.02 两，牛肉和羊肉 1 斤都只需要 0.015 两。施先生以当代度前代，是以毫不犹豫地写上"熟牛肉五斤"。然则，大宋的猪肉如何呢？

《清明上河图》是北宋的市井图，其中绘有许多家畜。据周宝珠先生统计共有 95 头，我细数少三头，具体为驴 49 头，马 21 匹，牛 14 头，骆驼 3 头，猪 5 头。牛马等交通运输工具出现在街头很正常，五头矮脚肥猪大摇大摆逛于当时的国际大都市，应该不是张择端的突发奇想，而是"二师兄"出现在街头已是常事，自然而然地进入了画家的视野。那么可以说，在《上河图》成画的北宋熙宁年间，养猪已是普遍现象了，而事实上，北宋的养猪业应该自仁宗的爷爷太宗时始。

那一日，开封登闻鼓被市民牟晖敲响，事情棘手，府尹解决不了，搞到太宗面前。这件大事就是市民牟晖的家奴不慎丢失了肥猪一头。太宗心说，猪都一个样，我上哪给你找去啊？诏令有关部门抚恤他一千文大钱，可见当时猪的地位。虽然不抵硬通货，但是要满足帝都一百五十多万市民对肉类的需求，方便饲养的猪才是主要肉源，养猪是关乎社会稳定的大事，是以才会有太宗审猪案这么一曲。

养猪的事发轫于太祖时。太祖朝继承了隋唐的"牛羊署"，设"司农寺"，所需猪由"牛羊司"饲养。宋廷养猪除了供应御膳房外，还有辟邪的作用。据说神宗一日在后苑锻炼，见有养猪，因其气味不爽，令罢养。一日禁中"忽获妖人"，急欲猪血浇之，一时不能致，自此复养——这是北宋诗论《冷斋夜话》里的故事，或有小说意味，但也传递出一个信息，北宋宫中是养猪的。猪是大祭时三牲之一，尤其是祭天时，务必要有大猪。被选定的大猪，因此身价百倍，"祀天神必养大豕，目曰神牲。人见神牲则莫敢犯伤。"《上河图》里的五头大猪，莫非亦为"神牲"？要不气场如何如此强大？

宫中如此，宫外呢？东坡贬到黄州时，大宋已经走过百余年了，但猪肉却是"富者不肯吃，贫者不解煮"，这是很奇怪的事。因为在真宗朝时，宰相生日，真宗皇帝曾赐100头肥猪给宰相王旦。太宗、真宗朝的宰相张齐贤，特别爱吃猪肉，"每食数斤"。与苏轼同时代的资政殿学士蒲宗孟，一天家里要吃十头猪。若是不解煮的话，赐猪、吃猪肉又如何谈起？且在没有猪饲料的时代，猪肉定是好吃得不行，只需要拿白水煮，就是香飘满村了，何用"解煮"？那么，苏轼的话，难道是美食家对庸厨俗庖的轻视？

比苏轼发配到黄州迟约半个世纪的《东京梦华录》里，记载了关于猪的大量信息，这是可靠的。当时的开封，有著名的"杀猪巷"。每天，都有大量生猪从南熏门进城："每日至晚，每群万数，止数十人驱逐，无有乱行者"。大宋街头的肉贩子很多："坊巷桥市，皆有肉案，列三五人操刀，生熟肉从便索唤，阔切、片批、细抹、顿刀之类。"瓠羹店门前"上挂成边猪羊，相间三二十边"。这时候，猪肉的做法已经十分完备，《东京梦华录》里记载的做法，就有四十多种：旋炙猪皮肉、猪脏、肚肺、赤白腰子、荔枝腰子、烧臆子、酒炙肚胘、脆筋巴子等等，做法远比今日丰富。

行笔到深夜，我已经闻到了发自一千多年前东京巷陌的肉香，不觉想穿越到那时的深夜食堂，撩起一处帘子，说："小二，筛一壶酒，炖一锅黑猪肉来，没带现金，拿微信二维码来！"

之三　大宋的树

画论中谓画山有"三远"：自山下而仰山巅，谓之高远；自山前而窥山后，谓之深远；自近山而望远山，谓之平远。

这些"远"的表达，诚然不离山石泉流寺庙云霭，但树无疑是最重要的，正如庭院深深深几许，是由树造就的。清代画家钱杜《松壶画忆》说："山水以树始"。《芥子园画谱·树谱》指出："画山水必先画树。"确为至论。

读宋画，必读李成、范宽和李唐。宋画里北地的树，多奇绝高峻，而松树必有老藤缠绕，方见气象。《寒林平野图》《茂林远岫图》《万壑松风图》《清溪渔隐》《采薇》《溪山行旅图》《雪景寒林图》，从画名就可以读出大宋版图上森森林木气息。

画中多山林薮泽，平远险易，萦带曲折，或飞流危栈，或断桥绝涧，或水石风雨，或晦或明，或烟或云，或雪或雾，极状大宋子民的生活情状和心灵状态。

或曰，艺术来源于生活，而高于生活，传张大千未上庐山而大写意庐山峰峦云霭——岂可尽信乎？

此言不虚。

范宽自言："人之法，未尝不近取诸物，吾与其师于人者，未若师诸物也；吾与其师于物者，未若师诸心。"范宽先学李成，后师法自然，再师法于心；而李成先是师承荆浩、关仝，后师造化，造化入心，心入手，手写心，再自成一家。然无论如何，人都是植根于他所处时代的树，他无法像太空种子那样成为转基因植物。画家笔下的景物，固然有想象的成分，但笔下万状，必然携带着当时的信息。《溪山行旅图》中，峰插万仞，灌木丛生，密林如织，楼观微露，飞瀑飘洒，如闻其声，如洇其湿。一支驼队缓缓行过，蹄声嘚嘚可闻。满纸绿意，一派自然，满耳静寂，一心自由。这有他的追求，也是当时环境的曲折反映。

宋词宋诗里的树，较唐诗里为少，以陈寅恪先生"诗可证史"的观点推知，宋代的森林覆盖率可能小于唐代，可能是因为五代十国的战乱和宋代人口激增后，对木材的使用多过前朝，但即便如此，大宋的林子依然还是很密的，依然是什么鸟都有的。"云树绕堤沙，怒涛卷霜雪，天堑无涯"，这带树林很长；"江山如画，望中烟树历历"，这片林子很密；"更回道、重城不见，寒江天外，隐隐两三烟树"，这片林子稀疏淡远；"青苔满地初晴后，绿树无人昼梦余"，村在林中，屋在树下，人在窗后。大宋的大多城郭野村，依然在树的环抱中。

查宋史相关资料，意外发现竟有很多记载。且来看看大宋的树林。

东南秦岭一侧，北连华山的商山，"商岭多修篁，苍翠连山谷"，"峰峦草树六百里"。

令州（今甘肃令宁、靖远一带），怀戎堡东南的大神山、小神山，"皆林木森茂，峰峦耸秀"。

秦陇西"产巨材，郁郁绵亘，不知其极"，"熙、河诸州，久在关中，养成巨材，最为浩瀚"，"林木翳荟交道，陬阻不可行"。

东南有"群峰翠麓以为牖藻"，"雄壮之状，壮丽之观，即天台、青城、崆峒，亦未过此"。

太行、吕梁两大山脉，中部"榛木滋茂""梗楠杉桧，翠阴萧森"。太行山中北部的凤凰山有"千峰万仞，滴峦翠以趋门"，南部山麓，有虎出没，"数十为群，首尾相衔"。

狐岐山有"穿云岸柏，销雾塞松"。

苏轼在虢州时，"良材松柏，赡治中都"，"泲水两岸，属连数百里，其生植深远无穷，多木林、薪蒸、橡栗之饶"。

川西南"山林参天"；川中"出城数里即青山，路入青松白云间"；川西"州宅宛在山林"。

武夷山"其上皆苍藤古木，虽盛夏无暑气"，"岭苎溪间，林薄荫翳，虎豹间下"。

庆元府"临其巅，俯视百里之外，沧海微茫，烟林萦带"。

"富阳县北，旁皆大松，曲者如盖，直者如幢，立者如人，卧者如蚪"，其西一峰，"篁篠仰不见天日"……

上述之中有两处很有意思。一是"群峰翠麓以为牖藻"，将满眼的山峰树木作为窗户的藻饰，真是神来之笔。二是多虎豹。不由想起《水浒传》里的武松打虎来。按书中交代，山麓有酒店，行人穿过山谷去邻县，景阳冈应该是离人烟不远的，而居然有"吊睛白额大虫"，唯一的原因就是必然树木荫翳，蔽日遮天。

岂止是景阳冈一处。智取生辰纲的林子。野猪林。赤松林，"走了几里，见前面一座大林，都是赤松树……观看之间，只见树林里一个人探头探脑，望了一望，闪入去了"，好密的林子！要不光天化日之下，正义的非正义的，怎么下得了手？这是绿林。烟村街巷则如何？

史进的史家庄，"田园广野，一周遭青缭如烟，四下里绿茵似染……"，"一周遭都是土墙，墙外却有二三百株大柳树"。柴大官人的东庄，"数千株槐柳疏林"。祝家庄则隐藏在大树中。就连十字坡开黑店的孙二娘，也选了一个风水宝地："为头一株大树，四五个人抱不交，上面都是枯藤缠着。"鲁智深一路行来，"远远地杏花深处，一家挑出个草帚儿，傍村小酒店，斜插桑麻古道边，矮篱笆用棘荆编"；"杨柳岸晓垂锦旆，杏花村风拂青帘"。假以时日，或者极具摇滚形象潜质的络腮胡子鲁智深，成为行吟歌者，也不是没有可能。

当然，这是施耐庵的想象，然而却是大明自然环境的折射。大明的人口较之大宋，又有大幅度增加，又兼元末战争的酷烈，破坏应该很大，绿化程度可能不会超过大宋，是以施耐庵想象的大宋绿化，应该是接近事实本身的。

鲁智深、林冲、宋江们行走在树木森森的大地，范宽、柳永、苏轼们瞩目于密密萧萧的江山，或在西风卷帘的酒寮里饮酒，或是在古木参天的道路上痛哭途穷，或在林木掩映的官道上勾当，或是在绿树村边合的庄子里纵笑快活，可能都不大在意身边的树木。我们站在一千年之后，看着他们在其间或优游，或挣扎，生生死死，人来人往，奄有古今，却会看到遮蔽着、抵挡着道统和皇权的树木。树木让山形成了"高远""深远""平远"三境，也是树木让人间成了辽远、悠远、渺远的江湖，这才有隐士啸吟其间，侠士决眦其间，文士俯仰其间。才有寻常人家的烟火，寻常百姓的欢乐，寻常的高尚或卑微，寻常的渔樵闲话，掩映其间。树木的浓荫，树木的屏蔽，形成了相对于庙堂的另一个空间。树木的年轮，树木记录的风雨、世情，树木见证的生死，是正史之外的，有着真实性情、血泪、爱与恨的痛并快乐着的史书书写，是自由的、野性的、干净的、良心的储存之地，是心灵、性灵、良知、节操、礼仪的退守之地，是虎啸猿啼之地，是山花寂红之地，是泉咽瀑鸣之地。如果没有树木，一眼望来毫无遮挡，哪里还有茫茫的在人间？

任何一个时代，无论是盛世还是衰世，无论是治平还是乱世，都一定要有树木森森，都一定要有荫翳蔽日，都一定不能"野无遗贤"。一定要留着林子给贤人住，供他们优游，供他们挣扎，供他们啸傲，供他们发牢骚。没有野贤的时代是单调的、可怕的，没有大片林子的时代是可悲的。

"树木是神物。谁能同他们交谈，谁能倾听他们的语言，谁就能获悉真理。"黑塞在《树木》里说。时间的风哗哗翻着历史的大书，翻走河流和星辰，翻走繁华或寂落，但我们的身边，还有与时间一起成长的生灵，那就是树。

一千年后，我们的身边，还有来自大宋的树。快去找找这棵树。

笈里的旧时光

陈七一

1

大凡事物都有一个兴盛衰败的过程，每一样物件都有它时兴式微的时候，都会被打上时光的水印，老物件里自然就藏着许多旧时光。

作为物件的笈，其具象已经淡出人们的视线，今人对它已经非常陌生，作为汉字，也随着具象的淡出，使用频率几近冻结，也早已进入冷僻的行列。于我，则不然，它是储存我人生记忆的一块移动硬盘，里头藏着我的许多旧时光。

记不得何时认识它的，可与它亲密接触，是自打踏进学堂门第一天开始的。

惊蛰后某日，天仍微寒，早餐后，母亲一手牵着我，一手拎着个笈篮子，说是带我去村小报名念书。小学设在吴家祠堂的公堂屋里，此前我跟着上学的邻居二哥去过几次，有许多他的同学聚在那里，非常热闹，其时颇为向往。因此，听到母亲带我上学堂，出门不远，我便挣脱母亲的手，一路连蹦带跳地跑向吴家祠堂。报过名，排队领书的时候，看见其他小伙伴胸前或者屁股后面都挂着书包，排在我前面的是个小姑娘，书包花花绿绿的很是别致，是用一块块碎布头连缀起来的，她妈妈正帮她把新书小心翼翼地放进书包，母女俩脸上挂着惬意的微笑。我仰脸看看母亲，递给母亲一个疑问的眼神，母亲回我以微笑，扬扬手中的笈篮子，对我说："我们有书篮子"。

这时我才开始仔细打量母亲拎的那个竹篮子。说是篮子，是因为它的材质与基本构造都和竹篮子一般，但它又不同于一般家用的菜篮子，个头比菜篮子小，显得玲珑些；菜篮子的帮和底上都有网花，我的这个书篮子是密实的，篾片比篾丝稍阔，用的是长节水竹，经过仔细刮削打磨，做工明显精致于菜篮子。它与一般竹篮子最大的不同是，它有一个竹编的盖，扣在篮口上，不大不小，严丝合缝。盖的正中央穿一算珠大小刚容一指的篾环，便于揭盖。这个小巧的东西是如何编出来又是如何穿上去的，于我，至今仍是个谜。

书篮子再精致，毕竟不是书包，提着它上下学，着实有点别具一格，不过也就三五天时间。先是渐渐淡忘了别具一格的别扭，觉得书篮子不仅能与书包一样放语文书、算术书、抄默本、描红簿和一应笔墨文具，一样能够放画片、四角包、连环画，还能够帮母亲从家里带几个鸡蛋，带到村小旁边的代销店换点咸盐酱油，或者帮父亲从代销店买盒大铁桥或者玉猫烟，偶尔捎带打上一盐水瓶山芋干子酒。这些时候，书篮子比书包要更得用些。

描完一本"上大人，孔乙己，化三千，七十二"，樱桃就已经红了，野草莓也红了，还有那桑林中的斑鸠、布谷鸟一天比一天唱得欢快，那是因为桑葚儿红了，又紫了，醉了这些鸟儿。午间描红，人在学堂，心已飞往桑林。放学以后，我们仿佛就成了一群小鸟，直扑桑林，上树、牵枝、扯果，先是直接送入口中，喂饱馋虫，直到响起饱嗝，再装进兜里、书包里。既而，鸡栖于埘，牛羊下山，鸟投林了，我们踏着薄暮回到村子里，正在做晚饭的母亲们瞧见乌黑的双唇，还有从书包里流出的暗红的果汁，少不了责骂一顿。我的母亲，则微笑地将我叫到身边，接过书篮子，再叫我去洗嘴唇，她则慢慢揭开篮子盖，将桑葚果从篮子里一颗一颗地捡到洋锅子里，然后才进入正题，仔细检视我的课本和作业本有没有被果汁洇潮。母亲不识字，却非常敬惜字纸，而我通常会在书本之上搁一两张白报纸，将书本与他物隔开，因而母亲会在检视过后，嘱咐不要浪费白报纸，也便息事。

村谚云：人到夏至边，走路要人牵。然而，是时的虫鸣蛙鼓声却是十分动听的。早晨上学的路上，远处有蛙声悠扬，近处的则收起腮帮子，瞪着圆鼓鼓的双眼向着我们行注目礼。不知是谁倡议，逮只青蛙，悄悄放到碎布头连缀的书包里，不知那位小妹妮会做何反应。一只，再一只，手到擒来，一气逮了三五只，全都放进我的书篮子。天可怜见，那天，花书包小妹妮一天都没来上学，只好将蛙儿放了生。大家期待的那一幕终究没有发生，倒是我的描红本洇湿了好几张纸，书篮子里添了异样的气味。

每天上学路过的小山岗上，栗树棵着了新叶，新叶下面，刚钻出土的知了铆足劲儿"紧紧紧"地鸣叫，声浪一浪高似一浪，直到它们成了我的篮中之物，方肯偃旗息鼓。那些留在高处或者远处的，一刻也没有停止欢歌，当我们已经安坐学堂里，它们还在那儿唱着高调。上课了，身着有点发白的蓝咔叽中山装的校长进来了，教室里顿时噤若寒蝉。校长推了推老花镜，清了清嗓子，给我们讲起"司马光砸缸"的故事，正讲到一孩童坠入瓮中时，我的书篮子里响起了悠长的蝉鸣，校长摘下眼镜，循声看过来，先是看了看我的书篮子，再看看我。我的脸忽地就热起来，慌忙揭开篮子的盖儿，而那物似乎并不会意，不但不逃，反而唱得更欢。我不得不拎起篮子，走出教室，那物才不慌不忙地沿着篮帮子，爬出沿口，一振翅，再放一腔高音，甯一道优美的弧线，消失在大家的视线里。大家把目光再次齐聚到我身上，有惊奇、有开心，也有幸灾乐祸的，只有校长的目光是没有表情的，他用这没有表情的目光，把我留在窗外。窗外的我，一边在心里嗔怪这该死的书篮子和那物，一边听校长继续讲司马光究竟怎么救出那孩子的。

夏虫振羽去，秋声入窗来。确切地讲，这秋声就在窗内，在我的那个书篮子里。我们幼时，是没有家庭作业的，但有诸如摘山芋叶子、编篮底之类的家务，常常要做到深夜。每在瞌睡上眼之际，日间被捉进书篮子的虫儿，便唧唧放声。融融的月光笼在书篮子上，纺织娘的低回如泣如诉，促织的婉转如饥似渴，而她们的和鸣则是有种感时伤逝的况味，母亲听了，脸上会显出淡淡的愁容。那只螽斯，不擅吟唱，却善跳跃，弄出的响声，终于打动母亲的恻隐之心，于是母亲细细地对我说，放了它们吧，它们的家人还等着它们回去呢。

上高小时，常闹饥荒。一个青黄不接的初夏，中午放学路过山那边大娘家的菜地，地里的洋芋禾子已经满了垄，地下估摸着应该长了洋芋。我四顾无人，便猫着腰去到洋芋地垄，循着垄上的裂缝，扒开松土，便露出黄生生的洋芋，三下五除二，头十个野鸡蛋大小的洋芋便进了我的书篮子。我盖上篮盖儿，覆好地垄上的土，双手捂着书篮子，边跑边回头张望，总觉着有人跟在屁股后头似的。进到村子才放缓脚步，头仍是不敢抬的，心里一边想着一定没人看见，一边想着今天肯定能够得到母亲的褒奖。回到家，母亲正在灶房做饭，见我双手捂着书篮子神色慌张的样子，便微笑着问我怎么回事，我下意识地回头看看，然后打开书篮子，递到母亲面前。母亲目光触及书篮子里洋芋的一瞬间，脸色骤然黑了起来，眼中透出从未见过的无助的神情，两行眼泪立马顺着脸颊流下。我预感到大祸即将临头，嘴里嗫嚅着，想为自己辩解，抑或安慰母亲，甚至盼望母亲对我来一顿劈头盖脸的痛打。母亲并没有动手，而是接过书篮子，迅速盖上，仿佛迟点儿洋芋要飞走一样，然后，不怒自威地对我命令道：跪下！母亲转过身去，一边抹着泪，一边熄灭灶火，嘴里重复着一句话——这书是不是读到狗肚子里去了？像是自问，也像问我，那声腔有点颤抖。

午饭自然是没得了，然而，事情并不仅仅结局在不给一餐午饭上。母亲擦干眼泪，一手拽着我，一手拎着书篮子，这使我一下子忆起第一天上学的情形。不过，这次没有了彼时的轻松愉快，非但如此，当母亲告知要带我去山那边大娘家，我恨不得立马挣脱母亲的手，找个地缝钻进去。及至大娘家，母亲从书篮子里拿出洋芋，把事情原委告诉了大娘，请求大娘原谅我的懵懂，并承诺待洋芋收获后再予以补偿。大娘望望我，对我母亲说，孩子小，不懂事，难为你做娘的了。我始终勾着头，听着他们的对话，脸上火辣辣的，身上汗流浃背，心里苦涩的，似眼泪的滋味。

2

知道书篮子叫做笈的，是因为天井的西厢房里住进了覃郎中，而其时我已经不用书篮子很久了。

覃郎中是个四川佬，先前在队伍上做军医，投诚后被安排在省会的一家中医院。这回住进我家西厢房，不是来乡下重操旧业当郎中的，而是参加劳动改造的，而他家人却回原籍巴中南江，他只身到此。覃郎中个子不高，着一身洗刷得有些发白的藏青中山装，脚下是千层底老布鞋，留平顶头，面庞清癯，气质干练，神情淡定，虽口音不改川味，而每开口必伴之微笑，是那种自然的真诚的，不似阿谀的那一类。

他是在一个早春二月住进西厢房的，随身一卷铺盖，另一件行李是一个藤编的箱子，覃郎中把它叫做箧，说是古人用来装书的，而它则用来装换洗衣裳的。

住下不久，覃郎中便在西窗的墙根边种下一架葫芦。夏日里，葫芦藤蔓上架，不几日便满了架棚，开出朵朵毛茸茸的白花，再经旬月，棚架上就悬着十来个葫芦，都有我家青花茶壶那般大小。奇怪的是，一直到秋天，也没有见覃郎中摘一个，就这样让它们生老在棚架上。霜降了，藤蔓枯了，葫芦仍悬在那里。第一场冬雪来时，所有的葫芦都已经干枯了，在风雪中摇晃着。雪霁日出，覃郎中方才拂去葫芦上的残雪，将它们一一剪下，用小钢锯条锯开葫芦顶，小心翼翼地掏出已经干瘪的瓜瓤，然后，给它们穿上细麻绳，做成拎手，再用葫芦顶做好盖儿，盖上，并排地悬挂在西厢房外的板壁上。而此时，板壁上方高且暗的天花板上，先这些葫芦们，已经并排悬有七八个书篮子，只是它们都比我幼时用的那个要大许多。

一日，暮霭四合，村子东头的周二爷悄悄地来到我家天井，轻叩西厢房，覃郎中应声从屋子里出来，用竹叉马从天花板上取下一只书篮子，揭开盖儿，从里面取出一团枯草，递到周二爷手中，吩咐了几句，周二爷点头回过多谢，转身出了天井。就在覃郎中准备挂回书篮子瞬间，我跑了过去，一边扯住书篮子，要揭盖儿，一边问覃郎中，这书篮子里面怎么不是书？这着实把覃郎中吓了一跳，未几便镇定下来，脸上也笑开了，操着浓厚的川音对我说，这不叫书篮子，叫笈。他边说便找了根柴棍子在地上写出"笈"字，转而，起身，盖上盖儿，接着说，笈，可以装书，古时候的苏秦，你可知道，他就是背着笈，笈里装着书，去求学的。不知道哇？那梁山伯可知道，他去钱塘读书，带着书童四九，四九挑着的就是笈。说话间，覃郎中已经挂回他的笈，看出我心不在笈的样子，于是把我叫到他的屋子里，让我坐下，收起脸上的笑颜，换成严肃的神情，然后对我说，刚才那个笈里装的是茵陈，一味草药，可以治黄疸病的，我看周二爷家的老大双眼都黄了，叫他过来的。其余的笈中，也都是草药。这回你都知道了，可不要对外人说哇。我听罢，似懂非懂地向覃郎中点了点头。

不知道是因为我替覃郎中保守了秘密，还是父母亲央了覃郎中，是年冬，覃郎中送我一本《绘图本草》，民国初年的版本。冬闲里，常过来为我指点一二。次年开春，覃郎中上山采药都要带上我。他每回总是带上他的笈，里面放一点锅巴或者山芋，还有一只水鳖，腰间别一把砍柴刀，肩上荷把药锄。我也就仿着他，也带上一个小一点的笈，再带一把弯刀，荷把小药锄，干粮和水是没有的。从此，天门山麓，一年四季平添了一老一少两位采药人。

记得我们第一次采的还就是茵陈，不过，不是采回来当药的，而是用来做野菜粑粑的。覃郎中说，二月茵陈五月蒿，八月茵陈当柴烧，意思是农历二月的茵陈新发，药性尚不足，只可当野菜充饥，而到了农历八月，又过于干枯了，失了药效，只能当烧锅柴了。只有五月的才能入药。

接下来，有明党参，有红党参，有沙参，有黄精，有玉竹，有天花粉，有白毛夏枯草，有海金沙、有石韦，有金钱草，这些都是易得的，每每地都能将笈填得满满的。运气好的时候，也能捡到宝，诸如七叶一枝花、石耳、贝母、灰包菌等。有一种叫何首乌的，藤蔓易见，入药的块茎埋藏较深，据传还会挪动，覃郎中用了三天三夜的时间，才将一块葫芦大小的老首乌掘出。那些易得的，分拣，晾晒，稍做整理后，就到镇上药材收购点卖掉。那些不易得的，就在西窗外的葫芦架旁垒砌一方苗圃，将它们栽种到里面，不能栽种的如石耳之类就自己食用了，或储进葫芦里。灰包菌是不能食用的，但止血消炎效果极佳，也就储在那些葫芦里，家用之外，村里谁家有破皮流血的，自然就过来央要一些去。

山下的田间地头，也有不少植物是可入药的，诸如麦收过后的半夏，田埂或者路边甚至房前屋后的车前草，水坝上的苍耳子，地头田埂拐角处的覆盆子，藩篱或荆棘丛中的金银花，还有半枝莲、益母草、土牛膝以及铺满鹅卵石河滩的野瓜蒌等，采这些东西的时候，一般都是我一个人，带把小铲子，提着笈，和挑野菜打猪草的并无二致。

去镇上卖药材，大多情况是我一个人在礼拜天挑着两个笈去的，极少数的时候，是我父亲去，覃郎中是不可也绝不能露面的。贸易药材所得阿堵物，自然是分文不少地归了父亲，父亲自然会沾了酒，邀了那位不能露面的，天井里悄然就有了酒香。而我，夏装也有了的确良衬衫，冬装也有了涤卡的中山装，母亲常常说，这光鲜都是从笈里来的，不易得。

一日放学，回家午餐。踏进天井，入眼的是，西厢房前的地上，一片狼藉，横七竖八躺着的是被掏空的笈，有的被狠狠地踩躏过，瘪了；散落其间的是那些葫芦，已然身首异处，碎片四迸。还有那些易得和不易得的草药，也被打倒在地且被狠狠地踏过数脚，有的粉身碎骨，有的面目全非。

我大约猜到八九分了，这时母亲过来，望着一地鸡毛，心有余悸地对我说：造孽哟！说什么覃郎中不好好改造，还把药草当商品，教贫下中农搞资本主义；继而望着我，像是问我，又像是自言自语：听说这罪挺大的？你大大去央人去了。

等我赶到设在山那边的大队部时，批斗会已经散场了，可是，覃郎中还顶着烈日鹄立在宣传台上，头戴高帽，胸前挂的就是笈，笈里露出的是艾草和菖蒲。看押覃郎中的两个民兵，躲在老朴树的树荫里，不停地摇扇着黄军帽。覃郎中不时地看看两人，无怨，一如既往地挂着微笑。其时的我，心里倒有几分莫名的恐怖。

父亲搀扶着覃郎中，回到天井，暮色已从西山铺陈过来。两人的步子都有点沉，父亲叹着气，那覃郎中手里提着那只曾挂在胸前的笈，仍是微微笑着，仿佛白日里挨斗的不是他而是我父亲一样。

尾巴既割，满地的笈和草药，只能成了烧火柴，覃郎中和我从此也不敢再问津草药。冬闲夜长，我就取出藏在望板上那本《绘图本草》，于豆灯之下无所事事地翻阅，而覃郎中往往地宵立中庭，久久地凝视那只幸免下来的笈，望得灵魂出了窍，母亲说，他的魂魄去了巴山蜀水。

覃郎中要回到巴中南江去了，不过，那是在好多年以后。回去的时候，父亲和我步行三十余里送他到横港，上大轮时，父亲递给他那只笈，说笈里头有够他十天半月的干粮。

那年初冬，父亲收到覃郎中的来信，信中说，他落实了政策，享受退休了，儿子就地办了顶职。字里行间洋溢着舒心与释怀，悠漾着他那永不消退的笑脸。信中还盛赞村民们古道热肠与淳朴善良，说这辈子也忘不了在江南的这段美好日子，忘不了葫芦、笈、草药以及天井里飘金撒银、酒香弥漫。父亲听罢，频频点头，略做沉吟，便嘱咐我给覃郎中回信，特地叮嘱我：你对覃郎中说，他在江南的那段时光，一点也不美好，真正的好日子才开始呢！还有，请他给我弄点川贝的种子寄来，看见川贝发芽、生根、开花，就当是看见他呢！

很快，就收到川贝的种子。好日子跟着川贝的种子一齐就来了，而且是疾步如飞。

3

不用笈已颇有一些年头了，不过，父母健在的时候，笈始终没有离开过我的生活。

科技渐进，塑料制品势不可挡，即使是父母这代人，也无法拒绝它的低廉与便捷，只是他们没有被彻底征服，仍保存着双轨制，至少在跟吃食相关的物品的储存上，他们觉得还是选择笈稳妥些。

他们仍然沿袭着既往，将自家精心选育的玉米种、黄豆种、绿豆种、蒜子、藠头以及各种蔬菜的种子，包括后来从种子站买回来的水稻种子，青菜、豆角等种子，都一一地放进笈里，将笈再稳稳当当地放到阁楼上。到了育秧和种瓜点豆的时节，他们上到阁楼取下笈来，再从笈里一一地将这些种子取出。母亲说，这不光是怕老鼠糟蹋，还怕塑料袋子不透气，会把种子闷死的，种到土里不发芽，便误了农事，影响一年的光景。

父母亲就这样在种子们从笈里一进一出中，往复着他们土里刨食的光阴，日出而作日入而息。世风渐变，他们对笈的观念和对待土里刨食的观念一刻也不曾改变，他们不恋旧，也不贪图大富大贵，他们追求的是稳妥。

农人有闲暇的时候，笈原本也有闲暇的时候，而父母亲总是会在闲暇之余，或者是父亲，或者是母亲，提着笈，搭乘班车来小城，看他们的大孙子。那笈里装的是时鲜菜蔬、瓜果，还有或多或少的鸡蛋，老人家说是专门为大孙子攒的，我们只好照单全收。他们每次来，都是吃过午饭就要返回，托词总是农活忙。实在是冬闲时节了，他们就笑吟吟说，这鸽子笼，逼仄，还不接地气，住不惯。我们也就不再挽留了，妻子便往笈里放些糕点、茶叶、奶粉，要是父亲来时，也会放一条香烟、两瓶白酒，而父亲问过这烟酒来历，得知是我们花钱买来孝敬他的，老人家才笑吟吟地说，这样子啊，我带着。随后，总忘不了告诫我，拿了人家的手软，吃了人家的嘴软，切莫做让别人戳脊梁骨骂八代的事。告诫完了，我自然是唯唯诺诺，之后，我或者是爱人提着笈，下楼，再送老人家至车站，上车。车上，老人家手中的那只古董似的笈，总能引来乘客们好奇的目光。那份好奇，一则是笈的缘故，二则是源自他们想知道笈里究竟装了何物，那样沉。

笈在一路好奇眼光的护送下，跟着老人家又回到老屋，回到天井的东厢房。

天井里落入一阵风，卷起一蓬雪，东厢房里忽地就敞亮起来，冬闲也就来了。父亲的老年兄弟们便会过来谈收成、话桑麻，也会谈到谁家的子女们有出息，谁家的做了伤风败俗辱没祖宗的事。母亲便放下活计，端上茶来，递给客人，然后上到阁楼，拎下笈，打开盖，从中拿出点心，装进碟子里，再放到客人面前。每当客人称谢时，老人家总会说，别客气，尝尝吧，都是儿子媳妇孝敬我们的。那话语里，透着自满还有几分自豪。父亲继续陪客闲聊，母亲送笈归于阁楼，下来继续赶做女红。

女客来时，接待的自然是母亲。茶就免了，笈还是要被从阁楼上请下来的，那点心也不再装进碟子里，而是直接递给女客，女客也不客气，但大多时候不是当场吃了，而是带回去含饴弄孙。每当她们揣点心进怀里时，总是对着笈投过羡慕的眼光，接下来便是那句——你的儿子媳妇真孝顺。

有时候，笈也会在我小城里的家待个十天半月或者更长一段时间的。每年入秋后，知道我喜欢吃挂面的母亲，就让父亲到村子里做挂面的师傅家，订下挂面，用笈装满，覆上自家采摘的干荷叶，扣上盖，择时送了过来，这筻便在我家住下了。每次去老屋子陪父母亲过完年，返回时，总要带上一只筻，里面是年前就做好的炸圆子。自然，这回，筻也就要在我家待到二月二了。炸圆子油大，筻的四周和底都得衬以干荷叶，园子上面还要覆上一张。这些干荷叶，早在夏天的时候，父亲就从荷塘里挑选采摘下来，晾干，折好，压平展了，放在筻中。于是，每次取食带回的炸圆子，打开筻盖，于圆子的香味中可见一丝淡淡的荷香。

父亲先于母亲仙逝，加之母亲其时也年事已高，这筻来筻往的频次也渐次稀疏了。在妻子一而再再而三的诚邀下，为方便我们照顾母亲的生活起居，老人家终于答应来和我们一起住鸽子笼了。

春服既成的暮春时节，我和妻子开车去接母亲。母亲要带这带那，妻子劝母亲只要带上换洗衣裳就够了，一应生活用品都留在老屋里，用得着时再来取。好说歹说，还是把后备厢和后座塞个盆满钵满。

就在我们准备上车时，母亲又返回天井，进东厢房的阁楼上，拎下一只筻。妻子问母亲，筻里是什么？母亲说，是种子。我见你们楼下有块空地，长年长着杂草，我寻思着也是荒着，种点瓜豆，总比荒着好。我和妻子对视一笑，妻子转而对母亲说，小区里不能种庄稼的。母亲哪里肯信，越发紧紧搂着筻，好像筻里装的是锁麟囊一般。

车子缓缓离开老屋，门口塘、老朴树、偶尔遇见的村人，一一在跟老人家道别。车窗外，稻田里，是一行行刚刚定根的秧苗，还裸露着白水，远处偶有白鹭飞过，很快又消失在烟树山岚间。

当车到山那边，路过大娘家的那块地，地里照旧种的是洋芋，满垄的禾苗郁郁葱葱，青翠碧绿间点缀着几朵开了的白花，目光所及之际，我的思绪一下子便回到三四十年前。我问母亲是否还记得当年带着我负筻请罪的故事，母亲想了许久，还是说记不起来了。而当我说到当年她问我"这书是不是读到狗肚子里去了"这句话时，她好像非常肯定地点了点头，但是还是想不起发生在这块洋芋地里的故事。这是母亲的健忘呢，还是母亲的宽容？我相信是后者。这次负筻请罪，我非但记忆犹新，而且，我一直认为，从那以后我的书都读进自己的肚子里了。尤其是母亲从大娘家回来的路上对我说的那句话——娘不图你读书做官光宗耀祖，但求你做一个自食其力手脚干净的人，这教诲让我终身难忘，也终身受益。

车进到冲里，二面春山倒退如飞。我潜意识地摇下玻璃，空气里弥漫着金银花的清香，和着抑扬顿挫的布谷鸟的鸣叫声，一齐飘进车窗，一种微醺，伴着欣慰，油然而生。

4

行文到此，我觉得应该为笈的制作者平分一点笔墨了。

原来我的书篮子，覃郎中的用来装草药的笈，再有父母用以笈来笈往的笈，乃出自一人之手，这个人就是谢家冲的褚篾匠。谢家冲姓氏繁杂，独独没有姓谢的，就像隔壁的滕子京墓所在的滕冲一样，现在也是连一户姓滕的都没有了。但是谢家冲的山上毛竹成海，褚篾匠的祖辈遵循着逐水草而居的法则，揣着篾匠的手艺，摸索到这片竹海，便定居在谢家冲了。到了为我制作书篮子这位褚篾匠，手艺越发精湛，褚家亦可谓篾匠世家了。方圆四乡八镇的竹器篾匠活，不是出自褚家，就是褚家的徒子徒孙，是没得旁门左道的。

褚篾匠的手艺是没得挑剔的，什么板稻箩、篾丝箩、团箕、簸箕、筛子自然不在话下，一应竹制家具，诸如凉床、竹椅、躺椅、碗橱、淘米箩、竹碗、竹筷，样式好看，又耐用。最让褚篾匠得意走俏的是两样东西。一样是水竹篾簟子。选材讲究，挑那些三年以上的，出落得标致节长的母水竹；工艺也讲究，剖出来的篾片，要刮削得宽窄厚薄一致，尔后再下锅蒸煮，灶下的火候猛文以及蒸煮的时长，由他亲自掌控。这样做出来的簟子，轻柔宜人，卷折不损，睡到篾片发红，边角仍然密实得容不下一只臭虫。覃郎中曾得过一床这样的簟子，用了后，直说润凉如玉、熨帖清凉，打那以后，褚篾匠的竹簟子便有了"玉簟"的嘉名。另一样就是笈。褚篾匠不是把笈当成篮子之类的器物来看待的，而是归结到玩意儿一类，也就是相当于今天的工艺品了。他轻易是不帮人制作笈的，费工费时不说，多数人得了笈却不懂得珍惜，在他看来犹若大户人家的子弟流落寒门一般，心里不落忍。给我家做了那些笈，不是因为我父母就十分懂得珍惜笈，而是源于我们两家的交情，推不脱央请。而给覃郎中做的那些，则是褚篾匠将覃郎中引以为知己，只有覃郎中才晓得笈之雅号，且覃郎中曾三番五次地为褚篾匠家里被除病患灾星，不能违了礼数。

褚篾匠生育两女一子，按照传男不传女的世俗观念，接他班的自然是他这唯一的儿子嘉顺。打嘉顺记事时，褚篾匠就隔三岔五地带着他外出做活，好让他了解篾匠的活计，分享手艺人受人尊重的那份荣耀，最后顺理成章地将其培养成褚家篾匠的传承人。及至他的儿子嘉顺和隔壁二哥成了同学，一起踏进学堂门，直到初中毕业，褚篾匠也没有指望儿子能于书中求得千钟粟与黄金屋，而是秉承荒年饿不死手艺人的古训，决绝地要把儿子培养成凭手艺吃饭的匠人。事实上，褚篾匠也是别无选择，因为他就那么一个儿子。嘉顺确乎也不是读书的料，天生的就是做篾匠似的，自幼跟着老篾匠吃香的喝辣的，耳濡目染加上父亲的言传身教，初中尚未毕业，除了篾簟子外，就连筏的制作手艺都学到手了。

褚篾匠眼见着嘉顺就要毕业，毕业后便可全身心跟着自己学，一年半载的光景也就差不多可以出师了。可就在这节骨眼上，嘉顺要去当兵，瞒着父母去到大队里报了名，竟然和隔壁二哥一起通过了体检。也许是造化弄人，抑或命中注定，结果在政审时由于家庭成分高而被淘汰，隔壁二哥走了，嘉顺留下了。这样的结果倒是让褚篾匠颇为称心，而已然动心且受挫的嘉顺却对自己的父亲及其手艺生起了逆反甚或憎恨，愤懑、忧伤、羞愧交织于腹中，却也无法发泄。

这是一个插曲，但却给了人们在谈及篾匠儿子嘉顺的命运时，提供了各种假设。

事实是，嘉顺最终还是继承了老篾匠的衣钵，手艺也不差似老篾匠，妹子出嫁的竹器嫁妆，尤其是那床水竹篾簟子，都是他一手制作的。于是，人们说，篾匠儿子多亏没走，走了，谁还能打出这么好的簟子？

包产到户的那几年，家家户户都要添置箩筐团箕簸箕诸般竹器，于是乎，褚篾匠家门庭若市，似此，嘉顺的手艺"雏凤清于老凤声"的期许便是指日可待的事了。然而，不几年，蛇皮袋取代了稻箩、彩条布取代了团箕、塑料制品几乎取代了所有的竹器，这确实有点出乎老篾匠、嘉顺以及人们的意料。现实总是残酷的，从来不屈从任何人的预料。老篾匠把一身好手艺连同篾匠活江河日下的境况一并交给了儿子，在一个秋高气爽的黄昏撒手人寰。篾匠活儿在苟延残喘着，仅两年，嘉顺迫于生计不得不放下篾刀，做起毛竹营生。有谁知，才转朝阳又背阴，不到三年光景，毛竹也没了销路。于是，人们说，小篾匠真背，要是当年当兵走了，也不至于落到今天这般田地。

那年，嘉顺的老娘去世，我前去谢家冲吊唁。他躬身从老宅子里迎出来，头发已然花白，稍显苍老，面庞清癯，却带着戚容与疲惫，衣着倒还整洁，留着几分匠人的气息。礼毕落座，各自沉默无言，寻思良久，我方开口问他，现在是否还动篾刀？现在还做筏吗？闻言，他用略显迟钝的眼光扫了我一眼，微微笑了一瞬，算是作答。我问他，会不会教他的孩子学篾匠，继承褚家衣钵？他决绝地摇着头，眼里露出几分惊悸的目光，而后是一声长叹。

他的孩子真的没有再学篾匠，而是上了大学，学的是中医。

5

一个风雪交加的晌午，嘉顺敲开了我家的门，人没有进屋，却递给我一只笈，崭新的，尚有竹篾的余香。接过笈，我有点错愕，邀他进屋喝杯热茶。嘉顺摇摇头，坚辞，然后拔腿下楼，至拐弯平台时，扭过头，冲着我说，这只笈，是他的封刀之作，留给懂笈之人的。说罢，转身下楼。

我掂量着笈，掂量着嘉顺的话语，手中沉甸甸，心里也沉甸甸。我怀着敬畏之情，将这笈放在博古架上，从架上抽出那本边角有点蚀化、纸张已然泛黄的《绘图本草》放入笈中。

我把空明寡淡的时光也放进笈里，像将新酿的酒存放进窖藏。渐渐地，就觉着笈里的时光，有了情思，有了沧桑，也有了浓厚的醇香。

这醇香每在夜读之余，飘至我的鼻翼，使我常常忆起我的那只被桑葚汁和青蛙尿浸染过的书篮子，忆起装满瓜果菜蔬、炸圆子还有挂面的笈，也常常想，挂在覃郎中脖子上后来父亲送他带回巴中的那只笈，怕是早就随了那个四川佬，还有恩怨情仇，一同零落成泥了。

笈里的旧时光，随意采撷一枝一叶，都犹如风雨故人来，有由衷的欢欣，也有不尽的喟叹。

紫藤园的善良

章宪法

　　枫树与灌木一齐生长的时候，进村的水泥路只剩下路心。或新或旧的枫果静躺在路面，一些鸡仔或旱鸭试图啄食，又优雅地离开，或继续寻觅。村庄外的稻子陆续成熟，微风中充满粮食的味道。

　　如果不是刻意地寻找，没有人会发现这十几户人家。紫藤园是个善良的村庄，胡氏族人在这里生活了六百年，眼下的字派多是"天生善良"。六十四岁的胡曙光老人是"生"字辈，腿有残疾，每逢来客，老人都会先介绍自己的腿：十二岁，得了骨结核，残了。但是，我们家祖祖辈辈都是好人！

　　胡曙光试图用自己的一生，打破这种传统的命运逻辑。胡曙光读过几年书，坚信紫藤园是个好地方。胡氏先祖当年浮江东下，在枞阳北上菜子湖，这块地方紫藤花一片，他们停止了寻觅，卜为家焉。胡曙光说，时间长了，变化就大，桐城县被改成了枞阳县，紫藤园也被改成了周桐庄，但胡家人的家风还是老的。

　　祖父胡长善健在时，胡曙光尚且年幼，对祖父的胡子留有特别的印象。胡长善育七子四女，足以在地方做一个"狠人"。但老人待乡邻十分友善，更是一个急难相帮的人。胡长善头顶锃光发亮，喜欢打理自己的胡须。这天胡长善拿着骨梳，一根一根地梳理胡子，听出门外有人干咳了一声。胡长善提着梳子出到门外，发现保长站在院子里。胡长善还未开口，保长使了个眼色：今晚县里捉壮丁。然后，头也不回就走了。

　　"捉壮丁"就是强行将青壮年捉去当兵，生命无保障，家庭失劳力，这是村里人最惧怕的事。胡长善领略了保长的善意，便让几个儿子和堂侄赶紧跑了。但这事始终很麻烦，人若是一回来，这壮丁还是要捉的。胡长善一合计，两个儿子和一个堂侄便参加了新四军。

胡曙光的父亲胡辉明，算是地方知名的"红人"：革命军属。胡辉明读过几年私塾，当了很多年的大队会计。年终决算时，很多干部都主张集体多提留。胡辉明说：集体提留多，社员就分得少，人家怎么过日子呀！

"把良心放在中间说话，否则，该有多少人挨饿啊！"老一辈的乡邻眼里，胡辉明性子直，人也好。紫藤园的乡亲，都知道胡辉明的这段恩情。

胡曙光是个特勤劳的人，也是一个热心肠。胡曙光自己则总是说："勤快，我有什么法子呢？"老伴去世早，长子胡晨在上小学，幼子胡飞只有四岁。拉扯两个未成年的儿子，胡曙光也记不得当年的辛苦，只是解释说："我会打毛线，会做鞋，刮刮叫。"

腿脚不方便，胡曙光干不了重体力活。但乡下的技术活，胡曙光差不多都会，木工、砖工、篾匠活，胡曙光同样是"刮刮叫"。家里养了五十多只鸡，鸡笼都是胡曙光亲手做的，并且显出传统手工艺品的精湛。而紫藤园乡邻家的修修补补，胡曙光总是乐意相帮。乡邻说谢谢，胡曙光说谢什么哉！

紫藤园的乡民也是善良的，农村实行家庭联产承包时，耕地到户要根据田地的远近抽签搭配。乡亲们说，胡曙光身体不好，家庭缺劳力，别让他抽签了，田地就近分给他，谁也不要跟他比。胡曙光说："给一半近的，剩下的我跟大家一样分吧！"

最近的几块地，就在胡曙光家的院墙外。旱地被老人辟为菜园，里面种满了玉米、黄豆、茄子、韭菜、苦麻和西红柿等。胡曙光说，玉米是用来给鸡吃的，鸡生蛋，孙子小，需要营养，各种蔬菜都是要有的。

菜园的蔬菜郁郁葱葱，豆叶挤过篱笆，严严实实地遮掩着田埂，胡曙光果然是个勤快的老人。

胡曙光指着孙子说："这孩子苦哇，生下来就没有吃过一口奶。"

2015年，孙子胡景奇刚刚降生，儿媳就因心衰撒手人寰。老人一边诉说，一边眼神瞟着门外。孙子正在院子拼命玩球，皮球被高高抛起，重重击打在泛青的柿子上。彩色的皮球从柿叶间掉下来，孩子发出咯咯的笑声。

胡曙光似乎放下了心，眼光落在客厅的八仙桌上。这是老人亲手制作的原木桌，榫缝严密，木面有些黯淡，依旧发出一些刨刀留下的光亮。桌面上是一叠儿子胡晨的照片，还有各种奖励证书与奖状。

父亲眼里的儿子胡晨，自幼话少而善良。胡晨秧把高时，即帮父亲做庄稼活。农活很重，少年的肩膀负不起一捆稻子，胡晨便一束一束为父亲挑回。深秋季节，农家开始蓄积柴火，准备度越漫长的寒冬。胡晨提起竹篮，在岗丘树下寻找枫果。枫树上落下来的枫果，每天都会有一些，褐或黑。枫果从高空坠落下来的喙状钝刺扎进泥土，静静等待孩子们的寻觅。

枫果是农家上好的燃料，炉灶生火，火钵御寒，枫果火力绵长，散出一种淡淡的清香。村庄孩子众多，枫果显得越发稀少，一些孩子便以石片抛砸枝间，胆大的孩子则爬上枫树，踩或摇。胡晨说："为什么要打坏枫树呢？"

长大后的胡晨参军入伍，善良而勤奋的胡晨颇受战友喜欢，第一年得的是"优秀学员"，第二年得的是"优秀士兵"。父亲残疾且年事已高，胡晨放弃留队的机会退伍回乡。2008 年，胡晨带着父亲一起进京务工。胡晨聪明、好学，各种水暖业务很快就驾轻就熟。在门头沟、石景山务工的这些年，胡晨成了最得房东喜欢的小伙子。热心的房东喜欢帮胡晨招揽"业务"，而这些修修补补，胡晨从未收过一分钱，甚至连零星的材料费也"忘"收了。

房东最羡慕胡晨是"幸福的一家"，但人生命运谁也不能预见。妻子亡故后，胡晨把襁褓中的婴儿交给父亲，只身一人再赴北京奋斗。2016 年春节刚过，胡曙光抱着孙子送胡晨离乡。通村水泥路并不算窄，枯萎杂草挤上路面，枫树的枝丫盖过头顶。胡晨说："平时也没注意，我应该把两边的杂草砍一砍，大家走起来方便些。"胡曙光说："下次吧。"

初春的微风有些冷，去岁的枫果不时落下来，胡曙光本能地将手护上孙子的头顶。一枚枫果直坠而下，胡曙光的手背酸酸麻麻。

一个多月后，北京房东的一个电话让胡曙光彻底懵了：儿子胡晨患上了病毒性脑炎，昏迷状态下，被房东送进了医院重症监护室。听到巨额的医药费，胡曙光又一次懵了。房东安慰说：不要着急，已经寻求红十字会帮助，老乡、爱心人士都在伸出援手，甚至还有很多不曾留名的捐赠。

这个世界，充满善良，在众人的资助下，胡晨曾有所好转，然后返回家乡正常治疗。在两年多的时间里，众多紫藤园的乡邻关心着胡晨，有人捐几百，有人出几十，有人甚至拿出家中仅有的几个鸡蛋。但不幸的是，2018 年胡晨的病情再度恶化，不得不送往省城救治。

暮春初夏，枫叶格外绿，枫果格外青，胡曙光抱着孙子送儿子出村，路面依旧一片枫果。去岁落下的，干而发黑。颜色泛青的，显然刚刚掉落于这个春天。胡曙光护着孙子的手，被一枚枫果砸得生痛。

胡晨的病情，医院已是无回天之力，胡曙光心里全无主张。逝前几个星期，胡晨还能讲话。胡晨问父亲，也像是自言自语："我是'善'字辈？"胡曙光点了点头，不知儿子惦记个啥。胡晨望着父亲："社会帮助，让我多活了好几年。"

　　此时的胡晨，说话已经相当艰难，胡曙光也不知道儿子心里正在想些什么。胡晨终于向父亲表示：自己死后，要把器官捐了。胡曙光明白过来，脑子猛然木了，心脏一上一下，拼命晃荡。

　　胡曙光迟迟没有在捐献协议上签字，他与小儿子胡飞商量。胡飞说："哥哥，是这个愿望。"胡飞不敢讲多，也不知怎么讲好。父亲有心脏病，血压也高。

　　胡曙光打电话给在部队的二弟，二人在电话里说了很长时间。二弟对哥哥胡曙光说："人心都是肉做的，都是人生父母养的。胡晨的愿望，就是人家的希望，也是孩子自己的永生。"

　　听了弟弟的这一番话，胡曙光的心里好受了许多。

　　2018年5月10日，胡晨的心脏停止了跳动。在安徽省红十字会器官捐献协调员的见证下，OPO专家成功摘取胡晨的一个肝脏、一对肾脏和一双角膜。胡晨以其善良与大爱，用自己年轻的生命照亮了他人。2018年7月，胡晨光荣入选"中国好人榜"。

　　少年身残，青年丧妻，老年丧子，命运多舛的胡曙光一生善良。家门到水泥路间有些坎坷，胡曙光每天都要带孙子从路上走过。枫树的落果仍旧在地上，有些散乱，也有些平静。孙子不时从胡曙光的怀里下来，从地上捡起一棵，再望望树上。

　　阳光落满香枫与灌木，树荫浓郁，满目叶片一片光亮。胡曙光猛然发现，不被人注目的树丛深处，竟有一株紫藤花依旧盛开。

七彩淮水

程保平

蓝

庄子那天读书倦了，便约惠子到淮水走走。长空碧碧，涂山绰绰，秋水潺潺，鲦鱼闲闲。庄子感叹说，鲦鱼很快乐呀。惠子说，阁下不是鱼，怎晓得鱼快乐呢？庄子眉头一跳，反诘，阁下不是我，又怎晓得我不知鱼快乐？惠子笑，说，我非你，固然不知你；同理，你也非鱼，焉知鱼就快乐了？庄子说，你说我不知鱼快乐，那是判断，也就是说，你明白我的想法。以此推论，我怎不知鱼的快乐呢？

三十五岁前，我从未走近淮水，对淮河所有的美好想象，就是这个千古濠梁之辩。关联的还有另一个故事，庄子梦见自己变成了蝴蝶，翩翩起舞，悠然自得。醒来发现，庄子还是那个庄子。他就想，是庄子梦为蝴蝶呢，还是蝴蝶梦为庄周了？这其中应有区别，但所谓自然之道就是变化之道，道生万物，万物必同归于道吧。

两个故事叠加在一起，在我心里形成一个印象，淮河是蓝色的，诗意的，温润的。我想，唯如此，才有庄子的闲适与安详，才有可能让他去思考，人为什么活着，应该怎样活着，活得自由、尊严、有意义。

我以为，这个假设是成立的，至少从《水经注》可以读出，直到六世纪北魏晚期，淮河还是一条独立的河，平静，平和，自成系统，自有空间。庄子所在的那个时代，虽然征战频仍，但于他还在场外，以至于他可以平静地拥有一只饭碗、一张书桌，和一份独立、自由的思考。

为何是这个庄子，为何是这个淮河的庄子，为何是那个时代淮河的庄子，而此后又为何就消失了庄子？这些问题一直折腾着我，让我一次次产生冲动，想循着庄子的足迹，到壕梁，到漆园，到长成庄子那棵大树的淮河大地上去走走看看……

灰

　　其实，在我的记忆里，还有另一个淮河，那是纪实版的，阴暗，灰色，混沌，如一首五味的歌。那是关于一个人的故事。

　　我自小在长江沙洲上长大，青年以后虽然离开了家，但一直在长江边讨生活。大江之域，激情丰沛的梅子雨，沉稳肥重的东逝水，花红翠绿的山野气息，闲静安适的人间烟火，塑造了我的人生气质，左右着我的价值判断。我不能说这是好是坏，但它却导致了我对它的偏爱，对超出它以外的事物都持谨慎的态度。

　　小时候每到冬天，就有外乡人到家乞讨，有时候一天几拨，跟过年走亲戚一样。这些人中，有单个男女，也有老幼结对。结对的通常是祖孙俩，老人拄着竹棍，披着背褡，小孩流着鼻涕，心不在焉。他们到了门前，怯生生地往门框一靠，并不说话，就拿眼睛望着主人，期待着一点剩饭或者干粮。我妈有时候也会问些话的，答说都是从淮北来的，家里被淹了。洲区水多，一个淹字，能拉近两个陌生人的距离。这时候我妈就会磨蹭磨蹭，斟斟酌酌，最后还是转身走到里屋，再端出一点什么来。那时候日子苦，家里经常揭不开锅，见到乞丐，我偶尔也赶他们走路。我妈说，你不晓得要饭的难处，真是抬不起脚，开不了口啊。这话到现在我还记得，每每遇到乞丐，就能看到我妈那张凄苦的脸，又赶紧从口袋里摸出几个钢镚来。

　　大约是1970年，春节刚过，父亲领来一个汉子，约三十多岁，生的局促，满脸认命的苦相，陪着父亲小心说话。父亲说，这是侉子叔叔，从五河过来的，给我们家挑墩子。五河我并不知道，但侉子是指淮北人，在我们那里却是约定俗成的。

　　侉子叔叔在我家似乎蹲了一个春天，每天我起床，就见他在挑土了，两个大畚箕，结结实实地装着土，哼哼呀呀地往堤上爬，土布褂的背上印着汗渍，乱稻草似的头发里冒着白气，见人还龇牙点头笑。他似乎不累，经常天黑了，喊他吃饭，还说不慌不慌，再挑几担吧。父亲向来不夸人，但对侉子却另眼相看，说这人不要好，要我妈把伙食弄好一些。

有时候两个大男人也喝酒，话一扯开来就像放开的闸。我约莫知道，侉子叔叔那边常淹水，比我们这里还凶，有一年居然淹了两次。大水来了，房子，庄稼，什么都没了，就只好拖家带口，到外面"找"饭吃。就这样，他顺理成章地来我家挑墩子了。有一次说到儿女，侉子说他有三个女儿，还想要个儿子；还用手摸摸我的头说，做我女婿，好不好。父亲高兴地说，好，好，就这么定了。

柳树泛青了，侉子叔叔说要回家春耕了。父亲送他到渡口，两个男人眼圈都红红的，但当着很多人面，还是尴尬地扯些废话。父亲说，还记得做亲家的事吗？侉子说，记得，记得，我这里没问题。就这么分手了。此后居然断了信息。四十多年过去了，不知道侉子叔叔现在怎么样了，那个女孩长大了吗，生得漂亮吗，嫁给了谁？假如当初我们成一家了，又是怎样的生活？现在，我偶尔还想想，想想又觉得挺好笑的。

关于淮上行乞，多年后我偶尔翻书，是清人赵翼的笔记《陔余丛考》，其中有"凤阳丐者"一段说，"江苏诸郡，每岁冬必有凤阳人来，老幼男女，成行逐队，散入村落间乞食，至明春二三月间始回。共唱歌则曰：家住庐州并凤阳，凤阳原是好地方。自从出了朱皇帝，十年倒有九年荒。以为被荒而逐食也，然年不荒亦来行乞如故。《蚓庵琐语》云，明太祖时，徙苏杭嘉湖富民十四万户以实凤阳，逃归者有禁，是以托丐潜回，省墓探亲，遂习以成俗，至今不改。"其中，透露的信息有，行乞不仅指凤阳，区域很大，含有整个庐州。"省墓探亲"或许有，但也难说不是托词。

黑

安徽作家"走淮河"采风活动是今年6月启动的，作为其中一员，我参加了首批河南段的采风活动。我的心情是兴奋的，复杂的，不仅因为庄子和侉子，还因为水，那是我一个深入骨髓的记忆。

我自小在长江沙洲上长大。小时候，每年五六月里，梅雨一到，江水便呼隆隆地抬起来，偌大的沙洲就如负重的澡盆，漂浮在漫漫大江中，让人担心随时沉下去。可是，江水总是如期光顾，而且每隔几年就淹过一遍沙洲。我曾在《金洲人》系列散文中描写道："每当江水涌进来，沙洲就剩下一圈江堤，圩内的一汪水平上，是一座座如蘑菇一样好看的房顶。即使圩堤保住了，也难让大家放心。每年汛期里，总有几个孩子因为失足而没入滚滚江流中，又总有女人的哭声打破渚清沙白、蓝天碧野的宁静，落在树梢上，屋顶上，田野里，久久不能散去。"

童年的记忆是深刻的，成年以后，它还常常闯进我的梦里，那种昏暗、恐惧、无望的场景，又总将我惊起，久久不敢安息。对水的恐惧，总让我对水边的人抱有极大的同情，关注水，成了我生活的一种习惯。

我们一行是从淮河源头河南桐柏山出发的，然后经息县、淮阳、鹿邑、淮滨，再入安徽，过亳州、蚌埠、淮南，回到出发地合肥的。初夏季节，中原开阔的原野上，小麦已经收镰，禾苗在暖风中悠悠升起。一往无前的车行中，能看到一个个市镇在长高，变粗，虽然忙乱、潦草，但在匆匆行人的脸上，能看到欣喜和希望。淮河从桐柏山一路赶来，绕过山野，弯过市镇，从涓涓细流渐成大河，如一位稳重的老人，浑身写满着沧桑和苦难。一路上，地主都热情，不辞劳苦地对客人讲述那些发生在这块土地上的久远故事、现实变迁和对未来的设想，但一问起水来，就变得局促小心了：

——怎么水这么少呀？

——雨季还没到。

——现在洪涝多么？

——雨少了，水利也跟上来了。

——河上都是些浮萍，怎么来的？

——这个水呀，真令人头疼，小化工，小造纸，都往河里排，一直解决不了。

——不是关停并转了吗？

——都是 GDP 惹的祸，要吃饭，要财政，滴滴答答，断不了啊。

——你们喝这个水？

——喝地下水，水厂的马力很足。

守着一条大河，却折腾着从地下取水！

到鹿邑，主人领我们去看河南在安徽的一块飞地。夕阳西下，林霭渐浓，夏水漫过了草滩，映衬着悠闲的牛群，是一幅精美的田园画。然而，河面上到处都是网箱，一个压着一个，一点不让水面，黑压压的连成一片，绵延到河林的背面。我们老家这些年里也流行网箱养鱼，密度其实不大，大约湖面的十之其一，但水质确已变味，闻一下有股淡淡的腥臭气。

淮河是曾出过大事的。20 世纪 80 年代后，在发展地方经济、乡镇企业的强大语境里，一个个因地制宜的小化工、小纸厂因陋就简地在淮河两岸变戏法般衍生开来，由此带来的滚滚工业废水迅速将淮河染成了黑色，鱼没了，虾没了，水不能喝了，不能洗了，甚至连人的肌体都出了问题。

1995 年，安徽作家陈桂棣花时 108 天，自淮河源头到入海口，实地考察淮河污染状况，回程后写下了长篇报告文学《淮河的警告》。在文中，陈桂棣以一个个血淋淋的事例，一条条坚硬的数据，无情揭示了淮河沿岸灾难性污染，一时震惊国人，这才有了此后淮河污染综合治理工程。

20 多年来，我一直留意淮河，也走过其中一些市镇，我清晰地看到，河水在变清，生态在恢复，生活在好转。但现实和理智同样告诉我，这个世界上，水和空气都出了大问题，这岂是淮河所能独免的？淮河本是一条多灾多难的河，两岸生活着 1.5 亿以上的人口，密集度具中国河流之最，生存和发展的压力特别大，我们没有理由要他们继续贫穷下去，但在这样的背景下，污染治理又岂能靠一句关停并转能打发得了？

淮河的污染治理之路依然漫长。

黄

淮河大地多先人遗迹，一路走下来，时不时就有一个熟悉的地名从历史典籍里蹦出来，跟我们照面打招呼，让人在一激灵中想起某段英雄美人故事。但遗存实在是少，息夫人墓，马援广场，太昊陵，弦歌台，太清宫，庙道宫，多是后人尤其是今人的造作，让人在怀古中找不到场的感觉。唯有坐落于淮阳县的平凉台遗址，是距今 4600 多年、在《诗经》中多次出现的古宛丘的都城，也是我国目前发现的时代最早、面积最大、保留最好的一座古城址，给人印象极为深刻。

到达鹿邑，高大的广告牌上赫然写道：老子故里，道家之源，道教祖庭，李姓之根。

老子出生地在鹿邑县城东约 10 里，现更名为太清宫，形制之大犹如故宫。其中有唐玄宗释《道德经》文碑，约 5000 言，为唐开元年间玄宗幸太清宫所作。碑高 3.7 米，宽 1.2 米，自坑内伸向地表，为镇庙之物。导游解释说，此碑一直坐落在原地未动，2002 年被当地政府发现时，仅在地表露一顶部，为老百姓磨镰刀之用，所以又叫磨刀石。从出土情况看，自立碑后，此地土壤增高达 3 米多，为河水冲击流沙淤积所致。

这给我的震撼实在太大了。一望无际的平野，短短 1300 年时间，需要多少次、多大的洪水才能做到这样的规模？那其中，有多少黎民因此流离失所或葬身鱼腹，又有多少永不再现的生离死别故事？淮河之水，一点不让人轻松。

淮河古称淮水,与长江、黄河、济水一道,并称为华夏"四渎",是中国七大河流之一。最早的淮河是一条独立的河,虽然水灾也多,但总体上是平和的,这从《庄子》一书中可见端倪。《庄子》里虽有很多关于水、鸟和鱼的叙述,也有洪水泛滥、水泽漫漫的场景,但却不易读到诸如岸崩水泄、流离失所的信息;而同时,战国时期的主流社会情态,如征战、机谋、杀戮等,却被一个个寓言艺术化地呈现出来。我们不能想象,淮河如果摊上那么大的事情,在《庄子》里却找不到一点信息。还有,淮河早期的治水是成功的,春秋时期在这里诞生的我国最早的大型水利工程——期思陂,就是通过闸坝节制,分流蓄水,达到自留灌溉的目的的,此后1600余年还发挥着作用。淮河民谚说,走千走万,不如淮河两岸。我以为当指这段时间还贴切。

淮河真正的灾难开启于公元1128年。

公元1125年,金兵分东西二路南下攻宋,次年逼近开封城外,宋徽宗见势不妙,乃禅位宋钦宗。八月,金兵举兵攻宋,至次年初陷东京,徽钦二帝被俘,北宋宣告灭亡,是为"靖康之耻"。战争结束,金兵携金银财宝、图书典籍、朝廷百官、乐师技工扬长而去。据金人可恭《宋俘记》记载,北返前,俘虏总数为14000人,分七批押回金上京,其中首批"妇女三千四百余人",为亲王女孙、相国侄妇、进士夫人,自三月二十七日启程,一月后抵燕山,死去近半,所余之人,除三百人留在浣衣院供人娱乐外,其余悉数被赐给金国留守军人。靖康之耻是汉民族心灵史上的彻骨之痛。

北宋灭亡后,徽宗第九子赵构继承皇位,继续抗金,史称南宋。1128年,为阻金兵南下,南宋开封守军在滑县李固渡掘开黄河,滚滚河水一泻千里,肆无忌惮横扫中原大地,后从泗水夺淮入海。黄河决口,并未阻挡金军南攻的步伐,却致死百姓二十万人以上,近千万人流离失所,从此淮河水系进入多灾期。

黄河夺泗入淮后,"或决或塞,迁徙无定",决口地点渐次上移,从最初的巨野、寿张、郓城一线移向汲县、阳武、延津一带,河道几股并存,互为主次,河水迭次泛滥,频繁决口,是为黄河最为紊乱期。由于河水含沙量巨大,黄河所到之处,泥沙俱下,河床抬高,地势变异,以致淮河水系生态遭到巨大破坏,一到汛期,"大雨大灾,小雨小灾,无雨旱灾",真正成了举世罕见的害河。鹿邑太清宫唐玄宗释《道德经》文碑土层为什么增高3米多,其原因就在这里。

伴随着灾难的加剧,淮河人抗击自然的手段也在不断翻新,其中不乏成功之笔,但千里淮河,政出多门,步调不一,甚至大灾当前,以邻为壅，反而加剧了灾害的程度。典型的例子是明永乐年间，为防淮水东溢，江苏洪泽湖段开始修筑高家堰大坝，是为洪泽湖大堤之始。此后大坝越筑越高，越筑越长，以致淮河安徽段成了事实上的锅底，每到雨季，千里沃野，顿成泽国，百姓只好外出乞讨。皖北俗话说，河南排，江苏堵，只有安徽最受苦。就是这种现实的写照。

南宋朝廷滑县掘河，开了一个危险的范例，此后为人效尤，人神共怨。典型的例子有二：一是 1232 年，因为不耐蒙古铁骑的踏压，金人朝廷从北京一路狂奔，至开封又至商丘，计划扒开黄河阻挡进攻，但派出的人却无一冲出重围。消息传至蒙古大军，蒙古人如法炮制，在凤池口挖开黄河，不想黄水绕城而过，苟延了南宋朝廷的残喘，又一次由濉河夺淮入海。后二年，蒙古人故伎重演，再次决河，河水自开封而南，分为三支，一由太康县入涡河，一由陈留经徐州入泗水，一由尉氏经鄢陵入颍水。

再一个是抗战时期的 1938 年，为阻挡日军南攻，蒋介石国民政府在郑州花园口掘开黄河，豫东皖北 5 万平方公里自此水淹 9 年，1000 多万人受灾，89 万人命丧黄水。

天灾本可畏，人祸更可畏。每每想到这些触目惊心的事，总为这块大地上的斯民太息不止。生命如此之重，如此之轻，竟同时写在淮河苦难的身躯上，是那么的统一，浑然一体。作为一个阅了些事、读了点史的人，你甚至不知道该不该哭，如何哭，哭什么。

红

淮河是一条宿命的河，机缘造化，产生了淮河，是否就是来见证淮河人是怎么遭罪的？

从山川形势看，淮河大地因为没有明显的分水岭，很难产生大的河流。淮河的始作俑者是黄河，大约在距今 70 万年前，由于黄河的作用力，推动黄土高原的大量泥沙送入这里，才填平了这片低洼潮湿、水泽纵横的水乡。由于土壤增高增厚，在雨水的切割下，形成了后来的淮河形态。

由于这种地理环境，决定了淮河流域在战争时易攻难守。不幸的是，它还夹在长江与黄河两条大河之间，由此产生和发育的黄河流域文明与长江流域文明，又事实上成了决定中国政局的两大政治集团。当它们之间发生冲突、诉之武力时，淮河流域自然成了双方拉锯的战场。学者倪建中在《东西论衡》一书中将此形象地概括为"十"字现象，即中国历史的重心尤其是经济重心跟汉字"十"的运笔方向高度重合，是自西向东、由北而南的转移轨迹，在武力争雄和文化融合中，最先表现为西东对垒，由关中往东，沿黄河向平原拓展。随着南方社会经济的快速提升，又逐步演变为黄河与长江流域政治集团之间的对垒，而"十"字的中心部位恰巧就落在淮河流域。

历史上发生在淮河流域的战争何其多矣。据台湾三军大学《中国历代战争史》说，大小战争无以计数，最著名的战役约有 200 余次，大规模的战争有，秦末陈胜起兵于大泽乡、刘邦反秦于芒砀山，汉末曹操聚义于中原，东晋谢安拒前秦于淝水，隋末杜伏威揭竿于江淮，唐末王仙芝部亳州归顺于黄巢，元末郭子兴、朱元璋造反于濠州，清末捻军张乐行发轫于涡阳，国共争战时淮海战役打响于徐州，加上民族之间的战争如北南宋朝的金、汉战争，元初的金、蒙战争，几乎贯穿了整个淮河史。散落在汉语词汇里的成语如逐鹿中原、投鞭断流、风声鹤唳、四面楚歌等，不仅见证了当年战争的惨烈，更是一种文化记忆，造就了这里人们的精神气质。

淮北的民风是焦躁不安、彪悍勇猛、轻生向死的，也是仗义行道、除暴安良、杀富济贫的。当捻子军"万鼓雷殷地，千旗火生风"，战火烧遍淮北大地时，他们唱的是：

说咱反，咱就反，
拿着造反当集赶。

乾沟南北一条线，
连着三铺加两店。
龚瞎子北集竖大旗，
南集上反了高老健。

大反十八年，
家家户户烧纸钱。
虽说没有成了事，
总闹得朝廷安不了天。

然而，这种雪上加霜的做法，带来的只能是更多的生灵涂炭，家园毁灭，家庭解体。我曾采访过一个老人，谈起 60 多年前发生在淮北的那场大战，一直惊魂不定：打得天昏地暗，死人成堆，白的雪，黑的硝，红的血，冻在了一起，跟地狱一样。战争一结束，尸体被草草掩埋，到春上天暖了，坟茔上的土一块块地往下滚，走近一看，是一团团的蛆拱散的尸块。一场雨下来，河沟里都是紫的水，黑的水，跟腐烂的桑葚一样，散发着难闻的臭味。在这场战争中，老人一家七口，从七十多岁的父母到三岁的侄儿，全部阵亡。老人实在不能面对这一切，便悄悄离开故土，在江南一个叫十里长冲的山上披上袈裟，伴随着青灯木鱼，度过了此后的残生。

绿

到达淮滨，葱绿色如水洗般徐徐打开，连成满目的绿海。河南一路走来，印象里都是灰蒙蒙的天、匆匆的行人和杂乱无章的工地，到此猛然碰到一个绿色、整洁、安详的城市，就像见到一个浴后的清秀女子，满心都是欢喜。

淮滨地处豫、皖二省交界处，大别山由南逶迤到此，矮成一片平原。形势的差异，导致洪河、白露河、闾河在此汇入淮河，将本地划成一个五星状。淮滨人说，淮滨是由水托起的城市。由此，淮滨的树特别多，高高大大，片片块块，葳葳蕤蕤，将一个小城打扮得光光鲜鲜，让人直觉得回到了江南老家。

地主的接待很精致，入住的是有透光的室内园林宾馆，伙食是做工精细的自助餐，议程打在了烫金的名片上，行程也如行云流水般地道，处处透着当代都市人的精细，处处显示着与国际接轨的雄心。淮滨是绿色的，是勃勃生机、充满希望的。

对淮滨印象最深的是淮河博物馆。此馆建于东湖风景区，建设用地 3 万平方米，由主楼、碑林、三贤阁和春秋战国图腾柱等组成。其创意的独到之处在于，不求所在，但求所表，将淮河的整部历史、古迹遗存、风土人情，统统拿来，分类阐述，极具简洁之要、具象之美，差不多就是淮河文化的浓缩版。另一个大手笔是东西湖风景区。在一片阔大的水泽中，以淮河文化为基色，以地理形势为巧借，在 18 个大小岛屿上，铺陈了楚相公园、东湖庄园、音乐喷泉广场、文化活动中心、青少年活动中心等，既切合了中国传统园林美学原则，又适应了现代都市人休闲的诉求。

不同于前面走过的淮河城市，淮滨有一股浓厚的现代工业城气息。这里是国内商品粮油基地，但淮滨人似乎不满足于原材料的简单输出，而是在深加工上做足了功夫。比如弱筋小麦，此地就有深加工企业 5 家，10 条以上生产线，形成了一个完整的食品工业体系，由此衍生的一些知名食品几乎辐射到了国内所有城市。

我们还走访了淮滨的一些企业，规模都不小，但技术含量不高，如轻纺、造船等，都处于低端层面。这也不怪，中国工业的布局和现状多是由东向西推进的过程，即使是这种劳动密集型企业，也是在我们走过的淮河其他城市中难以见到的。淮滨人脸上写着自豪，在自豪的深处，能够读到我行，在河南我最行的内容。

在参观一家造船企业时，一位拥有博士头衔的开发区领导不无自豪地说，从这里造出的驳船，一批批顺着淮河，经扬州开往扬子江，占了长江流域一半以上的份额。我自然想到了家乡的长江，百舸穿梭的江面上，是繁忙，是收获，是向着太阳的美好生活。

浑

我曾经慕名去看久仰的濠梁，折腾很多时辰，才看到它的真身。石梁不见了，观鱼台不见了，梦蝶坊也没有了，只有一条干瘪的濠河，在满地的麦茬里，慵懒地泛着粼光。顺流而下一二里，是大名鼎鼎的古临淮关，旧的房屋在纷纷坍塌，新的楼丛在拔地升起。隔着市镇，能隐隐听到淮河上繁忙的马达声。

蓝色消失了。

剩下的还有什么呢？红，黄，黑，灰，绿？是，也不是。说是，淮河历史上发生的那么多故事，天灾，人祸，杀戮，死亡，让人很容易形成某种固有的印象，比如苦难、艰辛、无常，再比如豪放、彪悍、喋血等，这种印象犹如人的魂灵缠绕，影响或左右着淮河人以及与淮河相关人的判断。自古如此，现在如此，将来也会如此。说不是，那是无论你怎么表述和推断，都难以概括得了淮河，这不仅指自然意义上的淮河，也指多灾多难的淮河人。圣人说，天地不仁，以万物为刍狗。个人的想法总是一厢情愿，任何的解释或评判都改变不了自然法则，淮河总是依着它自己的路数，或浑浑莽莽，奔腾咆哮，或舒展平和，不舍昼夜，从过去流到今天，还要继续流入明天。

千般颜色都无法描摹淮河，千般颜色都无法描摹淮河人。

涂道亮的归去来兮

王陵萍

　　岁月向远处遁去。人到中年已知天命的涂道亮，与他年轻时比起来，别有一种谦逊而睿智的风采，生活中许多沉重的东西，这时都得到了纾解和释放，并转化为特有的人生智慧。他赠我的新著《五柳堂丛稿》，我在细细品读之余时常慨叹：一个以书法著称，实则是将书法作为大文化背景下的物象加以研究，探究艺术与人生的书法家，他的沉潜与普遍的浮躁形成鲜明的比较。其实，在道亮的内心一直洋溢着不为外人所知的学术激情，他的治学，一如长风出谷徐徐而来，他在新著中对青铜器铭文的解读、对清代书家陈艾的考略，对阮良之的研究以及对诗书画的观点和感悟、对生活艺术的回味和思索，皆是一道道亮笔，值得赏读和珍存。

　　道亮的特别之处，在我看来，是文人而有学人之气习。他的书斋名为"五柳堂"，意在将陶渊明视作自己的隔世知音，一种可资追忆的人格范型。20 世纪 80 年代末，正是文学激情燃烧的岁月，"诗人"这个称号是年轻人最为瞩目的桂冠，其时在乡镇文化站工作的道亮，即以他扎实的古典诗词功力让一干"朦胧诗"写手暗暗叹服，但在各类文学名义的雅集上，我耳闻的道亮是一位博学强记、能书善画、文武兼备、痴梦癫狂的青年才俊，但我瞥见的道亮却是一副话语不多、眼神腼腆、犹豫羞涩的清瘦模样，及至听到他自砸铁饭碗外出打拼的消息后，我这才相信他的性情中有坚硬的东西，而这坚硬必然要经受外力磨损和销蚀的考验。

　　道亮幼蒙家学，诗书之家盖因祖父被划为右派而全家下放农村，但无论家境如何清寒，祖父和父亲都谆谆告诫他要学有所成。即便今天，已然学有所成的道亮与我聊起年迈的老父对他的鼓励，仍时常低下头颊红了眼圈……在世俗的眼里，没有"衣锦还乡"的道亮是吃了大亏了，就连很多赏识他才情的老领导都不止一次替他惋惜，道亮每次也都微笑不语。但我以为，选择在青春激扬时去当一回"弄潮儿"，将自己置身时代前沿，并在与时代潮流的角力过程中，形成独特的自我并找到未来前行的方向，这是多么巨大的收获和宝贵的财富！

如果没有亲历背井离乡寄人篱下的感受，没有北上南下创办和主编美术杂志的经历，没有与各地书画名家的技艺交流，没有性情、精神和心力的磨炼，没有内心生活的体验和造诣，我想说，涂道亮就只是与当下众多书法家一样字写得好而已，我不会感受到他字里行间扑面而来的一团心气，也就不会读到《五柳堂丛稿》，不会感受到他的字、文、人融为一体的功力和意趣。在道亮的精神世界中，书法和诗文构成了他充满张力而具有能动性的两条轴线，他的"文人气习"和"学人品性"一起构成了他的整体人格，也是他这本《五柳堂丛稿》最强烈的书卷气息。

我首先翻阅的是卷三《五柳堂评论·序》这辑，我这个不会弄墨的外行，一向相信艺术相通的道理，看过道亮对近当代书画家的分析品评之作，由不得在心底暗吃一惊。道亮书画家的身份，他对美术史和古今书画家的异常熟稔，让他在写这样的文章时如游泳健将纵身水中，那份入乎其里、出乎其间、神骛八级、心游万仞的渗透观照，充盈流淌的自由轻快的感受，心灵参与的审美经验，不仅赋予作品意境以修养，而且赋予艺术体验以灵魂。在《浅述傅抱石篆刻艺术》一文中，他感慨傅抱石被其画名所掩而鲜为人知的篆刻成就，认定是方寸之间让闻名于世的大画家认识了广阔的大千世界。这一家之言，却让我同样感慨：道亮君，你亦是被书名所掩的文章高手！

道亮的诗词趣味，正如他的书法专长，都源于他对中国古典文化精髓的领悟和通透，这与他8岁便师承一位晚清秀才有关，也与他个人性格有关。卷四《五柳堂文思》是道亮整部著作的"重头戏"，他用古诗词这精美绝伦的形式畅述诗书画一律之理，描绘生命情状和自然万物质朴的容颜，寄寓自己的精神诉求和艺术理想。有诗友评介道亮的诗词着意于汉魏六朝的乐府古风，亦古亦律，自由洒脱。我关注的却是他的"诗言志"，并以此探求他的精神根底究竟在哪里。纵览《五柳堂文思》，我发现在道亮诗词的河流中，对铜都故土、亲人朋友以及书法艺术的挚爱，永远是一道精神的潜流，标示着他的写作方向。《念奴娇．荆公书堂》中："问君何处，越千年，唯我知君哀乐。……梦里吴钩，龙飞在野，梦醒吟碑遏。临风凭此，春雷只待惊蛰。"《学诗》中"十载寒窗苦蹉跎，白日临池夜琢磨。数卷帖书眠一榻，梦随明月拜东坡。"《寄怀》中"大鹅山下是侬家，似水流年感物华。新柳有情常忆我，碧桃无语自开花。曾经南北凭归雁，几度登高望落霞。最是家山不眠夜，长提别后月横斜。"掩卷而思，我深深感受到道亮深恋和挚爱的情怀，不由得就想起道亮的字，总隐隐感觉到他是在挥洒一种性情，有热烈喷涌的东西，也有一种寂寥之感，充满率性又满含庄重，动静分明又清雅庄严，洋溢着山野之气与书卷气息和谐统一的美。书法终究是一个人内心的外化啊，道亮丰富、悲悯的内心，因为诗词而保持了审美的敏感，对生活的细腻感觉和鉴赏力，不仅润泽了他笔头上的横平竖直提按勾挑，更润泽了他在失意和得意时难免枯燥和骄躁的心灵。

青春时代的道亮曾从学于阮良之先生，30 多年过去了，道亮始终对良之先生执弟子礼甚恭，无论身在何处，都殷殷关注老师的一切并坚持对老师的艺术历程作个案研究。卷二《五柳堂专辑·阮良之研究》重在强调其师的篆刻理念，致敬老师对明清徽皖篆刻的研究立场、态度和精神。诚如王涛先生在《序》中所言"拥资料实证之新例，为后学尊师之楷模"。我以为道亮的"阮良之研究"，不仅具有道德上的价值，而更有范式上的意义。他的研究主要不是供后学者亦步亦趋，而是为后学者提供一个无法绕过的参照，也教会我们如何面对纷杂的现实表象，坚持自己对于学术和历史的继承和创新。

我最后阅读的才是道亮著述的卷一《五柳堂论文》这辑，16 万字的《五柳堂丛稿》总共也就四辑，我觉得这卷一所占册页最少却耗费心血最多。开卷之《铜官考》，于三千年绵延不绝的"炉火照天地"中，辉映出铜官在华夏历史的贡献和意义，由此也让我触摸到道亮对青铜故里的滚烫的赤子之心。

以书法扬名的道亮积三十年之功，虔诚捧出的这本《五柳堂丛稿》，让我从中看出了他身处俗世却不同流俗的书生骨相。道亮热爱陶渊明，是欣赏、感动陶公多元并融，归于自然的对初心的坚持和精神家园的坚守。人至中年，正值生命之秋野金黄季节，阮良之先生在《跋》中说"相信道亮能继续用长久之大耐寂，酿出胸中之大境界，日近人生与艺术之大价值"。我只愿道亮将笔墨视作他的《归去来兮辞》，诗意栖居在自己的桃花源。

你是人间四月雪

余徐刚

　　四月归期，花有期。我到孟府，正是四月，在我踏入赐书楼的那一刻，流苏花正在热情绽放，一簇簇的，如云似锦，洁白飘逸，一朵倚着一朵，生动而干净，在绿叶的衬托下，这高墙大院里的流苏花，只在时间的婉转中泰然自若地成全了自己的美丽。她素白、孤傲、高贵，不显一丝风尘之态，风雨沧桑，穿越了大明王朝，走向康乾盛世，经历了甲午战争和戊戌变法，又向民国轻盈迈步。她一世繁华的美丽与温柔，是遗落在人间的大梦，只在冰清玉洁中独弄清影，我感叹，五百年来，她究竟书写着什么样的眷恋？

　　流苏花，一见且如晤，仅听这个诗意的名字，就已心动了。最早知道流苏花，大概是读张爱玲的小说，在《倾城之恋》中，白流苏是故事的主人公，当范柳原见到白流苏时，不禁诗兴大发，借《诗经》对白流苏抒情道：今夕何夕，见此良人。白流苏说：我不懂，后面是什么？范柳原道：今夕何夕见此良人，今天是什么日子，能让我见到这么美丽的女人。读到此处，便知白流苏是多少男人心中痴心妄想的美了。

　　然而，美总是稍纵即逝的，流苏的花期只有七天。她形影单薄，没有任何依靠，微风中，纤细的腰肢舞动着，绒细的花瓣旋舞即下，每一个茎叶都是一句动人的歌，玲珑剔透，如飞雪飘洒，任凭春光袭来，她依旧如故，淡淡的芳香四溢开来。这含香如雪的流苏花，似雪又非雪，她就这样悠闲自在地飘舞着，她就是那红尘中最美的佳人。沉醉其中，不知道是感受一场雪的妩媚动人，还是一树的繁花寂寞？

　　五百年来，她宠辱不惊，历经沧桑然风韵更增。花开花落时，那些陌生的、熟识的少年仗剑四方，夜晚于香灯之下，恰是追花逐月处，倾情为谁怅惘？那些历经劫数的淑女美人，又该如何用泪雨倾诉自己的衷肠？几世轮回，直到把尘俗望成尘埃。然，那些叶、那些花、那些过客，终究要零落成尘，最后变为泥土，碎落了一地的情长，我不忍自己的思绪过于飘逸，如同不忍这些白色的精灵们花落满地。红尘炼心不见心，这些白色的花瓣飘落地头，随落叶卷起，悄然而起，又悄然落下，杂乱而又有章法，静静地来，又静静地走，安然了一方岁月，芬芳了季节梦想，那一刻，我的内心有了久违的怜爱和感动。

据说，真正的花开只有一次。五百年来，赐书楼每一次的花开花落，何尝不是一场牵动人心的松风竹笛声里的凄清，时光总是这样，红了樱桃绿了芭蕉，在千百次的凝眸与回首中，又增添了一段新愁。流苏花，以她惊人的绝世之美尝遍了这世上的百味。她似有不屈，如一位美丽的女子，然而，女人仅仅有美是远远不够的，像董小宛，人秀于群之中，还是不得善终，她自知必须勇敢去爱，此后与冒辟疆同甘共苦直至老死。人生，不过是场未了的情和梦，天下最美的女子，从来哪曾柔弱？

尽管有这高墙深院，流苏花遒劲的枝干仍然向外延伸着美丽。年复一年，日复一日，赐书楼外，一枝枝任性的流苏花怒放着，花枝伸展，在灰色瓦墙的映衬下，如雪般绚烂夺目，更加光洁隽美了，温婉如初，直叫人心动不已。此时此刻，置身其中，我究竟在欣赏一场花事，还是在重温一场风花雪月的爱情故事？

四月，流苏花绽放了最美的声音。我总认为，花开应有时，最美的花应开放在生命之树成熟的季节，那些缱绻了的花雨，终将季节装扮得不同寻常。流苏花即便只有短短七日花期，她那含蓄的生命舞袖长歌，留给人间无尽的相思与眷恋，也就够了。

这世上，有什么比眷恋更加让人心疼的呢？生命本是一场身心俱疲的自我救赎。白流苏千百次遭受委屈，且始终相信爱情，在不断的失去中寻找真实的自我，《倾城之恋》的末尾，张爱玲给了白流苏一个完满的结局。我于流苏，是一见钟情，恍若前世隔音，又像是在渡劫，见到她，便根植于心，那种疼爱，那些欲说还休的痛苦因缘，都有着似曾相识的眷恋。疼也罢，痛也罢，偌大的世界，应能容得下一颗洁白的恋雪之心。

渡　口

毛士云

　　船停靠在渡口。

　　渡口的背景，是那座从南北横跨柳家河的快要竣工的大桥，以及桥上的天空中挂着的又红又大的圆滚滚的太阳。

　　朝霞铺在柳家河上，河面上，散漫出淡淡的轻微的水汽，似雾非雾，似烟非烟。

　　柳家河，从柳家河镇蜿蜒数里，缓缓地流到这一带，就叫柳家河村。柳家河，穿村而过，造了柳家河大桥，柳家河上游圩里的人们，就可以直通县上了，县上再往北，就是省城了。

　　小时候，回过几次柳家河，眼中的村庄，除了少量的门前晒着渔网船头竹竿上站着几只鱼鹰的打渔的人家，几乎都是种田人，守候圩里圩外的不多的田地，没少受穷。20 世纪 80 年代中期，有几个柳家河的年轻人，跨过柳家河，走出家乡。之后，柳家河人一拨接一拨，陆陆续续，打工的打工，做小生意的做小生意，做手艺的做手艺，天南海北，年复一年，闯荡着自己的人生，支撑了一个个小家，也支撑着柳家河。

　　羊子从没有离开过柳家河。

　　羊子在船与趸船之间忙碌着。

　　我再次和他打招呼，羊子木木地站着，脸拖得尺把长。

　　我走近他热情地伸出手，羊子毫不理会。

　　羊子比我小几岁，是我的远房的亲戚。他父亲曾是柳家河一带有名的篾匠。羊子出生时，他父亲说叫狗子吧，他母亲说狗最好养但太难听了，就叫羊子吧。羊子于是叫羊子。

　　早些年的一年暑假，父亲把我送到大姑家。大姑家当时很苦，她年轻轻的就拉扯三个年龄紧挨的孩子，姑父老实巴交，只会在圩里或者门口干农活。羊子父亲有手艺，荒年都饿不死手艺人，何况羊子家就羊子一个孩子，他家自然很滋润，羊子家的屋子，看上去很高大，当时在村里是数一数二的。羊子动不动就拉着我家里家外村里村外到处跑，爬山摘果，偷瓜窃桃，下河凫水，都是羊子亲授的。每次父亲来柳家河接我回城，一大帮人站在村口送我们，羊子夹在大人当中，目光怜怜的。那时柳家河上还没有渡船，只有一条木划子，每次坐二三十个人。后来羊子也来我家一回，后来他有幸招工到柳家河的渡船上当了水手，后来我还参加过他的婚礼，后来……

我知道羊子目下的心态。

他在渡船上当三十来年的水手。

这三十来年，一工一农的家庭，生活虽然无虞，但与村里有些人相比，他好像一点闯劲都没有。他没有学过一天的篾匠手艺，也不会干农活，时间却教会了他抽烟、喝酒、打牌。他说，他不是气壮如牛的年轻人了，柳家河大桥一通车，他就会咣当一声跌进困境之中，渡口没有了，他所在的小渡船公司将无力容纳多余的人。我知道自己没有更好的言语、行动和能力来帮助他，除了觉得他的担心有点多余，我能说什么呢，我只好喃喃地泛泛地说了一句，人还是要有一技之长的。羊子显然被触怒了。我不怪他。我没有理由怪他。我只好默默地从他面前走开。

我很久没有来柳家河了。

这次来柳家河，是参加大姑家的小表弟婚礼的。到了柳家河，就直接去了大姑家。大姑一把拉住我的手，指着村头不远处的一幢三层新楼房对我说，那就是小表弟的新房。与捧着固定饭碗的羊子不同，小表弟，勤快、踏实又灵活，这些年又种葡萄，又种草莓，什么好卖种什么，间或还行走江湖，贩东贩西，手头宽绰，家里殷实。跟着大姑参观了小表弟的新房，我说，按规矩拜望长辈，看看亲戚吧。大姑说你去吧，不过到羊子家千万别多言，他恨死我们了。我一圈扫过来，把时间留在羊子家。羊子自己没有做房子，仍然和父母住一起，他家的早年可以作为村里标志的老屋，现在却显得又矮又旧又破。坐在他家低矮而又有点潮湿的堂屋里，羊子父亲数次唤他，羊子在里屋，不愿见我。他父亲到底手艺人出身，脸上堆着我相信是真诚的笑。他妻子倒是大大方方，泡好了茶，端坐着，和我们一同说话。话头不知不觉地扯到小表弟。没想到羊子居然从里屋冲出来，把亲戚们骂得一塌糊涂。"乱来！乱来！"羊子父亲火了，他老了，无力地捶打了几下桌子。我百喙莫辩地退了出来，负罪似的。

"五一"那天，浅夏的季节，温暖而又有点燥热，小表弟在一派喜庆的芬芳中娶了亲。晚上的婚宴上，我环顾四周，不见羊子，他家只有羊子的妻子一个人来参加婚宴，潦草地顶了个人情。在与羊子妻子短暂的目光对视中，我感觉到了她的心里似乎装着与婚礼气氛不同的心情。

天一亮，我谢绝大姑邀我多住几日的盛情，往渡口赶第一班船。

渡口，人很多。

船稳稳地系在码头上。

我看到羊子正站在甲板上捧个碗吃饭。我站在趸船边沿想跟他说话，他却木然得像没有看见我的样子……

人又多了起来，大筐小筐的，都是赶早市的，我只好走到趸船中心的人群中。一个五十上下的人，疏导我们依次上了船，关好了铁栅栏，吹了一声长哨，我看到站在船头的羊子收起了缆绳。

柴油机突突突响起来，搅动一片河水……

春种幽兰闻蕙香

马书玉

　　我姊妹三个，大姐姐出生的时候，家族唯一的"秀才"，曾经做过家乡解放后第一任区长的爷爷，给她取名叫"菊兰"。后来爷爷因为 1957 年被定为"右派"，含冤自缢，我家从此似乎没有了能够解读"菊兰"含义的文化人。

　　二姐和我出世的时候，没有多少文化的母亲，借用大姐的"兰"字，给我们分别取名"国兰"和"翠兰"，这也是当时农村多子女家庭取名的习惯做法。

　　大姐和二姐，因为家里困难和"右派子孙的"原因，基本上没有上过学，不会写自己的名字，仅仅知道"菊兰"和"国兰"，是她们的音名儿。因此，我们姐妹，虽然被邻居称为三枝"兰花"，其实，谁都不知道"兰"是什么意思。

　　我的运气比较好，赶上了可以上学的时代。我上学会写自己的名字的时候，常常因为名字叫"翠兰"而伤心落泪——我的玩伴有的叫新坤，有的叫东风，还有叫文革的，听起来都让人觉得威风四面、扬眉吐气。我觉得自己的名字，土得掉渣，俗得酸牙。

　　于是，我开始广泛地搜查和自己同名的人物，企图通过有名气或者有能力的大人物，能让自己的名字"高大上"一些。我从能读懂、读到的课本、小人书上，查找有没有也叫"翠兰"的伟人或者英雄，结果从一本好像叫做《金光大道》的书上，查到一个叫翠兰的女人，但她不是革命英雄，却是一个被批斗的地主婆。

　　我下定决心，要给自己改名字。不久，那个俗不可耐、让我伤心的"翠兰"，从我的初、高中时代就彻底消失了——我能给自己做主的第一件事，就是毫不犹豫地趁升级换学校，而给自己修改了名字。

　　大学时代，在合肥的花市，看到盆景中的"国兰""菊兰""翠兰"，那是几株没有开花的兰花，它们叶态妩媚，俯仰自如，高昂低回，顾盼多态。有的英姿挺秀，刚中带柔，有的轻柔舒展，潇洒飘逸。

　　此时我方知道，终生和泥土打交道、头发丝丝里常常夹杂着高粱花、玉米缨的大姐，以及全身一年四季都有尘土粒或者麦糠屑味儿的二姐，她们同名的花卉，是那么高贵和优雅！而被我弃之脑后的翠兰，也是一盆散发着泥土芬芳、充满生命张力的青枝绿叶！

　　自此，我经常徜徉在花市，流连兰花的婀娜多姿、摇曳飘逸。虽然此时兰花与我，还是只能看得到却买不起的盆景。

　　于是，我不仅感恩父母给我取名"翠兰"，还不停地查寻"翠兰"的含义。因为查询自己名字的含义，就知道了许多关于兰草、兰蕙、兰诗、兰词的内容。

　　甚至，大学时代的笔记本，抄满了关于"兰"的诗词，从南朝鲍照的《芜城赋》"东都妙姬，南国丽人，蕙质兰心，玉貌绛唇"，到宋苏轼《题杨次公春兰》"春兰如美人，不采羞自献。时闻风露香，蓬艾深不见。丹青写真色，欲补《离骚》传。对之如灵均，冠佩不敢燕"。等等，凡是能收集到的兰诗兰字兰词，都如获至宝地收藏。

　　进而，从来都是俗人一个的乡村丫头，却拾人牙慧地偏爱起了兰花，我给自己取了个笔名：兰心蕙草儿（网络时代，我的QQ、博客、微信等等网名，也一概注册成"兰心蕙草儿"——这是后话）。虽然，我除了知道田野里的狗尾巴草，依然还体验不到"芝兰"之气是什么味道。

　　江南小城定居后，为家庭打拼，为漂泊奔走，忙工作，忙生存，忙育儿，不仅没有看兰的心思，就是关于兰的诗词，也被浮躁的尘埃淹埋了。

　　人至中年，终于过上清闲恬淡的日子，我开始养兰花。

　　每年，都从市场买回几株兰草，我认真饲养，可是，总养不活，很少看到过一棵自己养的兰花吐蕊散香。

　　那年，人间四月，先生去绩溪学习，什么都没有买，却给我带几棵兰草。这次，他带回的，不是我通常市场里买的那种花盆里的兰花，而是他在文学博士胡适之先生的家乡上庄，那有名的兰蕙书屋周围，自己寻寻觅觅发掘来的——

　　学习空隙，先生拜访了胡适故居，发现胡家正厅堂前的窗栏和书房、门楣等处，是清一色以兰蕙为主体的木雕装饰，平底阴刻，淡淡数刀，勾勒出这山中香草之魂。

　　作陪的大学同学胡义贵，一位在基层乡镇医院当院长的胡氏后人，介绍说，兰为香祖，一向为人们推崇，也正是胡适学识超群、自命清高的写照，反映了房室主人的立世风格。

胡同学尤其重点介绍了胡适先生的兰蕙书屋，他说，他经常在那小小的书房里，似乎就能感觉到胡适小时候的与众不同。在众人的印象里，这位新文化运动的领袖似乎一直是谦虚而温和的，而正厅中堂下面的一只瓷瓶上，写着胡适的"宁鸣而死，不默而生"，这让人震撼的文字，透出一股书生意气，这是胡适身上洗不掉的上庄人性格。

也许受同学胡义贵介绍的影响，学理工的先生对文学博士胡适之格外敬仰，每逢学习空隙，他都从兰蕙书屋出发，沿着上庄人耕耘生息的蜿蜒山路，在阡陌田间深呼吸，到山野森林里嗅芬芳。也许精诚所至，也许他和兰蕙有缘，竟然意外地发现了幽深的山谷里，葳蕤着几棵兰草，他向附近的山民要了铁锹，挖了几株带回家。

别的同事学习归来，带给夫人孩子的，是徽州山珍特产美味儿，老公带回来的，是沉甸甸的几大袋熏染着文人气息的上庄泥土——为确保兰草栽培成功，先生把兰草生活的泥土，只要是有根的地方，都挖出来，用硕大的塑料袋装着，运回了家。

我说，傻瓜，市场上到处是兰花，你费那么大的劲老远运来，多辛苦啊。

先生说：花市里买到的兰草，都有市场的尘埃，娇媚而俗气，养不活；只有来自深山中的幽兰，才有森林的灵气，山野的土气，草根的志气；尤其，这是文学大家胡适先生家乡泥土滋养的兰草！说着，他还煞有介事地哼唱起那曲低回婉转的《兰花草》：

我从山中来　带着兰花草
种在小园中　希望花开早
一日看三回　看得花时过
兰花却依然　苞也无一个
转眼秋天到　移兰入暖房
朝朝频顾惜　夜夜不相忘
期待春花开　能将凤愿偿
满庭花簇簇　添得许多香

我仔细观察那几株兰草，确实，和我以前在市场上买的盆景有很大的不同：

兰叶，细而柔韧；兰枝，刚而俊逸；兰蕾，翠而油亮……它们的颜色更是不同寻常：墨绿浸染着空灵，翠绿透射着晶莹，嫩绿氤氲着朦胧；清雅素淡，冷艳凝洁，仿佛宁静从容的妇人，魂魄里珍藏着高贵睿智。它们通身都散发着山风的奔放峻峭，山泉的清洌醇润以及山石的坚韧骨傲。

哦，这就是幽兰的气质，蕙心的品格！

我把兰草栽种到青花瓷盆里，瞬间，让人感到客厅香远益清，超群脱俗，品尝到了一枝在室、满屋芬芳的婉约和诗意；捏一把滋养兰草根茎的泥土，黝黑铮亮，湿润饱满；泥土的清香和着兰草的芳香，让人心旷神怡，神清气爽。

如若，"心向蕙兰，春暖花开"，那么，我更仰视它来自兰蕙书屋的主人，胡适先生的家乡，上庄山野泥土的气质神韵！它让我的兰草情节，栖息一缕葱绿，濡染一脉清香，熏染一袭兰蕙的生存姿态。

从七岁伤兰，至在字典上查"兰"，到现在执着地养兰，真情地品兰，我的兰草情节，跌宕起伏，充盈摇曳了几十年。终于，我似乎明白，作为民国时期的文人爷爷，为啥给自己的长房长孙女，取名为"菊兰"……

祖父去世后，家人在他的贴身内衣口袋里，发现一张爷爷的照片。这是一张黑白照片，照片中的他，鬓角突出，额头光滑，双目明亮，鼻梁高挺，嘴唇上扬，棱角分明，那气血偾张、桀骜不驯的神色，跃然纸上。照片背后，写着一首顾炎武的铭志诗：

精　卫（顾炎武）
万事有不平，尔何空自苦？
长将一寸身，衔木到终古。
我愿平东海，身沉心不改。
大海无平期，我心无绝时。
呜呼！
君不见西山衔木众鸟多，
鹊来燕去自成窠。

故事并没有结束，我父亲和我母亲拒绝揭露爷爷的"罪状"，已经岌岌可危，又因为偷偷珍藏爷爷这张照片，被人告发，尽管母亲有外公"革命烈士"这张护身符，也没有逃脱被"一撸到底"的命运：预备党员被取消，县属"被服厂"副厂长的职务被撤职，带着五个子女从城里下放到农村，终生成为一个面朝黄土背朝天的村妇，被各种困境纠缠多年。

直到八十多岁，母亲才因为她的父亲，我的外公——一位为国捐躯的革命烈士，被列为乡村"优抚对象"，每月能领取几百元的"革命烈士高龄子女津贴"。尽管如此，母亲也能心满意足、神清气盈地生活。

我的父亲则因爷爷的原因，由"骑着高头大马，身挎盒子枪"的县委工作人员，从政府机关大院，被"扫地出门"。一个吹（吹笛子）拉（拉二胡）弹（弹三弦）唱（唱山东梆子）样样都精通的人，余生最高职业，也仅仅是一个基层供销社的售货员，宣传需要时，也会是县委宣传队里一个负责点"气灯"、跑龙套的勤杂工。

移植绩溪幽兰，我对胡适之先生"兰蕙书屋"中那只瓷瓶上"宁鸣而死，不默而生"的铭言，有了自己的解读。

如今，我亦体悟，父母何以 90 高龄，仍然精神矍铄，气息若兰。

湖光折射的村庄

吴国华

儿时留下的那记忆画面，给人的念想是长久的，或许令人终生难忘。

外婆的家在垄上村，坐落在那长满芦苇的湖畔。那是一个沼泽湖，分东西两个湖，当地人习惯称为东西联湖。东西联湖的湖面不大，但也有两三千亩。俗话说得好，靠山吃山靠水吃水。外婆家那个村庄也就自然是靠湖吃湖了。这里虽说没的沟汊塘坝那深浅不同、曲折迂回的水面所种植的水产丰富，但那浅浅的湖水里仍不失随季滋生出那些野生的水中植物：芡实、芦笋、菱角菜、藕带、莲藕等，还有那些好像取之不尽的鱼、虾、鳝、鳖等水产品。

那时村里的房子，几乎都是秦砖汉瓦木构的明清建筑，但零星也夹杂着些许土坯草房。尽管日子过得并不滋润，但也算不上缺衣少食，虽说是一年忙到头，人辛苦劳累点，终算还能把日子糊得过去。邻里之间和睦融融的，整个村里的人都挺随和，小日子过得似乎十分安逸。若是遇到村里哪家置办红白喜事，不要说的，全村的人都会争先恐后地动起来，自动地走上门去揽点事情做做，人人都怕去迟了找不到事做而不好意思。

小村一年四季就好像是躺在湖面折射的光芒中。每当中秋过后，湖里成片成片的芦苇开始渐渐发黄，那折射的光芒也渐渐变得金黄起来，尤其是深秋夕阳下折射的那金灿灿的光芒，伴随着微风的闪动，把好一个湖畔囫囵的垄上村照得格外亮堂、光鲜鲜的。

小村的人们也好像和垄上这个小村一样，做人做事也是明堂堂光亮亮的。

金 贵

金贵在家排行老大，人长得也高大结实。他下面有个胞弟叫荣贵、胞妹叫喜娣，另有两个堂弟叫家轮、家英。抗日那阵子，金贵考虑到家里父母尚需弟妹照应，不敢声张，生怕弟妹晓得后跟着自己也要参加敌后武工队，他就偷偷摸摸地带着堂弟家轮秘密地加入了地下敌后武工队。金贵他们白天分散行动，但几乎都是一整天就在日本鬼子盘踞的泥巴桥周围到处乱串，变着法子想摸点日本鬼子的动静或情报；晚上就悄悄地集中行动除汉奸，为新四军输送点情报和后来北上扫清障碍。尤其是皖南事变后，一大批新四军为躲避日本鬼子的追堵，白天就隐匿在东西联湖的芦苇荡里。日本鬼子是不敢去东西联湖的芦苇荡的。有一次扫荡东西联湖，声势浩荡，可是走进芦苇荡的十几个日本鬼子兵就再也见不着出来了。气急败坏的日本鬼子就用火烧，可还烧不了东西联湖岸边的一小圈子芦苇，火被湖水自然熄灭了；后来日本鬼子就搬来汽油向湖里倒，借助汽油烧，可怎么烧也烧不着一小片就自熄了。由于湖水浅，湖泥深，日本鬼子的船进来就被卡陷住动不了；又换来汽艇，可汽艇只要碰上埋在湖里的那锋利的竹尖端，比烂泥还要烂的摊在湖里的烂泥上。搞得日本鬼子实在没法子，就索性采取围困的办法，想把这股有生力量困在湖里，不让其北上。新四军成功进伐获港北上的前夜，新四军的首长就是在金贵家牛棚里度过的。如果金贵在获港没被自己弟妹生拉硬拽地拖回家，肯定是和家轮一样，也就从此正式加入新四军的队伍了。若是那样，金贵他也不会回家惨遭日本鬼子的枪杀。直到解放后，家轮回忆起那段往事的时候，仍不时向人诉说着是金贵哥引领他参加革命的。

说到金贵的死，不得不说帮志这个人。帮志是垄上村唯一识字的人，也是垄上村有史以来唯一中过举、去过东洋求学的人。正因为帮志晓得说日本鬼子的话，才有人说金贵的死是帮志告密的。

那次日子鬼子进入垄上村，把全村男女老少全拢过来，要人交代谁是共产党，不说就要把垄上村的房子全烧掉，把全村的男人和妇孺老少们全杀掉；如果有人说出共产党，垄上村的房子、村里人都将避免灾难。就是在这种情况下，金贵主动地站了出来，说自己就是共产党。可是汉奸三流子就是不相信，说金贵是假的，不是共产党，非要金贵供出真的共产党；不然就马上把垄上村和村里的人都灭了。

金贵怕整个垄上村和村民遭受灭顶之灾，主动走近站在人群另一端的帮志面前，伏着身子对着帮志耳朵轻声说了好一阵子话后，帮志才好像极不情愿地叽咕了几句日本鬼子的话。就这么简单地叽咕了几句日本鬼子的话，日本鬼子就把金贵逮走了。

金贵用自己生命挽救了整个垄上村和垄上村所有的人，自己也成了垄上村人们心目中的英雄。而帮志却背了个大黑锅，从此落下了一个一直无法明辩的心结。解放不到一两年，帮志就被打成叛徒，在郁闷不乐之中悄无声息地死去。后来有人还看到他留下的一份遗书，题目是《我那难以辩白的告白》。多少年之后，帮志才得以昭雪平反。

家　英

家英是金贵的堂弟，是个目不识丁的农民。20 世纪 60 年代初，国家政策规定有一些职工必须得下放。家英的堂妹喜娣就属于下放之列。准确地说喜娣是 1962 年下半年下放的。喜娣下放的时候，拖着两个女儿一个儿子。孩子都还小，大女儿五岁，儿子最小，才一岁多点。喜娣回到娘家时，她的父母亲都已是六十开外的人了，除生活尚能自理外，其他的基本上是需要子女去照顾；那时喜娣的二哥已病死，二嫂已改嫁，还留下了个不到十岁的侄子。喜娣的丈夫在外工作，但上要供养自己的父母，下要抚养自己的儿女和侄子，全家老小八个人，仅靠丈夫每个月四十多块钱的工资，显然是难以为继的。

那时候别说喜娣家，即使整个垄上村也没哪家日子过得不艰苦的，但喜娣家的日子就过得更加清苦了。尽管喜娣能干，像个男人那样起早摸晚地整天泡在湖里，弄点芡实、菱角菜、莲藕充充饥，但家里经常没米吃。而她的三个子女一个侄子却正是长身体要吃的时候。别说三天，即使一天吃不上米饭就要吵死人。无奈之下，喜娣三天两头不是往东家借就是向西家凑点米弄给孩子们吃，难熬地打发着这一天又一天。在垄上村百十户人家，喜娣没哪家没去过借米的。队长家英看在眼里急在心里，他在心里盘算着，喜娣下放回来后既没给她分地，又没分给她粮食，确实有点欠公平。喜娣毕竟响应国家政策下放回来的，好歹也是垄上村嫁出去的姑娘，更何况喜娣还是自己的堂妹呢？

那个时代土地都是集体所有的，即使有荒地，哪怕是一年到头荒在那里，也不是哪个想开荒就能耕种的。家英那时在村里担任队长，说没权力吧也有点权力，说有点权力吧也不至于随便想开荒地就能随便给哪个种。家英动了好多脑筋，也没想出好法子来。他利用一个阴天，起个大早，趁天还是黑的，偷偷摸摸神不知鬼不觉在湖边蹑手蹑脚地犁了三分荒水地，悄悄地叫喜娣摸黑偷偷地插上水稻。那阵子，家英整天提心吊胆，不光是怕村里人晓得后告发，更怕村里人拼着同样干。可事实上，垄上村百十户人家都晓得家英私下犁了三分水地给喜娣种水稻，但没有哪一家哪一个人拼过，也没人呲牙，连哼都没哼个声！

那个年代，偷偷摸摸地犁了三分水地让人私下种，不仅仅只是家英担当很大的风险，其实也是整个百十户人家的垄上村在共同扛着这个风险哟。

几年之后，孩子们也熬大了，喜娣也回城了。但那段下放的日子，在喜娣的心里却是那么的记忆犹新，宛如昨天。大哥金贵用生命保全了垄上村和垄上村的人们，而垄上村人在那么苦难的岁月里，以宽厚质朴的胸怀，咬着牙宁可自己挨饿也要回馈喜娣全家。这在喜娣的心里，那个躺在湖光折射光芒里的垄上村是那么般的美丽，令人眷恋，终生难忘！

致　富

致富是家英的侄儿，别看他人瘦，特精明。他是在 20 世纪 70 年代末期，也就是十一届三中全会后才走马上任垄上村村支书。这个 70 年代初毕业的高中生，回村后先自个悄悄地做了五六年贩卖鱼、虾、鳝、鳖的生意，赚了不少钱就突然收手了。村里人拥戴他走上了村支书的岗位。他上任的那个时期，还是完全计划经济。一会儿放水填湖造田，一会儿引水退田还湖，翻来覆去没得歇。但致富上任村支书后，没讲什么大话官话，只讲了书记这个位置是大伙推举的，公社红头文件批的，这点要谢谢大伙们。不过谢谢归谢谢，丑话还得搁在前面说，免得大伙到时怪我这人霸道。我这人干事和别人不大一样，将来村里做事情，看得清的和看不清的，大伙们都不要瞎猜瞎说瞎议论。大伙推举了我就得要相信我，好比婆婆媳妇烧菜，各有各的手艺，至于能把村里搞得怎么、怎么样的好，我也不会先大话喧天的。我只能说会亲力亲为，大伙共同努力，把村里的事做好，把大伙的日子过好。

大伙听完致富书记说话后，几乎是异口同声地说：我们晓得了，你就领着我们干吧！

不到一个月，致富书记在村委会上亮出了自己的三个想法。一是他想请自己大学毕业的同学替垄上村选了新村址，还做一个新的规划和给村子将来做房屋，设计两三套新图纸。同时规定垄上村原址不许做新屋，要做新屋必须到村里新地址上按照房屋新图纸建造。原址的老房子也不许拆，但允许在不破坏原貌的基础上进行维修。当时，村里好多人想不通，不过没人公开说出来。二是他提出要以开发湖产资源产品为龙头，结合当地特色农产品的优势，大力发展集体经济。三是组织年轻人分批外出学技术。他这三个想法，尤其是后面两个得到了全村百姓的积极响应。但就在物色第一批外出人选的过程中，有些人坚决反对派地主富农子孙外出学习。致富就找这些人一个个地谈，道理讲了一大筐子。他随后组织派遣了好几帮回乡知识青年，分别到浙江萧山学习腌制萝卜技术；到浙江宁波黄古林学习草席编制技术；到甘肃省平凉市泾川县学习芦席编制技术；到江苏扬中学习鱼、虾、鳝、鳖养殖技术，到本省无为县学习卤鸭制作技术，还有几个人拜当地师傅学习芡实秆、芦笋、菱角菜、藕带腌制技术等，同时。他带着村里一帮人到湖里转悠了好多天，把两三千亩的湖面，划定成了好多片，并明确了这片种植什么那片养殖什么。两三年后，垄上村腌制的萝卜、芡实秆、芦笋、菱角菜、藕带，还有草席、芦席、卤鸭和鲜活的鱼、虾、鳝、鳖等产品，在当地享有了一定的声誉。

可惜的是，就在垄上村集体经济迅速壮大、村里百姓口袋慢慢地鼓起来的时候，致富却一病再也没有站起来。"好人命不长"！但垄上村人的心里都明白，致富是为村里操心劳累过度才得病而去的。

致富临别人世前，只有他一家在村里的新址上按照规划和设计的新图纸盖了一栋三层小楼的洋房。

垄上村规划的那块新村地址上，一栋栋的三层洋房，都照着规划和设计的新图纸，像雨后破土的春笋拔地而起。这是垄上村百姓们觉醒之后对村支书致富的认可，也是垄上村百姓们富裕之后对带头人最好的追忆和怀念！

繁　荣

繁荣这小子头特大，村里以前都公开喊他大头，小的时候都叫他大头宝宝。都说头大聪明，但这小子头大却并没考上大学。不过，这小子除没考中大学这件事不好说外，其他方面都不错。他高中毕业回村后，吃过不少苦，受过很多气，但不管是吃苦也好、受气也好，他总是默默地扛着，不怨天，不尤人，只一心一意做着自己的事情，人聪明得很。有一次下暴雨，村里的干部们都忙着在排涝，抽不开身，叫派人去乡里讨个东西。当时这小子刚刚毕业回村闲着没事干，致富书记就把任务交给了他，他二话没说就冒雨上路了。谁知雨下得越来越大，几乎是倾盆如注。大家都觉得这小子肯定是不会去乡里的了，可没想到这小子被雨淋得像只落汤鸡似的却把东西讨了回来，让村里的干部们好生感动，尤其是引起了致富书记的注意。从那之后，村里有什么事情忙不过来都叫他去做。而他不管是白天黑夜，还是刮风落雨下雪，也不管是村里的男女老少，只要叫他办个事，他总是稳稳当当的；哪怕事情没交代清楚，他都能把事情办得漂漂亮亮的，叫人满意，从不言苦。繁荣就是凭着这样一股踏实做事、老实做人的劲头，渐渐赢得了村民们的信任。

如今垄上村当家的是繁荣。他是致富书记病死后的第二任村支书。当时他作为首批派遣外出学技术的回村知识青年之一，深得老支书信任。他学成归来后，致富要他负责管理好腌制厂，而且还要把自己学到的技术教给村里其他人，并负责包教包会。繁荣确实很用心，动了很多脑筋，很快就教会了大家腌制技术，也把腌制厂管理得井然有序。

三年后，繁荣负责经营管理的腌制厂，实现纯利润 6 万多元。不仅得到垄上村上下老少的好评，而且得到了躺在病床上的老书记致富的满口称赞。

遗憾的是，致富书记生前没有看到垄上村百姓把繁荣推上"垄上村农产品贸易发展集团总公司"董事长这个位置。

那一栋挨着一栋造型新颖别致的三层小楼洋房，错落有致地坐落在规划的垄上村新屋基上，宛如朵朵鲜花，一簇簇的盛开着。过去"一时雨水一天泥，两只裤脚三寸土"无奈的现状早已一去不复返了。而垄上村老屋基上的那些老房子照着原貌已修缮一新，变成了"垄上原生态度假村"。双休日一到，城里人开着各色各样的小车，拖家带口、结伴成群直接向垄上原生态度假村奔驰而来，每家包住一户。白天，他们去采菱角，或去钓鱼，忙得不亦乐乎；天黑下来，男人们自觉不自觉地便凑在一起敲起麻将，"斗地主"，"惯蛋"。酒足饭饱后，返程时都还要买点鸡蛋、老母鸡、咸鸭蛋、芡实米、菱角菜之类生态环保食品，每辆小车子都塞得满满的。

有趣的是，有段时间，每当城里人在"垄上原生态度假村"住下来，繁荣书记只要在村里没外出，总是设法抽出时间和城里来的那些小姑娘、小媳妇们很耐心地聊上一阵子。这让村里有些人甚至他老婆都有些误解。

可繁荣书记不辩白。但没过多久，村里的女子腰鼓队在"垄上原生态度假村"广场上敲响起"嗵、嗵"腰鼓的时刻，垄上村的人才明白过来。原来繁荣书记套近乎，是想请城里人来"垄上原生态度假村"教村里女人们跳广场舞哦！

现在的繁荣书记和老书记致富一样，也是连任三届。不一样的是繁荣不再像老书记那样为了赚钱而操心了。他现在所想的不再是每家每户如何致富的问题，而是如何把赚来的钱用于提升垄上村的公共福利等公益事业。在他的主导倡议下，村里先后创办了垄上村敬老院、垄上村读书屋、垄上村健身活动中心、垄上村民间艺术馆、垄上村公墓园等，同时投资实施水、电、液化气、水泥路、夜间照明五项户户通工程。垄上村确实发生了翻天覆地的变化。

于是，他有了在村里投资兴办垄上村省亲招待所的想法。他耐着性子召开村支委全体成员和村民代表扩大会议研究，一天不行就两天，两天不行就三天，不到思想统一就不歇。四天的会议终于有了结果，除个别支委和村民代表明确表态保留意见外，其他均表示拥护和支持。

是的。垄上村富了，村里人再也用不着为吃喝、为钞票发愁了。正因如此，繁荣书记隐隐约约地感觉到村里人的一些潜在变化。贫穷的日子里，金钱是人们生存之需；然而钱袋子鼓鼓时，人会不自觉地自我膨胀，会忘却那祖辈宽厚质朴的美德。而这些记忆深处的美德遗风一旦断根推动就很难再一一找寻回来！这不免让繁荣书记的心里情不由衷地升起了一种莫名的伤感。

在垄上村省亲招待所开工典礼讲话时，繁荣书记把那一直哽在心头想说而没机会说的话一古脑儿地说了出来——

"兴办垄上村省亲招待所这件事情，本身是件大好事。我不知道大家究竟想过没有？我们现在这富裕美满幸福的日子究竟是从哪里来的？"繁荣书记说得很激动：

"在这里我要告诉大家，如果没有金贵爹爹舍命保全垄上村、保全垄上村的父老乡亲，就不会再有垄上村的，更没有我们大家；如果没有家英爹爹带着我们的祖辈们抱团一起拓荒熬过那个苦难的岁月，我们上辈的不少家庭和长辈们就得就得饿死，没得上辈了，哪来我们这些做下辈的呢；如果没有致富老书记的智慧和远见，我们垄上村怎么可能会有今天的'垄上村农产品贸易发展集团总公司'，又怎么可能会有今天的'垄上原生态度假村'。这里我不想多说，但我要提醒大家，这些眼前的事情是我们永远不能忘记的！不错，我们现在比祖辈是富裕了很多，但这富裕却凝聚着几代垄上村人的生命和勤劳智慧呀！然而，祖祖辈辈留下的那宽厚质朴的美德却让我们遗失了。过去我们听习惯了城乡差别，可现在城里的家庭差别比城乡差别更大。这个问题你们想过吗？我相信我们垄上村的人们是不希望看到从垄上村走出去的亲戚们日子过不下去吧！如若不然，我们祖辈的在天之灵也会敲打我们脊梁骨的。难道不是吗？这就是我要兴办垄上村省亲招待所这件事情的缘由。"繁荣书记歇了歇口气，看看大家后又接着说，"我希望大家有空的时候要多多看看想想，既要看看未来，更要想想过去。千万不要因为我们富裕了一点就不晓得自己姓什么叫什么啦，更不能忘记老祖宗遗存给我们的那宽厚质朴的美德。这里我先通告大家一下，我们垄上村现在的敬老院，供养的仅是孤寡老人，但是从明年开始，凡是原籍是垄上村的人，不论是孤是寡，也不论是嫁出去的姑娘还是倒插门给人做上门女婿的，只要达六十五周岁，一切费用一律由我们垄上村全额供养。等我们有条件有能力的时候，我们还要向社会招领老人赡养！我的话完啦，谢谢大家！"他结束讲话后，恭恭敬敬地向村民们躬身致礼。

随后，垄上村省亲招待所开工现场的上空响起了一阵雷鸣般的掌声；接着，垄上村女子腰鼓队那铿锵有力的"嗵、嗵"鼓声，响彻四面八方……

躺在湖畔氤氲中若隐若现的那个秦砖汉瓦木质构建的明清古村——垄上，已渐渐地消失于我们的视线而远去，喜迎我们眼球的是那个修旧如旧秦砖汉瓦木构建筑的明清古村落——"垄上原生态度假村"。明清古村垄上祖祖辈辈所孕育的传统美德和遗风，却渐渐开始散入在那一栋挨着一栋、造型新颖别致，宛如簇簇鲜花盛开的垄上新村。

四季更迭，沧桑互换。垄上村也在变。如今的垄上新村，亦城亦乡，既喧嚣热闹，又宁静详和；如同映衬她的湖光景色，伴随着四季变幻，折射着不同的耀眼光彩……

不老的村庄

沈成武

地点：铜陵市天门镇

人物：

朱二桃，女，58岁，天门镇郎坑村九房村民组，豆腐坊主。

江保旺，男，57岁，天门镇五峰村五峰村民组，牛倌。

盛昌春，男，75岁，天门镇五峰村石山脚村民组，祖传御赐牡丹养护人。

2018年4月15日4时。天门镇郎坑村九房村民组

朱二桃悄悄起身，摸黑披上搭在床头的衣服，蹑手蹑脚地出了房门。冷风扑面，她打了个寒战，快三月了，寒气咋还这么重。她小声嘟噜了一声，系着衣服扣子，来到院子南头的棚子里，弯腰从塑料大盆里捞起几粒黄豆，拇指食指对碾了一下，泡发的豆子咧开了嘴，软软的，带着一股微酸的气息。拉亮操作间的电灯，她开始冲洗大锅、水缸、木榨，在给豆腐布浸水的时候，听到外间哗哗淘洗豆子的声音。不一会儿，老伴徐大荣吃力地端着大半筐豆子进来，豆子倒入分浆机，合上电闸，嗡嗡嗡的声音响起来。朱二桃绕到后面的灶口，团了个草把子，点着了丢进灶膛，又往草把子上加了几根松枝，一阵噼啪之后，不到20平方米的操作间热气腾腾的，弥散着淡淡的松香和着三尺大锅里咕嘟出来的豆香。朱二桃和徐大荣在这熟悉的味道里熟练地滤浆、冲卤、舀浆、包裹、压榨……没有言语，眼神的交流也没有，一切都是水到渠成。

塑料盆里豆子一点点成了豆腐、干子，朱二桃敞开了罩衫，捶了一下发酸的腰；徐大荣身上只剩下一件汗衫，不时地揉着肩膀。缸口搁了块木板，里面是冲好卤的豆浆，木榨上正在压制干子，成型得要一个多小时。

这档口，徐大荣拎着一桶豆腐和一篮干子往村南头去了，朱二桃到对面厨房里做早饭。

五点整，去城里第一趟班车的马达声准时唤醒郎坑的黎明。

2018年4月15日4时05分。天门镇五峰村五峰村民组

哞—哞—哞—，江保旺分明听见了牛叫，牯牛的粗声粗气中夹杂着牛犊猫一样的叫声，侧耳听了一会，什么声音也没有。他有过一小会儿恍惚，还是起了身，不紧不慢烧上水，在液化气灶上溜了个鸡蛋，水开泡茶，再撕袋饼干——江保旺吃得滋味十足。到了双休日比平时吃得饱吃得好，这是他近一两年才形成的习惯，今天是礼拜天。以前他几乎没有双休日这个概念，天晴种田放牛，落雨在家睡觉，现在不一样了，双休日走进他的生活并打下烙印了。

江保旺慢慢悠悠磨蹭了半个多小时，出门天还没有大亮，爬了一段山坡，离牛棚还有二三十米远，牛的叫声真切传来，牛也一定听见了他的脚步声。吃了一个冬天的干草，在尝到鲜美的青草之后，牛儿知道用欢叫表示对春天味道的渴望。江保旺紧走了几步，没有理会十来双馋巴巴望着他的牛眼，推开了凑上前来沾着反刍的白沫的一排牛嘴，径直来到一头母牛前，解开缰绳，喔喔地吆喝着，把它牵出了牛棚，一头出生才三天的牛犊趔趔趄趄跟在后面。江保旺将这对母子牵进早就看好了的一处荒田里，这里满是绿油油的嫩草。拴好缰绳，江保旺摸了一下母牛的头，说了一声快吃吧，便往回走。走了几步，扭头看了一眼，母牛正低头大口将沾着露水的青草卷进嘴里，牛犊跌跌撞撞跑了一小圈，钻进母牛的肚子底下吸起饱满的乳头，母牛转过头来舔了一下牛犊，眼睛在晨曦中闪着柔光。

再回到牛棚，他把牛一股脑牵出来拴在空地上，又钻进牛棚操起了铁锹，逐一清理每一个食槽周围的牛粪，将它们堆在牛棚的一角。已经有好几天没有往外运牛粪了，沤久了的牛粪黑乎乎的，气味刺鼻，他不觉得难闻。这是上好的基肥，村里几家种生姜的早早打了招呼，该叫他们赶紧挑走，乡里乡亲的，给不给钱没关系，自家六分生姜地也用不了许多。铲完牛粪，身上已经汗涔涔的，从出汗的程度，他明白今天的气温一定比昨天高。回到家快七点，老伴早把两大碗稀饭端在桌上凉着，他站着呼呼啦啦就喝干了，心想：把牛赶到十里长冲少说也得三四十分钟，现在城里人出门越来越早。

2018年4月15日8时30分。市区至天门镇30路公交上

这么早就从城里转回来，盛昌春自己没有想到，更没有想到一车人的

目光都盯着他，这让坐在公交车靠后位置的他很是不安和后悔。

同村老朱说话的声音响过汽车的马达，你们问的御赐牡丹就是他们家的，那花开得又大又多，是牡丹王，咱们天门镇一宝啊。想看牡丹，你们跟着他就行了。公交车上一群打听御赐牡丹的人，脖子上像是装了轴承，统统朝着他这边转了过来。盛昌春觉得脸上火辣辣的，想对这些兴奋的眼光表示一下，可脸上挤不出一丝笑容。他心里有个疙瘩，每当有人提起牡丹王，就好像在这个疙瘩上又绞了一道劲。

盛昌春一大早到城里吃了个早点，原本想着去天井湖旁边的天工集团看看，他的堂兄弟是公司的老总，生意做得很大。盛昌春喜欢和他唠嗑，人家知道得多，看得也远，也不知道咋的，撂下碗就上了回家的车。公交车过了碎石岭，五峰山在正前方，直行要不了10分钟，公交线路却右转绕道大通美食城，真耽误时间。盛昌春有些气恼，一直以来他很享受慢悠悠的时光，这会，他觉得难熬。

我去过你家，好多年前了。一个中年人坐到了他身边笑着说。

喔。他应了一声。用不着想，他不会记得这个中年人，来过他家的人太多了。

我这个人不认识路，听说今年牡丹开了一百多朵。在我的鼓动下，来了这么多人。中年人很善谈。

这……现在已经谢了。没有花了。他微笑着。

我们看看牡丹，认个道。然后再去十里长冲。中年人兴致没有丝毫影响。

呵呵。十里长冲很好看。盛昌春笑得没有底气。

2018 年 4 月 15 日 9 时。天门镇郎坑村九房村民组

朱二桃早饭吃得比平常要晚。这个时节，每天只能做20斤的豆子，豆腐放长了就不新鲜。今天做了40斤，自己的姨侄孙子结婚，定了20斤，这让她多忙了一会。市里和镇里有两家卖自己的豆腐，第一班小中巴已经带过去了，姨侄孙子结婚定下的豆腐，在水里养着，随时可以来取。村里人要买豆腐一般要到半晌午，现在不是最忙的时间，朱二桃坐在院子里的板墩上慢慢喝着稀饭，小菜是一碟自家腌制的豆腐乳。

山里的日头出来得晚，被高高的寨山挡住了。闲不住的炊烟早溜到屋后的象山上，与山腰淡淡的薄雾拉拉扯扯，搅出一团生气。

大儿子吃了饭去市里上班了，小儿子还在屋里睡觉。两幢一模一样的两层楼房并排站在一起，这是她的骄傲，村里人都说，她家的房子是靠豆腐建起来的。这话不假。她刚嫁给徐大荣的时候，房无一间，她手里大大小小做了五六间房子。生大儿子的第二年，她开始做豆腐，也就开始了做房子。那时徐大荣在炭窑挖煤，在村里干队长，在矿上当矿长，徐大荣在哪里干活，她就在哪里盖房子做豆腐。先是搭窝棚，再是盖草房，这两幢楼房是扒了三间瓦房后建的。孩子一直是她做豆腐的帮手，有了新楼房，两个儿子都成家了，也就不再帮着她做豆腐，母子店成了夫妻店。

朱二桃去的地方不多，她觉得什么地方也没有这里好。这几年搞美丽乡村建设，老村子就像新媳妇化了妆，跟画上画的一样好看，小河上新修了石桥，路面铺上了水泥和石板，雨天走路也不用穿胶鞋，村子中央还有一个健身小广场，一到晚上挤满了跳舞的人。这里四周都是山，山那边就是青阳县，虽然离市区最远，来这里玩的人越来越多，村头立着一块大石头，说这里是天然氧吧。

朱二桃眼里的好，更主要的是因为她的豆腐坊。这里的豆子好，本地的沙土种出来的豆子，微微泛青，出浆多，渣滓少。这里的水也好，做豆腐离不开水，自家院子里就有一眼泉水，冬暖夏凉，用着既方便又舒适，不像自来水有股子说不出来的味。再就是她做豆腐用的是柴火烧煮，一年不少于十吨。这里硬柴茅草多的是，随便搂搂就一堆。别看现在豆腐做的不多，到了下半年，每天要泡 100 多斤豆子，从早上 4 点干到晚上 10 点，连吃饭的工夫都没有，还得请人帮忙。四周乡亲们拎着水桶、挑着扁担排队来买，许多城里人还特地开车来，从农历八月一直忙到腊月底，一个月她和老伴能挣一万多块钱，这里能不好吗？

老伴吃完饭，坐在棚子里眯着眼，等着不知道什么时候冒出来一个两个来这里买豆腐的城里人。以前这个时候，他是要下地干活的，豆腐浸在水桶里，村里谁来，自己捞上一块两块，把钱撂进饼干盒里就行了。如今这一亩二分地只能种点黄豆，种水稻不够雀子吃的，除了做豆腐，徐大荣就这样一直坐着。朱二桃有做不完的事，柴要劈、衣服要洗、两个楼房的卫生要打扫……今天这些事情要放一放，后山上的茶叶芽都半拃长了，她揣着两个山芋，挎着竹篮上了山。

出院子门遇见一群人，指指点点，就是这，就是这。朱二桃知道是来买豆腐的，她还是拐上了进山的路。

2018 年 4 月 15 日 10 时 50 分。天门镇十里长冲风景区

江保旺这时的心情很是气愤也很无奈，可他无能为力。他不是气愤十里长冲人满为患，而是漫山遍野的竹笋被滥采盗挖，来这里的大多数人都加入了这个行列，塑料袋里背包里都鼓囊出嫩黄的笋心，有人直接捧在了手里，还有人把车子开进来，笋子塞满了后备厢。现在竹子不值钱，100斤才卖二三十块钱，请人砍，人工费太贵，乡亲们不再管了，这是乡亲们的无奈，也是他的无奈。这样糟蹋下去，号称"铜陵小九寨沟"的十里长冲会成什么样子？他也曾劝说过，人们不是给他一个红脸，就是给他一个白眼，所以他无能为力。

江保旺在十里长冲不仅仅是放牛，他手中除了赶牛用的一根细长的竹条，还有一把铁锹和一只蛇皮袋。竹条在他手里只是做做样子，牛比人听话，蹄子不曾碰坏一棵竹笋。铁锹和蛇皮袋则是镇里硬塞进他手里的。他与镇里有个协定。

十里长冲成为城市的后花园之后，镇里起先不让他在这里放牛，可他承包的山就在冲里，镇里又找不到让他放牛的地方，于是镇里同意他在这里放牛，一年还给他5000元，让他负责后花园的卫生。铁锹铲走牛拉在路边的屎，路上一直很干净，除了随处可见的笋壳。游客丢弃的垃圾被装进蛇皮袋背出冲口，一天他要跑好几回。来冲里烧烤的游客也不少，等客人吃完了，他将没燃尽的炭火放到溪水里浸透，林区防火也是他的职责之一。

通常情况下他很少说话，如果有人和他说话，他也很乐意，他热情地向城里人介绍五峰山的梅花，介绍铜陵市义安区第一高山——天门山的风景，介绍这里一种叫"山郎"的小鱼，它类似石斑鱼，肉质细嫩，入口即化，鲜美异常，是城里人吃不到的美味，直说得听的人直流口水。当然，更多的人是喜欢他的牛，我养的是纯正的蒙城牛，放在冲里散养，喝山泉水，吃嫩青草。一头牛从牛犊到出栏，都得三年以上。牛肉红烧也好，卤制也罢，肉香筋软，既不塞牙，还有嚼头，这又让一些人直咽口水。还有那些城里的孩子，很少见到干净漂亮的黄牛，不少孩子远远地盯着牛看，不愿意离开，有的挣脱父母的手与牛一起照相。他把孩子抱上牛背，满足孩子的愿望，人家挥手和他作别，他突然说，给钱。我的牛是这里的明星，和明星合影不能白照。游人愣住了，他哈哈一笑，并不真的收钱。

除了竹笋的事情让他不愉快，他一直是欢喜的，甚至是兴奋的。他一遍遍说着这里的景致，说着他的牛，一天说的话比一个礼拜还多。他的欢喜和兴奋一直延续到所有的牛肚子都鼓鼓囊囊的，走起路来一摇一晃。

2018年4月15日11时30分。天门镇五峰村石山脚村民组

老伴做好了午饭，盛昌春没有口味，胸口隐隐约约有点痛，他攥了几

块糖生姜在嘴里慢慢嚼着。

院子里的牡丹王他看了一辈子，这会再看有了与往常不一样的感受。牡丹王被钢架织成的笼子圈在中央，早没有王者之气，谢了的花有的掉在潮湿的泥里，有的像褪了色、揉皱了的纸一样还粘在叶子上，枝叶都伸着手，想挣脱这只随时可以提走的笼子。

来看牡丹王的那一群人走了有个把小时了吧，那个中年人的话还在耳边响着：这株牡丹叫状元红，花繁叶茂，与本地药用牡丹迥然不同，属于观赏牡丹。它的来历非同寻常，宋代这里出了一个大官，相当于宰相吧，叫盛度。天圣元年，盛度奉旨出使西夏安抚边民，西夏国王赠了一株牡丹给宋仁宗。景佑五年，盛度告老还乡，仁宗皇帝赏赐了一株牡丹。盛度将牡丹栽在盛氏宗祠院中，每年花开之日，族人都要祭祀礼拜，久而久之形成了"拜花王"的习俗。清末民初，御赐牡丹迁移石山脚下，1973 年，再迁徙至此。他就是盛度第四十九代孙盛昌春……他觉得中年人懂得比自己还多，滔滔不绝像是在介绍自己家的东西，这让他心慌。心慌就容易做错事，他近来常常做错事，他把中年人拉到一边说了不该说的事情，这就是一件错事。

什么？30 万你就把御赐牡丹卖啦？！中年人错愕的样子有点吓人，嘴里这这这个不停。他忙解释说：这株牡丹多少人想买，凤凰山景区的、天井湖公园的，还有一些大老板，价钱出得更高，他都没有松口。政府不让卖。现在，牡丹王转给了铜陵市天工集团，公司的老总盛昌其，就是他，我的堂兄弟，和我一个宗族，镇里才同意的，还做了见证。他没有说谎，钢笼外有块黑色大理石，上面镌刻着"牡丹王"三个金色大字，下面一行小字是"盛昌春盛昌其立"。他买去做什么用？好像要做一个景点。我、我能反悔吗？中年人没有表态，在想着什么。其他人在房子里看了牡丹王盛开时的图片，啧啧称赞着，相互约定说明年早点来，不能错了花期。

盛昌春越想心里越乱，还有点痛。今天想问问堂兄弟花什么时候拉走？看看这花买过去栽在什么地方？要不要自己帮着照料？祖上留下来的宝贝，他不能撒手不管。他知道，自己已经没有其他的选择了，也相信堂兄弟不会亏待牡丹王的，所以他也就没去问。

2018 年 4 月 15 日 15 时 40 分，天门镇郎坑村九房村民组

朱二桃挎着一篮子绿油油的茶叶回来了，被树枝挂散了的头发沾在额头上，她往后捋了一下，将篮子放在灶台上，开始一遍遍刷锅，徐大荣从院子的柴垛里翻出一抱茅草，坐到了灶底，点火，一股清香从操作间直窜

到院子里来。

撮了一小把茶叶，朱二桃泡了两杯，剩下的仔细装进里面放了一层草纸的茶叶桶里。她喝了一口茶水，舌条上像拖过一丛青草，有一种毛茸茸的感觉。

她喜欢打量自己的豆腐坊，亮堂堂的操作间、堆满豆子的原料间、干净的成品间，这是前年搞民生工程，政府花了两万多块钱帮她家建的，还挂上许多牌牌。她尽管不认识字，也知道她的豆腐坊出名了，名声还很大。越是这样。她就越担心。

她担心豆腐坊还能做多久。做豆腐是个苦差事，整天与水打交道，手不脱几层皮是做不会的。她家做豆腐手艺传了三代，都是传女的，男人没有愿意干的。五十八岁的她觉得力气不如从前，大她四岁的老伴手里的活也慢多了。她就像木榨在水里站了几十年，木榨的腿都站烂了，木榨的腿换了新的，她和老伴没人来换。小儿子豆腐做得很好，可他宁愿在阀门厂打工也不愿意一辈子守着木榨。大儿子倒是想干，又吃不了这份苦。唉。朱二桃轻轻叹了口气。

更让朱二桃担心的是她家豆腐的名声。好名声是一点点做来的，她一直照着母亲的样子来做，柴火灶烧煮，用最好的松树枝；别人点卤，她采用更费力的冲卤；人家过一遍浆，她过两遍；为了使豆腐多些筋骨，从不捞豆腐皮……村里面原来有三四家豆腐店都陆陆续续关门了，现在外郎坑还有一家豆腐店，也是柴火烧的，做出来的豆腐，用三轮车驮着四乡去卖，还是有人宁愿多跑些路来这里买。吃惯了她家豆腐的人都说味道从来没有变。要说变化，除了老掉牙的石磨被分浆机顶到了墙角，再就是村口大牌子的朱记豆腐店成了徐记豆腐店。可是，她的豆腐出了里郎坑不久，就有让她担心的消息传来，市里和镇上两家摊子在坏她的名声。

这两家摊子一家主要做鸡生意，每天从这里的养鸡场拉货；一家在菜市场卖豆制品，他家亲戚是开郎坑到顺安的中巴司机，他们是顺带着买她家的豆腐再转个手赚差价。2元钱一厢的豆腐给他们一块七八，他们卖到3元钱一厢，4元一斤的干子他们能卖到6元。这中间已经有很大的赚头了，他们却进一些更加便宜的豆腐，卖她家豆腐的价。城里人咋能这样昧良心呢？为了防止别人假冒，她在豆腐上加了个"九"字，表示这才是九房村民组的徐记豆腐。可是，城里人知道的少。想到这，她开口问老伴，

你去城里看了吗？

看了。

你说他们了吗？

说了。

看了什么？

有咱家的豆腐，也有不是咱家的。

说了什么？

要换水，不然豆腐会发馊。

朱二桃不再说什么，她知道说也没有用。豆腐再好也得有人买，他们每天能买走这里一小半豆腐。原来村里有 1800 多口人，现在走得差不多了。大儿子也说，豆腐继续做下去全靠市场，没有城里这个市场，豆腐坊恐怕也要关门的。有好几回，朱二桃想，关门也比坏了自己名声强。村里那些原来做豆腐的人大多进了城，做豆腐的手拎拎泥桶扫扫马路，照样能挣钱。

这里真的比城市好？好空气不能当饭吃。朱二桃产生过怀疑。

2018 年 4 月 15 日 15 时 50 分。天门镇五峰村五峰村民组

放牛只能是上午，下午不能让牛多运动，这样才长膘。

午饭后，江保旺眯了一小会，起来去牛棚挑了两担牛粪下了地。他家有两亩多地，带上姐夫的 8 分地，够忙活的。给姜地下了肥，正在打理豆角架的时候，手机响了，打电话的人说已经在他家了，他赶紧回来。来人他不认识，好像在十里长冲见过面，来人说要订他家的黄牛肉。第一次有城里人来他的家，江保旺很兴奋，招呼来人坐下，话匣子也就打开了："房子是前些年新翻盖的，前后都有院子，前院有花，还有黄瓜，早上儿子儿媳煎牛排，溜鸡蛋，就着新鲜黄瓜就吃上了，过得跟城里人一样的日子呢。看，那边去年才盖了一个车库，这是儿子的车子，他们在市里买了房子，礼拜天才回家看看。这里的空气好吧，灰肥不让烧，油菜秆不让烧，有通知下来，马上柴灶不让烧了。来我们村看的人什么都觉得好，就连没人看上眼的杏子也带回家。不容易啊，我一直在、在拼搏，20 岁的时候，养鸡亏了 3500 元，相当现在的 35 万，最后还是靠养牛富了起来。现在提倡生态养牛，我都快 60 的人了，再干个三五年就不干了。来来，你们喝茶呀。"

江保旺说了半天，单单绕开了牛肉的话题。来人又一次提到牛肉。

"你说牛啊，全村，不全镇养牛的就我一家。走，我带你去牛棚看看。要说养牛，我也是糊涂胆大，我在电视看到养黄牛来钱，先把自家的半亩山地整平了，盖起了牛棚。我记得是 2008 年农历三月，揣上钱去蒙城买了 6 头牛回来。你知道我最多一年杀几头牛吗？10 头。一头牛 300 来斤，10

头能卖八九万。现在我成了养牛专家了，会穿牛鼻子，牛病了会打针，会看牛脚印找牛，只要我看上一眼就知道牛的重量。看，这是母牛，这是牯牛，那个是牛犊，这个叫拍子牛，就是比小牛大一点的牛。味道不好闻，那是你们没闻惯，哈哈。"

来人告辞了。江保旺还要去地里，顺道送送。路上他不经意地说，"我们这里家家都种生姜，我牛肉供不应求，姜比较难卖，想订我的牛肉，就要买我的姜。"来人这才明白了，笑着说，"生姜上市的时候，你打我的电话。"

来人走了，江保旺去看荒田里的母牛，没见着牛犊，找了半天，牛犊从一丛蒿草里钻出来，他长嘘了一口气。草草料理完地里的活，他急着回家看看孙子孙女，怕他们回城里了。很少能和儿子说上话，他喜欢孙子孙女围着自己闹腾。孙子孙女说他身上有牛屎味。他抬起胳膊闻了闻，没有牛屎味，有很重的汗味。

回家前又割了一抱青草，牛无夜草不肥。

2018 年 4 月 15 日 19 时。天门镇五峰村石山脚村民组

大儿媳妇推门进家的时候，《新闻联播》刚播到一半，盛昌春看了一眼女儿，视线又回到荧屏上。儿媳和他商量，说把前面的老房子拆了，重新盖。已经开始备料了，想早点开工。他慢声应和着，并没有走心。天气预报结束后，盛昌春把频道调到本地台上，是他喜欢看的乡村风采。儿媳见他没什么话说转身进了母亲的屋。

盛昌春枯木头一样盯着电视机，上面正播着一则关于大院金华村的报道：五古流声，匠心金华。说的是金华郎村村民组利用古姜阁、古井、古手印墙、古闺楼和古木榨，搞起了乡村旅游，电视上郎村热热闹闹，人来人往，这里却只有电视机的响声，他猛地一拍大腿，这个路子好啊。

他家后院紧挨着石山，山上有一个观音洞，里面大得很，有许多钟乳石，隔不多远还有一个响洞，石头丢下去叮叮当当地响好长时间。响洞旁边有一眼泉水，水很甜，早年间有人直接将水引进家里。山腰的竹林里还有一座尼姑庵，这是多好的资源啊。再说姜阁，他家就有 6 个，一年能存 10 万斤姜种，从盛度第四十七代孙盛世鸣——就是他爷爷辈建阁算起，已经有百年的历史，是附近最老的姜阁。还有我们的盛氏宗祠，是周边最古、最大、最老的，还上过中央台。郎村有的古手印墙、古木榨咱有，咱有的郎村不一定有。

想到这，不能不想到御赐牡丹。牡丹王虽然转给了堂兄弟，自家东墙头还有两棵分株，今年也有一人来高了，花开得比牡丹王差不了多少。再说，介绍盛度、牡丹王的石碑还镶在自家墙上，这里还是御赐牡丹的家。牡丹王去了城里更好，看它的人多了，也是为这里做广告。牡丹花的花期短，单靠一棵牡丹王留不住人，每年有许多人来这里，他们看一眼就走。如若把盛氏宗祠、古姜阁、御赐牡丹、响洞、山泉、古井、古庵堂、手印墙都综合开发出来，说不定也和储有政的梅园一样成为旅游景点，但这一切都需要要投入。30 万加上卖桂花树的 2 万，作为启动资金应该够了吧。

自打牡丹王转走这些天，盛昌春常常自责，手里不缺钱，外头不差钱。为什么要转？这下，他为自己找到了理由。

盛昌春叫住正要出门的儿媳妇，要她把新盖的房子尽可能做大一点。儿媳问，为什么？他没有回答，两只手不停地搓着。

2018 年 4 月 15 日 20 时至 21 时。天门镇

郎坑村九房村，豆腐坊的灯火仍亮着。朱二桃泡舀出两脸盆豆子，不用过秤，20 斤，多少不超过半斤。她想多泡点，今天不够卖了，干子不到中午就卖完了，下午几个城里人特地开车来，只拿到 6 块豆腐。她说村口的牌子上有她家的电话，以后要豆腐，可以提前预订。她向城里的方向望了一眼，一片黑黢黢的，缸底一样，几粒星星就像缸壁残留的豆花。做了 34 年豆腐的朱二桃，经验不管用了。

五峰村五峰村，随着灯关去，村里一下子就静了。江保旺早早地上了床，他有些乏，每个周末过完都有这样的感觉。乏和累他可以接受，就是受不了村里的静，牛不叫了，院子里的杏子掉在地上也没有一点声音。他喜欢这里，离不开这里，不过他更想看看夜晚的万达是什么样子。儿子一家人回市里了，开走了车子，只留下一座空空的车库。

五峰村石山脚村，夜风发出呼呼声。盛昌春睡得迷迷糊糊，觉得身体悬空着，像是被磁铁吸着，又像被风托着，随时就能飘走。75 岁的他没有年轻人那样的脚力，怕飘走了回不来。他挥了一下手，随即睁开眼睛，他看见一个长者挼着长长的胡须，从石碑上下来，坐进一顶青呢小轿，慢悠悠地拐入石山脚下那条熟悉的窄窄的巷子，身后是繁华的京城……

一轮明月紫山蓬

王汉英

1

现在，我在紫蓬山。在一轮将圆未圆的月亮下。

中国第八届紫蓬诗歌节即将在这里举行。合肥山少，肥西紫蓬山就比较突出。下午进到山里时，阳光还比较炽烈，但风有凛然之感。山中树木仍是葱郁，11 月底的紫蓬山夹杂着黄叶的树木并不多，群山仍旧很绿，但这绿已显出了苍色，车子在山中行驶，落叶异常寂静地飘落。

指示牌向左一拐时，一幢幢别墅挡去了我们的去路。我们下榻的酒店到了。

与紫蓬山亲近的时间并不多，直到晚饭后，三三两两的人，聚拢在大厅里闲坐、聊天。

据了解全国著名诗人、评论家、学者来了不少，今年获鲁奖的诗人几乎都到了。

"几乎"，是因为我对这块没有怎么关注，只认识安徽的陈先发老师，和熟读并刊过我诗歌的《扬子江》主编胡弦老师。后来知道了藏棣老师获得了紫蓬金奖，藏棣老师的诗是学院派的——真有点不好意思，从阅读诗歌的体验上来说，藏棣老师的诗能读懂，是需要考量我这个阅读者的耐心。

大厅里灯火通明，衣香鬓影，人越来越多，有从台湾飞来的诗人，有从甘肃赶来的，北京的，哈尔滨的，四川的……

我，几乎没有认识的人。

陌生感增加了疏离感。

像写一首诗，需要作者与创作的文本主体保持恰当的疏离感。

我喜欢这种陌生感。

从写作之初到现在，似乎在这个以文字为圈子的区域里，我是边缘的。或者说，我有点刻意为之的"边缘"。

写作者需要适当的孤独，艺术家更需要适当的孤独。

电影《梅兰芳》里，梅党邱如白对孟小冬说："谁毁了梅兰芳的孤独，谁就毁了梅兰芳。"

诗人施施然从我身边施施然经过，我没有认出她。博客上诗情画意的施施然，我没有认出来。时间这把钝刀，不知是磨损了她，还是我，让我一时竟恍惚了起来。

紫蓬山的夜晚比黄昏时要冷得多，出大厅，我裹紧了大衣，一抬头，就是一轮黄月亮，又大又圆，但还不是满月。天空好蓝啊，是那种幽蓝，蓝里有黑色底子，蓝得有点孤独。古人说"山高月小"，那是谦卑，但是紫蓬山的这轮大月亮，看着看着，忽然就有点眼眶发热。

四周是静默的大山，风在山峦的远处，酒店里木结构的小窗户内灯火闪烁，路灯的光照在树木间，有似有似无的烟岚。我在酒店的广场漫步，一个人，我不敢走远，大厅就近在咫尺，须发花白的几位诗人从我身边往紫蓬山的山下走去，一切都那么安静。

明月高悬，仿佛它已经从我生活的许多年里抽离了出来，仿佛它永远年轻。这轮黄月亮，就这样孤独地高悬着。下午的开班课中，有老师说，我们一定要慎用形容词。但此时，对这轮黄月亮的修辞就这样脱口而出了——它就像所有向它仰望之人的眼睛。

去山顶
种一棵橡树
让落单的鸟
望着它飞
我曾经想过
在月亮好的夜晚
一个人去那里
看看山下的灯光
就可以了

我靠着橡树
什么都不说
山顶寂静无声
人间若有若无
我的橡树
在微风中颤抖
每一片叶子都不同
每一片叶子都很好

这是诗人小引的诗，像电影的旁白。虽然评论家常对一首诗作出很多种理论上的解析，客观上来说，有时候完成一首诗，其实仅仅是诗人在完成当时的一种情绪，很短暂，诗人捕捉到了。古诗中这种情绪的提炼，叶嘉莹先生称为"生发"——情感的生发。

所以古人才会说，文章本天成，妙手偶得知。

这首诗有多好，我不说，我只说这首诗的气质，有王维"独坐幽篁里"的感觉。

淡淡的寂寥、静穆，却不觉冰冷。一棵树，一只鸟，一个人。虽说是落单的鸟，却有橡树的磅礴包容；虽说是一个人在山顶，却望着山下的万家灯火。这孤独是透着暖意的，因为这孤独是用来享受的。

这个叫小引的安徽诗人，是否也在紫蓬诗歌节的人群之中？

安徽诗歌近年来发展蓬勃，以梁小斌、沈天鸿、陈先发三代老中青为领军的安徽诗人在汉语诗坛已经占有了极为重要的一席之地，安徽诗歌已经成为安徽特色。

著名诗人梁小斌老师曾说，陈先发对诗歌精神的宏观把握是很深刻的。

我早年读陈老师的《前世》，像抬头忽然见到天空的烟火。

前　世（陈先发）
要逃，就干脆逃到蝴蝶的体内去
不必再咬着牙，打翻父母的阴谋和药汁
不必等到血都吐尽了。
要为敌，就干脆与整个人类为敌
他哗地一下脱掉了蘸墨的青袍
脱掉了一层皮
脱掉了内心朝飞暮倦的长亭短亭。

脱掉了云和水

这情节确实令人震悚：他如此轻易地

又脱掉了自己的骨头！

我无限眷恋的最后一幕是：他们纵身一跃

在枝头等了亿年的蝴蝶浑身一颤

暗叫道：来了！

这一夜明月低于屋檐

碧溪潮生两岸

只有一句尚未忘记

她忍住百感交集的泪水

把左翅朝下压了压，往前一伸

说：梁兄，请了

请了……

《前世》有梁祝的戏剧原型在里面，能把悲伤写得如此绚烂，除了惊动，我亦百感交集。

2

在紫蓬山的这三天里，有两天半是在上课，来自全国的名家、名刊主编现场给我们讲课，对照我们创作的诗歌一首首解析、指导。

这样的学习机会说实在难得，一点也不夸张。

主办方《诗歌月刊》的李主编在开班课上说：要为安徽优秀青年诗人搭建平台，让安徽诗人充电再加氧，希望安徽诗人将过往取得的成绩归零后，再出发。

在座的老师，对我们都问到了同样的一句话，"为什么而写作，为什么而写诗"。

胡弦老师，点评某一位诗友的诗时，他说得最多的一个字是"新"。但我看胡弦老师却是个有古意的人，属于"从前慢"的那一种。一个"慢"的人，他才会打磨出语言的香味，他才能悟出破旧立新。比如"春风斩"。

春风不是劫、薄、吹、暖，怎么能是斩？

——

春风斩（胡弦）

河谷伸展。小学校的旗子

噼啪作响。

有座小寺，听说已走失在昨夜山中。

牛羊散落，树桩孤独，

石头里，住着一直无法返乡的人。

转经筒转动，西部多么安静。仿佛

能听见地球轴心的吱嘎声。

风越来越大，万物变轻，

这漫游的风，带着鹰隼、沙砾、碎花瓣、

歌谣的住址和前程。

风吹着高原小镇的心。

春来急，屠夫在洗手，群山惶恐，

湖泊拖着磨亮的斧子。

"石头里，住着永远无法返乡的人。

转经筒在转动，西部多么安静。仿佛

能听见地球轴心的吱嘎声。"

特别喜欢这一句，从这里开始，诗句从物质的、具体的，一步步走向精神的和抽象的。"转经筒在转动……"等语，叙述的观照感穿插渗透，一下子点亮了诗歌的精神世界。

轮到点评我的诗了，点评和指导的是《诗林》的总编安海茵老师，巧的是，2016 年我曾投稿过《诗林》，后来组诗"浩荡"被《诗林》刊用。下课后，她告诉我，她选"浩荡"这组诗稿，她是有印象的。

课上，安老师在解析我的诗歌之前，我心咚咚跳，这种怯，只有我知道；而写诗，我从不心跳，我不是激情写作的那一种，要等，等自己非常平静的时候落笔。

我没有想到，安老师她对我的诗歌评价那么高，是说我吗？那些旧作，每句，每个词——她都懂。

她是个多么认真的人啊，主办方说，安老师已提前一个晚上研读了几位作者的诗，并撰写了详细的评论。

虽然主办方留有同步讲课录音，但她的评论我逐字逐句都记得，她说，"从你的诗歌里，我看到你写作时最大的诚意，语言简练，不凝滞。我不知道，你是不是学过音乐，诗的内在节奏特别有感觉，你从日常的细微处着手来写人生的宏大叙事，这样写，读者就有共鸣。

"你写作时，有意识地将自己与写作的诗歌隔离开来，冷静、克制。而且，我感觉得到，你很享受你的写作状态。"

"尤其是《车站》这首，有三个段落，我特别喜欢，我读了好几遍。车站的选材本身立意就很有文学性，'一万种理由，说着下雨'，这样的语言，就是诗歌的语言，有人生的况味……"

她在解读时，我眼眶又有点发热。好像隐藏在文本中的一部分自己，突然被人洞悉了。

——诗歌是什么？

是重塑我们的精神世界吗？还是最原始的感动？即使你常常坠入庸常的时光里，在某一刻，它都是让你一跃而起的那么一点小小的星光。

说出"诗歌""诗人"，这些标签时，我总是很羞愧，吐不出口，我一直觉得我只是在写诗的这条路上，只是还在写着……并且微不足道。

我和安老师一见如故。

她不像花朵，她更接近枝头的叶子。我也是。

我们已经具备了识别同类的能力。

诗歌节颁奖的当天，晚餐时，偌大的餐厅里气氛热烈，相识的不相识的，著名的和非著名的，都点头微笑，合影留念，这个以诗为证的夜晚，红酒和香槟的夜晚，歌声与远方的夜晚……有人吟道：山中方一日，人间已千年。

我选择离中心最远的餐桌就餐，这样热闹的夜晚，我愿意做个路边鼓掌的小孩。安老师，她也坐过来了，她悄悄地推掉进入中心的座次，来到这个谦卑的位置。

同等质地的人，犹如植物，气息相似，符合本心，你会获得滋养。

后来的晚会我们没有去看，一直在餐厅里饮茶，相谈：孩子，家庭，写作的困境，诗，还有诗人。

我们聊到陈先发老师、胡弦老师……

"他们待人接物，让人感觉很舒适，极为谦逊。"

"是的，因为知识和修养到达一定的层面时，他们的内心都很笃定，他们不需要通过所谓的标签来强调自己的存在感，人会愈来愈本色。"

"同理，他们的诗歌也会到达化境，是不是？"

"嗯，是，能有这样的修为实在不容易，他们与人相处，别人很舒适，其实他自己也很舒适。"……

后来铜壶里的茶渐渐地快喝光了。

我问，东北这时候下雪了吗？安老师说：快了，雪已经就要到家门口了。

　　对话，让我感到思想开出一朵又一朵小花。

　　这是意外的收获。

　　我三缄其口
　　在人群拥堵的街口
　　还有梦幻般忧伤的清晨
　　我始终　什么也没说
　　无论什么样的夜晚
　　辗转的　汹涌的
　　逼仄的　无论怎样
　　我将沉默当做那小小的果子
　　是这许多年来的唯一收成

　　晚上在记日记时，百度到安老师的诗，很生活，很自然，言之有物，
张弛有度。

3

　　荒野的美，更需要月亮和骨头
　　人和鼠奔跑在荒野里
　　所为何事？
　　有那么一刻
　　世事纷陈，所有奔跑中觅食之物
　　在月光下化为白银——

　　这是龙青老师的诗。

　　与龙青老师结识，缘于她给我拍照。黄昏时，我看见她在拍山中野
草，看得出，她爱惜美好的事物。育邦老师介绍她来自台北。

　　背靠着大理石的浮雕，面对着空阔的紫蓬山，我和龙青老师合影留
念，此时的紫蓬山广阔得像大海，我们对着大海喊"一二三，茄子"。

　　山高月小，我喃喃自语。

　　"在月光下化为白银——"她钟爱月色。

　　山川环抱着月色，月色普照着紫蓬山，普照着台湾海峡。后来得知，
诗人龙青的故乡在湖北。

　　回家的路，以诗为证。

最美丽的烟花

徐连祥

那年她 18 岁，在离家千里之外的一所大学就读。放了寒假，她迫不及待地准备回家，但大雪封路，又是千山万水，等赶回家，已经是农历腊月二十八了。

家里冷冷清清的。母亲不在家，因为重病已经住进医院，三个月几乎花光了家里的积蓄，病情仍不见好转。弟弟一直瞒着，直到她放假前才告知。她心急如焚地放下了行李，马上赶去医院。

推开病室，消瘦的母亲正在昏睡，15 岁的弟弟一筹莫展地流着眼泪。停留了片刻之后，她叮嘱弟弟好生照看母亲，就依依不舍地转身离去——她身上只有 50 元钱了，想再找份短工，挣点儿钱买份新年礼物，送给妈妈……

街上张灯结彩，到处都洋溢着喜庆热闹的年味儿，唯独她行色匆匆，神色抑郁。饭店、小卖店、电子游戏室，她一个店铺接一个店铺地问："你们这里需要人手吗？我什么都能做的……"她努力挤出笑容，可是屡屡遭到拒绝，都说大过年的，不招人了，明年再来！

她的锲而不舍，好歹赢得了回报。一家饺子店收留了她，洗菜。这时她才感到双腿如铅、口干舌燥。连喝了几大杯热水后，她挽起衣袖开始清洗起那堆成小山似的冬白菜。数九寒天，水像刀子一样割人，不一会儿她的两手就冻得通红，手指僵硬得不听使唤。

她硬是干到了晚上 11 点。原本红润的双手，变得多皱又苍白，浸在热水里很久才渐渐恢复知觉。

第二天她又忙乎了一天，直起腰来时，她又累又饿，差点儿晕倒。

明天就是大年三十了，老板感叹小姑娘也不容易，给了她两天工钱 80 元。

一共 130 元，她思忖着买点儿什么。吃的？母亲现在什么都吃不下。

穿的？她天天都要穿病号服。路过一家烟花专售店时，她忽然想起去年和母亲一起看联欢晚会时，午夜燃起的烟火让母亲好一番感叹：五颜六色，光灿灿的，真漂亮啊！

那么就买烟花吧，而且老板恰好在"优惠特价"。

130 元，平日节省的她一分钱也没有留，全部买了烟花，小的、大的、长的、短的、圆的、方的，一共一大箱。她就抱着这箱沉甸甸的烟花，步行一个小时，走回医院。路上很冷，可是她的心很暖，仿佛感觉生活多了点儿希望。

那年的大年夜，一家三口在医院吃完了简单的年夜饭，天已经黑透，弟弟独自下楼了。母亲心情不好，含着泪说："我这病怕是好不了了，你爸又走得早，你们怎么办啊？"她笑着说："我们打个赌，如果今天楼下后院里有人放烟花，就是个好征兆，您肯定会好的！"

母亲说："这里都是病人，谁有心情放烟花？"

她把母亲搀扶到二楼病房的窗户前，说："生活总有奇迹啊。"

烟花已经在燃放了。直入云霄的、一树银花的、星星点点的，各式各样，在黑暗的背景下格外璀璨。放烟火的弟弟也欢呼跳跃着，恢复了孩子的天性，不时在火光的映照中抬起脸来，冲着她们的窗户幸福地笑。母亲看着烟花，表情复杂，终于也慢慢笑了，感慨地说："真好看呢，比往年都好看！"

渐渐的，整个病房楼平日紧闭的窗户，一扇扇全都打开了，都是和母亲一样的重症病人，由家人搀扶着，入神地欣赏着这黑夜里烟花的舞蹈。他们苍白的面容重新微笑，忧郁的眼神重新欢快，就怕错过了每一朵烟花燃放的精彩瞬间，有人在鼓掌，有人在歌唱。

那是他们一家人幸福的一夜，也是整个病区幸福的一夜。窗外绽放的，不仅仅是烟花，也不仅仅是新年的喜庆，而是一种足以撕破黑暗的光明，一种催人新生的美丽。

她抱着母亲的胳膊，说："明年您还要陪我们看烟花！"

母亲郑重地点点头。

……

母亲开始配合每项治疗，积极参加锻炼，乐观开朗了许多。半年后，母亲竟然慢慢康复了！医生感慨地说，医学上是不存在奇迹的，创造奇迹的，往往是病人本身的激情和潜能！

又是新年了。又会燃放烟花了。母亲对女儿说："那时家里正缺钱，你买了那么多烟花，我还怨你奢侈呢。不过——那确实是我一辈子看过的最美丽的烟花……"

乡村裁缝的母亲

左　中

一

　　母亲曾是个乡村裁缝。她赖以养家的，除了裁缝这门手艺，就是那台上海产的"蝴蝶牌"缝纫机。那台机头一角镶有一枚铁蝴蝶 LOGO 的缝纫机，是木、铁结构的，一根皮带连接着上下两个轮子，下面的铸铁踏板，是用脚来搭在上面踩动着，以带动上面的针头。起伏针头下缝纫的衣物，则要用手来翻转或推送。好裁缝的技术正在此，速度或方向若未把握好，针脚会是歪的。

　　乡村裁缝是计时工资制，对普遍不富裕的乡亲们来说，手脚麻利的裁缝，才是他们的不二选择。

　　识字不多的母亲，无师自通于绘画——她曾用画粉将家中脸盆底"松鹤延年"的画面，先在一块布上打好底稿，然后用布条沿底稿压出边线，借以复制画面，然后做成布罩盖在机头上，这布罩便成了母亲心灵手巧的流动广告。尤其有女孩的人家，母亲会用边角料的花布头，在女孩儿衣裳的胸前绣个花，或在男孩书包一角，用边角料的白布条，镶上三道白色斜杠，酷似今天的"阿迪达斯"标志。针脚好、手脚麻利及变废为宝的综合技能，让母亲成为当地极受欢迎的裁缝。

　　再好的裁缝，地盘都是有限的，母亲的地盘是东不过横山渡，西不过九儿潭。出此地盘，多盛情的邀请，母亲都不去，去了，就等于抢别人饭碗。这既是约定俗成的行规，也是人情世故。

二

　　在乡下，到了年底，再拮据的人家，也要给孩子们添几件新衣过年。一到这时，来请母亲上工（上门做衣服）的人家，就会在头天傍晚，胳肢窝里夹根扁担，扁担上拴着几根麻绳来我家，扁担一头拴着机头、一头拴着机身，绑结实了，就"吱吱呀呀"地挑走。次晨，母亲则一手抱着抽屉，一手拎着装有画粉、皮尺和线团的布袋，去那家上工。路遇母亲这般模样的，都这么招呼："小嫂啊，你这是到哪家做衣裳啊？""小嫂"是母亲专享的、与辈分无关的尊称。母亲上工的人家，若有与我同校的孩子，会在放学时来喊我："我姆妈叫你到我家吃饭。"我则很自然地背着书包，随他或她而去。去了，先是吃茶饭，所谓的茶饭，就是糖水蛋泡糙米的豪华套餐。

　　母亲上工不偷巧，遇有当天还剩下点活儿，则尽量赶在当天做完，免得人家再多花钱另请半天。这样一来，做完活儿，往往天就黑了，母亲就要带着我"赶脚"走。"黑影上墙，小伢想娘"，近村时，远远就听见祖母在喊："大脚哎，快家来哦，小伢想你哦。"仿佛交响乐，夹在其中的，还有妹妹们此起彼伏的、带着哭腔的呼唤："姆妈哎，家来哦。姆妈哎，家来哦。"母亲的脚步就更快了。尽管母亲平常会打骂妹妹，但此时的她，却夕阳般温柔地蹲下身子，抱起小妹妹，搂在怀里，用脸贴着她的小脸。大妹和二妹，则拽着母亲的衣角，小脸紧紧贴在母亲身上，归窝小鸡般拥着母亲往回走。跟在后面的祖母，一边说着白天里妹妹们的表现，一边埋怨着。被祖母数落烦了，母亲也会发牢骚："倒了霉哦，嫁个什么破工人，摊个名声。"母亲的怨气，来自她一人带着四个孩子，既要做裁缝，又要种自留地的菜园和棉田。

三

　　父亲在一江之隔的铜陵当工人，工人是那时的成功人士。我的小学校长，每每召集全校师生到操场上开大会，训话时，就直言不讳道："你们要好好学。学好了，就能像我同学天乔一样去当工人。当了工人，就有大英皮鞋穿，有的确良褂子穿。"天乔是父亲的大名。乡村裁缝的母亲却不以为然，她常调侃难得回家休假的父亲："我一年卖棉花、做裁缝的钱不比你少。你手表还是我买的呢！"那时的棉价是一担八十块钱，抵得上父亲一个月的工资。

和那些日晒雨淋在地里的农村妇女比，母亲算是养尊处优了。她本来就身材高挑、皮肤白皙，加上自己就是裁缝，穿衣自然得体得多。更叫人羡慕的是：她还留着两条长及腰部的长辫子。所以，年轻时的父亲对母亲，是百依百顺的。

在乡下，丈夫是工人，妻子是裁缝，就相当于今天的中产阶级了。"老三届"初中生的父亲，从裕丰圩迁到桃花山后，志得意满的他，不听村里老人劝阻，执意在桃花山西北角的山顶，盖起了当时算是"豪宅"的"合六间"瓦房。可能是四周无遮拦，加上北边又是密林，一到秋冬，吹过屋角的风声，犹如鹤唳，看门狗整夜绕屋狂吠……带着四个年幼孩子和年迈祖母的母亲不堪其扰，终于莫名其妙地得了恐惧症，甚至一度严重到说胡话。家里陆续请来风水先生，又是改门向、又是挂镜子以辟邪……都无济于事。

四

我读初中那年，父亲狠心将几乎花光父母半辈子积蓄的"合六间"瓦房贱卖给大伯，举家到了铜陵。

失去农村这块沃土，母亲的缝纫机显然水土不服。来到城市的母亲，由养尊处优的乡村裁缝一变而成为一名"农资工"。所谓的"农资工"，就是游走在预制板厂、碎石子场的临时工。父亲食堂管理员的身份，对养家毫无裨益。母亲只好流泪剪去养了几十年的长辫子，义无反顾地操起毛竹竿做的大杠，上面吊着粗麻绳，与来自无为、枞阳、铜陵县农村的、曾因嫁给工人而倍感自豪的女人们一起，在预制板厂，比男人还强悍地抬着两人多长的预制板，以补贴家用。

……

母亲那台盖着"松鹤延年"布罩的蝴蝶牌缝纫机，像一个初来乍到城市的乡下人，怯怯地缩在墙角。只在年关，母亲才揭开布罩，拿出皮尺在我们身上量来量去，然后在洒满阳光的窗前，"哒哒哒哒"地踩响久违的缝纫机。

此刻的母亲，脸上是没有焦虑的。

在一滴露珠里（外一篇）

周 海

　　露水是夜气变的。在我无数次的想象中，夜气是一个狐媚女子，披着金色镶边的黑色大氅，裙裾颀长无比。她从黄梅岭那一带的山峰飘过来，飘过河流与阡陌、瓦脊与庄稼、道路与水井，不作任何停顿，一直向南边去。村庄的南边仍然是村庄，一直往前去，才是尽头宽阔无垠的湖泊。在黎明的第一道霞光将闪未闪之际，她扭头看了一眼她留下的足迹，叹息了一声坠入湖泊。

　　露水就是在那一声轻轻的叹息里长出来的，就像我看过的四维立体动漫：那声叹息是一道银线，从她嘴里吐出来并将她飘过的足迹串联起来。银线在天地间泛出金色的光芒，由淡而浓。河流与阡陌，瓦脊与庄稼，道路与水井……各自在银线里一一缀连、呈现。然后是露水，起初是淡淡的，是银线上点缀的金箔似的针点，渐渐显现，渐渐变圆。一滴露珠，两滴露珠，无数滴露珠。银线由浓而淡地回到那一声叹息中，天地间只剩下晶莹剔透的圆滚滚的露珠。

　　夜气变成露水，就是妖怪修炼成了仙。她还有一个美好动听的名字：白露。

　　我是先从荷叶上认识露水的。爷爷喜欢养荷花，狭长的天井露台上摆了三盆荷花，一盆红荷，两盆白荷。天井里臭烘烘的淤泥是养荷花的最好的底泥。每年，爷爷都要给荷花盆换上掘上来的新泥。清晨开放的荷花，硕大，明艳，边缘散发的微光使天井愈加明亮。荷花下面是游动着的一拃长的红鲤鱼，像一朵朵闪烁不定的火苗。花蕊、花瓣、叶面上都有圆滚滚的露珠，花蕊上的露珠滴到花瓣上，花瓣上的露珠滴到叶面上，叶面上的露珠滴进水里，"嘀嗒"一声（近乎没有声音，只是在清晨万籁俱寂的时候任何轻微的声响都容易被捕捉），水面一圈圈的波纹向四周漾开去。红鲤鱼游动起来或者泼刺一声跃出水面，波纹就碎成不规则的形状。如果照原样拓下来，就是一幅色光影俱妙的印象派画作。

有一阵子，我贪凉感冒了，又不肯好好吃药，时间长了拖成鼻炎。鼻子不通气，夜里睡不好，人就烦躁、闹腾。母亲找医院里的熟人要了装葡萄糖的细长的玻璃瓶子，将荷叶上的露水滴到瓶子里。晚上睡觉前，鼻孔里滴个三五滴，鼻窍大开，一阵清凉的感觉直冲脑门。荷叶晒干了泡水喝，清火解毒。爷爷有时候老便秘犯了，就泡一碗荷叶茶，从早喝到晚。干荷叶、新鲜荷叶都可以熬粥，但我还是偏爱新鲜荷叶熬的粥。锅里下一浅碗粳米，大火烧开，放一片撕碎的荷叶，小火慢炖，炖至米完全融开，黏稠的粥呈淡绿色。喝一口，舌尖上尽是荷叶的清香。

带露的蔬菜也特别好吃。还没搬离村子的时候，我们家不管搬到哪，房前屋后都有一两块菜地。蔬菜基本是不用买的（除了内涝或极端天气），去菜市场买荤菜、豆腐豆干。清晨跟母亲后面在菜地里走一趟，裤管子就湿漉漉的。带露的小青菜摘回来，放篮子里，一棵棵清丝丝的，一股水汽仿佛要在菜心里溢出来！清炒、做蛋汤、烧豆腐，好吃，有一丝甜味。天气寒凉一点，白露为霜，经霜的枞阳大萝卜，根须上还带着泥，也是搁在篮子里，白白胖胖的，敦实、安逸，有旧年月的样貌与气质。红烧萝卜、炖萝卜汤、炒萝卜丝，吃起来也是甜丝丝的，有回甘。做成萝卜角子，早上佐粥特别爽口。露水打过的蔬菜，无论是带叶子的，还是埋在地下的根茎，都有一种说不出的天然风味。

家门口几步路就是水井，摘回来的菜有时顺便就到井边去拣洗。村里有三口井，每口井都有来历。这口井，都说是龙王庙过来的水，有灵气。清晨来井边挑水的人多，碰到了都要招呼一声："姜老师，来洗菜啊？还没吃饭吧？"水井边有一棵大槐树，四周铺了青石板。经年累月被水渍洇了，又被脚底板一遍遍地打磨，青石板上一道道树枝状的纹路异常清晰。有些纹路连接在一起，就是一棵大树的样子。井口不大，比稻箩略大一点。井栏也是青石砌的，差不多到我胸口高，边沿一道道的豁口，是打水的绳子留下的。打水有技巧，到了我能干力气活的时候，第一次打满两桶水，折腾了好半天。井壁爬满了青苔，接近水面的缝隙里还长了一棵我叫不出名字的野菜。靠井沿边的青苔上旺满了露水，一颗圆圆的露珠盖住了无数个细小的苔芽。水是黑亮黑亮的，漾着同心圆似的波纹。将手伸进提上来的水里，凉气沁骨。井里的水被村里人一担担地挑回去，洗菜、淘米、煮饭。滴露的井水好吃。

村庄以上街头、下街头为中心，四周聚集着住户人家。麦地不多，仅在涧滩南岸有几亩。除此之外，围拢着住户人家的，尽是一望无际的稻田。种田的农人是喜欢露水的。一是蚊子少了。"喝了白露水，蚊子闭了嘴。"晚上尽可以搬张竹床到稻场上，不点蚊香而一夜酣睡。二是"露水见晴天。"天气晴好，利于晚稻的收割、扬谷、打场。种庄稼要看老天爷的脸色，低头见露水就是瞥见老天爷的破颜一笑。有时候给二爹爹买油条，我喜欢走穿上街头，走上田埂，走进稻田深处。清晨的稻田异常安静，青蛙是一声不响了，偶尔听见田埂边"扑通"一声，吓人一跳。那些虫鸣也是懒洋洋的，一副在夜晚音乐会上唱累了的样子。地上的水汽大，连凉鞋都是凉沁沁的。凉气窜到身上，清凉、舒适。草上的露、稻叶上的露、稻穗上的露……一颗颗明亮、静默、圆满的露珠，每一颗都像一个虔诚的祈祷，被草叶高高托起。第一缕阳光出现的时候，它就将自己作为一个亲吻献给土地。

稻田四周的草地上，牛在贪婪地埋头啃着青草。牛爱吃带露的鲜嫩的青草。六畜之中，我认为对村子里最重要的第一是牛，第二是猪。养两头猪，过年的时候卖一头，衣服、年货就有了着落。再杀一头年猪，一家老小饱了口福，就是丰衣足食的年景。但是没有猪，日子还能将就着过。没有牛，这日子就步履维艰了。翻地、犁田、收稻，这些地里的重活都靠耕牛。在村子里，人饱一顿饥一顿不算啥，牛可不行。喂水喂草尤其到了贴秋膘的时候，一点怠慢不得。牛吃饱了带露的青草，就积蓄了抗过漫长寒冬的脂肪与能量。和农人厮守的牛，懂得感恩。我见过牛流眼泪。村里的牛生病了，请不了兽医（县城才有兽医站），煮一锅饭端给牛吃。牛吃了人才能吃上的饭，眼角溢出泪珠，一锅饭吃完，病就好了，第二天照常下地干活。有些老牛，干不动活了，村里就要杀牛。到圈里牵老牛的时候，老牛眼睛里滚出大颗大颗的泪珠，前腿跪在地上。牵牛的人使唤过老牛，也流眼泪了。牛还是杀了，一家分上斤把牛肉，烧牛肉的时候满村子飘着香气。土地承包之后，牛也作为生产资料分到各家各户。农人一般不杀自家养的老牛。干一辈子的重活，老了就让它颐养天年，死了埋在地里。土地是牛一生的仇敌与故知。

露水的消逝是无声无息的。太阳出来，万物苏醒，露水在瞬间明亮了一分，像是对日出的回应，然后就完成了自己的使命，归于万物，归于虚无。露水如此短暂、易逝，让我想起一个词：露水姻缘。偷情、私奔都是露水姻缘，从行为规范的角度，是非法、不道德的。然而，人们谈论起露水姻缘，总是给予最大的宽容。农闲的时候，几个庄稼汉，一人一管黄烟，说起谁家的小媳妇大姑娘和哪个男人跑了，放声大笑里甚至有几分艳羡的意味。至于事件，有真有假，也有添枝加叶的成分。那个白面书生样貌的卖货郎我是见过的，个头不高，南乡口音，摇一只拨浪鼓，挑个货担子走街串巷。那"咕咚咕咚"的声音在村头响起来，我们就知道是卖货郎来了。货担子里无非头绳、发卡、针头线脑之类，多是街市上买不到的颜色、款式。一年冬天，老章的小女儿小玲就跟卖货郎跑了。小玲是村子里数一数二的美女，说媒的人排成长队。所有的人都不明白，小玲到底图的什么。几年之后，小玲又回来了，带着卖货郎和他们的两个孩子。二十多岁的小玲满脸憔悴，身材走样，短短几年时间，生活将她雕刻得面目全非。幸运的是，父母家人最后还是接纳了小玲一家。那个卖货郎，听说得了肺结核，干不了重活，就在家门口开了一爿小店，日子还可以过下去。露水姻缘成了尘世夫妻，就有了尘世烟火里的笃定。

对于村子，露水的实用意义大于审美意义。人们满怀感恩，是因为露水滋养了村庄，这和"瑞雪兆丰年"是一个道理。对于我，露水却是作为一个审美对象遥遥相照，尤其当我离开村子、一去不返的时候。"露从今夜白，月是故乡明。"诗圣杜甫在"有弟皆分散，无家问死生"的离乱之中，这样深情地吟哦着。我知道，回望与回望是不一样的。我的父辈们有深刻的饥饿记忆（"三年饥荒"）、精神困扰（"十年文革"）和难耐的生存重厄，但我在村子里的时候，生活清贫、清苦，却正好是一个少年可以忍受的清贫与清苦。在我屡屡的回望中，无数滴露珠聚拢、融汇成一颗硕大、明亮的露珠，村庄就在这滴露珠之中。这里面有伤痛、感伤，有人世间的悲欢离合，更有朝阳来临之际瞬间闪耀着的美好。它蕴含着一切、意味着一切。

一千六百多年前的隐逸诗人陶渊明在《归田园居》里写道：

种豆南山下，草盛豆苗稀。
晨兴理荒秽，戴月荷锄归。
道狭草木长，夕露沾我衣。
衣沾不足惜，但使愿无违。

不愿为五斗米折腰，却可以俯下身子亲近草叶、亲近露水。我没干过重农活，但这躬耕陇亩的日子是我亲切、熟悉的。"萝卜籽开花白如银，豌豆开花九连灯，罗汉豆开花黑良心。"除了这些，诗人想必还种了黄豆和带叶子的蔬菜、谷类……黄豆晒干了年底打成豆腐，豌豆、黄豆加豆干肉丁做成杂酱特别下饭。诗人被露水打湿了衣衫，但只要自耕自足，不必卑躬屈膝、仰人鼻息，衣衫打湿了又何妨！

这些年，我还是不断地回到村庄。除了做清明、走亲戚，有时我会有意在村里住个几天。我不知道为什么，会一次次地返回这里。不是为了拣拾旧梦——八角亭快要倒了，老街已经破败不堪，老井落满枯枝败叶，已成一口废井，与童年、少年有关的象征物在时光的漫漶中一个接一个地消匿。有一段时间，我也想真正地回归，建（或买）几间陋室，承包几亩地，像那位隐逸诗人一样归田园居。当然，回归与回归也是不一样的。我读过隐逸诗人的另一首诗《乞食》："饥来驱我去，不知竟何之。行行至斯里，叩门拙言辞。主人解余意，遗赠岂虚来？谈谐终日夕，觞至辄倾杯。……"我想，我若回归村庄，必定不致如此。我甚至学会了自酿葡萄酒，这是为回归所做的最切实的准备。然而，我又知道，我回不去了。不说八角亭，也不说老街、老井，村庄的陌生与荒芜，已经让我认不出了：可以用手捧起来喝的河水已经脏了，以前是麦地的地块现在是示范小区，上街头西边的稻田长满杂草……这里的事物，已完全变了，连露水也满是尘埃。我的回归，还有意义吗？

然而何谓意义呢？有时意义只有行动才可赋予，哀歌无济于事。让清澈透明的露水回到村庄，回到草叶，回到俯首低眉的日常，而不是只在逼仄的阳台上的花盆里栖身。我的这个梦想也藏在一滴露珠之中，透亮、有光芒。我将用行动呵护它、实现它。这一天，或许不会太远。

时间标本

我在暮春的时候又回到祖屋。

走穿上街头到祖屋这儿，不足一百米，一路上却都是残垣断壁。祖屋对开的木门仍然坑坑洼洼，嵌满时光参差斑驳的痕迹。木门上挂了一把锁，直觉告诉我：这栋老屋已经很久没有人住了。对面的八角亭风雨飘摇，两层八角画栋飞檐只剩下四角，前边的屋顶一半已经塌下来了，露出里面褐色的快要烂掉的椽子，另一半还覆盖着金黄色的琉璃瓦。院子的地上满是散碎的琉璃瓦片，一根长长的木构件横在倾斜的木门边。八角亭像一位佝偻的老人，强撑着残躯伫立在那儿。祖屋隔壁也是一栋老宅，逼仄的前院的院墙已经倒了一半，屋檐上的青瓦看起来摇摇欲坠，令人担忧一阵风来那一摞青瓦就会哗啦一声掉下来。隐约有一道亮光从爬满青苔的残墙里面透出来，走近了，原来是一株正盛开着的油菜花！在暮春阴沉暗淡的天光里，这株油菜花开得热烈、奔放而又无比妖异，那金黄色的饱满的汁液仿佛要射向天空。

这比在上街头看到的屋檐上的泡桐树更让我惊悚、骇然。

　　祖屋早已不属于我们。爷爷 1999 年就将祖屋卖了，赁居在上街头的老照相馆直至 2004 年春节去世。而我的直觉也再一次欺骗了我：祖屋被隔壁的大头家买下来了，此后大头和他弟弟一直住在这里。大头的妹妹二丫告诉我，屋里还打了一口井，井口就在我爷爷的西厢房里。有关祖屋的记忆绵长而又幽深，像一部深藏于时光隧道中的老电影。很多年了，堂屋高高的案几上始终摆着两张放大的黑白照片，一张是解放战争期间在南昌牺牲的小爷的（我父亲过继给小爷，按村子里的习俗，我应该喊"爷爷"而不是"小爷"），一张是奶奶的。照片中的奶奶微笑着，笑容慈悲中有一丝凄苦。那是世界上最好的笑（是"好"！），以至于我想到奶奶、在电脑上敲下"奶奶"这两个字的时候，笑容霎时就浮现在眼前。那微笑像一道穿透记忆的闪电，循着闪电的枝状轨迹，一切都在刹那之间明亮起来。

　　砖木结构的祖屋建于清代乾隆初年，高大、宽敞，典型的江北古民居风格，传到我爷爷手里已有两百多年。层高足有五米多，内部的木质隔断被一代代的先人的手摩挲过，凹凸不平而又光滑无比。房间都是泥地，阴雨天就返潮，引来一队队举行阅兵式的蚂蚁。与徽州民居天井大多开在屋子正中间所不同的是，西侧一个狭长的天井像是一根别针别在祖屋上。整栋祖屋仅东边厢房有一个狭小的窗户、堂屋屋顶有一块书包大小的明瓦——采光不好，这几乎是我们这一带老屋的通病。尤其是阴雨天，祖屋里整个大白天都像夜色没有褪尽的样子。只有在晴天，打开天井的木门，一道光柱利斧似的劈进来，似乎要将祖屋劈开。尘埃在光柱里翻腾、上升，又不断地坠入阴影之中。在阳光与阴影之间，瘦小的奶奶头发绾成一个髻，用黑铁夹别起来，忙着那些永远干不完的家务活。她从来不抱我，只站在那儿用目光和微笑照拂着我。不论我在堂屋里的水缸下面捉蚂蚁，在厨房的柴火堆上逗那只尾巴特别长的黑猫还是将天井淤泥里的乌龟仰放在地上，看它头一顶脖子一扭将身体翻过来，只要想找我，她一定能第一时间判断出我的位置，第一眼发现我的身影。

　　我在祖屋的时候，曾经做过一个"梦"。那是一九七六年的冬天，风传周潭要闹地震（据说四个地震带就剩下安徽没有大震）。我们家从周潭小学的砖瓦房搬到祖屋。头几天，我睡在堂屋的地上，被褥上方架上那张老式八仙桌。那个冬天是冷冬，垫再厚的被子也抵挡不住阴潮地面袭来的冷气。过了几天，我和妈妈、妹妹一起睡到东边的小厢房里。冬夜睡得早，煤油灯一捻灭，祖屋陷入无边的深沉的黑暗之中。木床像一艘船，载着我们颠簸在梦的波浪之上。可能前几日睡地上受了凉，我感冒了。半夜里，咳嗽咳醒了，我坐起身来吐痰，一抬头，看见奶奶拿着一根蜡烛站在大门后面，正微笑着看着我们。奶奶的笑容和烛光互相映衬，使暗夜变得明亮无比，也使祖屋变得明亮无比。

我一直渴望得到灵魂的安宁，在与祖屋的渐行渐远之中宿命般地归于佛教。在四十多年的或美好或不堪的漫漶时光之中，奶奶在这天夜里的形象幻化成一尊观世音像，她手里拿着的蜡烛也极像菩萨手里持着的杨柳净瓶。其实，这不是梦，否则早就忘了。只是第二天我将这件事告诉妈妈、爸爸、爷爷，他们只当成一个小屁孩的谵言。我在夜里看到的奶奶的微笑，与案几照片里的微笑叠合在一起——几乎是一模一样的，只是照片中的那丝凄苦完全没有了。时至今日，我仍是一个唯"心"主义者，我相信"心生种种法生，心灭种种法灭"。如此，奶奶在暗夜里的现身，就不是一件难以解释的事。当然，我也承认，记忆并非那么牢靠。我的一篇关于追忆奶奶的文章，被父亲的一句话否定了。他说：奶奶去世的时候，你才两岁，还没有记事。那么，我和奶奶在祖屋度过的日子都是我谵妄的想象，这些丰富的细节，不过是想象河流之上的转瞬即逝的水波？

或者，是奶奶寒夜里的现身与微笑再造了那些生动的细节？

在祖屋住了一个多月，有关地震的传言渐渐平息了。春节后，父亲从镇文化站归队至周潭中学，我们家搬到学校分的八角亭对面的宿舍，五分钟就能走到祖屋。中学校址是始建于明代嘉靖初年、扩建于清代雍正年间的鹞石周氏宗祠。周潭地势低洼，长江发大水，通江的枫沙湖水就会倒灌进周潭大涧，历史上大小水患不断。前后五进、曾是枞阳境内规模最为整饬的宗族祠堂三次被洪水冲毁三次重建，大部分建筑最终毁于一九五四年长江特大洪水，只剩下一座八角亭和两座寝厅硕果仅存，充作周潭中学的职工宿舍。和祖屋一样，有人气的老屋尽可以穿透时间的皱褶。八角亭的雕梁画栋、琉璃瓦顶、飞檐翘角、水磨砖雕保存非常完整，而配以各种花纹、雕刻和彩绘的藻井（天花是遮蔽建筑内顶部的构件，而建筑物内呈穹隆状的天花则称作"藻井"。一般由多层斗拱组成，由下而上不断收缩、形成倒置斗形，呈向上隆起的井状，故而得名）美轮美奂。远远望去，八角亭与周边的大教室、中学大门透出一股庄严的祭祀气息，好像神情肃穆的周氏族长恭捧神位、拈香叩首、宣读周氏祖训的场面就在昨日。

八角亭的建筑建制是一个谜：明清两代，只有宫廷建筑才可覆盖金黄色的琉璃瓦。藻井则多见于佛寺及皇宫，也是敕建敕封的建筑专利。在皇权时代，僭越是欺君之罪，要掉脑袋的。始修于明代嘉靖初年、清代及民国年间数次续修的鹞石周氏宗谱印有宗祠原图，但对琉璃瓦及藻井未做任何文字记载，谜团注定要湮没在历史的迷雾之中。对于我们住在校园里的教师子女，八角亭不过是一个可以串门的职工宿舍。我三姑爷在八角亭住过一段时间。我去过多次，里面的构造和祖屋大相径庭：平整的青砖铺地，几乎看不到砖缝。藻井上的巨幅彩绘落满灰尘，暗淡之中又隐隐透着一股光亮。大梁是一根深褐色的粗硕的整木，窗户开得很大，采光很好，只有客厅和房间坑坑洼洼的木质隔断和祖屋有几分相似。靠近屋脊的镂空的藻井边上有一个乳白色的燕子窝，正好将一朵暗红色的牡丹盖住了，四周绿色的叶子尚可辨认。朝上望去，这只燕子窝就像一朵白牡丹。每年那对老燕子都会如期归来，飞进飞出一阵子，几只乳燕就在窝边张着嫩黄色的喙嗷啾。到了春天，偌大的校园周边常有野物出没。黄鼠狼头小，皮毛淡黄色，身子狭长得有点夸张。在钻进墙角边的洞口之前，它还回头看了我一眼。校园院墙东边是周潭大涧，春水温煦，水獭在河中扑腾着翻来滚去地追逐、交配，激起一阵阵的水花。水獭就是村里人常说的"水猴子"，到了水里力气大得像头牛。到了夜晚，遇到的野物就更多了。在去祖屋的路上，夜色中不时蹿过一道红色的灯盏或绿色的荧光，那是昼伏夜出的觅食野物的眼睛，至于是豺狗还是狼就不得而知了。反正在山区，没人把野物当回事。

父亲和他的同事朋友喜欢聚在祖屋吹牛聊天，我常常和母亲穿过夜色中那条闭着眼睛也不会走错的小巷，走进祖屋，在烟雾缭绕中看着他们放声大笑，而爷爷在一边微笑不语。若是时间待晚了，父母亲还是回中学宿舍，我就在祖屋留宿。几乎每次，我都是和爷爷睡一张床。西厢房大一点，摆一张老式的木床，床沿前面有一块踏板，放鞋子、袜子、尿壶。即便是冬天，床上也挂着一顶帐子。床板硬得咯背，冷冰冰的被子冻得人瑟瑟发抖。北边书包大的窗户，愈发使西厢房显得影影绰绰——我认为索性不要好了，不如彻底的黑透的夜色让人安稳、踏实。和爷爷睡觉是很痛苦的一件事。爷爷打呼、说梦话，他在梦中和人起了争执，说出来的话虽无法分辨，但那种气愤、委屈、不平的情绪是显而易见的，仿佛对方若是不接受他的说辞，他就要拍案而起。爷爷打呼像是在喘粗气，突然就停顿了——仿佛窒息了。我最害怕的，就是爷爷在此刻陷入永久的昏沉睡眠之中，不再醒来。这时候，我就刻意想着奶奶借以抵挡我的恐惧，我盼望微笑着、携带光明的奶奶尽快来到我的面前。但是，自从那个冬夜以后，我再也没有"梦"到奶奶。

爷爷对孙子辈还是看重的，但是说不清为什么，我和高大、瘦削、沉默寡言的爷爷一直有隔膜。直至爷爷去世那一天，整理爷爷的遗物时我意外地发现一部诗稿，那些并不高明却灼烫的诗句道尽了他对奶奶、小爷的思念之情。站在祖厝坟山上，冬天凛冽的风吹得腮帮子都疼。看着睡着爷爷的紫色棺材缓缓沉入墓穴，那一刻我眼泪突然就流下来了，我在心里对自己说：这是葬我先人的地方。今年清明上坟，我见到了曾经住在祖屋隔壁的二丫。她从我的一篇题为《从前慢》的文中，捕捉到祖屋的痕迹，判断出作者就是当年那个给二爹爹上街买油条的小伙伴。看到她，我立刻想起了她的哥哥大头。那些年，他们家真是贫困啊：土改时分来的一栋老宅里面空空荡荡，除了几张床、一个灶台，简直别无长物。父亲说，奶奶在世的时候常常叹气：隔壁这一家可怎么过哦？二丫的父亲、他们家的顶梁柱病倒在床，在计工分的年代不啻灾难。当然，我在二丫的朋友圈里的图片能感受到，现在他们的日子都好起来了。上天不会让一个人（一个家庭）永远贫困的，这没道理。二丫说，大头和弟弟出门旅游去了，所以祖屋是铁将军把门（我说：不能再叫祖屋，应该是大头和你弟弟的住宅）。还有，你不要看祖屋外面还是老样子，里面重新装修，大变样了。下次再有机会回来，一起进去看看。在我和她的共同记忆之中，也不时地出现分岔。有一次周潭小圩破了，大涧的水漫出河床，眼看就要淹到门槛了。她带着我和另外几个小伙伴去了施湾村的燕山避水，天快黑时才回到祖屋，让两家大人都吓了一大跳（二丫模仿她母亲那种惊吓过度的夸张的语气：把人带丢掉了我看你怎么搞哦?!）。我的大水记忆是池塘里带着浮萍、动物粪便的水漫到小路上，上学途中脚不小心沾着水，起了一片片的疹子，奇痒无比。母亲找大头家要了芥菜汁涂在脚上，渐渐才消了。

　　隔壁院子里开着油菜花的地方，原来是栽了一棵栀子花。春五月的时候，盛开的栀子花芳香四溢。那时对面的八角亭就像一个身子骨硬朗的老人，看不出有多少老态。那时的祖屋和隔壁的老宅就像一件穿旧的衣裳，洗洗晒晒还是一件衣裳。我们都记得，这一群快乐的穷孩子，有我、二丫、毛荣……偷偷去摘栀子花。春五月的午后真是慵懒而又安静，连院子边睡觉的大黄狗都懒得摇一下尾巴，偶尔从村中心传来"嗷"的一声不知什么声响，迅疾地划过温煦的春风。我们齐齐踮起脚跟，正好够得上白水泥勾缝的青砖围墙。院子里，一树玉簪似的栀子花正在我们的眼前盛开着：树上所有的纯白色的重瓣花瓣都以一种慢而均匀的速度渐次打开，占满了整株栀子花树，带绒毛的卵形叶子完全被遮蔽在花瓣之中。椭圆形的玉簪状的花朵打开成一只只圆形的碟子，托着中间淡黄色的倒锥形花萼。无数只的碟子继续舒展，渐渐镶连、叠合到一起，最后这株栀子花树就开成一只巨大的圆满的栀子花。我们屏住呼吸，忘记是来偷摘栀子花的了。如果我们勇敢一点，爬过墙去，或许就在碰到栀子花的一刹那，花瓣收拢、合上——我们融入栀子花中，变成一只时间的标本。

这就是时光里的我们（外一篇）

黄琼会

　　无论深刻还是平淡，也无论容易还是艰难，旧的一年已成为过往，仿佛手心的一杯茶，余香尚存，冷暖自知。无论喧哗还是寂静，也无论开心还是失落，新的一年正如期而至，恰似一缕晨曦照进生活，一帘明媚，满目光芒。

　　想来时间最是如影随形的了，没有早一步，也没有晚一步，不管我们记得或遗忘，它都永恒地存在。时间也最是一意孤行的吧，不为一朵花停留，不为一片云驻足，不多予你一分，也不少给我半秒。是的，一年年似乎总是如此，一切都是一期一会、似曾相识的感觉，或者说虚室生白、清澈明朗的模样。

　　昨夜读诗，无意间读到一首李琦的《这就是时光》："这就是时光，我似乎只做了三件事情：把书念完、把孩子养大、把自己变老。青春时代，我曾幻想着环游世界，如今，连我居住的省份，我都没有走完。所谓付出，也非常简单：汗水里的盐、泪水中的苦，还有笑容里的花朵。我和岁月彼此消费，账目基本清楚，有三件事情，还是没有太大的改变：对诗歌的热爱，对亲人的牵挂，还有，提起真理两个字，内心深处，那份忍不住的激动。"

　　感觉在安静的跨年夜，能够读到这样沉静的诗篇，真是一份恰好的温暖，一份相宜的慰藉。诗句安静如流水，沁凉如玉石，一下子就击中了我的内心。感觉遇到一首好诗，如逢春风知己，如遇风雪故人，于我总是心有戚戚焉，或者说惺惺相惜的。尽管隔山，隔水，隔天涯，然而只要遇见，便是咫尺之间，便在寸心之内，便是至清凉境，生欢喜心，便是一种真理，让人忍不住地激动。

　　是啊，这就是时光，这就是时光里的我们。

正如诗中所写，蓦然回首我们的前半生，似乎只做了这三件事情，也确实只做了这三件事情。只是一路跌跌撞撞，踉踉跄跄，这区区三件事也未曾做好：把书念完，此生不可能；把孩子养大，为时还尚早；唯有把自己变老，不由自主，随时随地，马不停蹄地做到了。你看，忙碌抱怨时，老了一朵；世故冷漠时，老了一朵；纠结迷茫时，老了一朵；挫折伤心时，老了一朵；焦灼困顿时，老了一朵；空虚郁闷时，又老了一朵……

我们一次次在现实里，在梦想里，在汗水的咸里，在泪水的苦里，看见生命的花朵，一朵朵地老去，一年年地老去。内心，总是多了那么一点点酸和涩，笑容，总是少了那么一点点甜与真。不过一路反反复复，一路兜兜转转，还有三件事没有太大的改变，或者说从来就不会改变。比如：对诗歌的热爱，一如既往的纯粹；对亲人的牵挂，一生一世念念在怀；对随时间而来的真理，永存赤子之心。

是的，这就是时光，这就是时光里的我们。

我们每一个人倾尽前半生，好好学习，天天向上，努力让自己变成了一个成年人，转眼间，半辈子就这么过去了，就往事如烟了，一颗心经历了风霜冷暖，大抵也有所感悟了。也许后半生，该学习如何做个小孩，好好读书，好好做人，既天真也诚实，既简单也饱满。是的，说来说去，我只想和你一样，只想做个天真的小孩，做个可爱的小孩，做个激动的小孩。让那个曾经的小孩，永远住在内心深处，有哭有笑，有爱有情，一如那些滚烫的记忆，那些清澈的过往。

做个知错即改的小孩，收余恨，免娇嗔，且自新，改性情，休恋逝水，苦海回身，早悟兰因；做个精神明亮的小孩，知世故而不世故，会激动但不再激进，势利纷华近而不染，智械机巧知而不用；做个四时明媚的小孩，像植物一样安静生长，开朴素的花，结朴素的果，从容地相爱，从容地生活，寸寸欢喜，步步生莲；做个静水流深的小孩，只把时间浪费在美好的事物上，只向美好的日常致敬，只向美好的事物低头；做个寂静欢喜的小孩，冬来听雪，夏来赏荷，春煮清茶，秋着布衣，与这个世界温柔相处，与世间万物深情对话；做个慈悲懂得的小孩，保护好生命的苍老天真，交友带三分侠气，做人存一点素心，认清四季就是前路，懂得生活即是江湖。

——"世界上只有一种真正的英雄主义，那就是在认清生活的真相之后，依然热爱生活。"从罗曼·罗兰这句话里，我读到了清醒与从容，读到了执着与热爱，读到了成长与蜕变，读到了慈悲与懂得，读到了一种关乎生命与心灵的真理。

从某种意义上来说，认清，是一种成长的断舍离，是勘破放下得自在。热爱，是深刻的清简美，是繁华落尽见素心。一如杨绛先生所言，一个人经过不同程度的锻炼，就获得不同程度的修养、不同程度的效益。好比香料，捣得愈碎，磨得愈细，香得愈浓烈。我们曾如此渴望命运的波澜，到最后才发现：人生最曼妙的风景，竟是内心的淡定与从容……我们曾如此期盼外界的认可，到最后才知道：世界是自己的，与他人毫无关系。

原来，这就是时光，这就是时光里的我们。

我们和岁月彼此消费，也和岁月相互成全。愿我们出走半生，归来仍是春风少年，有英雄的勇敢与执着，也有小孩的天真与单纯。一颗心满满的，都是单纯的小美好，越老越勇敢执着，越老越天真可爱，越老越温暖深情。

在时光的映照下，我们都会渐渐认清生活的本质，也会慢慢看到自己的模样。相信所有失去的，都会以另一种方式归来。倘若得偿所愿，一切都是最好的安排。如果事与愿违，则相信一定另有安排。

因为，无论时光如何安排，生活都会呈现最曼妙的风景。一个诗人，总有诗可写；一个小孩，总有诗可读；而我们，总有三件事要做，随时随地，不会改变。

茉莉恰好

傍晚，在阳台晾洗净的夏衣，不经意间闻到一缕清香——低头看，原来是盆栽的茉莉，在晚风里初开了一朵。更有许多花苞，一粒粒静卧在花枝，仿佛擎着一个青绿的梦，静待来日开放。

这朵初开的，芬芳洁白的茉莉，在渐渐升起的暮色里，是如此清新素雅，让人心生怜爱；是一首纯净的小诗，有着说不出的，恰好的意境。让人想起那首熟悉的民歌《好一朵美丽的茉莉花》，清灵灵的江南调子，清扬动听，清香四溢，让人听见江南花开的消息，想起江南的烟雨图画。

感觉茉莉，还有白兰，是最具有江南气质的花。一朵皎洁的白兰，一朵娇小的茉莉，犹如身着蓝印花布的女子，长发轻挽，一身清媚，浅笑嫣然地迎面走来。

初夏清晨，在江南的小镇街头，总是会遇到卖花的阿婆，花篮里，齐齐放着一枝枝白兰花，或是一串串穿好的茉莉花。年轻的女孩围上来，花几块钱买两枝兰花，欢喜地别在衣襟上，或是买串茉莉花戴在腕间，成了美美的茉莉手镯，一路走过去，一路都是淡淡花香。

一朵茉莉的芬芳，让我想起从前在江南的那些时光了。

茉莉的香是恰好的。风一样柔和，水一样清澈，是窗边一抹清远的月色。是江南水乡的一段风景，恰好的粉墙黛瓦，恰好的红浅绿深。是寻常陌巷里的一段家常，恰好的小满芒种，恰好的烟火气息。是曾经恰好的青梅年纪，竹马时光。是当下恰好的夏日浓荫，夏花生长。

素来喜欢白色的花朵。水仙、玉兰、梨花、栀子，都是那样好看，且芳香。不知你可曾发现，世间众多的姹紫嫣红里，唯有白色的花最香。其白，是亭亭玉立的白，小家碧玉的白，曲径通幽的白。其香，亦然。

一朵洁白的花，静静开在浮世，不耽美于五彩斑斓，只认定了最单纯，最素朴的颜色，只一心一意地开出自己的芬芳，不虚浮，不张扬，只在光阴的宣纸上，留下几笔珍贵洁白的意蕴——想来人也是这样，越朴素单纯的人，越有内在的美质。一个美好的人，总有着清新纯净的面容，清扬莞尔的笑意。是温润从容、安然若素的。那种从内心里散发出的淡雅清亮，只要走近，便是花开的气息。

读《红楼梦》，我们大多记得宝钗扑蝶、黛玉葬花、湘云醉卧，却不曾记得还有一个画面：迎春穿花。那天，真是一幅美好祥和的场景："黛玉因不大吃酒，又不吃螃蟹，自命人掇了一个绣墩，倚栏坐着，拿着钓竿钓鱼。宝钗手里拿着一枝桂花，玩了一回，俯在窗槛上，掐了桂蕊，掷在水面，引的游鱼浮上来唼喋。湘云出一回神，又让一回袭人等，又招呼山坡下的众人只管放量吃。探春和李纨惜春正立在垂柳荫中看鸥鹭。"至此，曹公突然笔锋一转，接着来了一个特写——"迎春又独在花荫下，拿着花针儿穿茉莉花。"

她，不像其他姐妹一样嬉闹，而是一个人，又静静地独坐在花阴下，拿着花针穿茉莉花。薄如蝉翼的阳光，透过花荫映在她身上，花香静静流淌——这是何其静谧，让人爱怜的一幕。

一个"又"字，告诉我们她是经常这样穿茉莉花的吧？也许，宝钗扑蝶，黛玉葬花，湘云醉卧之时，抑或茉莉粉替去蔷薇硝，玫瑰露引出茯苓霜，大观园后院鸡零狗碎，层出不穷之时，说不定迎春都独在花荫下，静静地穿茉莉花呢。

整部《红楼梦》里，迎春是温柔沉默，与世无争，甚至有些木讷的，才气远不及其他姐妹，命运更是让人唏嘘。但曹公很是珍爱和同情她，单独为她设计了这样的画面，让这样一个柔弱温顺的生命，在还是风平浪静的日子，能够独享属于她的美好时光，安静地住在她的紫菱洲里，一遍遍地穿着茉莉花，拥有片刻微小的幸福，与单纯的快乐。

如果大观园里的时光，能够停留在那时那刻，该有多好。或者某天读红楼，在那一刻轻轻掩卷，一抬头看见茉莉还在盛开，该是多好……

喜欢茉莉，也喜欢茉莉花茶。晚来闲暇时分，泡杯茉莉花茶，看洁白的花瓣，在水中慢慢舒展，一任花蕊细细打开，一任花香，幽幽弥漫在舌尖。且看夜初上，且吃一杯茶，且读两页闲书，且做一枕闲梦——这样的夜晚，便是清馨宜人、安静恰好的了。

喜欢生活里，有这样一种恰好，是与花呼吸，与花缠绵；有一种幸福与懂得，是持花在手，识香于心。一如眼前的茉莉，一茬茬静静地开放，静静地凋谢，恰好的美丽芬芳。

风光背后有文化（外三篇）

金　忠

　　因为这里的自然环境好，有人说她是镶嵌在高山白云之巅的原生态乡村；因为这里是摄影创作基地，又有人称她是摄影者的天堂——七都八棚画坑村就像是一幅四季变换的油画！

　　画坑是石台县七都镇八棚村的一个自然村落。我们去的这一天正赶上当地摄影协会在这里举办"第二届全国百名摄影家聚焦金秋七井山"系列活动，我们有幸与来自全国各地的摄影家一起看到了"云端下的净土，山巅上的秋色"；观赏了这里的民俗演出和竞技性的劳动表演；领略了"古树高低屋，斜阳远近山"的自然风光。

　　画坑的美是天地造化与人工创造叠加的美。这里丛林密布，山秀水美，每年的11月上旬是山村的收获季节，当地农民把自己一年辛苦劳作得到的收获拿出来晾晒，称之为"晒秋"。到这里看过之后才知道，这里能晒得东西很多：玉米、红辣椒、黄豆、山笋、火腿自不必说，连冬瓜、南瓜、山芋及火红的山茱萸等等都可以晒。这里的"薏仁米、黑玉米、野山笋、辣椒、山茱萸、火腿、茶叶"等土特产品名气也很大，在这里您可以深深地体会到什么叫做晒秋。画坑的晒秋图宛若山村的精灵，看上去像一轴轴立体丹青，镶嵌在高山白云之间。晒秋，不仅晒出了画坑人的丰收喜悦，也晒出了山里人家对幸福生活的美好追求。每年在这里举办的各类系列活动，既增添了这里的商业气息、推动了农副产品流通，也增加了农民的经济收入。

　　画坑是古代农民逃避赋税和徭役的地方。晚唐诗人杜荀鹤根据当时社会现实，创作了一首著名的诗篇：

山中寡妇

夫因兵死守蓬茅，麻苎衣衫鬓发焦。
桑柘废来犹纳税，田园荒后尚征苗。
时挑野菜和根煮，旋斫生柴带叶烧。
任是深山更深处，也应无计避征徭。

  从这首诗中不难看出当时老百姓的艰难苦恨。杜荀鹤是池州石埭（今安徽省石台县）人，他笔下的"深山更深处"指的就是这个地方。据当地导游介绍，在离村庄不远处还能找到"山中寡妇"原型人物的坟墓——桃花坟和桃花井。由于时间紧，这次我们没去寻找。相传在唐朝以前，这里的地名叫"画溪"，当时这里甘泉汩汩，良田阡陌。由于朝廷赋税过重，村民为了逃避官府丈量田亩，误将泉眼堵塞，因而无水成坑，"画溪"变成"画坑"。自然造化功和民众的创造力是无穷的，历经千年休养生息，今天画坑已经成了七井山的一颗灿烂的明珠。这里有千年水口林、万株山茱萸，山珍种类繁多，村民的生活有了基本保障。所谓"水口林"，那是皖南徽州文化的组成部分。在皖南山区，人们笃信"树养人丁水养财"的古训。也就是说，树木繁茂的人家一定人丁兴旺，谁家留住了雨水也就留住了钱财。因此，皖南人喜欢把村庄建在依山傍水的地方。徽派建筑中一般都设计了留存雨水的"天井"，寓意"肥水不流外人田"。久而久之，徽学中就有了独特的"水口"文化。千年水口林围绕古老的村庄，山水相连、人与自然和谐统一，风光如画。画坑又重拾了"画溪"的美丽，成为美丽乡村建设的典范。她带着"绿水青山就是金山银山"的坚定信念，融入了现代文明。

  画坑的美与整个七井山自然风光融为一体。我们这次是从七都镇徒步走进画坑的。七井山位于石台县东北部，海拔在 500～1100 米之间，方圆约 80 平方公里。在山路上行走，满目皆山，怪石嵯峨，群峰竞秀。在群山之间最显眼的应该是六百丈水库，水库被群山遮掩或分割着，它仿佛是一块块静卧在崇山峻岭中间的深绿色翡翠。七井山和水库把一千多个类似于画坑的自然村落连接在一起，体现的依然是山水相依的皖南"水口"文化。春夏丰水季节，碧绿的水库倒映着遍野的山花，再加上水面薄薄的青雾，呈现的是梦幻般的景致。

  画坑还是一个隐藏着神话故事的地方。在画坑水口林中，我们可以看到高大的双雄树和双子树。双雄树是银杏，双子树是皂角，树龄都在 500

年以上。两棵树最大的特点就是看上去像双胞胎，从古到今，画坑村里每一代人都有若干对双胞胎出生。这里民风淳朴，老百姓习惯把这两棵树看成是"双胞胎树神"，认为抽空去抱抱它，祭拜它，就会生双胞胎，就会儿孙满堂，就会喜事连连。神话增添了小山村的魅力。

明代戏曲家汤显祖曾经感叹："一生痴绝处，无梦到徽州。"我知道石台县不属徽州"一府六县"的范围，但是它们同处于皖南山区，徽州文化依然是她的底蕴。眺望着粉墙黛瓦，亲近着绿水青山，想象着那五里不同调、神秘难懂的徽州方言，置身在这高山上的小村庄，我一时真的弄不清是皖南山水涵养了徽州文化，还是徽州文化装点了皖南山水？总的感觉是：风光背后有文化。

一条美丽的穿越线

元月 1 日，我们沿十里长冲攀登天门山，然后又顺着天屏山野线穿越到青阳县茗山冲。这是一条美丽的徒步穿越线，沿途可以看到、也感受到铜陵及周边冬季之美。

十里长冲位于义安区天门山北麓中的五峰村境内，是一个自然与人工共同创造的生态园，山清水秀，景色宜人。铜陵珍稀动物养殖园也坐落在生态园区，除了鸵鸟、孔雀、梅花鹿之外，还有东北虎、黑熊、丹顶鹤、金丝猴等，前些年我还与单位同事专程来养殖园观看珍稀动物。山上有茶园，据说茶叶品质不错，要价不菲的"天门山云雾茶"就产自这个茶林场。

现在人们都喜欢用比喻的方法描述眼前的风景，例如说哈尔滨是东方的莫斯科、说大连是北方的香港，我们的十里长冲又被称为"铜陵的九寨沟"。不言而喻，是说这里的山美，水更美。

冬季是枯水季节，放眼望去，水库不大，但水平如镜，水面倒映着天门山，看上去特别宁静。这在九寨沟应该称"海子"了吧？皖南的冬季，山的色彩斑斓。秋雨秋风渲染的气氛尚未褪尽，向阳花木又在悄悄孕育春天的消息。在山野里我们看到了山茶花的蓓蕾，也看到星星点点的杜鹃花在寒风中俏丽地开着。铜陵作为全国优秀旅游城市，她的美，需要有人去发现、去提炼、去采撷；大自然向人类绽放了美丽，同样它也需要人类的赞赏和歌唱！

这次是户外穿越，不是观赏风景，所以我们登上天门山之后，又沿着它南麓的天屏山山脊上的一条野线向青阳茗山冲穿越。那是一条很少有人走过的路，沿途是破碎的岩石，有的地方非常陡峭，需要借助登山绳索攀缘才可以上下。同行的网名叫"原野"的女士下山时误抓了一棵枯树，便一头栽倒，随身携带的茶杯摔出了三十多米远。幸亏是唤着"鱼腥草"的小伙子把她扶了起来。还有一位女士胆小，遇到险路，就坐在碎石上往下滑，裤子被磨出了一道道小口子，里面的衬裤都露了出来。有人开玩笑说，要是夏天就难堪了。她也笑着回应：那也没事，用创口贴补一下。在不经意的玩笑中，我们枯燥的徒步变得妙趣横生且回归了生活的本真。

上山下山大约走了 15 公里的路程，我们到了青阳县的茗山冲。天屏山到茗山冲一带是革命老区，山上至今还有日本侵略军修筑的碉堡遗迹，与铜陵笔架山工人公园上的碉堡完全一样。历史已经翻了个个儿，当年不可一世的耀武扬威，如今都是不可磨灭的侵略罪证。抗战时期这一带驻扎着共产党和国民党的抗日军队，日本侵略军驻扎在山顶，目的是监视丁桥镇的抗日动向和山梁西边的运输河道。跟铜陵一样，这里的抗日武装都接受中共"铜青南"（铜陵、青阳、南陵）区委领导。活跃在铜陵的比较有名的抗日武装力量的领导人，也经常出没在这一带，寻找机会，消灭日伪军。我们的领队，网名叫"茗山子"，是一名普普通通的工人，在户外活动中特别乐于助人。他告诉我们说，他的爷爷当年是新四军战士，身上留有日本侵略者的枪伤，是在"文革"期间过世的。这次在茗山村我们看到了他的父亲，老人已经 80 岁了，一生务农，身体健旺。我们说，茗山子身上有"红色基因"，他憨笑着说："是的，有红色基因，也是普通劳动者。"他还告诉我们，抗战那些年，他的爷爷正是血气方刚的年龄。先是在皖南新四军部队，皖南事变后，为了抗日救国，他又抛妻别子，渡过长江加入了江北新四军主力。

从茗山冲到茗山村是洪水冲出来的一条天然沟壑，沟壑两边是茂密的竹林，有竹林的地方，空气显得特别清新。我们下山的时候已是下晚时分，竹林在夕阳里摇曳着，很容易让人联想到"高风亮节"这个词。

雾凇，皖南山区一道绝美风景

很多人都知道东北吉林有雾凇，可是你见到过安徽的皖南山区的雾凇吗？皖南山区的雾凇生成于海拔 800～1200 米的群山之中，仿佛是"养在深闺人未识"的冷艳少女。今天我们就走进冰雪世界，撩开她神秘的面纱，一起欣赏她绝美的的风采。

雾凇又称"树挂"，东北常见。在南方要想看见树挂，必须上山。铜陵附近的黄山、九华山等处都具备形成树挂的条件，是天然的"树挂园林"。这是大自然的馈赠、是皖南山区冬季特有的奇观、也是风光旅游难得的景致。

估计是因为全球变暖的原因，皖南这几年很少下大雪了。印象中上一次下大雪是 2008 年，那以后每年也下点雪，但大多数是随下随化，看不到什么积雪。

10 年之后的 2018 年元月，两场大雪覆盖了皖南，元月 9 日和 2 月 4 日，我们带着冰爪、备着登山索两次登顶佛教圣地——九华山的后山，在海拔 800 米以上的群山中看到了特别精致的皖南雾凇。这是一个冰清玉洁的童话世界，一眼望去天高地远、晶莹剔透、流光溢彩，令人目不暇接、心旷神怡。我从来没有见过这么漂亮的雪景、这么漂亮的雾凇。她美到了彻心透骨、美到了灵魂为之震颤！

因为天气好，瓦蓝瓦蓝的天空通透而又辽远，洁白的雾凇宛然画在蓝天上，她在阳光下变幻着色彩，释放出七彩的霞光。抬眼望去，"满山琼花飞舞、惊喜且痴迷！"千姿百态的雾凇，宛如玉树临风。我不禁想到了高启的诗句："琼枝只合在瑶台，谁向江南处处栽？雪满山中高士卧，月明林下美人来。寒依疏影萧萧竹，春掩暗香漠漠苔……"

在凛冽的天宇下，在茫茫的群山中，雾凇在阳光的照耀下闪闪地放出灿烂的光芒，像珊瑚、像宝石、又像饱含火焰的大雾。看着她，寒冷早已褪去，心灵得到了极度的净化。能见到她，本身就是一种福分。

雾凇的形成是有条件的：要有足够大的雪、空气中要有相当多的水分、气温要达到摄氏零下 10 ~ 20 度才能生成形态比较稳定的雾凇。皖南山区的雾凇一般一年只出现一两次，错过了就要等待来年。东北吉林雾凇与我们皖南山上的雾凇不完全相同。东北是晶雾凇，又称"疏雾凇"。我们这次看到的是粒雾凇，又称"密雾凇"。二者的风格有些许差异，归根求源还是与雪的品质、雪的形态有关。

鲁迅先生观察得仔细，他在散文"雪"中写道：江南的雪，可是滋润美艳之至了，那是还在隐约着的青春的消息，是极壮健的处子的皮肤；朔方的雪花在纷飞之后，却永远如粉、如沙，撒在屋上、地上、枯草上，就是这样……

南方的雪与北方的雪形态不一样，形成的雾凇当然各有各的英姿、各有各的风采。分辨不出来，也没啥关系。能见到她们，本身就是一种福分。

因为，雾凇是皖南山区一道绝美的风景。

卖花渔村花千朵

到卖花渔村赏梅花最好是在每年的冬末春初、乍暖还寒时节。

早春二月，我随户外群来到歙县卖花渔村。这里梅花开得正好，漫山遍野迎风摇曳，远远看去像一片片五彩祥云。村里家家户户都栽培着以梅为主的盆景，俏丽而娇艳的梅花站满了枝头。有心的农户都把自家的盆景放在最显眼的位置供人欣赏、方便销售，整个村庄像是浸入了花海。那一棵棵盆栽的红梅、白梅、绿梅和墨梅就是跳荡的浪花，飞来飞去，十分抢眼。春风拂面、梅香扑面，走在山村的小路上，仿佛一步步走进了世外桃源、人间仙境……

卖花渔村位于歙县县城东南 7 公里、地处新安江南岸沟谷腹地，号称歙县第一村。该村本名洪岭村，相传唐朝末年有洪氏家族迁居于此，逐渐形成了这个千年村落。村里有位老乡对"卖花渔村"名字的来由作了说明。他说：村子的形状如同一条鱼，村头尖尖状如鱼嘴，村腰渐宽如鱼肚，村脚房屋向两翼展开，如鱼的剪刀尾。鱼不能离开水，故在鱼字边加了三点水，取名"渔村"，寓意"如鱼得水，活力无限"。其实这是一个地地道道的小山村。

这里是徽派盆景的发源地，村里家家都有形态迥异的盆景和假山。徽州有其特有的地域文化，他们习惯给自家盆景配上诗句，用蛮蛮的徽州方言念叨出来，别有一番韵味。村部或祠堂里也摆着盆景，那大概是"选美比赛"的优胜者吧？一般盆景的表面和假山的背阴处都生长着青苔，看去像是一种点缀。青苔长在花盆里在诗人眼里也有诗意，清代文人袁枚吟苔花的诗最近刷屏无数："白日不到处，青春恰自来。苔花如米小，也学牡丹开。"借这首"孤独了 300 年"的小诗，吟咏盆景里的青苔倒也贴切。

老话道"无徽不成镇"，意思是说徽州人善于经商。卖花渔村现在家家户户都热衷于种植梅花、销售梅花，把梅花盆景做成了产业。在村里我们了解到，全村每家每户都在做梅花生意。一枝梅花售价 5 元，一盆可供家庭养殖的梅花，售价在三五百元不等。盆景讲究的就是造型和品相，一盆造型好看的，要价常常都在 1000 元以上，有的价格更高。现在这里的村民们愣是把美丽的花朵嵌入了产业，把经营之道纳入了美丽乡村，把展示创意美、自然美与经商、挣钱融为一体，以致让你分不清自己是在审美还是在消费，这就使小村庄的人们已然走出了一条具有徽派盆景风格和徽文化内涵的经济发展之路。

可能是前不久央视联播快讯宣传的原因，今年春节后游客蜂拥而至，本来就不大的村庄游人如织、川流不息。2月25日是星期天，交通管理部门为了控制进村车辆，要求大巴车全部停在镇上，我们出村要徒步7公里才能上车。一路微风拂煦，鸟语花香，心情格外舒畅。我不知不觉吟了一首小诗，抄录如下：

咏梅花桩

卖花渔村花千朵，
拂面春风面颊香。
皖南秀色谁先著？
老树新枝梅花桩！

诗虽然做得不够好，却也表达了我这一路走来的心情。

父亲与"三宝"（外二篇）

臧玉华

保温杯

父亲爱喝茶，早晨和午后各一杯酽茶，和吃药一样有规律，每天两次，每次数粒。药品说明书上明文规定用温开水送服，父亲说温开水就包括了温茶水，他晚年时我们犟不过他，也就由着他性子了。

父亲喝的茶五花八门，什么猴魁、毛尖、瓜片、白茶、红茶，大部分是我明里暗里送给他的，他也不讲究，只要是茶就好。

他喝茶的杯子却是经年不变，是早些年时兴的不锈钢保温杯。这只杯子样子倒也清秀，还有点"腰身"，父亲恰好一手握了它，只是表面不再光洁，有几个浅坑，内里是洗不净的茶褐色。说实话，我也不记得茶杯陪伴他多少年了，白天它在木几上，挨着父亲身边；晚上就移到床头桌前，黑灯瞎火时，父亲伸手一摸就能摸到它；你若曾经在广场看见我父亲，颤颤巍巍的他，手里一定捧着这件"宝贝"。

茶杯上几个坑不是没有缘故的，其中一个是在家门口的台阶上摔的。那天父亲忽然腿就软了，侧身半卧在地，所幸毫发未损。后来在广场漫步也摔过一跤，膝盖磕破了，茶杯被扔出很远，再后来从木椅上起身时匍匐在地，洒了一地的残茶。此时我们才知道父亲小腿肌肉萎缩，早已肌无力了。我现在常常提醒身边的朋友，关注家里的老人，可是当时自己做的差劲极了。

父亲最后一次去住院，依然紧握着那只丑陋甚至肮脏的茶杯，我掰开他的手没让带，带的是早两年帮他买的希诺牌的磨砂保温杯。事情由不得他了。我是个爱面子的人，觉得磨砂杯和父亲的收入，以及我这样一个人都很相称。可是由于我的错误，不锈钢杯子被冷落在家，没有陪伴父亲走完人生的最后一程。

假　牙

父亲的后20年，是与疾病斗争的20年。20年前，父亲单位一年一度的体检，告知他心脏出现状况，暂时还算不上是冠心病。再去看医生时，说心室的门关不严了，也不知道是哪一道门，发展到后来是心脏动不动就消极怠工，直至彻底地不工作。有一次患糖尿病的老友来家里玩，父亲无意发现自己身体上的症状和他很像，就是所谓的"三多一少"现象，糖尿病对父亲的打击很大，如雪上加霜，何况此后肚子再也吃不饱了，还要杜绝所有甜食，按他自己的话说：这就要了他的命。

父亲喜爱甜食由来已久，我小时候，家里没合口的菜，就学着父亲用白糖拌饭吃。我目前仍执迷不悟，虽亲眼所见父亲是怎么与牙齿做抗争的——先修修补补，修补不了就拔，从一颗颗的挖到整体铲除，再去适应一副做工不算考究的假牙，就像经历了战争的不同阶段，摩擦、相持、小打小闹、全面瓦解，这场"战事"父亲是输家，输得不堪和无奈。

假牙后来成为父亲最忠实的伙伴，也是第二件"宝"。它帮助父亲将食物碾碎，在胃的配合下，通过分解、还原、氧化等等，而变成身体所需的蛋白质、脂肪、维生素。他和它从不适应到适应，这其间经历了整整一年，不乏磕了牙床的小事故。父亲离不了它，否则不知所措。难以想象，没有假牙，他还会感到生之快乐吗？

在弥留人世的最后阶段，父亲试图将假牙卡进环里，我知道他潜意识里觉得没有假牙撑着，嘴巴瘪得会很难看。费了半天的劲，无果，而我们又帮不上他，几十年将牙齿上上下下地戴着，都是自己操作，动作因常态化而十分娴熟，以至于孙子辈的，从小就很会模仿爷爷或外公戴假牙的动作。

手　表

记得父亲有块瑞士表，是20世纪50年代在南京买的。近日的朋友圈里读到一篇文章——《每一位沧桑老父，都曾是白马少年》，他们都年轻过，都风花雪月过，变成了今天的沧桑老父，是爱，是岁月，是生命的必由之路。可以想象一下，父亲当年是一个农村的青年，每月津贴，除却费用和寄回老家的，攒了几年，终于可以腕上戴表、脚上蹬车、风光在南京城了。这是多么令人兴奋啊！此后，手表在父亲眼里，与实用，也与时尚关联。

父亲一辈子没离开过手表，机械表、石英表、电子表、老年表，从手工上劲到自动上弦，手表是它的第三件"宝"。以前靠它掌握上下班的时间，在没有电视和手机的年代，手表的作用可想而之；后来退休了，靠它掌握做饭时间，掌握接送孙子上下学的时间；躺在病床上的父亲，依然戴着手表，他用它掌握什么时间呢？时间对于父亲还有意义吗？患有轻微老年痴呆的父亲，或许心里比谁都清楚。

那一晚，大哥去医院看望父亲，一直处于半昏迷状态、不能说一句话的他忽然清醒，居然叫出了大哥的名字，甚至有一度两只手在空中划拉着，因为划拉的这一下子，发现习惯戴在左手腕的手表，被移到右手腕了。晚年的父亲是个固执己见、习惯大于一切的人，一块护士打点滴时移动的手表，让他拼着残存的生命来更正，而这些又是在半夜悄无声息进行的，谁都不知道他费了多大的气力，来纠正一生都不会犯的错。

茶杯冷落在家，假牙用纸巾包裹着，手表最终被护士拿掉了，为了不妨碍抢救。这三件"宝贝"，或不在场、或在侧目睹了父亲的最后时光。

由我提出，家人一致同意的，三件"宝"随父亲一起入殓。因为我知道，九泉之下，父亲依然需要它们。

还因为，除了家人，父亲这一辈子清贫得只有这三件"宝"。

那一年暑假

姥娘要走了，是那年暑假的事。父母带着我一路颠簸，想与姥娘见上最后一面。

姥娘就是外婆，鲁东南的叫法。我却没叫过一次，生长在南方，与北方的姥娘是陌生的。第一次见到，她已气若游丝，躺在昏暗的柴火屋里，伸出枯枝一样的手在半空中抓我。死亡的气息在屋里弥漫着，我感到恐惧。

母亲自然是悲伤的，隐隐还有股憋在心里的火，在姥娘咽气之后，就跑到小妗子门前大吵了一顿，不外乎一些姥娘在世时鸡零狗碎的事。小妗子长得矮小，抵着母亲的面明显气短，这种气短和身体长度无关，是心虚理亏？或许关乎于城乡差异。

母亲和大妗子要好，大妗子是大舅的续弦，当初带着两个孩子嫁过去的，大妗子会说话，也可能骨子里就存着善良，轻易就笼络了母亲的心。那段日子，我们住在她家，天刚蒙蒙亮的时候，大舅就出门了，去忙他的果园和菜园子。大舅话少，即使与亲妹妹也说不了两句。通常招呼我们的是妗子，她愁着不知道拿什么做我们的早饭，窸窸窣窣泡了碗藏着荷包蛋的撒子，这是当地女人月子里的食物。而在他们自己，煎饼卷根大葱，噘巴噘吧填饱肚子就是了。

大舅没有儿子，大妗子让儿子改了姓。这个表哥似乎不省心，前一个老婆上吊自尽，又娶了第二个，对大舅倒还孝顺，可又和大舅女儿，我称为滦表姐相处不好。所有的矛盾积聚起来，终有一天爆发了。表姐一手叉腰，一手拔着烟，用嘴巴当机关枪扫射——北方话听起来硬邦邦的，语速也快，而表哥看起来有点蔫，吐出来的句子却伤人要害。就在表姐狠命踩灭烟屁股那一刹，两人就扭打在一起了。男人总归是力大，若不是几人拉扯着，估计表姐多少要挂点彩。

其实他们俩的矛盾和姥娘并无瓜葛，选在那个节骨眼冲突，无非是趁着人多，各自寻求精神上的援助，试图在舆论的口水沫中淹死对方。

丧事依序进行，不会因为打闹而乱了方寸。主持丧事的是本家中闯过关东且德高望重的长辈，在一片吹打声中，他指点迎来送往和燃香跪拜。姥娘娘家人来了，是几个和姥娘长得差不多的兄弟姊妹们，拄着拐，佝偻着身子，倚着墙根，表情模糊，却也慈眉善目。我忽然觉得亲切，想到了童话故事里的七个小矮人。那几日，哭丧的人不少，或本家或亲戚，人未到，哭喊的声音就近了。若细听，那声音显然缺失水分，是直接从嗓子眼里蹦出来的，而不是在腹腔形成、百转柔肠地充满情意。丧礼上的哭喊要的是气氛，就如门前从早到晚吹打的乐队。

出殡那天，各种哭喊声在耳际蔓延，我充斥其中，不知所措，被小妗子家大女儿秀踢了一脚。她排在我后面，一半是责怪，一半是提醒，因为路两边断断续续的人看热闹。我们去往的是姥娘在荒郊野外的"新家"。

那以后，当然不可能再见姥娘。

又似乎多次见过，柴火屋里奄奄一息的人，那干树枝一样的手，我尽力想象她正常时的样子，姥娘的姊妹是最好的参照。

摇晃的流年，轻摆的时钟，鲁东南之行在记忆里执着。第一次出远门，第一次住乡下，第一次见过村里的大场面，第一次面对亲人的离去，都是在那一年的暑假经历的。在此之前，对世事的纷繁，对人性的复杂，对死亡的理解，我是浑然不觉的。

这几乎就成了我人生第一个分水岭。

一 窗 绿

一定是先有树的。

树的旁边盖了库房，灰白水泥墙面，树脂合成瓦，一条丑陋的粗蟒样的管道经过它。接着，树的另一边又建起了办公楼。库房和办公楼分属两家公司，树像个界碑一样存在着。

没有人给树做过规划，考虑它的未来，它实在是可有可无。可是你会想到逆境使人成长吗？利用一切机会，树就贴着墙角爬上去了，渐渐地，树脂合成屋顶蒙受了它的庇护，而另一边，一蓬绿窜到二楼窗台，六月的时候，整个窗户就被绿覆住了，也不管愿意与否。

当然，绿是有层次、有罅隙的，树叶舞蹈，清风不请自到；日光的脚尖在叶子上跳来跃去，跳跳就跳进了窗里。

如果不是这棵树，堂而皇之进入窗户的，一定是机器嘈杂声，偶然也会有超标的气体，树将它们统统过滤了一番。因为树本身可能就有吸音吸噪吸废气的本事——工厂周围的树大多有这样的本事，说得夸张点，窗里的人因为树就像一条条有氧的鱼。

窗户里坐着我，几个年轻的同事，几台电脑、打印机、装订机，还有杂七杂八的东西，极为普通的办公室。若说特别，也就是那扇窗，绿叶是幔帐，一年四季变换不同的景秀样儿，连窗帘都可以省却。冬天，几根瘦枝横撇竖捺，是简笔写意画；早春，窗户是鹅黄色的，鹅黄色的叶子像个婴儿，蜷曲着，毛茸茸的；秋，窗外就挂着几个伶仃的褐黄，即使窗户紧闭，依然能看到风；最好看的还是仲夏现在的样子，看着看着，双眼就充满绿意，绿又在身体里蔓延，人也盎然了些许。

恰梅雨季，或日头高照，或雨水湿润，加之气温催生，是植物、作物最好的生长期，麦子成熟了，果子成熟了，这棵树也丰满，也浓密了，容不得你忽视它。

可是我至今不清楚树名，没人知道，开始以为是构树，实在太像了。树形恣意撒欢儿，树叶周围有缺口、有锯齿，叶子的背面有纤细的毫毛，只是不开毛毛虫样的花，不结橘红色的果。它或许就是构树，逼仄的环境里，这么多年，蜷着身子成长，直到争取了空间，才挺直腰杆，因此耽误了开花结果的事。

是什么树不重要，当浓荫遮窗，那真是办公室最好的日子。所有颓废的、疲惫的情绪，在一个哈欠之后离我远去，我盯着手机屏死鱼一样的眼睛，望一眼绿，便绝处逢生。

是什么树重要吗？重要的是绿色，《囚绿记》里说："绿色多宝贵啊！它是生命，它是希望，它是慰安，它是快乐。"难怪陆蠡将两枝浆液丰富的柔条牵进屋子里，伸长到书案上，如幽囚一只小鸟，他要让绿色做无声歌唱，以慰藉过于抑郁的心情。

我不用做牵引，树在窗外，它是自由的，四季流转的画面让我们愉悦。此外，在它身上，我看到一种东西，它兀立的姿态，不屈服的信念，它四通八达的能力，高深莫测的表情。由此我敬重它。

"真好啊，这棵大树。"我常和同事叨叨，像提及一位长者。

镇 纸（外一篇）

周曼雄

古人有玩物丧志的说法，大抵的意思就是玩弄无益的器物易失去意志，贻误大事。我是对这种说法持不同意见的。喜欢一类事物，肯定要沉下去，并且能坚持、积累，真正用了心，不但不会失去意志，反而会更加坚定意志。身边有诸多朋友有着不同的爱好，有收藏老相机的，琳琅满目，型号不一；有收藏酒的，各类老酒、名酒林林总总，让人垂涎；搞根雕盆景的，日晒雨淋而乐此不疲；玩摄影的，风餐露宿，如痴如癫。当然，也少不了玩字画的。

字画范畴里，有一个词叫文房四宝。写字画画，肯定离不开笔墨纸砚，这些东西都是大自然赐给中国文人的至宝。事实上，除了文房四宝，书案上的小物什还有很多，如笔架、笔洗、印泥、水注等等，当然，少不了镇纸。

镇纸的起源大约是古时文人常会把小点的青铜、玉石等放在案头把玩，因为有一定的重量，所以在赏玩的同时，也会兴手用来压纸、压书，久而久之，便发展为一种文房用具——镇纸。

我手头上能叫镇纸的物什还真不少。这不起眼的破玩意算起来，有三十多年了。那年在画友王来峰处玩，他那时还在米厂工作，这个铜条，是从一个废弃的老磅上拆下来的。那时他正年轻，拆下铜条后闲着想凿点什么图案来，结果没称手的工具，搞得不上不下，最后放弃。见我那时也还有点肌肉，便说："你拿回去接着凿凿看，看能不能搞点什么名堂。"以我这性子，怎么可能还凿点什么，直接拿半张宣纸，包得严严实实，一用就是几十年。

再到后来，镇纸渐渐多了，竹制、木制的，还有大理石的，搬了几次家，加上平时也不留意这些，到最后不知所踪。这个是现存比较早的镇纸，那年去徽州采风，闲逛时看到这个。虽不是古物，十八罗汉却雕得栩栩如生，主要是不贵，当时花了 40 元，想想作个纪念也不错。有个老友出于好心，建议我用白醋将上边的银面清洁一下，我笑着给他说了一个故事：有一年某老兄去岳西，看中一张老八仙桌，材质应该不错，便与物主商定 800 大洋买了下来。因为比较笨重，便出来联系货车。当时那 800 大洋也算是一笔不小的财富了。物主是山里人，实在，觉得这破桌子竟然能800 元卖出去，觉得买主吃了亏，生怕买主反悔，便发动家人，将这张老桌子从里到外刨了几层，焕然一新。等买主弄了货车回来，见到此桌，恨不得大哭一场……我说完这故事，朋友差点喷饭，也就再也没提过清洁这事了。其实，是我懒对它下手而已，有那时间，还不如多抄几个字呢。

这个铁条就有点意思了。有一年在合肥骆岗机场候机，扔垃圾时，发现垃圾桶边有一块铁条，就是地面上防滑用的。大概是踩踏的人多了，渐渐松动，最终被人当垃圾扔掉。我一看，这玩意就这么扔了多可惜，四周一打量，也没人注意我，于是就腆着脸皮给带回了家。带是带回家了，却没怎么用它，几乎一直在书案上，有时也想扔了。回想当时，捡了再扔，这不是在折腾自己吗？那就放在那吧。

前几年，因每年的年底要义务写春联，寒冬腊月北风吹，在室外写字极不方便，也赶一回时髦，在网上淘的这对镇纸。当然，淘宝这事，我至今不会，有人代劳，我才不用学这个。据说还是日本白钢的，是不是小日本的无所谓，是不是白钢的也无所谓。关键是这小小的玩意分量很沉，能在室外镇得住纸，且携带方便，往兜里一揣就行，走起路来还叮当作响，犹如佩鸣。从那以后，每年外出义务写春联时，自然少不了它的影子。

手头上有一个玉把件，虽然不是上等的料子，但我很喜欢，有时它也会客串一下镇纸的作用。有一次在书写过程中挪动宣纸，要不是刹那间抓住了挂绳，这弥勒佛差点就滑到了地上。从那以后，就再也没当镇纸用过了。真要是打碎了，那碎的是心啊！

有时图方便，直接用没刻的印章坯当镇纸，只是使用时得异常小心。这寿山石，掉到地上，估计也没什么寿了。少用也罢。

平日里游山玩水时，会捡一些光滑点的石头，目的只有一个，那就是当镇纸用。其实镇纸也不算少了，可在水边时，就是止不住这捡小石头的念头。只要是光滑不伤纸的，基本上都很难逃脱我的肥掌。然后时间久了，扔了一批，过阵子，又会有新的一批上阵。反正山溪里多得是，捡捡快活就行。

镇纸，在我眼里本来就是随性之物，管它什么材质和造型，摆在案上，能压得住纸，能让我放松，便足够了。山川藏灵，风雅道尽。物有性，品貌随意随心。书写，也不过是一场心灵的洗涤，抬手、举笔，最怕悄然风急。唯一块镇纸，能让一切尘埃落定……

铁匠金如

得知会宫有间铁匠铺，缘于好友高斌的信息，于是萌生去好好拍一组的念头。很多事情就是这样，等我有了时间，并和高斌约好，差点成行时，接到高斌电话，说会宫停电，打铁就打不成了。我一时没反应过来，停电和打铁，似乎并没有必然的联系。高斌解释说，现在打铁，不像过去用的手动风箱，而是用的电动鼓风机。一切便释然起来，没有拍成，却在心底多了一份念想。

今天中午，再一次打了高斌电话，意思就是约一下打铁的师傅，省得天天挂念着。高斌接到电话，回答得很干脆："好，我来联系。"然后我就在忐忑不安中一边吃着快餐，一边等着高斌的回复。久久得不到答案，还是忍不住又给了高斌电话。刚一接通，便迫不及待地问行不行，怎么半天也不回复。他说："我没师傅的联系方式，只得跑到他家说，才耽误了一些时间，不过这次没问题，可以去拍。"顿时，所有的焦虑瞬间烟消云散，心情也大好起来。

约了一个摄友，一路驱车直奔会宫，找到高斌时，便急着要去铁匠铺。高斌见我在他办公室小坐时心不在焉的样子，也没有让我太着急，带着我们往老街进发。

还没有到达铁匠铺，遥遥的就能看到铁匠铺门前的摊位。停好车，就急冲冲朝着琳琅满目的铁器们仔细地拍了几张。品种实在是多，大都是一些农用的物什，如锄头、镰刀、钉耙等，也有一些从外地进的成品放在一起。师傅见我拍到成品时，有些不屑一顾地说："这些成品拍着没什么意思，都是流水线下来的，没多少技术含量，哪像我这些铁器是一锤一锤敲出来的好。"看着师傅一脸自豪的模样，再看看这些机械的和纯手工制作的器具摆放在一起，也没丝毫违和之感。看起来这样的手工工艺，也确实到了一定的境界了。

见到我和另外一个摄友进了铺子里，师傅才开始点炉，似乎不想让我们疏漏每一个环节。看着师傅表情肃穆地准备了一些刨花放进炉膛里，然后拿出一张纸，慢慢引着时，我突然间多了一份感动。每一个行当都有自己独特的文化，这宗教仪式般的正式和隆重，让人肃然起敬。随着鼓风机的一阵轰鸣，引着的刨花不一会就让焦炭燃起了熊熊大火。炉膛映红了，在瞬间里，师傅的眼睛也亮了。看着师傅在灿烂的笑容里，不紧不慢地摆放着要烧的铁块，我在恍惚间感觉他在面对一群孩子，充满了慈爱与安详，这得需要多少年的摸爬滚打，才能在不知不觉中培养出的独特气质啊？

铁块烧得通红，师傅的妻子也赶了过来，抢起了大锤，与师傅面对面交替敲打着铁块。看着他妻子抢锤的样子，让我很惊讶：如此大的铁锤，在她手上如同玩物，两人配合得丝丝入扣。听着叮叮当当的击打声，想想古人所说的"琴瑟合鸣"也莫过如此。师傅在用小些的锤子敲打铁块的同时，还不时在边上的铁墩上敲打几下，像是控制着节奏，也像是与谁交流，也有可能是个人的习惯。没好意思问他为什么如此这般多费体力，一是怕他笑我太过无知，另一方面也怕我的问题，会让他产生不自在。记得那些年为了好玩，我蓄起了长胡子。一次在饭桌上，有人问我："你晚上睡觉时，这长胡子是在被子里，还是在被子外？"结果回去一看，胡子放在被子里不自在，放在被子外同样不自在，硬是几天没睡好。大凡不经意的事，经过了刻意，就会不自在了。

休息的时候，他妻子不声不响地递上一杯早已泡好的茶，师傅接过杯子，大口喝了几口，将杯子递回给他妻子时，和我们聊了几句。他说他17岁时就开始学这门手艺，至今已38年了，他师傅的师傅是太湖人氏，铁匠行里的高手，还会制造土枪。当年有土匪听说他有这本事，便将他掠到寨中，逼他为土匪们制作土枪。他誓死不从，土匪们恼羞成怒，将他绑在柱子上，严刑拷打，他仍不松口。几天下来，土匪们对他也渐渐失去了耐心，用火烧坏了他的一只腿，然后扔到了山下，他才得以逃出了魔掌。我好奇地问了一句："那你的师傅呢？"他只回了一句："他们现在都作古了，来，我们继续。"见师傅回避，我在想，可能是师傅不愿回忆过去的事，或许还会夹杂着一些痛楚，不愿提及的事，我想我也不便再多问了。

片刻之后，师傅又抢起了锤子。室内的温度很高，我环顾四周，别说空调，连个风扇也没有。虽然我知道打铁需要温度，可是如此高的温度，再加上煤烟和粉尘，工作环境如此恶劣，每件器具在敲打成型的背后，艰辛便可见一斑了。随着一阵阵的敲击，要制作的粗坯也慢慢形成。淬火是一个重要环节，师傅说："虽然我书读得少，但现在真正能懂淬火的，还真找不到几个。"在迅速降温下，完全凭多年积累的经验，来判断是否是自己要的结果，而在书本上，是无法记录具体数据的。一代代传下来的，叫做"水淬",也就是将烧红的器具放进水里进行迅速降温,很难掌握,弄不好就因铁器开裂而前功尽弃。看着师傅专注地观察铁块的颜色,并不时用潮布试着温度时,我就在想,这样的经验,也不知道是用多少次的失败,才得以换来如今的从容。

粗坯形成后,他拿出了电动砂轮进行打磨。由于收不到年轻徒弟,事实上这一代的年轻人,几乎也没人愿意学这既脏又累还挣不到大钱的活。为了提高产量,不得不借用现代的手段来节省时间。我问师傅,像这样的一把锄头,从开始到成品,一般需要多长时间。他说要是体力好,不间断打着的话,一般得用 3 个小时。3 个小时不间断的锤打,得需要多少体力,确实让我由衷敬佩。师傅在器具成型之后,很认真地用粉笔在正面写上客户的名字,再在背面写上价格。我看了一下,这把打好的锄头,卖出的价格是 45 元。我不知道这锄头的成本是多少,至少,这 45 元,是多么的艰辛和不易。

拍了很久,奇怪的是,我一直没看到想看的火花绽放的样子。听我这样说,师傅说想看火花还不容易?随即找出一块铁皮,放在炉膛里烧了起来;并随手在地上弄了点土,包在一起,就着铁片通红时几锤下去,火花四溅,委实壮观,不一会就敲成了一个铁块。我问师傅为什么要掺杂一点土,师傅一边打着铁,一边简单地回了一句:"金离不开土。"好有哲理的一句话!拍到几张有火花的样子,我怕师傅累着,连忙让师傅停下来。师傅为了不浪费,还是一锤锤制成了一个个小铁栓,为以后备用。

师傅名叫金如。师傅说:"我过去的名字是金儒,后来弄身份证,给错成了金如。"金儒是个很雅气的名字,有将相风度,操纵着各种铁钳和铁锤,如沙场点兵,运筹帷幄;而金如,错得也有诗意,铁匠行当,离不开金,惜铁如金,金如如来,能看透万物。姓的好,名字也好,或许,这也是在现今这个物欲横流的大潮流下,他能坚持下来的原始动力。

这位坚守着传承的师傅,叫金如。金如如金!

写意的窗影（外二篇）

吕达余

翻书翻得有些倦意了，抬起头看看眼前的白壁。咦，竟见壁上出现了一幅画，是一幅长条幅儿，画面儿是变换着的。一会儿是此密彼疏，一会儿是彼浓此谈，留白在窄小空间不时变幻，俨然一帧墙上的水墨画。墙上当然是本无画的，是半侧窗户光影投射的。我颇有兴味地欣赏起来，树叶的影子们在墙上舞蹈。向外看看窗影本体之所在，几株樟树在风中晃动而已，实在是没有什么趣味的。呵呵，原来影子比实物来得好看，想想岂不奇哉怪也。

想想也不奇怪的，著名的郑板桥的墨竹，不就是这样来的吗？他在自己的画上题句说："于时一片竹影零乱，岂非天然图画乎！凡吾画竹，无所师承，乡得于纸窗粉壁日光月影中耳。"此法也并非板桥所独创，据说古代一亡国妃，为征服者所占有了，心中常常悒悒不乐，尝独坐于南轩内闲观，轩外有竹而影落于窗，遂就窗纸摹写竹影以自遣，从此开以墨写竹之先河。如此说来，郑板桥乃步其后尘，效其法而已。

竹影入窗，不用摹写，便已成画。因其已删其繁，而就其简约，且略其文彩，而遗其清姿，画意自然出之。我们旅游观名山大川，然为何尚于室内赏半山剩水，观画家笔下之流水小桥？其理一也。观繁则乱眼，察微而眩目，最好的境界，是观其大端，而味其神韵。于画，我是喜欢写意的。太抽象则又过之，只见线条斑块，而不见其形影。

中国古人说，要月下看美人，这与窗上看竹影同。月下美人有何妙处？妙在惟见一袭剪影，月光如纱笼美人，让人看得不甚真切。世上任是再美的事物，都不能看太真切了。人们多爱看美人，恨不得打上追光灯，以瞧个明明白白，结果呢，瞧见了脂粉下的雀斑。清人袁枚《随园诗话》载陈楚南《题背面美人图》诗云："美人背倚玉阑干，惆怅花容一见难。几度唤她她不转，痴心欲掉画图看。"这是常人心态，凡事欲尽其兴。但画家只让看美人之背，看美人看正面，不如观其背影。这是画家的高明处。

不独艺术欣赏，不独是看美人，人生诸多事体，均可作如斯观。用佛家语说，就是空幻视之，太执着，太真切，不仅不美，而且易癫狂。画个竹子，太具象，太明白，太繁乱，都不美，何况人生图画？人生若过得艺术些，图画可简约一些，潦草一些，多向一些，留白一些。真正美好的人生，大抵如此，这于生活中，似不难找例证。你看那些快乐的人，成功的人，不大有太具体的目标，也不抱定唯一的目标，然而绝非没有人生目标。

外面夕阳已经西下，刚才的窗影渐渐淡了，终至于什么也没有了。这才收回自己的目光，发现好像想得远了，且回到当下来吧。阳光没有了，还有月光，月影映窗，则更别有韵致。我不喜在墙上挂画，书桌上方乃白墙一壁。这一个大大的留白，不意竟有这等好处，日光月影可以作画，而且四季变换不已，这是无意之中得之的。

桂香袭人来

大早晨刚起来，将门户大开，隐约有桂花香，是门前桂花树散发的。这使我立即想起一个词：花香袭人。这个词有动感兼美感，不知最早使用的人，是如何想起来的，一种不可言说的意境。宝玉的一个贴身丫头，姓花，宝玉就给起了个名字，叫花袭人。这名字就叫得好，是《红楼梦》作者曹雪芹的绮思，不过借了贾宝玉的名义。这桂花就袭人，挨在你的近旁。你在家里面，开个门户，它就进来了。

现在桂花已稀疏了。前些时候开得很盛，常于晚间散步时，专在桂树下面流连。住处桂树颇多，我是很喜欢的，每年的秋天，不须远足，就可嗅花香。曾写小文赞之，题曰：《撷取一段香》，文短，不妨抄在下面：

一缕清香萦于鼻息。

原来是桂花开了。

好多花树开花，香气未至而艳色先入，枝头嫣嫣地笑，人趋前，则一时花香艳色入怀。

桂花树不是。花型小，色淡，不经意闻着了，要寻。

桂花树较一般花树高，香随风走，香萦处未必有树。到桂花树下，香气反而淡了些。

米粒似的黄花，又不艳，不好摘下佩戴。折一段枝拿手里，家去插于瓷瓶中。只是闻一段香，摄影或画画，都算不上美。

香气庭中若隐若现漂浮，有客来，以为是一种香水。你指一下瓶，说，是桂花。客人才惊异地走近，叹一声：真香。

不久，黄粒色暗，是枯萎了。瓶中一枯枝，只好弃了。林黛玉荷花锄来，也难为筑花冢，太细碎了，不能盈握。只好丢弃于门外，任一缕芳魂自行化去。

然而，出门，走过，仍有暗香来。

此文曾得一文友激赏，以为写得好，当时也颇自得。现在重读之，不觉得好了。桂花就是桂花，无须人来贴金，或定要比拟什么。花也并不专袭人，你在不在那里，它都在飘逸游走。世上的花朵无数，但人各有偏爱，似乎没有不爱桂花的。人们每每说起来，都说桂花真好闻，这"好闻"二字有讲究。百花之中，有的花味淡，有的花味浓，有的花味"冲"，有的花散发的，或许不能叫香，而是一种味道。桂花香味浓郁中有清淡，闻来有一种刚好的感觉，你久久地嗅它而不厌。所以人人都爱桂花，你听谁说桂花不佳的么？

桂花花期短，开时虽盛，纷落如雨，人叹为憾事。文人雅士写文惜之，而民间百姓则异于是。自古，他们就有久留其香的办法。其实这办法都知道的，是将它制成可食可用之物：桂花酒、桂花糖、桂花糕，以及桂花茶、桂花油、桂花香水。最近看微信朋友圈，有晒自制的桂花酒的，引来赞叹与效法。这些个办法比写文章赞美或叹息好。文人之好于某物，总要赋予其品格，赞之、惜之、叹之，不一而足。这是秀才人情纸半张，用情不真。还是从来民间的办法好，欲爱之留之久之，就将其饮进口，食入腹，搽于身。这是真爱桂花者，可谓不离不弃，四季两相伴。如此，则有何可叹息的呢。

面对一树桂花落，不妨收起雅士情怀，且走到桂树之下，捧起大把花屑来……

山　水

人们之喜爱山水，怕来自从前的遗传。

人还没有彻底进化，是在水里头捉鱼，在山野中采集，或猎野兽过活的，离不开山林水泽。后来文明了，从洞穴中搬出来，盖起房子住，也必择山水居。屋前有溪水可汲，屋后有山林可伐，有水且有柴，这才可以生活。我们看江南古民居，环绕的都是青山绿水，现在的画家和摄影家觉得美，其实古人择山水而居，是从家族生存繁衍考虑的。

人类进一步文明，住深宅大院，大伙儿凑一块，城市化了，有专人充供水与燃料之役，人就与山水远了。这就是尘世了，没有山林与水流，有烟火的气息。人一旦聚集而居，成了市井之处，地域狭窄，资源匮乏，纷争就多。有的人就厌之，离开人多的地方，重归山林水泉处，简朴生活，什么都自己动手，盖间茅屋，依然屋前汲水，屋后砍柴，这种人称为隐士。以至于有这样一个地方，成为隐士们的大本营，就是古人多有吟咏的"终南山"。但此处离长安近，有的高人因德行太高，名气太大，被人主闻知，屡次下诏征召，又回到了尘世间。后来有名利之徒仿之，归隐山林等待朝廷召唤，后人戏谓之"终南捷径"。当然，走这条道的，都是假隐士，沽名钓誉的。

但不管怎么说，从此，人是离山水远了。

除了隐士一类，就是佛道修行，都选深山之处，因为有山有水，可不赖外界而自存。离开尘世，远离烦恼，正可静心修行。虽不免清苦些，然这是佛道本意，正可以助断欲。

有身在朝廷为官，然又烦于案牍的，如谢灵运与王维，就开始流连山水，访道问仙，修禅静心，以寄其逸情。这就有了文学史上的山水诗与游记，还有山水画。这个意义甚重大，没有这样一些人，中国的文艺会逊色许多。官员官场失意了，被贬谪到蛮荒之地，贬所往往有山水之胜，便以游山玩水为乐。古代官员多科场出身，读书既多，写文章也有一手，为排解愁肠，抒发性情，就写山水诗文。如柳宗元的《永州八记》，苏轼的前后《赤壁赋》，都是贬谪后的作品。这些文人之前的诗文，大抵是庙堂文学，住住是很平常的。他们文学史上留名，还真是得益于被贬，有机会亲近山水，写出了传世的佳作。这是中国文学史上的特异现象。

山水，就这样从自然上升为精神。

所以，左思说："非必丝与竹，山水有清音。"

丝竹是尘世的，山水是自然的。但是山水好，毕竟抵不得官位与金银的诱惑，而这些非在尘世而不可得。尘世的烦恼让人心乱，官家商贾就花费巨资，开始建自个的私家园林，在方寸地营造玲珑山水，供闲暇时观赏流连，居家可慰山林之思。现在纵使你有大把金钱，也难以营造私家园林。古人的园林成了景点，供旅游的人来观赏。至于名山大川，每至节假日，人群蜂拥而至。但真若论风雅，现在不比从前。

山水，已经不是昔日的山水。

如今在山水之间的，是一派热闹的景象。山水也已经不是山水，有了长长索道的缠绕，人们上山不用爬行，风景可凌空一览而过；还有靠着山崖峭壁建巨型电梯，可供人直上难以攀登的险峰，直接一览无限风光；有惊险的人工玻璃栈道，或跨壑而建的透明玻璃长桥，供人于其上哭嚎或啸傲。客栈酒吧农家乐，星罗棋布于其间，夜间一派霓虹闪烁。如今的名山大川，俨然现代娱乐场，人们是呼啸而来，又呼啸而去，一拨一拨的，发洪水一般。人们把都市的繁华，尘世进竞的气息，和一颗浮躁的心，统统带到了这里。

山水是闲逸的，远尘世的。

所以，现在我们没有山水诗。山水画呢，不过是些仿古的货色。

纯粹的山水，于我们而言，是越来越远了。

读书日记

吴晓卿

· 2019 年 2 月 14 日　星期四　晴

今天，读完了句芒的《关于萧红的一百个细节》。抚卷沉思，她短暂而悲剧的一生，源于与家族决裂，失去亲人庇护；单纯，不通世故，对身边的人过于依赖，无论是爱人或友人。须知，过多地依赖，会令人有负担，继而远离。她有自我觉醒的意识，却因从未得到爱的满足，既骄傲又自卑，既顺从又倔强。其实，她内心是喜欢热闹的，害怕独处，需要很多很多的爱。而作为写作者，她必须寂寞，必须时常处在自省而痛苦的状态中。

一个人内心世界越强大，也越独立，对他人能够提供的情绪价值抵抗力就越强。她无法抵抗端木蕻良给予的一点关爱、一点欣赏，这也许是她不爱端木，却接受他的原因吧。

她说，对端木蕻良没有什么过高的希求，她只想过正常的老百姓式的夫妻生活，没有争吵、没有打闹、没有不忠、没有讥笑，有的只是互相谅解、爱护、体贴。真真单纯的作家呵，于千万个人中，大概也找不出几个这样好的婚姻。

春节期间，周遭喧嚣，一直在阅读梅萨藤的《独居日记》。她才是一个内心强大的女人，看得通透——"我一直渴望着有一个人，我可以与其分享一切，然而我慢慢平静地意识到这是永远不可能的。还是把注意力长久地根植在别的什么地方为好，但我想它只能根植于工作中。"她内心坚定，生活有趣味，有自省且自我消化、排解的能力，不会被表象而迷惑失去心智。所以，她是长寿的人。

阅读，不停地阅读，面对现实中本质的痛苦，不断地自我妥协与自我完成，也许，才能看到一束光，或者一点欢欣。

· 2019 年 2 月 19 日　　星期二　　阴天

　　这几天读完了黎戈的两本散文随记，长见识，对自己的语言积累以及知识面、阅读面的拓展也是一件好事。读了半晌才发现，这人我读过啊，好几年前，有文友送过我一本她的《私语书》，青蓝的封面，很素雅。有些内容还是消化不了，比如西方文学、俄罗斯文学这几块，因是素日里积淀太少，还是多年前，受某人影响，读了一些西方小说，但很快地，照旧按照自己的胃口阅读，偏食严重。总觉得翻译过来的文字，都是二手货，即便译者再怎么天才，也隔了一个脑袋，无法还原原著的精魄。OMG！这是什么奇葩想法！

　　李银河老师出新书了，于是找来看。我是喜欢王小波，才爱屋及乌的。李老师今年66岁了，她说，她已经进入化境了。什么是化境？差不多就是那种无欲无求、自由自在的人生状态。呵呵。好羡慕李老师。

　　李老师还说，人的一生不过三万天，哪怕一整天一动不动，哪儿也不去，什么也不做，时间也还是在流逝。世界上将不会再有我。我不会再有感觉，别人也不会感觉到有我。但是说到底，无论是感觉到还是感觉不到，全都没有了一丝一毫的重要性。就连整个人类在这个浩瀚的宇宙中也只是一粒微尘，就连整个地球在宇宙中也只是一粒微尘而已。这难道不是一个既残酷又无法否认的真相吗？

　　这看透了的背后，是悲凉的人生底色和绵绵不绝的悲伤吧。

　　"一个人无论平凡还是不平凡，只是自自然然地按照自己喜欢的样子去生活，这是最省力且最快乐的人生选择。"可李老师啊，很多人也都这样想的，可是自自然然按照自己喜欢的样子去生活，真的是好难的一件事，好不好。自己喜欢的样子，是一个什么样子？大概十年前，那时候是自己最喜欢的样子。读书，写字，人际关系简单，在谈一场以结婚为目的的恋爱，很舒服，很简单，像水一般清澈透明。而婚姻对于女人是一场消耗。无论幸福的，或不幸福的。

　　"爱就是折磨。然而，有时爱情的发生是身不由己的。"不要朝不可能的路上奔去……很久以前，我问你怎么办。你将这首诗写在一张纸条上。撞得头破血流后，记住了。往后的日子，遇到事情，就会心里重复念着这句话。这是人生的紧箍咒吧。

　　李老师书里引用了里尔克的话："写作之前必须自问并确认：不写我会死吗？只有答案是肯定的，才写；答案是否定的，就不写。"这句话深得我心。哈哈。

人生从宏观角度看，是毫无意义的，意义只能自我赋予。悲观主义论，叔本华已经 PO 烂了。才阅读了三分之一，看来李老师也喜欢他。连连阴雨，潮湿寒冷，窝在书里，话都懒得多说一句。热闹过后，是万念俱灰。果不其然。

· 2019 年 3 月 1 日　星期五　晴

这几天，重温了王小波的几个中篇小说。《黄金时代》《革命时期的爱情》《三十而立》等。和十年前读，又有了不一样的感受。以前可能读不大懂，纯粹看情节。现在似乎有些懂了，看似幽默的文字，它讽刺着什么，又抵达了什么。默默默默地笑了好久。仿佛有一个睿智、幽默的男人在你耳边嘈嘈切切。哈哈，笑死我了。小说就是有这样的好处，不敢在散文杂文一切文体里说的话，可以通过小说恬不知耻地说出来。

李银河老师在书里颇为欣赏冯唐，大概是因为文字里能嗅到些许王小波的气味吧。找来新书《无所畏》看了几篇，其中，如何避免成为中年油腻猥琐男的文章有点意思，第一条即，不要成为一个胖子；还有一条，不要脏兮兮。"即使为了抵抗雾霾而留鼻毛，也要经常修剪，不要让鼻毛长出鼻孔太多。"呵呵，他一定是有过观摩对象。少年人，即使汗脏，也不会有一种腐朽的气味。而中年人，三天不洗头，一周不洗澡，周身散放出来的是令人难以言说、不悦的气味。反观之，对于女人也一样——千万，千万，千万不要成为一个胖子！保持身体的轻盈与洁净，对于一个中年人非常重要。村上也是这么说的。

写顾城的一本书随便翻了翻。书里写了一件事情印象深刻，在美国，谢烨和舒婷去逛超市，顾城不愿花钱，就在门口等着。舒婷买了一些东西。谢烨东看西看，什么都没买，突然想起这天是儿子小木耳的生日，于是花一美元买了一个小玩具。顾城看见了，坚决要谢烨还回去，谢烨不还，他就一屁股坐在地上不走。舒婷看不下去了，说这个算我买来给木耳的，她拿了一美元递给谢烨，这时候顾城才从地上站起来，欢天喜地地走了。

顾城性格里的偏执，诗歌里的纯美，真是同一事物的至极两面。用作者的话说，"最形而下的东西是通着那个最形而上的东西的，用极端的一根管道可以连起来的。"

大半夜的睡不着，突然好奇他和谢烨的儿子小木耳，看书中照片里他胖嘟嘟的，约莫一岁半的模样，着实可爱。他在哪里又做些什么呢？百度搜索了下，原来他在新西兰，父母死后，由顾城的姐姐照顾长大，不会中文，攻读工科；只在十岁那年，回中国探亲并游玩。在他成年后，家人才将父母的事情告诉了他。

无论什么时候都可以随手翻一翻汪老头，无论你是什么状态和心情，他的文字都可以给你滋养。就像一个谆谆老者，智慧的，通达的，不啰唆的，幽默的，告诉你世界万物的美与好处。"我们有过各种创伤，但我们今天应该快活。""星期天，坐在自修室里，喝水，吃豆，读李清照、辛弃疾词，别是一番滋味。""一定要，爱着点什么，它让我们变得坚韧，宽容，充盈。业余的，爱着。"——用笔记下了。

前两天，挤时间看了场电影——《阿丽塔》。还是很喜欢这种3D科幻大片的，纯粹为了休闲放松，忘却现实的忧烦。某人坐在我身边，全程刷手机，散场时甩一句，"就不应该看这个，浪费两张电影票。"……

雨水一直一直地下，苇岸的二十四节气，又可以重温了。他也是一个离开我们很久的人了。曾经写诗，后来写散文。刚极易折，不容于世。

智慧如汪老，爱，爱物，抑或爱人，要业余的，爱着……这是我的体悟。

又是一年的三月，春天就快来了，也会很快就走。这个三月有许多、许多的事情要去做……

· 2019 年 3 月 6 日　星期三　晴

今日惊蛰。

这几日在读朱光潜的书。《谈美》较晦涩，才读一半，不乏金句。《慢慢走啊，去过美的人生》简直就是金句纷披啊。做了很多摘句。尽管书名像如今大行其道看似鲜美，实则寡淡，甚至有毒的鸡汤文，可能是哪个编辑为了销量，符合当今大众审美起的名字。

书里提到，波斯大帝带着百万大军西征希腊，过海峡时，他站在将台看他的大军由船桥上源源不绝地渡过海峡，他忽然流涕向他的叔父说："我想到人生的短促，看这样多的大军，百年之后，没有一个人还能活着，心里突然起了阵哀悯。"他的叔父回答说："但是人生中还有更可哀的事咧，我们在世的时间虽短促，世间没有一个人，无论在这大军之内或在这大军之外，能够那样幸运，在一生中不有好几次不愿生而宁愿死。"这两人的话都各有至理，至少是能反映大多数人对于生命的观感。

对于生命的观感，想起魏微的短篇小说《寻你记》，讲述的是一个寻找父亲的故事，可能都不能叫作通俗意义上的故事，只是一个意识流的自呓。将这篇小说反复读了三遍，读到眼泪汪汪。觉得能懂得，却又抓不住，试图寻找作者真正的意图。小说中，妈妈对孩子说：妈妈是个很矛盾的人。她没法让一个孩子知道，这么多年来，她过着怎样的一种生活，既痛苦又幸福，既焦灼不安又平和踏实。有时她想着，应该安于过平静的生活，模仿父亲的样子，走走路，数数汗毛，在一个陌生的小城，让自己彻底地沉下来；有时候又是另一种，激情荡漾，沿着林荫道散步的时候，常常产生一种从生活中突然消失的冲动。

孩子问，可是为什么一定要去寻找父亲？她没法让一个 8 岁的男孩明白，一个人来到世上，总归有一个信仰的问题。

它会让我们的内心得到安宁。在这个世界上，我们终归要信任一些东西，它们有可能是：我们自己，另外的一些人、事情、物体……它会让我们看到光明，在我们柔弱的时候给我们希望，让我们的内心很平安，偶尔会感觉到一点点震颤和幸福，只要我们信任他，知道他还活着，在世界的某一个不知名的角落，我们要去寻找他……

孩子又问妈妈，那你后来为什么不找了呢？

为了你，为了把你生下来，长大。我们每个人都必须生儿育女，制造一代接一代的父亲……

这个父亲，只是一个象征意义的父亲，他是我们的信仰。也许我们每个人都有过这样的冲动，去寻找一个像自己的人，去寻找我们自己。我们每个人都在"寻父"的途中。

在这个途中，我们要不断地妥协，妥协了，才能好好地活着。有人说，他过不了这个日子，想去一个地方，看看大门也行。我说，活到这把年纪你还不懂吗，活着就是不断地妥协。妥协吧。不然能怎么办呢？去死吗?!

"人类比其他物类痛苦，就因为人类把自己看得比其他物类重要。人类中有一部分人比其余的人苦痛，就因为这一部分人把自己比其余的人看得重要。"朱光潜说的。多咂摸几遍。

人并非生在这个世界来享福的，有时候，为了一顷刻的美，一顷刻的生之愉悦，活着吧，像草木虫鱼一样活着，别无其他目的。

十多年前的一个文学会上，潘老师说生活第一，写作永远是第二位的。我的老师最近提起，说旁的人都没说，只有你记下了。你懂文学。这事我都忘了。呵，十多年前，懂个屁啊。什么是生活？生活还没开始呢。那时候，只是单纯地，从心地，没有旁骛的。现在，不敢说懂了，窥见一斑吧。如今不写了，才原知生活真真的第一。也不是生活，大抵只是活着而已。不是说有二胎的人们，不是在生活，而是活着嘛。那些想生不生的，孩子，一个就够了。还是好好过自己的生活去吧。有人反驳，你是有了两个。罢了罢了。稚子固然可爱，像天使，像星星，他们是有别于我们成年人的一种人类。可他们早晚会长大，与生俱来的珍贵品性一一剥落，变成与我们一样庸俗的人，饱受人世轮回之苦。

待孩子长到十几二十岁，尤其家有男孩的，莫不都在怀念孩子小的时候，将孩子小时候的照片放在手机里，压在台板下。他那么乖巧，那么可爱，全身心地投入养育，怎么就会变成现在这个样子？不是说孩子不好，他符合社会的主流价值观，只是不符合父母心中的所想所愿。可能没有一个孩子会完全契合中国父母的期望。我们的教育太压抑，传统、社会加诸女性太多条框，什么为母则强、母爱伟大之类的屁话是一种无形的道德绑架。

有第一个孩子时，也曾写过为母则强之类的鸡汤文，且热衷于过母亲节。等第二个孩子来了，才有了觉醒。母亲也要有自我，母亲得首先爱自己，把老娘自己哄高兴了，才有心情哄孩子高兴，给孩子更高质量的爱。诚然，我希望我的母亲能过得快乐，有自我，有自己的乐趣，有自己的圈子，而不是整天围着两个孩子，以及一家五口人转。我希望她能对某一事物产生乐趣，种花、广场舞、打麻将都行。可惜她没有。我也希望她能经常出去旅行，和亲戚朋友们一起。尽管现实暂时还很困难，我们会克服。可她除了和父亲出行，对与其他人出行毫无兴趣。这是一种思维和身体惯性，依赖感一旦产生，终生随行。这样不好。

懂得克制，懂得欣赏，懂得慈悲。

· 2019 年 3 月 21 日　星期四　小雨

昨日阴天，阳光灿烂，雷声隆隆，大雨，转而天晴，又小雨。

这是昨天，一天像是过了好几天。

下午，很困很困，时间怎变得如此黏稠而冗长。无所事事哎，无所事事。春天，待在这一间黑屋子里真是蹉跎。可到哪里不是蹉跎呢！但至少在春光里蹉跎，总该是不差的。

最近在读阿赫玛托娃的诗，这是其中一首——

我知道怎样去爱。
我知道怎样变得温柔和顺从。

我知道怎样看穿某人的眼睛，

面带迷人、魅惑、迟疑的微笑。

还有我柔软的身体那么轻盈苗条，

还有我飘香的卷发那么亲切柔顺。

哦，和我在一起的人儿苦恼，

并被柔情万种所笼罩。

我知道怎样去爱，我貌似害羞。

我如此胆怯、温柔并且永远安静。

我只用我的眼睛说话。

十来天里，翻了一本又一本，都没翻完就撂一边。按捺着性子，在读福楼拜的一部长篇。除非喜欢，否则真的读不了《红楼梦》这样的大长篇。他一个大男人，怎会是描写女性心理的高手！他身份高贵，衣食无忧，又怎地这么了解女性？有的人，大概真的是天才吧。

一天，目光碰到这一句——满街的人来来往往，有人信口叹问：生命是什么呵？有人脱口答道：生命是时时刻刻不知如何是好。真是一个个都不知如何是好，细想，细看，谁都正处在不知如何是好之中。

哎，不知如何是好……

明天就满 21 个月的敦敦，唔，他的小名唤敦敦，希望他做一个温柔敦厚的人。有时候看到他圆滚滚地，走起路来一摇三摆的模样。心里奇怪，一个小孩走在大路上，还这么小，谁家的啊！这小孩能吃能睡，天性乖巧，仿佛是谁随手带来的小孩，随便喂喂，忽地就长这么大了。他好像跟我没什么关系，怀他、生他的痛，好像都是别人的。有时情绪败坏就像神经病发作，有时又像下雨打雷，反复无常，但是心里清楚，这个小孩，很爱很爱。

不读书的日子，不安宁。读书的日子，也见不得多安宁。索性合上书本，耽溺于吃喝玩乐，日子一天天也就这么混下去了。

今天春分。万物都在萌发。

哎，不知如何是好……

·2019 年 5 月 31 日　星期五　晴

不想阅读。

这样冗长无聊的下午让人有一种伤心。生命在一点一点地被消耗、被吞噬。如果你能感到伤心，也许，到底还是不同的。可悲的是，还有一万万个这样的下午需要忍受。一万万个木心也拯救不了你！

5月，一年里最好的时节，草木葱茏，所有的植物和孩子都在茁壮生长。可是，有一瞬，你知道，它们没有任何意义。每月到手的工资，饱食终日的物质生活，人生不多的欢娱……外面有阳光，有一种东西，它缓慢地，缓慢地落下去，再也不会生长了。

5月，让人伤心。

· 2019 年 7 月 25 日　星期四　晴

高热，空气昏。

木心，木心，把自己快读成"木心"了。这个夏天，我能下决心几近读完全本吗？

木心说，文学闷人，一个字一个字的聚合物，一个个串成一行行排成一段段的手工制品。他的写作尤其污秽杂乱不堪。他想，常想，暂别用字堆成的文学，暂别用文字堆成的生活，真的结束孽缘。他自由了。

果真能自由吗?！

阅读有意义吗？书写有意义吗？也许，阅读是有的，至少怡悦了精神。书写没有任何意义。哪儿来多么深刻的思想，有趣的灵魂？连人生都是虚无，没有意义。意义只是自我赋予。不去赋予任何，那么一切都是虚无。

多久没有书写成文，不写就是不写。有人劝勉，也不写。纵使写，也是写着玩、读着玩。不过发自本心。到这个年纪，也无须向他人证明什么了。

夜里放陈粒的歌。许是声音大了，吵醒孩子，他含糊地说，妈妈，这歌好难听，关掉好不好？这首歌是《奇妙能力歌》。喜欢的喜欢，不喜欢的不喜欢。

我感觉到自己在克制，克制到没有感觉时就平复了。木心说。还是木心。

喝酒，不开心。

春之悦（外二章）

盛晓铭

归自谣·春艳艳

春艳艳，柔草清风吹水湛，枝头已有蜂儿滥。柳丝如剪花如染，人舒览，春风绿了山河脸。

春，一元复始的季节，一个生机勃勃的季节。春景多彩，气象万千，更是一个引人遐思的季节。

"春天在哪里呀，春天在哪里？"一群小朋友唱出欢快的歌曲，连蹦带跳地来到户外寻找美景的春天。有人告诉他们春在红杏枝头："春色满园关不住，一枝红杏出墙来。"有人说春在桃树花端："寻得桃园好避秦，桃红又是一年春。"又有人说春不在花头枝端，而在江水之中，不信？鸭子即刻告知："竹外桃花三两枝，春江水暖鸭先知。"寻春之题诗人众说纷纭争论不休，最终还是《嗅春》中的一位女尼揭开了这个秘密。她开始"尽日寻春不见春"，后来才有悟"归来笑拈梅花嗅，春在枝头已十分"。人们方知：春，不用四面八方去寻，它就在我们身边的"枝头上"。

春天如同一位漂亮的新娘，嫁到了婆家，自然受到婆家人的宠爱。人们贺春的方式就像要迎娶新娘一样非常讲究。贴春联、刷春台、登高远处。还有的地方在立春这天贴"宜春"二字，燃放鞭炮，走亲访友。在文学宝库、画廊印坛中，以春为题，对春加以讴歌的诗、文、画、印，那是多得不计其数了。一人敲鼓一人打锣，来到他人门口，唱上一段有关春天的民歌，民间称之为送春。这就是咏春的一种形式了。

贺春，是对美好春天的向往，也是一种喜悦心情的表达。面对春光明媚春暖花好的大好时光如若不珍惜再歌颂又有何用呢？古往今来，凡是事业有成就的人，都十分珍惜春天的到来，有云："一年之计在于春"。无数有志气有抱负的人都惜春如金爱春如宝，不失寸阴奋发向上。但是，还有另外一种"目视繁花不识春，春风拂面不知春；身在春境而找春，春光已逝却叹春。"明日复明日，明日何其多，到头来只落得"白了空悲切"，由此便长叹："哎，晚了。落花流水香去也，天上人间！"

北宋词人宋祁在《玉楼春·春景》里写道："东城渐觉风光好，縠皱波纹迎客棹。绿杨烟外晓寒轻，红杏枝头春意闹。"初春，河边的柳条不知何时抽出了绿丝，桃树上偷偷染了几分粉红色，牡丹也悄悄地透出几朵红芽，映山红的花骨朵惹人十分喜爱。春雷一声，惊醒了冬眠的万物，争先恐后报春来。水龙洞口叮咚声打破了隆冬的寂静；小溪流水潺潺，鱼儿在水里自由自在地游来游去；山间野花朵朵，公园草坪茵茵。清明时节，雪白的梨花，粉红色的桃花，金黄色的油菜花争奇斗妍，真乃是动静相宜，声色相配。红杏枝头春意闹中的一个"闹"字，概出春天全幽的境界，绘出春天全新的美景。如今人们闹春的方式，闹出的场景更颇有别样了。校园的早晨书声琅琅，课间活动丰富多彩，学霸们孜孜不倦备考忙期待着金榜题名；乡村农民选粮种购农机备耕忙展望着春种一粒粟秋收万颗籽；工地上，车来人往机器轰鸣，抓工期，保质量，用春天的繁忙，获取秋天的繁华；军营里，晨练演习备战忙，用辛劳的汗水以求国泰民安；……春回大地，处处热闹非凡。秋天繁荣源于春天繁忙，热闹的春天是喜悦秋季的吉祥。

北雪消融，杨柳泛青。千树红枝竞芬芳，大地春回泥土香。春来早催人奋进。春如潮涌，波连天地。只有勇立潮头闹春者才能青春常在春意浓，青春之歌响四方。

秋 之 惠

时间是可怕的东西，就那么弹指一挥间，2017 年又过去一半多年了。很多事犹如天气，慢慢热或渐渐冷，等到顿悟，一年只剩下最后一个季节了。是啊，无论是如花美眷还是山誓海盟，终究敌不过似水流年。

"银河渐近鹊桥时，一夜清风星斗移。庭院梧桐原未觉，草丛蟋蟀鸣新秋。"一曲高歌一杯酒，一叶飘零又是一轮秋。回转首，何不将往日云烟视作音符将续谱新欢。

初秋，太阳依旧火辣辣地炙烤着大地。"老虎"巡着夏日的足迹下山继续发威。户外劳作的人们汗流浃背，叹道："这秋老虎是真厉害呀！""你没听说过吗？秋虎下山，一只顶俩，"站在一旁的车夫附和着。不过几日，蝉鸣渐稀，几阵淅沥小雨洒下，算是完备了盛夏与金秋的交接手续。初秋的雨不像夏日的暴雨，雨点粗雨势猛，而是格外温柔细腻，伴随而来的是一丝丝凉意。初秋的雨从容舒缓，胜似闲庭信步。有诗云："漠漠秋云起，稍稍夜寒出。但觉衣裳湿，无点亦无声。"秋色是迷人的。时而晨雾笼罩山头，天色暗淡。辰时过后，天色渐明，几道乳白色的云带飘在山腰。时而云散日出，天高云淡，枫叶似火，红过春天。

在瓦蓝瓦蓝的天空中，一群大雁由北向南飞行，一会儿排成"一字"，一会儿排成"人"字，实在是童趣的游戏。傍晚淡淡风起，几朵浮云似絮，飘荡悠闲。水面上一叶小舟，绿惹垂柳，黄叶摇曳。日落的彩霞映泽湖面，我便脱口背出了"一道残阳铺水中，半江瑟瑟半江红。可怜九月初三夜，露似真珠月似弓"这首名诗。秋天的月亮像一位婀娜的仙子，她把月光洒在花朵上，花朵献上了鞠躬礼；月光洒在小草上。小草恭敬弯腰，好像欢迎倍加分明的秋季月光。此时，我想起了诗人的千古佳句："小时不识月，呼作白玉盘。四更山吐月，残月水明楼。"月亮是迷人的，月色是柔和的，皎洁的月光洒在林荫小道上，照着漫步的人们，让人们感觉到秋夜的宁静与祥和，白天的疲劳也随之忘却。

菊花则是秋季名片的首选。菊花的品牌甚多，千姿百态，颜色各异。在秋菊盛开的季节，画家饱泼彩墨：或看万山红遍，层林尽染；或平分秋色各得一半。诗人诗兴大发，秋赋、咏菊，赞桂，似秋叶飘落，如淡云浮移。唐朝诗人元稹一首诗道出了众人喜菊的缘故："秋丛绕舍似陶家，遍绕篱边日渐斜。不少花中偏爱菊，此花开尽更无花。"金秋时节，丹桂毫不示弱，试与金菊比高低。一阵秋风掠过，桂花香飘千里。"桂花糖""桂花糕"叫卖声不绝于耳，"八月桂花遍地开"的乐曲伴随着广场舞悠扬而起。游客来到农家乐，"请问老板有何酒"，店家答曰："奴家捧出桂花酒"。宾主举银杯，饮一口菊花酒，题一首枫叶诗，荡去心中的忧愁

秋天的季节，游人如织，更是兴致勃勃，登高望远，欣赏美丽的秋景。歌唱家大放歌喉，放声高歌这丰收的季节。是啊，秋天的季节是个丰收的季节，春种一粒粟，秋收万颗籽。果园枝头挂满了一串串一束束红的、黄的、橙色的果实。梯田里一朵朵一簇簇似雪地如芦海。一群群姑嫂在棉海一边摘一边唱着山歌，欢声笑语歌盛世。碧色绿地净天空，黄花沃土映天鲜，金秋秀色山月艳，稻浪微波倾万田。收割机在稻田里来回穿梭，机器隆隆，笑声阵阵，一边收割金灿灿的稻谷，力争颗粒归仓，一边也播撒粮种，争取来年的好收成。秋天的季节也是个美好回忆的季节。一位农庄主人指着装满稻谷的车辆说："今年的收成真不错呀！亩产超往年

啦"。一位穿着时尚的农民深情地说：现在丰收的季节已不是叶圣陶先生笔下的《多收了三五斗》那个时代了，叶圣陶先生笔下的农民多收了三五斗无济于事，镰刀上壁，仍然无吃，现在好了，无他人盈利，也无公粮可交了。实种实收，挺实惠。是啊，优秀科技人才全方位服务，优良生态环境多角度发力，更是优质阳光赐予百姓的实惠！

秋去秋来，四季更替，生命的轮回，渴望心灵的相通。追忆逝去的记忆……哎，冷秋，冷晨，冷落叶；哟，暖情，暖人，暖岁月。

冬 之 暖

当2017年的日历翻至11月7日这一页，"立冬"二字映入眼帘。我即刻意识到"霜叶红于二月花""不是春光胜似春光"的美丽金秋即将结束，到来的则是一年的最后一个季节——冬季。

秋天就这样匆匆而别，确实恋恋不舍。秋天虽然已逝，但美不胜收的秋景秋意依然犹存。秋景悠扬而温焰，秋意漫洒苍穹。在秋天漫步，穿过田野、跨过小溪，习习秋风吹起秋的美丽，随着思绪在寂寞的秋风里飞舞飘扬。一年四季，走过了春夏秋，一路留下奔跑的足迹。看秋风吹落的红叶、初霜覆盖着的草地，我便想起了诗人刘禹锡的《秋词》："自古逢秋悲寂寥，我言秋日胜春朝。晴空一鹤排云上，便引诗情到碧霄。"是啊，"一秋别去一冬还，时光轮回皆自然。嫦娥不现心不悲，淡定心静待梅来。"

春安夏泰，秋吉冬祥。一年四季，每个季节都有各自的特色，都会尽情展示各自的名片和品牌，都会给人们留下美好的记忆。

冬天的风不像春天的风那样和煦，也不像夏天的风那样清凉。冬天的风劲吹呼声吼，吹得耳朵紫、眉骨酸、鼻涕流、心颤抖。冬天的太阳有光而热量不盛，即便照在身上也比不上秋天阳光那样温暖舒畅。

冬天的早晨，田野一片皆白，似雪非雪。这浓浓的霜在阳光照射下渐渐退去，还茵茵草地本来之面目。雪是冬天的象征。雪前与雪后的天气有点古怪。记得有一年下雪前的几天气温显得十分异常，暖和得如同阳春三月，年过花甲的老人也脱下厚厚的棉衣，在户外聊天；年轻的小伙子穿着秋装显得十分英俊；小姑娘更是打扮得花枝招展。农民们抓住这晴好天气清淤泥筑塘坝，兴修水利的工地上热火朝天，人们却忘却了这隆冬的季节。不过这暖冬的天气持续不了几天。黄昏时分天气暗淡，寒风大作，呼呼的风声像打口哨似的，门窗被凛冽的寒风打得咯咯直响。夜间，风停了，万籁俱静。第二天早晨室外雪皑皑。真乃是"寒风劲吹呼声吼，万山遍野尽白头。宿愿催人随队出，甬悠绝嶙看神州"。雪后的景象更令人心旷神怡。树叶被秋风吹落，光溜溜的枝条披着银装，池塘里结着厚厚的冰，屋檐倒挂着乳白色的冰棍，呈现在人们眼前的是一派"银装素裹万花凋，乾坤气象尽朝晖"的美丽景象。

雪后的童趣更浓，小朋友们堆雪人、掷雪球，打雪仗，情趣旺盛；稍大的男孩踩着高跷，在冰地上相互追逐；心无冬季的冬泳健儿斩浪掀波勇猛似龙如蛟，他们风趣地说："天冷我不冷，天公面前抖精神。"一位诗人将雪时雪后的情景描写得淋漓尽致："凭栏远眺舞梨花，苍野茫茫堆白纱。疏木琼枝栖卷长，长河波静隐鱼虾。小童欲足先偷眼，钓叟纶垂不恋家。夜读昼耕原有乐，天成美景气生华。"

不论冬天的风再吹，雪再大，唯有红梅昂首冲天笑，独占鳌头分外骄。正因为红梅傲骨品质备受人们称赞，使它成为冬天的靓丽名片；劲松毫不示弱，敢与红梅争高低。"瑞雪纷纷压劲松，琼枝玉树斗寒风。银装亭榭明还暗，雾罩湖山淡忽浓。"竹，不忘初心，绝不褪色，仍保持着原本的高风亮节。松竹梅历经风雪的磨炼，初心不改，品质不变，故曰："松竹梅岁寒三友"。

冬季的习俗文化丰富多彩，最大的亮点莫越于春节文化了。春节前，人们筹办年货，筹备节日文化。白天，男人扎龙灯，排节目；女人们洗涤被服腌制腊货。晚上，男人们熬糖稀做米糖，女人秉烛绣花，赶制新装。虽然是数九寒天，忙碌佳节的活儿却暖了心房。读书人挑灯夜读，为的是来年金榜题名，争做状元郎。

春节到，好热闹，家家户户放鞭炮，处处洋溢着欢乐景象。人们怀着喜悦的心情，走亲拜友，互祝新春快乐，共贺喜庆吉祥。舞龙灯是民俗文化的一大特色。尤其晚上，亮着红烛的长龙，若行走在笔直的大道上，恰似一支着装时尚的仪仗队；若行走在弯曲的小路上，蜿蜒盘旋令人赞叹不已。龙灯到了村庄，烟花齐放，锣鼓喧天。龙灯伴随着锣鼓唢呐声，时而腾空跃起，可上九天揽月，唤龙女普降甘霖，拯救百姓；时而稳重盘踞，翻江倒海，探究水下奥秘，掘出地下宝藏。俊男俏女表演的旱地行舟撒网拾贝令人捧腹大笑。舞云的小伙伴们随着清晰的鼓点和铿锵的锣钵声，一会儿绕场，一会儿穿梭，以敏捷的动作排成了"天下太平"四个大字，寓意新年风调雨顺，幸福安康。

蔚蓝的天空祥云飘移，温柔的阳光映照着人们喜悦的脸庞，显得十分祥和。人们似乎忘记了冬天的严寒，感受到了春天般的温暖。冬季伴随着时光的流逝，渐渐远去，但人们依旧像热爱春天那样，舍不得离去的冬天。人们懂得：人也是与天地星辰一样，不历尽沧桑，怎能经风历雨；不经激流险滩，怎能乘风破浪；不经艰苦磨难，怎谈灿烂辉煌；不见狂风暴雨，怎见彩虹当空。愿每个人都历尽寒风，心存暖意，不忘初心，奋力前行。冬季孕育的鲜花就在前方即将到来的春天等待你尽情开放欣赏。冬去春临，赞梅之歌仍在耳边回响：

卜算子·咏梅

凛凛朔风吹，荡荡天飞雪。苑内梅花满树开，更有清香烈。

有意唤春风，不媚蜂和蝶。待到群芳灿烂时，果透青青叶。

寒冷的日子，人们的心向暖阳，静候春花齐放。

笔缘鸡年盘点：

小草染鹅黄，百花含笑喜洋洋，杨柳着新装。

——新年开篇《春之悦》

湖岸柳丝长，菱荷叶绿满池塘，花圃玉兰装。

——热情放声《夏之趣》

田野稻金灿，篱菊怒放傲秋霜，遍地桂花香。

——高歌丰收《秋之惠》

大地雪花扬，世间万物改容装，梅花独清芳。

——孕育春花《冬之暖》

冬，冷或不冷

光　宏

"枯藤老树昏鸦，小桥流水人家，古道西风瘦马。夕阳西下，断肠人在天涯。"今晨，读马致远的秋思，不知怎么的，品出几分冬的萧瑟来。

秋还没走远，我倒想念起冬来。漫天的雪花，从白茫茫的半空中飘飘洒洒，落到房前屋后空旷的地上，落到门前的枝头。几只不畏严寒的麻雀，飞落到地上，叽叽喳喳地觅食。这是冬的印象。说是印象，已不是昨天和前天，想来应是很久以前的事了。

对冬的迷恋，始终停留在唐诗宋词里；对冬的喜欢，始终停留在儿时的记忆里。从齐己的"前村深雪里，昨夜一枝开"，到郑板桥的"晨起开门雪满山，雪晴云淡日光寒"，满满的冬的寒冷和寂静。但，冬对我来说，不仅是雪天一色的景，更多的是跑进雪地里和小伙伴们玩耍的乐趣。奔跑，打闹，身体在寒风里，居然有燥热的感觉，额头也沁出了汗珠。原来，玩耍是可以驱寒的。

冬，是有撕裂的痛感的。几年前的冬天，我带着爱人去了北京。在天安门附近，长安街头，我们裹着厚厚的冬衣，戴着厚厚的帽子，手塞在裤兜里，只露出眼睛和耳朵。北风呼啸而过，似眼前街头的车辆。然，路边几株枯树，在寒风里瑟瑟发抖，让人没办法躲避。不敢迎着北风前行，我们横着缓慢地行走。路面上结了一层薄薄的冰，贪玩的我，不时地踩上一脚，发出吱呀的声响。我把它听成了冬的招呼，"北京欢迎我"，心里有了几分暖意，也不觉得北京的冬有多冷。

然，冬的冷，眼睛是感觉不出来的，唯有耳朵有切身的体会。那是痛的滋味。北风恍如调皮的小孩，它穿不透冬衣的厚实，心有不甘，开始找耳朵的碴。一阵阵北风，像打了鸡血一样的兴奋，争先恐后地冲着耳朵而来。耳朵也想奋起反抗，然而很快败下阵来，虽说没有丢盔弃甲，但也是遍体鳞伤，不住地呻吟。这是冬天留给耳朵撕心裂肺般的疼。这种感觉很久没有过了，所以既新鲜又痛楚。

如果说燥热的夏，我们还可以克服，那么凛冽的冬，刺骨的寒，完全没办法抵御。北京的冬，像北方人，有性格。绵软如丝雨的南方人，往往消受不起北方严冬的侵袭，只好躲进黛瓦、白墙的徽韵文化里，安享如春秋般的曼妙时光。

我的老家叫芦塘，一个芦花满天飞、水塘比比皆是的小村庄。我生于斯，长于斯，有若干的快乐。这其中，当然少不了冬姑娘飘逸的身影。

那时候，冬是丰满的，如早晨推开房门厚厚的积雪，如树下和爷爷堆起的高大魁梧的雪人，还如落入眼帘的田野般大小的雪地。我们几个小孩，如掩耳盗铃般偷偷地溜出来，搓着冰冷的小手，哈着淡淡的白汽，在长辈们严厉的呵斥声中，依然决然地跑进房前屋后的白茫茫中。

雪还在下，鹅毛般大小的雪花飘在我们的头上、睫毛上，落在衣服和冻得发红的手上。这样的冬是冷的，但我们没觉得，全身心地与冬嬉戏、玩耍。有的仰头，张嘴，任雪花落进嘴里，凉到肚子里；有的张开小手，虔诚地接着纷纷而下的雪花，看着雪花化成水，由规则变成无形；还有的在田野里抓起一把把雪，迎着空中的雪花，扔出去，有声变无声。这时的冬，以及眼前的雪，俨然成了我们不可或缺的玩伴。

冬的冷，对我们来说，不在雪花飞舞，而在积雪融化时。杨万里说，"最爱东山晴后雪，软红光里涌银山。"冬日的阳光，暖暖的，软软的，照在雪地上，发出刺眼的光。雪的白，光的耀眼，以及四周的静谧，这便是冬。然而，这静没过多久，便被屋檐下掉落的冰凌子、树上扑腾而下的雪花划破，惊得鸟儿不时地啼叫、飞起，又是一片雪花落下。如我般大小的孩子，再次冲出屋子，田野里四处奔跑、跳跃。这份闹腾，惹得几条中华田园犬也坐不住了，像离弦的箭一样蹿到雪地里，和我们一起打闹、玩耍。此时此景，想起王安石的一句古诗：山鸦瑟缩相依立，邑犬跳梁不肯归。此刻的冬，又是欢快的，喧闹的，慢慢地，不见了冷的影子。

回到眼前，南方的初冬，静静的，冷冷的。待在屋里的人们，似乎感觉不到冬的萧瑟，但走出来，看眼前的空旷，灰色天空的高远，以及忽来忽去的北风，方知凉意渐浓。妻子的叮咛，父母的嘱托，不得已加上了厚厚的毛衣，让自己更像是一个有冬的人。南方的冬，像低度数的白酒，喝得再多，也难以达到深醉的程度。这不是我想要的冬，也不是我想要的冷。

好在微信里有大雪飘飞的冬，有寒到刺骨的冷。小柏，北方的女人，我的姐。每到大雪飞舞的季节，她便给我发来下雪的照片和视频，与我们分享东北人不经意的冬和冷。和我们这里一样，北方的冬，也有内外之分。外面，雪花飘飘洒洒，大地换上了厚厚的冬装，行人一副冷冷缩缩的样子；屋里，春意盎然，身着秋装的姐姐忙着照顾老人和孙子，一副怡然自得的模样。冬是寂寞的，冷不时会来打扰一下。外面的积雪如人般高，附近的树木、街道和房屋看上去有些拥挤，不如之前的那么宽敞。这是冷的侵袭，把人也弄得臃肿如孕妇。不好动的人们也开始活动了，搓手跺脚，来回奔跑，身后的雪花被惊得一愣一愣的，完全失去了先前的模样。

这样的冬，如我所愿；这样的人，为我所想。唯有眼前的冬，冷或不冷，让人心不在焉，看起来有几分蔫蔫的样子。

桂花飘香韵诗情

郑 怡

　　桂花怒放，含情脉脉。金色的秋天，我们的新城，不管走在哪里，迎面扑来的是一缕缕馨香，轻轻一嗅，绕鼻萦怀。一株株桂花树，碧绿的叶子茂盛发亮；一朵朵金色的小花嵌在枝叶间，露出笑脸；一粒粒花瓣饱满含蓄，精致优雅。路人走过，总要回眸，默默赞美。

　　清晨，站在阳台上，与楼下的一株桂花对视，只见万道红霞润新城，照在桂花树上，真乃粉中含绿，绿中吐金，微风送来阵阵芳香，好不迷人！

　　桂花，自古被人们栽培，也常为文人墨客作诗吟诵。唐宋以后，桂花已被广泛用于庭园中栽培观赏。宋之问的《灵隐寺》诗中有"桂子月中落，天香云外飘"的著名诗句，故后人亦称桂花为"天香"。李白在《咏桂》诗中则有"安知南山桂，绿叶垂芳根。清阴亦可托，何惜植君园"，表明诗人要植桂园中，既可时时观赏，又可时时自勉。

　　桂花与月也有不解的情缘，中秋佳节，人们对月抒怀，总少不了要写桂花。传说月中有桂树，高五百丈。汉朝河西人吴刚，因学仙时，不遵道规，被罚至月中伐桂，但此树随砍随合，总不能伐倒。千万年过去了，吴刚总是每日辛勤伐树不止，而那棵神奇的桂树却依然如故，生机勃勃，每临中秋，馨香四溢。只有中秋这一天，吴刚才在树下稍事休息，与人间共度团圆佳节。毛泽东诗词有："问讯吴刚何所有，吴刚捧出桂花酒"。诗句就是源于这一典故，以桂花作陪衬。

　　桂花不仅用来观赏，用桂花酿酒更是美妙。桂花酒香甜醇厚，有开胃醒神、健脾补虚的功用，尤其适用于女士饮用，被赞誉为"妇女幸福酒"。古人认为桂为百药之长，所以用桂花酿制的酒能达到"饮之寿千岁"的功效。像是汉代时，桂花酒就是人们用来敬神祭祖的佳品，祭祀完毕，晚辈向长辈敬用桂花酒，长辈们喝下之后则象征了会延年益寿。

临进中秋，只要遇见桂花，我就会惦记那年我和爱人送给父母的那瓶桂花酒。那次，我和爱人去杭州探望爱女，回家在杭州北站，那里面有很多店铺，为顾客提供杭州特产。因为等车，我在店铺前转悠，也准备捎带特产回来，这是我们每次出门回家必须做的事情。"桂花酒"！忽然我眼前一亮，只见货架上摆了很多桂花酒，瓶子的颜色和价格都是不一样，我一眼看中一个大红酒瓶，瓶子上印有一轮明月高照，嫦娥舞袖翩翩，月亮里桂树盈盈，朦朦胧胧，好不漂亮啊。我一定要把这瓶桂花酒买回家，送给我的父母。

爱人很是赞同，我们立马买下这瓶桂花酒，看那一抹一抹的红，那么耀眼、华丽。一路上，我不时抚摸这瓶桂花酒，我想这瓶酒不仅代表我们一家对父母的祝福，更是一个大家庭的幸福与团圆的象征。一天，我打电话问父母，那瓶桂花酒，二老喝了不？电话那头传来一阵爽朗的笑声，是母亲的笑声。她说那瓶桂花酒，她们不舍得喝，送给了她的堂哥。啊！我只觉得眼睛发热，潮湿。母亲还说她的堂哥非常开心，将那瓶桂花酒一直珍藏。我无语。

桂花香、桂花酒，亲情、诗情。在这样一个美好的时节里，我若去杭州，一定再买一瓶桂花酒，大红瓶子的，上面有一轮明月，我将亲手斟满酒杯，呈给父母。

门前的那棵桑树（外二篇）

鲁叶青

五月，小区里随处可见挑着担儿，卖桑葚的人。乌黑的桑葚上面放几片油绿的叶子，表示它们是新鲜的，美味的。我从来没有买过这样的桑葚，它们颠覆了我的记忆。记忆里的桑葚除了会青，会红，会紫，就没有黑过。三十多年前的乡下很贫穷，桑葚刚由青转红，就被饥肠辘辘的孩子们吃光了。所以，很长一段时间，我把黑桑葚当成一种谎言，多深的偏见！

时光回到彼时，许老先生家门前的那棵桑树生得瘦弱，长得潦草，加上孩子们的屡屡攀爬，每年的五月它活得气喘吁吁。外出归来的许老先生看见一群孩娃正骑在他的桑树上，气得跳脚，孩子们便作鸟兽散。当年的许老先生是我们村里读书最多的人，可是大家并没有因为他读的书多而格外尊敬他，大家既不叫他许老，也不叫他先生，只叫他"书呆子"。

"书呆子"幼时家境殷实，后来家道中落，祖上留下的"豪宅"（其实不过是几间土坯房）已显出相当的颓败来。这之前的"书呆子"到底经历了什么？还有，传说中他的漂亮媳妇去了哪里？我们这些孩子不了解，也不关注。我们眼中的"书呆子"始终佝偻着腰，叼着烟斗，笑眯眯的，逢人就想说他的古书，可是他偏又耳聋，艰难的互动、低沉含糊的解说自然吸引不了几个人。当然，"书呆子"也有红火的时候。每年年底，一生产队的春联就靠他一人来写。收到邀请的"书呆子"一户不拒绝，报酬是一顿饭，管饱，就足矣。除了写春联，"书呆子"还会推拿，我小时候有一次摔伤了腿，就是请他做的推拿，一个月后下地，腿跛，父亲说："好好念书，不然以后嫁不了人。"都以为我会一直跛下去，后来竟慢慢好了。

除了写字、推拿，"书呆子"还会卜卦。谁家丢了"芝麻""西瓜"，不急，找"书呆子"去。"书呆子"坐在凳子上，闭眼，掐指，睁眼的瞬间，说出一个位置，东西还真在！"书呆子"卜卦卜出一点名气，引得邻队人也来找他。有一次，邻队一个孩娃下午出去玩耍，天黑没有回家，家人四处找寻不见，于是来找"书呆子"。"书呆子"闭眼，掐指头，半晌，说莫急，孩娃在西北方向一户人家，已经吃饱喝足，明天就能回家。家人听完长吁一口气，谢过"书呆子"，回家去了。第二天一早，一个放牛娃在河边洗脚，发现那个孩娃早已溺水身亡。

那次失败的卜卦让"书呆子"惭愧不已，后来找他卜卦的人也少了。

民以食为天，一心只读圣贤书的"书呆子"也种庄稼。旱地、水田，所有作物，他既不施肥，也不锄草，庄稼总是又黄又瘦，没有产量，"书呆子"不高兴了，终于有一天，他跳着脚骂人，说他们合伙欺负他，把最坏的田地分给他。骂声凄厉，如怨如诉。

"书呆子"有一年被他的儿子接到东至住了半年。原来他有儿子，可是之前为什么不往来？这一点，深受他的桑葚滋养的孩子们也不明白。后来"书呆子"只身归来，归来前据说写了一大篇断绝父子关系书，个中原因，他不说，也没人清楚。归来后的"书呆子"还是之前的"书呆子"，似乎没有离开过这个村庄，这个村庄也没有离开过他。真的，有"书呆子"的村庄不会多了什么，而没有"书呆子"的村庄，总觉缺少什么。缺少什么呢？没有人答得上来。

写这篇稿子的时候，想起上次见着"书呆子"已是八九年前的事了，现在他还健在否？我不得知，也似乎长久地忘了这个人，可是此时，忽然想起他和他的桑树，相当怀念。

那些麻烦事

世上有多少热爱麻烦的人，就有多少厌恶麻烦的人，且看老舍先生的《多鼠斋杂谈·衣》："对于英国人，我真佩服他们的穿衣服的本领。一个有钱的或善于交际的英国人，每天也许要换三四次衣服。开会，看赛马，打球，跳舞……都须换衣。据说，有人曾因穿衣脱衣的麻烦而自杀……"看看，这种匪夷所思的事情真会发生？说不定呢，大千世界无奇不有嘛。

对于"麻烦"我一向一分为二地去看待。工作中的事情，无论有多烦琐，我都会一丝不苟地去完成，至于穿戴，哈哈，还是越简单越好。基于这个原因，只要下班到家，女儿从来不指望我下楼给她买零食：家居服在身，穿脱多有不便嘛。那么，在这里顺便介绍一下我的家居服：冬装（夏天的因为过于简单，这里忽略不表）。做家务前，我会换上过时的棉袄或羽绒服，虽是过时的衣服，不好穿出去逛街，却是不容潦草对待的，毕竟是旧爱，说不定为了价格还有过犹豫、寝食不安，最终才咬牙拿下的。这样的衣服，穿在身上既暖和又自在，此等忘不掉的好，怎能不小心呵护？所以亟需一件薄而大的外套，罩在外面，再配上围裙、护袖，就可以进入厨房，大刀阔斧地洗、涮、煎、炒，做一顿佳肴了。今冬，这薄而大的外套，我相中的是先生的一件旧棉袄的内胆，绒绒的，灰灰的，套在身上怪合适，怪暖和。关于这个内胆的来龙去脉我还记得清楚，那年冬天，在安踏店，正是这一件让先生情有独钟。现在它也被淘汰了，可见，会老的不仅仅是人，还有衣裳。

如果说穿脱衣服太麻烦是我不下楼的原因之一的话，另一个原因便是家里有一个为讨女儿欢欣，赴汤蹈火在所不辞的人，这个人便是先生。当然了，先生的不怕麻烦，都是基于我的怕麻烦，因此偶尔也会有所怨言。可是，一个家庭要那么多不怕麻烦的人干啥？唔唔，世上原本没有那么多的理所当然，慢慢习惯了，就成了理所当然。

除了悠然自在，家居服也有让我措手不及的时候，比如突然的敲门声，来者若是陌生人，因寻楼上或楼下人不见，前来询问的，也不打紧，毕竟门一关，谁也不认识谁。最怕的是朋友突然发来微信视频，得把不雅的家居服脱掉，换上冰冷的、可以示人的外套，必有那么一团忙乱。如果是亲人，这一着就免了，可是到底让姐姐吃了一惊："你怎么穿那么老气的衣服？"她看到的正是先生的"内胆"，是生活突然变潦倒，还是她妹妹的审美出了问题？用当下流行的一句话来作个诠释吧："生活很讨厌，还好我依旧这么可爱。"哈哈，哈哈哈。

说的是家居服。其实出门的时候我还是挺讲究，一套让自己自在的着装，一种平和的心境，可以让我在工作、生活的颠簸中一路向前，努力做最好的自己，不再患得患失。

于此想来，在不怕麻烦中工作，在怕麻烦中休憩，人生中的乐趣说不定会多很多。

如影随形

我以为与糖决绝是件很容易的事，酸奶、甜点或糖分高的水果，不吃也就是了。况且我对甜食没有过多的热情，与糖决绝这件事于我实在不算个事。可事实上，问题并没这么简单，你瞅瞅，除了甜品，米饭、面食以及一切富含淀粉的食物都斗志满满，挑衅着血糖，这就使得我的就餐变得相当为难。原来，这一刻的糖像那残败不堪的爱情，如影随形，却又令人愁肠百结，你若没有壮士断腕的决心，便无法活得漂亮。

我想活得漂亮，更想活得健康，所以我决心远离糖。尽管按照"你那么瘦，怎么会有高血糖"的逻辑，我也怀疑过体检机构，会不会将他人的血液当成我的，再送我一顶"高"帽子？但我还是很快打消了这种怀疑，继而着手于饮食结构的调整：控制碳水化合物的摄入，把纯粹的白米饭变成糙米、荞麦、大米的混合物，多素少荤再配以适量运动。于是，晚餐之后，我的活动范畴不再局限于书本抑或电脑，而是去户外。至此，木心的"白天我是奴隶，晚上我是王子"这一句，曾给我多少鼓励和安慰，此时就给我多少无奈与不甘。因为我得在我最"王子"的时间里，把自己圆规一样放逐到广场，在散步区确定一个点，然后与表情肃穆、步履匆促的陌生人一起，绕着广场，用力"画圈"。时间在一个终点又一个终点的抵达中流逝，而内心的坚定与荒芜，此消彼长，莫衷一是。日子就该这样，在奔波中开始，在奔波中结束吗？我问广场，问夜空也问柳树，它们不语。

那么，是不是想要活得漂亮，就得有牺牲？

好吧，既然鱼和熊掌不能兼得，既然健康比爱好更为重要，那么广场还得走下去，医生不是说过，运动也是一种治疗？可是同事一直怀疑我的体检报告，说空腹 7.79 这个数字应该与我无关，理由比"你那么瘦"多了一条：你那么年轻。可是，我很年轻吗？我迟疑地伸出双手，触摸春天一样触摸我的记忆，发现青葱岁月的欢笑还在，热望还在，原来不惑之年是年轻的！然而年轻就是不会生病的理由吗？不，不，我早已不再心存侥幸，毕竟人这一生，谁也逃不开生老病死，唯有未雨绸缪，才不至于在疾难来时，惊恐、绝望甚至悔恨。我想我已做足了准备，我想未来某一天，当那个必然的"节日"降临时，我可以相对安然……

是第二次空腹检测，血糖正常，欢欣，继而悲恸，因为忽然听闻一位朋友因病故去！朗朗日光下，打开微信记录像打开我们一路扶持的曾经，泪水一次次地模糊着我的双眼。至此，我才明白，看透生死的力量原来如此弱小，弱小到只是对于我自己……

日子继续，行走继续。这一次，餐后血糖依然正常。与糖抗争的节奏似乎可以慢下来，然而，我知道，与糖决绝的日子里，与糖根本无法决绝，就像已故友人的从未离开，就像人世间的缕缕真情，千山万水，一路随行。

连枷声声（外一篇）

左萃莲

"新筑场泥镜面平，家家打稻趁霜晴。笑歌声里轻雷动，一夜连枷响到明。"范成大描绘了南方秋天家家都趁着下霜的晴天，用连枷来打稻子的情景，我们这里的农民用连枷来打油菜和小麦。每年的四五月间，连枷在我们这儿隆重登场，在响晴的日子，农人把收割好的油菜、小麦铺到稻场上，然后举起连枷来打，油菜籽和小麦粒便欢快地在稻场上滚动。

没见过连枷的人一定对其很陌生，《王祯农书》中说得明白："连枷是用四根三尺长的木条或者竹条，以皮革编成一块板状，用一个可以旋转的环轴装在长柄的顶端，使用时连枷起落，使竹木条编成的板绕环轴回转，扑打在晒干的作物秸秆上，籽粒便脱落下来。"那时候，我家有两把连枷，柄锃亮光滑。一把是由一根长竹柄和一组平排的竹条构成，竹条用布条紧紧捆绑在一起；还有一把平排的竹条用一块皮革固定在一起，这把连枷很重。

嘭，嘭，学校附近的农家传来了动听的连枷声，我听了觉得格外亲切，站在楼上，看到一对年过六旬的老人在打油菜。油菜整齐匀称地铺在稻场上，老奶奶头上包着一条花毛巾，老爷爷戴着草帽，他高高地举起连枷，用力地打向油菜，他的连枷刚举上头顶，对面老奶奶的连枷就落下来，他们打向同一块菜籽棵，那蓬松的菜籽棵迅速干瘪下去，籽粒听话地跑出来。老爷爷边打边后退，老奶奶不时前进一步，两根连枷此起彼落，两人配合无比默契，打好了一行，又打下一行。

稻场上的油菜打完了，两人弯腰抱起油菜秆，仔细地抖下菜籽，把油菜秆放到一边，又均匀地铺上油菜。油菜晒一会儿才容易打下籽，两位老人趁机休息一下，他们坐在树荫下，有说有笑。老奶奶从茶壶里倒了一杯茶，递给老爷爷，老爷爷几口就喝下去了，他用手抹抹嘴，老奶奶拿起毛巾，擦去脸颊上的汗水，她把毛巾递给老爷爷，老爷爷接过毛巾，胡乱地擦擦汗。看着这温馨的一幕，我笑了。一会儿，两人不约而同地站起来，又举起连枷来……

我情不自禁地想起自己第一次打连枷的情景，那时八九岁吧，妈妈带着我一道打油菜。我们将油菜铺成头对头的两排，油菜荚禁不住太阳的热情，有的"哔哔啵啵"地炸开了。妈妈举起连枷，将连枷柄牢牢抓在掌心，上下挥动长柄，连枷在空中划一道美丽的弧线，然后落下来。她迈着弓步，竹板闪转腾挪地拍打油菜，菜籽纷纷滚落。我学着妈妈的样子，举起连枷，可是连枷在我手中不听使唤，别别扭扭的，我想让它往东它却往西，左右摇摆，打一下就拗了劲，长柄和连枷拍子打起架来，我让它的柄在手中翻个身，好半天才顺好拗劲的连枷，接着打第二下，然而，不是前面先着地，就是后面先着地，打到油菜上，也没有"嘭嘭"的声响，一下、两下……

我不断练习，终于，连枷越来越听话了。那时我力气小，每打一下都要顿一顿，然后才用力提起来，再笨拙地拍打油菜，挥舞十几下，胳膊就酸得不得了，但我咬牙坚持，阳光火辣辣的，汗水顺着脸颊流淌，一滴一滴洒落到菜籽上，衣服湿透了……从小，我就知道稼穑之艰辛，童年的劳作经历，是我人生的一笔财富。

歇下来，我发现手掌和手指上磨出了水泡，水泡破了，嫩皮肉一碰就痛得钻心，不几天结痂了，手上就有了老茧。后来，在连枷一圈圈转动中，我一下又一下地拍打油菜或小麦，干脆利落，灵活自如，蛮有节奏的。我和妈妈一人拿一根连枷，面对面挨趟打，妈妈打一下，我紧随其后，两人从一角开打，你一下，我一下，一连枷挨着一连枷地打过去，你后退，我前进，两把连枷此起彼落，铿锵有力。此时，家家都在打场，"嘭嘭""啪啪"，这是多么悦耳的原生态音乐啊！连枷声中，村庄也蓬勃起来了。

黄豆成熟时，也用连枷来打，稻场上，我和妈妈挥起连枷，黄豆荚在连枷的拍打下，发出"噼噼啪啪"的声音，熟透的豆荚"开花"了，饱满滚圆的豆粒，金灿灿的，在场上跳来跳去。有调皮的豆子还跳到了稻场外，一遍打过了，用叉扬翻过来，再打，直到豆子全都从豆荚里出来，滴滴溜溜地在稻场上滚动。

连枷最迟在春秋时代就已经有了，现在，依然活跃在乡间，为农民收获油菜籽和小麦立下汗马功劳，"嘭嘭""啪啪"，连枷声声……

水远山长的前世今生

"忆得旧时携手处，如今水远山长。""鱼书欲寄何由达？水远山长处处同。"水远山长，阻隔重重，让人愁绪漫漫，搁在今天，这都不是事。无论你在天涯还是海角，和我只有一部手机的距离。有了手机，我们时时刻刻可以互诉心曲，彼此若在眼前。在电话和手机还没有普及的岁月，信，是异地人们之间沟通的重要桥梁。

那时，我们一笔一画地在信纸上写信，写好了装进信封，小心翼翼地粘牢封口，贴上邮票，郑重地投进绿色的邮箱。日子很慢，一封信根据路途的远近，要几天十几天甚至更久对方才能收到。有紧急的事，只能到邮电局打电报。

1993 年，我来到了山村小学，闲暇之余，不仅给至亲好友写信，还给报社编辑写信，把自己的稚作用心誊写，装进信封放飞，满怀希冀地等待。可是山路崎岖，遇到雨雪天气，邮递员一两周才来一次，我望眼欲穿。每次收到信，心都是雀跃的，迫不及待地撕开信封，展开信笺，看着亲朋熟悉的字体，亲切之感油然而生。即使收到退稿信，也没多少失落，倒是编辑鼓励的话语，看了一遍又一遍。偶尔收到样报，看到小作发表了，心情格外明媚，写作更有了动力。之后我的大妹和二妹外出打工，小妹和小弟去外地读书，我们之间频繁地鸿雁传书，彼此关注鼓励。那段日子，信，让我的生活多姿多彩！

旧影视剧里，经常有老板戴着墨镜，手持"大哥大"的镜头，20 世纪80 年代末，拥有"大哥大"的"大哥"，威风凛凛，呼风唤雨。"大哥大"厚实笨重，是那个年代身份的象征，除了打电话没别的功能，而且通话质量不够清晰稳定。我们身边那时鲜见"大哥大"，因为其价格太贵了。90年代初期，我们那儿有人腰间别着精巧的 BP 机，虽不如"大哥大"气派，但也是奢侈品了，BP 机"滴滴"响了，会引来众多羡慕的目光。

90 年代中后期，有 BP 机的人比比皆是，"有事呼我"成了许多人的口头禅，用电话拨打寻呼台，告诉话务员要呼的 BP 机号及自己的姓名和电话号码，然后挂机等候。话务员将信息输入计算机，发射机在计算机的控制下，向空中发出呼叫信息，被呼叫的 BP 机就响了，显示出电话号码或简单的数字代码。后来升级的汉字机，将留言以汉字的形式，发送到机主的 BP 机上。那时，也有一些老板用上了手机，比"大哥大"小巧多了。1996 年，山村的一个暴发户到学校来问孩子成绩，还没说几句，他在我们几位老师面前，掏出手机，放到耳边"喂喂"不停，其实，暴发户只是显摆一下，那会儿山村里是没有信号的。

1997 年 10 月，山村学校安装了电话，我和外界联系方便多了，信写得少了，电话成了情感的纽带。之后，家里也安装了电话，我和爸妈聊天也更容易了，我不时地和家人、朋友煲煲电话粥，这时，信就慢慢退出了我们的生活。2008 年开始，我用电子邮件投稿，也就彻底告别了写信。

90 年代末期，身边有人用手机了，那铃声一响，许多人的眼光都追随着，机主着实出尽风头，只是那时，许多地方信号不好，通话断断续续的。千禧年后，身旁有手机的人逐渐多了，我老公也用上了手机，机身秀气，屏幕下方有从零到九的数字，还有一个小天线伸出，接打电话，发信息，都很方便。随着时间的推移，手机式样不断改变，越来越新颖。我有了一部翻盖手机，纤小薄轻，翻开盖子，手机屏幕就呈现出来。不久，我又换了一部滑盖手机，盖子自由自在地滑进滑出，精致玲珑。还有那种旋盖的手机，将机盖旋转 180 度，才露出键盘来，清新别致。也有人喜欢那种直板手机，简洁大方。

忽地有一天，大街上人人都有手机了。手机不断升级，出现了智能手机，开拓了移动电话与个人电脑相结合的时代。2010 年后，我们身边用智能手机的人多起来了，可以无线上网，可以自行安装、卸载软件，功能强大，越来越先进的上网软件、游戏软件和音乐软件也带动着手机内存容量的升级，强大的内储存给我们带来便捷。

然后，手机就日新月异了，更新特别快，功能愈来愈繁多了。触屏超薄，屏幕大小不一，手指轻快地舞蹈间，我们就玩转了手机，玩转了生活。曾经，我们在电视上看电视剧，用 MP4 听音乐，用录音笔录音，用计算器算账，出远门要有地图，现在，我们有手机就行了；曾经，我们外出只能在窗口买票，很多业务必须在柜面办理，我们排队等得花都谢了，心都焦了，我们买东西要逛商场、去超市，现在，我们在家动动手指就行了；手机帮我们搞定了许多事情，收付款、收发邮件、生活缴费、滴滴出行、在线订餐……最近两三年，我游玩都不带相机了，家里那曾立下汗马功劳的相机也束之高阁了，手机拍出来的照片和视频清晰美丽，还可以同步到朋友圈。如今我们出门在外，有一部手机就万事俱备了，连钱包也不用带了，随着支付宝和微信支付的普及，"扫一扫"已经成为我们的日常……

手机科技技术越来越给力，2G 时代一去不复返了，5G 时代已经离我们不远了！昔日的水远山长，人们联系困难，那都是前尘往事了。今天，一部手机就让"山高水远咫尺近"。

荷香幽幽（外一篇）

阮胜明

那一夜，我是在故乡的荷塘边嗅着荷香进入梦乡的。

已经很多年没有回故乡了。说工作忙没时间，那是借口。说不愿也不想，那是假的，甚至是一种欺骗。那么究竟是什么原因，连生我养我的故乡都不愿回去呢？这些年，故乡在我，已经死了，我儿时的故乡在轰轰烈烈的大发展运动中被肢解得面目全非，它已不再是我朝思暮想可亲可爱的故乡了。我是从故乡走出来的，和每一个离开故乡在外打拼的游子一样，也有故乡情结。我曾在《回不去的故乡》《故乡之殇》等怀乡思乡的所谓文字里，表达了自己对故乡的一份依恋一份不舍，还有更多的遗憾与悲伤。面对日益被剥蚀的故乡，我说我哭了。我在《故乡的蛊惑》一文中曾把故乡比作荷花。因为在我，荷花是我童年家乡最美的花，最美好的东西；荷花、荷香，就是故乡，就是儿时的最美时光。

儿时，每到荷花初开的季节，为数不多的荷苞直立在碧叶丛中，一色粉苞绿衣，远远近近，高高低低散布着，稀疏清雅，娉婷脱俗。有的只露出尖尖粉头，有的苞尖微开。风影倒映在水中，随波轻摇绰约身姿，为沉寂的黄昏添了一份动感。它们还没有开放，置身其中才深切体会到含苞待放的美丽。随着盛夏的来临，在那翠绿茂盛的荷叶丛中，一枝枝亭亭玉立的荷花像一个个披着轻纱在湖上沐浴的少女，含笑伫立，娇羞欲语。此时荷花完全开放，花蕊围着小小的莲蓬头，白白的花瓣衬着嫩黄的花蕊和嫩黄的莲蓬，令人陶醉。我禁不住荷香的诱惑，跑到离河岸最近的地方偷偷采一枝没有开放的荷花，把它插在装了水的瓶子里，慢慢欣赏。也会在下着毛毛细雨的时候和小伙伴们去采摘荷叶，戴在头上做雨帽，在雨中嬉戏笑闹。直到大人发怒才很不情愿地跑回家……

故园春已尽，清荷香弥远。故乡一别三十多年，故乡的荷香渐渐散去。忽一日，在故乡村里当书记的发小打来电话邀我回去参加乡里的荷香文化节。一听到荷香二字，我立马答应回去。异乡落魄伤穷乱，故里重归喜景稠。政通人和富由起，芙蓉仙子欣来游。在这个多情的夏日，我站在故乡的土地上，和众多的游人，赏荷，久违的荷香，沁人心脾地在空中弥漫。发小告诉我说，这两年，饱受工业污染的村民们自觉把自家承包的水田改变成藕塘，你看这近百亩的荷塘是不是很美呀？是不是就是我们小时候每个夏天撒欢嬉戏的那个荷塘呀？我使劲地点点头，眼里有一种模糊的东西就要溢出……

晚上，我被发小安排吃土菜。菱角菜、鸡头秆子，尤其是那盘花香藕，香脆可口，我一个人吃了大半盘子。看着我狼吞虎咽的吃相，发小笑了，我也笑了。我说，吃着这样的土菜，我才真正找回了童年。菱角菜、鸡头秆子、花香藕，这可都是我童年的味道，童年故乡的味道啊。晚饭后，发小挽留我在他家住一宿。此时，一轮明月已经升起，夜色从未有过的好。发小提议，我们去看看荷塘月色。来到白天走过看过的荷塘，在清风明月中嗅着荷香，我不仅想起朱自清的《荷塘月色》，眼前的景象如先生描绘的一般模样：月光如流水一般，静静地泻在这一片叶子和花上。薄薄的青雾浮起在荷塘里。叶子和花仿佛在牛乳中洗过一样；又像笼着轻纱的梦……我们都不说话，静静地在荷塘边走着想着……

就这样走着，就这样想着，就这样嗅着，然后带着满身的荷香，回到发小的家中，甜甜地进入了梦乡……

童年，夏夜的桥头

赤日炎炎似火烧的盛夏时节，我开始怀念老家的桥头，怀念我的童年，怀念桥头的美妙夏夜。

小时候，村子四面的桥头便是村民们夏夜纳凉的首选场所。在桥头放上一张竹床（也叫凉床），或是两条宽板凳，或是干脆就铺上一张凉席，就可以躺在桥头看夏夜的天空了。经过太阳一天的灼烧，桥头其实是烫人的。因此，每天日落时分，孩童们便忙着提着自家的水桶去河边打水，哗哗的泼到桥头上，去去暑气。而每每此时，桥头就发出嗤嗤的响声，还有缕缕热气冒出来。我们就接着打水泼，直到用手摸时感觉冰凉了为止。到了晚上，我们就可以和大人一起舒舒服服地躺在桥头上享受美妙的夏夜了。

乡村的夏夜是如此美丽，无数个月色如水的夜晚，我们静静地躺在桥头上，看那或圆或弯的月亮，看她静静地从片片云彩中穿行，看着看着就睡着了。有时半夜醒来，朦胧中仍会看到一轮红月挂在枝头。没有月亮的夜晚，我们就看满天闪耀的星星，星光纯净而璀璨，感觉它们距离我们是如此之近。当然了，在大人们的故事中，我们也会一边看天空一边寻找着银河、牛郎星和他挑着的两个孩子，还有银河对岸的织女星。那时，它们不再是一颗颗星星，而是故事里面有生命有感情的人。经常会看到流星从天空滑过，每一颗辉煌闪过的流星都会引起我们的一阵惊喜。还有飞机，每当看到天空中有几颗红灯忽明忽暗地向前移动时，大家就会大叫：看哪，飞机，有飞机呢。那时的我们，对这些在夜空中前行的飞机，总是有着无限的遐想和憧憬。

其实更多的时候，我们不会这样安安静静地欣赏夜色，而是在桥头上追打嬉闹，此时桥头就俨然成为一个热闹的大游乐场。大人们坐在一起聊着孩子们从不感兴趣的话题，他们时不时挥动手中的蒲扇，驱赶讨厌的蚊子。孩子们则在一起你追我赶，想着法子去找乐子：被单往肩上一披，我们化身为一个个侠客，嘿哈嘿哈就过起招来，虽不见刀光剑影，却也是动人心魄。若是玩腻了，就扯下被单，把妹妹扔在被单的中间，我和弟弟各抓住被单的两角，就开始使劲地摇啊摇，妹妹被摇得晕头转向也是乐此不疲。玩疯了的时候，也会招来大人们的几句呵斥，于是赶紧安静下来，玩些"老实"的游戏。有时是抓萤火虫，也许是萤火虫也来赶热闹，一闪一闪地从四面八方向桥头飞来，大家群起而追之。抓来萤火虫，放入早就准备好的玻璃瓶中，大家围坐在一起，看瓶中的小东西发出微弱的光亮。有时是比赛唱歌，或高或低的歌声阵阵飞扬，想必可以传遍整个村庄了。

终于玩累了，就躺在桥头上睡着了。夏夜的天气是那么多变，睡着睡着，仿佛看到天边有闪电的影子了，有隐隐的雷声了。我们却不管它，继续睡。等到大颗大颗的雨点打在身上时，才噌的蹿起来，抱起自己的枕头席子，跌跌撞撞地往家里冲去。黑暗中，往往连鞋子都找不到，就赤着脚跑。不下雨的时候，我们就一直睡到太阳升起的时候，即便如此，身上的被单都是湿的，是被露水打湿的。

昨夜，猫在空调屋内，跟孩子生动讲述我们童年的夏夜，以及那有着许多美妙故事的桥头。我原来以为她听后会嗤之以鼻地笑话于我，谁知她竟然对此无限憧憬和向往。只是，如今家乡的桥头已经不复存在，而美妙的夏夜也只留存于我的记忆之中了。

四 单 元

刘爱武

　　脚往靴子里一套，顺手拿起包，门啪的一声合上时，我已旋风般飞奔至三楼。一楼的门开了，一条叫雪球的白毛狗拉着她的主人着急忙慌地奔跑着，雪球体大拉得小姑娘跑得踉踉跄跄。罗大妈一手拎一桶水从前面花丛的绿化带喷水龙头那过来，塑料桶的水一点没撒，"早，大妈，拎水呢"，"上班去呀"，她打招呼的时候气喘得急。老汪蹬着除了铃铛不响哪哪都响的破自行车去买菜，小姜在用布擦助力车后座，四单元的大门敞开着，我，她及他们就生活在这里。

（一）

　　喜欢遛狗的丫头是一楼的。她的狗是只牧羊犬，纯白色，身材完好，瘦小的她比狗重不到哪去。她常趿拉着拖鞋，被狗拖着跑，她和我儿子初中一个班，喜欢白天小镜子夜里手电对我儿子房间照，我是一次检查儿子有无盖好被发现小丫头的恶作剧，打算找她父母沟通的，见她怯怯的小样心一软，都是小孩子，觉得好玩，是大人们想多了以为她早熟。或许儿子告诉过她，一次等公交时她站得离站台和我好远，少了一趟公交，眼见着上班迟到，我打了辆的士，叫上她一起，她小可怜的坐在后座，也不言语，到了学校要给我钱，我说："快去上课吧，你已经迟到了"，她一路跑向学校大门，身后的书包左右晃动。这之后她见我更是躲了，迎面碰上实在没法蚊子哼样叫声"阿姨"，衣角给她拧成八股绳。她没有上高中，在一个职业技术学校时和老师谈恋爱，那么瘦小的丫头我怎么也不能把他和恋爱两字联系起来。后来出来遛狗的她身边一直有个男孩子陪着，我的孩子大学还未毕业，她却要结婚了，出嫁的她会不会带走雪球呢？兴许会！

（二）

夜里突然听到了哭声，是 4 单元 108 室的硅肺病老罗去世了。哭泣的是他老婆，后来我们才知道其实他们离婚十几年了，一直离婚不离家。

老罗年纪并不大，50 多岁，长年职业病让他看上去比实际年龄大了十几岁。老罗的大女儿长得标标致致，学习也好，是福利院抱来的。老罗年轻时长得就磕碜，显老，虽说是国有企业的工人，可在城里就是找不到老婆。他老婆姓姜，小姜人老实长相一般，在农村有个相好的，无奈小伙家徒四壁，恰好老罗托媒婆到姜家说媒，小姜妈妈图老罗是城里人，又有稳定工作，就瞒着小姜应了亲事，小姜是被家里人和老罗骗婚的。不情不愿地，那老罗又比她大了一属不止。怎么看怎么不顺眼，人们说是小姜不从老罗，才使得他们婚后多年无子，所以从福利院抱了个女儿回来。抱子抱子没承想真就有了一个儿子，儿子没有人家孙子大，老罗却开心极了，走路依旧能踩死蚂蚁脸上有了笑容。

小姜和我妈妈说，她恨老罗，恨老罗拆散了她和心上人，她说等儿子上了小学就离，不能和心上人在一起，也不能和张口就国骂，出气不顺就打的人在一起，她说她受够了，更想为儿子和自己活。

也许是心痛她嫁了那么个人，后来做生意赚钱了的相好经常接济她，小姜也穿起了靴子和小黑裙。小姜在一家宾馆做保洁工作，钱虽不多但自食其力，眼见着一切好了起来，老罗走了。

靠门边的脸盆里，一摞黄表纸烧得卷起无数白灰。小姜说，他性格古怪和兄弟伙合不来，我若不管他谁管他呢，我们都离了十年了。她开始淌眼泪，邻居们说：你是个好女人，是他没福分。

小姜真的很勤快，心灵手巧，你若在楼道里碰见她，她一准客气地拿出做的烧卖面饺之类的小吃塞你手里，女儿上大学了，儿子也上高中了，夜幕下她的助力车呼一下就过来了，她就这样，接了女儿又接儿子地迎来每个清晨傍晚，一直乐观开朗。

（三）

抓小偷，抓小偷，二楼的俞奶奶家遭贼了，她追小偷时踏空了楼梯，胳膊摔骨折了，她老伴裤子口袋里的几百块钱被偷走了。小偷是从卫生间窗户爬进来的。为了这，他们和小区物业交涉了好长时间，后来达成共识：俞奶奶家以后不用交物业管理费，两下扯平，俞奶奶石膏拆了后便被儿子接走了，好多年了再也听不到俞大爷刷牙干呕的声音……

（四）

110的车子开进了4单元，警察正在敲308室的门，连敲数次无人应，邻居们不明就里纷纷探出脑袋挤在门口张望，警察欲破门而入时，小吴披头散发地开了门，几分钟后，警察叔叔不满地咚咚咚又走了，边走边说：下次别轻易打110啊，小两口吵个架动静这么大。

小吴是独生子女，嫁的老公是个公务员，小伙子农村考上来的，家里姐弟俩加上母亲，母亲原来是和乡下姐姐一家住的，姐夫嗜赌，姐姐喝农药自尽了，留下一双儿女，弟弟见姐夫没出息怕误了俩孩子，便接了城里来上学，母亲自然跟着来照顾。矛盾就此产生。小吴觉得自己像个外人，这个家有她没她一个样。先是和婆婆有了口角，发展到后来和老公三天一大吵两天一小吵，鸡犬不宁。婆媳关系日益紧张，老公常常单位躲着不回来。小吴说："不把她们送走，我就自杀"。老公说："你说自杀又不是一回了，别再闹了，有意思吗？""限你十分钟到家，否则收尸吧。"她老公怕她真做了傻事，这才有了警察敲门这一出。小吴没有自杀，但这之后我们便不再见到她，半年后，她的房子卖了，308室静得可怕。

（五）

老汪是我对门邻居，退休职工，人极善谈，脾气有些火爆。他最犯愁的是儿子老大不小了不找女朋友。他老伴和他一个单位退休的，两人一起买菜一起散步的。老汪是个兴趣控，好奇心爆棚。他喜欢养花，为了拉大土方便，他去买个三轮车，骑着车到天井湖挖许多土拉回来，然后车就放外面，几天就被拾破烂的骑走了。他见别处有秋千架，他买了一套木匠家伙什，自己动手做秋千架，荡了几天又嫌碍着人走路拆了，一套木匠家伙什随意丢弃在地下室。他见小区鸡蛋灌饼好吃，他也去买了个大铁炉在家做鸡蛋灌饼吃，当然也吃不了几天。收水费的每次都摇摇头说：老汪家太浪费了，太浪费了，整个单元缺什么老汪家恐怕都有。他不是有多富，他只是随心所欲惯了。

老汪在他老伴脑梗中风后便不那么折腾了，夜半时分听到他老伴一声声惨叫，你就知道，他把老伴当煎饼来回翻腾着擦澡。他服侍老伴七八年了，头发一根根白了，花也不养了，每每叹气："还不如当初心一狠让你去了，省得受活罪"。说是这么说，老汪老伴几次呼吸困难，他都急得打120抢救。120的工作人员都熟悉他家的情况了，劝他说："人都这样了，还有必要送医院吗?""我一口气在就得让她活着,麻烦你们了",120 呼啸着掠过,落叶满地打滚。

(六)

七点半了,吱一声拖椅子的响声从楼上传来,十一点半了,吱的一声椅子推进去的声音,其他皆无半点动静,上高中的孩子睡着了,梦里也许还在做卷子。

住地下室的罗奶奶怕媳妇嫌弃她,她说她喜欢地下室冬暖夏凉,她做的一手好菜,远远地就闻到她做的鱼头火锅的香。

老汪的自行车,小姜的助力车停在楼道外,我进了 4 单元,电子门吧唧一声合上了……

择一城终老，遇一人白首

刘才友

这城要小气些，这人要大气些。

小城秀气而慧中，安静而幽深，有清山绿水更好。关键是要小，小得本分，小得安稳，小得踏实。一年四季，岁月如江水一般缓慢地流过，而人生像柳絮漫天，像雨打竹林，像红叶铺地，像雪舞长天。可无论如何，岁月终归静静地流经一切峰峦，默默地填满曾经的沟沟坎坎。安宁的小城，既有梭罗瓦尔登湖的静美，又有林逋的杭州孤山的恬适，对于那些空虚寂寞冷的心灵，淡妆浓抹总有一份温情暖你。

择一城终老，遇一人白首。

一直一直，都很向往，都很梦幻。世上真就有这么一座城，这么一个人。

城要小，小得安静，小得精致，小得像白雪公主与小矮人的世界。

人要对，不说阆苑仙葩与美玉无瑕那般神仙眷侣，至少要懂，懂你的心，合你的意。

中世纪城堡太神秘，甚至有点儿古怪。我的城，车少，人少，尘埃少。城内有山，芳草萋萋；城内有水，湖光潋滟。小城枞阳，天生具有唐诗宋词的风韵。枞阳小城，更是特别，瘦山秀水之外，老天居然又配给它绵延无尽的长江。滚滚长江东逝水，浪花淘尽无数垃圾和杂质，留下一城纯粹和古朴。古老的上码头，青石板街面上刻满古国余韵，纵横的石纹上拓印龟甲风流。想象一下，当年修干美髯的海峰先生背着手沉吟，浑忘了两旁店铺的酒幌和吆喝，那是怎样的意境！

择一城终老，遇一人白首。

城小，暮春时节无须远出踏青，站到窗口，满眼的金黄嫩绿，嫣红姹紫。还有那嫁给东风的油菜花苜蓿草的清香，缭绕在大街小巷，迷乱在书声琅琅里。

　　人呢，懂的，虽千万人吾不取，只一知音就够了。就算人生没有知己，只要能懂我，理解小小的我，小小的心，小小的心愿，小小的满足。琐碎如柴米油盐，争吵如头破血流，都不要紧，只要陪着我，哪怕坐着轮椅，白首对着夕阳，也就能微微地笑。

　　春来媚如花，夏来绿如草，秋来红如叶，冬来洁如雪。

　　择一城终老，遇一人白首。

　　小城，配上小人，相得益彰，胜过绝美的风景，胜过万千宠爱！

　　小人，活在小城，相伴日出，相扶日落，胜过三生三世海誓山盟！

枞阳的徽商古道

钱闻萍

  群山起伏，连绵不断。一条合铜黄高速从两山之间的低凹处穿山而过，打破了山乡多年的静寂，这里就是钱铺镇仅存于世的历史上最有名的徽商古道——北黄蘖岭段遗址所在地。

  钱铺镇有南、北两座黄蘖岭，南黄蘖岭在南岭村境内的挂山村（现南岭组），与白梅乡黄石村相隔；北黄蘖岭在现今的黄岗村境内，岭的东边是许家冲（现高山组），岭上叫竹岭组，与白梅乡的翼青村相隔。东方的顺毛尖连着扁担山接着潘家寨、牛角尖，再连南方的刘家山到南北黄蘖岭，延伸连接西边的横岭山脉的七家排至北边的三公山。一连串的高山阻断了这里东西方向，唯独只有这两座低凹的山岭是东西方向的通道，故在历史上留有岭东和岭西之说，岭东叫东乡，岭西叫西乡。

  古时，南黄蘖岭这条通道通往岭西的区域不大，一般的商业交易活动范围最多只在孙家畈一带。而北黄蘖岭通往庐江、桐城、三河等地方，商品交易区域大。旧时的枞阳叫桐庐县、桐城县，县政府设在桐城，故北黄蘖岭就是东乡人的政治、经济、文化的重要通道，来往的行人很多，甚是热闹。

  相传早在公元 1290 年间，钱氏先祖福一公从东流井盆迁至枞阳南黄蘖岭（现在的白梅和钱铺一带）定居，史称蘖岭派钱，开垦土地，围田建房，生息繁衍。因只有钱姓一族，故取地名钱铺。钱氏家族以耕种水稻、小麦、山芋为主，在荒山坡地上兼种烟叶。肥沃的土地，适宜的气候，使钱铺五谷丰登，家族人丁兴旺。后来又陆续迁来潘姓、左姓、周姓等等，各姓氏之间，相互通婚，友爱和善。自耕自获，自给自食，剩余的五谷杂粮等便运输出去进行交易，换来其他商品为己所用。于是便形成了由北黄蘖岭通往庐江黄泥河与桐城等集市以及庐州三河交易的黄金通道。

清朝嘉庆年间，钱铺南、北黄蘗岭都种植黄烟，温润的气候，全天候的日照条件，细腻松软的砂土，使这里生长的烟叶肥大金黄，烟醇味香，深受东西乡以及庐江、桐城、庐州等地烟民的喜爱。黄蘗岭黄烟声誉千里，交易频繁，供不应求。因此钱铺人便经过这条古道贩运烟叶到桐城孔城、庐江黄泥河、庐州的三河等地市场交易。

运输方式以肩挑为主，时语叫"挑烟篓"子。烟叶晒干后用毛竹片扎成捆，如同现在的捆棉，据说一担烟篓子重量当时老秤（一斤十六两制）称大约在250斤左右，相当于现在的150公斤。挑烟篓子一般都是两个人一起行走，以便在路上相互照应。听祖父说起我家有位亲戚就干此事，说这位亲戚在1925年左右经常与我本村的祖辈钱立兄结对挑烟篓。钱立兄力大无比，他俩挑烟篓上北黄蘗岭一直往桐城方向挑行，一般都要在翼青的文书庙歇肩休息。古人喜欢斗力，我的这位亲戚挑烟篓前行，钱立兄在其后，他们挑行至十里地的文书庙时，钱立兄建议我亲戚休息会，我的这位亲戚那时年轻好斗，回说不急，再走一程。大约又走了一程，钱立兄再次建议休息，我的亲戚再次拒绝，就这样两位一边挑行一边交谈，不知不觉就走完了50多里地到达了孔城。事后，他俩每人挑有近300斤的烟篓一程未休息的事，在山乡久传成佳话，两人也一直相互佩服彼此的耐力。

北黄蘗岭徽商古道是用一块块青石拼起来的大约一米宽路面的山路，青石的中心位置碾有深约八公分、宽十一公分的凹槽，至今仍然存在，清晰可辨。这里有一段流传在民间的佳话，说是咸丰年间东乡包括周潭、陈瑶湖、横埠河、汤沟等地的水产、鱼类、五谷以及烟叶和柴火、木炭、茶叶等货物，都是孔城、黄泥河和三河市场上的畅销商品。运输工具是木制独轮车，木制车轮上包有铁皮。运输车队从东乡圩区各地运送货物上北黄蘗岭时，都要在岭下许家冲集中，等所有车队人马都到齐后，才开始上岭，商贩们上岭时相互协作帮忙，用绳索绑住独轮车前方，商贩们在车前帮助牵引至岭上，依次循环拉车，等所有的独轮车都上岭后，再继续前行。

久而久之，独轮车把砂土路碾压成很多深沟，独轮车行走艰难，雨天更是无法前行，商贩们叫苦不迭。见此情景，传说黄蘗岭北面有个村庄叫山岭院，村子里有位很有钱的钱姓，号称钱百万，喜做修桥补路的公益善事，叫来伙计，开山凿石，把这条经商古道铺上了青石，便于商车行走。车轮铁件与青石摩擦撞击，时间久了，青石上便留下了道道深深的辙迹。

徽商古道，北黄蘗岭只是它的一部分，它的辙迹告诉了后人这段徽商古道辉煌的历史。而在古道的岭上，还有一座已经倒塌的用四根石柱立起的凉亭子，也有一段流传在民间已久的佳话。建造这座凉亭，传说是有两个目的，其一是给经商人在此歇息纳凉避雨，其二，最主要的还是纪念监察御史左光斗。

左光斗（1575—1625），字遗直、拱之，号浮丘，又号苍屿。先世为安徽安庆府桐城县东乡（今安徽省枞阳县横埠镇）人，明末东林党的重要成员，累官至左佥都御史，万历"六君子"之一。因对抗大宦官奸臣魏忠贤，含冤被捕。押解途中，家乡父老头顶明镜，手端清水，拥马首号哭，"缇骑亦为之涕零"。

相传 1625 年秋，年轻的明熹宗朱由校，听从奸邪小人魏忠贤的谗言，撤职并下令捉拿左光斗进京问斩。左光斗觉察魏忠贤的迫害动机后，避开差役的追捕，从天津返回桐城东乡老家横埠左家宕，次日去了钱铺长山铁门口姐姐家。传说左光斗姐姐家在铁门口王姓家族中是个大户人家，只因他家大门是铁制的，又在村庄的进口处，故该村起名铁门口。左光斗准备在姐姐家借点银两进京面君，向皇帝奏明魏忠贤阉党谋反之真相，但慑于魏忠贤的淫威，姐夫知情后害怕株连九族连累于他们，只给了左光斗一点碎银便催其走人。不久，左光斗含冤被捕，在押解左光斗去京城的路上，家乡沿途百姓站立路旁，头顶明镜，手端清水，送酒送饭，抱着拉囚车的马头痛哭。

传说左光斗在京好友杨涟，奏明明熹宗，指出了阉党头目魏忠贤的阴谋，明熹宗便果断下令，派文书快马加鞭，昼夜不停迎头拦截左光斗的囚车。囚车行至北黄蘗岭下的张家店时，左光斗在囚车上看到人群中的好友钱百万，便请求钱百万借给他一些碎金作保，如能保住不过黄柏岭，拖延时间，见到文书送达的圣旨，左光斗就有救了。但钱百万因为害怕连累自己，也没有借给左光斗保金，左光斗含泪叹息曰：永绝此交。

押解左光斗的捕快，都是魏忠贤的亲信。魏忠贤痛恨正直、光明磊落的左光斗，一心想置于他死地，暗中指使捕快在半路上将左光斗杀害。囚车行至丛林茂密的黄蘗岭上时，他们便将左光斗残忍杀害了。熹宗皇帝派来的文书快马赶到北黄蘗岭西边的文书庙时，听老百姓含泪说左光斗已被斩首，文书下马后当即气绝身亡。

为了纪念这位朝廷文书，老百姓在此建庙，题名"文书庙"（今属白梅乡翼青村）。在北黄蘗岭古道旁左光斗遇害处，建凉亭立碑竖牌坊，以作纪念。可惜碑和牌坊在"文革"期间毁于一旦，无法查找了。唯独留有四根石柱托起的小黑瓦亭子，到修筑合铜黄高速时，这条古道就完成了它的使命，无人行走，亭子也就自然倒塌了；但那四根断裂的石柱依然还静静躺在原地的草丛中，向后人诉说着它的故事……

　　这段有关左光斗在徽商占道——北黄蘗岭被害的故事，只是流传在这里时间很久、区域很广的一个传说，现在 60 岁以上的人都能说出这段故事的因果，但很多都不是完整版的了。我曾经怀疑过它的真实性，但在采访很多老人时，说的故事情节都是一模一样的，只是故事中的某些地点不同而已，我又不得不信服于他们。查阅百度，说左光斗冤死狱中，与其所说大不相同，但在徽商古道北黄蘗岭东西乡流传至今那有板有眼的传说，又作何理解？亦无从考证，权作茶余饭后的一段话料，一个东西乡百姓对左光斗这位忠烈先祖的哀思和纪念了……

童年的雪

侯朝晖

　　午睡起来，发现天气阴沉、寒冷，有"晚来天欲雪"的征兆。打开手机，朋友圈里全是大雪预警和学校针对雪情放假的紧急预案。这番如临大敌的阵势，让我不禁莞尔，怀想起童年的雪。

　　童年的冬天，似乎比现在要寒冷得多。因而，雪下得大、猛，而且频繁。但是，那时的人们对雪是期盼的，热爱的。特别是农民们，哪个不懂得"瑞雪兆丰年"的道理?!

　　而于我们，冰天雪地，就是我们的童话世界，就是我们的乐园。

　　也许，就在某一个冬夜。寒风如同一头猛兽，一阵比一阵更凶地在小山村里狂吼，撕咬得窗户纸"哗啦啦"地响。等到狂风渐弱，消停，屋瓦上传来一阵阵落雪籽的声响，"沙，沙，沙"，像小雨霏霏，像蚕吃桑叶，一阵比一阵密。母亲呵呵手，微笑着对做作业的我说："下雪了，洗洗睡吧!"我是带着按捺不住的兴奋渐入梦乡的。

　　下雪的清晨，天亮得格外早。在睡梦中被母亲叫醒，——该上学去了。穿戴好，打开门，哇! 外面已经白茫茫一片。学校坐落在村庄对面的小山顶上。村子里上学的孩子们，呼朋引伴，结伴而行。条件好的，戴着棉帽，穿着雨鞋，拎着火球（一种烤火工具，类似火钵）。条件差的，用草绳子把脚上的棉鞋一道道缠结实，像打绑腿那样，一直缠到膝盖，再将手笼进袖子里。我们深一脚、浅一脚，"咯吱、咯吱"地走在如被的雪地里。鹅毛般的雪花，纷纷扬扬，铺天盖地而来。凛冽的风，像刀子一样，掀起我们的衣襟，刺疼我们的脸蛋，割着我们的耳朵。一开始，我们弓着背，缩着脖子，畏畏缩缩、小心翼翼地前行。渐渐，我们小小的胸腔里被莫名的亢奋和豪迈充满，浑身热血沸腾。我们欢笑着，追逐着，跌倒了、爬起来，爬起来、再跌倒，一路朝学校奔去。

放学了，打雪仗，堆雪人，都是我们的乐事。打雪仗，更是我们这些男孩子的游戏。在厚厚的雪地上，两军对垒，莹亮的雪球流矢一般飞来射去。我们奔跑，跳跃，躲闪。摔打声，叫喊声，此起彼伏，震天动地。一场雪仗下来，每个人都周身热气腾腾，暖意盈盈。相对来说，堆雪人要斯文一些。用锹将积雪一锹一锹地铲起，堆高，拍实。然后，再根据自己的想象，堆砌成神态各异的雪人。憨态可掬的雪人笑呵呵地蹲在雪地里，歪戴着小红帽，翘着高高的鼻子，一双用木炭嵌成的大眼睛，乌溜溜的，仿佛在静静地守望春天到来。

雪晴了，天寒地冻。屋檐上垂下又长又粗的冰溜溜（冰凌）。我们把晶莹的冰溜溜掰下来，或者当剑挥舞，或者当冰激凌用舌头舔尝。要么在结着一层厚冰的池塘里滑冰、摔打；要么敲碎冰面，取一块又圆又大的，用草绳穿着，拎在手中当锣敲，当镜子照。一双小手，冻得又红又肿，就像胡萝卜，也浑然不顾。

最激动人心的事，是放学后和小伙伴们在雪地里撵野兔、捉野鸡。久雪初霁，山野寂静，野兔躲在山上厚厚的雪被里睡大觉。我们在大雪齐膝的林海雪原里仔细寻找野兔的踪影。兔子藏身的地方，势必有突起的雪堆，而且雪堆上有两个黑黑的圆孔（当然，这必须仔细看），这是兔子呼吸时热气融化了雪形成的。发现了野兔如果惊跑了它，必须把它从山坡上往下撵。因为兔子前腿短，后腿长。往上撵，它跑得快，我们追不着。往下撵，它就会跌跟头，栽进雪窝里，动弹不得，束手就擒。还有野鸡，总喜欢藏在压满积雪的杉树枝下。这动物机灵，一有动静就飞了，常常是劳而无功。尽管这样，我们还是学到了许多书本上学不到的知识，体验到了无穷的乐趣。

童年的雪，早已融化在流逝的岁月里。但是，那份雪地里的童真、坚强和快乐，永远被雪藏在记忆深处。

栀子花开情自来（外一篇）

田再联

　　清晨，打开门窗，我与迷人的花香撞个满怀。

　　栀子花开了，在我的窗外。

　　晨曦沐染的栀子花尽情地吐放浓香。几朵皎洁纯净的花儿点缀在翠绿的枝头，嫩黄的花蕊竞相怒放，像是身着白色连衣裙的清纯少女，又似一朵白玉雕成的花仙子。绿得发亮的叶片，沾附着露珠的晶莹，与无瑕的花瓣一起，闪浮着清新的晨光。风轻轻地拂过，栀子花便随风摇曳，那扑鼻厚醇的花香，让人顿觉明净与清凉。

　　这是陪伴我多年的花卉盆景，是我从家乡移植来的，寄宿于一只青瓷花盆之中。它在我的窗外坚守着日月，也坚守着我思乡的情结。在炎热的夏日里，它张开美丽的洁白的身躯，安静恬淡地飘曳芬芳，把清纯幽雅的温馨与诗意结欢。花开花落，静默中，传送着妩媚和凝香，传送着指尖流走的时光。

　　每当栀子花盛开的时候，我便想起与它伴随的童年时光，想起我的家乡。此刻，我那老屋前的栀子花想必也应时开放，它一定芳香馥郁，清纯四溢。只因人去屋空，少了欣赏它的人。也许它孤零的倩影在岁月飘飞处，装点浓浓的乡愁。

　　那是一棵包容着岁月的栀子花树，它伴随着我的童年，也伴随着我的家人，也伴随着我的村庄，度过了一段很长的时光。

　　春天，栀子花生长出新叶，它开始为孕育花蕾而积蓄力量。

　　人间四月芳菲尽，栀子花的花蕾便在悄然中占据枝头，在绿叶的簇拥中，一天一天地长大。随着时间的推移，在绿叶相拥的枝头，不同层次的花蕾正孕育着开放。有的正舒张襁褓一样的外衣，轻轻地张开微笑的嘴唇，那裹不住的香气，正向外漫溢；有的还在青涩中含苞欲睡，梦乡中却包含着一腔的奔放。

我感觉栀子花多在夜间悄然开放，也许是它总要给主人一种喜出望外的激动吧。早晨推开门，一股清香飘来，那一定是栀子花开了。

循着诱人的香味，你看，翠绿丛中闪现着洁白的花影。有的完全展露蝴蝶翅膀似的花瓣，层层叠叠地环围着淡黄的花蕊；有的半抱琵琶，花瓣羞答答地盘旋，让人感到有一种力量在涌动；有的已蓬松着身躯，淡黄中吐出丝丝白皙。凑上前，来一次深呼吸，浓郁的醇香直侵入你的心扉，和着清新的空气，让你开启了一天的舒爽和活力。

"一钩新月风牵影，暗送娇香入画庭"。明净如水的月光之下，母亲摇着蒲扇，沉浸在诱人的花香里，讲述美丽的传说。

栀子花是仙女的化身。七仙女中有一位名叫栀子花的，她待在天庭，感到寂寞，便化作一棵小树降临人间。有一位好心的年轻男子把这棵小树移植在屋前，精心照料。栀子花为了报答主人，白天幻变成人，为主人洗衣做饭，晚上回还成栀子花，飘香满院。人们纷纷种上了它，村里的女人个个都带上栀子花。花开遍地，香满人间。栀子花仙女深得人们的拥戴与热爱，她感受着人间风情，无心再回天庭。栀子花四季常青，保持着青翠妩媚的身姿。从那严寒的冬天开始，孕育着花蕾，直到夏日炎炎，才把那芬芳倾吐人间。让人们在迷恋它的雅致中忘却夏的炎热，领略清凉之气、舒爽之感，也让人们想到它是"永恒的爱与约定"。

沉浸在神奇的故事里，我不得不对栀子花产生了无限的惊叹：它的美丽竟来自天庭！

弥漫在浓稠的、清醇的花香里，我听着母亲的故事，望着天上的星星，朦朦胧胧地便进入了梦乡。梦乡里，萤火虫绕着洁白的栀子花，飞呀飞，飞到遥远的地方。

栀子花是传递邻里情感的簪花。每当栀子花开，母亲总是手捧几枝送完东家再送西家。女人们簪带着洁白无瑕的花朵，伴随着迷人的香味，把笑声传得很甜。

栀子花不光是女人们的专属物，也是男人们喜爱的花物。别一枝放在襟前，花香弥漫，煞是清爽。

我还经常把那花瓣当作书签，夹在书本之中的栀子花日久弥香，伴着文字的芳馨流进我的心海。

栀子花又是季节的号令者。栀子花开的时候，麦子黄了，打麦场上连枷声声，在收获的繁忙中，闻着花香，忘却疲劳，倍感喜悦；栀子花开的时候，蝉儿也开始了歌唱，宁静的树林里，蝉儿在花香中亮起清脆的嗓门，把夏天渲染得有声有色；栀子花开的时候，瓜果飘香，人们品尝着香脆的桃梨，在花香里，品尝着乡下恬静的生活；栀子花开的时候，也有粽子的飘香，端午礼品的往来中，往往也有栀子花的穿梭。

弥漫着栀子花香的山村，在夏日里流动着人们的快乐与惬意。一花一世界，它们那么美丽，那么禅意，那么芬芳。影影绰绰的院落弥漫着浓郁花香，水牛的反刍在绿荫下描写着漫长中午的寂静。袅袅的炊烟在村庄上空凝成一片浪漫的白云，被风吹幻成一缕缕薄薄的丝绢，然后带上花香飘向远方。欢快的鸡鸣狗吠，让山村呈现出田园活力与热闹。孩子们在花香里行走，他们的童年时光深深地浸染着栀子花香。

望着眼前绽放的栀子花，立身于怡人的花香之中，感慨它的纯洁可爱与清丽素雅。回味着栀子花香弥漫的童年，想象着故乡栀子花开的模样，思恋着远离的故乡。

有人说，花儿本是为自己而开的，只是因为我们人类对它产生了情感，才那么的爱它，喜欢它。望着眼前盛开的栀子花，溶于花香之中的心海泛起了思乡的波澜。

手掬一捧栀子花的芳香，我面对故乡的方向，尽力地抛撒，愿这放飞的花香飘向远方的故乡，带去我思念的情怀。

戴柳、插柳过清明

清明与柳的情缘实际是柳和春的情谊。春天让柳树发芽，让柳树开花。鹅黄、翠绿的柳叶向人们报捷时令，报告春天脚步前行的节奏。柳絮飞扬更是柳花与春风合拍的幽姿。清明戴柳、清明插柳体现出人们在长期劳动生活中对自然的一种情感。其间，囊括了种种传说和内含的象征。

传说，清明戴柳始于唐朝，唐高宗于三月三日游春渭阳"赐群臣柳圈各一，谓戴之可免虿毒"。后百姓将此也演化为插柳，每逢清明，人们除了戴柳，还插柳于门楣，有避邪之意。有人说，清明戴柳、插柳是为了纪念发明各种农业生产工具并曾"尝百草"的神农氏。也有人说，清明戴柳、插柳是为了纪念"割肉奉君尽丹心，但愿主公常清明"的赤丹忠心的介子推。

在我的家乡有"清明不戴柳，死在大门口"的说法。因此，清明节那天老家人对戴柳、插柳十分重视。戴柳、插柳以示祈福避邪。

清明节的早晨，大人们总是惦念着要弄些柳枝回家。尤其是大晴天，早晨去溪边洗衣服归来的妇女们，一手挎着装满洗净衣服的篮子，一手捏着一把清鲜的柳条，一步一个节奏地摆动着，轻弹着清风、曙光和这节日的喜气。清晨就来到田间转悠的男人们，完成了田间农活归来的时候，也关注着那妩媚飘絮的柳树，走近它，摘取他们心目中选定的柳条，快活地走在回家的路上。上街购物归来的人们，也是一手拎着菜篮，一手攥着一束翠绿丰腴的柳枝。也有的就近在邻居家的小柳树上折下几枝，邻里之间示意着打个招呼，那柳枝此刻便传递着乡邻之间节日的温馨。倘若家里忙活不能外出田畈的，吃过早饭，他们便站在村头或自家门口，瞅着手中摆动着柳条的人们，胸有成竹地撵上前去要来几枝，在一句"谢谢"中，了却了一桩心事。整个村庄被翠绿的柳枝串成一番热闹，也串成一束和睦的邻里情感氛围。

得到柳枝的人们便快速地干起了分配处理工作：把稍微粗壮的枝条插在门楣上、窗顶上，甚至灶台上、床头上。满屋子里都能看到柳枝的翠绿，闻到柳叶的清香。

细软的、柳叶密集的便给家里妇女、小孩，让他们个个都能戴上这清香的柳枝。大男人们也捎上一截放在衣服的口袋里，让柳枝陪伴自己过上这个"大于年"的清明佳节。

妇女们戴起柳来要比男人们庄重得多。盘起发髻的女人们，将发夹别起精心挑选的枝梢，让鲜嫩的柳枝尽量张开花瓣状的绿叶，这舒展的柳叶便把春天的美丽装饰在她的发际。扎着辫子的女人们便将柳枝用红头绳扎在辫子末端，走起路来，新亮的柳叶便颠簸在她们的后背上，随着长辫把春天的节拍敲打在她们的身上。

小女孩们戴起柳来，形式要显得灵活一些。有的将柳枝别在刘海的侧翼，好让自己的视线舔上绿柳的影子。有的用发夹把柳枝别在两只耳朵上面的头发上，既显得新颖别致，又显得俏皮喜气。

男孩们戴柳的姿态更是形式多样，除了大人们的设计以外，更多的是他们自己的创意。最简单的方法便是像他们的父亲一样，挑上几枝端正地插在胸前的口袋里，或者别在胸前的纽扣眼上，胸前便有了春天的朝气。他们雄纠纠、气昂昂地走起路来，显出与往常有别的神气。有的男孩是将稍硬朗的柳枝夹在两只耳根上，装扮成古怪的模样，心里设想的应该是脑袋上长了两个翠绿的角，走起路来，调皮地摆动着脑袋。倘若一不小心，柳枝跌落了，也毫无尴尬的意思，拾起掉下的柳枝重新装扮起来，神气十足、悠闲自得。性情温和的男孩玩起了他们的细腻的装饰，精心挑选细柔的柳条，在柳枝的折断处，小心地剥去一些幼皮，然后，一鼓作气地用尽力气将柳皮推向枝头，柳皮连同柳叶一起聚集于柳枝头。再将线绳细心地拴扎在具体的位置上。一只丰盈翠绿的柳球便可套挂在耳朵上，像是一只硕大的翡翠悬挂成耳坠。倘若一边一只更是显得清雅别致。

　　玩得最酷的便是戴上柳枝编织的柳叶帽，男孩女孩有兴致都可表演这种节目。几个人凑在一起，爬上柳树，大肆折腾，弄下一小堆柳枝。因为编织柳帽是要消耗很多柳条的，而且材料结构也得有层次。编织柳帽两人合作是最好。首先挑选一枝硬朗的柳条，弯成大小合适的一个圆圈，将细绳扎紧枝条的交结处，一个完整的柳圈结结实实地做好了，随后一根一根地拿起柳条沿着柳圈绕来绕去。柳枝的末梢最好是露出五寸长的空位来，这样编织成功的柳帽更显得枝繁叶茂，戴在头上，蓬松张扬，柳的风姿顿生于帽檐；扣在头上，显得翠耸发端，人醉春色。

　　这些不辞劳苦的顽童们，戴上自己编织的柳帽并非仅仅满足于戴柳的风俗。他们玩起了自己的花样，模仿着电影上看到的英雄战士，奔跑在村前的塘埂上，迂回在田间的小道上，一种动态的春色便在他们的搏击、躲闪、追赶中上演。已被耕耘平整的稻田，像一面面明镜平铺在乡野上，晚霞辉映的天空倒映在一块块明镜似的水田里。顽童们奔跑在暮色渐染的天空倒影之中，柳叶的清香和泥土的芬芳被孩子们舞动在春天的原野上。直到"蛙鸣青草泊"，他们才收拢兴致，奔回那炊烟袅袅的村庄，品尝清明佳节的丰盛晚餐。

　　如今，家乡人仍保持着戴柳、插柳过清明的习俗。那些远离家乡，居住城里的家乡人一定会忆念这朴实传统的风俗习惯。

那一刻，我释然了

李圣锋

前段时间，我们派出所的一名年轻民警因表现突出火线入党了，在向他道贺的同时，我想起了自己当年一波三折的入党之路。

20世纪90年代，我怀揣梦想穿上军装，从中原来到这个江南小城，成了一名光荣的消防战士。炽热的军营生活激发了我的斗志，决心干一番事业，第二年我就向党组织捧上了入党申请书，但因为种种原因，党组织没有批准。我没有气馁，依然积极工作，努力追求。当兵最后一年，我刻苦学习高中文化课程，准备报考军校，心想只有留在部队将来才有更多的机会入党。

但是前进的道路总是充满曲折的。军校招生开始后，我才发现自己不够报考条件。我没有自暴自弃，更加爱岗敬业了，临退役前，部队首长看我表现不错，决定留我再干一年。就这样，我获得了难得的一次机会。后来，我也因业务突出被提拔为班长，并顺利地考入了南京消防指挥学校。

到了军校以后，我才知道大部分同学都是党员，金榜题名的荣光很快被沮丧所代替。失落的日子里，我只有默默给自己加油，积极向党组织靠拢。入学时间不长我就递交了入党申请书，接受党的考验。就在最关键的时候，因为期末考试数学没有及格，我痛失了在军校入党的唯一机会。就这样，我带着深深的遗憾，毕业后回到了原来的部队。

毕业提干后，我任基层消防中队指挥员。那段日子里，我依然没有放弃，积极向党组织靠拢。训练场上，我和战士们摸爬滚打；遇有火警，我带领战士们驰骋火场；业余时间，别的干部去下棋，我则把自己关起来苦读汉语言文学。

时间如流水般一天天过去，转眼到了年终，我所在的中队被评为省标兵中队，我的文章也有不少见于报端。命运终于向我露出了笑脸，就在这一年年底，我光荣地加入了中国共产党。直到入党宣誓的那一刻，我释然了……

心灵的栖所

方孝红

　　蓝天绿树红花，这些普通的美好在我所在的古铜都随处可见，小城有许多美丽的景点，我喜欢在双休日走走看看，而我最喜欢去的地方是散落在城市各处、犹如珍珠般闪着光泽的全民阅读点，书香氤氲，城市越发显得迷人、醉人。

　　在我看来，建筑风格各异的阅读点，从外观上看就是一道道耀眼的风景，跃入眼帘，让人心旷神怡。有的临江而建，有的观湖而设，有的傍梅而立，无不情景怡人。而踏入阅读点，更是进入了一个奇妙的世界，与书对话，忘却尘世的烦忧，让心灵自由飞翔，好不惬意。

　　读书是一件美好的事情。我喜欢带着儿子来到滨江阅读点，拥书览江，再来一杯绿茶，慢慢品咂。长江在窗外缓缓流动，有船只点缀了江面，使长江灵动起来，眼睛拂过字里行间，乘着时光机遨游，心情与作品一同沉浮，犹如茶叶在杯中自上而下，又自下而上。江水滔滔，在船底编织出一朵朵美丽的浪花，属于我，也属于你，江的胸怀是宽广的。平日里调皮的儿子在读书时也安静下来，找到自己喜欢的绘本、儿童读物，就静静地席地而坐。阅读点的室内设计很好，书架旁就设有干净整洁的阶梯，你可以在找到自己喜爱的书后随心而坐，细细品读。精致而优雅的阅读点里，移步换景，抬起头，你会看见一排排竹子整齐地悬挂在头顶，一盏盏灯亮起，形成了一个"竹光"世界。你可以选择看书，也可以选择览江，更可以将心事付流水，什么也不想，什么也不做，就这么静静地度过一段时光。

　　我也喜欢带着儿子来到华谊兄弟影院阅读点，这里小而精，只是一间开放式的书屋，但布局精巧，文艺范十足，临窗而坐，可以眺望天井湖，放松眼睛，清空心灵。多少古今事，品读的同时，你要细细思索，从书中走出，今夕何夕焉？沧海已然变成桑田。我看有不少人在观影前小坐片刻，拿起一本书。手执书卷是美好的，纵使短暂，有时候思绪的火花可不就是火石电光一瞬间的事嘛。点滴的时间汇成大海，阅读点从不嫌弃人们给它的时间是长还是短，只要你有心读了，文字便已滋润了心田，也是缘分。我非常欣喜的是，这里的阅读点同样有儿童读物，儿子百看不厌，总是我拽着他，才肯起身，恋恋不舍地离开。

我还喜欢信步来到湖东路阅读点，这里离我的居所近。每次来，都是座无虚席。男女老少，有人在阅读，有人在上网，有的人在学习，有的人在对弈。共同的是，大家都静静地做自己的事，不干扰别人。我迷恋这样的时光，一年四季窗外的绿植散发着香味。我尤喜散发着暗香的梅和桂伴着书香。信手取来一本又一本，慢慢品读。那枚心形的树叶书签，至今我仍在使用。人在阅读着书本，汲取着营养，事实上这里的书也在阅读着人，不同的读者对书的态度是不一样的，与书的交流也不一样，书心知肚明，我喜欢这样的氛围。

对爱读书的人而言，阅读点环境幽雅，不仅免收费，还提供热腾腾的开水，我觉得那是精心策划的温暖。在严冬，你一旦踏进书屋，足够点亮每一天的日子。所以，有了空闲，就到阅读点坐一坐，充充电，还自己一个澄澈心情，会有收获。

麒麟是块铁（外一篇）

疏泽民

  这是一座乡村集镇——麒麟镇，每逢农历三六九赶集日，镇上熙来攘往，人头攒动，犹如微缩版的小县城。

  腊月初九，我去会宫养老院看望母亲，返程时需在这座"小县城"转车。沿着喧嚣嘈杂的集镇街道行走，忽然听到了叮叮当当的打铁声。小时候在故乡孙畈，我曾多次光顾过铁匠铺，在那里让铁匠打过镰刀、锄头、火钳。离开故乡三十多年，再次听到打铁声，感到十分亲切。是谁，在这传统手工业日渐式微的当下，还在喧嚣的街头坚持打铁呢？

  循声走过去。路边一家商店隔壁，敞开着两间门面，门口摆着铲菜刀的长条凳，屋里砌一座焦炭炉，墙角堆放着铁坯、焦炭、半成品和成品铁器，水泥地面和墙壁被炭烟熏得黑不溜秋，那铿锵有力的打铁声，就从这里传出来。

  先去第一间看看。一位六十开外的老伯坐在门口的条凳上，双手推着铲刨，用力刨削菜刀。一位六七岁的小男孩，站在墙角的土炉前，一脸好奇地抱住风箱拉杆，呼哧呼哧地拉着，炉火噼噼地蹿出亮红色舌焰，舔舐着吊在火炉上被煤烟熏黑了的水壶。老伯见我不像购物，倒像是在参观一件展品，便停下手中的活计，回过头，朝我笑笑，算是打着招呼。笑是世界上最美的语言，我顿生好感，便蹲下身，与老人唠嗑起来。老伯说，打铁是祖传手艺，到他这儿是第三代了。在自己跟父亲学手艺的那些年，打铁很吃香，方圆一二十里的庄稼人都赶集过来，有的定做铁器，有的购买成品，有的将损坏的铁件送来重锻，铺子里整天叮叮当当，热闹得很。打制的铁器也是五花八门，锄头、洋镐、斧子、镰刀、耙齿、柴刀、菜刀、门环、火钳、飞镖……只要你能想象得出它的模样，都能打造出来。老伯还说，有一次，大队有台机器上的一块铁疙瘩坏了，一时换不到，他父子俩琢磨了大半天，依葫芦画瓢，硬是用废料打制出来。说起过去的事，老伯一脸的自豪与满足。

我问老伯这房子是不是租的。老伯说："现在谁还租门面打铁啊？这两间铁匠铺，都是咱兄弟俩的，隔壁的是我哥。"说话间，隔壁也传来铁锤与铁砧的敲击声，我告别了老伯，转身到隔壁看看。

几乎一模一样的布局，只是隔壁的炉火更旺。一位头发花白的老人，从熊熊炉火中夹出烧红的小黄瓜粗铁钎，放在铁砧上；一位身穿浅蓝色沾染油污工作服的小伙子，抡起大锤，配合着老人的小锤，你一下我一下，趁热锤击，红热的铁钎一端在铁锤下延展成铲形刀口。红软的铁块冷硬的速度比较快，稍一停顿，就得复炉重锻。锤击中两人配合默契，动作快捷，老人的小锤是指挥棒，他们交流的暗语，是小锤敲击的位置，是小锤在铁砧上空敲的点数。锤击了十来个回合，铁钎冷硬，老人又将它夹送到炉火中烧热，再放到铁砧上，让小伙子用大锉刀在亮红色刀口处来回锉几下，形成刃口，最后将它浸入冷水里，"哧"的一声爆响，水面腾起一股白烟，旋即将铁钎扔在地上，让其自然冷却——一把开采石片的錾子，就这样锻成了。

小伙子骑上电动车，将锻好的錾子放在铁盒里带走了。我问老人小伙子是谁，得知是他的儿子，不由赞叹：下一代能跟着父辈学打铁，精神可嘉啊。老人抚着铁锤，半是自豪半是惭愧地笑着："没出息喽，也只是凑个帮手而已。又脏又累，挣不了大钱，谁还愿意学呢？况且现在种田都用机械，过去的镰刀、钉耙之类的铁家伙，基本上都派不上用场；而土锅土灶越来越少，人家厨房用具都直接到超市去买，精致而漂亮，谁还愿意使用既笨重又不好看的铁家伙呢？"

老人说的是事实，我无力反驳。如今的城镇化快速推进，传统铁匠手艺即将失传，但从小伙子举锤锻击时娴熟的姿势来看，老人已将真经传给了儿子，至少在现阶段，这门手艺在这座名叫麒麟的集镇上不会绝迹。

见我对打铁感兴趣，老人显得十分高兴，一边拉风箱，一边与我闲聊。老人说他姓余，今年七十，打了五十年的铁，遗憾的是没给孩子们留下多少财富。如果早年跟别人出去打工，办厂，或者做百货生意，都发了。我安慰老人：余师傅，钱多有多用，少有少用，你看你因为打铁，身体硬朗，红光满面，精神焕发，像个壮劳力，抡起十几斤的铁锤轻而易举，这可是拿钱都买不到的健康呀。

余师傅笑着应了声"这倒也是"，干劲似乎增添了不少。他将炉火中烧红了的细铁棒掏出来，与烧红的菜刀端头叠在一起锻打。菜刀在他手里就像橡皮泥，三两下子就"揉搓"出一条"老鼠尾巴"。将烧红的"老鼠尾巴"对着圆柱形木柄中心慢慢按，在冒出的一阵阵蓝烟中，木柄被烫穿。再将"老鼠尾巴"烧红，穿过烫透的通孔，将露出的尾端弯扣在木柄端头，装好木柄……若不是亲眼所见，断然不会知道，打一把菜刀，仅安装一个刀柄，竟然有这么多工序，不由打趣道：余师傅，人家超市里的菜刀一个模子出来，像你这样一件件地锻打，费时费力，一点也不划算啊。

余师傅将炉边保温的大茶杯挪过来，猛咕了一口，擦了擦额上微微冒出的汗珠说："流水线生产的容易崩口，不像我锤打的密实耐用。要说划不划算，一下子还真说不清，譬如这间门面，出租给人家办超市、开饭店，一个月净得两三千租金，也比打铁强。可是要让我歇下来，心里憋不住，急啊。毕竟是一百多年的手艺，一旦歇下来，就断了。再说，方圆百十里也只有这两间铁匠铺，前不久有人竟然专程找上门来订制，说明这手艺还有存在的价值。要是我哪天不打铁了，那些专程赶过来的人，扑了个空，心里也急呀。"

余师傅的两个"急"，让我一下子明白，这两间铁匠铺为什么能够在喧闹的街头长时间存在了。我知道，老人以及老人锻打的每一件作品，都是绝版，它像铁一样坚硬，却又像炉火一样热情。作品是块铁，老人是块铁，有着百年历史的国家级生态小镇麒麟，不也是块铁么？

小伙子骑着电动车回来，手里多了一只盛有饭菜的保温桶。余师傅在铺子里用餐，我也该告辞了。走出十几米，忽然想起来，我还不知道这兄弟俩铁匠铺的名称呢。回过头仔细搜寻，两间铺子没有任何招牌，甚至连个字符都没有，唯有两间被烟火熏黑的门面，在光鲜的超市和林立的商场夹缝中，落寞而执拗地坚守自己的一隅天地，不离不弃。

村庄的二维码

雨点是快乐的鸟喙，不厌其烦地啄向草尖，啄向枝叶，啄向稻禾，啄向故乡的村庄。每啄一次，草木便涂一层新绿，原野便抹一道晶亮，村庄便添一份葱茏。几日不见，那些层层叠叠的新绿，恣意铺展开来，很快攻陷了田野、山冈，入侵了院落、田埂、石壁、荒滩。

总是喜欢绿油油的原风景，譬如故乡的村庄，雨水润过，葳蕤着勃勃生机。

葳蕤的村庄，总少不了树。椿、桃、杏、桑、杉、柏、枫、松、刺槐、垂柳、泡桐、苦楝、冬青、皂角、板栗，还有许许多多叫不上名字的杂树，共同构成了故乡的意象，它们以不同的站姿，不分昼夜，不惧风雨，寸步不离地守卫着村庄。雨季来临，野草疯长，枝叶扩张，藤蔓纠缠，绿植见缝插针，挤爆了每一处空隙。数不清的枝枝叶叶相拥相融，你中有我，我中有你，将村庄和村庄的秘密，严严实实地掩在自己的怀里。村庄里那些炊烟萦绕的农舍，如一只温驯的猫咪，窝在错落有致的叠翠里，安详地打着盹儿。

这是一座村庄的版画，如同一张老胶片，深深地印在我的脑海。

在我看来，树与树的排列组合，组成了一座村庄的二维码。不同的村庄，总有与众不同的二维码，将故乡与他乡区分。譬如我的故乡狮子凹，长江北岸一座八户人家的小山庄，它的二维码，就是被山峦拥揽的一屏葳蕤，被叠翠浸染的白墙红瓦，被鸟鸣洗过的乡音乡韵。

村庄里有树，但有树的地方不一定有村庄，因为树总比村庄出现得早，在村庄还没有成为村庄的时候，树就已经站在那儿了，一站就是百年千年。在我儿时的记忆里，屋后的山冈上就站满了松树，一年四季苍绿葱茏。而庄子里，院落中，池塘边，绿树更是不计其数。记忆最深的高树，有两棵，一棵是猫儿刺树，生长在庄子里的小溪边；另一棵是枫树，生长在大凹山路边。它们高达几十米，树围需要四五个大人合抱，树龄至少数百年。每天傍晚，归巢的鸟儿在繁茂的树冠上叽叽喳喳，将山庄喧闹得节日般喜庆。鸟鸣是晚归的铃声，庄稼人荷着锄头，牧童骑着耕牛，在金色的霞光中悠然回到绿树掩映的村庄，夕阳将树的影子、老屋的影子、人和耕牛的影子拓印在大地上，犹如历史册页中的版画。徜徉在静谧的村庄，时光仿佛是静止的，凝固的，凝固成古老的乡村民谣。

那些年村庄正值年少，贫瘠的土地，养育不了不断增长的人口，被贫困与饥饿逼急了的村民，便将目光瞄向庄子里的树。木锯、斧头、柴刀、锄头齐上阵，大树轰然倒下，粗壮的树干被截成段，削成椽，剖成板，最终以屋梁、桁条或家具的面孔，默守着悲壮与无奈，也默守着奉献与成全。而那些比磨盘还粗的树桩，则被连根挖起，晒干后扔进农家灶膛里涅槃，最终化为缕缕青烟。

穷怕了的村民不断向树木索取，刨柴根，挖草皮，满山垦荒，以扩大小麦、山芋等杂粮的种植面积。违背自然规律的滥垦乱伐，注定会受到大自然"以牙还牙"的报复。雨季来临，从山上流下来的洪水，裹挟着泥沙，在池塘里囤积，很快就在塘角堆成几座沙丘；山脚下的一些稻田也被冲积成一块块砂砾平台；清澈的水塘变成沙场，肥沃的水田变成沙地。可耕种的土地面积不增反降，一些村民将困惑与无奈装进背囊，离开村庄，去城里漂泊。

面对村庄千疮百孔的面容，留守的庄稼人开始检讨自己。他们亏待了树，不敢与屋梁、与木质家具对视，不敢看木材的结痂，不敢看结痂中化石般的眼睛。春暖花开，他们背负着内疚，上山植树，漫山遍野地植树。他们还在山脚下筑坝拦水，又忙着将池塘、稻田中的砂砾挑上山。一年后，山上的树苗终于成活，野草、灌木重返山坡，水土不再流失，村庄渐渐像个村庄的样子。

有了树，就有了鸟。有了鸟，村庄就苏醒了。活着的村庄，葳蕤一轮轮叠加，苍翠一层层递进。七八年后，村庄便恢复了它原来的生机与活力。

走进绿油油的村庄，你会发现，树是绿的，草是绿的，山是绿的，大地是绿的，人是绿的，自己的眼睛也是绿的。一切都是被叠翠染绿的，充满了春天的希望。若仔细听，除了鸟语虫吟，还会听到禾苗的拔节、蝴蝶的私语、山花的浅笑、大地的呼噜……回到村庄，都市里车水马龙的嘈杂没有了，冲击耳膜的喧嚣没有了，拖累身心的悲愤没有了，淤积于胸的烦闷没有了，清澈透明的村庄让返乡游子安静下来，它将那些苦痛、辛酸、郁闷挡在村外。在村庄温馨祥和的怀抱里，将自己像鸟儿一样放飞，别有一番意趣。

近些年，村庄越来越富了，越来越美了。富而美是一种诱惑，一些怀揣乡愁与梦想的新生代农民工，不再留恋城市，他们携家带眷返回故乡，承包山场，种植茶叶、油茶、果树，开辟农家乐园，发展旅游经济。春天里油菜花开、春茶采摘，秋天里板栗、柑橘成熟，总会吸引一批批驴友摄友前来赏光，体验采摘之乐，村庄充满生机，越来越像个城市的样子。

这些年回到故乡，我总要在小山村多呆几天，与母亲唠唠嗑，听一听悦耳的鸟鸣，看一看满目葳蕤，呼吸故乡的草木清香，感受故乡的淳朴情怀。我喜欢庄子里那些满坡流淌的绿，喜欢那些从繁茂的枝叶间向上蒸腾、向下洇染的绿，看着看着，觉得自己也是翠绿的，通透的，清新的，纯净的。我知道，葳蕤的村庄里，有独特的二维码，有我的根，也有我绿油油的希望。

淌在心上的河

刘东玲

一

老辈们说，河亘古长存流淌了几千年。几千年？我不信。河流淌了几千年为何还是这样清澈甘甜？

小时候，家就住在河岸上，常常坐着小板凳托着腮盯着河面老半天，娘端着筛子忙里忙外，见我半天没挪地，奇怪地问："傻妞，呆呆地又在琢磨什么玩意儿？""娘，河水为什么是甜的？"娘呵呵摇头："傻妞，这条河可不是普通的河，是圣水！圣水！懂不懂？"圣水？我还是不懂，跑去问二婶家的哥。哥得意地用大拇指沾了一下口水，指着花花绿绿已翻得稀烂的小人书教我："傻妞，书上说，这条河呀，是观音娘娘玉净瓶里的玉露变的，可神呢！它吸收天地日月之灵气，汇合五湖四海之精华，退陈纳新、生生不息。五爷爷（镇上的老先生）说这条河因'博大而无私、神圣而清冽'。所以几千年了它依旧清澈甘甜！"哥摇头晃脑地卖弄着，哥的学问真大！我似乎感受到河的浩瀚神秘，但被哥一直叫唤"傻妞"觉得有点憋气。

河有一个美丽的传说。

传说观音娘娘为恩泽人间吉日云游，所过处仙乐阵阵玉带飞舞祥瑞普照。娘娘慈目端庄手持玉净瓶在一片祥云之上俯瞰人间，见一片青山灵秀俊朗，丛林葱绿诱人，再有一条河，便是人间繁衍生息的绝佳之地。娘娘凝神用玉指轻轻弹了一下杨柳枝，只见一滴晶莹的玉露"滴答"一声滴落山间。霎时，青山相对、绿树傍依，一条清澈欢快的河越山谷、穿丛林

"哗哗"流淌而来。有了河便有了人家，甘甜的河水恩泽着居住在河两岸的人们，一代又一代，河的两岸人畜兴旺。冬清淤泥、夏护河堤，两岸的人们也像爱护生命一样爱护着这条河。青山绿水，日出而作、日落而息，人们过着简单淳朴而快乐的日子。后来，镇上的老先生们给河取了个好听的名字：双溪。日月变迁、沧海桑田，双溪河清澈甘甜，"哗哗"流淌。美丽的传说在镇上一代代相传。

我六岁那年的盛夏，哥大我四岁，小大人似的要自己挣新学期的学费，二婶守寡多年，哥是一个懂事孝顺的孩子。他在河边架起了一个小扳罾，河滩上放了一个大水桶，转头招呼我："傻妞，等会儿我准能把水桶装满活蹦乱跳的鱼虾，有了鱼虾我就能挣到学费了。哎——傻妞，你就蹲在这儿，多瞧着点，河水泛泡泡了就叫我。"

我很听话，一眼不眨地盯着河面。清晨的阳光温和地映照着蜿蜒的双溪河，间或有赶鸭人"呼噜、呼噜"赶着鸭儿们"嘎嘎"游过，几只渔船在河心打着转，渔夫们忙着撒网捕鱼。哥挽起裤腿坐在大水眺上，舒服地用双脚扑打着河水，水花轻快地溅起散发着甜甜的香气，小鱼小虾们也赶过来凑热闹。哥舒服地闭着眼睛，双手挽胸一副悠然自得的样子，摇头晃脑地学着五爷爷念叨起来："青青子衿、悠悠我心。纵我不往，子宁不嗣音！青青子佩、悠悠我思。纵我不往，子宁不来！……"我知道他念的东东叫"诗经"，是跟五爷爷学的，我也想学，可五爷爷古怪的很只愿意教哥一个人。

大人们都说哥读书很上心，二婶养了一个好儿子，将来一定会享儿子的福。六岁的我觉得哥真聪明，那么难的诗经都能念会，所以心甘情愿地做他的跟屁虫。哥说他念叨"诗经"呀……是为了引鱼儿虾儿们上钩呢！

盯了水面一会，我尖叫起来："哥，快来呀，泛泡泡了，好大的泡泡！"哥闻声赤脚飞奔过来快速拉起扳罾，扳罾里蹦跳着好多银光闪闪的鱼虾。哥笑呵呵地把鱼虾捉进大水桶里叫我继续盯着，他也继续神秘兮兮地去念叨《诗经》引鱼儿们上钩。蹲了半天，我耐不住了，但迫于"诗经"的震慑力，只好耐着性子老老实实地坚守岗位，哥说等赚够了学费，他就教我念"青青子衿"。

傍晚，夕阳红着脸遥遥西坠，娘和二婶站在河岸上唤我们回家吃饭，哥拎着满满一水桶蹦跳的鱼虾哼着小调打道回府，我屁颠屁颠地跟在后面。整个夏天，双溪河温和地任我们撒欢，她从不会让我们失望，每天我们都高高兴兴地满载而归。

二

榴咧嘴了，桂花飘香了。哥上高中住校了，他答应教我念《诗经》一直都没有兑现。黄昏，家家燃起炊烟，放学后我来到河边希望能看见哥，却只看见几个小孩吆喝着捡河蚌玩。我百无聊赖地使劲踩着河滩上深深浅浅的脚印，踩累了便挽起裤腿坐在水眺上用脚使劲扑打着河水。翡翠的水面漾起了一串串涟漪，一群小鱼儿赶来调皮地吻着我的脚丫，轻轻痒痒的很舒服。晚霞映红了西边的天空，一朵接一朵红彤彤的云朵妖娆地快速飞过，远处的水面五彩斑斓宛若仙境。是不是仙女们赶去给观音娘娘贺寿呢？我痴痴地想象着五彩纷呈的贺寿场面。突然，身后"哗啦"的一声吓了我一大跳，原来是几只慈姑鸟从树林里扑拉着翅膀飞向对岸的草丛，它们飞的速度很快，我扔起一块小石头跟过去，小石头赶不上"扑通"一声落在河心里，河水荡漾一会儿又恢复了平静，气人！坏家伙们，扰了我的清梦！

"傻妞，打水漂呀？我也加入一个！"是哥！我急忙回头正看见哥咧开的嘴角。我雀跃地从水眺上蹦起来！"哥，你回来啦！快教我念诗经！"哥"咯咯"笑起来："傻妞，用得着哥教你？你现在不就在诗境里？你看：天空在为你研磨；云儿在为你彩描；'叮咚、叮咚'双溪河在为你谱韵呢！"是呀！鱼儿跃出水面、水花儿开始舞蹈，此时此刻双溪河流淌着多么天籁的音乐啊！你听：它悠悠遥遥打着畅快的和弦，我的每一根心弦都在快乐地歌唱呢！赫然，我明白了什么叫诗。

哥昂起头张开双臂深深吸了一口气："河边的空气真好！真舒服啊！多美的双溪河啊！噫兮！玉盘轻佩，玲珑透，水光潋滟，伊人归来！哈哈哈。……"哥笑得真好看，洁白的牙齿闪烁着玉一般的光泽，弯弯的眉毛是天上的月牙儿，流动的眼睛就像清清的双溪河水。我准备了好多话要和哥说，可张口又什么也说不上来。唉！

三

一股水香绕梦间、一泓清泉伴枕眠。依偎着双溪河我长成了像她一样美丽的姑娘。乌黑的长发柔柔垂在我的腰际，清清河水是我妩媚的双眼，双溪河还赐给了我剔透的肌肤和杨柳细腰。可是，哥没有看见，他上大学了，暑假还要挣学费已经好几年没回家了。娘听二婶说这个暑假哥会回家，我心里一下子乐开了花。娘又说哥不是一个人回来还带了女朋友。娘还说，照片上哥的女朋友美的像朵盛开的牡丹花。我从云端跌入谷底，哥有女朋友了！他不需要看见我的美丽了。双溪河呀！哥的身边有了别的女孩！那个女孩不是我！一种从未有过的酸楚泛上来淹没了我。哥已经忘了我吗？忘了忠实地帮他看扳罾的傻妞？忘了双溪河畔我们一起度过的快乐时光？

"都快成大姑娘了还整天傻兮兮的，还不快去河边淘米！"娘使劲敲了一下我的头。

哥的女朋友真漂亮，哥叫她瑛。瑛笑起来灿烂的脸上有两个深深的酒窝，哥说他爱死那两个酒窝了。哥带瑛来河里洗澡，瑛只穿着鲜艳的两片兜兜儿。哥说："老土，这叫比基尼，城里人沙滩浴都穿这个。"我羞得怎么也睁不开眼睛。瑛银铃般"咯咯"地笑起来，她热情地张开双臂抱住我："小妹你真美！我知道你，你哥经常提到小时候在河边和你一起用扳罾捉鱼虾。小妹要考大学了吧？来我们学校，我们带你出去玩，吃好吃的……"

哥经常提起我？我一下睁开眼睛。瑛白晃晃象牙般的肌肤赫地映入眼帘，她青春健美的身体挂着晶莹的水珠，饱满的胸部像两个错落有致的山峰俊秀而挺拔，圆润的脸上两个深深的酒窝荡漾着迷离的春光，逼仄的美让人自惭形秽。我的心"扑扑"乱跳着，想快些逃开，可一时又呆呆地拔不开脚。"傻妞，还没回过神？明天叫瑛姐姐也给你弄一套比基尼，你敢不敢穿呀？哈哈……"

"秀发轻簪，烟儿眉。远山如黛，珠泪垂。落红零落，步儿坠。心事欲笺付流水，忆当年竹马青梅。"小笺写在纸上，泪珠儿滚落脸庞。小小的纸船哦……缓缓漂流在河面上，它会漂到哥的梦中吗？我痴痴凝望着河面，任丝丝杂杂的思绪揉碎心房。青葱的人儿站在河边，那青葱的忧伤哟，会随着流淌的双溪河一起飘远飘散吗？

哥带着瑛回学校了。我孤独地坐在水跳上任晚风吹散长发，水草萋萋地沙沙作响，鱼儿们赶来和我做伴。静静流淌的双溪河呀……只有您看见了我的心伤！真想变成河床，匍匐在您的身下，任您悄悄蔓延我的四肢、浸透我的长发；任您慢慢滑过我的鼻喉、沁入我的胸膛；我徜徉在您的怀抱如婴儿在母亲的宫墙。双溪河……快用您温暖的手抚慰我疼痛的心脏！我感受着您的纯洁与善良；您宽广的臂膀是我永远依靠的力量；您无私地奉献给我最深沉的爱……您，还告诉您的孩子……明天，一定学会您的坚强！

四

　　我没有考上大学，在小城做了一名白衣天使，每天都能帮助到那些需要帮助的人，我过得很快乐。哥，你和瑛过得也很快乐吧！二婶说你们报名支边，在遥远偏僻的边陲小镇教一群山里的孩子读书。真为你们感到骄傲！我仿佛看见山里的花开了，草绿了，蓝天白云下，一群天真活泼的孩子们围着你们奔跑！你和瑛银铃般的笑声连百灵鸟也感到嫉妒吧！真羡慕呀！哥，真为你们感到高兴！我在梦中都听到了你们欢快的笑声！

　　冬天到了，双溪河结了厚厚的冰，孩童们在河畔堆雪人打雪仗玩得可热闹，二婶说哥回来了。

　　山区艰苦的生活浇灭了瑛当初的热情，她开始想念城市的繁华喧闹。念头发了芽便"噌噌"一天一个样，她要哥和她一起离开山区，哥说什么也不答应。她便每天软缠硬磨，最后，两人开始了几天几夜的沉默。瑛带着六岁的儿子走了，她的另一个大学同学在上海给她买了一栋漂亮的花园洋房。二婶揩着眼泪："你哥心里苦呀！他是回来疗伤的！"

　　哥一个人默默地坐在水眺上。天空空旷辽远，青山黛墨无语。冬日的阳光片片点点地洒在他的身上，一阵萧索的风吹乱了他乌黑的头发，脚下的双溪河光洁如镜美丽如初。我坐在他身旁静静地看着他，哥消瘦了很多，脸上的皱褶很深，黑扎扎的胡茬长满了两腮，眼睛嵌得很深但眼神依然明亮有神。我们定定地眺望着寂静的河面，很久都没有说话。

　　"小妹，你不知道那是多么需要老师的地方，那是一群多么渴望知识的孩子们，看着他们的眼睛我就告诉自己，我不能！"

　　妹妹知道！妹妹真的知道，就像知道我们共同爱着的双溪河。我滑下水眺，凿开一块冰。"哥，快来看，冰下面的双溪河依然在流淌呢！"哥跳下水眺，蹲下身用双手轻轻捧起温暖的河水扑打在脸上，河水和着泪水顺着他满脸的沟壑，"滴答、滴答"地落在地上。

　　几天后，哥回学校了。二婶说哥带走了一瓶双溪河水。

　　流水潺潺，心弦遥遥，一条河淌在心上。哥，相信你一定会振作起来！因为我们是双溪河的儿女，我们身上流淌着双溪河的血液！很早，双溪河就告诉过我们：隐忍与坚持是生命的真正内涵！

　　冰雪融消，又一年春暖花开。清晨，双溪河轻烟袅绕，薄雾中人们又开始新一天的生活。大人们忙着浆洗过冬的衣衫；姑娘们忙着打水梳妆去赶集市；小伙子子们"吱呀"担着水忙着喂禾苗喝水；小孩们忙着搬出扳罾，蹲在河边守候着小小的希望。哥，你一定又在忙着备课吧！稍稍停一下你的钢笔好吗？快点来静静聆听双溪河欢快的笑声吧！二婶说你已经亲手送出五名山里的孩子上了大学，父老乡亲们摆了整整三天酒席，醇香的米酒香彻了山谷，你和孩子们欢快的笑脸一定像那满山盛开的杜鹃花！

　　一年后，哥寄回一张照片，二婶兴冲冲地拿给娘看，照片上哥笑得很开心很灿烂，身旁依偎着一个眉目清秀穿着苗族服饰的女孩，那是哥的同事，也是他的新娘。

　　娘说："比瑛长得俊！"

初识三公山

钱新华

　　春分刚过，柔风绿水已给大地增添了几分秀气。

　　采风团中巴车子，朝着钱铺方向不疾不徐地穿行着。一进入钱铺地界，没有登过三公山的我，目光总是飘忽不定，似一个迫不及待的孩子，一次又一次地透过车窗，痴痴地在寻找着那座向往已久的三公山。

　　三公山属大别山余脉，名字由来有两种说法：一说地跨枞阳、庐江、无为三县之境，为三县公有，故名三公山。当然山主体部分是在枞阳境内，而三公山的"公"字又与上面的说法似乎有背。从字面上看，应该是"共"而不是"公"。另一说法是，三公山有三座三峰，分别是南峰、北峰和中峰，当地人把他们演绎成天公、地公、雷公，故得名。我倾向后一种说法。

　　因有几家媒体人随行，一到钱铺，车子就走走停停。这些媒体人，就是与我们不一样，他们在这个枞阳东北边的美丽而不张扬的小镇里，如憋了一个漫长冬季的蜜蜂遇上了开春的花儿那样兴奋，刚采访完黄冲村第一书记脱贫攻坚的话题，一转眼又钻进了该村虎形组香椿芽头培育基地。看着他们这种忙碌的身影与敬业精神，我们这帮"游客"只能耐心等候着他们。

　　在一隘口处，当地一"导游"指着面前两座山峰说：大家请看，前面这两座山，是不是像一狮一鹿在相伴守望？这里就是鹿狮口，是通往三公山的必经之路。三公山是扼守长江的重要门户，自古以来就是兵家必争之地。三国时期东吴大将周瑜曾在此屯兵驻扎，后人为纪念他，在山脚下建有将军庙。乡镇合并前，这里还曾以"将军"二字作为乡政府命名。在我们来的路上，不时看到还有将军饭店、将军村、将军庙林场等。

　　接着他又给我们讲了一个这样有趣的故事：抗战时，三公山一度为江北新四军的根据地。某日，一队日本鬼子窜到了这里，转了半天，不知进退，便问地里几位老农，这是什么地方？老乡们操着浓重的枞阳方言比画着说，这儿是"鹿狮"。结果被翻译成"六师"，领头军官一听，误认为是走进了新四军"六师"的口袋阵，顿时，吓得慌不择路地逃离。

过了隘口，就是鹿狮村。车在一座乖巧的小石桥旁停下。桥栏中间镶有一块黑底描金石刻，上书"鹿狮桥"。桥头一侧有个不大的观景平台。凭栏可眺雨后那气势恢宏的瀑布。如果你住在这里，择一个静谧的早晨或宁静的傍晚，在此聆听奔放的溪流声，可将尘世间的一切烦恼抛到九霄云外。

都说文人可爱，此话一点不假。譬如那些爱好摄影的文友，一个个就像是粘在花蕊中的蝴蝶，似乎有拍不完的东西。当然，他们在拍别人的同时，别人也在拍他们。真是应了卞之琳那句诗："你站在桥上看风景，看风景人在楼上看你。"

出门在外，时光真快，不知不觉，就是午餐时间。好客的鹿狮人，早已备好了几桌美味佳肴。桌上那干竹笋炒肉丁、山粉圆子焖土猪肉等地道的农家特色菜，一下子成了大家的最爱，还有那柴锅烧出来的金黄色锅巴，让大家胃口大开，就连一向矜持的女士们，也一改以往那优雅的吃相……

登三公山是下午重头戏。好在已有了一条上山的公路，车子可以开到半山腰。但三公山毕竟是 674.9 米的高度，这个高度既是枞阳的地标，也是铜陵市的最高峰。

如果用山高路陡弯道多来形容这里的山道，一点也不为过。车子沿着掩映在路旁的竹林一路上升。每遇路段起伏较大时，车内就会一阵骚动，几个胆小的丫头片子们就会发出一阵尖叫。我担心她们老是这样会影响驾驶员注意力的，便劝慰她们不必害怕。其实，面对险境时，每个人的内心难免都会有一种莫名的恐惧，我也不例外，只是假装镇定而已。

车子七弯八绕，绕进了一座山寨似的古村落。咦，这深山幽谷中哪来这么多人家？莫非到了人间仙境不成……正当我疑惑不解时，耳边响起了一阵欢快的锣鼓声。眼前的场景告诉我，这是一座名叫毛田的高山村落。这一刻，我们真的走进了陶渊明笔下那个"世外桃源"！

更让我没想到的是，毛田人不仅淳朴善良，而且能歌善舞。我带着几分好奇，向身边一位名叫李根求的老爹爹打听着这里的人和事。这位 85 岁的李老爷子热情地告诉我：他们这个村子一团和气地住着 80 多户人家，300 多口人按地段划分为两个村民组。多年来，他们一直保持着这种"农忙种地搞生活，农闲唱唱跳跳找点乐"传统习俗。那些古老的采茶歌、折子戏都是由一代代毛田人传下来的。至今，村里男女老少在劳作之余，都会唱上几段山歌，释放一下心情……而现场正在进行中的精彩表演，证明老人所言不虚。说着，老人清了清嗓子，便声情并茂地跟着乐队伴唱了起来。身边的文友及媒体人纷纷用镜头为老人，为这些乡村文化坚守的毛田人留下了最开心的一刻！

告别了毛田，车子伴着引擎的轰鸣声吃力地向上爬升。越往上行越显得那么神秘。不知道拐了多少道弯，车子终于在一排刚建起来的房子前停下。看样子，此处是供游人歇脚的地方。左边不远处有台挖掘机正在吐着烟圈，拓宽道路。哦，原来已被施工阻挡，过不去了。大家下了车，眼前豁然开朗起来，山川河流、道路村落，梯田竹林，一览无余，大有"登泰山而小天下"那种感觉。

三公山有三座主峰，即北峰、中峰和南峰，南峰即三公山最高峰龙王尖。在山半腰，有座叫藏王殿的寺庙，供奉的是地藏王菩萨。在北峰，有座天然的龙王洞，供奉的是龙王菩萨。三公山中还有多处山神庙。这是人们对大山和自然的崇拜，也是象征着三公山是家园的守护神。

北峰像一只骆驼，面向东方，昂首而立。等到满坡映山红灿烂如霞时，这里会是另一番景象。北峰有古矾矿遗址，还有专门打造开采工具的铁匠洞遗址。相传旧时，一位朝中权贵在三公山私开矾矿，当地百姓多次状告，总是不了了之。后来，一位枞阳书生来此观光，出于义愤，他轻轻松松地挥毫写下打油诗一首：三公山，万山之母；七十二洼，三十二洞；洞洞相连，养马屯兵；开矾是假，造反是真。结果，朝廷很快将那位权贵绳之以法。这位枞阳书生的才情也成了三县佳话。

南峰龙王尖是三公山风光绝佳之处。龙王尖险峰仁立，怪石嶙峋，危不可攀。山峰像一头雄狮，俯首向东，蓄势待发。龙王尖东临无为，远处长江如练，山下悬崖峭壁，寒风嗖嗖，深不可测。由龙王尖远眺，四周群峰罗列，山势回环，波澜起伏，气势磅礴。

三公山不仅自然风光优美，而且人文底蕴深厚，民间故事源远流长。在我的脚下，曾经就是一条古栈道。那是一条通向京城的商贸要道。明末，家住横埠左家宕的铁骨御史左光斗也就从这里被押解进京的。后来乡民为了纪念他，还在这里修建了忠毅亭和忠毅坊。左光斗母亲诰封夫人和大嫂的合葬墓，就在我们上山的路旁那一片青葱的竹林里，车子经过这里时，我们曾在墓前拜谒、瞻仰。

三公山余脉香炉尖被民间称为"龙母宝地"。断尾龙祭母的故事就发生在这里。相传古时，香炉尖下一座名叫建炉院的村子里，一位村妇误食蛇蛋，结果一连生产了九条蛇。前八条都丧生于农妇丈夫的铁锹之下，最后一条被切断了尾巴，腾云而去，成为断尾龙。农妇去世时，正准备安葬，突然刮起了狂风，飞沙走石。等大风停息，人们吃惊地发现，农妇的棺木被刮到了香炉尖顶的一处竖坑内。人们认为是断尾龙所为，于是将农妇就地安葬。

传说每年清明节前夕，香炉尖必会刮一场大风，那是断尾龙来此祭母。因为这个传说，香炉尖一直香火旺盛，是远近闻名的民间祈愿之地。人们不顾山高路远，来此祈愿风调雨顺、岁月安好。

太阳西斜，风大起来，吹在脸上有种温馨提示的味道。满山遍野的茶树在艳阳的光照下，纷纷醒来。尖尖的嫩芽钻出胞衣，眨巴着小眼睛，好奇地望着我们。我忍不住摘下一颗约两粒麦子长的芽头，把它放进嘴里轻轻一嚼，一股淡淡的清香瞬间填满了鼻子与嘴巴，舌头上像是有好多条小虫子在挠痒痒。这些生在高寒山区的茶树，看上去显得很瘦弱，但挺有精神。我想，这是不是代表着茶乡人的一种风貌呢！

三公山确实很高，我们到达的位置，距顶峰还有一段不短的路，一些景点也来不及去游览。时间不早了，体力也不允许我们去登顶，就在这里多看几眼吧，毕竟我们一行已到达了这里，与三公山有了一次难得的亲密接触。

远去的车站

袁本友

顺着公交车站向前，一溜高高的建筑围墙，被各种广告牌铺满。也许是围墙内的建设即将完成，两扇铁门边的广告牌已经拆去，露出墙体，几个大字赫然显现出来——长途汽车站。

哦，这原来是以前长途汽车站的所在。不知什么时候，关于这个车站的印象，已经渐渐地从记忆中模糊起来，以至于消失不见。红色的大理石做底，上面雕刻着"长途汽车站"几个正楷大字，字面上又用金色的油漆勾勒了一遍，远远望去，当年肯定是金光闪耀的、显眼的，老远就可以看出它的所在。

记得第一次遇见"长途汽车站"，那是 1995 年的夏天，老师带着一班同学来市区体检。未满 16 岁的我，背着一个双肩包，里面是几件换洗的衣服。坐客轮顺江而下，头一次出远门的新鲜感，都消耗在客轮里那无数的角角落落里，待到船停靠在目的地时，人已疲惫不堪。

天色渐暗，同学们在老师的指挥下，挤上了一辆中巴车，原本载客十几人的中巴车，被塞进了四十几个人。站在车里，连车窗外的景色都看不到，偶尔随着车辆的颠簸，从人缝里看到一丝城市的影子。也不知过了多久，就稀里糊涂地进入了市区。

当随着人流鱼贯下车时，一个偌大的院子出现在眼前。院子里停了不少中巴车和客车，这就是当年的长途汽车站。天色漆黑，只有院门口值班室透出光亮。一行人在老师的带领下，走出院子。在出院子的右手边，是一个广场，广场里仅有的几盏路灯，发出昏黄的光，有飞蛾绕灯飞舞。灯光下，停了不少黄色面包车和红色的夏利车，看到我们一群人出站，不少车主上前揽客。

陌生的城市，不同的语音，一切都是那么的新奇。隔着两扇锁上的木质大门，候车厅里那一溜空荡荡的椅子，整齐地排列着。人声鼎沸的白天已过，夜色下的它显得是如此孤寂。不满十六的我，不知道当时脑海中为何会冒出"孤寂"这个词。也许是隔着两扇门，门外是喧闹的谈笑声，门内却是无声的等待。

不能理解相聚与离愁的年纪里，在遇见车站的第一眼里，就想起了"孤寂"这个词，这在以后很长的岁月里，我都在努力地叩问着自己的内心，却始终得不到一个圆满的答案。

在这以后，来来往往的次数多了。车站终于在我的面前，显露出它的本来面貌。车水马龙，人声鼎沸，叫卖声、吆喝声，喇叭声、广播声，汇成一锅大大的"杂烩"，所有的人间具象，都在不停地上演着，演绎出一幕幕烟火灿烂的人间。

这才是车站的应有之景，驻留与等待、相聚与离别；承载着远方和希望，承载着乡愁与别离；只是随着时间的流逝，岁月的变迁。那些日渐老去的车站，终于随着高铁时代的来临，慢慢退出了历史的舞台，只留下一个凄凉的背景，渐渐地消失在人们的视线中、记忆里。

也许，在某个特定的时候，就像今天，突兀地就出现在我的面前！孤寂也好，喧嚣也罢，都随着墙上那几个大字，重新地从记忆深处显现出来。夕阳西下，那褪色的、斑驳的字体是那么刺眼。于是，轻叹一声，转身离去，多少悲欢离合，在这个暮春的黄昏里悄悄地爬上心头。

诗歌卷

一生就在这样的寻找中（组章）

崔国发

寻 找

在熊熊的火光中，寻找灰烬。

在泪水里苦苦地寻找，旧日的累累伤痕。

你必须忍住疼痛。在狂风扫落叶的晚秋，我隐约听见了，一声声撕绢裂帛的声音。

草色阑珊。我敢断定，要不了多长时间，它还会持续枯黄。只是很偶然的，或者是必然，那个命中注定的冷露，会在高粱的节骨眼上，静悄悄地降临。

野鹤也在寻找，空荡荡的高天上，那一片散淡的闲云。

它们在缓慢地走动——

仿佛垂暮的老人，在老态龙钟的表情中，已然耗尽了，青春的初心和悲悯。

世界又回到它当初的寂静。

重阳登高，把茱萸插遍一座座奇崛的巅峰。我一直在喊，却始终没有听到，荒草丛中蟋蟀的应答。一定有什么难言之隐，已经秋凉，跌落一声声叹息，又有何用？

爱或者恨，都不必说得太多。

我是我的落英。没有花香的吸引，只是你寻找不到。

已经看透了这个冷冰冰的节令，我不想留下任何话柄，被凛冽的朔风吹送，从此，我也不会在忧伤或绝望的草叶中，默默地沉吟……

挖　掘

穿过粗粝的岩土，把这个动词一层一层地磨砺出一粒粒夺目的火星。

铁锹不喊疼。

一直向下，在灵魂的深处，越挖越深。

它不再滞留于表象，浑身锐气，蕴藏着淬火之后的一腔热情——

锲而不舍地挖掘：不在之在。潜在之在……

敞开沉睡千年的隐秘的部分，挖的不是欲壑，不是陷阱，不是噩梦，也不是伤痕，不是万劫不复的深渊。不是泪水而是一泓心灵的温泉，关乎生命的骨髓与精神。

历史的真相，需要在挖掘中确认：前世的落日。古典的陶俑。一块玉石蓄谋已久的温润。赤足的金：让黄沙散尽——

不知你是否把持得住，一把铁锹的坚韧与隐忍？

穿透力很强的铁锹，它最不愿意浅尝辄止，它之所以孜孜不倦地追寻，是因为心中担当着开拓的责任。臂力强劲，打开丰富的矿脉，崇拜灵腑中吉祥的图腾，我有足够的耐心。

挖掘：从年迈的井巷里寻找遗失的词根，于文明的碎片中取之不尽。此时，我唯有心绪淡定，并且薪火相传，土地深处的一脉余温。

收　藏

确认它们都不喜欢空荡荡。

这些年，我看见的事物与收藏有关：晴空在它的飘逸里收藏白云，阳光在它的呼吸里收藏露珠，黑夜在它的梦想里收藏火焰；

大地在它的仁厚里收藏春雪，森林在它的寂静里收藏鸟鸣，空谷在它的芳馨里收藏幽兰，粉蝶在它的翅页里收藏绿风，草原在它的辽阔里收藏骏马，沧海在它的奔涌里收藏波浪；

一粒粒细沙，亦收藏着黄金的金黄。

不要打开潘多拉的盒子，但我是多么希望，灵魂足够大，能收藏人间所有的苦难。

收藏无处不在。

我看见的收藏与贪婪无关。甚至有时我们错怪了垃圾桶。尘埃落定，它固然收藏肮脏的东西，却是宁肯自己污染，也要让天下人都享受到一片净化的江山。

这是收藏者的纯粹与真实——

身怀绝技，腹藏诗书，骨子里蕴蓄着生命的精髓，而在大脑的沟回中，收藏的是思想者的爱与诗人突然迸发的灵感。

头颅是非凡的，它善于收藏生存的智慧，并且深知真理的存在与价值。

唤 醒

我只是想叫醒，一个装睡的人。

东方的太阳照常升起，不知你是否做好了起床的准备？

不说呓语，也并未闭目塞听。

晨风起，或许我会让惺忪的鸟儿，使用一连串最动听的词，然后清脆地喊一声——

就像一抹春晖，终究能唤醒：河上冻结的一块块坚冰。

一定要有耐性。

可以允许你慢慢醒来，但实在没有什么理由能够容忍，一个人在酣梦中虚度光阴。

安睡的人！我看见了一片散淡的闲云——

它飘起来，于天空的修辞中迷失或沉寂。

心灵睡过的地方，一定会再次出落：一滴露珠的圣洁与晶莹。

相信你会有清醒的那一刻，而我的未来不是梦——

伴着惊蛰的雷声，那些土层里的种子，一旦被唤醒，就会有灵动的生命，在烂漫的春光中，押着一阕生机盎然的春之韵……

孤 独

一颗幽闭而忐忑的心灵。

孤独是灵魂的一部分。在苍白失色的黑夜，我听见了无垠的大地上雪的声音。

漫天飞舞的碎片，一瓣瓣，在凛冽的严寒中，如影随形。

想必你也一定听到了——

乌鸦在冷寂的冰面上枯燥的低语。

并非幻觉，我只能这样看着雪的缥缈与零落，结局或开始，我都在战栗。

它们彼此看见了，最初的孤独与最后的孤独，都是孤独，一种无可逃脱的担负。

兴许孤独还是一种病，将溶未化的薄冰，它慢慢地潜入我的身体，生活的折磨何以如此难以忍受，透骨的隐痛便是它全部的表征。

无非是灰暗、深沉、寂静的那种。

一层细雪在时光的锋刃上缤纷，我一时也说不清楚，孤独与雪哪个更深，一个杂陈而痛苦的声音是否仍然吞没于内心的空旷？

还有什么样的秘密能让人隐身，无论发生什么，也不要急于求得一己的安宁。

思想不过是一片空白，心情也尽可以复杂甚至于缭乱，但却不能一蹶不振。

孤独的雪，你没有理由不成为自由的象征。

名 字

甚至我还没有出生，世界就急于为我命名。

签下这个名字，就标志着我对这个世界的一种确认。

父母早已达成了默契。名字，不仅仅是一个符号，它还关乎一个人的身份；名字，除了朗朗上口，希望它能够给我带来好运。

已经数不清，多少次我在档案或表格中填它。我也听见身边的许多人喊它，写它，点赞它，辱骂它，指认它，将来到死的时候还要被人在户籍的册页上注销它……

终于可以面对这样的署名：存在与虚无、责任与义务、瞬间与永恒。

名字一旦被确定，这三个字便如影随形，几乎伴随着我的一生。

顺着熟悉的名字，在崔氏宗谱里，就能找到自己的血缘和根。

当然，一个人的成长，正如一棵树的茂盛，一次又一次，我一直充分地感受到，温暖的春晖对我的耳提面命。

融入茫茫的人群，在互联网上输入这个关键词，我发现了重姓同名。

可能在世界的某个地方，各有各的血统，但我必须找到，自己与他者的独特、异质与差异性。

我就是我，我又不仅仅属于我，我更不知道我是一个怎样的我。

不奢望立下千秋的大业，但在不朽的盛事中，祈愿能够叫响自己的名字——不仅系于生命，它还凝聚着澡雪内心的清洁的精神。

诗 五 首

海边边

小镇雪花

小镇上空的雪花不大不小
适合吹奏一把口琴，是琴眼的空洞
是无数朵雪花的情怀，落在小镇的深处
以及把悠长写在小镇的纸页上

缓缓地吹，是小镇失败的莲叶
披上的一层外衣。她的外表
比现实深一点，比古色浅一点
比琴声高出一头，也是小镇的高度

急切地吹，是小镇巷子内
被雪花掩埋的史记，铺在一块青石板上
这是小镇抹不去的组章，建立起来的雪花

荒 芜

如一支笔的深浅，勾勒也是涂抹
在纸上呈现出村庄，土地，河流的同时

可以预见的秧苗浅浅地
倒在一亩地的怀中

时间的笔尖太过潦草，足够
一扫季节的尾巴
言不由衷地落在一截田埂之上
弯曲的程度，父亲的身影贴近秋的色彩

用笔数过的秋天，一直搁在父亲的手中
一枚两枚，但决不会高过他的眼帘

旗 袍

民国的样子，无法抵御在一场风中摇晃
她的摇晃，似一把剪刀
裁剪暗淡，也是风雨之声
沿着一侧的衣缝中

更多的暗疾，是一条脊背上的山川
屡禁不止的河水，淹没与倒灌
着一件旗袍，便可遮掩的情感

黑白分明，有时也是一缕阳光落在她的
面颊上。由一缕风声掀起的衣角
缓缓地吹，风握住风歇在她的体内
急切地吹，勾勒出她的曲线

在一件衣服上呈现出的光环
摘取民国性感，高挑的一段路程
但经不住一丝寒冷的侵袭
便倒在记忆的深处，我只是掀开了
湿淋淋的衣角

一枚硬币

浅显，也是颇有分量的一株水滴
落在一只碗中。少一滴
是碗的白，填补白的缺口
多出一滴，我看出水溢满生活的边缘

我数着它落地生花的图案
一枚两枚三枚四枚，每一枚
都可填补春天的漏洞，以及喂饱她的眼眸

此刻，我试着将一枚硬币落在地上
金属的声响，时间的声响
以及沉默不语的表情，它弹起来的高度
可以忽略不计

草　莓

三月之巅，心的花瓣如草叶
在摇曳中刺破寒冷，与寂寥之言
是一棵树望着一棵树的生长
锁定一个开花的理由，就会不时抽出嫩绿
拉进一亩地的距离。而泛红
是一地修辞的状态，呈现出一字一句的情形
挂在时间的一端——
尖锐而饱满。摘取几粒足以喂饱
季节的腹腔。以及装进一只菜篮中
铺展开来，读出春天历历在目
以及触手可及。但日子总是让我们蹲下
或坐在一把椅子上，剥离
或止于一场修饰。并于真相的一侧
露出暗淡或鲜红的一面
供我们品尝，学会执手

铜　颂

吴　笛

横空出世
从哪里来　宇宙大爆炸？
狂飚聚合裂变冷却的星云
光年洪荒
地球受孕
天之才——物之精——精之魂
——铜
……悄然诞生

隐于野——
沸腾的岩浆　缄默的山岭
孔雀石绿了又绿
铜草花紫了又紫
亿万岁月凋零
佛祖出世前　耶稣降生前
……猎人……药农……樵夫……渔翁？
蓦然惊觉一块斑斓的石头
竟在沉思　微笑　歌吟飞翔
能屈能伸　能柔能刚
亦分亦合　亦真亦幻
慧眼灵心
鬼神战栗
但隐者出山　必千锤百击

穿越地狱之门

在中国　在江南

铜官铜

遍身是嘴的大山无须再开口

天下井炉九千九

铜官赤金逾半数

三千年炉火不熄

五大洲唯我独有

凤凰于飞　铜韵铿锵

一块石头　就那么一块石头

注定长长长

蓬蓬勃勃　轰轰烈烈

铜　都

隐于市——

人间烟火蒸腾

锄锹犁铧　五谷丰登

煮鱼烹肉　锅碗瓢盆

喊喊嚓嚓四季分明

叮叮当当百姓太平

一袋水烟似神仙

钟鸣鼎食大家庭

八角铜镜

照北方佳人倾城

藏江南妖姬倾国

倾城与倾国　没有人不爱

两头四身交叠互拥的四嬉铜娃娃

活泼泼象征意味无穷

蚁鼻钱刀币钱五铢钱半两钱

外圆内方

从酒肆到宫廷

最硬的通行证

此卦对应天圆地方
偌大的中华　乞丐布衣　达官贵人
全跳不出它的掌控
铜官铜　梅埂冶
哗哗哗的铜钱激荡千年风云
敲戏台的铜
击龙舟的铜
撞觉悟的铜
最恨　刀枪剑戟
以铜的名义
令人民尸横遍野
陷街市残垣断壁
谁解铜的悔铜的冷铜的情
铜渣与人渣　天壤之别
铜绿与福禄　一脉相承
铜官铜——世上最善的铜
生活　生命　众生的保护神

隐于朝——
大禹铸九鼎
大美的进贡
金道锡行
车辚辚　马萧萧
周天子醉美的梦　江南
波翻浪涌的铜
皇宫有请　国库有请
鼎　三足举一目
早已变形　再不可团聚众生
吃喝欢娱
三拜九叩　参天祭神
国之重器　皇权象征
堂堂华夏怪兽一尊
问鼎中原
曾刻王孙满的答问

曾有赢荡膑足的命运
拯救西施的铜
葬送刘濞的铜
……铜官铜　直至
凯约翰头破血流的铜
小鬼子灰飞烟灭的铜
当铜制成权柄化身虎符压进枪膛
失却了美　泯灭了仁
物极必反
铜
可以杀人　也可以自刎
可以是金銮柱　也可以是耻辱柱
鼎重千钧
无用民生
——废铜

隐于艺——
幽幽的箫
烈烈的号
九曲回肠的弦琴
大江东去的琵琶
拉风汉高祖的铜
慈悲金地藏的铜
高歌李太白的铜
哲理王阳明的铜
王安石看不透的铜
苏东坡黄山谷唱和的铜
沈括《梦溪笔谈》里错漏了千年的冰铜锭
铜官铜
编钟开口贝多芬
管弦拉响莫扎特
宫商角徵羽
五声十二律
清风明月浴身心

黄钟大吕洗乾坤
刻字镌文　雕龙画凤
青铜　黄铜　紫铜　彩铜
女娲手中的五色土
缪斯口里的天籁声
物华天宝
在江南
人与铜美丽的相遇
铜与心奇妙的共鸣

隐于神——
《周易》云　铜之卦象？
其称名也小　其取类也大
其旨远其辞文其言曲而中
其事肆而隐
《汉书》说
不为燥湿寒暑变其节
不为风雨暴露改其形
铭文文明　雕人成神
铜
君子风度　国士气质
世上从没有铜臭　只有人臭
铜
百毒不侵千年不朽万世光荣
穿金戴银　吞金饮银
就能金刚不坏？
就能茁壮铜的肉身　铜的雕像？
佛祖　观音……
还有那些凡而非凡的人
铜一样奉献铜一样光亮铜一样有益于人类的人
走进人心　走进感动　走进景仰
最终
——走进铜像
请接受铜官铜的邀请

百姓的楷模　人民的英雄
我的——神

铜草花的娇女
孔雀石的宝玉
生于这方热土　哪怕
一块顽石
只要投进熊熊的炉火
七七四十九关
九九八十一难
千磨万击
请自信——你我
一定会窑变为铜都　一块
响当当光灿灿的铜
信仰　智慧　汗水
一旦熔融
凤凰涅槃　新时代的铜合金
美我人生
壮我铜都
佑我龙飞凤舞中国梦

诗 四 首

谢思球

沉 江

据余英时的《方以智晚节考》记载，康熙十年冬，方以智于万安惶恐滩沉江自尽。

血雨腥风，你向世界端出的是一盏佛灯
皇帝，佞臣，美人，都随水上的波纹远去了
曾经，你用自己的血，为王朝续命
用药和诗，给自己续命
回忆有着淡淡的艾香
你从青原出发，夕阳未老，春秋一梦
就在这里吧，水瘦山寒
无意契合了自己的心境
归来时，你已完全读懂了黑暗

这是午夜时分，异乡与他乡
生与死。鬼门关。都不重要了
赣江十八滩
惶恐滩、桃园滩、白涧滩、鳌滩、
横弦滩、天柱滩、南风滩、狗脚滩、
大湖滩、金沙滩、良口滩、昆仑滩、

武索滩、小蓼滩、大蓼滩、棉津滩、
漂神滩、茶壶滩
滩滩留你
像一滴水，每一滩都滚过
一道解不透的卦。这至凶至险之地
它挽留的，必是
不羁之士。孤魂
向激流与险滩，交出这肉身
里面只有残梦、隔夜茶、尚未成篇的诗文
和几页枯黄的佛经
官道上，快马驮着权谋与野心
奔向未知之地。请让我独自一人走开
河流一般放逐自己
就在这里了。你最后一遍
抚摸着自己的骨头，每一根都是故土的树
它们长势良好，每一棵
都没有背叛过炊烟与星辰

无数水珠飞舞，像万箭穿心
葬我，必须是这里了
瞎眼的老僧敲响了紫金铜磬

缥 碧 轩

——在刘大櫆故居

世界很大，但难以容纳一间书斋和
一个恃才傲物的书生
这是多年以后才明白的现实
风雪之夜，你从合明山下的私塾里归来
失明的章大家偎炉以待
她开门，无数雪花是她的眼睛

一直是清贫的，以后也不会富

一直瘦，卑微
一直待在这间书斋里，陪伴这些芭蕉和桐
一直读书，从不走出，多好
不要去试图验证自己的野心
真理只有一条
流氓会做皇帝，书生还是书生

注：章大家，即章大姑，作者祖父的妾，双目失明。

查 湾

这里是海子的村庄
油菜花与麦地的村庄
阳春三月，万物生长
你安静地睡在故乡的山岗上
枯草深深，松树长青
土地是一只坛子
你是深入其中的钥匙

无处可逃时，我们都会回到故乡
无人收留时
母亲收留，麦子和水稻收留
开满野花的山坡收留
村庄的歌谣和传说收留
楝树，你是我们失散多年的好兄弟

再也没有远方了，这里就是远方
再也没有草原了，这里就是草原
以梦为马，收尽天涯之路

查湾，南中国一座普通的小村庄
又遥远又深沉
你可以到达，但永远无法抵达

宣 纸

有无数的话，要说给一张纸听
在说话之前要学会沉默和孤独
从一张白纸开始的人生，先写下姓名、家训
中规中矩，也曾放浪笔墨和形骸

不过是一张纸，源头是溪水、檀树和沙田稻草
不过是简化了的田园和爱恋
狼烟奔突，檄羽纷飞
一个书生千里溃逃。长夜孤灯
他把血咯在纸上
一个时代结束了，结束于一张纸
白茫茫一片真干净

我说过什么，我什么也不记得了
我只记得一张纸
隐身于此，形迹皆无
只记得爱过，力透纸背

人生琐记（组诗）

洪哲燮

窗 栅 记

几乎所有居家窗户上
都装上了铁栅栏
天被切割成一块块
地被切分成一垄垄
一片白云飞过
被切成堆乱絮
一只飞鸟扑来
也被切断翅膀

栅栏是把飞快的刀啊
人心也被切割成两小瓣：
一半飞天去遨游
一半囚在铁栅中
终切不断，偷钻进来的风
也剁不了，吓飞出去的梦
干脆将栅栏全拆了
阴雨夜，锻打成月亮光芒
当灸针，一根，一根
扎在受惊的魂魄上！

风 车 记

堂吉诃德将风车幻作巨人
我的风车在体内运行
一叶，脏器，开始衰败
一叶，骨骼，偷偷增生
另有一叶：
记忆躲藏，眼眸生云

我的作战不是持长矛去毁损
是修复，以一颗工匠敬畏之心
用诗意、饮片、行旅长长脚印

堂吉诃德最终大败
锈矛折断，狼狈跌地
我呢，从阵地步步后撤
古稀退回花甲，花甲败走天命
落叶晚秋，倒返暖阳暮春

堂吉诃德从典籍中站起
悄悄耳语他的顿悟：
"内修"先于"外战"
一架完好的体内风车，会旋转出
战马萧萧，战车辚辚……

石 头 记

外婆九十高龄驾鹤
我母亲八十二岁离世
今年，我小舅也八十五撒手人间

唯独你，外婆家门前小溪里
一块印有我生肖羊头的山石
少时我捡回后
至今稳稳当当置在我案前
每天咩咩叫唤
去外婆家必经我父亲坟前
那时，我刚九岁
只会陪着母亲跪着嘤嘤哭泣
我攥紧了石头，不让它也哭出声来
它仍挣脱小手指栅栏
羊头上汗渍泪水一片……
如今我也快耄耋之年
羊记石头仍青葱年少
它常溜出来与我对话，陪我聊天
说山洪暴发时
它在湍流旋涡中，怎么奋力搏浪
躲过一次次卷走的凶险

青铜马记

屈蹄，前身腾起。目光
炯炯如电。刚刚嘶过、啸过
谁抛来一拍休止符
一个飞跃姿势自此冻结、凝固

是项羽那匹乌骓
受困垓下，徒唤奈何
是关羽坐骑赤兔
何时跳出三国，徜徉江湖？

你默默驰来案牍
以力的符号，递给过往宾客

一份不休的诉说……
难道，你还想返趟炉火
再一次投胎重塑——
铸一头羊，浇一只牛
去啃芊芊青草
抑或不改初衷，罩上笼头，效命疆场
寻遇手持方天画戟的吕布！

塌 楼 记

从楼里取出一块砖
无碍，楼还是楼
从楼里取出另一块砖
也无碍，楼仍然是楼
从楼中取出第三块砖
仍然无碍……
砖都是从窗口抽走的
有遮阳篷遮着罩着
楼看起来还是那样严整

某年某月某日
某个正午或黄昏
某个子夜或黎明
"轰"的一声，楼塌了
一堆烟尘捂不住一堆瓦砾
没刮台风，也无地震
从楼里取出的那第一块砖
一声长叹，说不出
愤懑还是怨恨，只悔当初
没将楼死死咬紧！

茶 道 记

人生这道茶，不能随意冲泡
一旦饮错，一生苦涩辛酸
呕不了，吐不出……

多想邀个秋夜，或春宵冬午
约来三五好友闲坐
阳光罩着，夜幕护着
你喜酸甜，加点柠檬

我好悠长，沏进酽苦
爽口，续；不适，泼！
热茶追热语，暖胃拥暖心
袅袅茶雾，颗颗心儿拥一处

人生有各种款式茶座：
解渴，街口大碗畅饮
品味，小室细口慢啜
阅茶经，观茶道
普洱经年不语，龙井缄口不说
乌龙给你摆上三天五夜龙门阵
毛峰，云云雾雾缠着裹着……

各有各的道数、招式、功夫
愿你睁大眼睛
千万别坐错，饮错！

码 头 记

这是人人都要去的码头
无论你走旱路还是走水路
无论你年迈年壮年少
无论你是官宦、显贵、商贾
抑或升斗小民、引车卖浆者流
都要来到这里等候一艘渡船
或一叶扁舟

所有的舟或船，仅承载一人
这儿不兴为砍价而"团购"
都指向同一条航道
全驶进同一片水域
有十次几近入列九次半路折回的
也有猝不及防、毫无征兆
祸从天降的
到了码头，都得静心列队
聆听一支曲儿缓缓吹奏

潦倒一生的，彻底结束了苦痛
腾达一辈的，哭嚎会更浓更稠
簇簇花儿相伴着你，依偎着你
在望乡台上，你尽可尽情回望
喝孟婆汤时，你只能小啜一口
忘却恩怨，忘却悔恨，忘却愤懑与不平
唯剩下故乡，你走过的履痕辙印
会搂抱你的亲人、朋辈、挚友
那份浓得化不开割不断的亲情
聚为一朵烟云，久久徘徊船桅之上
不舍飘走……

这是个码头，专事告别的码头
相送，不能执手挥手，只可鞠躬
像一串一串问号在苦苦追询：
生命的来影与去踪，人生的菲薄与丰厚
这是个灵肉转换驿站
孕育的花苞、萌着的草芽、破土的笋尖
也许都是你儿时笑脸再现
听呀，啄碎蛋壳的小鸟正啾啾不休！

照 镜 记

对着司空见惯的镜子
我看见另一个我的不堪
我头发明明向右斜披
对方的头发却调了方向
我右手持着烟卷
里面的烟，却转至左方
倘若镜面凹凸不平
镜中之像，更是
令我惊骇万端——
鼻子很长，嘴大无当
心胸狭小，眼光贪婪
四肢被删被锯
只剩下畸长的手臂和手掌
镜子内外，两个我怒目而视
像是《西游记》里真假猴王
都称对方性恶自己性善
都说对方当囚自己该放
这诡异繁复难解的生命方程呀
困得陈景润一头雾水一筹莫展
我自小乖乖睡在襁褓
牙牙学语，哭笑无状
两只稚眼像两汪醴泉

澄清而明澈。号啕也是
露滴清荷，泉水叮当
这才是原装原创
未经山寨的我呀
——不矫不饰不扮不装
镜子你这位变脸大师
快快拆穿把戏，走下剧场
交回爹娘疼爱、朋友认可
粗糙、热血、火爆、毛病多多
被藏匿已久"我"的原版！

剃 须 记

剃须刀在脸上摩挲滑行
一茬茬禾穗应声倒伏
脸如秋野，爽朗而清新

剃下的胡须长不过一二毫米
都是凋落的时光碎影
若连缀起来，移悬于脑后
岂不是根清末遗民长辫？

都说胡须是男性公民的经典
毋宁说是一个道具、一种表情
你看台上亮相的老生武生
或垂，或翘，或虬髯
诸葛亮走出南阳，也是
先捋顺髯口，再饰上羽扇纶巾

未及弱冠，胡须就挣扎在我脸面
每天剃刮，时时围剿，不断清扫
可怜胡茬，尽管顽如雨后笋尖
总躲不过飞旋而来的刀片

别小觑这见风就长的胡子
始自上唇下巴，漫至两颊腮帮
人的一生是在不断剃刮中
铲平反复滋生的邪欲恶念

人脸不是件多皱衬衣
一次高温熨烫就能服帖体面
剃须时，我小心翼翼呵护
唯恐刮破薄如蝉翼的尊严！

诗 五 首

邵邦智

平潭 沃口码头

伸进海里的山崖，
是一群无名的乱石，
海水肆意拍打它们，
乱石唯一的反抗是把海水碎成浪花，
像一个被男人占有的女人
女人唯一的反抗就是为他养许多的孩子。

码头，其实就是用乱石砌出来的岸，
两艘船停在那里，
一艘往返塘屿岛，
一艘往返草屿岛。
上船下船的人群，
一点没有分别告别仪式，
一个林姓男人信心十足地邀请一名少妇同行，
对着海的方向吐出一圈圈烟雾。
仿佛烟雾就是他和那少妇的晚饭。

看渡口的是一名东北老女人，

和一群男人在地上玩牌，
对所有的过渡人都极不耐烦。
没有人在她青春时光停留，
现在打扰她的瘦弱晚年和牌局，
你肯定是一个不合格的过渡人。
她已很久没有回家的念头，
她不明白这些人为什么要离开家。

自从有了码头，
路消失了，
更看不到脚印，
当年，许多老兵从这里逃往台湾，
便再也没回来。
但看渡口的东北女人固执地认为，
有一天会有个人从码头出现，
那群老兵里有一个是离开她很久的丈夫。
她厌恶这码头，
因为海水把她丈夫的脚印，
冲得干干净净。

路　过

路过广场的女人，
刚刚从寺庙出来。
湖的后岸，
看完日落，
老人又在看日出。
远处的铜官山，
有些霞光，
山下，埋着许多金银和尸骨。

再弯下去，
天空和湖水一样接近人间。

遇　见

遇见湖水的时候，
已经是她的暮年。
在早晨，
她的头发花白，
像她碎花上衣，
写满了许多花的名字和青年的姓氏。
想喊她一声母亲，
但她双耳已聋。

天井湖黄昏

落日，
给每一个黄昏都取一个美丽的名字。
喊一声，
湖水就会动一下。

折　多　山

堆成玛尼堆后，
石头从今生就进入来世。
为了来世，
折多山也一样，
在海拔四千二百多米高处修行，
任由大货车
日夜在它身体上发出沉重的喘息。

雪花是风吹散了的目光（组诗）

刘　忠

沉　默

让我送你什么呢？安娜卡列尼娜
和克劳斯，今夜不停地煽动我
他们把我逼进山洞
让我的愿望沉默一万年
我试着想你，试着用自己的电话
一天一次地问候你
依旧。克劳斯的痕迹
在雪地里一步一脚印
左脚沉重
右脚虔诚

依旧。安娜卡列尼娜
我的安娜，我的自白多么真实
雪曾一度扼制我的灵魂
比拟我的面庞
北方的风缓缓地吹
我和你坐在一辆汽车上

街上。已经喧嚣

上午九点是一个美好的时刻
我决定记忆旅行

然后邂逅红色，书的封面和我
见过的一次冰雕的文身吻合
还有故事中的主人公
一个是真实的比利时诗人
一个是虚构的

在我的称呼里
啊，女神
啊，多么美好的夜晚
让我想起这些，如果生活面临选择
我一定认真对待，直到生命的最后
请用红色的土质埋我
我是沉默的红土

月　下

我心在无尽的夜色中，归回九棵枫
那山口有俗世的风，经年吹过
残存的两棵枫树
背负起九棵枫全部的传说
它们是我和伯父各自把持的竖笛
面对孔城河，月光
做了村子里所有事物的坎肩
九枫渡口，时光不停地渡过

那盏松油点亮的灯火，与月相映
一起失落在枫下的池塘里
蘸着烟灰的水
我仰首饮下，村庄的梦想非常简陋
突然间，我不再惧怕

那些存棺和飘忽的点点火光
生命之外，一朵野菊心无旁骛地绽开
那一支静默多年的画笔
那幅红绸
从此憩在枫树枝头
从此憩在我少不更事的门扉

村 庄

我的村庄，我的故乡名叫九棵枫
一座亲切的容器
收留了我所有的旧模样
在九棵枫丢失的弹弓和童年
多么耐磨和散乱的脚步，在风
与云影之间逃散

张泊水库旁的踩水车，凭水洗涤
轮回的岁月
我的亲人们，一个一个地住进先锋岗
剩下老瓦屋，剩下
依然存在的一两声咳嗽
让我无论遥望还是倾听
故乡就是父母双亲，就是村口
相依翘盼的两棵枫树

刘叽头在村庄的最南面，排塘里
水鸭成群，夕阳之下
它们是村子明眸里的点点泪花
还有一条河流，更是苦难日子
抽过来的一记长鞭
在独自荒芜中，缓缓接近自己
我用骨骼做成木筏
泗渡灵魂和淳朴的故乡

埋 藏

腊月二十九日。父母亲回到了九棵枫
我曾不止一次地书写他们死亡
哪怕一纸千文，洪吕洞菩萨
却不肯赐予我的家业兴旺
那么多榆树桩躲在寺庙的侧面
像我一样，长得千疮百孔
既成事实的空洞
箴言说：公不易三，士不算四
佛不说话，父母不说话
百里"介于石"在百里之外

雪花飘得漫不经心。确认
是风吹散了他们的目光
左一间房，右一间房
中是中堂
前是正门，后有天窗
中间中堂摆放着供奉祖宗牌位的神龛
祖宗不说话，父母不说话

半年前，我在想象中劈了父母的老屋
只是记忆不被风干
归回九棵枫。他们藏匿起寡言和火焰
他们哆哆嗦嗦
他们的影子在灯光下
相互搀扶着，相互取暖

我知道，父母双亡是不可避免的
我不会说，我所劈开的
两口子老屋都是虚构的
我将把父母亲种植进同一个盒子

这盒子必须用劣质楠木做成
他们已经灰飞烟灭
这盒子可以一直小下去，最后
必然是一粒种子，在我的心头疯长

念 头

过完年的时候，父母已经离开了
我在老家守着平平淡淡和旧房子
他们却要去南京耕种砂石地
好像刨开水泥，种下梦想
待到秋天，就能够为我收割一套房子
我总觉得他们动机不良，如此反复

父亲在工地上扎钢筋，越来越
控制不住手头的扎丝
有的是个案，给他使一下绊子
有的呼朋结伴，居然欺负到他的头上
让他不停地修理头顶的花白
尖锐的白，沉重的白
咳嗽的痰白

有时母亲的活会轻些，和她
手术后的体重一样轻

更多的时候，他们一起搅拌瓜子片儿
春上用自来水，酷夏便将就些汗水
秋时夜宿街头，好从
彼此的身体里拧出露水，寒冬
延迟了他们的收获
他们用流淌不止的鼻涕继续搅拌
他们曾经搅拌过工友，混凝土
那么黏稠

如此反复了十几年，他们开始争吵
他们不会写字，从来不给我
寄回疲惫不堪
他们开始动机不良，相互隐瞒着对方
想象工友在另外一个世界的模样

父亲逐渐水土不服，免费坐了次
开放公园冰冷的石凳
五脏被感染得越来越重
母亲的活也逐渐轻下去
轻得需要把自己蜷缩起来
作为篮子里的土鸡蛋，自卖自夸
傍晚的时候，他们都坐着
七路公交车返回出租屋
七路最好
他们都需要举着拐杖进入深眠

虚 构

俯冲。那只受伤的鹰
一次次从这个无形的秋天飞过
它真的累了，跌落到我苍白的纸上
让我的忧愁竟然如此鲜明
还有许多稻谷在垄上
像母亲一样的母亲在背负着
就像是替她们的孩子
背上书包或者一方墙角的砖块
景象如此沉重地压在肩头
毫无选择地压弯我脆弱的视线

为什么总要书写秋天里的收获呢？
我坐在二楼之上
下面一层是母亲骨质的期盼

秋风从南京吹过来
竟然不掺杂一丝的微凉
鹰始终一动不动地躺在纸上
它真的累了。假借这纸张作为归向
可我也要假借这张纸
在它的上面写就秋天的丰硕
写好了
那便是一条非常具体的围巾
——献给母亲！

决定与鹰冲突。在这个秋天
我绝对不会产生一些悲悯
我还需要和鹰谈谈心
除了让出纸张以外
能否将它的羽毛进一步地奉献出来
赐予我温暖和一种精致的柔
当然，我会记住鹰的
是它让我
在这虚构的秋天里越来越有高度

牧 马

许多秋天。我行走到那块土地上
有一匹马成为秋天里唯一的草
它的记忆多么墨绿
青草，然而草的青色——
在这个季节不可以成活
让马和我一起住进秋风里吧
我是秋风必须鞭策的马
秋风不来，我也不会成为草的奴隶

一个只在马背上生存的部落
选取我作为酋长，我便

很本能地作为秋风里的一匹马
如秋草一般色彩单调
如秋天的事物一般渐渐消瘦

是秋风让我的卑微无处躲藏的
有关马的细节
正在被候鸟搬运着
像一棵等待秋风经过的树
把更多的记忆写得泛黄
还把它们撕扯得零零散散
随风飘荡，落地为泥

没有比这更糟糕的了
苍茫一望无垠
秋风让我以及马和草关联起来
如秋草一般沉默无言
如秋天的河水一般慢慢低落
所有的秋风
最终都被我和马相依偎着饮下去

仰　望

此处有皋比，此处练潭
最适合在秋天里召唤落叶和游子归乡
最适合与明月谈判
我把六尺巷子竖了起来
当作一架让自己攀登大美的梯子
我赶过来，经它去往隔壁的荣军医院

练潭不会因为在乡野而寂寥
千里之书，不会
因为历史久远而失却光泽

到那湖面上，放养一千只鸭子
再在鸭子栅栏以外，漂浮一万只
空瓶子，下面挂上
三五倍数或者三五年头的珍珠母蚌
秋天里，我要做
一位养着鸭子的珍珠饲养员
摘满天的星星，作为它们的饵料
作为无数的浮萍和忽动着的银鱼

我有一枝柳条，我有祖传的焕颜术
我将自己按捺在菜子湖以西
与龙头石一起仰望夜空星辰闪烁
俯瞰尘世峥嵘
河水回旋激荡形成深潭，澄净如练

我又一次经过六尺巷
我发现挂在天边的明月是秋天的
更是练潭的，即便
归回大清王朝，张大学士也抬头仰望

买　醉

路过黄昏之下的大排档
一群民工兄弟在豪饮雪花啤酒

给了我同样的侧面
一捧吆喝，一捧夜色
一部分鹅黄待饮，一部分淡蓝尘封
可是所有的泡沫
都呈现那么相似的棉白

我的脚步轻盈，慢慢升到路灯之上
我在俯瞰人间

我的灵魂在慢慢降
它是一只蚊子
潜伏在煤球的十二孔之间
要做就做一个彻头彻尾的听众
干脆扶他们返回工棚

他们念旧，搬来老家的闷热
翻来覆去或者默念
他们潜意识地辨认我昨天是否来过
然后，沉沉地睡去

宽　阔

四月。你把自己的身体变成宽阔
朝大地叩首，在风雨交加中上路

词的重量砸在你的后背
词的宽阔迅速地铺张或者铺展开来
你的肩开始承载一些呼唤

左边是一束光芒。一束只被你
一个人看见的光芒，你必须伸手握住
宽阔的词迅速地携你飞翔

那些往事，一点一点地收拢
它们急于追逐，和你一起进入那匣子
所以你的匣子形而上地宽阔着

最初是渐渐来临的黄昏
陪伴你的风你的雨
一片宽阔的树叶在飘落
过程的唯美或有缺憾都不重要了
关键的词是宽阔着宽阔

骨子里的雪（组诗）

方华强

雪花以直白的方式
切入主题
雨雪霏霏的诗经
在老屋的瓦檐
挂成透明的冰凌

村庄和白雪握手言和
他们接纳了雪的留白
成串的红椒　白蒜　清香的野茶
在屋檐下风干
那个扎篱笆的老汉
很像我的父亲
他一身霜花
踩实我的诗行

马头墙晕白了黛瓦
它凝聚了虔诚和耐力
扛走了岁月的雨雪风霜
它相信雪是穿越冬季的
最后一道屏障
那里藏着秦砖汉瓦
油蛉的歌唱
祖母的小巷时光

以及稻穗　麦浪　火红的高粱
翠竹掩映的江南

老井　古槐　村口的石桥
——被雪重新勾勒
在雪季里安享静谧
骨子里的雪层峦叠嶂
我们或许只是过客
在它的表层聆听　欣赏

等到快雪晴时
大地又生机盎然
甘洌的雪水
带着徽墨的穿透力
深入土地　树木　村庄
逼进早春的池塘
升腾为崭新门楣上的祈福
以及孩子们五彩的风筝
连同我那梅笺上的诗行

雪　地

雪花圣洁地飘来
傍晚的天空异常明亮
白银雕塑着大地
恢宏深邃陡峭的展览

南窗正对江面
谁把蓑笠丢在了大唐
我且用诗的平仄
尝试着独钓寒江

沙沙的跫音自远处传来

劳动者的背影在旷野穿梭
力透纸背
无限延展

雪覆盖了记忆
也囤积着想象
梅花开得愈发灿烂
对着清冽
枝横香满
像一只只蝴蝶
栖满高林
寻着美学的芬芳

沐浴雪的洗礼
大地一片纯净
我仿佛听见
母亲哼唱的摇篮曲
在老屋的火炉旁
在梅花盛开的久远的村庄

写意春天

大山刚脱去冬的铠甲
便一脚跨进春的门槛
土地开始松软
山花是第一个使者
在不起眼的山隅
写满色彩和温暖
背向老屋
麦苗成垅
蓄满了麦香和想象
被风吹过的老墙
一脸慈祥

父亲和往常一样
抽烟　盘算春耕的大戏

梅花谢到深沉
余香落满小巷的每一户窗棂
面向大山
太阳的金鼓
敲响了光芒
飞鸟聚集在高林
唱歌　晾晒花翎
墨已醇厚浓酽
满目生机的田野
充盈着大写意的春

时间过半

午夜　时间过半
古典的花朵
在精神的雨巷里阑珊
窗外的芭蕉
过滤雨声以及杂感
月色覆盖到笔尖
连同这唯物的世界

唯心的夫子坐在书里
声音低沉
程门雪后
开出了莲花
弟子散了
带走了荷香
留下一池涟漪
在历史回廊里荡漾

月 光

一个清醒的切换
月光如银
流浪的云无处藏身
最美的流泉
自天国倾泻
洗尽阴影

白雾忽远忽近
低吟着微澜
像一个人的思索
自由而内涵

站在月光下
如一株玉兰
远离了尘嚣
芳香不被打搅
就像此刻的沉默
最懂月光

竹

繁茂却又简单
写意人生
清竹几竿

植物的世界
接近了哲学
谁布设的竹节
成就了气质

挺拔抑或弯曲
节点支撑着力量

闭目冥想
竹的内心
或许蕴着一碧深潭

品　茶

思绪坐在南窗下
插着杜甫的簪
风自茶园吹来
带着久违的清香

四周沉寂
远方传来劳动的歌声
我试了试
企图用一杯茶
无声地抵达

茶汁渐浓
像早春的天气
芳香只是开始
汤色润泽了午后的纯净

有清溪临窗而过
篱笆古松
裹挟着清词丽句
有蝴蝶翩翩
飞离庄子
它来采风抑或拥抱劳动

岁月悠长

谁在南山之坡
种茶流汗
品茶的人
自己去思量

五 松 山

坐在风雨的窑里
默默地净化
历史陶铸的埙
清音拂过江南
采莲季节
菰米被一个村姑种下
整个夏季
雨水丰沛

金戈铁马　长安落照
青布长衫的诗人
自西绝尘而来
透明的诗意　浓绿如桑
清凉了骨髓里
深深的隐痛
醉了　酩酊的仙子
背依五松扶摇欲上

那个种菰米的人
已老成了
诗意的媪

埙音又起
一捧月光
无声地泻下
淋湿了

那山那松
那片茅店
连同那袭青色的袍

临 津 驿

古老的水乡
水墨画的小镇
一条河悠悠缓缓

是谁在岸边
静对斜阳
想起金明池
漂泊的怀想

剥蚀的石桥
独轮车
碾过端午的黄昏

棒槌声声
敲落诗人
平平仄仄的韵脚
浣衣的女子
在鹅卵石的水面
漂绿了
一个游子的乡情

诗 六 首

吴 辰

掌 纹

掌心里曾有几条峡谷，壁立千仞
偶有猿鸣掠过。人立于扁舟之上
头抬得越高，身子就越矮
烟花三月，不得不打点行囊
下一趟扬州。继而填成沟壑
有唢呐掩埋啼哭，信天游唱得再好
也无力回天。黄土太过干燥
雨躲进了妹妹的眼里，只能细水长流
继而填成浅浅的河床，了无生机
空洞的螺蛳壳里，有高僧在超度春天
继而填平，也可以说是缝合
与周遭再也没有区别
我的掌心已无任何落差或者缺口
出不来，更进不去
只留下几道掌纹，充当岁月的蛛丝马迹

咳出一枚月亮

油尽灯枯之时，祖父咳得厉害
仿佛是在为自己和尼古丁赎罪
整个新建村的黎明，都是他咳出来的
朝霞有血迹。一声咳嗽就是一颗钉子
钉在天边，我听见苍穹隐隐喊疼
就是一颗子弹，或者一支利箭
袭向我的耳膜，再向下左方奔去
长了眼睛一般
我的心脏沦为一面悲伤的靶子
祖父每咳一声，他的生命就轻一点
黑夜来临，祖父咳得更加厉害
我亲眼看他咳出了一枚月亮
明亮而圆润
将祖父的枯萎映照得无比清晰
他对着月亮咳，月亮再咳回给他听
祖父咳着咳着，就笑了
时至今日，每当那枚月亮当值夜空
我都会听到祖父的咳嗽
就好像听到一位故人，亲切的问候

掌 纹

祖父的掌心里常年有风
随时准备为破茧的蝴蝶助力腾空
老茧上也有各种各样的香气
如松木、烟草、祖母的饭菜
已然为蝴蝶备好了最初的口粮
老茧不厚也不薄，足以让蝴蝶
在出世之前不伤一根毫毛

在出世之时不费吹灰之力
祖父自己也早已做好了准备
蝴蝶翩然而出时，该以怎样的神态面对
但是，直到他和老茧化成了灰烬
蝴蝶都没有出现，一只也没有
那么多老茧啊
像耗尽心血种的稻田，没收获一粒谷子

心 脏 帖

我的心脏犹如一匹枣红色的烈马
蹄铁和鞍早已是身外之物。弃绝
它用鞭子抽打自己
竭尽全力把所有的野，逼出来
它拖着我苍白的五官和四肢狂奔
驮着我嗷嗷待哺的妻儿和房子狂奔
裹紧家族的命，狂奔
载满人间疾苦和发烫的月光，狂奔
在滚滚红尘里冲锋陷阵
有时做困兽之斗，有时连下数城

鞭

河流鞭抽着大地，伤口上泛着泪光和盐
一天比一天深的疼痛，止步于白骨
这么多鞭子交织成网，让故乡无处逃亡
只能沉醉于麻木里，像个病人
时光鞭打着你我，打松了发肤
打松了初心和苦等，就像打松一颗门牙
推拉几下，就能打开一个没落的世界
彩虹鞭笞着白墙黑瓦，鞭笞着两座丘陵
很近，却又无法抵达的距离

鞭笞着暮气沉沉的村庄
就像驱赶一群听话的猪狗牛羊
它们甘愿这样苟活，因为注定无法逃脱

山　路

故乡的山路只有越走越新
少一步，村子就会离死更近一步
新娘的朝气弥补着村子的暮气
似一颗露珠消散在烈日里
新脚顺着旧路向山上去
可大家都觉得她在快速地下沉
这些年，新娘如矫健的云豹难觅踪影
行人也越来越少。山路被杂草与灌木围裹
终于像一道伤口，永久地愈合了

诗 五 首

周八一

趁阳光还未收紧

棉花地里，高大的棉株
高过人头。藏住瘦小的姐姐

如果不是那咧嘴的棉桃
哼出温软绵白的黄梅小调
我寂寞的心，肯定会在
路过的风中，一阵阵收紧

虫鸣唧唧，阳光斜斜地照过来
我放掉手中的一只蛐蛐
看它跳进一丛起伏的茅草
光影中，转眼就消失了踪迹
姐姐又背回一箩筐棉花
嘱咐我赶紧摊晒。捧起
这一团团洁白的云朵
像捧着生活的柴米，姐姐的嫁衣
我小小的心，已随它飞到天边

画画的人

万物深藏心中
星光闪耀，璀璨梦的原野
时间也停止了流动

生活中，那么多爱恨情愁
一如五颜六色的水彩
蘸满岁月的风花雪月

需屏息凝神，把心放空
宣纸上，笔走龙蛇。经点化的
山水，瞬间有了鲜活的呼吸

珠露放光，花草轻唱
振翅飞翔远空的一行白鹭
让心，一静再静

经年的梦想在空白中复活
你轻轻地吐出一口气
像刚刚经历过，一场病痛

与一滴露珠对视

是星辉留下空灵的呓语
抑或晨光捧出的
澄明的祷词

浑圆。晶莹。滋润
一滴滴鸟语的青翠
激活这沉寂的人间。当我

从梦想中醒来。干涸的
灵魂，一如红尘中的叶片
憔悴。徘徊。起伏着欲念

与一滴露珠对视。它明了
我头顶的积雪
眉间的灰尘，眼中的焦灼

但它不言不语
随一阵微风，奔赴尘埃
完成神交付它的幸福使命

早晨的鸟

总是携着晨光一道
跳跃在阳台上
舞姿轻盈，鸣声清脆

之后，母亲起床
在准备好的碗碟里
放置清水和剩饭

鸟的快乐伴舞着
母亲的黄梅调，打开了
一天的温馨之门

我习惯这细小的温暖
母亲离开的日子
我坚持每日早起

在晨光来临前，安排好
她曾做的一切。敞开心门
静候那飞来的粒粒晶莹

突来的雨

一阵突如其来的暴雨
下在暮晚，下在
休闲晚归的人慌乱的脚步里
世界瞬间乱了秩序

一只小鸟从树枝间跃出
迎着雨，跌进混沌的暮色
它的鸣叫，掺和着模糊的
惊恐和忧伤，被雨声消解

凝视它逝去的方向，想起
四十年前，一个逃荒的雨夜
走失的乡间表妹，瘦骨伶仃的
表妹。我的心空，霎时
乌云滚滚，惊雷阵阵

诗 三 首

一 苇

清 明

悲伤也需要一个缺口
像身体的某一个漏洞

雨丝缝补着人间
我们一同走在下山的路上
我们带走山中的淤泥，松针，喧嚣和云朵

谁将带走我们
在雨丝密布的公路上
那些车流如织的前方？

风吹蓓蕾

轻轻传唱
山涧里那片竹林
鸟鸣声分布有序
我们在黄昏时看到一种逝去

而在山坡的尽头看到
风吹开花朵
身体的蓓蕾
有时候我们会迷惘一阵子
有时候我们以为
夜幕降临
事物们长出明亮的翅膀
忧伤不可怀
春天啊
我们止于爱止于悲伤止于
竹林微微的战栗和欢呼

我们继续在深蓝中前行

耳鸣持续
夜里有飞机飞过屋顶
布谷鸟声声仍像重锤
敲击麦田的记忆
一首诗中
有过多的告白
还好你读不到这些
站在树下
玉兰花安静的样子
夏天远了
那么多叶子在蛙鸣中
流逝与翻转

诗 三 首

刘　斌

岁末雪天

昨日雪，今日雪，明日还是雪
严寒的岁末，在一片银装素裹的静穆中
乏善可陈，暗自伤怀

那些愿景，那些春天播下的种子
没有在枝头结成果子
有的种子都没有发出嫩芽来
身体里开出的花草
还未来得及深爱，就已经凋零

还是昙花好，瞬间的美与痛
一下就是一生，无须流连忘返
可是仰望的星，依旧出现在浩瀚的银河
玉兰花的脸庞，胭脂未冷

雪，这冰冷白色的雪啊
抹掉了夜色和晨光
抹掉了玉兰花瓣上的指纹

抹掉了春风万里的花香
却抹不掉梅花树的绽放

如果仍有伤感的西北风吹来
我就把种子放进夕阳里
再把夕阳调浓些，便是朝阳

所以我爱你

我出生在殷墟
身上写满了象形的甲骨文字
我吃着孔融让给我的梨子
在人之初心本善的摇篮里长大
所以我爱你

我在黄土高坡上耕耘
用厚实的黄土砌成我的家园
日夜咆哮的黄河洗涤我的灵魂
烙下永不褪色的黄色皮肤
所以我爱你

我从青藏高原的雪峰走来
纯洁的清流荡涤着我的血脉
一路的攀爬翻越和俯瞰
惊涛铸就了我坚强的骨骼
所以我爱你

淳朴善良而又多病的母亲
一生明快抒情地唱着家乡的黄梅调
耄耋之年的父亲奉献全部的喜与悲
安然放下生命之秋的恐惧
所以我爱你——

变 化

一阵东南风强劲吹过
她的情绪发生了一百八十度的变化
在风中旋转，她是紫色的
此时的她
关闭手机美团外卖的页面
将手中的计算器清零
倒掉杯里的安吉白茶
锁上店门，挂起停业的牌子
往门外奔跑

紧接着又刮起一阵西北风
将她吹回原地，她是灰色的
此时的她
打开店门，摘掉停业的牌子
链接手机美团外卖的页面
灵巧的手指点击着计算器上的乾坤
端坐在窗口的位置
重新泡上了一杯安吉白茶

开始以另一种形式（组诗）

戴　聪

终于在老朽与年轻之间
开始调节走势高低

我并不想要渐变的天气
一种微量元素的作用效果
相当经老　头发皮肤血液经络
不朽的骨头以及跳动的脑洞
当泱泱秋水钻进河床裂痕
肉体与凋敝的树
已经一致

人生不啻是这样精彩
季节的蕴藏与拔节
成熟的种子在秋雨之后
把来年的芽提前抽出来
卖弄品质和寄托灵魂

玩智力游戏的女人
把自己的影子留在对岸　她
寻找她的影子　我
在这边迷失了自己

为自己而活

为自己而活　当然
有时也想着他人
相生相克彼此互动
折磨着我的喜怒哀乐

很多年都这样
当我们开始懂得的时候
习惯于平静自然
接纳善良也接纳罪恶
并与他们生活在一起

平凡近于庸俗
你不会心动
俗世的生俗世的死
游弋于尘埃之中
不要万寿无疆
无须流芳百世　只要
幸福美满

我在梦幻的世界里旅行

我在梦幻的世界里旅行
遇到许多绝世的花朵
所有的花朵都展开怀抱
温暖的滋润滋生黄粱
绿色的太阳洒满星辰
红色的风吹遍山冈
天马蛰伏以冀凌云
流水潺潺曲调悠扬

仙鹤盘旋五彩荣光
神树倒挂硕果飘香
伊人亲近婀娜多姿
青云一朵冰轮初上
彩虹飞架我的车光怪陆离
腾云驾雾开心的脸
在眉梢激情绽放

小区的路

荡气回肠　九曲十八弯
上上下下磴道湮没了
昔日的辉煌　香炉紫烟
把铜的坚韧写进人生

青山绿水岸　朝花夕拾
应是她十分贴切的情绪
不知可是五松山下荀温的家园
八卦阵里一道难解的数题
一道尚待破解的谜

当我终于走出她的时候
其实我的内心并不平静
岁月的刻痕也许昨日重现
平庸的语言让我羞惭今夜时光

安徽民俗村

飘逸的思绪打上轻盈的节奏
五福坊下牌楼门前流畅之水
水帘滴玉推动心中轮盘
远远的一片绿云接了地气

街市曲廊灯红万盏旗风招展
怯怯的我难舍的你情绪少了些
小铜人若无其事　节日的盛装
熠熠的光　在夜色里伸延拉长

藏在深闺里的筝声起来的时候
承载阳光的空气溪流潺潺蝶飞草长
鸣锣开道烘云托月古道热肠
一步三回头　徽风皖韵千年愁怨

风易逝幻游人生满塘绿叶花香
一年一度　而你我总是行色匆匆
来一碗汤包粉条牛肉鸭血粉丝
会捏糖人的铺子里看看有否你我

新　柳

焦枯的柳就这么绿了
人间四月的秧苗
淡淡的水彩
嫩得比豆芽还入木三分

经冬历春的柳
尽管瑞雪纷飞之中
遇火会片甲不存

没人怀疑它的坚韧
河边看柳的时刻
春天的脚步　总是
让人心痒痒的

清明插柳
端午插艾

年复一年　而我的心
总不肯老去

油菜花节

追求与梦想
这个时候特别突出
洒下的种子抽芽拔节
一望无际的绿不声不响
细雨开始飘飞
白的是李红的是桃　当然

我们的主角还没燎原
它在蝶飞　黄色的蝶
在原野的绿风中
星星点灯　或许

一个白天一个夜晚
满眼藤黄泼洒过去
一片一大片无垠无际
村庄　山川　河流　还有
树木　满眼含春

青色的枝叶
黄色的彩头
蜂　千军万马
鲜美的蛋糕
甜甜的蜜意
挡不住的艳阳

是谁发明了它　油菜花节
有时我在想这个新生的名词

城市之鸟

一只金色的凤凰
滑翔于斯　浴火涅槃
黑色的鸟儿
踏火而立

我惊诧这并不多见的疯狂
凉风助推着细碎的波纹
日头躲进了云层

这里的一切
其实没什么特别
从一棵树到另一棵树
从一个场所到另一座城池
鸟们习惯于这种生存方式

但我想象不出他们的痴迷
我常在城市的水边　仰视
聆听他们的声音
常常空手而归

柳　荫　亭

满塘莲香荷风
吹来一片涟漪水
蓝天白云恍惚成文
醉了你的春心

岸柳石径幽静
游客这边叹　故乡风情

不逊色　我在那边听
凉风劲　好个精神

银 杏 树

藤黄夹杂着些许青绿
穿红色风衣的女人
站在路口　成熟的秋韵
呼之欲出

上帝之手
把那些褪了色的叶摘下
风一般地撒向地面
它们随风翻滚着

不知以前是什么样子
现在开始留心
城市的石头　树木　花草
以及一些高层建筑　美学

习惯于自然　以此
改变我们的过去
品德和精神
光大新的元素

诗 三 首

陆 潇

距 离

手中卷尺，一天比一天矮下身子
一年中，它有太多的光阴写满无聊
生活仍在继续
生活睁大了眼睛，脚步越来越快

天涯，终于可以一眼望穿
坐在身边的人，今天穿了什么颜色的上衣
你遇见许多美，夭折于迅速
夭折于距离离开后的缝隙

我要永远隔着一条小河看你
看舞动的水花，畅游的鱼
像极了你和我

钥 匙

她选择走很长一段路
找寻到那年春天

凤凰山上的一朵白丹皮
一起追问天井湖的九曲桥
没有谁可以为谁的幸福担保

最后她站在一场雨里
将自己也变成一场雨
她要淹没的不是来时路
她要用她的大雨
融化一个人的冷漠与失忆
直至大门打开
雨过天晴

枯 叶 念

清凉寺旁
黑梧桐扔下一地旧账单

这些秋天的大耳环
一片一片挂在你的手指上

后来，你将她们领下山
与蓝陶瓷花瓶做伴
灰尘吻上去，画一抹淡妆
挥笔临摹，独创一个烟灰缸

静坐，与她面对
大自然的叮嘱，声声入耳

为秋殉情的黑蝴蝶啊
在春天，是否会长出新翅膀

诗 三 首

吴章平

雪 鸟

原以为。下雪了
卷地的风
首先会掳掠一空
草尖上奔跑着的声响
只有我，点击收藏
白色的舞曲

几只鸟。抢了镜头
在大地改变颜色之前
在人们隔着玻璃窗
用雪花洗涤心灵的缝隙
折叠飞翔的翅膀
模仿漫步
我知道，它们也会受到鼓舞
灰蒙蒙的天宇下
有歌者
正勾勒风和雪的絮语

冬 至 日

我不想有一双忧郁的眼
把草枯看成生命的轮回
在行走的路上
我宁愿
薄衣单衫　啜冰饮雪
哈气成雾
让冻结如蓝色玻璃的天空
飘过一丝游云
而我红色的血脉
依然回环　在大地
草木为我起舞
荻花飞扬
如同白雪

与雪失去一个约会

只为那一片雪花
我的眼光投向窗外
美丽的童话
一闪而过
我想象一千一万种喜悦
匆忙的车流　驮着雪被
逆向而驰
琼玉似的山林
趴在我的窗前　很久
我想
我与雪失去了
一个约会

只为那一片雪花
我的眼光投向窗外
迷幻的梦
蜂拥而至
我塑造了一千一万种思念
匆忙的车流　驮着雪被
逆向而驰
斜飞着的天空
敲击我的车窗　很久
我猜
我与雪失去了
一个约会

那个银妆的小站
驮着雪被的车流
汇聚
道路，根系般四野蔓延
是纷扬的雪花
迷蒙了人们的脸庞
抑或三十年的时光
迷蒙了你我的猜想

我们与雪
失去了一个约会

诗 三 首

丛奉璋

在公园的一个角落

公园的一个角落，
传来萨克斯
有金属光泽的声音。

循声走近，是一个
中年男人在吹奏。
长发短须，衣着随意。
低沉的萨克斯
有些许苍茫，
些许孤独，些许伤感，
也有一缕阳光。

一曲终了，身旁长椅上的
手机响了。他看了一眼，
并未拿起接听，
仿佛他要拒绝
世间的喧闹。

爱情成熟的季节

树上飘下黄叶
秋天寄给冬天的情书

正是爱情成熟的季节
要落雪了

小狗穿上了棉背心
诗人伫立在风中

一堆石头沉默不语
好像有心事

儿时的炊烟袅袅升起

儿时的炊烟袅袅升起
炊烟越轻思念越重
那口井有多深乡情就有多深

蒙眬的忆念里
有夏日干涸的小南河
和槐树枝上知了的叫声

多想变成一朵云
飘向故乡化为雨
落进童年的季节里

诗 六 题

张凤霞

牺 牲

一样的天空。
那里　童年的星仍在闪烁
这里　沧桑的手已形如槁木。

一样的天空。
母亲的心　已累死半个,
剩下的一半
正流干最后一滴血
滋养未来。

爱 情

疲劳的正面
逼迫我回头
——过去　也只是遥远的模糊。

只好　闭目冥想
——未来　也只是未知的彷徨。

这时，你走近我身旁
留下最轻柔的细响
和最纯美的体香。

爱情
总是从侧面投射阳光。

破　碎

压力，破裂成碎片
挡住所有的出路。

左奔右突
碰撞出各种值得怀疑的笑脸。

危险，埋伏在任何一个熟悉的方向。

终于
在一条陌生的路上
出现了希望。

各自的天空和情绪

当一切成为习惯
你转身的背影仅只是背影
速写是一种技能
我用平静的笑声勾勒你的剪影
以及
爱或不爱的沉默誓言。

467

雪 祭

你，我唯一的春水
从此，我学会了游泳和垂钓。

我走过的风景
一路因你而潮润。

经过回忆
你给我苦思
以最丰满的乳汁；
给我最焦虑的心
以及快乐的吟唱。

原来，你是我四季中的细雨
以及花朵。

我，似乎错了
你没有私欲。

你自然地飘落
给我所有引诱
复活我沉睡的尊严。

春天到来
你，是不死的
虽无影无踪。

只因你，我才发现了无穷……

遗 忘

一个生病的女人
把心情挂在冬的枝干　回忆

回忆以前的季节

有些庄稼
为什么没有被人收割
哦，
要么孤独在山野
要么还不够成熟丰满？
她，
带着怀疑
走进雪的梦乡

诗 三 首

周著泽

桃 花 殇

桃花盛开
三月的风和煦地吹着
我的乡村
美得令人屏息
而我那个叫桃花的姑姑
如风中零落的那朵桃花
悄然逝去
我那些名唤桃花的姐妹
也日渐憔悴行将老去了
她们曾经都是最美的桃花
这些都是令人伤感的事情
现在的村姑们
都不再叫桃花了

人面桃花的她们
都盛开在城市的
水泥丛中霓虹灯下
春天里　静夜思
不知故乡美丽的桃花
能否在她们尘封的心灵里复活

并燃起漫天云霞
红尘中的桃花
是否芬芳如常

故园里
桃花红　寂寞开
我是寂寞的歌者

时光深处的锋芒

我的启蒙女老师
至今仍执着地坚守在
乡村小学的讲台上
她每天以安步当车
和跳广场舞的方式
抗拒着
时光不可逆转的皱褶
一只秋后的蝴蝶
在扑闪　但翅膀沉重
触目惊心的细节
在我的眼前涌动
回眸三十多年前
我顽劣的同伴
因不堪她的训斥
无知地冒犯了
她胸前籽实饱满的柔软
她的脸庞瞬间
羞若桃花
恍恍在目的芳华
一只蝴蝶的生命过程
从融入春光的翩翩起舞
到秋风中的敛翅零落
让我触摸到了

时光深处
冰凉的锋芒

清　明

四月五日
清明的雨水如期而至
父亲　我和侄子
从江边的老洲湾
赶往山里的老庄
从一座泥泞的坟山
再泥泞到另一座坟山上
我必须跪下　再躬身打起伞
才能将燃尽的纸钱
完好地供奉到先人们的案上
这虔诚的跪拜
是对先人永恒的姿势
纷至沓来的雨水
淋湿了背上的青衫
像往年一样
我将心事最后告知
安睡在仪山上的祖母
祈求她保佑
我已年迈的父母　安康
跪下　再站起来
抖抖被怀念潮湿的往事
放眼远望
雨雾中的青山
人潮涌
山花欲燃
鹭飞草木长
这人世间的春光
正温暖绽放

诗 二 首

江家云

听雨 外

推上玻璃窗
在楼上仍然清晰听见
雨声，有棱有角

这雨声，是
敲打楼顶敲打窗台发出的
与楼下的土地无关

土地是柔软的
土地上的草木，也怀有
一颗慈悲之心

它们如我们的母亲
被岁月撕扯
从来都不吭声

日影匆匆

一些人围着山转
围着湖走
一对夫妇，头天清早
布下渔具，次日一早
摘取鱼虾

我信——山有魂水有灵
草木有耳
山脚下，蚂蚁迁移
长长的蚁队，没有一只走失
它们西去，我东走

一日刚开始
一日又黄昏
一只黑雀头顶飞过
我们互换姓氏

邂逅花仙子

冯　正

这是一次真实的邂逅，在
岱冲湖畔
我遇见了明艳动人的
你
绿色罗裙
外披黄色轻纱
于广袤田野
翩翩起舞
身上异香
引来蝴蝶阵阵
如此
沁人心脾
什么翩若惊鸿？婉若游龙？
我想，即使是曹植再世
也无法道出你的秀色与玉颜
你浅浅上扬的嘴角
如同丝丝春雨，让人沉醉
我？
怦！然！心！动！

一个回眸
就是千年的等待
一次不经意的

邂逅
就是无尽的牵挂
你的芬芳
竟是穿越千年的
轮回
千年后
于枞川大地
再次相聚
明艳的黄
伴着那熟悉的香
幸福的味道就是如此
感谢上苍
让我们重逢
用一个微笑来点醒我的灵魂
那如花的笑靥
成了浮山脚下
最美的风景

图书在版编目（CIP）数据

五松听风 . 三，铜陵 2018 年度文学作品选/铜陵市文联编 . —合肥：合肥工业大学出版社，2020. 7

ISBN 978－7－5650－4924－8

Ⅰ.①五… Ⅱ.①铜… Ⅲ.①中国文学—当代文学—作品综合集 Ⅳ.①I217. 1

中国版本图书馆 CIP 数据核字（2020）第 109611 号

五松听风 · 三

—— 铜陵 2018 年度文学作品选

铜陵市文联　编　　　　　　责任编辑　朱移山

出　版	合肥工业大学出版社	版　次	2020 年 7 月第 1 版
地　址	合肥市屯溪路 193 号	印　次	2020 年 8 月第 1 次印刷
邮　编	230009	开　本	710 毫米×1010 毫米　1/16
电　话	人文社科编辑部：0551－62903310	印　张	30.5
	市场营销部：0551－62903198	字　数	509 千字
网　址	www. hfutpress. com. cn	印　刷	安徽联众印刷有限公司
E-mail	hfutpress@ 163. com	发　行	全国新华书店

ISBN 978－7－5650－4924－8　　　　　　　　　　定价：68. 00 元

如果有影响阅读的印装质量问题，请与出版社市场营销部联系调换。

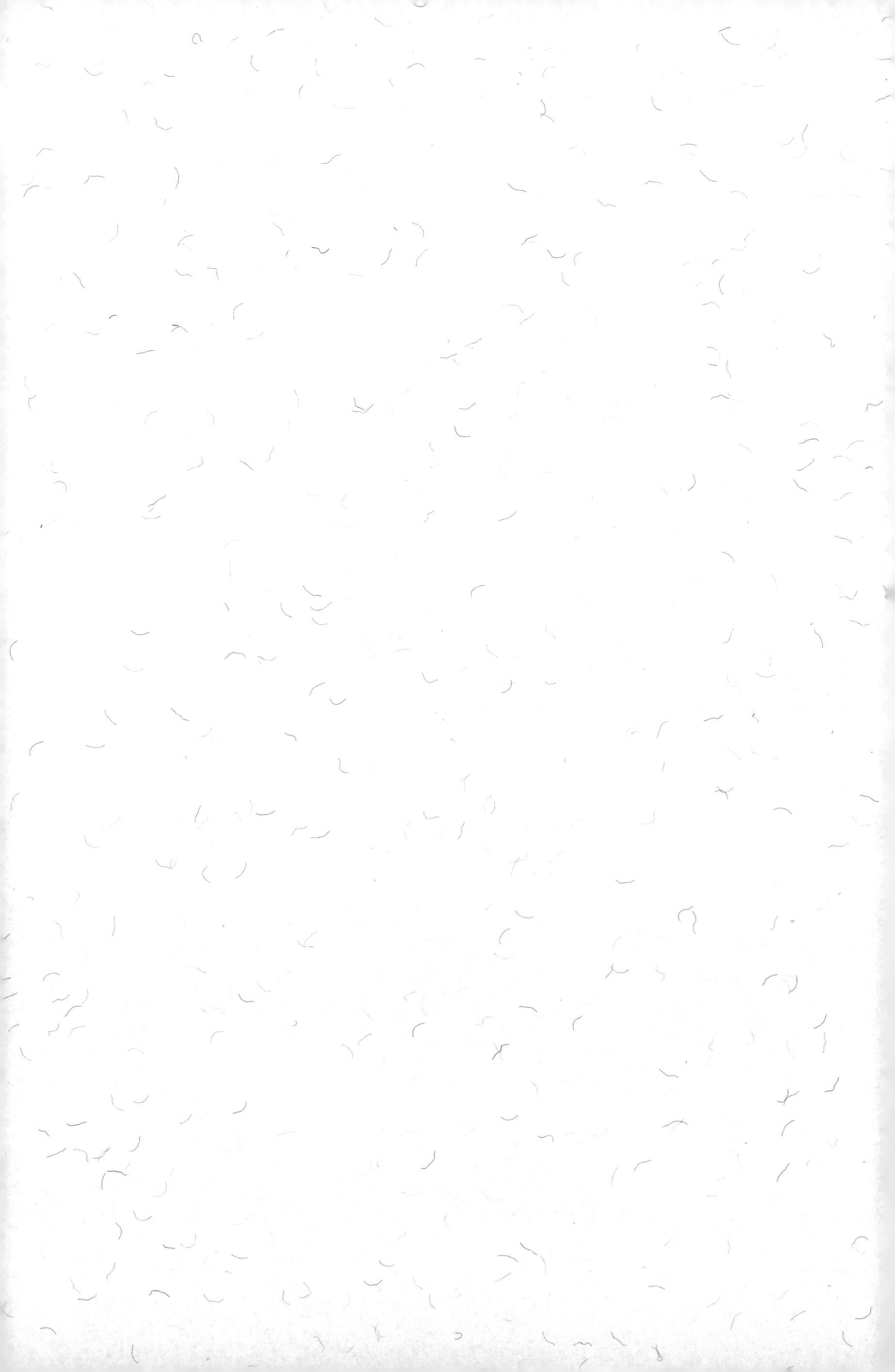